笙笙予你

顾南西 著

【上册】

青岛出版社
QINGDAO PUBLISHING HOUSE

图书在版编目（CIP）数据

笙笙予你 / 顾南西著.—青岛：青岛出版社，2020.7

ISBN 978-7-5552-8658-5

Ⅰ. ①笙… Ⅱ. ①顾… Ⅲ. ①长篇小说－中国－当代 Ⅳ. ①I247.5

中国版本图书馆CIP数据核字(2019)第249599号

书　　名　笙笙予你
著　　者　顾南西
出版发行　青岛出版社
社　　址　青岛市海尔路182号（266061）
本社网址　http://www.qdpub.com
邮购电话　18613853563　13335059110
　　　　　0532-85814750（传真）　0532-68068026
责任编辑　李文峰
特约编辑　郭红霞
校　　对　张玉霞
装帧设计　蒋　晴
照　　排　梁　霞
印　　刷　北京润田金辉印刷有限公司
出版日期　2020年7月第1版　2022年1月第7次印刷
开　　本　16开（640mm×920mm）
印　　张　39.5
字　　数　430千
书　　号　ISBN 978-7-5552-8658-5
定　　价　68.00元（全二册）

编校印装质量、盗版监督服务电话　4006532017　0532-68068638

建议陈列类别:畅销·青春文学

目录 [上册]

第一章 有匪君子，如切如磋 1

第二章 动心忍性，徐徐图之 31

第三章 手控是病，他是解药 62

第四章 偏执成狂，惩治柳絮 94

第五章 秦家时瑾，身世成谜 126

第六章 心悦君兮，君却不知 158

第七章 两情相悦，朝朝暮暮 190

第八章 这是时瑾，我男朋友 222

第九章 恶人作妖，时瑾动怒 253

第十章 前尘过往，渐露水面 284

目录

[下册]

第十一章　你我相识，那时年幼　317

第十二章　时瑾坦白，青葱回忆　348

第十三章　温家之行，姐弟相认　379

第十四章　花房命案，疑窦重重　410

第十五章　喜你为疾，药石无医　442

第十六章　天塌地陷，他替她顶　475

第十七章　记忆恢复，真凶显露　506

第十八章　时瑾用计，温家危矣　539

第十九章　锦禹做证，凶手伏法　571

第二十章　爱她所爱，不药而愈　601

第一章
有匪君子，如切如磋

落叶纷飞，秋风瑟瑟，雨淅淅沥沥地下着，空气有些潮湿。

天北第一医院，手术室外的灯亮着，空气中充斥着消毒水的味道。

手术台上的无影灯打下白光，心电监测仪上光点闪动。

嘀——嘀——嘀——

静谧的手术室中，监测仪突然发出预警声。

这时，女人急切的声音打破了手术室的寂静。

“时医生，病人的血压突然下降。”

“时医生，病人心率加快！”

女人的语气越来越急切：“时医生，病人体温下降，血氧饱和度降低。”

“时医生——”

女人的声音骤然被打断，主刀医师缓缓地道：“安静。”

不带情绪的声音敲在耳膜上，却格外温润柔和，当真是一副好嗓子！

女护士在惊愕中闭了嘴。

三四位穿着蓝色无菌手术衣的医护人员似乎对此见怪不怪，并无任何反应，有条不紊地配合着在白色无影灯下专心致志的男人。柔和的光打在他的侧脸上，虽然他戴了消毒口罩，但也依稀能看出男人的轮廓立体分明。他额头上有细密的薄汗，眉头微蹙，深邃的眸子里看不出任何情绪。

男人睫毛低垂，嗓音温润：“抽吸。”

他冷静、沉着而且优雅，动作慢条斯理，这是刚才那位惊慌失措的护士对主刀医师的印象。

男人依旧用轻描淡写的语调说道：“血管钳。”

“镊子。”

只见他一双戴着无菌手套的手修长而纤细，比“十指不沾阳春水”的江南女子的手还要纤柔三分。那双手正有条不紊地剖开病人的心脏，随后，手术刀干脆利索地落下。

嘀——

心电监测仪刺耳的声音戛然而止，数据恢复正常，警报解除。

仪器旁的女护士松了一口气：“病人的血压和脉搏都正常了。”

主刀的男人只是扫了一眼仪器，便开始进行手术缝合，手法娴熟，动作干脆，不过十多分钟便缝合完毕。

温润好听的嗓音再次响起：“周医生。”

对面的一助应道：“我明白，扫尾嘛。”周医生带着笑意说，“时医生，辛苦了。”

男人颔首道：“大家辛苦了。”

他放下手术刀，转身走出了无影灯区域，身影修长，即便是千篇一律的蓝色手术衣穿在他身上也别有一番看头。

这是个连背影都极其迷人的男人，让人移不开眼。

女护士赶紧收回目光，拍拍胸口道：“刚才真是吓死我了，真的好险，病人差点儿就——”

一旁的刘护士长抬头道：“第一次进手术室？”

“嗯。”

女护士叫叶岚，在门诊部做了三年护士，调来心外科不久，确实是第一次进手术室。

“以后别一惊一乍的了，时医生不喜欢做手术的时候太吵，”刘护士长照时医生的原话转述道，“会影响时医生动刀的心情。”

叶护士：“……”

难道大名鼎鼎的天才全能外科医生是看心情动刀的吗？

“可是刚才病人真的很危险！”

“危险？”刘护士长似乎听到了什么好笑的事情，“你没听说过医院里的传闻？”

“什么传闻？”

不待刘护士长开口，做扫尾工作的周医生已经接话道：“时医生从医五年，六百七十二台手术，成功率百分之五以下的四十三台，失误死亡率，”他特意着重咬字道，“零。”

小护士满脸迷茫，这么神？

刘护士长补充道：“可以说，只要时医生点头了，病人就是一只脚已经踏进棺材，也能被时医生给拉回来。当然哈，这有点夸张了，但足以见时医生的医术很高。”

果然是天北第一医院的王牌，手术技能一流。

叶岚作星星眼状：“时医生好厉害啊！”

周医生笑道：“你还是太年轻，不知道天才和普通人的区别。”

手术室的门突然被打开，男人缓缓走了出来。

守在走廊里的家属立马冲上前道：“时医生，我儿子怎么样？”

病人家属是个老人，六十岁左右，头发花白显得有些苍老，正抓着男人的手腕。男人用另一只手取下口罩，对老人道：“手术很成功。”

好个俊朗干净的男人，口罩下的五官精致得胜过女子，却没有半分女气，只是唇色有些淡，不像他的眉眼那般耀眼。

老人愣了一下才移开眼睛。

老人是患者的父亲，大抵是年轻时从事过和化学物料相关的工作，指甲有些发黄。他激动地抓着时医生的手，不停地道谢：“谢谢时医生，谢谢时医生。”

男人温和地笑道：“不用谢，这是我应该做的。”

“谢谢，谢谢，要是没有时医生，我儿子他……”

老人语不成调，被他抓着手的时医生安抚地拍了拍他的手背，道了句“我还有病人”，便转身离开了。

老人怔了一下，这才反应过来，这位时医生的手真凉。

这位医生是他儿子的主治医师，他打听过，大家都说这位时医生医术高超，待人和善，是个极好的人。

时医生有个温柔的名字，时瑾。

从手术室外这条走廊一直往里走，然后右拐，便是消毒清洁室。这时候已近黄昏，消毒清洁室里没有人，即便亮着灯，还是有些暗。

时瑾低头站着，半边脸隐在暗处。他一遍一遍地清洗着方才被老人碰到的手腕，涂抹皂液，用软刷重重地刷着。直到手腕上的皮肤变得通红，他才淋水冲去手上暗黄色的消毒泡沫，取了无菌布慢条斯理地擦去水渍。

他抬起头，光滑的金属消毒柜上映出了他精致的容貌以及一双深邃的眼眸……

这会儿外科楼大厅里的液晶电视上播放着异常吵闹喧嚣的画面，像是某演唱会的现场，尖叫声与欢呼声震耳欲聋。

咨询台后的两个小护士正趁着没人看电视。

座无虚席的体育馆里，绚丽的镁光灯下，一个女人站在舞台上，化着浓重的烟熏妆，用沙哑而独特的嗓音唱出最后一个转音，她举起手里的吉他亲吻了一下琴弦，然后高声道："我的荣耀，与你们同在。"

话音刚落，粉丝狂乱的尖叫声与掌声雷鸣般响起。

隔着屏幕，电视外也有人发出一阵狼嚎："啊——啊——啊——"

咨询台后的小韩护士喊道："我要晕了！快扶住我！"

同事小赵护士瞟了一眼电视机里的女人。

唱摇滚、弹吉他的女人确实很美，冷艳又神秘，笑起来带着三分纯洁、七分魅惑，可……

"要不要这么夸张？"

小韩对着电视机一脸花痴地道："你不懂，身为资深'笙粉'，没有一个人不想嫁给我家笙爷。我家笙爷的存在，就是为了打击男人这种生物！"

笙爷。

演艺圈只有一个女人被称为爷，那就是创作摇滚巨星姜九笙，一个邪气又冷酷的女人，笑容总是带着三分凉意。

小韩还在心神荡漾呢，转头就看见一个水墨画里走出来的美人儿似的人，连忙甜甜地喊了声："时医生。"

时瑾微微颔首，目光落在电视屏幕上，看得专心致志。

"您也是……'笙粉'？"小韩护士被自己的这个猜想惊到了。

时瑾摇了摇头。这时电视被人换了台，他取了咨询台上的巡查表，便转身离开了。

小赵护士盯着时医生那两条逆天的大长腿，说道："难道时医生也被你的偶像打击到了？"

"怎么可能？别的男人就算了，时医生可是处于食物链顶端啊。"小韩护士春心荡漾地道，"不过我怎么觉得时医生看我家笙爷的眼神比我还狂热？"

小赵护士推了她一把："别把别人想得跟你一样脑残。"

“我这是‘老婆粉’！”小韩护士抗议，瞅了瞅走远了的美人医生，“真的，我上次去时医生的办公室，不小心看到了他的电脑桌面，就是我女神的高清照片。时医生藏得这么深，难道是‘私生饭’（指狂热甚至失去理智的粉丝）？”

小赵护士一巴掌拍了过去：“时医生那样清风朗月一般的贵公子，你可别把他拉下神坛。不过我倒是真的好奇，时医生这样的男人，喜欢一个人时会是什么样子？”小赵护士摇头，“完全想象不出来。”

见过时瑾的人都有一个想法，这个男人是二十一世纪最后一位贵族，不仅有风度，还有一身傲骨。

心外科，时瑾。

办公室门口的名牌上只有这简单明了的五个字。

时瑾打开电脑，将医生长袍脱下，坐下揉了揉眉头，抬眸看着电脑屏幕，目光痴迷。许久，他抬起手，抚着屏幕上的女子的脸。

“笙笙。”他温柔地念着这两个字，缓缓倾身，将唇贴在凉凉的屏幕上，描摹图片里她的唇。

他的目光，已痴迷到有些阴沉。

“我的荣耀，与你们同在。”

绚烂的镁光灯下，女人的长发随意地卷着，她化了烟熏妆，嘴角衔了一缕发，亲吻着她的吉他。

最后一个音符落下，粉丝疯狂地尖叫起来。

娱乐报纸上曾经刊登过一句关于摇滚巨星姜九笙的话：前后十年，摇滚乐坛再无第二个姜九笙。

三张专辑销售破亿，开了七场演唱会，她用三年时间登顶摇滚乐坛，是国内第一个在中央体育馆里开演唱会的女歌手。

演唱会后台，一个女人背靠着化妆台，勾唇笑道：“演唱会很成功，现场效果好到爆表。”

女人叫莫冰，是姜九笙的经纪人。

莫冰比姜九笙大四岁，入行已经满六个年头，在带姜九笙之前，她只是天宇传媒旗下一个不起眼的经纪人。

莫冰曾问过姜九笙，为什么挑她做经纪人。姜九笙的回答很敷衍，口气却很认真：因为顺眼。

事实证明，姜九笙很会挑，莫冰能力够强，手腕够硬，处事干脆利落，对懒散随性的姜九笙来说，“铁娘子”莫冰是最好的选择。最重要的一点是，莫冰生得美艳，身材火辣，姜九笙喜欢赏心悦目的人与事物。

两人关系不错，相处也很随意。

姜九笙回了莫冰一个浅笑：“辛苦了，我想抽根烟，你介意吗？”

莫冰反问道：“我介意你就不抽了吗？”

“我会去隔壁抽。”

姜九笙的烟瘾很重，尤其是写歌的时候，整盒整盒地抽。莫冰不止一次让她戒烟，可始终拿她没办法，只能千方百计地给她找各种气味与成分对人伤害小的女士烟——姜九笙毕竟是歌手，嗓子是饭碗。

莫冰笑骂道：“你这个小妖精！”说着她摸出抽屉里的烟盒递给姜九笙，“悠着点儿，你的肺不太好。”

绿摩尔，这种烟味道很淡，姜九笙觉得抽起来没什么味道。她喜欢最浓的烟、最烈的酒，还有最美的人。

这些莫冰自然是不让她碰的。

“遵命。”姜九笙做了个敬礼的手势，把烟接过去点了一根。她用的是摩擦轮式的打火机，男士的，她却觉得很顺手。

细长的烟被夹在手指间，薄烟袅袅地升起，让她侧脸的轮廓模糊起来。姜九笙微眯起眼，懒懒地靠着椅背，慢条斯理地吞云吐雾起来。

莫冰从来没见过哪个女人抽个烟还能美成这样，迷人得不行。严格来说，姜九笙的模样在美人云集的演艺圈里并不算顶尖的，却独树一帜。她不笑时显得很冷艳，稍稍勾唇，眉眼间便全是英气与慵懒，给人的感觉是神秘又优雅的。

莫冰最开始给她定的人设是高岭之花，奈何姜九笙懒得装样子，怎么舒服怎么来。好在粉丝偏偏喜欢她随性潇洒的性子，用粉丝的话说就是：“攻”气十足，仙气也十足。

一根烟燃尽，姜九笙掐了烟蒂，眉宇间难掩倦怠之色。

莫冰喊了化妆师过来给她卸妆，道：“他们已经去会所了。”

姜九笙并不是单独出道，莫冰口中的“他们”便是乐队的成员，因为最后一首歌是姜九笙的独唱，所以其他成员先她一步结束了演出。

姜九笙揉了揉眉心，道：“我先回家洗个澡，两个小时后来接我。”

莫冰做了个OK的手势。

这时门突然被打开，一个西装革履的男人走了进来。他手里捧着一束红玫瑰，五官端正，相貌堂堂。

莫冰自然认得这人，上前一步，嘴上挂着商业式的笑容，道："简先生，下次请记得敲门。"

这位简先生大名简成宗，是简氏地产的二公子。他近来对乐坛颇有兴趣，姜九笙的演唱会算是他的首次娱乐投资。

地产大亨嘛，哪个不爱香车美人？这简二公子更是花名在外。

简成宗穿着一身裁剪讲究的西装，胸前口袋里的红色方巾露出一角，他颇为风流倜傥地说道："我投了三千万，这个特例都没有？"

"不是特例。"莫冰面无表情地指正道，"是教养。"

姜九笙垂着眼，表情似笑非笑。她家莫冰真是朵带刺的娇花，一般人在莫冰手里可讨不到好。

简成宗果然当场就变了脸色，可能顾及风度，他忍着没有发作。

莫冰仍然一副公事公办的态度："简先生有事？我家艺人还要换服装，您可能需要回避。"

简成宗冷着脸，视线越过莫冰，将手里的一大束玫瑰递到姜九笙面前，道："晚上一起吃饭。"

姜九笙随意地将修长的腿搭在椅子上："抱歉，我不接受陌生人的单独邀请。"她的语气礼貌又淡漠。

圈里没有人不知道，姜九笙对谁都没脾气，偏偏又是最难接近的那个。

"以后就不是陌生人了。"简成宗笑道，贵公子做派十足，"你的巡回演出还有几场？我想继续赞助，一回生，二回熟。"

姜九笙抬眸，笑着问道："那三回呢？"

姜九笙有一双勾人的桃花眼，眼神总带着几分冷、几分妖，还有疏离懒散的媚，迷人得要命！

简成宗眯了眯眼，眼底有着藏不住的侵略性："我以为姜小姐懂我的意思。"

"我这个人不喜欢绕弯子。"姜九笙百无聊赖，手指拂了拂红玫瑰的花瓣，收了笑容说道，"你想追我？"

简成宗很诚实："各取所需。"

姜九笙是摇滚巨星，可专业歌手和圈中的流量艺人到底不一样，至少商业价值不在一个层面上。

显然，这简公子有几个钱。

他不是第一个想追姜九笙的人，当然也不会是最后一个。

姜九笙接过了他的花。

这似乎在简成宗的意料之中：“晚饭去哪里吃？”

姜九笙起身，掂了掂手里的玫瑰，然后慢条斯理、一簇一簇地将其摔在他的脸上。

“还想吃吗？有没有气饱？”

“姜九笙！你别给脸不要脸！老子看上你那是你的——”

姜九笙不疾不徐地打断对方气急败坏的话：“小乔，叫保安。”

助理陈易桥在门口应了一声。

“我去隔壁再抽一根烟。”留下这句话，姜九笙直接撂下几人，拿着烟盒走去隔壁。

简成宗的脸一阵青一阵白，好不精彩。莫冰抱着手臂挑了挑眉，一副见怪不怪的样子。

女士香烟味道太淡，姜九笙抽了两根，莫冰才回来。

“我送你回去。”

“解决了？”

姜九笙已经换下演出服，卸了妆，素面朝天，咬着熄了火的烟蒂，半躺在沙发上闭目养神。她穿着短裤、短T恤，露出一截又细又白的小蛮腰，修长的腿搭在沙发一端的扶手上，模样着实像个勾人的小妖精。

只是她做什么都懒懒散散的，少了几分烟火气。

莫冰说：“简氏要撤资。”

“嗯。”姜九笙用手指夹着烟蒂，对着烟灰缸扔去。

莫冰笑骂道：“你这脾气！”

姜九笙穿上外套，起身道：“需要改吗？”

莫冰笑而不语。

的确不需要。从姜九笙出道起，想追她的人可以绕天宇传媒的大楼一圈，然而最后那些“金主”一个个人间蒸发了，她还是顺风顺水的。三年时间，她便在华语乐坛稳稳地占据了一方天地。

莫冰放慢步子，与姜九笙并排走着：“笙笙，你跟我说实话，给你保驾护航的大金主到底是谁？”

莫冰不糊涂，可姜九笙的事，她三年来没有窥到一星半点儿消息。

姜九笙懒懒地打了个哈欠：“我也想知道。”

她还是那副漫不经心的表情，像个置身事外的人。

莫冰失笑。姜九笙刚出道那会儿，性子与现在一样，洒脱又直接。天宇传媒有个音乐总监见她的模样招人，趁没人时便不规矩起来，被姜九笙用烟灰缸砸得差点丢了半条命。莫冰当时想，完了，出师未捷身先死。结果姜九笙没有被封杀，反而是那个总监人间蒸发了。

后来又有个投资人假意醉酒，举止轻佻，连姜九笙的衣服都没碰着，第二日手就折了。

诸如此类的怪事一桩接一桩，圈里就有了一个传闻，说摇滚歌后姜九笙身上有诅咒。那些想追她、想黑她、想取而代之的人，全部不得善终。

当然，还是有人不怕死，比如刚才那个简公子。

莫冰有理由怀疑，姜九笙背后有个强大的后台，不然就只能用灵异事件来解释那一桩桩“惨案”了。

姜九笙上了保姆车，开车的是助手小乔。

“笙姐好。”

小乔大名陈易桥，刚走出大学，比姜九笙小两岁，模样生得乖巧漂亮，性子也安静害羞。

是莫冰挑的她，虽说艺人助理不适合挑模样太好的人，怕抢了艺人风头，不过莫冰瞧着她本分，踏踏实实从不抱怨，便留下了她。做助理近半年时间，小乔也确实从未出过错。

姜九笙颔首，打了招呼便坐到后座去了，蹙着眉，神色恹恹的。

“怎么了？”莫冰问道。

“刚才起猛了，肚子痛。”

她吃东西冷热不忌，又嗜辣，身体底子不算好，每月例假都要受一番罪。

莫冰板着脸道：“你这毛病太严重了，改天我给你挂个号。”

姜九笙拒绝道：“我可不想因为痛经而上头条。”

“头条也不是谁都能上的。”

姜九笙的粉丝数量在娱乐圈不算多，战斗力却强得离谱。若她真的被拍了，估计“摇滚巨星姜九笙痛经”那点儿女儿家的私事，就不是什么秘密了。

不过姜九笙懒，懒得上头条。

莫冰换了个理由，投其所好道：“天北第一医院有位医生，我上次带我堂妹去看病，偶然见了一面，他有一双肯定能让你着迷的手。”

姜九笙感兴趣地问道：“妇科医生？”

“外科。”

“拿手术刀啊，”姜九笙看着车窗外的霓虹，眼里光影闪烁，“那肯定更迷人。”

如果“恋手”是一种病，那她应该是个轻中度患者，病因尚且不详。不像一般的特殊癖患者，她大大方方的，从不刻意隐瞒。

举办演唱会的体育馆离姜九笙的公寓只有二十分钟车程，她小憩了一会儿便被莫冰叫醒了。

“要不要我送你上去？”

“不用，这个小区治安很好。”她住的是高档小区，安全方面做得很好。

莫冰仍然不放心：“上次还不是有个‘私生饭’混进去了。”

“还不是被我打得屁滚尿流了。”

莫冰哑口无言。她家艺人练过散打，可能身体协调性好，智商高，学什么都有模有样的，练了不到九个月就将同门的师兄打趴下了。据说那位师兄练了七年，还是将门之后，半生英名都毁在了她家艺人的拳头下。

“那我回趟家后再来接你。”

“好。”

姜九笙住七号楼，在小区最里面。橘黄的路灯下，孤影斜长，她腹痛得厉害，走得慢，脚步有些虚浮。风吹得树叶窸窸窣窣地响，身后隔着几米远有脚步声一直跟着她，也进了七号楼。

到了电梯口，姜九笙回头道：“是要签名吗？”

跟了她一路的是个男人，穿着白衬衫、西装裤，个子很高。

他抬头与她对视，语气礼貌而疏离：“不用。”

姜九笙这才瞧清楚对方的长相。他的模样生得极好，昏黄暗淡的光模糊了他的轮廓，他的五官却仍像精雕细琢出来的，极其精致。

只是……这张脸为何如此熟悉？像经常在梦里见过似的，深刻得令她的心尖都在战栗。

“我住这里，七号楼703。”

男人开口解释，声音温润，像清风拂过耳畔。

哦，原来是新来的邻居。姜九笙礼貌地回以一笑，将那莫名生出的心惊情绪压下。

电梯门打开，男人靠右站着，按了数字“7”，手指停在泛着淡蓝光芒的按钮上，抬头看向姜九笙。

她这才将目光收回，道：“我也住七楼。”

他状似无意地用指尖点了点那数字“7”，指甲修得整齐，是干净的莹白色，指骨纤细，骨节分明，手指匀称修长。

他当真是有一副美人骨，连手也是极好看的。

姜九笙由衷地赞叹道："你的手真好看。"她有些移不开眼了。

男人颔首："谢谢。"

看得出来他的涵养极好，周身没有沾染半点儿纷扰尘世的浮躁，气质高贵又内敛，举手投足极有风度。

"我能……"停顿许久，姜九笙还是失了礼貌，冒昧地问，"我能摸摸吗？"

第一次见面便提出这样荒唐的要求，连姜九笙自己都觉得不可思议。她并非随便之人，归根结底，大概是对方生得太迷惑人心。

男人有些惊愕。

姜九笙立马解释道："抱歉，我有轻度'恋手癖'。"

见鬼了，她并不轻信别人，如今却鬼使神差地交了底。这种陌生的感觉很奇怪，让她有些手足无措，不自觉地变得心慌意乱起来。

两人分明不曾相识，她何来的这种心神难宁？只是因为那双美得世间少有的手？若是如此，她恋手的毛病可能严重恶化了，至少在见到这个男人之前，她从未对哪双手如此渴求过。

男人浅笑道："抱歉，我有轻度洁癖。"

姜九笙很遗憾，不过面上仍装得不动声色。

男人犹豫片刻，又柔声地问："只摸一下可以吗？"

"当然！"姜九笙回答得很干脆。

男人笑着伸出了手。

姜九笙上前将男人的手握住。

男人的手很凉，掌心干燥，指骨比她想象的还要纤细，皮肤几乎同她一样白。她走近了才嗅到他身上淡淡的消毒水的味道，夹杂着薄荷香，不刺鼻，是一种很舒服的感觉。

就这样，她摸了一个陌生男人的手，唯一的感觉就是不想撒手。她不好太放肆，只握了男人的手几秒就松开，道了句谢谢。

"不用谢。"男人说，"我叫时瑾，瑾瑜的瑾。"

时瑾。

真是个温柔的名字。

姜九笙回道："姜九笙。"

时瑾轻笑，漆黑的眼睛很亮："我知道。"

姜九笙想，这大概因为她是个歌手，尚且有几分名气，只是时瑾看上去并不像喜好摇滚乐的新潮青年，她觉得他更适合爵士乐，轻柔优雅，算是音乐里的贵族。

两人没再攀谈，一前一后地走出电梯门，回了自己的家。

嗒——门合上，时瑾抬起手，怔了许久，垂下眸，神情虔诚又痴迷地吻了吻掌心。

“笙笙。”他喊这两个字时，尾音温柔得几乎已听不见。

夜里九点整，莫冰打来电话。

姜九笙开了免提，一边往脸上拍水乳，一边朝衣帽间走去，道：“到了？”

“嗯，在你家楼下。”

“我这就下去。”姜九笙蹲下身系着鞋带，随口聊道，“莫冰，我多了个新邻居。”

“重点是？”

姜九笙背上布艺小包，将卫衣的帽子罩在头上，锁上门，朝电梯口走去。她低着头，嘴角带了笑道：“他的手漂亮得不像话。”

手控患者的重点永远在手上。

莫冰开玩笑道：“心动了？”

姜九笙很是坦荡地道：“嗯，想私藏。”

电梯门即将合上时，透过细细的门缝，那只她想私藏的手毫无征兆地撞进了她的视线。

时间似乎静止了一下，两人四目相对，都失了神。

无论何时，这双手都能让人惊艳。姜九笙不动声色地把视线挪开，说道：“时先生，真巧。”

时瑾进了电梯，站在姜九笙身侧，与她只有两步距离：“我去超市。”

姜九笙挂了电话道：“这个点去？”

“嗯。”

之后两人便再没有对话了。

姜九笙在小区门口与新邻居道了再见，便上了莫冰的车。

“怎么也不化个妆？”

卫衣、铅笔裤、白色板鞋，姜九笙穿得像个刚走出大学的素人，素面朝天，哪有半点儿艺人光鲜靓丽的样子？

姜九笙不大在意地道：“因为自信。”

莫冰也不揭穿她，什么因为自信，就是因为懒。

庆功宴在秦氏旗下的高级会所里举办，大家都是熟人，了解姜九笙喜静的性子，便不拉着她热闹，开了个小包厢，让乐队的成员单独聚一聚。

莫冰带着姜九笙给导演和摄影师们敬了一轮酒，便去了小包厢。乐队的另外四个成员已经到了三个——贝斯手靳方林、架子鼓手厉冉冉，还有主音吉他手张耐。

莫冰是姜九笙的经纪人，并非乐队经纪人。

当年天宇传媒只签了姜九笙，公司本欲以独立歌手的身份让其出道，是她执意以原创乐队The Nine的形式发表了第一张专辑。在唱片市场如此低迷的娱乐圈里，第一张专辑大火，半年之内，The Nine声名大噪，主唱姜九笙以创作才能和独特声线风靡乐坛。

若要给乐队的其他成员定位，只能说他们是长期雇用的艺人，并不属于天宇旗下艺人。姜九笙步步登高，乐队的另外四位成员倒显得平庸。莫冰不止一次以专业经纪人的角度同姜九笙说过，单飞于她而言有百利而无一害。

姜九笙只是笑了笑，说了一句："在我一无所有时，他们不嫌弃我，那在我满身荣光后，也不能一人独醉。"

那是莫冰第一次知道这个笑起来薄凉冷艳又潇洒的女人原来有这么赤诚柔软的地方。在娱乐圈这个大染缸里，姜九笙独善其身，干干净净地闯，坦坦荡荡地坚持着自己的原则。

"笙笙！"厉冉冉性子急，一见姜九笙便跳起来招呼她，"笙笙，你快来，方林他灌我酒，你帮我放倒他！"

厉冉冉是乐队里的老幺，性子活泼热辣，模样却十足像个萝莉。

姜九笙笑了笑，坐了过去。

"来了。"靳方林招呼了一句，给她倒了一杯Chivas（芝华士）。

她爱酒，尤其爱烈酒。

姜九笙品了一口，便将酒一饮而尽了。

"我和方林行酒令，输了八局了，笙笙你帮我灌他！"厉冉冉说着，恶狠狠地瞪了靳方林一眼，眸间有难掩的娇嗔之色。

靳方林同厉冉冉是一对欢喜冤家，交往了三年，便打打闹闹了三年。厉冉冉性子泼辣直爽，靳方林却像个老干部，已到而立之年，性格温和又斯文。好在一物降一物，厉冉冉这"泼猴"再无法无天，也没能翻过靳方林这座狡猾又腹黑的"五指山"。

姜九笙觉得他们是天造地设的一对。

她又倒了杯酒，说道："你们喝不过我，都少喝点儿。"

喝酒、抽烟、打架、弹吉他，姜九笙没有一个不在行。厉冉冉撇了撇嘴，放下了酒杯。她还是很听姜九笙的话的。

张耐坐在沙发的另一端，低头看着手机，一言不发。

莫冰问他："柳絮呢？"

"她有点儿不舒服，晚点儿到。"

姜九笙没接话，倒是莫冰拧了拧眉头，却也没说什么。

厉冉冉是个直肠子，不爽就会闹："她的架子摆得比笙笙还大，怎么，要我们去列队欢迎？"

张耐的脸色变得不太好看了。

靳方林把厉冉冉拉到身边，低声说道："少说两句。"

厉冉冉哼了一声，拉着靳方林跳舞去了。

约莫四十分钟后，姜九笙的半瓶威士忌都见底了，张耐才起身说："小絮到了，我去接她。"

姜九笙点头。她酒兴正浓，自顾自地喝着。

张耐喜欢柳絮，从大学开始就喜欢，乐队里的成员都知道。然而两人暧昧亲近了快四年，情侣间该做的事都做了，柳絮却从未在公开场合承认过张耐是她的男朋友。

厉冉冉每次都说柳絮这是在吊人胃口，两人一直不对付。

The Nine的前身是校园乐队，最开始叫The One。天宇传媒同意姜九笙以乐队成员的身份出道，条件便是让乐队冠她的名字，将The One更名成了如今的The Nine。当然，对于乐队的更名，队中有人不服，表现得很明显的便是队里的键盘手柳絮。

柳絮自然有她的想法。The One是靳方林一手成立的，张耐与柳絮是最早的成员，甚至连年纪最小的厉冉冉也比姜九笙早入队。在出道前，姜九笙加入乐队不过两个月的时间，并且不是以主唱，而是以节奏吉他手的身份加入的。原来的主唱是靳方林同系的师姐，因为私人原因临时退了队，姜九笙便由节奏吉他手转成了主唱。柳絮嗓子好，只是音域不够宽，唱摇滚力度不够。靳方林两相比较，最后选了姜九笙。

一开始姜九笙和柳絮的关系还不算太僵，但随着姜九笙在歌坛的地位步步高升，网上各种diss（诋毁）乐团其他成员的"键盘侠"便接踵而来。姜九笙的三千万"笙粉"个个以一敌十，其他四位成员的粉丝量加起来还不及她的一半，一人独大的局面太鲜明，两人的关系也就越发微妙了。

趁包厢里没有其他人，莫冰端了杯酒坐到姜九笙旁边说道："你还是没有单飞的打算？"

"没有。"

"你没有，可架不住别人有。"莫冰话里有话地道。

姜九笙抿了一口洋酒，抬眸看着她。

"柳絮前几天见了好几个音乐制作人。"

姜九笙不咸不淡地回了声："哦。"

"没了？"莫冰挑眉觑着她道，"不感慨一下？"

毫不夸张地说，姜九笙才是The Nine的衣食父母，柳絮充其量是个白眼儿狼，而今这白眼儿狼还想另立门户。

"随她吧。"

莫冰无语，真是皇帝不急太监急。

姜九笙晃了晃手里的红酒杯，一副旁观者的淡然表情，道："人呢，总要撞到头破血流才知道适可而止。"

莫冰嗯了一声，不提那个白眼儿狼了。她入行这么多年，多少看得出来，柳絮有那个心，可本事到底还不够。

厉冉冉玩够了，拉着靳方林回了包厢，这时张耐也领着柳絮进来了。

"你迟到了一个小时。"厉冉冉的口吻很不客气。

柳絮化了精致的妆，放下包，面不改色地坐下道："路上碰到狗仔，绕了几条街。"

厉冉冉皮笑肉不笑地拿话讽她："现在的狗仔真敬业，为了拍笙笙都跟到你那儿去了，看来我以后也得跟你学着点儿，出门化个妆戴个墨镜做个造型什么的。"

厉冉冉和柳絮素来不和，一个心直口快，一个口蜜腹剑，要相安无事，自然不太容易。

柳絮没跟她斗嘴，冷着一张漂亮柔弱的小脸。

张耐哄她，给她端了杯颜色好看的酒："先喝点儿东西。"

"我不喝酒，伤嗓子。"柳絮有些不耐烦，反复撩了撩又直又长的黑发。

她分明一副刻薄相，还装什么"白莲花"！

厉冉冉觉得刺眼得紧，偏偏笑得跟个没事人一样，对姜九笙说："主唱，听到没？别喝了，伤嗓子。"她瞥了柳絮一眼，含沙射影地道，"不然搞得你不是主唱似的。"

"厉冉冉，你够了没？"柳絮气急败坏地道。

厉冉冉一副吊儿郎当的样子，耸了耸肩："没够。"

她就是看不惯柳絮一个键盘手成天端着主唱的架子。

"你——"

"不装'白莲花'了？"

厉冉冉笑吟吟地打断她道："记者呢，来了没？赶紧拍，把她这张牙舞爪的样子拍下来，我也好借The Nine小仙女的人气上个热搜什么的。"

柳絮素来以温婉大气的小仙女形象示人，厉冉冉就是看不得她这立人设的虚伪样。

"小仙女"忍气吞声地抓了包走出去："我去趟洗手间。"

张耐跟着起身，略带歉意地道："笙笙，别生气，她就这脾气。"说完，他跟了上去。

"哼，作不死她！"厉冉冉一甩头道。柳絮碍眼，张耐她也看不顺眼，分明是个有颜、有身材的花美男，偏偏在柳絮面前是只"忍者神龟"，一副被勾了魂的昏庸书生样。

姜九笙将杯中的酒饮尽，拿了烟盒起身道："我出去抽根烟。"

她转了两个拐角，寻了个通风的窗口，靠着墙点了一根烟，轻吸一口，嫣红的唇中缓缓吐出薄薄的烟雾。窗外的风卷过，带来了淡淡的青草味。

这烟，味道真淡。

姜九笙弹了弹烟灰，用力吸了一口烟，伸手将卫衣的帽子盖下，低头垂眸，一口一口地吸着。

不远处突然传来嬉闹声，姜九笙咬着烟蒂抬头，见在廊道尽头的拐角处，一男一女正搂抱在一起。她笑了笑，背过身去，迎着风吐出了一口烟雾。

淡淡的烟草味在鼻尖萦绕，她安静地抽完手里的烟，摁灭了烟蒂，将其扔进垃圾桶，往嘴里扔了颗清新糖。她转过身，就见那抱作一团、难舍难分的男女转移到了厕所门口，全然不顾路人的注目，将门口堵了个严严实实。

幸好这里是高级会所，富贵公子的风月场，大家对这样的场景都见怪不怪了。

姜九笙走过去道："能让一下吗？"

男人闻言，松开搂在女人细腰上的手，淡定自若地用手指擦了一下脸颊上沾染的口红，转过头来道："你怎么在这儿？"

他生了一张偏柔美的脸，有些雌雄难辨。他五官很精致，个子很高，穿了裁剪得体的黑西装，嘴角微勾，笑容带着几分雅痞之意，像极了卷轴里鲜衣怒马、风流倜傥的俊公子。

姜九笙言简意赅地道："庆祝。"

男人是姜九笙的老板，天宇传媒的当家人，年轻多金，背景了得，名唤宇文冲锋。听说宇文家的老爷子为人正气，便取了"冲锋"这般凛然正派的名字。遗憾的是宇文冲锋还是被养歪了，是个典型的纨绔，实在担不起"正派"二字。好在有良好的家世与严格的家教管束着，他也称得上江北最贵气有品的纨绔。

这样的贵气纨绔偏偏做了娱乐传媒业，不知有多少女星挤破脑袋想结识他。天宇传媒有个传闻，说天宇旗下大红的女艺人与宇文冲锋多少有些风月事，除了姜九笙——她是唯一一个对他直呼其名的女艺人，其他人，谁不尊称一声锋少？

总之，姜九笙与宇文冲锋的关系很微妙，不少人揣测，近水楼台先得月，没准儿宇文大老板就是姜九笙的金主大人。毕竟自姜九笙出道起，天宇待她就如同亲闺女一般，分给她的资源不是一般的好。

"我几个圈里的朋友都在，过去喝一杯？"宇文冲锋显然想向朋友引荐她。

姜九笙摆了摆手："不了，你可是给我的嗓子买过巨额保险的。"

说得好像她滴酒不沾似的。

两人语气熟稔，一点儿都不客套。宇文冲锋瞥了一眼窗口旁的垃圾桶，没好气地说："少抽点儿烟，你这嗓子要是被熏坏了，我投在你身上的钱可就全都要打水漂了。"

姜九笙连连点头，应道："老板说得是。"

她笑了笑，目光落在宇文冲锋身边的女人身上。她认得这女人，天宇传媒新签的三线小艺人，模样倒是生得好。

姜九笙收回视线，绕过两人走进了女厕所，随后打火机摩擦轮的声音响起。宇文冲锋转头看去，只能看见一个侧脸轮廓，她嫩白的手指间夹着细长的烟，烟雾模糊了她的样子。

他从来没见过哪个女人吞云吐雾也能这样性感撩人。

宇文冲锋揽住身边女人的腰，问她："会抽烟吗？"

女人愣了一下，摇头道："不会。"

宇文冲锋不再言语，搂着女人离开。

"刚才那个女人是姜九笙？"女人有些小心翼翼地问道。

"嗯。"宇文冲锋抬手拂了拂她的头发，"认识？"

这漫不经心的口吻让女人松了口气："听说她很特别，现在看来也不怎么样嘛。"

特别？

她大概也听了天宇传媒的那些传闻。

女人嘛，天生多疑又善妒，偏偏总带着优越感，是一种很自我的动物。

宇文冲锋停了脚步道："你嘴里那个不怎么样的女人，学了九个月的散打就把我打趴下了。"停顿了一下，他笑着说，"我学了七年。"

"……"

片刻的安静后，女人怯怯地抬起头，目光盈盈，战战兢兢地扯了扯宇文冲锋的衣袖，生怕他会恼她。

宇文冲锋轻笑，摸了摸女人的脸，动作很温柔。

"张导那部电影的剧本我明天就让人给你送过去。"指腹从女人的脸上滑到她羞红的耳垂上，宇文冲锋又说道，"以后别再打电话给我了。"

女人一愣，难以置信地道："是我做错什么了吗？"

她一副楚楚可怜的样子，明显是在示弱。

"没有。"宇文冲锋松了手，慢条斯理地取出西装口袋里的方巾，动作优雅地擦了擦手，笑了笑，将方巾的一角塞进女人低胸衣服的V领里，说道，"腻了。"

"浑蛋！"

抽完了烟，喷了一点儿淡淡的香水，姜九笙回到小包厢时，只有莫冰一个人在。莫冰坐在吧台边，调了一杯五颜六色的鸡尾酒递给姜九笙。

姜九笙品了一口，酒里果饮太多，没味儿。

她把酒杯推给莫冰。

"我刚才看见大老板了。"莫冰摇了摇酒杯，冰块碰撞发出叮当轻响，"他身边的女人又换了。"

"看见了，这个不错，比上一个胸大。"姜九笙取了几种基酒，低着头专心地调酒。

莫冰笑了一声，道："我担心他的肾。"

姜九笙笑而不语。

宇文冲锋换女伴换得这样勤，想来肾极好。

莫冰靠着吧台，撑着下巴看着姜九笙道："我给你当了三年经纪人都没瞧明白，宇文冲锋到底图你什么？"

姜九笙继续着调酒的动作，道："图钱。"

"怎么说？"

"他是商人，而我是摇钱树。他不是傻大款，眼光毒辣得很，他身边那些女人帮他赚的钱也早就超过了他花在她们身上的钱。"

确实如姜九笙所说，宇文冲锋不傻，相反，他的商业头脑与市场预估能力超凡，不然天宇传媒也不会在短短几年的时间里就跻身为娱乐界的三大巨头之一。

"难怪他不敢追你，你比他更毒辣。"姜九笙是演艺圈里少有的聪明女人，莫冰从来不怀疑这一点。

姜九笙不置可否，往酒杯里加了龙舌兰，搅拌了几下，将酒递给莫冰："酒精含量很低，适合你，尝一尝。"

莫冰尝了一口。

世上调酒师千万，却没有谁能调出姜九笙调的这个味道，她能用最淡的酒，调出最烈的味。

莫冰笑道："你不当歌手还可以去当调酒师。"

姜九笙点头，这是个不错的建议。

"我让小乔送你回去。"两人喝了酒，不能开车，莫冰给助理小乔发了条信息。

姜九笙起身，动作突然顿了一下，拧紧了眉头。

莫冰扶着她道："不舒服？"

"起猛了，痛经。"

见她的脸色很不好，莫冰不由分说地道："我明天就给你挂号，不能拖了。"

姜九笙笑了笑道："遵命。"

翌日早上八点，莫冰就来公寓接姜九笙去就诊。

天北第一医院外的路上，沿路栽种了两排枫树。在这季节里，枫红似火，医院VIP候诊室的落地窗正对着满树红枫叶，姜九笙抬头便是灿若烟霞的风景，有些移不开目光。

这时候，若是她有一把吉他，最适合弹奏一首温柔又悠扬的民谣。

电话铃声扰了她的思绪，是莫冰打来的电话。

"喂。"

两人说了几分钟，莫冰准备挂电话了："明瑶那边出了点儿事，我要去一趟公司。”

明瑶是莫冰新签的艺人，是一个新人，性子野，不好管。

姜九笙拿着手里的挂号单道：“结束后我让小乔来接我，你去吧。”

“我帮你挂好了号，四楼妇科，左数第四间。”因为姜九笙有些路痴，莫冰便又叮嘱了一遍，“四楼妇科，左数第四间。”

姜九笙笑着说她找得到地方。

莫冰走后，姜九笙把遮阳帽的帽檐往下压了压。兴许因为今天是周末，看诊的人很多，莫冰给她挂的又是妇科方面的权威主任医师的号，需要排队等候的时间很长。姜九笙百无聊赖，便眯着眼，听咨询台后的小护士闲聊。

“那个女人又来了。”

“哪个？”

“看上咱们时医生那个。”

“这都是这个月的第几次了？”

“第六次！也就是时医生脾气好，这女人隔三岔五就装病来撩咱们的时医生，要是我，早就把人扔出去了。”

“人家有钱有势，你能怎么办？”

“真不道德，本来时医生坐诊的号就特别少，一个月就几天，那么多重症病人等着，那女人倒好，浪费了六个诊号。”

他也姓时啊。

姜九笙突然想起了对门的新邻居，以前不觉得，认识时瑾之后，时这个姓似乎都沾染了他的气度，温柔了不少。

这时VIP候诊室的电子显示屏上滚过莫冰的姓氏与挂号号码。姜九笙起身整了整围巾与帽子，遮着半张脸走出去。

走廊弯弯绕绕，人山人海，医院的科室当真不大好找。

左数第四间，姜九笙抬头，并没有看见诊室门旁的名牌。门边的亚克力板碎了，大概被撞坏了，门虚掩着，里面的看诊还没有结束，姜九笙在门口听见了里头的说话声。

“周小姐。”

这男声很好听，也很耳熟，姜九笙不由得停住了脚步。

“不用这么客套，时医生叫我敏婷好了。”女人的声音很柔和，带着几分难掩的娇羞。

“周小姐。”男人的声音温润悦耳，语气礼貌却带着几分疏离，他不疾不徐地重复着同样的称谓。

光听声音便足以知道，这一定是个极其优雅的男人。

他依旧不紧不慢地道："以后不用来挂我的号了。"

"为什么？"

"兴许周小姐很闲，不过我很忙。"

"那下班后呢？下班后能一起吃顿饭吗？"大概觉得有些冒昧，女人解释道，"多亏时医生主刀，我父亲才能那么快恢复。"

时医生啊，姜九笙忍俊不禁。候诊室里那俩小护士嘴里被美人缠上的时医生，大抵就是里面这位了。

"抱歉，我想不必了。"男人拒绝得很干脆，却进退有度，不失半分涵养。这时医生当真是个贵气的人。姜九笙这下确定了，她的邻居原来是个医生啊。

被婉拒了的女人大概当真被美色冲昏了头脑，失了气度，追问道："有什么不方便的地方吗？若忙的话，你定时间也可以。"

"我没有和陌生人进餐的习惯。"男人语气平平，听不出喜怒。

"时医生，可以给我你的私人号码吗？"不想再被拒绝，女人寻了个理由，"关于我父亲的病情我还有些问题想咨询。"

时瑾依旧语气淡然地道："那可以让你的父亲来挂号。"

"我——"

"若没有其他事，请你出去，我还有病人。"

之后，两人便沉默了。

好不懂情趣的男人，偏偏又礼貌优雅得让人挑不出错来，让女人碰了个软钉子，却不失礼，态度拿捏得恰到好处。姜九笙觉得她的新邻居真是个迷人的家伙，专惑人心。

猝不及防地，那极为好听的嗓音喊道："下一个。"

姜九笙愣了一下才推门进去，抬头刚好瞧见女人落在时瑾身上的娇羞渴求的目光。

欲言又止了一番，女人才恋恋不舍地走出诊室。

时瑾抬头道："是你啊，姜小姐。"

男人似笑非笑，嘴角扬着轻微的弧度，眼里似有亿万星辰，光华灼灼。

姜九笙收敛了一直荡漾的神魂，慢慢走过去落座，将口罩与帽子取下："你好，时医生。"

她算不得默默无闻，粉丝也不少，穿戴严实得一路都未曾被认出来，不知时瑾是如何一眼认出自己的。

“不舒服吗？”时瑾问。

他穿着医生白袍，里面白衬衫的衣领扣到了脖颈处，很简单又寻常的搭配，偏偏显得他越发气度不凡。

愣了好一会儿，她有些别扭地说了症状：“量很多，”她尽量将对方视为一般的妇科医生，补充道，“很痛。”

时瑾闻言，眉头微微蹙了一下：“姜小姐，能让我看一下你的挂号单吗？”

姜九笙便将手里的挂号单递了过去。

时瑾低头看过后，浅笑起来，眼里像藏着最明亮的星辰：“姜小姐，这是心外科，妇科在楼下一层，左数第四间。”

姜九笙：“……”

短暂的羞窘过后，她心里却在想：哦，原来时瑾是外科医生。她的目光不由得落在了他拿着挂号单的那双手上，这样漂亮的手若是拿起手术刀……

“需要我带你过去吗？”

姜九笙收回杂乱的思绪道：“你应该很忙，不用了。”毕竟他连同那位周小姐吃顿饭的时间都没有。

时瑾取下挂在脖子上的听诊器，道：“不忙。”

姜九笙找不到婉拒的话了。

时瑾走在她前面，与她保持着不远不近的距离。两人并没有交谈，下了楼后，停在左数第四间的诊室外。

门口的名牌上印着黑色的正楷：妇科，章蓉。

他敲了敲门，听见里面的女人说：“请进。”

时瑾领着姜九笙走进诊室。坐在旋转皮椅上的女士四五十岁的模样，两鬓有少许白发，生得普通，戴着银边眼镜，面容很和善。

这位便是妇科的主任医师，章蓉。

见到时瑾，章医生显然很惊讶，道：“时医生怎么过来了？”

“带我朋友过来。”

章医生更吃惊了。

她与时瑾分处不同科室，平时不太打交道，但也经常听人谈论起时瑾——二十岁他便取得了耶鲁大学医学院的双博士学位；二十一岁首次主刀心外科手术，那是一个很小的手术，他却以极其快速精准的特殊缝合手法名震中央附属医院，首创的缝合法已经被收录到耶鲁大学医学院的教科书中；二十二岁他独立主刀完成了成功率不过百分之五的心脏肿瘤手术，发表了外科心脏动脉瘤的最新医学成果；二十四岁就职天北第一医院。不过短短几年时间，时瑾已经成为国内心外科领域的权威。

这还是章医生第一次见到素来独来独往的时医生与人结伴而行，便不禁多看了时医生身后的人两眼。来人被口罩、围巾捂得严严实实的，身高近一米七，身材比例极好，是个举手投足间气质很好的姑娘。

姜九笙向时瑾道了谢。

“不用谢。”时瑾笑了笑，将挂号单放在桌上，对章医生道了句“麻烦了”，便走出了诊室。

姜九笙的问题不太严重，只是忌冷忌辣，章医生开了一些调理的中药。

姜九笙刚出诊室，就接到了莫冰的电话。

“结束了？”

“嗯。”

“还顺利？”

“除了走错诊室之外。”

她的方向感不好，有点儿路痴，莫冰对此并不惊讶，在电话那头笑了一声道：“哦，上次和你说过的那位手很漂亮的医生，是心外科的。”

姜九笙把口罩戴好，压着帽檐，低着头边走边道：“见到了。”

“还挺有缘分的。”

姜九笙嗯了一声，补充道：“他还是我的邻居。”

莫冰调侃她道：“你摸他的手了吗？”

“摸了。”姜九笙大大方方地承认道。

莫冰倒觉得意外了，虽然她家艺人一直对漂亮的手有冲动，可到底只是冲动，没有真正去摸过啊，这位医生邻居是首例。

“笙笙，”莫冰没有再开玩笑，“你不是偶像歌手，可以谈恋爱。”

姜九笙笑了一声：“我只想要手，不想要人怎么办？”

“相信我，能让你更舒服的绝对不是手。”

姜九笙又和莫冰打趣了几句便挂了电话。电梯门打开，她抬起头，愣了一下——她又走错路了。一楼收费大厅里人山人海，十分嘈杂，根本不是来时莫冰领她走的那个人烟稀少的出入口。

姜九笙把领口的围巾往上拉了拉，按着帽檐，低头快步穿过人群。过了收费口是一条长长的廊道，尽头便是地下车库的入口。

她拿出电话，准备拨助理小乔的电话。

“打扰一下。”

姜九笙回头，看见一个年轻的小姑娘，十七八岁的年纪，有几分学生气。

小姑娘明显很激动："你、你是笙爷吗？"

出于礼貌，姜九笙取下口罩，说道："你好。"

"我、我喜欢你很久了。"小姑娘抖着手从双肩包里掏出一支水彩笔，"能不能给我签个名？"

"好。"姜九笙接过笔，"签哪里？"

小姑娘猛地一把扯开连帽的卫衣，揪着胸口的白T恤道："这儿！这儿！签心口！"

姜九笙笑着颔首，在小姑娘T恤衫的心口位置签上了自己的名字。不像当下艺人花样百出又无从辨认的签名，她写的是正楷字，端正又工整。

她刚签完名，不知是何人忽然大喊了一声："姜九笙！"

随后走廊里人潮涌动，人群迅速堵住了拐角的过道，原本安静的医院一时嘈杂起来，喊叫声突兀又引人注目，惹来了更多围观的人。这些人或许是姜九笙的粉丝，或许不是，总之他们一股脑儿地全围了上来。

"是姜九笙！"

"姜九笙！"

毕竟是在医院，姜九笙不想引起不必要的骚动，转身跑进拐角，还未找准方向，手就被猝不及防地拽住了。

一只冰凉的手拽着她，力道很大，将她拉进了背光的楼梯口。她抬起头，目光撞进了一双深邃的眼眸。

鼻尖充斥的全是消毒水的味道，有些刺鼻，姜九笙愕然片刻，道："时医生。"

来人一身医生白袍，脸上带着浅笑，正是时瑾。

他低声说了句"冒昧了"，便拉住她的手腕微微用力，带着她转了个方向："跟我来。"

姜九笙莫名觉得很心安，一言不发地任由这个不过萍水相逢的男人拉着她的手，走过一段黑暗的路。

他带她乘了医院内部人员乘坐的电梯。输入指纹时，他漂亮的手指在指纹识别的按钮上停留了多久，姜九笙的目光便跟着在他的手指上停留了多久。她正出神时，时瑾松开了她的手。

"抱歉。"

姜九笙摇头，道了谢。

时瑾按了负一层，按钮发出淡蓝色的光，投射在他的指腹上，衬得他的皮肤有些透明，指节修长，骨节分明。

一个男人，怎么生了这样一双极美的手?

姜九笙垂着眼，盯着时瑾的手："你的手，"她迟疑了许久，还是没能忍住道，"我能再摸一下吗？"

时瑾看向她，目光深邃又专注，说道："好看的手你都会摸吗？"

姜九笙愣住了，想起她与时瑾这才是第三次见面，确实失礼了。这双手似乎让她变得不像自己了，她鬼使神差地一次又一次越界，浮躁地折了风骨。

"抱歉，是我冒昧了。"她想了想，还是决定解释一下，"你是唯一一个。"

即便到现在，姜九笙还是得不出确切的解释。为何她会对时瑾的手这样痴迷？为何她即便恋手多年也从未越过界的自制力，到了时瑾这里就溃不成军了？她不是没有见过极美的手，比如她的师弟谢荡，一双拉小提琴的手同样美得不像话，可她从来没有像对时瑾这样一而再、再而三地冒犯过。

时瑾微抿的唇松开，他并未笑，只是眉宇舒展，模样就足够让人惊艳。

"我刚才有手术，手消过毒了，还有医用酒精的味道，如果你不介意的话……"说完，他向她伸出了手。

她着了魔似的，毫不犹豫地握住了他的手。

这双手，真的让她很想私藏。

晚上九点，姜九笙更新了一条微博。

姜九笙："想据为己有。"

配图是一张简笔素描的手绘图，画了一只手，即便这只手只有寥寥几笔的轮廓，也依旧漂亮得不像话。

摇滚歌手姜九笙是个手控，这在"饭圈"里并不是什么秘密。她从来没有刻意隐瞒，喜欢了就大大方方地喜欢着。

姜九笙走红得太快，且不爱交际，日常活动的地点除了家里就是录音棚。她在演艺圈里基本没有什么深交的朋友，"塑料花"友谊也不算多，微博下面圈中的人的留言不多，但粉丝积极留言的情形简直空前绝后。

时瑾浏览完留言，关了微博。

他起身去取了狗粮往狗盆里倒了些，窝里的小东西立马探出脑袋往狗盆里钻。这是一只白色的博美，很肥，眼睛又圆又大。

"想你妈妈吗？"时瑾摸了摸它的头。

博美抖了抖尾巴，嘴巴在狗盆里拱得很欢。

“不能带你去看她，你会吵到她的。”时瑾这么说道。

小博美汪了一声，然后脑袋上那只凉凉的手掌忽然收紧了力道。时瑾的手又白又好看，挪到了它的脖子上。

小博美立马闭上嘴，躲进了它的狗窝，它好害怕啊。

小博美姓姜，名博美，名字听起来像经过慎重考虑才取的，毕竟它作为一只狗，也是有姓氏的。当然，这名字听起来又很敷衍——狗的品种名居然就是它的名字。

过了好一会儿，姜博美才从狗窝里钻出脑袋，把它的狗盆叼过去，躲起来吃狗粮。

时瑾这时候接了个电话。

“先生，干扰信息已经发出去了，监控画面五分钟后会发到您的电脑上。”电话里传来浑厚的男声。

晚上十点，那条微博的评论已经破万。姜九笙关了微博，洗漱睡觉。她没有熬夜的习惯，作息规律得像个老年人。

放在床头柜上的手机突然响了，来电显示是谢荡。

姜九笙接了电话：“喂。”

“姜九笙！”

她把电话拿远，摸了摸被震痛的耳朵，然后开了免提，前言不搭后语地问了句：“在吃午饭？”

这个点，谢荡那边是午饭时间。

电话那边的人哼了一声。

姜九笙隔着屏幕都能想象出，这作天作地的小少爷此时一定正跷着二郎腿，摔了筷子，嘴里还含着一口山珍海味，鼓着腮帮子不嚼不咽，一副“爷不爽快来哄我吃饭”的模样。

姜九笙懒懒地靠着床：“小心噎到。”

谢荡是个“小公举”，圈里圈外的人都哄着他，只有姜九笙不哄，笑脸都不常给一个，谢荡对她自然总是一肚子火。

“我给你发了个号码，是很有名的心理医生。”他尽情地嘲讽道，“手控是病，得治！”

然后——嘟嘟嘟——电话被谢荡挂断了。

姜九笙的神色没有半点儿波动，她对此早就司空见惯了。

她的声乐师承闻名遐迩的谢暮舟大师。她大二那年便被谢大师收作入室弟子，谢荡就是恩师的儿子。严格来说，谢荡还要喊她一声师姐，只是那“含着声乐谱与弦乐器”出生的“乐圈天之骄子”哪会听话地尊师重道？谢荡年纪轻轻就在维也纳金色大厅里开了小提琴演奏会，天分那般高的年轻音乐家，脾气怎会不大呢？何况谢荡一直很不满意姜九笙当年弃了大提琴，拿了把弦乐器里最“不值一提”的吉他去蹚娱乐圈这潭浑水。

打那之后，谢荡对她就总是鼻子不是鼻子，眼睛不是眼睛了。

兴许是医院开的药见效了，晚上她的生理痛好了许多，吃了药，姜九笙很快便睡了。

晚上十一点，满天星辰下，深秋夜微凉。

御景银湾的保安室里，安保人员正打着盹，脑袋一摇一晃的。忽然他的头猛地一沉，磕在了桌面上，他疼得龇了龇牙，揉揉脑门，擦了擦眼继续打盹。

“喂，醒醒。”另外一名安保人员从室外跑进来，“醒醒！”

“怎么了？”

“监控出问题了，七号楼七层走廊的画面出不来。”

刚刚还打瞌睡的保安这下彻底清醒了，他调出监控画面，画面果然出现了乱码：“可能短路了，我去看看。”

七号楼七层住着艺人，得格外小心才是。

两人一人去排查监控故障，一人留在保安室里值班，小区里的路灯亮着，照出的人影在窗前来回移动着。

保安小黎看了看时间，起身看向窗外。远处的雪松树下站着一个人，身量很高，低着头像在寻找什么。他转过身来，月下迷离的灯光交织着，映照得那人长身鹤立。

“瞻彼淇奥，绿竹猗猗。有匪君子，如切如磋，如琢如磨。”小黎会的诗不多，就这一首，还是前几天听小区九号楼刚念高三的一个小姑娘说的。

那人的模样当真是俊啊。

小黎打开铝合金窗，向树下的人打招呼道：“时医生，这么晚了怎么还没睡？”

时医生前几天刚搬来，是个和善又温柔的人，没几天保安室和小区里的人就都认识他了。毕竟他那张令众生惊艳的脸，让大家想不记得都难。

九号楼高三的小姑娘就是见了时医生后，念了那首酸溜溜的诗。

时瑾抬头，从树影里走出来，语气柔和地道：“我的狗走丢了，我来寻它，只是我刚搬来，还不太熟悉路。”

“我帮你找吧。”

“谢谢。”时瑾将袖子挽起，“是一只白色的博美。”

小黎怕他着急，拿了支手电筒赶紧去找狗了。

十分钟后，白色博美找到了。博美在小区北边的地下车库里，小黎找到它的时候，它正抱着一块狗饼干吃得津津有味。

重回保安室后，小黎发现丢了一串七号楼702住户的备用电子钥匙卡。

一刻钟后，时瑾给姜博美倒了一盆进口狗粮："乖，吃吧。"

姜博美嗷嗷两声，钻到狗盆里开始拱狗粮。

"好好看家，我去跟你妈妈说晚安。"时瑾晃了晃手里的钥匙卡，转身出了门。

桌上的电脑屏幕里显示的画面是对面702房间的门口。

这夜万籁俱寂，深秋的风刮过，摩挲着窗，擦出轻响，淡淡的星辉漏进来，洒了一屋。

姜九笙做了个梦，光怪陆离的，她也不知道梦见了什么，只是听到隐约有个好听的声音一直喊她笙笙。她看不清那人的模样，只知道那人的白色衬衫上染满了血，那人一遍又一遍地喊着她的名字。

哦，那人也有一双美得让人惊艳的手。

早上七点醒来，姜九笙在跑步机上跑了四十分钟，洗了个澡。她的房子是复式的，装修偏向现代简约风格，客厅向阳，开了一整面的落地窗，天蓝色的窗纱坠了雕花布艺的结扣，一侧摆放了水滴状的吊篮，另一侧沿墙面高低不平地嵌放了CD。

一楼有三个房间，卧室、客厅，还有占据了近一半面积的衣帽间。二楼装修成了她的个人音乐室，用特殊的吸音材料来隔音，有录音棚、写歌室，甚至弄了一个小型的演奏房。

二楼是禁区，不光乐队成员和莫冰，就连助理小乔也没有上去过。

运动完，她选了一张民谣唱片。从落地窗投射进来的日光洒在复古的CD机上，悠扬缓慢的曲调流淌开来。

姜九笙打开手机，发现有三个未接来电，是小区保安室打来的，她回了个电话。

"姜小姐你好。"

接电话的是保安小黎，姜九笙对声音素来很敏感，一下就认出了他的声音。

"抱歉，我昨晚睡得早，没有接到电话。请问有什么事吗？"

小黎的措辞很礼貌和谨慎："您存放在保安室的备用钥匙卡昨晚不见了，不过今早又找到了，抱歉，打扰您了。"

才一个晚上的时间，电子钥匙不至于会被复刻吧，又不是变态。保安室的人找到钥匙后，只当是闹了一次乌龙。

姜九笙没有追究："没事。"

小黎又想到了另一件事："哦，还有一件事要和姜小姐您说一下。这两天您那个楼层走廊的监控信号不太稳定，小区物业已经安排了人在排查，十分抱歉给您带来了不便。若是有异常的地方您可以第一时间致电保安室，我们已经安排了人员二十四小时轮班。"

姜小姐是艺人，且正当红。虽然这里是高档小区，安保系统很完善，但是以前还是有"私生饭"混进来欲行不轨，得加倍小心才是。

"好的，谢谢。"

道了谢后，姜九笙挂了电话，化了个淡妆出门。她刚打开门，就发现对面的703正巧也开了门，两人的视线撞了个正着。

时瑾唇边有淡淡的笑："早。"

她几乎脱口而出："时医生早啊。"

若她喊时瑾的名字显得过于亲昵，喊"时先生"显得略微疏离，称呼"时医生"刚刚好，姜九笙挺喜欢这样的称谓。她对医生并没有什么特殊情怀，只是觉得正好他是，恰好他适合。

问候完，两人一前一后走向电梯口，时瑾按了下楼按钮。姜九笙移开了目光，尽量不那么刻意地关注他的手。

"要吗？"

他那漂亮的手递过来一瓶黄桃味的酸奶。时瑾低声问她，像对待旧识，问得自然又随意。

姜九笙盯着那瓶酸奶，还有拿着酸奶的时瑾的手。

她的粉丝都知道，千杯不醉的笙爷有个爱好——喝奶。她爱喝各种奶制品，尤其是黄桃味的。

当然，粉丝们不知道她爱喝酸奶还有一个原因——抽烟抽得太狠了。再好的烟，多少也有些味道，莫冰说，奶味总比烟味好闻。

姜九笙大大方方地接了："谢谢。"她喝酸奶喜欢咬吸管，"时医生一个人住吗？"

时瑾笑了笑："我单身。"

她并非要打听对方的婚姻状况。

“我不是那个意思。”她解释性地再问了一句，“公寓是复式的，你的家人和你一起住？”

御景银湾的七号楼、八号楼都是复式楼层，住户以多人口的家庭为主，若非她需要自己的录音棚，断然不会一个人住这么大的房子，还是在这么寸土寸金的地方。

第二章
动心忍性，徐徐图之

这时电梯门开了，两人一同进了电梯，现在并非上班高峰期，电梯里只有他们两个人。

时瑾按完一楼的按钮之后，开口回答了姜九笙的问题："我没有家人，一个人住。"

他无波无澜的语气，像习以为常，又像置身事外，使人听不出喜怒。

他没有家人。

言简意赅的几个字，涵盖了不知多少不为人知与不向人言的信息。姜九笙实在想象不出怎样的社会阅历与尘世打磨，能锻造出这样的涵养与孤僻。

她终于知道这个如水如玉的男人眼里为何总带着淡淡的冷意，因为他孤独又阴郁。

她沉默了很久，最终只道了声："抱歉。"

"没关系。"

悠扬舒缓的钢琴曲响起，是姜九笙的手机铃声，来电显示是莫冰的名字，她背过身去接了电话。

"我快到楼下了。"

"让小乔直接把车开到公司来，广告拍摄延期了。"

"怎么了？"

"你庆功宴那晚在女厕里抽烟的照片被登出来了，热搜前三被你承包了。”

姜九笙素来低调，但不妨碍她三天两头上头条，确实是个货真价实的热搜体质。

姜九笙听完，淡然自若地道：“风向呢？”

“除了很明显的水军在带节奏，粉丝的反应还比较乐观。”莫冰难得开了一句玩笑，“毕竟你抽烟的样子迷得我都想偏了。”

这是实话，娱乐圈里再也找不出抽烟能美成那样的女艺人了。莫冰曾见过姜九笙咬着烟弹吉他的样子，那股骨子里透出来的野劲儿与魅力，若非她明确知道自己的性向，估计真得偏了。

姜九笙像个没事人一样：“也好，以后不用躲着抽了。”

“你就不能戒了？”

姜九笙实话实说：“很难。”

烟几乎成了她的催化物，尤其是创作的时候，她对其依赖性很大。

她第一次抽烟是四年前，跟着她的恩师谢大师学的。她最开始抽的是手卷烟，后来谢荡那个“小公举”烧了她所有的卷烟纸，还恶狠狠地威胁她若敢再卷那玩意儿，就用打火机炸了她家。后来她就不抽手卷烟了……改抽进口烟。

“知不知道是谁搞的鬼？”莫冰问。

姜九笙想抽烟，摸了摸包，发现忘了装烟了，不自觉地反复咬着吸管，说道：“大概猜到了。”

“到公司再说。”

“嗯。”

挂了电话后，电梯已经到一楼，姜九笙先一步走出电梯，对时瑾说：“回见，时医生。”

“嗯。”

待姜九笙走远，时瑾还站在电梯口，长长的睫毛垂下，在眼下落了淡淡的影。他拿出手机，拨了电话。

“先生。”电话那头的男人语气极其恭敬。

光滑的电梯门上，映出了时瑾的侧脸，他眼底一片阴沉。

公司门口堵了记者，姜九笙从地下车库直接乘坐内部电梯到了天宇传媒专门为她设立的工作室，莫冰已经在等她了。

姜九笙一推门进去，莫冰就开口问道：“偷拍你的人是柳絮？”

她用的虽是疑问句，语气却很笃定。

姜九笙讶异地问道：“你怎么知道？”

那晚的庆功宴是在秦氏的高级会所里举办的，记者不可能进得去。会所里的客人非富即贵，姜九笙又素来低调，不太与人交恶，若说是会所里的客人故意抹黑、陷害她，可能性确实微乎其微。况且看到她抽烟的人一只手也数得过来，她不难猜到是谁心怀不轨。

莫冰把平板电脑递给她。

姜九笙翻看了两页，从她家到公司不过三十分钟的路程，在这段时间里，舆论的风向已经天翻地覆。

“先是买一大拨水军彻底压倒那些带节奏的‘黑子’，再顺藤摸瓜查到柳絮头上，最后一盆污水全部倒回她头上，而且全部是‘实锤’。”莫冰坐在老板椅上，不疾不徐地分析道，“能在短短三十分钟内做到这个地步的，财力、势力绝不普通，整个传媒圈有这个能力的一只手就数得过来，云城温家、中南秦家、江北宇文家，哦，还有一个不知道从哪里冒出来的sj’s电子。”

sj’s是三年前突然杀进商圈的一匹黑马，以电子产品起家。短短几年时间，它几乎垄断了国内的电子业市场。sj’s旗下的滚石国际直接打破了娱乐圈三足鼎立之势，实力与财力直逼温、秦、宇文三家。

姜九笙抽烟的照片一出，各大网站黑她的“水军”如雨后春笋般拔地而起，她的三千万粉丝就是有心也压不住柳絮蓄意筹备的“水军黑子”。“水军”甚至将姜九笙出道以来开了外挂一般的成名史扒了出来，有意无意地暗指她背后有金主撑腰。一时间，网上的舆论风向对姜九笙确实不太有利。

不过短短半个小时，事情就来了个峰回路转，另一拨“水军”从天而降，将姜九笙拿到手软的国际音乐大奖与唱片销量甩出来，力压了“黑子”一头，紧接着柳絮曝光姜九笙的照片与雇用“水军”的证据就出来了。瞬间，骂声全部转移到了柳絮的微博下，火热程度直接打垮了服务器。

这波公关操作实在是厉害，莫冰都要双手竖大拇指了。姜九笙出道仅三年就登顶华语乐坛，天宇传媒给的资源好是一个方面，姜九笙一身无与伦比的音乐才能是另一方面。莫冰一直知道，那捕风捉影的“金主”一说，不过是那些眼红之人的嫉妒心作祟。她始终坚信姜九笙能有今天的成就，是姜九笙应得的，姜九笙也担得起。不过，这“犯姜九笙者必倒霉”的灵异事件如今又添了一桩，莫冰就不由得要深思了。

拥有这样的财力、势力的，左右也不过那几家。

莫冰反复思忖，然后说道：“当然，其他商业大佬也有这个财力，可圈中人脉不够，不可能有这个速度，也没有理由无缘无故地帮你。你怎么看？”

“我想，”姜九笙风轻云淡地附和了一句，“我可能只是个‘吃瓜群众’。”

莫冰：“……”

难不成真是那个传说中的“金主”在为姜九笙保驾护航？到底是哪尊大佛？总不能真是灵异事件吧？

这两年莫冰不是没有查过这件事，可是一点儿线索都没有。她有理由怀疑，她家艺人身上真的有“诅咒”，犯者，必倒霉。

工作室的门被推开，宇文冲锋穿着一身酒红色的高定西装走进来，慢悠悠地拽了把老板椅坐下，抬头睨了姜九笙一眼。

“说了多少次让你少抽点儿。”她偏偏不听话！

对这个话题姜九笙不置一词，她只是问：“是你给我买了‘水军’？”

宇文冲锋懒懒地舒展开他修长的腿，搁在椅子上：“你以为我钱多得没地方烧？就这点儿破事，需要我用钱砸？从一开始我就没想让你走偶像路线，你糙点儿没什么。”

姜九笙在抽屉里找了包烟：“有打火机吗？”

“……”打火机都借到老板头上来了，宇文冲锋瞥了她一眼，“没有！”

他抽烟，不过没瘾，不记得是从什么时候开始抽的，反正在姜九笙之后。

姜九笙哦了一声，绕过沙发，打开电脑桌最底下的抽屉，从一堆滑轮式金属打火机里拿出一个。

噌！她点了火，咬着烟吸了一口，慢条斯理地吐出一口烟雾。

宇文冲锋：“……”

他真想掐了她的烟！

莫冰抿唇笑着，大老板真是被她家艺人搞得没脾气了。

“你的键盘手不能用了，花心思太多。我给你两个选择，解散The Nine，我重新给你雇用顶级乐队，或者让柳絮滚蛋，你自己内部调节。当然，如果你不肯解散那个半吊子乐队，后果得你自己担着，我只要结果。”宇文冲锋停顿了一下，又道，“笙笙，我是个奸商，不做赔本的买卖。”

在三年前姜九笙执意要以乐队的形式出道时，作为老板的宇文冲锋就说过这话。不过说完之后，他还是砸了一亿元给姜九笙筹备第一张专辑。

姜九笙没有辩解，不安抚也不许空头支票，只回了三个字：“我有数。”

“你就是太有数了，才不服从管教！”

这时宇文冲锋的电话响了，他也不避着两人，直接接通了。

电话那头传来娇柔的女声：“锋少，你怎么还不来？人家等很久了，你能不能快点儿来陪我？”

这个声音……得，宇文大少爷又换女伴了。

宇文冲锋压低嗓音哄道："乖，要听话。"

电话里的人沉默了几秒。

"我知道了，我开好酒等你。"不似刚才的矫揉造作，女人语气小心又讨好地道，"你先忙，晚点儿也没关系。"

"嗯，真听话。"

宇文冲锋的女人一向听话。当然，也有过不听话的先例，不过没关系，不听话的人被打入"冷宫"，自然有听话的人补上。

电话那头的女人还在轻声说着什么，宇文冲锋直接挂了电话，抬头看着姜九笙道："你的微博不是长草就是发一些肆意妄为的东西，不如交给公司打理。"

姜九笙的回答很官方："我不希望公司过多干涉我的私生活。"

宇文冲锋哼了一声："不管你了！"他起身就走。

姜九笙喊了一声他的名字，宇文冲锋停了下来。

"你的衣领上有唇印。"

宇文冲锋低头瞥了一眼白衬衫的衣领，不甚在意，抱着手臂倚着门，眼神充满玩味地道："你管我？"

姜九笙惜字如金地道："注意卫生。"

"放心，我的措施做得很好。"宇文冲锋笑得很坏。

他真是个妖孽，姜九笙无言以对。

等宇文冲锋走远，莫冰问她："你对老板怎么看？"

"他是个不错的老板。"

"不是说工作上，我是问私底下怎么看。"

姜九笙掐了烟，抿了一口漱口水："那你应该问他的女人。"

"你不觉得他对你很不一样？"

莫冰盯着她，似乎要从她脸上找出什么蛛丝马迹。莫冰倒不觉得宇文冲锋是姜九笙背后的"金主"，他充其量算个伯乐，只是这个伯乐对姜九笙这匹千里马确实纵容过头了。

姜九笙认真思考后，说道："他可能比较尊敬我。"她的理由是，"我的散打高了他两级。"

莫冰无语。

姜九笙还是太不懂男人了，在男人的世界里只有征服，没有屈就。莫冰也是后来才知道，姜九笙嘴里那个学了七年散打却被入门不久的她打趴下的人就是宇文大老板。莫冰算了算时间，宇文大老板被打趴下的时候刚好是姜九笙签约进天宇传媒的时候，也就是说，宇文大老板刚在散打馆被新来的师妹打得惨败，接着就把人供起来捧成了摇滚新星。

莫冰不觉得宇文冲锋是个大度的人，那就只有一个解释：姜九笙于宇文冲锋而言是不一样的。到底怎么个不一样法，她不好妄下定论。毕竟宇文冲锋身边从来不缺女人，姜九笙是天上星还是井中月，怕是只有他自个儿清楚。

言归正传，莫冰问姜九笙："你打算把柳絮怎么办？"

姜九笙拿着吉他拨弄了几下琴弦，说道："键盘手对我来说可有可无，对她，我仁至义尽了。"

莫冰对此并不反对。就乐队来说，键盘确实不是主音，何况柳絮的技术也不过尔尔，取之无用，弃之可惜罢了。

说曹操曹操就到。

"笙笙。"

莫冰扭过头去，看到柳絮泪眼汪汪地站在门口。

姜九笙放下吉他："你是来道歉的？"

柳絮泫然泪下："不是你想的那样，我可以解释。"

解释？

网上的一条条证据都是"实锤"，与其说解释，不如说她是要狡辩。

姜九笙性子淡漠，难得没了耐心："柳絮，平时你搞的那些小动作无伤大雅，我可以睁一只眼闭一只眼，不过你别当我蠢。"

"笙笙……"柳絮咬了咬下唇，泪光盈盈似要说些什么。

姜九笙不疾不徐地继续道："解约的合同拟好之后我会让人送过去给你签字，违约金我付你双倍，就当是劳务费。"

劳务费。

说白了，姜九笙是主，柳絮是佣，两人只是雇佣关系而已，三年下来一直面和心不和，到如今何必装姐妹情深？

柳絮眼神沉了下来，垂在身侧的手紧紧攥着。

她不说，有人替她说。

"笙笙，你别轻信小人，小絮不是那种人。"张耐站到了柳絮身后，像个正义凛然的勇士。

被爱情迷了眼的男人，愚蠢却又可怜。

姜九笙并没有反驳他："那她是哪种人？"

张耐顿时语塞。

要他去定义一个千面娇花确实是为难他了。不过两人是一个愿打，一个愿挨，姜九笙懒得再说什么，径直走出了工作室。

柳絮站在原地凝视着姜九笙的背影，渐渐泪眼婆娑。

“笙笙不相信我了，张耐，我现在该怎么办？”

张耐见不得她哭，哄道：“她不信你我信，我会帮你澄清的。我会去求冉冉和方林，放心，不会有事的。”

啧啧啧……郎情妾意啊郎情妾意！

莫冰抱着手臂绕过他们：“柳絮，奥斯卡欠你一座小金人。”

上午十一点，柳絮更新了一条微博，算作她对“陷害门”事件的首次回应，登时引来一大批坐板凳看热闹的网民。

柳絮：“我百口莫辩，别再跟车了。”

配图是一张狗仔跟车偷拍的照片。

The Nine的成员张耐几乎同时回复。

张耐：“We are a team（我们是一支队伍）！”微博后面还专门提到了柳絮。

被狗仔跟拍的照片里，柳絮花容失色，憔悴又柔弱。她在表达自己的冤屈的同时，自然有博同情的意思，可网友似乎并不买账。

除了张耐，乐队其他成员都没有发声，只有厉冉冉顶着她官方认证的“大V”头衔，给讥讽柳絮的网友一一点赞。

一旁正在调音的靳方林看了她一眼，很无奈地道：“别闹。”

对这件事，公司的意见是让成员保持缄默，直接换掉柳絮。她在网上爆料姜九笙抽烟、买“水军”的事都是“实锤”，事实胜于雄辩，没有必要再发声明。

厉冉冉对此不以为然，义正词严地反驳说：“为人民除害，义不容辞！”

靳方林也拿她没办法了。

柳絮更新微博后不到十五分钟，张耐的电话就打到了靳方林的手机上，不过是厉冉冉接的。

电话那头，张耐开门见山地道：“方林，你上微博帮小絮澄清一下吧。这件事是个误会，不可能是小絮做的。爆笙笙的黑料小絮也捞不到好处，我们都是一个乐队的，又是这么多年的朋友，她是什么样的人，你应该最清楚不过了。”

张耐说完，电话里的人一直沉默着。

他急了：“方林，你——”

冷不丁两个字打断了他的话：“呵呵。”

听到是个女声，张耐惊得手抖了一下。

厉冉冉仰头翻了个大白眼，一棍子敲在架子鼓上：“我们是最清楚不过了，就是某人心里没点儿数，这一点我也很无奈。”

张耐：“……”

然后电话被挂断了。

“亲爱的，我手滑，把电话挂掉了。”厉冉冉一脸无辜地道。

靳方林笑着亲了亲他家的小辣椒。

自始至终，姜九笙都没有发声。下午一点，柳絮那条微博的评论数已经突破了二十万条，形势几乎一边倒，“柳絮滚出娱乐圈”的话题直接上了实时热搜，柳絮的微博下一片骂声。

因为柳絮的事情，姜九笙的广告拍摄推迟到了下午。

广告的男主角姜九笙并不陌生。苏倾，她第一张专辑的MV主角。那时候苏倾已经是娱乐圈炙手可热的流量小生，宇文冲锋指定他纡尊降贵给姜九笙当MV主角，也算给她的新专辑造势。姜九笙与苏倾的关系不好不坏，两人偶尔也会在微博上互动，维系一下“塑料花”情谊，就这样还是有一部分“姜苏”CP粉。

苏倾姗姗来迟。

预计要拍两个小时的广告，最后却拍了四个小时。托苏倾这位当红“炸子鸡”的福，姜九笙下了不下二十次水。

导演从头到尾一个劲儿地夸姜九笙演技好，转头就对苏倾说出“呵呵”。

广告拍摄过程中出了点儿小岔子，姜九笙绊倒了服装架，苏倾扶了她一把。一小时后，一条八卦消息迅速被顶上了热搜——摇滚巨星姜九笙情陷当红“炸子鸡”苏倾。

咣——陶瓷杯被狠狠地摔了出去，落在地上顿时四分五裂。

姜博美吓得赶紧躲进了狗窝，探头探脑地偷偷打量主人。

主人时瑾换了部手机，沉着脸拨了个电话。

电话那头的人很快接起来道：“先生。”

一双漂亮的手扶着桌沿，白皙的指尖因过分用力而有些泛红，时瑾沉下声音，用命令的口吻道：“她的绯闻立马给我——”

他说到一半，声音戛然而止。

“先生？”

时瑾置若罔闻，目光突然落在了桌上的电脑显示屏上。显示屏逐渐成像，姜九笙的脸由远及近，越来越清晰。

他挂了电话，将电脑监控屏退出，几乎没有思考，转身去了玄关处打开门。

咔嗒——

姜九笙刚拿出电子门卡，闻声回头。

“时医生。”她的脸色有些苍白，额头布满细汗。

时瑾一只漂亮的手还握在门把上，俊朗的脸微微绷着，他道：“那个姓苏的是怎么回事？”

他单刀直入，失了一贯的风度。

姜九笙愣住。

“我的意思是——”

她没听完，身子晃了晃，趔趄了一下，整个人往前面栽去。

“笙笙！”

这一声，他几乎脱口而出。

时瑾哪还有什么怒气，扶着姜九笙的手都在抖，额头上立马沁出一层薄汗。

托苏倾的福，深秋的天气里姜九笙在冷水里足足泡了两个小时，她只觉得头重脚轻，灯在转，眼前这张漂亮的脸也在转，视线模糊不清。

“时瑾。”她没有什么力气，喊得很轻。

“嗯？”他的声音都在颤抖，他这才发现她的身体很烫。

她提不起劲儿，靠着他，身高刚到他的肩膀。她极小声地在他耳边问：“你是我的‘脑残粉’吧？”

刚才他那样质问她，到底失了分寸。

时瑾额头上的汗滚了下来，沉默了片刻，他才道：“是。”

她大概烧糊涂了，昏昏沉沉地道：“手给我摸的话，我可以给你好多好多签名。”她的声音越来越轻，“让我摸久一点儿，合影也可以给……”

姜九笙发高烧了，三十九点二摄氏度，意识已经有点儿模糊了。

时瑾抱她去了主卧，然后他的房间、他的床全部沾染上了她的气息，他恨不得将她严严实实地裹起来，彻底据为己有。

他心心念念到发疯发狂的人就在怀里，所有伪装全部土崩瓦解，他压着她，用力地吻着她，像饮鸩止渴。

“汪。”姜博美在门口叫唤了两声，尾巴甩得厉害。

时瑾突然抬头，眼眶通红地低吼道：“滚出去！”

吓死狗狗了！

姜博美赶紧从主人的房间里滚出去，走到门口忍不住回头偷瞄了一眼主人床上的人，那人真的好像它的“照片妈妈”。

屋里很安静，只有粗重的呼吸声久久不能平息。

“笙笙……”时瑾叹了口气，把怀里的人放进被子里裹紧，亲了亲她的额头，起身去拿医药箱。

姜九笙烧得太厉害，简单的物理降温已经不管用。时瑾给她擦了擦额头、脖颈上的冷汗，她半点儿要清醒的意思也没有，睡得很沉。

“笙笙。”时瑾喊了她许久，没有回应。他将她抱了起来，裹着被子揽在怀里，扶着她的肩给她喂药。

她的唇紧紧地闭着。

时瑾将药丸放到她的嘴边，哄她道：“笙笙乖，张嘴。”

她拧了一下眉头，张开了嘴。

他把药喂了进去。

舌尖一碰到药，她立马皱了皱小脸道：“苦。”

她声音细细的，带了江南水乡的温软，一点儿都不像她平日里慵懒又随性的模样。

时瑾心软得不行，他用勺子舀了水喂到她嘴边：“喝了水就不苦了。”

姜九笙闭着眼咕哝了两句，没张嘴。

时瑾迟疑了一下，含了一口温水，低头贴着她的唇将水喂给了她。

姜九笙吃了药，一个小时后，身上的温度降了些。

过了片刻，姜九笙发了一层汗。时瑾犹豫了很久，还是关了灯，脱了她的衣裳。

窗外月朗星稀，时瑾守在姜九笙的床头。她睡得很沉，而他看得痴了。月上梢头，窗外的雪松被霜露压弯了枝头。

时瑾俯身，贴在她耳边轻轻地唤道：“笙笙。”

她紧闭着眼，怎么喊都不醒。

时瑾掀开被子躺在她身侧，小心地抱紧她，嘴角缓缓扬起。

翌日，秋高气爽，是个大晴天，阳光透过天青色的窗帘洋洋洒洒地铺在床上。纯黑色的被子落上了一点儿金黄色的光，显得格外祥和。

姜九笙睁开眼就对上了一双又圆又大的眼睛，一时没回过神来。

“汪！”

姜九笙："……"

她愣怔间，一坨毛茸茸的肉团滚进了她怀里。哦，原来是只肉乎乎的博美，纯白色的，很萌很漂亮。

"汪！"姜博美撒欢地用狗脸去拱姜九笙，"汪汪！"

门口有男声响起，男人一字一顿地道："出去。"

主人来了，撤!

姜博美麻利地爬下床，沿着墙脚溜出了房间，然后去客厅自觉地把自己的狗窝叼到了阳台上。

姜九笙还是愣愣的。

时瑾站在门口，没有贸然进去，解释说："那是我的狗，叫姜博美。"

姜九笙嗯了一声，环顾了一下，道："时医生。"

"昨天你喊了我的名字。"

昨天……姜九笙只觉得脑袋疼。

"时瑾"两个字到了嘴边，她却怎么都喊不出来，像被什么东西哽住了喉咙。衣服还算整齐，她掀开被子下床，穿着袜子踩在了大理石瓷砖上。

"我怎么在这儿？"

时瑾没有立刻回答她，走到房间的地毯上拿了棉拖鞋，蹲下将拖鞋放在姜九笙身前。

"昨晚你发烧了，你家的门锁着。"

姜九笙低下头，时瑾就蹲在她面前，没有刻意打理的短发很随意。他发质很软，头发看着很乖巧服帖，没有他平时孤傲的样子。

她收回目光，穿好鞋，后退了一步道："麻烦你了。"

"不麻烦。"时瑾语气礼貌又平易近人，他抬手，手掌自然而然地覆住了她的额头。

姜九笙下意识地又后退一步。

时瑾没有收回手，反而往前一步说道："我是医生。"

姜九笙不再动了。

他用手背碰了碰她的额头，片刻后收回手，退后一步，与她保持着不远不近的距离。

"你还有些低烧，要不要再躺一会儿？"

姜九笙摇了摇头，虽说时瑾是医生，可到底男女有别。

时瑾没再说什么，拿了床头柜上的药给她，又递了一杯水过去。

姜九笙接过杯子，水是温的，她吃了药，向他道谢。

时瑾说了声“不用谢”。

退烧药是白色的药丸，不是胶囊，特别苦。姜九笙素来嗜甜，舌尖上苦涩的味道一直散不去，她皱着眉又喝了两口水，但不顶用。

她想抽烟，想喝黄桃酸奶。

时瑾温声提醒道：“不能喝奶制品，会阻碍药物吸收。”

姜九笙断了这个念头。她的身体算不上好，她抽烟又喝酒，除了不熬夜，基本是怎么折腾怎么来。大概正因为如此，被冷水一泡，她就扛不住了。

她舔了舔下唇，还是觉得有点儿苦。

他从床头柜里拿出一个彩绘玻璃瓶递给她：“可以吃这个。”

瓶子很漂亮，瓶口塞着实木塞子，裹了一层薄薄的油纸，看起来小巧又精致，里面装了白色的固体片状物。

姜九笙接过瓶子，倒出一片那东西闻了闻。

是奶片……

“若是苦，可以多吃几片，柜子里还有。”

姜九笙语塞，他像是很清楚她的喜好。她含了一片奶片，甜而不腻，感觉胃都舒坦了。

出了房门，姜九笙才发觉时瑾公寓的格局与她公寓的格局一般无二，她借宿的那一间是公寓一楼的主卧，大概是时瑾的卧室。

登堂入室便罢了，她还鸠占鹊巢。姜九笙从没有如此窘迫过，一时不知作何反应。时瑾却很自然，去厨房看了一眼，折回客厅问姜九笙：“早饭已经做好了，你是回你那边洗漱，还是在我这里洗？”

姜九笙迟疑了三秒道：“去那边。”

为什么是选择题，而不是是非题?

像是一团乱麻突然滚到了心里，她后知后觉地认识到这点时，这团乱麻已经解不开了。半个小时后，当姜九笙站在703门口时，仍旧没想明白她和时瑾怎么就发展到了共进早餐的地步。

早饭很丰盛，一碗南瓜粥、一碟灌汤虾饺，草莓杧果拼盘里放了火腿、土豆饼与紫薯包，还有青苹果汁。

南瓜粥很甜，紫薯包的皮很薄，苹果汁不太酸，放了一点儿蜂蜜。早餐全都是按照她的喜好，无一丝遗漏。

姜九笙尝了两口，停下动作，盯着面前的餐盘若有所思。

时瑾坐在她对面，一米宽的灰瓷餐桌抛了光，干净得能映出他的样子。他穿着衬衫，没有系领带，领口松着一颗扣子，显得随意且尊贵。用餐过程中他几乎没有发出声音，餐桌礼仪很好。

姜九笙一时看怔了。

“味道不好吗？”不等她回答，时瑾便放下金属筷子，“想吃什么？如果你不赶时间，我可以现在做。”

姜九笙摇头道：“这些都是你做的？”

“嗯。”时瑾倒了杯温水放在她旁边，“只做了几样简单的。”

如果这还算简单的话，那煮泡面和炒饭算什么？姜九笙一时不知道该说什么好了，拿起勺子开始喝粥，不再言语。

“还合胃口吗？”他问得似乎随意，只是停顿下来的动作显现出了几分不自然与慎重，不难听出他语气里极力掩藏的期待。

姜九笙大方地夸奖道：“很好吃。”

时瑾浅浅地笑道：“锅里还有。”

她没有客套，一顿饭也算宾主尽欢，餐桌上他们的交谈并不多，却也不拘谨，自然又闲适。姜九笙很喜欢这种感觉，舒服而自然。显然，时瑾的礼仪与气度都拿捏得很好。

吃完早饭，她在沙发上坐着，时瑾在厨房洗碗。客厅里只有她一个人，偶尔能听到厨房传来的锅碗瓢盆碰撞的声音，那只可爱又漂亮的狗狗不知躲哪儿去了。姜九笙这才有些如坐针毡，便起身打量时瑾的房子。这里与她的公寓是一样的格局，装修风格偏中式，色彩比较深沉，以灰白素色为主，干净却冰冷，客厅不同于卧室的纯黑色，添了几抹白，很像时瑾给人的感觉。

整个公寓装修的设计感很强，当然不免冷清与沉肃，唯独有几样饰物显得格格不入，比如深灰色沙发上的吉他抱枕、窗台前水滴状的藤木吊篮椅、沉香木书架前的老旧CD机、楼梯拐角处倾斜摆放的大提琴。

真巧啊，这些东西都是她的心头好，与她公寓里的一模一样。

时瑾的声音从她身后传来：“笙笙。”

熟稔又亲近的称呼，他叫得非常自然。

姜九笙回头：“啊？”

很多人喊她笙笙，可从来没有哪个人的声音像时瑾的声音这样，很轻、很温柔，像拂过耳边的风，不知不觉地侵入她的脑海。

“离吃药时间已经超过一个小时了，你现在可以喝牛奶，不过冰的不行。”

时瑾递过来一杯牛奶。

姜九笙接过杯子，牛奶是温的，她喝了一口，黄桃味儿的。

原来上次在电梯里的事不是巧合。

“时瑾。”姜九笙停顿片刻，看着时瑾的眼睛问，“我们以前见过吗？”

窗前的吊篮椅、书架上的CD机、楼梯口的大提琴，还有洗手间里的香薰、餐桌上的甜食与果饮，她的喜好、习惯，他似乎全都知道。

他身上除却淡淡的消毒水味儿，还有一股薄荷香，与她的一模一样，那是国外一款沐浴露的香气。她很喜欢这款沐浴露，用了很久。

她又重复了一遍：“我们是不是见过？”

时瑾迟疑了很短的时间，点了点头：“见过，如果没有手术，你的演唱会我都会去。”

“你是我的粉丝吗？”

“是。”

她实在没有办法将一身贵气的时瑾与摇滚乐联想到一起，话到嘴边转了几转，问他：“你搬来这里跟我有关？”

看得出来，时瑾为人绅士礼貌，却并不与人亲近，和人相处时总是带着距离感，唯独对她多了些熟稔与热络感。

他点头，眼里多了些局促不安，漂亮的手规规矩矩地压着黑色西装裤的裤缝线，手指不自然地屈着。

姜九笙从来没见过他这个样子。她迟疑了很久，还是问出了口：“你是我的‘私生饭’吗？”

她的粉丝不少，“私生饭”她也常见，只是她从未见过时瑾这般自制又懂分寸的粉丝。她看不懂他，也猜不透他除了搬来她的对门还做过什么疯狂的举动，她不是不好奇，但就是不知道为何没有追根究底。

“是吗？”她问得小心翼翼。

时瑾同样如履薄冰，语气带着不确定地道：“你会讨厌吗？”

她确实不喜欢“私生饭”，可如果是时瑾……姜九笙摇了摇头，至少到目前为止，时瑾从未让她有过一丝不舒服与不自在的感觉，相反，她与他相处时很放松。

时瑾松开紧皱着的眉，说道：“那我是。”

“汪！”就在这时，阳台传来狗叫声。

姜九笙回过神，目光转向阳台。狗脑袋上的一小撮毛露了出来，姜博美表情怯怯的，又不敢跑出来，只能用屁股对着客厅把尾巴甩了出来。

“汪！”

时瑾走去阳台，给姜博美倒了些狗粮。

姜九笙跟着走过去问道：“它叫博美？”

一只博美，名叫博美，也算独树一帜。

“嗯，它叫博美，”时瑾回头，冲姜九笙浅笑道，“它跟你姓。”

美人一笑，勾魂摄魄。

姜九笙觉得心头发痒，想抽烟了。

便是这天，她知道了时瑾有只狗叫姜博美，他说他是她的“私生饭”。

姜九笙把手机落在时瑾家了。很奇怪，她记得她分明将手机放在了时瑾的沙发上，走之前却怎么都找不到，这才空手回了自己的公寓。

时瑾将手机给她送来之后不久，她收到了他的信息，里面只有言简意赅的四个字：“我的号码。”

姜九笙笑着存下了他的电话号码。

对面公寓里，时瑾给姜博美倒了一盆进口狗粮，摸了摸它的头：“做得很好，以后买最贵的狗粮给你吃。”

“汪！”姜博美好开心好开心哦！

它叫博美……

它跟你姓……

一整天了，这两句话在姜九笙的耳边绕来绕去，绕得她心神不宁，一直不在状态。她从录音棚里出来，接过莫冰递给她的一瓶水。

“莫冰，你对‘私生饭’怎么看？”姜九笙问莫冰。

“你被‘私生饭’跟踪了？”

姜九笙摇头道：“不算是。”

“深恶痛绝。”莫冰从事经纪人这个行业好几年了，经手的“私生饭”事件不算少，“总体来说，‘私生饭’的标签就是两个词——疯狂、无知。”

他们毫无底线地偷窥明星，无休无止地跟踪蹲守，极端一点儿的甚至会做出伤害艺人的举动。

总之莫冰对“私生饭”没有一点儿正面的感想。

“那会不会有不那么极端、疯狂的‘私生饭’？”姜九笙想了想，具体地描述道，“比较优雅、绅士的那种。”

莫冰表情严肃地道：“你确定你是在形容‘私生饭’？”

姜九笙不确定了，毕竟在二十一世纪里，可能打着灯笼也找不着时瑾那样气度与涵养兼备的男人。

“绅士优雅的‘私生饭’……”莫冰皱眉道，“笙笙，那你遇到的一定是衣冠楚楚的‘私生饭’，那种更恐怖，极有可能是禽兽。”

姜九笙：“……”

时瑾那般光风霁月的君子，怎么会是衣冠禽兽?

姜九笙打住了这个话题。她虽好奇疑惑，却从未怀疑过时瑾的居心。

姜九笙对调音师道了谢，和莫冰一同走出了录音棚。

两人刚到休息室，柳絮的电话就打了过来。姜九笙接了电话，但没开口，电话那头很吵，接着柳絮似乎找了个稍稍安静的地方。

“笙笙。”她的声音听起来很疲惫，看来这两天她过得不太如意。

姜九笙问：“收到解约合同了？”

柳絮在网上泼她脏水的第二天，姜九笙就找律师拟了合同。念在过往的情分上，又念在是自己先提出解约的，姜九笙付了最高额的违约金。

“笙笙，我们谈谈吧，我有话对你说。”

“好，在哪儿？”

“秦氏会所。”

姜九笙挂了电话，助理小乔开着车，送姜九笙与莫冰去了秦氏会所。

两人到那里时已经将近七点，正是华灯初上的时候，会所里灯红酒绿，霓虹笼罩的不夜城奢华喧闹，纸醉金迷。

姜九笙径直去了柳絮告诉她的包厢。柳絮订的是贵宾房，没有人来人往，远离喧嚣，倒是有几分附庸风雅的古味。

柳絮正等在门外：“笙笙，你来了。”

姜九笙颔首，并没有搭话，打开了贵宾房的门：“进去说。”

啪嗒——

打开门后，姜九笙抬头，目光骤然冷了下来：“怎么回事？”

莫冰推开柳絮，朝房里看了一眼，脸色立马变得难看了。呵，一屋子的人！确切地说，是一屋子唯简家公子爷马首是瞻的衣冠禽兽。

外面有只白眼儿狼，里面有群禽兽，一丘之貉!

莫冰凉凉地瞥了柳絮一眼：“你倒说说，这是怎么一回事？柳小姐什么时候成了简二公子的走狗了？”

“你误会了，我是在等笙笙的时候刚好遇到了简少。”柳絮面不改色地道，语气没有半点儿慌乱的意味。

她的胆量不错，演技也很好。

姜九笙扫了一眼屋里的人，目光落在柳絮妆容精致的脸上。她比柳絮高了半个头，往前走了一步，幽幽地俯视着柳絮道：“你当我蠢吗？”

柳絮的眼眶立马红了：“不是这样的。”

屋里这位才是幕后操纵者，柳絮充其量算个台前的戏子。

姜九笙懒得听她掰扯，进了包厢："你指使她的？"

昏暗的包间里，简成宗带了一干保镖，正端着一杯酒半靠半躺地倚着皮质沙发看好戏："嗯，是我。"

"你答应了她什么条件？"

"不多，一张专辑的投资。"

自从上次演唱会她落了简成宗的面子，这位公子爷的电话便三番五次地打到莫冰的手机上。他撤了资，翻了脸，姜九笙本以为这事翻篇了，不想这位简公子仍旧贼心不死。看来柳絮那点儿上不得台面的伎俩就是个导火索，不过是为简成宗铺桥搭路罢了。

先前姜九笙一直想不明白，柳絮为什么还没有离开The Nine就敢抹黑她，她不可能不懂一损俱损的道理，原来是早就找好了下家。

物以类聚，人以群分。

姜九笙牵了牵嘴角，笑意冰冷："才一张专辑，原来我就值这个价？你没看过我发给你的解约合同？那里面我给你的劳务费就不止这个数了。"

柳絮花容失色，张嘴欲语。

姜九笙慢条斯理地接了话："我这个人不太喜欢记仇，不过若是我记下来了，自然没有不算账的道理。合同我会重新拟定，是你违反条约、置乐队于不顾在先，你该赔的我一个子儿也不会少算。"

柳絮终于端不住了："笙笙——"

"莫冰，带她出去。"

这是她最后的仁慈。

莫冰朝门外看了一眼，眉心狠狠一跳："你怎么办？"门外果然有人守着，简成宗这个禽兽，居然动了这等腌臜的心思。

"我走不掉。"姜九笙抬起一只脚踩在茶几上，拿了根一次性的木筷子利索地将长发盘在脑后，笑道，"是不是啊简公子？"

简成宗一脸兴味，心情颇好地摆了摆手，示意底下的人让一条路出来。

莫冰犹豫了很久，还是一把拽着柳絮出去了。

关上门后，包间里的灯骤然亮起，照得女人的脸更加白皙。简成宗从来没见过哪个女人略施粉黛就能美成这个样子，不只是皮相，更是骨子里透出来的迷人魅力。姜九笙就是这样的女人，危险又神秘，却带着致命的诱惑力，所以他豁出去赌一把又如何？

"简公子想跟我玩什么？"

简成宗盯着她稍稍露出的那截小蛮腰，目光带了浓浓的侵略性与兴趣，说：“成人游戏。”

姜九笙笑了一声。她倒更喜欢暴力游戏。

她右腿往后迈了一步，双手握拳，摆出一个典型的散打防御动作。

“别伤了我的美人。”简成宗晃了晃手里的红酒杯。

他的保镖依言逼近，却见姜九笙不疾不徐地用脚尖摩擦了两下地面，随即起跳，来了一个漂亮的回旋踢。

咣！

烟灰缸被她踢飞，不偏不倚地砸碎了简公子手里的红酒杯，一杯红酒全部泼在了他的西装裤上。

“姜九笙！”

姜九笙嗯了一声：“把我放趴下了，我就随你们处置。”

三四分钟后，莫冰又返回来了，她推开门，刚好撞见她家艺人正拿着酒瓶子狠狠地往五大三粗的男人的脑袋上砸。

咣的一声，男人的脑袋开花了。

莫冰：“……”

姜九笙扔了碎得只剩一个瓶口的酒瓶子，扭了扭手腕：“你怎么回来了？”

这是莫冰第三次看见姜九笙打架，第一次是在散打馆，姜九笙一个回旋踢，把宇文大老板踢出了擂台线；第二次是在电梯里，姜九笙弄碎监控摄像头后，把跟踪她一路的“私生饭”打得趴在地上叫爸爸。

这是第三次。

不过，莫冰还是见一次就目瞪口呆一次，姜九笙分明是仙气缭绕的一个女艺人，战斗力怎么就这么强？

莫冰回神，把惊掉的下巴收回来：“你是艺人，不能报警，我已经给老板打电话了。你在里面打架，我总不能在外面凉快吧。”

姜九笙没说话，一个旋风腿，把莫冰后面意图动手的男人踢倒在地。

莫冰：“……”突然有点儿后悔，她是不是不该回来？

是的。

其实莫冰还不如在外面凉快。不然姜九笙应该不至于为了给她挡一棍而折了手。

“一个女人都搞不定，我养你们有什么——”

简成宗的话还没说完，姜九笙抄起酒瓶子就往他身上砸。

咣——当！

简成宗曾经以为年轻男女玩的都是肉体游戏，今天才知道，姜九笙玩的是体能游戏。

她的散打可不是白练的。

宇文冲锋是一刻钟后到的。除了宇文冲锋手下的二十几个彪形大汉，还有一个人跟来了，他十分年轻，穿一身规整的燕尾服，肤如葱白，明眸皓齿，生得十分英俊，一分妖来一分娇。

偏偏他又留了一头短短的羊毛小鬈发。

他是谢荡，姜九笙已经有两个月没见到他了。

谢荡进来的时候，姜九笙的铆钉短靴正踩在简成宗的背上。谢荡二话不说，上前拿了把凳子就冲了过去。

姜九笙拉住他："你干什么？"

谢荡眼神凶狠："干他。"

谢荡是何许人，他是维也纳国际音乐盛典上最年轻的小提琴演奏家，享誉盛名的天才音乐家，是真真正正的书香贵公子。

偏偏……他脱了高定西装之后，就是个蔫儿坏蔫儿坏的小妖精，作天作地又爱美，妖里妖气还纯情。

姜九笙问："打死了怎么办？"

"老子赔。"

他说完，甩开姜九笙的手，举起凳子就砸到了简成宗头上。

简成宗也是豪门出身，哪里被人这么打过，顿时火冒三丈："哪儿来的龟孙子，只要你今天没把我打死，我们简家一定会弄死你的！"

呵，威胁他啊？谁还不是个少爷了！

谢荡把椅子往地上一扔，一股子"年少轻狂，你狂老子更狂"的狠劲儿："那我就把你打死，一了百了。"然后他抬脚踹简成宗，"欺负谢家的关门弟子，当谢家没人是吧？"

谢荡国外演奏会一结束就飞回了国内，衣服都没换就过来了，脚上还穿着锃亮的黑皮鞋。那一脚着实顶心顶肺。

简成宗被踹得嗷嗷乱叫。

简家那些保镖都急了，刚要上前，宇文冲锋就打了个响指让手下将人给拦下了。随后他往皮沙发上一坐，冷眼旁观起来。

别看谢荡是个娇气的人，耍起狠来，那也是往死里搞的。他脾气不好，闹性子时没人敢拦，除了姜九笙。

"够了。"姜九笙吱声了。

谢荡停下动作，抬头看向她。

姜九笙看了一眼抱着肚子瘫在地上已经出气多进气少的简成宗。谢荡也是练过的，专挑不致命却疼死人的地方踹。

“打坏了还得我收拾烂摊子。”这一句是宇文冲锋说的。

谢荡不乐意，又打了两拳才罢手，活动活动手腕，扭头看着姜九笙。灯光迎面打来，他这才看清姜九笙的左边脸颊上有伤，问道：“脸上怎么了？哪个打的？”

谢荡这个人，脾气坏，还要人宠，平时任性又不讲理，就一点好——护短。他是看不惯姜九笙，不爽她抽烟、喝酒、打架、玩吉他。可姜九笙已经拜了他老谢家的祖宗，他可以关起门来训，但是外人能欺负吗？能打吗？他气坏了，拽着姜九笙的手怒气冲冲地说：“快说，哪个兔崽子弄的？”

姜九笙不大在意地用手指抹了一把血道：“被玻璃碴儿溅到弄的。”

谢荡赶紧把她的另一只手也拽住，从西装口袋里拿出一块干净的方巾，一边给她擦血一边数落她：“你别动，毁了容就丑死了！”

姜九笙的眉头蹙得更紧，额头冒出汗来。

谢荡不解气，继续训道：“你是不是蠢？一个女人在外面打什么架，不会跑啊？”训完他拉着她的手转了两圈，“你有没有事？还有没有哪里受伤？”

谢大师就谢荡一个儿子，谢荡又自小没了母亲，谢大师对他当然是疼着惯着，这才养成了谢荡如今这般娇气的性子。他到底年纪小，二十岁出头，除了会拉小提琴，社会阅历算不得多。他本性单纯，虽然对姜九笙总是恶语相向，但到底是一起学了几年音乐的“自家人”，他心里还是偏袒着她的。

见姜九笙不说话，谢荡烦躁地抓了一把鬈发：“怎么不吭声？没事吧？”

“你再不松手就有事了。”

谢荡愣了一下，这才发现她脸色苍白大汗淋漓。他立马松了手，还用手指轻轻地戳了一下她的手臂：“手怎么了？”

兴许自小拉小提琴的关系，谢荡有一双很漂亮的手。他的手指特别长，指节纤细，像古时候十指不沾阳春水的大家闺秀的手，皮肤白皙又细腻。

姜九笙轻描淡写地回了他的话：“可能是骨头折了。”

骨头折了……

“那你还和个没事人一样？”

谢荡的脸色瞬间就变了，他二话没说，转身就去踹简成宗。

这下宇文冲锋也不拦着了，宁愿谢荡打坏简成宗后收拾烂摊子。他目光落在姜九笙身上，这人倔得手折了都一声不吭。整个散打馆就数她硬气，平时就倔得像头牛。

简成宗被踹成了猪头，抱着脸哇哇大叫：“你知不知道我是谁？要是我有个三长两短，简家绝对不会放过你们！”

这狂妄自大的嘴脸令人生厌。

宇文冲锋慢悠悠地从沙发上起身，闲庭信步般走过去道：“那你知不知道我是谁？”他一字一顿地说，“我爷爷叫宇文啸天。”

“……”简成宗除了惨叫，什么都说不出来了。

江北基本没有人不认得宇文家这位老爷子。天宇的小老板也姓宇文，大家以为这只是巧合而已，毕竟宇文家的独生少爷怎么可能这么浑不吝？

宇文冲锋瞥了一眼姜九笙的手，对谢荡说：“打够了就送她俩去医院，我去处理一下这里的监控。”

姜九笙是天宇的艺人，谢荡的工作室也挂在天宇传媒旗下。两人都是让宇文冲锋头疼的主。

天北第一医院。

助理小乔临时去还赞助品，是谢荡开的车，车刚停在医院门口，他便将车窗摇上了：“有记者跟拍。”

莫冰赶紧把口罩掏出来给姜九笙戴上，低骂一句：“柳絮这个白眼儿狼！”她看了看姜九笙已经有些肿了的左手，道，“现在怎么办？”

谢荡挂挡，将车一个甩尾掉了头：“换家医院，我甩掉他们。”

“等等。”

谢荡抬头，从内后视镜里正好看到姜九笙的脸，就见她不慌不忙地拨了个电话。

医院顶层的会议室里，正在进行一次神经母细胞瘤的专家会诊。该会诊由神经外科发起，参与人员有院内各个外科科室的主任医师、院外专科专业的教授及同行领军的学术专家。

投影屏幕上，幻灯片滚动着。

身着白大褂的男人拿着翻页笔，吐字清晰，有条不紊地道：“肩胛骨软组织至颈部淋巴部分有肿瘤转移，患者已过了T4N2期，我的建议是尽快测定任意尿香草扁桃酸和高香草酸的肌酐比值——”

手机的振动声突然打断了年轻医生的讲述，会议室里数双眼睛朝后看去。

坐在会议桌靠门位置的是心外科的时医生，天北第一医院里最年轻的外科主任医师。在一干中年大叔里，时医生显得尤为年少俊逸，气质涵养更是无可挑剔。

大家倒是第一次见时医生如此失礼。

时瑾看了一眼来电显示，起身说道：“抱歉。”他拿着手机，甚至没等到走出会议室就接通了电话，“笙笙，是我。”

笙笙……这一听就是女人的名字。

会议室里一干专家教授面面相觑，特别是发言的那个白大褂医生，惊得直接打翻了咖啡。

时瑾什么时候有女人了？

顶楼除了用作会议场所，并不作他用，很安静。时瑾靠着墙，低头打着电话，嘴角浅浅的笑怎么也压不住。

“怎么了？”

“我在医院外面被记者跟拍了，进不去。”

“你把车开到一号门的地下车库，我去接你。”

“好。”

挂了电话，姜九笙对谢荡说：“开去一号门的车库。”

谢荡边打方向盘边问：“谁？”

“一个朋友。”

姜九笙没有再多解释，闭上了眼，脸色十分苍白。

天北第一医院的一号门车库仅对医院内部员工及员工家属开放，车辆登记的记录表上是时瑾签的字。

姜九笙下了车，时瑾已经等在车位旁了。

她先开口道：“抱歉，给你添麻烦了。”

时瑾摇头，说“不麻烦”：“受伤了？”他的目光落在了姜九笙的脸上。她戴着口罩，口罩的左边有点点血迹。

“没什么大事。”

时瑾盯着她，脸色有些沉：“还伤了哪里？”

她总觉得时瑾有些生气，眼神冷得有几分陌生。

姜九笙回了话：“左手。”

他走过去，伸出手，似乎想碰碰她的左手，手又停在半空，便那样悬放着。

“疼？”时瑾盯着她已经肿得厉害的手，眉间的褶皱更深。

姜九笙点头。

他的脸色更沉了。

“抬得起来吗？”

姜九笙摇头。

没有管车内的另外两个人，时瑾对姜九笙说了句“跟我来”，便径直朝内部员工的电梯入口走去。他输了指纹，电梯门合上的前一秒，一只漂亮的手伸了进来。

谢荡长腿一迈就站到了姜九笙身边，他看着时瑾，防备地道：“你带笙笙去哪儿？”

时瑾言简意赅地道：“就诊。”

莫冰跟着上了电梯。

时瑾按了五层的按钮，低头拨了个电话：“孙医生，我是时瑾。”

电梯里很安静，只有时瑾的声音，他声音低沉，像缓缓流淌的大提琴声，优雅醇厚。

真是一副好嗓子！谢荡盯着时瑾，莫名其妙地想到了这个。

时瑾背着身正在打电话：“三点到四点的时间能空出来吗？”

那边的人大概问了些题外话。

时瑾耐心又礼貌地回道：“嗯，是我的朋友。”他没有详谈，匆匆聊了几句之后，说了句，“麻烦了。”

道谢后，他挂了电话，目光灼灼地看着姜九笙的脸：“清理完伤口，我再带你去骨科。”

姜九笙突然觉得，有个当医生的“私生饭”很走运。她点头说了声好，见鬼似的想享受一回“偶像待遇”。

两人话都不多，却异常有默契，态度熟稔却不亲昵。

谢荡听得不爽，往前一步，把姜九笙挡在身后，漂亮的丹凤眼上上下下地扫视时瑾：“你是谁？”

“医生。”

现在的医生都长这样？！

谢荡正要再“审”，五楼到了。电梯门打开，一张男人的脸率先出现在电梯门口。

男人三十岁上下，穿一身医生白袍，单凤眼，五官立体而偏凌厉，笑起来却有两个深深的酒窝。他瞥了一眼电梯里的人，目光便投向了时瑾：“你怎么招呼都不打一声就跑了，会诊——”

不等男人说完，时瑾便打断他道：“我这边忙完就马上过去。”

男人愣住了。

一向好涵养、好风度的时医生，居然也会打断别人的话！

时瑾又道："徐医生，麻烦你先带这位莫小姐去急诊科的周医生那里。"

男人姓徐，名青舶，是神经外科的副主任医师。

时瑾这是把他一介神经外科的副主任医师当护士使唤了？

徐青舶："我说——"

时瑾绕过他道："谢谢。"

徐青舶一脸迷茫："……"

莫冰更加迷茫，想必这位就是笙笙嘴里那个手漂亮、医术精湛的邻居了。莫冰的目光不自觉地往下，落在了时瑾的手上。

这双手是真的美。

徐青舶似乎还有话要说，站在电梯门口没动。

时瑾看着他道："麻烦让一下。"

他像在看路人甲。

这里就不得不提一句了，徐青舶和时瑾是博士生时期的同窗，算上共事的两年，两人认识也有八年了。

徐姓路人甲让路了。

时瑾回头，看着电梯里戴着口罩的姑娘："笙笙，你跟我来。"

他温声细语，语气跟哄孩子似的。

徐青舶怀疑自己出现了幻觉，他认识时瑾八年了，从来没见过对方这样柔情的样子。时瑾那厮矜贵到了骨子里，就差遁入空门普度众生了，哪里食过人间烟火，更别说男女滋味了。

"徐医生。"

徐青舶这才回神："啊？"

莫冰同姜九笙打了招呼后便没有跟上去："急诊室在哪儿？"

"我带你过去。"

徐青舶一步三回头，特别好奇能让时瑾这般正儿八经的绅士折腰的姑娘是何方神圣。

时瑾领着姜九笙去包扎，谢荡亦步亦趋地跟着，一双漂亮的丹凤眼警惕地四处扫视着，他觉得这个半路杀出来的医生很危险。

时瑾的独立办公室就在五楼最东面的位置，从电梯口过去只有几步路远。

心外科，时瑾，谢荡瞟了一眼门口的名牌，准备跟着进去。

时瑾的手搭在门把上，他回过头，用公事公办的口吻说道："非病人家属请在外面等。"

谢荡接话："我是病人的爸爸。"

姜九笙："……"

时瑾神色自若地道："您保养得很好。"

谢荡："……"

姜九笙："……"

这就是来自外科医生的冷幽默。

谢荡对时瑾似乎心存戒备，三人之间的氛围显然不太好。姜九笙的电话便在此时响起。

姜九笙转身接起电话，喊了声："静姐。"

电话那头的女人语速很快，跟炮仗似的说了一堆，一听就是正在气头上。

姜九笙脾性好，语速不紧不慢地道："嗯，他跟我在一起。"

对方又说了几句话。

"好。"姜九笙挂了电话。

谢荡很不耐烦的样子："她打你的电话干什么？"

姜九笙嘴里的静姐是谢荡的经纪人宋静，四十多岁，脾气火暴，大嗓门，还毒舌。谢荡怀疑宋静之所以这样是更年期到了，不然就是家里老公不听话。

不过以上全部是谢荡的个人看法。

在外人看来，宋静有能力、有手腕、人脉广、会做人，是个雷厉风行的女人。可她偏偏不走运地带了谢荡这个比古代的公主还难伺候的主。

也就姜九笙这个师姐能治治他，是以宋静每次一筹莫展的时候，就会打电话给姜九笙求助。

"她找你。"姜九笙看了看手机上的时间，"你还有通告，离开录还剩不到半个小时。"

谢荡全然不在意，一点儿要走的意思都没有："到时补录。"

"是直播。"

谢荡哼了哼，不愿意离开。

姜九笙神色泰然地道："等会儿我的助理会过来，你先回去，等我包扎完了给你打电话。"

她的语气隐隐约约带着一股子命令的调调。

谢荡很不爽，没好气地对她叫道："知道了，不用你赶！"

他哼了一声，又瞥了时瑾两眼，这才肯离开。

姜九笙失笑，跟着时瑾进了办公室。与其说这是办公室，其实更像诊室，屋子里有两台她叫不上名字的仪器、一张挂了帘子的床，实木柜子上放满了文件，摆放得很整齐，还有一张电脑桌，电脑旁边有一套外科医生专用的手术刀。

这很像时瑾的风格，简单又规整。

时瑾上前将医用检查床的帘子拉开，取了自己挂在木质挂衣架上的外套铺在床上：“你坐这里。”

姜九笙依言坐下，说了声谢谢。

时瑾抿唇笑了笑，从镶嵌式的玻璃柜里取出包扎用的棉布、消毒水与药物放在托盘里，端过去放在医用床上。

他戴好手套，俯身端着姜九笙的下巴。

隔着塑料手套，他的手依旧冰冰凉凉的，姜九笙不觉往后退了退。

“别动。”时瑾低声说道。

姜九笙就不动了。

他取下她的口罩，看了看她脸上的伤口，然后低头配好药，用医用钳子夹着棉布蘸了碘伏：“头抬高一点儿。”

姜九笙稍稍抬高了下巴。

时瑾微微俯身，两人离得很近，他说话时凉凉的气息萦绕在她的鼻间，熟悉的薄荷香味让她有些愣怔。

“怎么弄的？”

“和人打架。”

时瑾的动作顿了一下。

“下次尽量不要动手。”他用克制又小心的语气向她建议道，“你是艺人，伤到了不好。”

时瑾真是个温柔又绅士的人。

即便做不到，姜九笙还是鬼使神差地点了点头。她想，时瑾温柔地说话时，很多人应该像她一样，怎么都拒绝不了他的要求。

他动作很轻，用软软的棉花蘸了凉凉的药水，幅度很小地擦拭着她脸上的血渍。

姜九笙问：“会留疤吗？”

“不会。”

清洗完伤口，他用棉签蘸了药膏开始给她涂药，转着圈将药物抹开。

姜九笙往后缩了缩。

时瑾动作一顿：“疼？”

与其说是疼，不如说是痒，时瑾的动作太轻，手里那根棉签像羽毛，挠得她心痒痒。她把目光移开道：“还好。”

时瑾的动作又轻了几分，他微微俯身，对着她侧脸的伤口轻轻吹了吹。她的鼻间瞬间充斥了他身上的气息，有很淡的消毒水味道，还有似有若无的沐浴露香味，跟她身上的味道一模一样。

难道每个“私生饭”都像时瑾这样爱屋及乌？

她又走神了。

“笙笙。”

“嗯？”姜九笙抬头，撞上时瑾的目光。

他笑了笑道：“不要碰水，两天后我再给你换药。”

姜九笙有些窘迫，颔首道：“好。”她又补充了一句，“谢谢。”

“不用谢，我是你的‘脑残粉’。”

“……”

时瑾处理好她脸上的伤口，带她去了骨科。这个时间，医院看诊的人本应很多，骨科诊室外却只有寥寥几人。大抵是因为她艺人的身份，时瑾特地打过招呼了，一路上除了医生、护士外她没遇上别的路人。她戴了口罩，但还是有医护人员认出了她，礼貌地过来要签名，都被时瑾一一婉拒了，他的气度、礼仪都让人挑不出错来，渐渐便没有人再上前叨扰了。

时瑾嘴里那位孙医生六十岁上下，是个清瘦的小老头，有几分仙风道骨的味道。这位孙医生是骨科的主任医师，一星期只坐诊一天（并非今天），他会出现在诊室里自然是因为时医生的拜托。

时瑾在医院的威望很高，各科室的医生都会敬他三分，给他几分薄面。毕竟谁家的人还没个病痛？留着天才外科医生的人脉有备无患，何况是人情。

孙医生检查过姜九笙的手，让护士倒了一杯热水过来。他心想，时医生带来的那个小姑娘韧劲儿好，能忍，手肿成那样也一声不吭。倒是时医生那张脸，白得不像话。

孙医生自然看出了几分端倪，这位小姑娘可不是什么无关紧要的人，于是孙医生道：“她没有骨折，只是脱臼了。”

时瑾紧皱的眉头松了些。

“我先给她做关节复位，然后再带她去拍个片子，要是有软组织损伤，还需要用石膏固定。”

时瑾颔首：“好，谢谢孙医生。”

孙医生笑着摇头，对时瑾身边的小姑娘说：“会有点儿疼，忍一下。”

姜九笙点头，耳边响起时瑾的声音：“疼就咬我。”

她转过头，只见时瑾已经把自己的手背递到了她跟前。这么近的距离下，他的手还是好看得无可挑剔，指甲修剪得很整齐，晶莹的白色里透着一点点绯色。

这么漂亮的手，她怎么舍得咬?

姜九笙对时瑾摇了摇头，稍稍抬手道：“麻烦了，孙医生。”

孙医生戴好手套，抬着她红肿的左手稍稍活动了两下。姜九笙紧咬着唇，额头很快便渗出冷汗来。

忽然，凉凉的掌心覆在她的眼睛上，遮住了她眼前所有的光影。

“别看。”

时瑾的声音如此蛊惑人心，她突然有些恍惚。

不知不觉中，她听到一声骨头复位的脆响，本该很疼的，她却没怎么感觉到痛，所有的感官全部集中在他掌心覆着的地方。

时瑾的手真凉。

关节复位之后，时瑾又带她去放射科拍X光片。她进去之前，他说了一句“我等你”，然后便靠着科室对面的墙，挥手让她进去。

很奇怪，这种有人送、有人等的感觉，让姜九笙觉得浑身麻麻的，不知道是不是迟来的疼痛在作祟。

她进去后，时瑾倚着墙安静地等着。

往来的年轻的小护士时不时羞涩地上前问候，时瑾一一回应，但只是淡淡颔首，不言不语。他穿着白衬衫配西装裤，敞着医生白袍，很普通寻常的打扮，却频频惹来注目。

“有匪君子，如切如磋，如琢如磨。”心外科时瑾确实担得起这十二个字。只是其人可远观不可亵玩。

住院部的两个小护士走远后，才敢打趣讨论。

“时医生那张脸，我能看十年。”

“那双腿，我能玩二十年。”

“快打住打住，还要工作呢。”

两人嬉笑着，一时没个正行，嘴里说得最多的便是心外科那位时医生。其他的医护人员已经见怪不怪，天北第一医院未婚的小护士，哪个不被时瑾这个人迷了魂?

哦，不只护士，还有女医生呢。

比如——

“621房三号床的药配好了？”

女人声音清亮，听起来很干练，中气十足，略显强势。嬉闹的两个小护士闻言立马噤若寒蝉，低头配药。

“上班时间嚼舌根，你们是太闲了吗？”

两个小姑娘面面相觑，没敢作声。

这位女医生是院长的掌上明珠，二十六岁的年纪便当上了小儿外科的主治医师。女人姓萧，名林琳，长相很好，是标准的三庭五眼，很有古典韵味。奈何她性格太强势，医院里喜欢她的男医生不在少数，可敢追她的屈指可数。当然，她的性格太强势只是其中一个原因，还有一个原因众所周知——院长千金瞧上心外科的时医生了。

别看萧医生明面上是如此一副清高的模样，可是有小护士瞧见过的，她在时医生面前小女人得不得了。

等人走远了，被训的小护士噘了噘嘴，很不满地道：“公报私仇！她就是见不得别人议论她的心上人。”

“就是，时医生又不是她家的，摆什么时夫人的姿态？”

临近黄昏，窗外夕阳西下，将走廊里静立的人影拉得斜长。

一个人从夕阳的余晖里走来，脸上带着戏谑的笑。

“哟，还等着呢。”

整个天北第一医院，会这般与时瑾说话的，除了徐青舶这个同窗，再无第二人。

时瑾不咸不淡地嗯了一声，算是回应了他。

徐青舶刚结束坐诊，脖子上还挂着听诊器，一副吊儿郎当的模样，在时瑾对面的墙上没骨头似的靠着。

他瞥了瞥放射科门口，问：“里面那个是姜九笙？”

时瑾不置可否。

徐青舶拖长了语调，兴味十足地道：“摇滚巨星啊，”他意味深长地说完之后，神色突然变得认真了，“和你什么关系？”

时瑾思忖片刻之后，一本正经地说：“我是她的‘脑残粉’。”

徐青舶：“……”

当他是脑残吗？

他走到时瑾跟前，语气没了先前打趣时的调侃意味，正儿八经地道：“如果百度百科没有搞错的话，姜九笙应该是三年前出道的。要是我没记错的话，八年前你的钱包里就放了她的照片。”

照片上的小姑娘很青涩，徐青舶只见过一次那张照片，本来印象已经有些模糊，可他仔细看了姜九笙的眉眼，与他记忆里隐约的轮廓重叠。

徐青舶一直忘不掉，当时他们的室友只不过是开玩笑地碰了一下那张被时瑾珍藏在钱包里的照片，事态就一发不可收拾了。那是徐青舶第一次看到极有风度的时瑾发疯、发狂。

那个室友被时瑾打了一顿，后来转了系。

后来徐青舶辅修了精神心理科的课程，才敢断定时瑾患有轻微的偏执型人格障碍。可他的病与传统意义上的偏执症患者又有所不同。他的病因与所有发病症状都与他钱包里的那张照片有关，确切地说，是与照片里的那个女孩有关。

兜兜转转了八年，时瑾心里还是只有那一个人。

“徐青舶。”

时瑾很少这样连名带姓地喊他，脸上不见半点儿平日的温文尔雅，眼睛里全是警觉：“不要过问我的私事。”

这话像是警告，攻击性十足。

除了那次照片事件，徐青舶再没见过这样的时瑾。此时的时瑾露出了所有尖利的棱角，让徐青舶觉得陌生却一点儿也不突兀。

这才是真正的时瑾。

徐青舶郑重其事地道：“时瑾，有时间的话，我建议你去做一次心理测试。”

时瑾冷静地看着他：“滚！”

呵，还算难得，他能听到时瑾说粗话。

总之一碰到照片里的那个人，时瑾保准一点即燃。那是禁区，他就算拼尽一切也不能让人进入半步。

徐青舶突然颇为感慨地道：“快八年的交情、两年的上下铺兄弟情啊……”

八年前，时瑾横空杀进了耶鲁大学医学院，徐青舶很不幸地成了天才的上铺，从此他被天才的光芒掩盖得严严实实。

徐青舶叹了一口气，继续感慨道：“你居然一言不合就让我滚，唉，都是‘塑料花’啊，‘塑料花’！”

他的手刚搭上时瑾的肩，时瑾突然退后一步。徐青舶的手尴尬地悬在了半空中，他一脸迷茫地看着时瑾把医生白大褂脱下扔在了一旁的垃圾桶里，然后从西装裤的口袋里拿出一瓶喷雾型消毒液，对着肩膀的位置喷了三下。

“就算我们有快八年的交情、两年的上下铺兄弟情，也不要随便碰我。”时瑾认真地解释着，表现得依旧优雅又礼貌，“很脏。”

徐青舶：“……”

这种“塑料花”同窗还留着干什么？他要割袍断义！

徐青舶走到医用推车旁，拿了把剪刀刚要割袍，就见时瑾的神色突然变得十分柔和，嘴角还带着浅浅的笑容。

时瑾走上前道：“手还疼吗？”

姜九笙的左手戴着医用的固定带，她稍稍动了动手指道：“不怎么疼了。”

“手还没有用石膏固定，先不要动。”

姜九笙点头。她还戴着口罩，脖子上藏青色的围巾遮住了下巴。

那条围巾徐青舶认得，是时瑾的。

时瑾整了整姜九笙的围巾与口罩，遮住了她的大半张脸：“你去我的办公室等一会儿，我去给你拿结果。”

“好。”

徐青舶瞠目结舌，原来时瑾不仅偏执症有针对人群，洁癖也有。姜九笙之于时瑾就是特例。

第三章
手控是病，他是解药

两人一前一后地离开放射科，在电梯门口刚好碰到萧林琳。

萧林琳笑着打招呼道："时医生。"

时瑾颔首："萧医生。"

礼貌而疏离，是他一贯的对人态度。

萧林琳不免有几分失落，面上却不动声色，目光落到了时瑾身边的人身上："这位是？"

时瑾惜字如金地道："朋友。"

他没有为两人介绍，也没有引荐，显得很冷淡。

萧林琳也没有再细问，换了话题，语气公事公办却不免有几分女性特有的温婉意味："六点后有时间吗？有个病人的事情我想问问你的意见。"

时瑾未加思考便回道："抱歉，没有。"

"……"

时瑾为人绅士，极有风度，若不涉及私人问题，他极少如此斩钉截铁地拒绝人。

萧林琳一时哑口无言。

"我还有事，失陪。"时瑾说完没再逗留，按了电梯键，对身侧的人说，"我去给你办住院手续？"

虽说他是"脑残粉"，但姜九笙不想事事麻烦他："还不到需要住院的程度。”

时瑾语气温和地劝着她，并不越俎代庖：“你的手肿得厉害，可能有软组织损伤，最好住院观察两天。”

他的口吻像是在说医嘱。

姜九笙差点儿忘了，她的邻居还是个称职的医生。她没再拒绝，开玩笑地说了一句：“时医生不是心外科的吗？对骨科也有涉猎？”

“我全能。”

姜九笙：“……”

时瑾说得很准，X光片显示她确实有轻微软组织损伤，她的手被打了石膏。时瑾给她办了住院手续，所幸演唱会日期是在一个月后，她伤的又是左手，大概不会耽误进程。莫冰怕再有什么变故，恨不得把姜九笙当成祖宗给供起来，自然举双手赞同她住院。

莫冰受的都是皮外伤，只是扭了脚不大方便走路。姜九笙便让她回去，留了助理陈易桥在医院照看自己。

陈易桥小名小乔，她也应了这个名字，像古时的女子般温柔又贤惠，用莫冰的话说，上得厅堂，下得厨房。莫冰多次尝过小乔的手艺，每一次都赞不绝口。

晚上小乔带了汤来医院。病房门口有保镖守着，是宇文冲锋派来的人。小姑娘很害羞，红着脸和保镖打了个招呼，客气地问几位大哥喝不喝汤。

几位大哥都不好意思地摆手。

小乔这才走进病房：“笙姐，我给你炖了大骨汤。”

姜九笙放下杂志道：“谢谢。”

小乔腼腆地笑了笑，把保温桶搁在柜子上，放下包，倒了开水仔细地烫洗碗筷。

姜九笙看了一眼她那个鼓鼓的帆布包：“小乔，你晚上不用在医院陪床，我只是伤了手，没什么不方便的。”

“那怎么行？莫冰姐不在，我得时时刻刻守着你。我不在的话，万一有‘私生饭’怎么办？”

得，“私生饭”来了。

姜九笙看向病房门口道：“手术成功吗？”

时瑾还穿着做手术时穿的绿色无菌手术衣，即便是这样的衣服，仍旧盖不住他那一身风华。

他真是个天生的衣架子，姜九笙想。

时瑾点头道：“嗯，很成功。”

话音刚落，只听咣当一声，两人都闻声望去，就见散落一地的瓷碗碎片以及溅得到处都是的汤汁，还有手忙脚乱的小乔。

“对不起对不起，”小乔红着脸磕磕巴巴地解释道，“是、是我笨手笨脚，忘了把手擦干，手太、太滑了。对不起，笙姐，我这就收拾干净。”

她蹲下去，徒手就去捡地上的碎瓷片。

“没事，你别用手捡，会伤到，让护士过来收拾。我现在还不太饿，不着急，你可以先去急诊室看一下手。”

小乔连连道谢，叫了护士过来，这才匆匆忙忙地走出病房。

时瑾走到姜九笙床边问：“手还疼吗？”

他的口吻有点儿像主治医师在问病情。

“不疼，有些麻。”

他俯身看了看她的手臂，伸出一根修长的手指，在她手臂的石膏上碰了碰。

她盯着他的手出了神。

他的手真好看，她好想摸……

“有一点儿肿，等会儿我给你开一点儿内服的药。”

姜九笙尽量不动声色地把目光从时瑾的手指上挪开：“好。”

她想，她手控的毛病可能又加重了，应该已经是晚期，以至于时瑾仅用一根手指就惹得她心神不宁、心猿意马了。

她状似自然地拿起床头柜上的水来喝，手刚伸出去，时瑾便出声提醒：“你的手臂不能乱动。”

姜九笙愣愣地回过头来。

时瑾笑了笑，笑容很浅，眼角微微弯了起来，贵气里多了两分亲切的少年气：“需要我帮你吗？你刚打了石膏，那只手最好不要移动。”

两人离得太近，她闻到了略微刺鼻的消毒水的味道，兴许因为他刚从手术台上下来，还有些让她陌生的血腥气。

她往后退了退，动作有些急：“要把我的手吊起来吗？”

“动作太大，软组织会再次被拉扯损伤。孙医生也是这么说的。”

“不需要，我可以用我的另一只手。”

她刚说完，他已取过床头柜上的水杯递到了她的嘴边。

孙医生还说，最好有人贴身伺候，弹唱歌手的手毕竟金贵。只是姜九笙从未想过，优雅高贵的时医生伺候起人的样子会如此自然。

她心跳如擂鼓，不知如何应对。

姜九笙曾经以为，只有摇滚乐，只有舞台上的狂乱与嘶喊，才能震撼她藏在厚重皮囊下的心。时至今日她才发现，时瑾也可以。

她突然很好奇，这样一个能让人折腰的男人，究竟为何甘愿背负上“私生饭”这样一个全然没有一点儿正面意义的标签。

“笙笙。”时瑾突然喊她，手中那杯水的表面微微荡起涟漪。

姜九笙抬起头的同时，房门被打开了，是小乔回来了。

“让小乔来吧。”

时瑾笑了笑，没再说什么。

最后是小乔喂的水和汤，姜九笙觉得时瑾这样的绅士可能极少被婉拒，他似乎有点儿不开心，晚上没再来看她这个邻居。

不过她转念一想，他们不过就是邻居。她也许多想了，时瑾这样的贵族绅士待人处事亲切友好实属正常，她若胡思乱想过多，大概会显得痴心妄想。

天北第一医院的VIP病房环境极好，姜九笙睡得还算安稳。次日一早，姜九笙从莫冰那里听到了一个消息。

“简成宗昨晚在自己家被人整了，对方不求财也不害命，就折了他的一只左手，在他脸上划了一刀，灌了一缸水，把他吓尿了就完事了。而且这人的智商肯定特别高，现场一点儿有价值的线索都没留下，时间算计得刚刚好，水刚淹到简成宗的鼻子警察就到了。”

姜九笙若有所思地沉默着。

简成宗是个纨绔，为人放荡又张狂，确实得罪了不少圈中人，被人恶整也不是什么稀奇事。只是时间太巧了，姜九笙的左手刚脱臼，简成宗的左手就跟着遭殃了，就连脸上的伤口都一样，而且简成宗跟见了鬼似的，现场也无证可查，邪乎得不行。莫冰不是迷信的人，不过还是免不了被惊了一下。

“笙笙，我都开始怀疑你身上真的有‘诅咒’了。”

对于这件事，姜九笙自始至终不置可否。

莫冰还开玩笑似的安慰了她几句，大致意思是说那些被“诅咒”的人居心不良、罪有应得，这也算为人民除害了。

外面起了风，大概要变天了，深秋的云总是阴沉沉的，将阳光遮得严严实实，乌云压得人有些喘不过气来。

姜九笙披了件外套上了医院的天台，站在十五层高的建筑上俯瞰着车水马龙的闹市，凉风刮得她脸生疼。

她拨通了宇文冲锋的电话。

那边的人很快就接起了电话，语气懒懒的："怎么了？"

"是不是你？"风吹得她的嗓音有些哑。

"简成宗？"

"嗯。"姜九笙靠着楼顶的护栏，抬头看着一片片阴云，风吹得她的眼有些干涩，"是你整的他？"

她大概打扰了大老板的风流快活，电话那头有女人的声音响起。

宇文冲锋说了声"安静"，女人就乖了。他起身走了一段路，才继续开始讲话："不是我，也不是谢荡。"

姜九笙嗯了一声，挂了电话。

宇文冲锋："……"

这女人，天天挂他的电话。

"锋少。"房间里的女人很温柔，听话又懂事。

他却突然没了兴趣："自己回去。"

女人顿时委屈不已，娇滴滴地说："人家刚到。"

"没兴趣了，不行？"

这个漂亮的小姑娘脸有些发白，很不甘愿的样子。

"那我回去了。"走了几步，她又迟疑着回过头，怯怯地开口道，"锋少，你不喜欢我是吗？不然、不然怎么都不碰——"

"嗯，我不喜欢你，不喜欢你问题太多。"他理了理女人的头发，将她的衣领扣好，"自己打车回去，不要被拍到了。"

女人噘了噘嘴："我知道了。"

真听话，麻木又无趣，这个女人是这样，他自己也是。

宇文冲锋从抽屉里摸了根烟点燃，用力吸了一口，一根烟燃尽，他倒了杯洋酒，又点了一根。

抽最辣的烟，喝最烈的酒……那是姜九笙。

医院天台上的风很大，姜九笙挂了电话之后，拨了拨耳边被吹乱的头发，又拨了一个电话号码。

"妈。"她的语气淡淡的，算不上亲昵。

"什么事？"电话那头，女人的口吻同样淡漠。

"我们家有没有结识过很有背景的人？"

简成宗不是第一个因她而倒霉的人，也不会是最后一个，就像莫冰说的，跟诅咒一样，这种事在她身上从来没有失灵过。

母亲姜玥芝想了想道："我跟你爸都是工薪族，上哪儿去结识有背景的人？"她停顿了一下，问道，"怎么了，是不是出什么事了？"

"没事。"

姜玥芝没有再问："你在外面多注意身体。"

"嗯。"

"那我挂了。"

"好。"

挂了电话，姜九笙有些失神。

她和母亲的关系很淡，与其说不亲近，更像客套。她们很少打电话，通常一年半载才通一次电话，谈话内容形式又刻板。

姜九笙有时候怀疑自己是抱养的，毕竟她不止一次看到她家姜女士和兄长母慈子孝，那样子才像一家人。更别说她的父亲，他总是低着头，看也不看她一眼。

她突然有点儿烦躁，拿了一根烟咬在嘴里，手指滑着打火机的摩擦轮，摩擦三两下后点亮了一点儿火光，她咬着烟凑上前去准备将烟引燃。

突然，她嘴上的烟被抽走了。

姜九笙抬头看去。

时瑾说："吸烟有害健康。"他似乎刻意压低了声音，"抱歉，医生的职业病。"

姜九笙看着被抽走的那根烟，细长的女士香烟被时瑾修长的手指捏着。

他什么多余的动作都没有，姜九笙偏偏觉得赏心悦目。她盯着时瑾手里的那根烟道："我就抽一根。"

她的语气软了下来，有些恳请的意味。

这不像她，她野惯了、懒惯了，何时这么示弱过？见鬼了。时瑾当真有种魔力，能让人束手无策。

姜九笙干脆闭嘴，不说话了。

他似乎忍着笑说了声好，然后将手里那根烟还给了她。只是她放在护栏旁的烟盒被他收进了自己的口袋里。

姜九笙没再说什么，咬着烟点火，许是风太大，她的左手又打着石膏，几次都没点着。

"给我吧。"

姜九笙迟疑了一下，还是把打火机递给了时瑾。

他接过打火机，一只手挡着风，另一只手轻轻滑动打火机的摩擦轮。

噌！火光亮起，映照得他五指莹白。姜九笙低头就能看见他细微的掌心纹路，他手指干净无瑕，像上帝的艺术品，无可挑剔。

她就着火吸了一口烟，然后手指夹着烟，将烟雾吐出："你的手法很熟练，时医生也抽烟？"

她又喊他时医生。她喜欢这个称呼，对其有着无缘无故的偏爱。

时瑾嗯了一声："以前抽过，现在不怎么碰了。"他把打火机递给她，"我以前也喜欢这种打火机，喜欢它摩擦的声音。"

她也是喜欢这个声音。

他果然是"私生饭"呢。

姜九笙接过打火机，夹着烟轻轻吸了一口："为什么不抽了？"

"有个人不喜欢。"

那个人是谁？爱人吗？

不知为何，她问不出口，便只是沉默着。她安静地抽着烟，就算重重地吸，薄荷味的女士香烟的味道也很淡。

想抽最辣的烟，喝最烈的酒，唱最撕心裂肺的歌，她突然这么想。

时瑾突然问她："心烦？"

嗯，心烦，但她不知道自己在烦什么。

"有点儿。"

时瑾安静地凝视着她的眼睛，沉默了片刻，问她："需要摸我的手吗？"

她一时失语。

他解释道："我没有别的意思，对症下药而已。"

哦，时瑾还记着呢，她是个手控患者。

姜九笙的目光不自觉地落在了他的手上："洁癖呢，没关系吗？"

"我可以回去洗。"

他的话确实会让人一点儿负担都没有，非常诱惑人心，何况姜九笙这个手控晚期患者。她对他毫无招架之力。

她抓着最后的理智道："这样的话，我怕自己会对你的手上瘾。"

就像抽烟，有些东西最好别轻易沾染，否则很难戒。

时瑾看出她的顾虑，唇边的笑让人如沐春风："跟烟瘾不同，恋手不会有害健康，不用戒。"他伸出自己的手，递到姜九笙眼前，"你不用有负担，毕竟我是你的'私生饭'。"

姜九笙不由自主地被他的话牵走了神魂。

怎么会有这样光风霁月的“私生饭”？就算真如莫冰所说，他都是伪装的，这裹了糖衣的罂粟也足以让人甘之如饴。

她觉得她一定是被时瑾的手给勾引了，握了整整一分钟没有松手。

姜九笙回到病房后小睡了一会儿，做了个梦，是个稀奇古怪的梦，梦境昏昏暗暗的，她看不清梦里的人，只能听到声音。

噌。

打火机摩擦轮的声音响起，然后火光亮起。她看清了一双手，很漂亮、很精致的手，那人用这双手夹着烟，颜色很淡的唇间吐出薄薄的烟雾，模糊了那个人的轮廓。

抽烟的人是个少年。

“味道好吗？”一个女孩的声音响起。

少年摇头：“又苦又涩。”

“给我尝尝。”

女孩趴在少年身上去抢他的烟，他笑着躲开，抱着她哄道：“笙笙，别碰，对身体不好。”

“那你为什么抽？”

他吐出嘴里的烟，凑过去亲她：“不是你说我抽烟的样子好看吗？”

女孩没躲他，乖乖地坐在他怀里。

“戒了吧，我不喜欢烟味了。”

“好。”

梦到这里戛然而止。

姜九笙醒来时，出了一身汗。不知为何，她有些心有余悸，没有看清梦里那个少年的脸，只是那双手……真的很像时瑾的手。

姜九笙失笑，她这是欲求不满了吗？

午饭时间到了，心外科时医生办公室的门还关着，儿科的萧医生已经进去快半个小时了，医生助理肖逸犹豫了几秒，还是安静地离开，独自去吃饭了。

“我不建议做手术。”时瑾看完检查结果之后，直截了当地说道。

萧林琳将落在时瑾脸上的目光移开：“如果不做手术，心房血氧供给不足，患者随时可能会死。”

“患者还不满周岁，胸骨正中切口太小。”隔着办公桌，时瑾将CT片推过去几分，指着上面的阴影处道，“肺循环已经出现瘀血，在手术台上出现心力衰竭的可能性很大。”

“若是由你主刀，成功率是多少？”

“不超过百分之五。”

“术业有专攻”这句古话并不适用于时瑾，他主修心胸外科，但似乎只要是外科手术，没有他不擅长的领域。

他不建议做手术，那基本就是动不得刀了。

“我明白了，谢谢时医生的建议。”

“不客气。”他的态度礼貌而疏离。

他总是这样，有风度也有风骨，对人不会冷言冷语，却拒人于千里之外。

咚——咚——咚——敲门声响起。

门没锁，外面的人直接拧开了门，是徐青舶。他嘴角含笑，两个酒窝很深，冲里面的两个人说：“午饭时间到了，一起？”

时瑾没有回应。

萧林琳拿着资料起身，没有半分平时的强势，更像个邻家的小姑娘：“我请吧，为了答谢时医生替我解惑。”她回头看向徐青舶，“徐医生也一起？”

徐青舶是医院出了名的花花公子，自然不会拒绝她的邀请：“美女请客，自当相陪。”

话音刚落——

“抱歉，我不习惯和人一起进餐。”

时瑾说完，另外两人皆是一愣。他起身退后一步，拿起桌上的消毒喷雾对着手喷了喷，又用手帕仔细地擦了擦，对二人说道：“祝你们用餐愉快。”

萧林琳：“……”

徐青舶：“……”

他们能说什么呢？众所周知，时瑾是个洁癖患者。

气氛一度十分尴尬，正在这时，啪嗒——门响了一下。

时瑾抬头，浅浅一笑道：“笙笙，你来了。”

笙笙……你来了……

他的口吻熟稔又亲昵。

屋里的另外两人一同朝门口看去。

姜九笙有些尴尬，解释了一句：“不好意思，我并非有意偷听。”她走近了才听见里面有人说话，但鬼使神差地没挪开脚。

时瑾走到门口，神色温和地道：“没关系，有事吗？”

“上次你请我吃早饭，礼尚往来，我的助理做了排骨，味道很好，本来想请你尝一尝。”既然他不习惯与人一起进餐，也就只能……

时瑾眼睛亮了些，脸上带着笑意看着她：“能等我一下吗？我需要先洗手。”

姜九笙：“可以。”

他不是不习惯和人一起进餐吗？

他这又是粉丝滤镜的结果？

萧林琳：“……”

徐青舶：“……”

他还能说什么呢？这种情况他也是头一回见。

时瑾和姜九笙一前一后地离开了办公室，萧林琳拧着眉头站在原地，徐青舶同样愣怔着没动。

徐青舶与时瑾是同窗这件事在医院并非什么秘密，萧林琳问徐青舶：“时医生一直不接受和别人一起进餐的邀请吗？”

时瑾优雅礼貌，行事很绅士，却总是拒人于千里之外。至少他对医院里的女医生、女护士，从来都是君子之交。

徐青舶摩挲着下巴道：“确切地说，他是不接受女士的邀请，若是男士，只要不碰到他就行。”

可那个女人……

萧林琳若有所思。

“那是他的邻居，是例外。”徐青舶笑着说。

不过这么多年来就出现过这么一个例外。当然，时瑾身边从来不乏投怀送抱的女人，毕竟他那般皮相和气质兼具的男人世间少有，自然引得很多女人心动。

时瑾的餐桌礼仪简直无可挑剔。

姜九笙一边吃排骨一边感慨，没见过谁能将一顿排骨吃得这样慢条斯理的，带着优雅的感觉。

时瑾放下筷子道：“要水吗？”

她手打了石膏，不方便，于是点了点头。

时瑾抽了一张湿巾给她擦手，然后起身去倒了一杯温水递给她，等她喝完水，他又接过杯子放回柜子上。

端茶、倒水、陪聊的工作时医生都做了，助手小乔干脆出去，给二人腾地方。

“梨和橙子你不能多吃。”时瑾突然说。

姜九笙看了一眼柜子上莫冰早上送来的果篮。怎么不能多吃？她没反应过来，不明其意。

时瑾解释道："上次你来看了妇科，痛经之症是要忌冷的，梨和橙子是寒凉性的水果。"

这是个很私密的话题，从时瑾嘴里听到她却没有半点儿难堪的感觉，倒像在听医嘱。他的口吻很专业。

姜九笙不由得打趣了一句："时医生对妇科也有研究？"

他这才略为不自然地扭开头道："只会皮毛。"

"有你不会的吗？"姜九笙挑眉笑道，"全能时医生。"

她才住院不到两天，就时常听闻医院的小护士谈论时瑾。他性格好，教养好，智商高，是个医学天才，精通各个专业，哦，还会做饭、养狗。

非要罗列时瑾的缺点的话，姜九笙觉得"私生饭"勉强算一个。

不过，他的手好看，那点儿缺点也就算不得什么了。姜九笙想着，目光就游离到时瑾的手上去了。

关于她开玩笑问的那个问题，时瑾想了很久，回答得很认真："我不会的事很多，比如你擅长的摇滚乐和乐器，只是就目前而言，我并不确定以后会不会去学，兴许不精通，但略懂一二应该不难。不过有一件事我确定我现在不会，以后也不会。"

姜九笙的好奇心被勾了起来："什么？"

"生孩子。"

"……"

这就是天才外科医生的冷幽默。

时瑾没再说什么，一声不吭地把果篮里的梨和橙子挑出来，然后用袋子装起来，送给了在门口把守的两位保镖大哥。

姜九笙："……"

时瑾果然是她的"私生饭"，可谓"面面俱到"。

处理掉忌口的水果后，时瑾看了看手表，问姜九笙："要喝酸奶吗？我的办公室里有黄桃味的酸奶。"

"要。"她又补了一句，"谢谢。"

"不客气。"

他又给她倒了一杯温水放在床头柜上，然后转身往外走去。病房外刚好有声音响起。

"笙笙。"

是男人的声音，有些温润。

姜九笙抬头看去，只见病房门口的两人正四目相对。

“你好。”时瑾先伸出手道，“我是时瑾。”

门口的人愣怔了一下，伸手与时瑾的手交握，也自我介绍道：“我是程会。”

姜九笙下床，吊着打了石膏的手走过去。

“你怎么过来了，没有课吗？”她问程会。

程会礼貌地对时瑾颔首，转而看向姜九笙，语气随意而熟稔地道：“听莫冰说你在医院，我向学校请假过来的。”

姜九笙了然，这才向时瑾介绍：“这是我哥。”

她进入演艺圈时，特意拜托过宇文冲锋，关于她的家庭情况，一概保密。除了亲近之人，其他人都不知道她还有一个哥哥。

程会随父姓，姜九笙随母姓，两人差了四岁。他们生得不相像，程会像父亲，个子很高，戴着无框眼镜，样貌周正又带有书卷气，不像姜九笙，眉宇间总带着两分野性，不笑时冷艳又薄凉，“笙爷”的称号便由此得来。

兄妹俩的关系不亲不疏。

时瑾颔首，算是问候。

姜九笙转而向程会介绍时瑾：“这是我的朋友兼邻居。”时瑾“私生饭”的身份她就不说了。

程会点了点头，说了句“你好”，就没再与时瑾攀谈，错开位置，让时瑾出去。

待人走远后，程会目光还没有收回来，仍盯着门外。

姜九笙问：“你认识时瑾？”

程会摇头道：“他的外貌太出色，不免让人多看两眼。”他合上门，往病房里面走去，“上次看见他和秦家人在一起，两家的人应该很相熟。”

“你也认得秦家人？”

程会摇头：“秦家的人太高调，新闻上都是。”

如果说江北商界是宇文家的天下，云城是温家的大本营，那么整个中南三省就是秦家一手遮天。秦家涉猎的行业非常多，说富可敌国都不算夸张。而娱乐这一块，秦家自然也有所涉猎。

天宇传媒主要负责造星，秦氏旗下的娱乐公司却专注电影与后期，当然，也签约一些一线艺人。云城的华德影视背后有温氏银行的财力支持，是国外时尚大牌的宠儿。

宇文家、秦家、温家三足鼎立，谁也不让谁，整个演艺行业被这三家占据了近乎百分之七十的份额。

“秦家在娱乐圈的地位举足轻重，你如果碰到秦家人，离远一点儿。”程会拿了苹果削起来，随口复述着那些流传甚广的传闻，“秦家的人流的都是狼血。”

秦家上两代人还在灰色地带游走，什么赚钱干什么，近几十年才渐渐收敛，可骨子里还是嗜血暴戾的。秦家纵横东南亚商圈多年而屹立不倒，养出来的后辈又怎会是寻常百姓？他们一个个都跟狼似的。

姜九笙只是笑。

程会把削好的苹果递给她，目光落在她打了石膏的手上：“伤得如何？”

“只是脱臼了，没大碍，这两天就会出院。你不要告诉爸妈，免得他们担心。”

“天高皇帝远，他们不会知道的。”

姜九笙的父母都是会计，在江北的一座三线小县城里工作。两个人的日常生活简单又朴实，他们并不会关注浮华的娱乐圈，怕是姜九笙上了头条他们也不会知晓。不过姜九笙也希望如此，这个圈子太乱，她不想把家人牵扯进来。

程会从事的工作与演艺圈也有或多或少的关联，他是电影学院的老师，教的是现代舞。

心外科五楼的拐角处，一个男人驻足多时，他四十岁上下，穿一身黑西装，背阔肩宽，身材魁梧，目光冷厉。听闻脚步声，男人抬头，目光一定，连忙上前，低着头恭恭敬敬地喊了一声：“六少。”

时瑾面无波澜地问道：“什么事？”

“秦爷请您回一趟老宅。”

时瑾不假思索地道：“我很忙。”

他说完转身就走，一刻都未停留。

男人盯着他走远的背影，拿出手机拨了个号码：“秦爷。”他边说边转身进了电梯，“六少爷还是不肯回去……”

电梯门合上，男人的声音随着电梯的下降渐渐消失。

姜九笙住院第三天，莫冰来看她。

莫冰那点儿皮外伤已好得差不多了，就是扭伤的脚还没复原，走路一瘸一拐的。但这不妨碍她这个金牌经纪人“指点江山”，演唱会的事她已经基本安排妥当，只等姜九笙出院后进行彩排。

“我已经用The Nine的官方微博发了演唱会事宜和新乐队成员的信息，你记得转发。”莫冰三令五申道。

这也算The Nine正式宣布和柳絮解约。

姜九笙没意见：“好。”

她仁至义尽，柳絮要作妖，当然得承担后果。

正事说完后，莫冰难得八卦了一回：“前天送你来医院没来得及问，笙笙，你给我句实话，你和时医生到什么地步了？我看他对你格外上心。”

这个问题让姜九笙迟疑了，过了很久她才回了一句：“他是我的粉丝。”

莫冰素来对“私生饭”深恶痛绝，时瑾是“私生饭”一事最好不要让莫冰知道，不然莫冰估计得强制她搬家。

莫冰对此很怀疑：“仅此而已？”

她完全看不出来时医生居然是个摇滚迷。虽然两人没有深交，不过匆匆见过几面，但她看得出来，时医生那一身气度，哪像凡夫俗子有的？

姜九笙又想了想道：“我摸过他的手。”

手控患者，这不奇怪。

莫冰深入地问道：“心动？”毕竟这个手控患者没有摸过别人的手。谢荡的手也美，姜九笙还不是忍住了？因此莫冰断定这位时医生是不同的。

“他的手让我很心动。”姜九笙如是回答。

“那人呢？”

姜九笙沉默了。

莫冰昨天在电话里也问过她，她与时瑾是什么关系。

姜九笙很难定义什么是心动，爱情并不是她擅长的领域，她只是知道时瑾让她很舒服、很安心。他有着良好的教养，把和她的距离拿捏得刚刚好。

时瑾这样的男人，确实会让人上瘾，且后知后觉。

“像安眠药。”

莫冰愣了一下。

姜九笙又补了一句：“吃多了会有瘾。”

莫冰是知道的，姜九笙有严重的失眠症，对安眠药的依赖性很大。她这个经纪人也不知道姜九笙失眠症的病因是什么，只知道姜九笙会不定期地去做心理疏导。

莫冰表态道：“顺其自然吧。”

姜九笙没再接话了。

上午九点，The Nine的官方微博发了一条动态。

The Nine乐队："11月11日，云城体育馆不见不散@姜九笙@靳方林@厉冉冉@张耐。"

十五分钟后，姜九笙转发了这条微博，什么都没说。即便她一个字都没有留，柳絮被The Nine除名之事也是板上钉钉的了，网上一片叫好声。

当然，"老婆粉""老公粉"们依然专注表白姜九笙。

老公?

咣!

手机被时瑾砸在了地上，瞬间四分五裂。

他明明可以忍得很好，明明可以不生气的……时瑾深深地吸了一口气道："不要生气，笙笙不喜欢。"

风从敞开的窗口吹进来，刮得电脑桌前的文件哗哗作响，密密麻麻的文字排列在纸上，是一页备忘录。

"笙笙不喜欢暴力，不喜欢争吵。

"她喜欢薄荷，喜欢黄桃，喜欢礼貌的绅士和白色的博美。

"她不喜欢医院，但喜欢穿白大褂的外科医生，因为帅气。她喜欢吉他和大提琴，可是大提琴太重。

"永远不要对她说不。

"给她所有她想要的东西。

"不要在她面前使用暴力，也不要让她一个人待在黑暗的地方。

"笙笙喜欢漂亮的手……"

The Nine的官方微博发出的最新动态不到半个小时，"The Nine演唱会""柳絮被除名""姜九笙柳絮"等话题立马被网友顶上了热搜。

姜九笙之后，靳方林与厉冉冉也转发了微博，同样没有发言，不过厉冉冉发了个撒花的表情，算是表态了。

只有张耐自始至终没有任何动静。傍晚的时候，张耐提了一篮水果来医院，开口第一句话就是："笙笙，你非要对小絮赶尽杀绝吗？"

柳絮到底给这家伙灌了什么迷魂汤？病房里的厉冉冉翻了个大白眼，刚要发作，被靳方林拉住了。

姜九笙背靠着枕头："你要为她打抱不平？"

"她已经知道错了，我们三年的队友，你就不能念及旧情给她一次机会？"

他振振有词，义正词严，俨然一派正义凛然的姿态。

张耐这个人什么都好，就是太眼瞎了，也或许他是心甘情愿，毕竟情之一字，玄乎得很。

“她找过你了？”

张耐默认了。

从秦氏会所出来之后，姜九笙就不见柳絮了，所有解约的事宜全部让律师出面，简成宗失信于柳絮，让柳絮竹篮打水一场空，反惹了一身债。难怪张耐要替她说情，那天价的违约金她大概赔不起。

姜九笙了然地道：“看来简成宗许诺给她的投资泡汤了。”

“什么投资？”虽有疑问，张耐却没等姜九笙解释，而是信誓旦旦地为柳絮辩解道，“这都是误会。笙笙，你再给她一次机会，让她归队，我可以保证她以后一定不会再受人挑唆了。”

受人挑唆?

这种拙劣的借口也只有张耐才会信了。

“让她归队，绝无可能。”

张耐急眼了：“笙——”

“张耐。”姜九笙打断了他的话。

她耐心不算差，此时却怎么也听不进张耐这一派正义凛然的说辞了：“以后我不想再听到柳絮的名字，如果你做不到，还是要为她抱不平，那我再给你一条路选。”

张耐神色复杂地看着姜九笙。

“如果你做不到安安静静地留下，就跟她一起走，违约金我会给你三倍，足够你拿去英雄救美。”

张耐觉得不可思议，这下彻底沉默了。

“想好了就打电话给莫冰，我对你的要求是演唱会之前做出决定。”说完姜九笙拿上烟，径自出了病房。

大家做了三年的队友，她算仁至义尽了。

姜九笙抽完烟回来，张耐已经不在病房里，应该是在她抽那根烟的时候离开的。厉冉冉明显很讨厌张耐的行为，直接把他买来的水果篮扔给了外面的小护士。

“笙笙，张耐要是真走了怎么办？”厉冉冉神经大条，没明白姜九笙的打算。

姜九笙依旧是轻描淡写的口气：“他走了就过太平日子。”

厉冉冉还是不懂。

乐队没有键盘手还说得过去，没了张耐这个主音吉他手，还怎么算乐队？

厉冉冉把靳方林拉到一边问他："笙笙是什么意思啊？"

"疑人不用。"

"……"她的智商不够。

"张耐留下反而是个隐患，他一天不和柳絮断干净，留在乐队里只会有更多的麻烦。笙笙应该猜到张耐起了离队的心思，这么做也算给了他一个人情。"毕竟大家共事一场，不到万不得已，谁都不愿意赶尽杀绝。

厉冉冉听是听明白了："可张耐是主音吉他手啊，没了键盘手不要紧，没了主音吉他手怎么行？"

主音吉他手是一个乐队的灵魂，这是姜九笙说过的话。The Nine是个没有灵魂的乐队，这是宇文冲锋一直以来要解散乐队的理由。

靳方林轻轻敲了敲厉冉冉的榆木脑袋："你忘了笙笙当主唱之前是做什么的了？"

姜九笙以前是节奏吉他手啊。

厉冉冉恍然大悟。她怎么忘了，姜九笙可是谢大师的入室弟子，谢荡那个天才音乐家都说过，要不是姜九笙当了主唱，有张耐什么事？

医院地下车库里。

张耐四处张望了几眼，迅速上了一辆黑色路虎。

"笙笙怎么说？"柳絮坐在副驾驶座上，戴着墨镜和口罩。

张耐摇头。

柳絮冷笑道："我就知道她要对我赶尽杀绝。"

简成宗的投资不见踪影，她如今臭名远扬，天宇又将她拒之门外，娱乐圈哪里还有她的容身之地？

这就是姜九笙所谓的仁慈，呵，假仁假义！

"小絮，"张耐犹豫几番之后还是问出了口，"你为什么要爆笙笙的料？为什么买'水军'黑她？"

柳絮目光闪躲地道："我不是跟你说过了吗？都是简成宗的意思，他早就觊觎笙笙了，所以才拿我当枪使，想把笙笙从高处拉下来。"

"那他为什么偏偏拿你当枪使？"张耐握着她的肩追问道，"是不是他答应了你什么？"

姜九笙说，简成宗向柳絮许诺了投资。

柳絮脸色骤变，不耐烦地推开张耐的手："我说过了，那晚我喝醉了！"

他将信将疑地盯着她的眼睛。

“你在怀疑我？”

“我——”

“现在连你也不相信我了。”她别开头，眼泪直流。

她一哭，张耐顿时束手无策，惊慌失措地赶紧哄道：“你别哭，我信你，我信。”

“张耐，”她将头靠在张耐的肩上，吸了吸鼻子，带着哭腔说道，“我已经走投无路了，你帮帮我好吗？”

这是他喜欢了四年的人，就算全世界的人都与她为敌，他也不能背离她。

他的一颗心顿时软得不成样了：“好。”

次日下午两点。

秦氏娱乐：“秦氏又添两员大将，欢迎@张耐、@柳絮。”

柳絮转发了这条微博。

柳絮：“这是我的主音吉他手兼词曲创作人张耐，这是我们的新歌。”

微博后面附了一小段新歌的清唱demo（录音样带）。张耐跟着转发了微博。微博一发，广大网民炸了。

“柳絮又出来作妖了，戏精，有完没完啊？！”

“笙爷的演唱会在即，张耐居然在这时候跳槽！笙粉们，扛起两米的大刀，砍！”

“哇，原来柳絮小姐姐唱歌这么好听，人美歌甜，好喜欢！”

“秦氏果然不愧是中南三省的‘土皇帝’，这‘水军’买得就是好！楼上，你觉得有道理不？”

天北第一医院，VIP病房里。

宇文冲锋直接把平板电脑扔在病床上：“你说说，怎么办？”

姜九笙若有所思地沉默着。

一旁的厉冉冉气鼓鼓地骂了一句：“张耐这个不要脸的白眼儿狼！还没有跟笙笙解约，他就跟着柳絮跳槽去了秦氏，这是违约。老板，我们告他！”

宇文冲锋懒懒地跷起二郎腿道：“秦氏已经把违约金打过来了。”

“那对狗男女在大树下面好乘凉。”厉冉冉实在气不过，肺都要炸了，“那我们怎么办？总不能白白吃亏。”

这一屋子人里就数姜九笙最淡定，从头到尾无动于衷。

“笙笙，”莫冰点开了柳絮在微博发出来的那一段demo，“怎么回事？张耐怎么会有你新歌的demo？”

这首歌是姜九笙作词作曲的，还没正式收录进新专辑，莫冰也只是听过几次。

若只是张耐跳槽，则无关紧要，The Nine乐队能登顶摇滚乐坛也不是靠他一个主音吉他手。然而没想到那家伙竟忘恩负义到这种地步，把新专辑的主打歌送给了秦氏。

也是，若非有这首歌傍身，秦氏怎么会签他一个碌碌无为的吉他手？

一小段录音放完，姜九笙关了微博：“编曲是我和他一起做的。”

当初她是存了提拔之心，没承想张耐居然私自留了初始样片。

姜九笙嗤笑了一声：“半点儿修饰都不做，原封不动地誊抄我的原曲，果然是个扶不起的阿斗。”

谁说不是呢？

大家转念想想，这未尝不是件好事。张耐做绝了也好，以前的情谊干脆利落地一刀两断，以后他们也用不着顾念旧情了。

莫冰思忖过后说道：“估计在你开始巡回演唱会之前，秦氏就会给柳絮出单曲，你的结束曲目得换了。”

她本来还打算在巡回演唱会上首唱新专辑的主打歌。

姜九笙拿了根烟，却没点燃。

宇文冲锋走过去，把桌上的打火机装进了自己的口袋：“数字专辑的发行时间先推后，等几个月再和实体版同期上架。你好好准备巡演的最后一场，主打歌就从专辑收录的另外七首歌里重选，我会让公司的创作团队再补一首，到时候你直接录歌。”

“不用。”姜九笙不假思索地拒绝了他的提议。

宇文冲锋抱着手臂瞧她。

“主打歌我自己写。”姜九笙把玩着手里未点燃的烟道，“刚好，我也想换换风格了。”

“换什么风格？”宇文冲锋颇感兴趣地问。

“网上不是有人说我只会唱摇滚吗？主打歌就唱民谣好了。”她说得轻描淡写，一副懒懒散散的样子。

莫冰着实被她不咸不淡的一句话给惊到了：“你确定不是在开玩笑？”

姜九笙反问道：“我像是在开玩笑？”

像！

一个以摇滚乐闻名的歌手，毫无预兆地改唱民谣，风格来了个翻天覆地的转变，还不是开玩笑?

“我是认真的。那首主打歌并不适合柳絮，她音域窄，擅长唱民谣，而且摇滚圈有我，她应该不会自讨没趣，早晚要去唱民谣，我就当给她预热好了。”

姜九笙预热完了，还有她柳絮什么事?

好吧，她这是和柳絮杠上了!

心外科，时瑾。

门口的名牌端端正正地挂着，姜九笙盯着那五个字看了又看，笑了笑，走近一步，抬手正欲敲门。

时瑾的医生助理肖逸刚好推门出来，笑了笑，回头对时瑾道：“时医生，姜小姐过来了。”

“请进。”时瑾的语调很轻快，带着淡淡的愉悦。

姜九笙对肖逸稍稍颔首，推门进去，然后将门关上。

时间将近五点，心外科坐诊结束，时瑾将办公室门口的坐诊指示灯关掉，给姜九笙倒了一杯温水。

“笙笙，坐这里。”

他起身把自己的椅子推到姜九笙面前，至于那把患者用的椅子，他喷了些消毒水将其推远了。

哦，时瑾有轻微的洁癖。

姜九笙迟疑着要不要坐。

时瑾看出了她的顾虑，笑了笑说：“没关系，你坐，我不介意。”

她便不再扭捏，坐下了。

“快到晚饭时间了，一起吃饭吗?”

她摇头道：“不了，我今天出院。”

她此番是来“辞行”的。

时瑾唇边的笑意淡了：“是有急事吗?”

“工作。”姜九笙言简意赅地道。浮躁的娱乐圈不适合时瑾，她便没有多解释。

“巡演?”

他果然是“私生饭”。

姜九笙点头：“11月11日，你有时间吗?”

11月11日的演唱会是The Nine巡回演出的最后一场演唱会，她如此问，算是邀请。

时瑾笑道："我会把那天的时间空出来。"

"不用买票，我送你。"

"粉丝福利？"

"是谢礼，这几天麻烦你了。"她说，"你可以和朋友一起去。"

"我的朋友只有你。"他语气认真地道，神色并无异样。

时瑾待人温和有礼，不过素来不与人亲近，便是姜九笙与他认识不久，也看得出他骨子里的孤傲、疏离。

像橱窗里的画，美却不能触及，这是时瑾给姜九笙的感觉。

她尽量随意地提了一句："我听说你和徐医生是同窗？"

时瑾想了想，说明了一下他们的关系："我们是'塑料花'同窗。"

刚走到门口的徐青舶："……"

片刻后，他隔着门发出一声怒吼："神经外科会诊，要不要去随便你！"

姜九笙当天就出院了，莫冰送她回了公寓。

"通告我都给你推了，不过半个月后有个颁奖晚会需要你出席，你被提名为'最佳女歌手'，还有'最佳作曲'。"

姜九笙嗯了一声，打着石膏的手不太舒服，便懒懒地瘫在沙发上。

莫冰又叮嘱了几句，这才离开姜九笙的公寓。电梯门打开，她刚好撞见从医院回来的时瑾。

莫冰打招呼道："时医生。"

时瑾颔首："莫小姐。"

他很礼貌，不过也很冷漠，让人非常有距离感。不知道为什么，莫冰每次看着时瑾这张倾倒众生的脸，总有种心惊肉跳的感觉。他分明是个平易近人的绅士，一身风骨却让人胆战心惊。

"我家笙笙的手不方便，若有什么事，还要麻烦时医生费心。"毕竟两人是邻居，时瑾又是个医生。

时瑾求之不得："应该的。"

"……"

这话怎么听怎么奇怪，莫冰干脆不开口了，和时瑾告别，进了电梯。

连着两个礼拜，姜九笙都在忙演唱会和新专辑的事，公司与家里两点一线地活动，除了小乔会来给她做饭外，几乎与世隔绝。

姜九笙厨艺不精，只会两道菜：蛋炒饭和泡面。

莫冰先前说的颁奖晚会便在今天晚八点举行，在广电总局旁的国际会展中心开幕，下午三点莫冰的电话就打过来了。

“礼服已经让小乔送去你的公寓了，造型师也在路上了，你们先过去。明瑶出了点儿状况，我晚点儿到现场。”

明瑶是新人，性子野，和莫冰的合作还处在磨合期。

姜九笙嗯了一声，挂了电话，起身拿上衣服去洗澡。她估摸着小乔快到了，便将门虚掩着。公寓的安保系统很好，她的身手也很好，浴室的电子锁很牢固，谁要是敢在青天白日下登堂入室，那是找打。

在她洗澡时，有人来了。

姜九笙听到敲门声，回应了一句：“等我一会儿，马上就好。”

她关了水，裹了条浴巾，一边擦头发一边往客厅走去：“我的手还抬不起来，你帮我擦头发，造型师——”

话音戛然而止，姜九笙愣在原地。

时瑾正站在门边，背脊挺得笔直：“需要我回避吗？”

浴巾是裹胸式的，深秋十一月，气温本应偏低，定是方才热水开得太足，姜九笙只觉得全身都在发烫，手里擦头发的毛巾已经浸湿了，手心都是潮的。

沉默了许久，她尽量用随意的口吻道：“我回房换一件衣服，你不介意的话，可以坐下来等一下。”

时瑾稍稍移开视线，点了点头。

姜九笙立马趿拉着棉拖鞋去了卧室，脚步杂乱。

三分钟后，她素面朝天，顶着湿漉漉的头发，穿着居家的运动服坐在了时瑾对面的沙发上。

“喝什么？”她问。

时瑾说：“酸奶。”

他也喜欢喝酸奶呢。

时瑾长得好看，手也好看，喝酸奶的样子应该也很好看，姜九笙莫名其妙地就这么想了。

她起身走过去打开冰箱，看到冰箱里除了黄桃味酸奶、水和鸡蛋之外什么都没有。

她转头问时瑾：“黄桃味的可以吗？”

“可以。”

她拿了瓶黄桃味的酸奶给他，给自己也拿了一瓶。

他接过去拆了吸管插好，张嘴含住管口，淡色的唇抿了抿，吸了一口，喉结滚动，修长的手指握着酸奶盒。

他又吮了一口，才松开吸管，舔了舔唇。

姜九笙盯着时瑾酸奶盒上的那根吸管。原来时瑾喝酸奶时也喜欢咬吸管。

她不动声色地移开目光，打了石膏的左手使不上力，她便张嘴去咬吸管上的塑料袋。

“我帮你。”

时瑾伸手把她嘴里的吸管拿过去，撕开包装插好后把酸奶盒递给她，动作不急不躁。

温柔雅致，举世无双，这两个词当真适合他。姜九笙不禁想，两个成年人喝个酸奶，怎么就让她频频走神了？

“谢谢。”她接过酸奶盒喝了一口，舌尖酸酸甜甜的，又有种说不出来的滋味。她不自觉地咬了咬吸管，问时瑾，“你过来有事吗？”

“嗯。”他双膝并拢，坐姿很挺拔规矩，“云城有外科的研讨会，我要去五天，想麻烦你帮我照看博美。”

姜九笙欣然答应：“好。”

“谢谢。”

“不用谢。”她摇头，“有没有需要特别注意的事？”

她喜欢狗，却从来没有养过。一来她没时间，二来她母亲姜女士对狗毛过敏。时瑾托付的狗，她自然不能大意，毕竟姜博美不是一般的狗，是颜值很高的狗。

时瑾笑了笑，眼里融进了窗外夕阳的光。

他说：“姜博美很好带的。”他将口袋里的电子钥匙放在茶几上，“这是我家的备用钥匙，狗粮在阳台左边的第二个柜子里，早、中、晚各一喂次就可以。”

“好。”

她俯身去拿钥匙，发梢上的水恰好滴在时瑾的手背上。

时瑾把手收回，撑在沙发上，看向她：“需要我帮忙吗？”

“什么？”

他看了一眼她还打着石膏的手：“擦头发。”

他的语速很慢，声音该死地好听。

“好。”

点完头，姜九笙就垂下了脑袋。见鬼了，她怎么这么毫无原则？沉默了三秒，她又道："毛巾在浴室。"

时瑾笑道："知道了。"

他去了浴室，像是熟门熟路。

姜九笙有点儿热，起身把空调的温度调低了两摄氏度，刚放下遥控器，又将其拿起来再调低了一摄氏度，然后坐回沙发上，平心静气地等着。

脚步声停在她身后。时瑾身上总会有淡淡的消毒水味道，姜九笙觉得挺好闻的。他就站在她后面，用毛巾给她擦头发，动作算不上熟练，不过很轻，她耳边的头发偶尔会蹭过脸颊，让她觉得痒痒的。

时瑾低低的嗓音从身后传来："要出门？"

他的语气不算亲昵，熟稔得恰到好处。

时瑾总把距离拿捏得很好，让人觉得很舒服。

"晚上有个颁奖晚会。"

他没有再问，安安静静地给她擦头发上的水，似乎想要尽量不碰到她，动作很慢、很小心，耐心地把她那一头柔顺的直发擦成了凌乱的鬈发。

门铃声在这时候响起。

时瑾自然地放下毛巾，去开了门。

造型师Silian："……"

小乔："……"

难道他们走错门了？

姜九笙收拾了空酸奶盒，去了玄关："怎么不进来？"

造型师和助理愣愣地进了门。

时瑾对两人点头问候，而后看向姜九笙道："我先回去了。"

"嗯。"

他出了屋，想要顺手带上门，动作顿了一下，目光忽然落在小乔手里的礼服上，从容自若地道："晚上会降温，这件紫色的更适合。"

姜九笙笑而不语。

时瑾走后，小乔与Silian面面相觑了很久，才忙碌起来。离颁奖晚会还有不到两个小时，时间有些赶，莫冰特意交代过，不能迟到，不然明天姜九笙耍大牌的消息就会被传疯。

好在姜九笙皮肤底子好，妆容不需要很复杂厚重，二十分钟的时间绰绰有余。造型师Silian建议姜九笙穿白色的露背装，拍胸脯说她可以艳压群芳。

姜九笙皮肤白，气质偏冷，很适合穿白色的衣服。

小乔也建议姜九笙穿白色露背装，这件礼服在后背处下了功夫，V字直接开到了后腰窝，可以露出姜九笙形状尤为精致好看的蝴蝶背。

不过姜九笙拒绝了："还是紫色的吧。"她的理由是，"我怕冷。"

小乔和Silian："……"

紫色礼服虽然也好看，但遮得太严实了，这种晚会，哪个女艺人不是千方百计地博人眼球?

窗外无风，微凉而已。

时瑾站在落地窗前，开了暖黄色的落地灯，淡淡的灯光从侧面打过去，刚好融在他的眼底。他拿出手机，屏幕发出的白光衬得修长纤细的手指越发莹白。

电话接通，对面的男人声音拘谨地道："先生。"

男人是秦中，秦大管家的独子，掌管整个秦家的消息网，这是尽人皆知的事情。不过鲜有人知的是，秦中效忠的不是秦行，而是六少时瑾。

时瑾坐在吊篮椅上，修长的腿交叠放着："弄一张笙笙去的晚会的入场券过来。"

"是。"

挂了电话，时瑾又起身走到沿墙镶嵌的木柜前，手指扫过，挑了一张碟片，指腹轻按老旧CD机的舱门，放好光盘，按了播放键。

轻摇滚的音乐流淌开来。

《笙笙不息》刻录于2017年，是姜九笙的第二张专辑。

时瑾摊开手，掌心的吸管一头还留着牙印。他着了魔似的，连她咬过的吸管也要千方百计地偷来。

他摇头失笑，亲了亲吸管上的牙印。

音乐盛典开幕在即，华盛顿国际会展中心前，保姆车来来往往，艺人们陆续入场。七点四十分，摇滚巨星姜九笙抵达会场，穿紫色礼服，手打石膏，一出现便成了焦点。

落座后，莫冰问她："获奖感言想好了？"

"没有。"

"你又要临场发挥？"

莫冰想起了第一次见姜九笙时的情景，那是在一场颁奖晚会上，姜九笙拿了"新人歌手"的奖项，获奖感言她就说了三秒。

我是姜九笙。

一句话，让“姜九笙”三个字在华语乐坛里引起强烈反响。

那时候莫冰就在想，她家这个艺人太狂了，言简意赅的几个字就把自己送上了微博头条。后来她才知道，姜九笙就是懒，不愿意背发言稿就临场发挥了。

想来这次姜九笙又犯懒了。

她事不关己似的道：“拿不拿得到奖还不一定。”

莫冰不这么认为：“最佳女歌手奖我不敢保证，可最佳作曲奖要是没颁给你，就一定有黑幕。”

乐坛里哪个人不知道姜九笙是个创作奇才，一首歌的价格最少七位数?

“你怎么一点儿求胜心都没有？”

姜九笙笑得云淡风轻，对这个话题不感兴趣。

还有十几分钟才到开场秀，艺人们相继落座。姜九笙等得百无聊赖，有些想抽烟了。

一件衣服忽然落到了她的肩上，她抬头看过去，谢荡站在她身后。

“打着石膏还穿这种露胳膊的裙子，丑死了。”谢荡满脸嫌弃，一边嫌弃，一边把西装外套裹在姜九笙身上。

姜九笙语气淡淡地道：“有记者。”

“随便他们怎么写，反正广大网民朋友认定了我谢家同门不和，我跟你是‘塑料花’师姐弟，做什么都当我们在做戏。”

这倒是。

夜里有些凉，披了谢荡的外套，姜九笙才暖和些：“你怎么来了？”

他一个国际音乐大家，国内的奖项对他来说应该都不够格。

谢荡大大咧咧地占了姜九笙后面的座位：“我是颁奖嘉宾。”他哼了一声，“最佳男歌手就是由我颁奖的。”

他这扬扬得意的模样呀。

谢荡就喜欢在姜九笙面前秀优越感，摆足了“我厉害吧，还不快来夸我、宠我、哄我”的姿态。

姜九笙对此不置一词，只说：“颁奖嘉宾的位置在贵宾席。”

谢荡一点儿要坐回去的意思都没有，跷了个二郎腿，双手扒在姜九笙的椅背上：“要是你继续拉大提琴，就能跟我一起坐贵宾席了。”

他话里话外地在打击她呢。

姜九笙回头道：“谢荡。”

谢荡被她的目光盯得立马坐端正了，没好气地道：“干吗？”

她这么正式地称名道姓，一般来说不是有求于他，就是要训他。

姜九笙招了招手，谢荡凑过去后，她压低了声音道："去帮我借根烟。"

真是！

谢荡不爽地道："不去！"

这家伙真是没有半点儿身为歌手的自觉，抽烟、喝酒、打架，是要上天？摇滚歌手就能任性了？

"你要是再不戒烟，我就让我家老头把你逐出师门！"

说完他气冲冲地回了贵宾席。

十五分钟后，谢荡用方巾包了一根烟和一个打火机，递到姜九笙面前，恶声恶气地说："没有女士烟，这是男士的，味道烈，只准抽半根。"

姜九笙接了过去："谢谢师弟。"

谢荡哼了哼，十分傲娇地抬了抬下巴道："叫我谢大师。"

姜九笙拿了烟起身："我出去抽，你让一下。"

"……"

谢荡翻了个白眼，扭头就走了。

这对师姐弟啊，关系是真好，杠起来也是真杠。

艺人们的休息室在二楼，不对媒体开放，姜九笙随便寻了个靠窗的通风口，咬着烟，挡着风打燃了打火机。

男士香烟的味儿呛，浓烈又刺激，姜九笙吸了几口烟，缓缓吐出一口白烟，惬意地眯了眯眼。

"姜九笙。"

来人穿着杏粉色的深V领长裙，长得甜美又温柔，熟稔地喊着姜九笙的名字。

姜九笙抬眸轻轻一瞥，掐了烟道："我们应该没有见过。"

女人莞尔一笑道："我是温诗好。"

云城温家、江北宇文家、中南秦家是商界的三大家族，这温诗好便是云城温家的千金，也是温氏银行与华德影视的管理人，姜九笙听莫冰提过几次。

姜九笙问候道："你好。"

大家族养出来的女子，礼仪气度都很好。温诗好浅浅一笑，刚好露出八颗洁白的贝齿："我去看过你的演唱会，你长得很像我的一个故人，连名字也一样。"

故人？

一般来说，拉近两人距离的社交手段里，似曾相识与相见恨晚是最快的。

姜九笙只是淡淡地回应，态度不亲不疏：“有机会的话，我们可以见一面。”

“她去世了。”

那一瞬，温诗好的眼睛里熠熠生辉，像荆棘丛里的一堆火光。

姜九笙突然觉得，应该真有那么一位故人，与这位温小姐亲密无间或者有深仇宿怨，否则这位温小姐不至于流露出这种眼神。她无心探究别人的隐私，说了句“抱歉”，便结束了话题。

温诗好也只是摇了摇头道：“没关系。”她笑着先一步进了晚会大厅。

姜九笙回了座位。

莫冰问：“你去哪儿了？马上就到最佳作曲奖了。”

姜九笙被提名了最佳女歌手奖和最佳作曲奖。

最佳女歌手这个奖她去年拿过，这是她第二次被提名，今年获奖的是乐坛的一位老前辈，获奖曲目是一部灾难片的主题曲。姜九笙听过那首歌，歌词很动人，故事性强，特别能引人共鸣，最佳女歌手确实当之无愧。

台上的主持人口若悬河，将氛围渲染到极致，开奖人亦故作紧张地擦了擦头上莫须有的汗，高声念道：“最佳作曲奖的得主是——”

开奖人的声音顿住，聚光灯打下，一一扫过几位被提名人。

开奖人中气十足地道：“最佳作曲奖的得主是——姜九笙！”

随后而来的尖叫声震耳欲聋，姜九笙实至名归。在唱片市场低迷的乐坛，姜九笙用实力打破了十年来的销售纪录，《笙笙不息》被当代音乐大家评为“最具收藏意义的专辑”之一，不论是词曲、编制还是歌手的演唱实力都无可挑剔。

开奖人话音刚落，现场掌声雷动，聚光灯下，姜九笙明眸善睐，一双桃花眼微微敛着。

她不卑不亢地施施然走上舞台，嘴唇微张，嘴角含着淡淡的笑意，气质三分慵懒，七分从容，身上的紫色真丝礼服仿旗袍式裁剪，凸显出纤细的小蛮腰，一步一生莲。

她真是个猫一样的女人，神秘又慵懒。

“恭喜。”

开奖嘉宾双手将奖杯递上，姜九笙莞尔道：“谢谢。”

她接过奖杯，走到落地式的话筒前，低头亲吻奖杯底座，然后将奖杯举高。观众席瞬间沸腾，掌声如雷。

姜九笙的声音依旧带着淡淡的沙哑感觉，是她独有的烟嗓：“我的粉丝现在最关心的肯定是我的手。”

她一开口，成百上千的粉丝瞬间鸦雀无声。

她抬了抬打着石膏的手：“放心，我就是摔了一跤，还抱得动吉他。”

话音落地，粉丝高喊：

“姜九笙！”

“姜九笙！”

“姜九笙！”

不多不少的三声，声音整齐划一，张扬却不显突兀。姜九笙的粉丝一直都向偶像看齐，学足了姜九笙不骄不躁的劲儿。

最后的获奖感言也是姜九笙一贯的风格，简单直接。

“谢谢主办方，谢谢歌迷。”她弯腰致敬，笑了笑，不多言也不抢镜，“我是姜九笙。”

她一如既往地云淡风轻，一如既往地恣意帅气。

台下顿时爆发出一声嘶喊：“笙爷我要给你生孩子！”

主持人：“……”

这茬儿让他怎么接？

“如果我可以的话，”姜九笙不急不缓地朝着粉丝方阵的方向眨了眨潋滟的桃花眼，“如果我未来的老公不介意的话。”

秋水剪瞳，顾盼生辉，她当真够勾人。

男主持人收回恍惚的目光，赶紧抓住话题道：“那笙笙喜欢什么样的类型？”

姜九笙想了想，诚实地回答道：“手漂亮的。”

男主持人低头看了看自己的手，接不下去了。当然，他已经不需要活跃气氛了，现场一片沸腾。

嘉宾席里，有人在窃窃私语。

“这是姜九笙第几次拿最佳作曲奖了？”

“第三次。”

“看来华语乐坛真的快要成为轻摇滚的天下了。”

说话的几个女人都是歌手，话里话外有几分酸味儿也在所难免，不过念在是在公众场所，都收敛着气焰，不想一旁的男人堂而皇之地讥笑出声。

“观众的口味真是越来越低俗。”

男人刚说完，椅背就被人踢了一脚，他不满地回头，张口要发作，见了人又立马偃旗息鼓了。

“锋少。”男人压低了声音唤道，哪还有刚才的嚣张。

郑奕，秦氏娱乐旗下的歌手，出道五年一直不温不火。

宇文冲锋抬了抬眼皮，不咸不淡地扔了句：“当我天宇没人吗？”

“……”

天宇的锋少那是出了名的护短，尤其是对姜九笙，那是当亲闺女在宠，当眼珠子疼都疼不够的。

郑奕转过头去，不作声了。

偏偏，这还没完。

前排的谢荡从贵宾席上下来，找了个空位坐下，回头瞥了郑奕一眼。

“你会弹吉他吗？”

郑奕迟疑了一下，摇头。

“那你会拉大提琴吗？”

郑奕再次摇头，脸色已经黑了。

谢荡侧着身子，一只手搭在椅背上：“作词、作曲呢？”

郑奕答不上来，面如土色。

谢荡牵了牵嘴角，笑道：“这些我师姐姜九笙全都会。”他往前倾了一点，趴在椅背上，吊儿郎当没个正形，“她不比你低俗，不过你比她垃圾。”

郑奕大汗淋漓，一句话都接不上来了。

音乐世家谢家的小公子，乐坛的人谁敢惹？

摄像机镜头突然转过来，谢荡没事人一样冲着镜头勾了勾嘴角，明明穿着一身西装却显得妖里妖气：“你再说她一句，我就用小提琴的琴弓把你的脸拉成南美洲羊驼，然后再去我家谢老头那里告状。他桃李满天下你知道的吧？一人绊你一脚，也能活活摔死你！”

郑奕：“……”

这三个人是什么关系，他们怎么都这么护着姜九笙？

什么关系？他们是一起喝酒、撸串、打架、打麻将的关系。

整个颁奖晚会时长一个半小时，主持人控场极好，九点半准时闭幕，一切都很顺利。

颁奖晚会结束后不到一个小时，“最佳作曲姜九笙”“姜九笙受伤”“姜九笙石膏造型”等话题纷纷上了微博热搜。

莫冰将姜九笙送回了御景银湾，车停在小区外面。

“我送你上去。”

姜九笙摇头道："已经很晚了，你早点儿回去。"

"有事打我的电话。"

"嗯。"

莫冰和小乔目送姜九笙进小区之后，才一同离开。

这个点守夜的安保人员还没打瞌睡，迷你型电视机还开着，声音调得很大。姜九笙路过时，保安小黎从窗户里探出个脑袋来，笑着跟她打招呼："姜小姐回来了。"

姜九笙点了点头。

小黎笑起来十分憨厚："我看直播了，恭喜姜小姐拿了奖。"

"谢谢。"

"需要我送您上去吗？"

姜九笙笑了笑，摇头："不用了。"

不过小黎还是从保安室里出来，目送了姜九笙一路。

御景银湾的选址不在闹市，远离市中心，相邻的路段也不算繁华，到了夜里车辆往来便少了，多数是开往御景那一带的富人区的。

车开得很稳，速度很慢，莫冰坐在副驾驶座上，正闭目养神。

小乔突然开口："那辆车……"

莫冰睁开眼道："怎么了？"

小乔放慢了车速，盯着后视镜："我刚刚在颁奖晚会的场外也看到那辆车了。"

莫冰回头看了一眼，那是一辆银色沃尔沃，安全性能极好的一款车型，外观并没什么特别的。她问小乔："没看错？"

小乔很肯定地道："不会错的，因为车牌号恰巧是笙姐的生日，我还特意多看了两眼。"

莫冰闻言，立马扭过头去，盯着银色车尾上的车牌号，眯了眯眼，辨清了数字——0902。

这是姜九笙的生日，并非百度百科里的资料上的生日，而是她真正的生日。

御景银湾。

嘀——嘀——嘀——

小黎听闻鸣笛声，从保安室窗口看了一眼，立马给车辆放行，这是时医生的车。

小黎知道，时医生有两辆车，一辆是银色沃尔沃，还有一辆是白色宝马，不过他倒是很少见时医生开这辆银色的车。

“时医生回来了。”

时瑾摇下车窗，颔首道：“嗯。”

“需要给您泊车吗？”

“嗯，谢谢。”

时瑾下了车，把车钥匙给了小黎，又道了声谢，便步行往七号楼走去。

第四章

偏执成狂，惩治柳絮

姜九笙接到莫冰的电话时，刚走到电梯口。

“你到公寓了没有？”莫冰的语气有些急。

“在等电梯。”姜九笙按了上楼键，“怎么了？”

莫冰语速很快地道：“有人一直跟着我们，我怕是‘私生饭’，车牌号是0902。连你真正的生日都摸清了，还用来当车牌号，这人十有八九很疯狂。”

他得跟踪多少次，才能把百度百科之外的资料挖出来？莫冰想都不敢想。

“你还是先别上去了，在小区门口等我，我马上过去。”

姜九笙倒是很从容淡定：“别担心，你不用过来，就算缺了一条胳膊，我也没那么弱不禁风。”

莫冰很迟疑。

姜九笙笑了一声：“我保证，尽量不伤人。”

莫冰顿时哭笑不得：“那你小心一点儿，有什么异常立马给我打电话。”

“要是真有异常，我也是给保安室打电话。”姜九笙泰然自若，盯着电梯上跳动的数字。

“总之小心一点儿。”

莫冰的话音刚落下，电梯上跳跃的数字突然暗掉了。

“莫冰。”

莫冰心头一跳：“嗯？怎么了？”她有种很不好的预感。

“停电了。”

停电？

高级小区都有备电供应房，断电的话就只能是意外。

莫冰感觉毛骨悚然，对姜九笙说了句“小心”。随后，她吩咐小乔：“立马掉头回去，快！”

电话没有挂断，手机屏幕发出淡淡的光，映在姜九笙的脸上，晕开一片白光。她稍稍抬起眸子，漆黑的眼眸在昏暗的环境里亮如星子。

她说：“出来。”嗓音淡淡的，无波无澜。

“笙笙。”

男人的声音从左侧的楼梯口传来，很陌生。

姜九笙滑动手机屏幕，开始找保安室的电话。

“不准报警！”

男人猛地扑过来拽住她握手机的手，她用力甩开，手背一麻，手机脱手，滚到了墙边。

姜九笙低着头，借着月光，隐隐看清手背上有刺目的鲜红，手背火辣辣地疼起来。

他手里有刀。

姜九笙左脚后撤一步，右手护在身前，做了个单手防御的动作，问道：“你是谁？”

男人靠近，姜九笙一个闪身绕到了对方身后，动作机敏又快速，所幸晚会之后她换下了礼服，此时才不会缚手缚脚。

光线很暗，她看不清男人的脸，只能辨别他大概的方位。男人从距离她身侧两三米的位置步步紧逼，右手上的水果刀反射着淡淡的光。

“是我，笙笙，我是最爱你的人。”男人声音嘶哑，语气带着掩饰不住的跃跃欲试的兴奋。

姜九笙基本可以确定了，这是个“私生饭”，且疯狂至极。

“你得奖了，我很开心，准备了很多好吃的东西给你庆祝，你跟我走好不好？”男人压着声音，步步靠近。

她甚至能闻到对方身上浓浓的酒味。

这还是个醉酒的“私生饭”。

姜九笙又后退了一步，看了一眼地上的手机，尽量心平气和地道：“不要再靠近了。”不然她不保证不动手，更不能保证不伤人。

可她的话似乎激怒了男人。

他的语气骤然变得狠戾："笙笙，你不跟我走？"

不待姜九笙开口，他突然咄咄逼人地道："你为什么不跟我走？我那么爱你，三年了，我追了你三年了。你去学散打，我也去学，可是你从来不跟我对练，我只能坐在旁边看你和别人打情骂俏。我好难过，可我不怪你，因为我爱你呀。"

男人已深度醉酒，精神状态极度不稳定，亢奋又易怒，根本没有交流的余地。等保安室发现异常再出动，估计还要一段时间。

她只能自卫了。

姜九笙把打着石膏的左手收到身后，动了动右手腕和脚脖子，松了松筋骨，右手握拳，目光锁住男人手里的刀。

"你爱喝酸奶，我就给你买了好多好多，天天给你寄，你为什么不喝？你为什么一次都不喝？"

他凶狠地咆哮完，声调又毫无征兆地压低："你别怕，我不是故意要吼你的。"

他说着痴痴地笑起来，一会儿絮絮低语，一会儿歇斯底里："笙笙，我真的很喜欢你。我也搬到这里来了，以后我就能一直陪着你了，以后你就是我的了，哈哈哈——"

电话铃声突然打断了男人癫狂高亢的笑声，姜九笙几乎第一时间走过去想捡起手机。

男人大吼道："不准接！"

他猛地扑过来，挥着手里的刀，动作毫无章法，像只被惹怒了的野兽，疯狂地吼叫着："你为什么不回应我？为什么不肯跟我走？你是我的，你是我的……"

他张开手臂，发了疯似的撞了过来。

姜九笙脚尖擦了擦地，正要出腿，腰间忽然一紧，被带着转了一个方向。她毫不犹豫地抬手劈了过去。

咚的一声，男人扑空，撞上了墙壁。

她的手腕被抓住了，肌肤相触，传来冰冰凉凉的触感，如同窗外深秋的霜。她耳边响起低低的嗓音，像玉石轻碰："笙笙，是我。"

姜九笙蓦然抬头："时瑾？"

没有灯光，月色昏暗，她看不清他的轮廓，却嗅到了淡淡的混着薄荷清香的消毒水味，是她再熟悉不过的味道。

是他，是时瑾。

姜九笙紧握成拳头的手松开了，整个人松懈下来。她这才发现手心里全是汗。

时瑾还抓着她的手腕没有松开，他低头轻轻地嗅了嗅：“你流血了。”

只是一道划伤，不是什么大伤口，外科医生的嗅觉真是不一般。

“不要紧，只是划破了皮。”

时瑾没有说什么，用手帕给她擦了擦，末了给她绑好伤口。米白色的手帕在她的手背上打了个外科包扎常用的结。

“你躲好。”时瑾放开她，往前走了两步。

他背过身挡住了她的视线，她看不到他的脸和目光。可不知为何，瑟瑟秋风突然变得阴冷，像寒冬腊月的寒流，无孔不入地钻进人的四肢百骸。

姜九笙突然觉得恍如在梦里，一切都有些不真实。

“你是谁？为什么来抢我的笙笙？”男人从地上爬起来，胡乱挥着手里的刀，“你滚开，不准抢，不准抢我的笙笙！”

男人已经完全失控，暴怒狂躁至极，像一头发狂的野兽，龇牙咧嘴地握着利器，随时准备扑过去撕咬对手。

即便在这种时候，时瑾仍不温不火，自始至终保持着沉着冷静：“她不是你的笙笙。”

临危不乱，处变不惊，遇事泰然，泰山崩于前而色不变，麋鹿兴于左而目不瞬，然后可以制利害，可以待敌。

时瑾应该是这样的人。

男人彻底丧失了理智，大声咆哮道：“她是！她是我的，是我的！”

声嘶力竭之后，男人双手握住刀柄，大喝一声，猝然刺向时瑾。

姜九笙一惊，几乎失声道：“时瑾！”

时瑾匆匆回头看了她一眼就收回了视线。而后他往前迈了一步，毫不犹豫地伸出手，越过刀刃擒住了男人的手腕，将其反扭到背后用力一按，将男人的整个肩膀狠狠地制住。

男人大叫一声，水果刀脱手掉在了地上。

好快的动作！

姜九笙瞠目结舌，即便她在状态最好的时候，也不可能有这样的反击速度。时瑾绝对受过特殊的技能训练。

她想，到底是有着怎样的家世，有过怎样的锤炼与教养，才会将他打磨成如今这个模样，不失谦谦君子的翩翩风度，却又坚不可摧，甚至……他甚至有着暴戾狠辣的气势。

姜九笙一动不动，怔怔地看着时瑾，看着他拿起电梯口的灭火器，狠狠地往男人头上砸去。

男人痛得半跪在地上，整个右臂被按住。他单手抱着头，手上全是血，瑟瑟发抖地道："你是恶魔，你是来抢笙笙的恶魔。

"笙笙，你快跑，快跑！

"他是坏人，笙笙快跑！"

男人歪着头，血流进了眼睛里。他用殷红的瞳孔盯着姜九笙，大喊大叫地让她快跑，喊一句，时瑾便砸一下。

姜九笙整个人都呆住了，双腿像灌了铅，僵硬得动不了。她眼睁睁地看着时瑾扔了灭火器，勒住男人的衣领，将人拽起来死死地按在墙上，拳头一下一下地重击男人的头。

似乎从时瑾见血的那一刻开始，甚至更早，从他看见她的手背上的血开始，事情就变得一发不可收拾了。

临危不乱，处变不惊，遇事泰然……不，他不是这样的人，至少在这样的境遇下不是。

姜九笙推翻了她先前对时瑾的所有认知，他不只温良端方、优雅绅士，这也是时瑾，暴戾血腥的时瑾。

男人的惨叫声渐渐变得虚弱。

姜九笙说："够了。"

时瑾的动作顿了一下，却没有停止。他的拳头又狠又快，落在男人的头部、腹部还有手上，那只握过水果刀的手上。

姜九笙喊道："再打他会死的！"

"那就让他死。"

他的嗓音冷得彻骨。

姜九笙学过散打，也上过武力自控的理论课。这样的时瑾，在武学里已经足以定义为失控。

她抬手抓住了时瑾的手："时瑾。"

时瑾抬眸看向她，眼睛猩红。

"你怎么了？"

时瑾如梦初醒，突然松了手，神色缓缓变得清明，继而惊慌失措。手上还沾着血，他低下头，把手收到了背后。

"笙笙。"他喊得小心翼翼，目光偶尔垂着，偶尔抬起，想看她又不敢看。

此时的时瑾像个做错了事的孩童。

姜九笙从未见过这样的时瑾，分明很陌生，神秘莫测又捉摸不定，可不知为什么，她诡异地觉得这样的他有些熟悉，像儿时一场似曾相识的梦境。她只身站在幽静的深巷里，不停地走着，周围阴森又僻静，偏偏她不觉得害怕。沿途的风景那么熟悉，她寻寻觅觅却怎么都找不到尽头，也走不出来。

时瑾就像这样一场梦。

她问他，语气出奇平静："你是不是一路跟着我去了颁奖晚会？"

被打得面目全非的男人躺在地上，时不时发出呻吟的声音，时瑾的嗓音越发低不可闻："是。"

"车牌号是我生日的那辆车，是你的？"

时瑾没有立刻回答，迟疑了很久才点头，不像往日那样温和优雅，他有些不知所措和狼狈："我不放心你，怕有'私生饭'伤害你。"

姜九笙脱口而出道："你也是'私生饭'。"

她说完就知道自己说错话了。她并无恶意，只是一时嘴快，也不知被什么乱了心绪，想解释却无法言语。

时瑾也沉默着，原本灼灼的目光一点一点地暗淡下去。

"我——"

电话铃声突然响了，打断了姜九笙到嘴边的话。她捡起地上的手机，来电铃声不厌其烦地一直响，显得急促又焦灼。

姜九笙接通电话，听了一会儿，答道："是我。"

时瑾听不见电话那头的人是男是女，又说了什么，只见她神色微变，说了声："麻烦了。"

她挂断电话，抬头看向时瑾，欲言又止，可沉默了许久，终归什么话都没说，转头就走。

时瑾喊她："笙笙。"

姜九笙回过头来。

时瑾的眼睛像蒙了尘的黑曜石，暗淡无光，他说道："我跟他不一样。"

不一样的，即便他也是"私生饭"，即便他也搬过来与她同住，跟踪她，爱她所爱恶她所恶，即便他做了那么多疯狂又偏执的事情，他和这个男人也不一样。

至少他时瑾不会像这个男人那样，将刀尖指向她。

他一字一顿地说："我跟他不一样。"他停顿了很久，声音微微颤抖，"我不会像对他那样对你。"

他不一样，她也不一样，即便隔着山水，隔着层层雾霭，她看不清他，他却看得见她眼里自己的模样，一如往昔……

他把手垂放在身体两侧，握了握拳，又松开。最后他蹭着风衣的衣摆，把手上的血擦得干干净净。

姜九笙的目光落在他的手上，过了很久，她挪开视线道："等我回来再说。"

"可不可以不走？"

她犹豫了很久，摇了摇头："你先回去。"

他不停擦手的动作停住了。

她走了……

那年木棉花开，他拉着她，在树下不停地哄着她。

"笙笙，你别怕。

"我以后不会了。

"我都听你的，再也不犯错了。

"你别哭好不好?

"我不伤人，我再也不伤人了……"

她哭着喊他："时瑾。"

"我在，我在。"

他跪在她的双膝前，抬头看着她。

她却什么都没说，流着泪，一遍一遍地擦着他手上的血。

笙笙不喜欢他伤人，不喜欢他双手染血，一直不喜欢。他记得的，也从来不敢忘，即便本性再暴戾，他都忍得很好。

时瑾转身，盯着地上的男人："都怪你。"

地上的男人蓦然抬头，看见了一双阴鸷冰冷的眼眸。时瑾一步一步地靠近，漂亮的手紧握成拳。

"都怪你。"

晚上十点，御景银湾外的主干道以南两千米的红绿灯路口发生了一起车祸，交警暂时封了路，这会儿这里正堵得水泄不通。

救护车停靠在路边，莫冰躺在担架上松了一口气："我快被你吓死了。"

姜九笙把这句话原封不动地还给了她。

见到姜九笙，莫冰的一颗心才算安定下来，她问姜九笙："是'私生饭'？"

“嗯。”

“没伤到你吧？”

姜九笙摇头。

莫冰细细打量了她一番，发现姜九笙除了手背上缠了块手帕之外，完好无损。她见识过姜九笙的身手，便理所当然地问了句：“对方受伤了？”

“嗯。”

果然，姜九笙的散打不是白练的。

莫冰正欲再了解详情，姜九笙岔开了话题：“你怎么样了？”

“没事。”莫冰摸了摸脑袋被磕破的地方，“我只是让交警大哥确认一下你的安全，他怎么把你叫来了？”

“他说你脑震荡了。”

姜九笙看了看莫冰。她脸色确实不太好，身上的皮外伤倒没什么，只是唇色白得吓人，人也动不了，医护人员正在给她做基本急救。

戴氧气面罩前，莫冰催促道：“你先上来，要是被记者拍到又该乱写了。”

姜九笙便上了救护车，没一会儿小乔也上来了。她哭丧着小脸，眼睛红红的。

“对不起笙姐，都是我技术不好。”

她低着头，很是自责。变道时，车撞上了护栏，不算太重，莫冰磕破了脑门，她的手臂被撞了一下，轻微擦伤。

姜九笙没有说什么，送她们两个去了医院。

检查后，莫冰确实有很轻微的脑震荡，医生建议留院观察。小乔只是皮外伤，包扎之后跟交警去了警局做笔录。

兴许是科室的护士认出了姜九笙，特别给莫冰开了VIP病房。

“你先回去吧，我叫了人过来陪我。”姜九笙到底是艺人，即便现在是三更半夜，莫冰也怕有狗仔来蹲守她。

姜九笙心不在焉地应了一句。

从刚才起，她就一直魂不守舍的，莫冰很少见她这么思绪万千的样子：“怎么了？心神不宁的。”

姜九笙没有多说，拿了口罩和帽子：“我先回去，有事打我的电话。”

“路上小心点儿。”

莫冰有点儿好奇，不知道是哪路妖精，竟勾得她家艺人这样神魂颠倒的。

姜九笙在住院部楼下遇见了徐青舶，他大概是刚出手术室，还穿着无菌手术衣。他一眼就认出了戴着口罩的姜九笙。

“姜小姐。”

“徐医生。”

她想起了莫冰的话，徐青舶是江北政要世家徐家的大公子，只是身穿白大褂，丝毫没有世家公子的派头。

徐青舶似笑非笑地看着她，打趣似的道：“又受伤了？”

她摇头，没有过多地解释。

“来找时瑾？”徐青舶看了看手机上的时间，“他不在医院，这个点儿他应该在飞机上了。”

“他是晚上的飞机？”

果然，时瑾给他家这位报备过了。徐青舶大方地知无不言：“嗯，研讨会明早开，时瑾跟医院的同事一起坐今晚十点半的飞机。”末了，他还补上了一句，“哦，没有女同事。”

姜九笙垂眸，表情若有所思。

手机振动，徐青舶瞥了姜九笙一眼，这才按下接听键，开口便调侃道：“哟，难得啊，给我打电话。”

电话那头的人说完，徐青舶的脸色就变了。

“你说你在哪儿？”他很不可思议地问道，“警局？”

电话那头的人话不多，言简意赅地说了几句，徐青舶没有多问，听完后说了句：“我半个小时后到。”

然后徐青舶挂断电话，看向姜九笙道：“抱歉，姜小姐，我要先失陪一下了。”

姜九笙颔首，先行离开。

“姜小姐。”徐青舶突然叫住她。

姜九笙回过头去。

“你来医院之前见过时瑾吗？”

“嗯，见过。”

徐青舶笑了一声，一副恍然大悟的模样：“我就知道会是这样。”

“什么？”

“没什么。”徐青舶玩笑似的道，“就是觉得时瑾真是个‘脑残粉’。”

姜九笙不置可否。

徐青舶摆了摆手，转身走了，脚步有点儿急切。

姜九笙回了公寓，先前值班的两个保安都不在，换了人巡夜，七号楼一层大厅明显被处理过，已恢复用电。她没有见到时瑾，便用备用钥匙开了他公寓的门，屋里冷冷清清的，毫无声息。

兴许他在飞机上。

“汪。”博美从阳台上探出一个脑袋来，叫唤了两声，嚎得特别凶。

姜九笙开了灯。

博美看清来人，立马从窝里爬出来，欢欢喜喜地跑向姜九笙。

姜九笙蹲下，博美扑到她身上，抬起两只前爪搭在她的膝盖上，一边拱一边撒娇：“汪！”

姜九笙笑了笑，这狗狗倒通人性，她没来过几次，它却这么会认人。她起身给它倒了一点儿狗粮。

姜博美很兴奋，吃得特别欢，狗尾巴甩上了天。它吃两口，就朝姜九笙傻看两秒。

她揉了揉它的脑袋。

“博美。”

“汪。”

“你爸爸到底是什么样的人？”

“汪。”

自言自语似的，她轻叹道：“我好像怎么都看不透他。”

姜博美一个劲儿地抖毛，然后扯开嗓门儿叫：“嗷呜——嗷呜——”

如果博美学会了人话，它一定要坚定又坚强地告诉它妈妈：我的爸爸是世界上最吓狗的爸爸，他几次吓得我差点儿没了狗命。还好，我足够坚强与勇敢地一路挺了过来。

警局。

徐青舶见到时瑾的时候，时瑾正端端正正地坐在审讯室里，处之泰然，双手交叠放着，面前放了一杯水。

这姿态，他当自己是来警局喝茶的吗？

已经快十二点了，连续做了八个小时的手术，三更半夜都没消停，徐青舶有小脾气了。

“你怎么不给秦家打电话？”

时瑾神色淡淡的，没回答他。

“我已经给你办了保释，人也已经送去医院了，律师会出面调解。你准备好足够的赔偿金应该就没什么问题，毕竟是那人惹事在先，直接走私了的流程就行。”徐青舶坐到时瑾旁边的位子上，继续说道，“你公寓那边的那两个保安已经知道具体情况，知道怎么做，监控也确认过了，没问题。”

时瑾说道：“谢谢。”

“我看过警方的笔录了，里面有医院出的报告。姜九笙走后，你到底下了多重的手？”

那人全身是伤，虽然不致命，可徐青舶这个医生光看照片都觉得瘆人。

时瑾并未回答。

徐青舶坐直身体，没了半点儿玩笑的表情，语气严肃地道：“如果不是姜九笙走之前叫了保安过去，你是不是要活活打死他？”

时瑾摇头。

“那你还往死里打！”

“他伤了她。”时瑾抬眸，表情平静地道，“若不让他尝够苦头，他还会再去找她。”

归根结底，时瑾还是为了姜九笙，要给她永绝后患，所以就下这么狠的手？！

徐青舶哑口无言半天，最后骂了句：“那你也不用下那么重的手，要是真的失手打死人了，你是要坐牢的！”

时瑾垂眸，遮住了满眼的情绪：“当时没忍住。”

一旦扯上某个人，时瑾就会情绪失控、暴躁易怒，甚至有暴力倾向，典型的偏执型人格障碍患者。

病因：姜九笙。

徐青舶语重心长地道：“时瑾，去看心理医生吧。”

时瑾一言不发，直接大步离开了审讯室。

治疗方法：姜九笙。

治疗现状：病人拒绝治疗。

徐青舶叹了口气，起身跟上去：“我在医院碰到姜九笙了。”

时瑾立马停住了脚步：“她怎么了？”

他的反应真大。

果然，姜九笙才是猛药。

徐青舶心里有数了，说：“她没事。”

时瑾背着光站在门口，沉默了许久才说道：“这件事，你别告诉她。”

如果这个世界上还有时瑾信任的人，姜九笙算一个，徐青舶也算一个。前者他是无条件地信任，后者，是因为救命之恩。徐青舶那条命，是在时瑾的手术刀下保下来的。

那场手术持续了十二个小时，其他医生都放弃了，只有时瑾，一步也没离开过手术台。

也是见了鬼了，徐青舶很清楚地知道，自个儿不是什么滴水之恩当涌泉相报的大善人，怎么就甘愿为时瑾东奔西走了？

徐青舶郑重其事地应下了："我知道。"

他知道时瑾花了多少时间才走到姜九笙面前，也知道这个家伙疯起来有多狠。

"谢谢。"时瑾说。

又是这该死的礼貌！

徐青舶估计姜九笙喜欢这种类型，就很直截了当地说："口头谢谢不收，知道我的卡号吧，直接转账。"他摊了摊手，"毕竟我们是'塑料花'同窗，谈感情伤钱。"

"好。"时瑾拿出手机，当场转账。

"……"徐青舶目瞪口呆。

十秒钟后，短信来了，徐青舶数了一下转账金额的零，诚恳地对时瑾说："以后有事叫我，随传随到。"

时瑾点头，走出了警局。

已经过了十二点，警局里值班的警员困得不行，一直打瞌睡。

"你好。"

值班警员擦了擦眼睛，看了一眼："有什么事？"

来人是个小姑娘，出了交通事故来做笔录的，等了有半个小时了。

小姑娘问："刚才出去的那位是我认识的人，我能不能问一下，他……"她小心斟酌着词句，"他犯了什么事儿？"

值班警员打量着小姑娘："你问这个做什么？"

小姑娘有点儿害羞，不好意思地说："我的一个朋友很喜欢他，我怕他是坏人，会害了我朋友。"

值班警员警惕地说道："这是别人的隐私，你还是别过问了。"

"哦，谢谢啊。"

小姑娘有点儿失望，低着头坐回座位。

这时审讯室的人站在门口喊了句："陈易桥！"

小姑娘应了一句："我是陈易桥。"

"过来做笔录。"

"哦。"

翌日早上九点，莫冰的电话就打到了姜九笙的手机上。

"喂。"

姜九笙刚起，嗓音还是哑的。

莫冰做事一向效率高，单刀直入道："已经查清楚了，那个男人叫钱智鹏，精神有点儿问题，两个月前刚搬到你那个公寓去住，只是个工薪族，公寓是租的。警察已经进去查证过了，里面到处贴着你的照片和海报，连浴室里都是。散打馆那边小乔也去问过了，确实有这么个人，看来他跟踪你已经有一段时间了。"

情况跟姜九笙预想的差不多，她问道："人现在在哪儿？"

"本来在医院，但今天早上我去问过，护士说他转院了。"莫冰思忖了一下道，"这事有点儿蹊跷，警方只说会依法处理，口风很紧，不过连对受害者都三缄其口，这就有点儿说不过去了。我也找不到昨晚报警的两个保安了，总感觉有第三方插手。"

而且对方这办事速度太惊人！

姜九笙听完，没什么特别的反应："那你就别插手了，免得记者捕风捉影大做文章，那个'私生饭'以后应该不会再出现了。"

"你怎么这么肯定？"莫冰立马问，"昨晚是不是还发生什么了？"

姜九笙不答反问道："还能发生什么？"

谁知道，她家艺人可不是那种有事乖乖报备的人，莫冰将信将疑地道："听医院的人说，那个'私生饭'伤得不轻，你打的？"

姜九笙有这个能耐，不过这不是她的作风。

过了很久，姜九笙认了："嗯，我打的。"

不知道为什么，莫冰有点儿不信。可若不是姜九笙打的人，那是谁呢？艺人翅膀硬了，有自己的秘密了。

"车牌0902那个呢？"莫冰也是今天才知道，除了在小区里作妖的那个人之外，还有个一路尾随姜九笙的"私生饭"，"昨晚碰到没？"

姜九笙换了话题："你还好吗？"

她显然不想多说。

莫冰也就不多问了："嗯，没什么事，下午就出院。"她问姜九笙，"你的声音怎么了？"

姜九笙清了清嗓子："刚醒。"

"怎么听起来这么累？"

"没睡好。"

"用不用我帮你约常医生？"

姜九笙有一段时间失眠很厉害，常医生是她的主治医师，不过她已经很久没有去做过心理咨询了。

姜九笙的态度是，只要安眠药，不要医生。性子使然，她不大愿意对人敞开心扉。

因此她很干脆地拒绝了："不用，如果你不放心，多给我两包烟就行了。"

莫冰直接把电话挂了。

姜九笙把手机扔到一边，揉揉眉心，头隐隐作痛。昨晚的安眠药失效了，她整晚失眠，闭上眼，脑海里全是时瑾的脸。她什么都想不清楚，可思绪怎么都停不下来。

她抓过手机，找出时瑾的号码，盯着看了半天，又把手机扔了回去。她烦躁地抓了一把头发，拿了烟盒起身去阳台上抽烟。

九点半，当推开房门准备出去时，她毫无防备地撞见一双深邃的眼。

"笙笙。"时瑾的嗓音沙哑得不像话。他还穿着昨日的衣服，站在她门前，额前的头发软软地耷拉着。

姜九笙愣怔了好一会儿才道："我以为你去参加研讨会了。"

他站得端端正正的："你不是让我等你吗？"

"你等了多久？"

"从昨晚十二点半到现在。"

她家和时瑾家就隔了两米。他是怎么想的，在她家门口站了九个小时？

"怎么不按门铃？"

时瑾还是笔直地站在她面前："不想打扰你睡觉。"

他啊，真是个奇怪的人，让人完全捉摸不透。

姜九笙盯着他，这才发现他眸子里有细细的红血丝，下巴上有细碎的胡楂，不明显，但给他添了几分颓废气息。

两人相识这么久，她还是第一次见时瑾这般不修边幅的样子，狼狈却依旧让人挪不开眼。真奇怪，她本来有很多话要问，本来有很多问题想知道答案，可一看到他，脑子里就空荡荡的了，她居然还在想，这么落拓不羁的时瑾有一点儿性感。

她有些心烦意乱，突然又想抽烟了。

“笙笙。”

“嗯？”

“我跟那个‘私生饭’不一样。”他郑重其事地说，“我不会伤害你。”

他的眼睛颜色很黑，没有一丝杂色，认真专注的时候，像仲夏夜里的星，灼灼地发着光。

他这样看人的时候，眼睛漂亮得能把人吸进去。

姜九笙恍惚了一下，点头道：“我知道。”

她知道，他大概是怕她把他与昨晚那个“私生饭”一概而论，或者怕她对昨晚那样暴力与血腥的场面望而生畏。

她也以为自己会这样，毕竟见过那么多疯狂的、层出不穷的“私生饭”，可她偏偏就对时瑾不一样。

她解释道：“昨晚我不是怀疑你，也不是怕你会伤害我，是莫冰出了车祸，我赶着去现场。没能听完你的话，我道歉。”

时瑾紧抿的唇忽然松开，他笑了：“没关系。”

姜九笙还是第一次发现，时瑾笑开的时候，右边有一颗小虎牙，很隐蔽。

怪不得古有周幽王为博美人一笑烽火戏诸侯。她突然能理解周幽王了，若是时瑾也经常这么笑，她估计什么都愿意给他，给他发最好的粉丝福利。

怎么回事，她又想错了！

姜九笙不自然地转开目光，然后视线不自觉地就落到了时瑾的手上：“你打架怎么那么狠，手都受伤了。”

时瑾把擦伤了的手往身后藏了藏，说：“过两天就会好。”他又特别正儿八经地补充道，“会和以前一样好看。”

姜九笙鬼使神差地开口：“我想摸你的手。”

手控患者不定时发病……

“昨晚打人之后都没有洗手，”时瑾大大方方地把手递过去，“如果你不介意的话。”

“当然不。”

她摸了他的手，看得很仔细，直到确定时瑾没有因为打人而伤到手之后才松开。

很奇怪，她分明有很多疑虑，可就这么三言两语间，心头的万千思绪都被安抚了。她没有问他是怎么解决打人的事情的，也没有问他为什么要下那么重的手，不是不好奇，只是顺其自然地接受了。她接受了他的深不可测、他的多变与神秘，甚至他的狠辣。

她看不透时瑾，可那有什么关系？她信任他，也许无关情爱，更像是一种本能。她忍不住靠近他，忍不住了解他，忍不住拨开他的世界里的云雾，走进去问一问他，可不可以不只是做她的“私生饭”？

时瑾是中午的飞机。

姜九笙在给博美喂饭的时候接到了时瑾的电话。她开了免提，将手机放在桌子上：“喂。”

“笙笙，是我。”

“我知道是你啊。”

像久识的朋友，他们相处得自然又惬意，谁都没有再提先前的不愉快。

“我已经在机场了。”

“路上小心。”

“好。”时瑾一夜未眠，声音还有些哑，“博美就麻烦你了。”

“我正在给它倒狗粮。”姜九笙突然想起来，“喝的呢？给它喝水了吗？”

“抽屉里有脱脂奶粉，杯子在旁边，半杯水兑两勺奶粉。”

姜九笙照着他的话给姜博美兑了一杯奶粉。它立马抱住狗盆，喝得欢天喜地，吃一口进口狗粮，再喝一口进口奶粉，美得能飞上天。

姜九笙被它逗笑了：“它好像很喜欢喝奶。”

时瑾对答如流：“嗯，博美像你。”

姜博美甩了甩尾巴，叫了一声：“汪！”

姜九笙：“……”

时瑾笑着等姜九笙挂了电话，盯着手机屏幕看了许久才关了机。

“时瑾。”女人的声音从身侧传来。

时瑾抬头，淡淡地回应了一句：“萧医生。”

萧林琳正站在机舱的走道上，手里提着小型拉杆箱，将散落的发别到耳后：“又不是在医院，你可以叫我的名字。”

她玩笑似的，口吻显得很熟稔。

时瑾的目光有些淡漠：“习惯了。”

两年前她第一次见时瑾时，他便是这样，待人温和有礼，风度翩翩，却总隔着距离，如同隔着层层迷雾，让人看不清虚实。

两年了，他依旧如此。

萧林琳习以为常，嫣然一笑道："那……时医生，能暂且让一下吗？我的座位在你的右边。"

时瑾起身让开了位置。

萧林琳拖着箱子，抬头看了看机舱顶部的行李架，有些为难地看向时瑾："可以帮忙吗？"

"可以。"

她把箱子递过去，时瑾接住，很轻松地便将箱子安置进了顶部的行李架。

分明是很寻常的一件事，他做起来动作慢条斯理，竟出奇地赏心悦目。

萧林琳想，有些人真的只消一眼，就能让人挪不开眼。

她道："谢谢。"

"不用客气。"

他不显得无礼，但客套得让人无力。萧林琳不动声色地将眼底的失落掩住，脱了外套坐到里侧。

她不说话，时瑾便自始至终沉默着，两人毫无交流。

飞机起飞，带来些失重感，片刻的耳鸣之后，萧林琳问空姐要了一杯温水，还问时瑾是否需要，他礼貌地拒绝了，捧着飞机上的一本娱乐杂志看得专心致志。

"你住哪个酒店？"萧林琳问时瑾。

他抬起头，没有回答。

他们同事两年，他从来不提私人信息，除了他教科书一样的履历之外，她对他一无所知。

萧林琳解释道："这次研讨会小儿外科也需要参加会议，我的行程应该和你一样，就懒得再找酒店了。"

时瑾迟疑片刻，报了一个酒店的名字，一句话也没有多说。

"你怎么也迟到了？"

时瑾的时间观念一直很强。

他道："私事。"

见他显然不想多说，萧林琳便不再多问了。之后他闭目养神，两人就一路无话。她想，他啊，神秘莫测，偏偏就是让人欲罢不能。

研讨会持续五天，后来时瑾在电话里说，有可能会延时，姜九笙只说没关系，她同博美相处得很好。她因为闭关在家写歌，便干脆把博美抱到了自己的公寓里来养。

三天后，姜九笙就发现博美好像又胖了一点点，它越来越像一个球，团成一团便可以滚了。

博美和姜九笙很亲，她去哪儿它都喜欢跟着。若是她出门，它便会抱着她的腿，一直嗷嗷嗷地叫，奶声奶气的特别萌。

姜九笙拿这小东西没办法，抱着它一起出了门。

莫冰看见那只肥狗的时候都惊呆了："你带它去怎么录节目？"

那是个真人秀节目，三年来请了姜九笙不下十次。莫冰被缠得没办法了才应下。正好，最近姜九笙除了写歌就是录歌，权当转换一下心情。

当然，她不赞同姜九笙带这只肥狗去。

姜九笙忙着逗狗，随口应着："你和小乔帮我看着。"

莫冰表示："我不会带狗。"

小乔立马跟着摊牌："我、我也不会。"

姜九笙把博美放在旁边的位置，从包里掏出一只会叫的玩具鸭子，给博美展示了一下怎么玩，然后就给它了。她转头对莫冰说："我们博美很好带，狗粮和奶粉我都备好了，四到八个小时喂一次，我会电话提醒你们。"

"我们博美？"莫冰觉得不可思议，"你难道没有发现，你现在看那只狗的表情很像慈母吗？"

"有吗？"

"有。"

姜九笙笑笑，不置可否。

路上，一只狗和一只"鸭"做了好朋友，博美玩得特别兴奋。

姜九笙参加的是一档户外节目，节目组还请了柳絮。在柳絮和张耐退出乐队的节骨眼儿上，节目组一次请两位当事人，当真是要搞事情。

受邀的其他艺人姜九笙都不太熟，除了柳絮，她只有和苏倾还能说上几句话。录制地点在郊区的一处风景区，节目组包下了整个旅游区的酒店作为艺人们的休息室与化妆室。

开录前半个小时，赞助商代表莅临，是温氏银行的温诗好。温家在华德影视占了最大股份，温诗好作为执行董事长也算半个公众人物。

进门后她对众人一一问候，一副温婉礼貌的样子。

"姜九笙，"她自然又亲切地向姜九笙问好，像久别的朋友，"又见面了。"

姜九笙报以一笑："你好，温小姐。"

“若是不介意，你可以直接喊我的名字。”温诗好存了示好的意思。

姜九笙只是淡淡颔首，没有多攀谈。温诗好一笑置之，也没有刻意逢迎，叫了助手进来。

助手提了两个袋子，分别装着饮料与甜品。

温诗好接过去，热情地招待工作人员：“上午闲着没事，做了点儿菠萝布丁，大家不嫌弃的话，可以过来尝尝。”

她礼仪好，家世好，有才有貌，这样的人，怎会让人不亲近？这才刚见面，温诗好便让几位编导纷纷夸赞，与一众嘉宾打成了一片。

温诗好真是个聪明的女人，不过心思太重了。姜九笙起身，想去隔壁休息室看看博美，温诗好喊住了她。

“不尝尝我的手艺？”

姜九笙摇头，解释道：“我对菠萝过敏。”

温诗好有些遗憾地道：“下次有机会的话，可以做草莓味的给你尝尝。”

“谢谢。”

姜九笙很客套，并没有与她深交的意思。

温诗好也很识趣，笑着去招呼其他人了。

姜九笙刚走到隔壁休息室门口，就听见了嘎嘎嘎的叫声。

姜博美花了一个小时，学会了鸭叫。

化妆室里，姜九笙前脚刚走，温诗好后脚也出去了。她拿起手机走到无人的楼梯口，拨了个电话。

“帮我查一个人。”

停顿了片刻，温诗好又低声道：“摇滚歌手，姜九笙。”

下午两点，节目准时开录，有一位嘉宾姗姗来迟，是姜九笙的死对头。

“大家好，我是柳絮。我第一次录节目，还有很多不懂的地方，要麻烦各位前辈了。”柳絮穿了一件很淑女的连衣裙，乖巧地对众人一一问好。

可能是念着姜九笙在场，化妆室的工作人员看在她的面子上，对柳絮有些不冷不热的。柳絮也没发作，连连道歉，说是因为堵车才来晚了，还说为了赶时间，在车上已经化好妆了。

总之，她是面面俱到的。

柳絮走过来，双手交叠，怯生生地说：“笙笙，好久不见。”

这演技!

反观姜九笙，她面上无波无澜，云淡风轻地回了柳絮一句：“这里的人都知道我和你不和，不用装了。”

柳絮顿时面如土色。

众人：“……”

果然，笙爷就是笙爷，和娱乐圈里那些矫揉造作的人就是不一样。

三分钟后，节目组副导演开了酒店的广播，通知各个机位准备，摄像师就位。

Running Quickly（快跑）是一档户外竞技真人秀节目，这一期节目编导请了五位嘉宾，搭档七位固定MC（主持人），“随机”分成了四组。

第一轮游戏，由于姜九笙与苏倾的默契指数为零，被判出局。第二轮游戏的时候，姜九笙碰上了柳絮。

冤家路窄，这不就是节目组要的效果吗？

结果——节目进行到一半，暂停录制了。

那时候，莫冰正在休息室给姜博美喂狗粮，节目组的编导风风火火地跑过来，急出了一头汗。

“莫冰姐，出事了，你快来！”

“怎么了？”

小姑娘红着眼，带着哭腔说：“笙姐从游戏台上摔下来了。”

莫冰把姜博美扔给小乔，立马去了现场。

下午三点，录制现场的照片流了出去，Running Quickly发生录制事故的消息很快就全网皆知了。

照片里，姜九笙站在两米高的游戏台上，对面是柳絮，两人几乎同时摔下高台。

粉丝们立马炸了。

“哪里都有你！如果是巧合我叫你爸爸！@柳絮。”

“推了我老公还跳下去碰瓷！@柳絮。”

“某人的粉丝别太嚣张了，两人都摔了，谁对谁错还没有论断，这么甩锅好意思吗？”

“柳絮也伤得不轻，这个时候还骂人家，会不会太过分了？”

消息出来不到半个小时，电视台的官博下面骂声一片。柳絮的经纪人刘玲第一时间赶到了节目录制现场。

一见柳絮，刘玲就火大地道：“你怎么回事？我跟你说过多少遍了，在你还没有站稳脚跟之前，不要去惹姜九笙。”

刘玲不太喜欢柳絮，柳絮靠腌臜手段进了秦氏，能力平平，可野心不小，智商不高心眼儿还多。这种货色在娱乐圈这个大染缸里能走多远可想而知。

关上休息室的门后，刘玲转身就冷了脸：“你倒好，还敢推她，她要是摔出个三长两短来，她的粉丝就算一人一口唾沫都能把你淹死。”

柳絮躺在软椅上，一只裤腿卷着，膝盖上青青紫紫的。她矢口否认道：“我没推她！”

“你没推她？”刘玲冷笑了一声，“呵，难不成她吃多了撑的，自己往台子下摔？”

“就是她自己摔下去的！”柳絮咬着唇，委屈得红了眼，“刘姐，这次真的不是我，我没推她，是她先推的我。”

姜九笙把柳絮推下去，然后自己再跳下去？

姜九笙缺什么，需要用这么下三烂的手段来作践自己？

刘玲反唇相讥：“这种话，你信？”

柳絮死死地咬着牙，怒火难消，眼底全是不甘心。

“不要对外做出任何回应，现在你说什么都是错。”

“我知道了。”

叮嘱完柳絮，刘玲便亲自去了姜九笙的休息室，以秦氏娱乐的名义去探望。莫冰摆了张冷脸，气场很大：“我家艺人伤得太重，不便见客。”

说完，莫冰就摔了门。

刘玲理亏，只好灰溜溜地打道回府。

再说“伤得太重，不便见客”的姜九笙，正抱着博美在喝酸奶，博美也想喝，姜九笙给它兑了杯脱脂牛奶。

莫冰盯着她的两条腿看：“真没事？”

“嗯。”姜九笙蹲下，右手拿着奶瓶，用打着石膏的左手给博美顺毛，腿脚都很正常。

莫冰还没搞清状况：“你跟我说说，到底怎么回事？”

姜九笙一脸云淡风轻地道：“我推了她一把。”

碰瓷的居然是姜九笙。

不过莫冰关心的重点是：“没被摄像机拍到吧？”如果摄像机拍到了，得立马销毁证据！

“那个方向是盲区，拍不到。”

莫冰这才放心了：“你这是要弄死柳絮？”

姜九笙起身，对着垃圾桶，用空酸奶盒投了个“三分球”：“我的力道控制得不错，不会伤筋动骨，让她吃点儿皮肉之苦而已，放心，不会弄死她的。”

那台子不高，摔下来确实就是皮肉伤。可柳絮的新歌还在筹备中，网上对她的负面评价太多，她又正站在风口浪尖上，姜九笙这是又给她招了一拨黑粉。

莫冰猜测道：“她又惹你了？”

姜九笙一向不为难人，这样倒打一耙不是她的作风。

“嗯，她角度都找好了，刚好避开镜头，我要是不推她，她也会假摔。”

原来是柳絮偷鸡不成蚀把米啊。

她先假摔，再泼脏水，这一系列碰瓷操作也是没谁了。

莫冰对姜九笙竖起大拇指：“那你推得好，不然她的戏不够真。”推完别人自己跟着摔，谁还不会演戏了，论专业碰瓷姜九笙也不输她柳絮好吧，“我看你摔得挺逼真的，没真摔到哪儿吧？”

“在散打馆练过，各种摔跤姿势，我都会。”

长生不老药都不服，她就服姜九笙！

姜九笙回头，对莫冰说了声：“跟编导说，节目继续录。”

“明天再录也可以。”

“今天录。”姜九笙的理由是，“明天柳絮的膝盖就好了。”

莫冰：“……”她家艺人是真的和柳絮杠上了。

半个小时后，Running Quickly官方账号发了一条微博：“负伤奔跑！@姜九笙@柳絮。”

节目组过分了！我笙爷左手受伤，又摔伤了，居然还不让歇！

于是，“笙粉”们在柳絮的微博下又是一轮攻城略地。

晚上八点，节目录制结束。

柳絮的膝盖已经肿得老高了，她忍着痛录了一下午节目，怒气正盛，将果盘、碟子砸了个稀巴烂。

偏偏这时，虚掩的门被顶开，传来一声狗叫：“汪！”

屋里的柳絮与助理一抬头就看见门口有只博美，正在那里扒门。

柳絮正气得七窍生烟，看什么都不顺眼：“这是谁带来的狗？”

助理打量了博美两眼道：“好像是姜九笙的。”

一听到姜九笙的名字，柳絮立马气急败坏：“把它赶出去。”

助理冲博美大喝了几声。

姜博美就是不走，嗷嗷叫了一通还不够，还抖着毛跑进去，面对面冲柳絮叫唤。

柳絮极度不耐烦，拿起桌上的烟灰缸就砸过去："滚开！"

姜博美闪开，也怒了，顿时龇牙咧嘴地叫："汪汪汪！"

"狗东西！"柳絮气不打一处来，一把拽住博美的前腿，一边将其拖过去，一边伸手去摸桌上的剪刀。

"汪——"

姜九笙的休息室与柳絮的隔了三个房间。

她换完衣服出来，扫了一眼休息室，问莫冰："博美呢？"

莫冰出去打了个电话，刚挂断，这才几个眨眼的工夫，小家伙就不见了，她也纳闷："刚才还在喝奶呢。"

姜九笙转身就往外走。

莫冰跟上去："怎么了？"

"博美娇生惯养，会被别人欺负的。"

"娇生惯养？你确定不是彪悍凶狠？"

莫冰看了看自己手上被姜博美抓出来的几道痕迹，一点儿都不担心："放心，那小狗子爪子没剪，厉害着呢。"

姜九笙还是不放心。

这时，姜博美歇斯底里的狗嚎声从走廊里传过来。

"嗷——嗷——嗷——"它嚎得特别声嘶力竭。

紧随其后的是女人的惨叫声，同样撕心裂肺。

莫冰觉得，什么样的主人，养什么样的狗。姜九笙是练散打的，时医生又是动刀子的，姜博美怎么可能是任人宰割的狗？

声音是从柳絮的休息室传来的，真是冤家路窄，她连狗都不放过。

"怎么回事？"

柳絮的经纪人刘玲先姜九笙与莫冰一步，进了柳絮满地狼藉的休息室。化妆品与服装被摔了一地，屋子里乱七八糟的。柳絮正四仰八叉地躺在沙发上，裤腿被一只白色博美叼着，那博美一边拽裤腿一边龇牙咧嘴。

柳絮用力一扯，随手拿起沙发上的抱枕砸过去："这只小畜生抓伤我了。"

说着她伸出手，手背上果然有好几道血痕。

刘玲还没搞明白是怎么一回事，看了几眼那只还在冲着柳絮张牙舞爪的狗，对助理说："先把它抓起来。"

助理刚要上前，姜九笙的声音不疾不徐地从门口传来：“博美，过来。”

姜博美扭头，一看见姜九笙就撒腿扑进了她怀里，然后嗷嗷叫唤着用爪子扒着自个儿的毛。

它的脑门上少了好大一撮毛。

姜博美开始哭天抢地了！

姜九笙给它顺了顺毛，没有抬头，说：“玲姐，这是我的狗。”

她叫刘玲一声“玲姐”，算是客气了。

不是冤家不聚头，刘玲好不尴尬，不好意思地笑了笑。她看向柳絮，语气带了几分责备：“你怎么回事？”

柳絮冷着脸，愤愤不平地说：“我看它可爱，想摸摸它，谁知道它突然发狂。”她把手摊开，“看它把我的手抓成什么样了。”

她伸出手给刘玲看。

姜博美又冲她叫了两声，一副要扑上去再补两爪子的架势。

姜九笙默不作声，安抚着怀里的小东西。莫冰开了口：“摸摸它？你的手是带了刺还是带了刀，光摸一下就能掉一地的毛？”

柳絮想也不想就否认道：“是它自己不小心，毛缠在了衣服挂钩上。”

姜博美听了想扑过去咬死她！

“乖。”

姜九笙轻轻地哄了一下，博美就老实了，趴着一动不动。姜九笙抬头，方才眉眼间的温柔顿时散了，她不带一分凌厉，目光懒洋洋的，气势却极其逼人：“你狡辩之前，怎么不先把证据藏好？”

柳絮神色微变。

姜九笙抱着狗上前两步，漫不经心地瞥了柳絮一眼。她没有说什么，只是蹲下，将沙发脚旁的剪刀捡起来，剪刀上面还缠着几根白色的狗毛。

柳絮的脸色顿时变了。

“是这个？”姜九笙晃了晃手里的剪刀，问怀里的小家伙。

姜博美哆嗦了两下。

姜九笙把剪刀扔在沙发上，抱着狗坐下：“还要狡辩吗？”

柳絮面红耳赤，不甘示弱地反驳：“那它也抓伤了我的手。”

她伸出手，手背上的伤口还滴着血，确实触目惊心。

显然，她也没从博美那里讨到好。

姜九笙瞟了她一眼，往沙发上靠了靠，修长的腿往前一搭，搁在了茶几上：“玲姐。”

刘玲下意识地应了一声。

“既然是我家的狗伤了人，我自然要赔，麻烦玲姐你待会儿带你家艺人去一趟医院，医药费的单子到时给莫冰。若是还不够，开个价给我。”

刘玲一脸错愕。

“你的医药费我赔了，我家狗狗的毛，你数数，要赔多少根。”

她这是拿人和狗相提并论？

柳絮的脸色瞬间就变了：“你——”

刘玲拉住了她：“姜小姐，我替小絮道个歉，你就当给我和秦氏个面子，不要和她计较。”

姜九笙收回搭在茶几上的长腿，坐正了身子：“你秦氏的门槛太高，面子我也给不起。”

她这模样又懒又狂，霸气得不行。

刘玲都无语了。

柳絮忍无可忍，恼羞成怒地瞪向姜九笙：“那你想怎样？”

姜九笙勾了勾唇，把手里的狗狗放下：“赔。”

话音刚落，她拿起剪刀，把玩了两下，步子懒散地走向柳絮。

柳絮顿时花容失色：“姜九笙，你、你敢碰我试试！”

姜九笙没有多言，吹了吹剪刀上的狗毛，抬手便抓住柳絮的一把头发。

“你——”

姜九笙直接一剪刀剪下去。

三千青丝落地，柳絮瞠目结舌，摸了摸耳边几乎被齐根剪掉的发，失控地大叫：“啊——”

声音真刺耳。

姜九笙喊了一声：“柳絮。”

柳絮回神，抬手就朝姜九笙的脸甩过去。

姜九笙躲也不躲，懒洋洋地抬手便抓住了柳絮的手：“你应该知道，我这个人一向不喜欢吃亏；你也应该明白，我们以前的账还没算清楚。我不是大度的人，也很少大发慈悲，早晚会跟你掰扯开来好好算一算。不过在那之前，我觉得你应该聪明点儿，避着我点儿。”

这样的姜九笙，攻击性极强，浑身都带着危险的野性。

柳絮手腕发麻，额头早已冷汗淋漓。

“我舒坦了，你才会舒坦。”姜九笙稍稍俯身，与柳絮四目相对，“明白？”

柳絮呆若木鸡。

姜九笙松了手，抽了几张抽纸擦了擦手，抱起博美道："莫冰，送我去医院。"

莫冰听没明白。

走廊上一干不知道什么时候跑来看热闹的家伙，也不知道姜九笙葫芦里卖的什么药。

"我不是摔了吗？手伤好像更严重了。"

众人："……"

认识姜九笙的人都觉得她是个极好相处的人，性子懒，对什么都看得淡，不会与人为难。久而久之他们便忘了，姜九笙耍起计策来比谁都会玩，护起短来比谁都狠。

姜九笙去了一趟医院，可想而知网上的"吃瓜群众"会怎么看录制事故的"罪魁祸首"柳絮以及"兴风作浪"的节目组。

节目编导恨不能用眼神杀死柳絮，完了，他要跟着遭殃了。

晚上九点，"姜九笙旧伤严重"这一话题上了各大娱乐新闻的头条，一大拨"黑粉"攻陷了柳絮的微博。

柳絮新歌未发，人先黑，想要洗白估计千难万难了。

医院"验伤"结束后，已经快十点了。莫冰送姜九笙回去时，姜九笙特意用固定带吊着她那只打着石膏的手，难得没有遮遮掩掩，让蹲点的记者们拍了个够。

保姆车上，姜博美正在嗷嗷乱叫。它已经叫了一路了，一刻都不消停，叫得那叫一个凄凉。

"嗷！"它在伤心。

悲伤逆流成河，哀悼它失去的毛!

"嗷呜——"

姜九笙敲了敲它的脑袋："别叫唤了。"她揉了一把它脑袋上被剪得参差不齐的狗毛，"谁让你到处野，以后还敢不敢了？"

"嗷！"

它用爪子扒拉脑袋上的毛，毛被剪掉了一撮，好丑，想哭。

莫冰想到了柳絮脑袋上的，和博美如出一辙的毛，简直想笑。姜九笙那一剪刀下去，估计柳絮明天得去美容院把头发修成短发了，她那个头形再配个短发……莫冰想想就觉得好笑。

“明天上午有行程吗？”姜九笙问莫冰。

“约了吴总监做专辑母带处理。”

“推到下午吧。”

莫冰很少见姜九笙推掉工作的情况：“有别的事？”

“嗯。”姜九笙说，“要带博美去剪毛。”

她居然为了这只肥狗翘班？

莫冰调侃道：“笙笙，你这么喜欢狗，可以自己养一只，我不反对。”姜九笙一直很喜欢狗，尤其是白色的博美。

“不用，认养一只也一样。”

“认养？认谁？”

姜九笙拍了拍姜博美的头：“博美，叫姐姐。”

“汪汪！”

莫冰笑了：“它叫时医生爸爸，却叫你姐姐。笙笙，你这是什么辈分？”

姜九笙笑而不语，拿出手机拨了个号码。

“喂。”

电话那边传来女人的声音，语调很优雅。

姜九笙蹙眉，没有开口，直接挂了电话。

莫冰回头问道：“怎么了？”

姜九笙闭目养神：“没什么。”

没什么？

骗鬼呢，连姜博美都不叫了。

姜九笙从挂了那个电话之后，情绪就不对，异常沉默。莫冰瞧了她一眼，发现她脸色不太好，眉宇间都是一股子凌厉劲儿。

云城。

五星级酒店的餐厅装修很考究，偏清新的暖色调与晶莹的琉璃吊灯交相辉映，特别叫人食欲大增。

黑色的大理石餐桌偏冷，手机屏幕的光泛白。萧林琳抿唇沉默了片刻，删了通话记录，将手机放回原位。她抬起头，看见时瑾从洗手间走了出来。

“时医生。”

时瑾点了点头，坐回餐桌旁，擦了擦手，没有与她交谈。

她便坐在他身侧，转头能看见头顶的灯光折射进他的眼里，流光溢彩，好看得让人挪不开眼睛。

“我看这里没人就冒昧坐下了，不介意吧？”

时瑾道：“不介意。”

她拿起了桌上的菜单。

他拿起餐桌上的手机看了看，将其收回外衣口袋里，起身道：“我吃好了，你慢用。”

说完他便转身离开。

萧林琳苦笑，看了一眼他面前的那份牛排——才切了一小刀。

宝宝，呵，原来时瑾也会这样备注一个人。她想，那个人一定是个女人。

她想她一定是疯了，才会在看到这两个字的那一瞬失了所有的教养和理智，鬼使神差地接了电话，甚至删了通话记录。

这行为拙劣又卑鄙。

女人的疯狂，真要命。

第二日早上八点半，时瑾的电话打了过来。

姜九笙愣怔了几秒才接起来，没有立刻开口，等时瑾喊了她的名字，她才应了一声。

“起了吗？”

这句话像熟人间的对白，很自然。

姜九笙的眉头松了松：“嗯，在喂博美。”

“伤得严不严重？”

“看到网上的消息了？”

“嗯，我每天都会看你的微博。”

姜九笙哑然失笑。她一直以为时瑾这样的人，应该是捧着学术杂志醉心医学的，实在想象不出他时常刷她微博的模样，那一定好笑又可爱。

嗯，他是“真爱粉”呢。

她给博美泡了奶粉：“是假的，一般来说娱乐圈里类似这样的新闻都是两分真八分假。”

时瑾对这个话题似乎很有兴趣：“哪部分是真？”

姜九笙知无不言：“录制事故是真，不过摔到的人不是我。”

电话里安静了片刻。

时瑾突然问：“苏倾呢？”

姜九笙愣了一下：“嗯？”

“你和苏倾的绯闻，几分真？”

他把声音压得很低，语气不太自然却异常执拗。

圈子里的异性艺人里头，除了谢荡，她与苏倾的合作算是多的，姜九笙忍俊不禁：“十分都是假的。”

时瑾低声笑着说：“知道了。”

奇怪，好好的粉丝洽谈，怎么突然变了味道?

姜九笙换了话题：“时瑾，我有件事要跟你说一下。”

“你说。”

她交代了博美的事：“我没带好博美，让它掉了很多毛，今天要带它去剪毛，换个造型。”

博美毕竟是时瑾的狗，姜九笙不认为她有决定权。

时瑾不假思索道：“你决定就好。”

“我打算给它理个板寸头。”柳絮那一剪刀挺狠，博美如果不剪板寸，估计就成“非主流”了。

时瑾低笑了一声：“它不太喜欢剪毛，你可以给它带点儿肉干和玩具，不然它可能会坐不住。”

他的声音经过手机处理，更加沙哑磁性了，缠缠绵绵地绕在耳边，听着很舒服。姜九笙站在时瑾家的阳台前，日光微暖，感觉很惬意。

她说：“我知道了。”

“剪完了可以给我发照片吗？”

“好。”她顿了一下道，“时瑾。”

“嗯。”时瑾应了一声，然后安安静静地等她说话。

沉默了好一会儿，姜九笙压着声音道：“昨天晚上……”

她说了一半，还是没往下说。

听筒中有风声灌了进来，时瑾似乎拿着电话走了几步，声调稍稍提了提：“怎么了？”

“没什么。”

时瑾似乎在思忖，沉默了一会儿，斟酌着道：“昨天晚上本来想给你打电话的，不过你十点睡觉，我就没打扰你。”

姜九笙诧异地问道：“你连我十点睡觉都知道？”

他的语气带了浅浅的笑意：“你的事情，我知道很多。”

她笑而不语，抬起头，只觉得窗外的阳光迷人眼，云朵飘飘浮浮，漂亮得不像话。他们又聊了几句，他先说了“回见”，却等她先挂电话。

到挂断电话，她都没有问出口。

昨天晚上那个女人是谁？

就一句话，却像堵在喉咙里，怎么都问不出口。她仔细想了想，自己似乎并没有立场问，也似乎并没有猜疑他。

时瑾是君子，也说过他独身，不知为何，她总是确信时瑾不会对她说谎。那样的人若是要编织谎言，一定能骗她一辈子。

只是昨晚那通电话，让她的心脏像被榔头敲了一下，她麻木恍惚了一下，然后后知后觉地发现有点儿疼。

姜九笙蹲下，顺了顺博美脑袋上被剪得参差不齐的毛。

“博美。”

“汪！”

“我好像不只想要你爸爸的手了。”

“汪……”

她失笑，自己居然和狗对起话来，脑子估计被昨天那一通电话给搅得彻底神魂颠倒了。

她想，她可能要完了。

发了半天呆，她拿出手机给莫冰打了个电话：“莫冰，要怎么做才能永久留住我的‘脑残粉’？”

好突然啊，她家艺人什么时候这么注重粉丝管理了？

莫冰思考了十秒，给出了一个专业经纪人的建议：“维持一定的距离感和新鲜感，让粉丝意犹未尽。”

若是如此，她就不能经常和他通电话了。

姜九笙有点儿苦恼：“互动呢？频繁互动不会增进感情吗？”

莫冰直接否认道：“一点儿神秘感都没有了，那就到头了。”

“……”

莫冰说得好像很有道理，姜九笙打消了每天给时瑾打电话的念头，换了个想法：“那要不要送礼物？制造一点儿惊喜之类的？”她看别的艺人都是这么做的，苏倾的粉丝维护就做得很好。

莫冰肯定了她的想法：“粉丝福利可以有，不过不适合太频繁。”

“一天一次？”

什么粉丝需要姜九笙天天发福利？

莫冰被噎住了，姜九笙什么时候这么在乎过粉丝管理？今天这一出倒叫她有点儿措手不及，她连忙纠正自家艺人这种冒进的想法：“一个月一次。”

“哦。”

姜九笙好像有点儿失望。

莫冰莫名其妙地道："笙笙，你有点儿奇怪。"

姜九笙也无法辩驳。

确实，她以前从来没有这样过，这种感觉像在心口扎了一根软软的刺，又麻又痒，陌生得叫她有点儿束手无策了。她觉得网上说得很对，感情这种东西，不动声色又来势汹汹，都不知道何时折了心，使人后知后觉地突然发现心不由己了。

她没有对谁这样过，这是她不熟悉且不擅长的领域。

思绪万千，她也理不顺，就随便扯了个理由糊弄莫冰："我看了一篇帖子，名字叫'偶像的觉悟与修养'，里面谈到了粉丝维护。"

"那你以后可以多看看这种帖子。"

姜九笙挂了电话，看了一堆五花八门的如何留住粉丝的帖子，她最感兴趣的一篇是："艺人想和粉丝更深入地交流怎么办？"

姜九笙看完沉思了很久，还是拿出了手机。她从相册里挑了一张精修的未公开照片，也是她唯一一张露了全背的照片，犹豫了一下，还是发给了时瑾。

时瑾的微信号码就是手机号码，朋友圈一片空白。

发完照片，姜九笙还特意"掩耳盗铃"地编辑了四个字发过去："粉丝福利。"

很快，时瑾回复了："很漂亮。"

姜九笙笑了笑，揉了揉博美的头："妈妈给你买最贵的狗粮好不好？"

"汪！"

昨天不还是姐姐吗？

"汪汪！"

算了，还是进口狗粮重要。

那头，时瑾盯着那张照片看了许久，隔着屏幕亲了亲，把它设置成手机桌面后又看了许久，才拨了一个电话。

"柳絮。"时瑾念了个名字，声音带了寒意，"把这个女人的资料发过来。"

上午九点，姜九笙带博美去了它常去的那家宠物店剪毛。造型师的剃刀都还没下去呢，它就四十五度仰望天空，挤出了两滴似有若无的泪水，一边仰天长啸，一边四处逃窜。

姜九笙用肉干好一顿哄才哄住它。

因为博美头顶少了好大一片毛，造型师给它剪了个板寸，剪完它就闹情绪了，一副生无可恋的样子！

姜九笙用手机给它拍了几张照片，发给了时瑾。

时瑾笑着说它越看越蠢。

博美哼哼唧唧，继续生无可恋。

今天除了博美，还有个人也换了发型。

莫冰给姜九笙发了张照片，是柳絮的新造型。她剪了很不适合她的短发，脸大了一圈，十分不符合她的仙女人设。网民朋友又多了一个喷她的理由。

姜九笙把那张照片给博美看了，它心情似乎好点儿了，不再绝食，开始吃狗粮了。

晚上八点，姜九笙接到了谢荡的经纪人宋静的电话。

“静姐。”

宋静的语气很急：“谢荡又耍浑了。”

姜九笙从二楼录音棚里走出来：“和谁？”

那家伙，三天两头地惹是生非，向来没个消停。

“张耐。”宋静那边很吵，“他把张耐按在男厕所里揍了，还嫌不够，又和秦氏的几个艺人在闹，谁都拦不住。老板的电话打不通，我又不敢报警，实在没办法了。”

前两天谢荡就吵着说要去揍张耐与柳絮那对狗男女，果真不是说着玩的。

“在哪儿？”

宋静报了个地址。

姜九笙的手好得差不多了，这两天她就要去医院拆石膏，她随手拿了件外套，直接开了车过去。

第五章 秦家时瑾，身世成谜

霓虹璀璨，夜色正浓。总统套房的落地窗前，正好悬了一轮圆月，三十五层的高度，星辰似乎触手可摘。

夜色美极了。

宇文冲锋咬着烟吸了一口，再吐出薄烟，嗓音沙哑地命令女人：“把衣服穿起来。”

女人迟疑了一下。

他半靠着酒店的床，浴巾微敞，精瘦的身体若隐若现，手指夹着烟，懒懒地抽着：“乖，听话。”

女人坐到床边，性感的睡衣吊带滑落肩头，身体稍稍前倾，胸前是遮不住的春色。

她红了脸，轻声细语：“我、我可以……”然后她很小声地说了后半句。

很显然，女人在邀请他。

宇文冲锋淡淡地睨着她，叼着烟，表情似笑非笑。

女人咬了咬唇，伸出柔若无骨的小手，攀上了他的肩，顺着胸口渐渐往下。他笑了笑，抓住了女人的手。

宇文冲锋按灭了烟头，拉着女人的手，将一口烟吐在她的脸上：“开始之前我就跟你说过了，没明白？”

他说不要动情，这是交易，开诚布公，你情我愿，谁也别藏心。

她是听说过的，以前的锋少比谁都玩得疯、玩得狠，什么都尝，什么都碰。不知道从什么时候开始，他就有底线了。

他好像和以前一样，照样游戏人间，照样玩世不恭，还是别人眼里风流不羁的锋少，可似乎又不一样了，他有了谁都不能触及的禁区。

比如他脖子上的戒指，谁都不可以碰。

比如他心里藏着的一个人，一个让他连一点儿端倪都不敢显露出来的人。

“司机会过来接你，我不送你了。”他起身，背对着女人换上了衬衫。

女人问：“你呢？”

“和我相亲的女人正在酒店的餐厅里等我。”

“……”

也就他能把相亲的女人约到酒店来。

三十分钟的车程，姜九笙用了二十分钟就到了，这是一家高档夜总会，坐落在不繁华的地段，隐秘性很好。

她刚泊好车，谢荡的助理便像见了活菩萨似的迎了过来。

“笙姐，您终于来了。”

助理小金年龄比谢荡还小，没什么主见，胆小，此刻眼睛都急红了。

姜九笙跟着他走了贵宾通道：“人在哪儿？”

“他在包厢里，荡哥非要在张耐脸上画王八，怎么拉都拉不走。秦氏的几个男艺人已经去搬救兵了，荡哥再不走，我怕他吃亏。”

他画王八？

也就谢荡那个天不怕地不怕的家伙做得出这种事。

他真是被宠坏了！

包厢里，频闪灯忽明忽暗，谢荡甩了甩他那一头小羊毛鬈发，斑驳陆离的光影落在他的侧脸上，衬得他的五官精致得赛过女人。然而脸虽精致，动作却着实粗鲁，他单脚站着，一只膝盖压着张耐，把张耐狠狠地按在沙发上，左手扭着张耐的一双手腕，右手拿着一支荧光笔，戳着张耐的脖子。

他恶狠狠地说：“龟孙子，快说！”他一副凶神恶煞的样子，“今天你不招供，我就废了你。”

张耐顶着一脸“王八”，被压得动弹不得，大口喘着粗气：“招什么供？”

“你还跟我装傻！”谢荡一脚踩在他的肚子上，一巴掌扇在他的脑袋上，“快说，你偷了姜九笙的曲子。”

谢荡的手机就搁在旁边，开着录音，张耐怎么可能承认？他忍着痛，大声喊道："我没有！"

谢荡那天不怕地不怕的脾气顿时就上来了。

"老子弄不死你！"他拿起酒瓶子就要往张耐的脑门上砸。

"谢荡。"姜九笙不温不火的声音响起。

谢荡的动作僵住了，他扭过头就撞见了姜九笙凉凉的眸子，手里的酒瓶子怎么都砸不下去了。心火压不下去，他就冲着宋静吼："姓宋的，谁让你把她叫来的！"

宋静懒得理这个疯子，反正她是管不了这小祖宗了。

姜九笙反手将包厢的门关上："把酒瓶子放下。"

她总是这样不咸不淡的，可谢荡偏偏就怵她这种云淡风轻的样子。

他嘴硬地道："我不，我还没教训够他。"

姜九笙直接抢了他的酒瓶子，冷着脸训他："要是被玻璃碴子扎到了手，你拿什么拉小提琴？"

她总是训他，从不会轻声细语地哄哄他。

谢荡不开心，就是不松手，一甩头道："要你管！"

姜九笙也不抢他手里的酒瓶子了，潋滟的眸里神色冷冷淡淡的："那你也别管我的事。"

她不哄他就算了，还威胁他！

谢荡狠狠地瞪着姜九笙："谁说我管你的事了？是这小子太败类，我这是为民除害。"

"谢荡。"

姜九笙突然正色，看着他喊了一声他的名字。

每次这个女人一认真，他就尿，比他家老头子的高尔夫球杆都管用，他上辈子一定是欠了她的。

他第一次见姜九笙，就是在他家老头子的拜师宴上。他皮，摔了他家老头的一个砚台，老头子连拜师茶都没喝，拿着一根高尔夫球杆就追着他打，还好他腿脚麻利，老头子追不上他，其他师兄师姐也没谁敢帮忙。只有姜九笙，才第一天进师门，就给了他一个回旋踢，当场把他按在了茶几上，押着他问他家老头子："老师，还打吗？"

他家老头子本来就是做做样子，知道追不上他，也不舍得真打，这下谢荡当众被擒住了，为了老脸和师威，老头子不打也得打了。

谢荡被揍了，疼得嗷嗷叫，吼姜九笙："你是哪根葱啊？"

当时姜九笙就瞥了他一眼："我是你十三师姐。"

那天，他谢荡有生以来第一次被女人打，也是第一次被他爸打。

从那之后，他就以捉弄姜九笙为乐，可偏偏这么多年过去了，一次好都没讨到。他打不过她，又说不过她，她又不像其他师姐师兄，不让着他也不宠着他。大概他二十几年来没吃过的苦头，全部留着给姜九笙喂他吃了。

不承认也得承认，他很怵姜九笙，莫名其妙地怵。

“哼！”

他把酒瓶子扔了，背过身去，不想看姜九笙了。

张耐这会儿得了自由，向姜九笙投去求救的眼神：“笙笙。”

谢荡一脚踢了过去：“笙笙是你叫的吗？”

张耐被踹得抱腹哀号。

“荡哥、笙姐。”助理小金突然在门外喊，“秦氏的人来了！”

宋静立马问：“来了多少人？”

“有八九个。”来的都是半红不红的男艺人，有几个脸上还青青紫紫的，就是刚才被谢荡揍的，小金瞧着那来势汹汹的一群人，脑门冒汗，“怎么办？”

谢荡立马把姜九笙护在身后。

“你的手还没好，待在这儿别出去。”他转身，对宋静说：“姓宋的，你在这儿看着她。”

说完，谢荡拿了个酒瓶子，拽着张耐就出去了。

姜九笙喊住他。

谢荡问她干什么。

她的语气难得变得正经严肃了：“别用酒瓶子，会扎手。”

谢荡正愣着呢，就看见姜九笙抬起一把椅子用力一砸，椅子顿时碎成了四五块，她挑了两根椅子腿，递了一根给谢荡。

“用这个。”

宋静：“……”

莫冰说得没错，千万别让姜九笙打架，会出事。

谢荡接了木棍，又抢了姜九笙手里那根，拽着她的胳膊把她按回沙发上：“你一个女人凑什么热闹，在这儿等着。”

姜九笙对他的话置若罔闻，脚下轻轻松松一踢，就挑起了一根更结实的木棍，起身叮嘱了谢荡一句：“别打头，出了人命不好搞。”

说完，她打开门出去了。

谢荡赶紧把张耐扔在一边，去追她：“姜九笙！你快躲我后面来！”

三十七楼的酒店露天餐厅，星光正好。

女人端正地坐着，只叫了一瓶红酒，倒了一杯，微微品了品，嘴角噙着淡淡的笑。

女人很年轻，二十多岁，穿了一条米黄色的裙子，肩头随意地披着女士西装外套，妆容精致，容颜娇俏。

华夏以南相连七省，商界以秦、温、宇文家为大，政要世家则以徐家为首。女人姓徐，名蓁蓁，是徐家孙辈里唯一的女孩。

徐家孙辈人数不多，徐青舶从医，徐蓁蓁从艺，是一名舞蹈演员。

宇文冲锋没有立刻走过去，靠在吸烟区的玻璃窗上点了一支烟，瞧着那个像朵家养的富贵花一样娇柔的女人，突然想起了他母亲的话。

你可以像你父亲一样玩，婚前婚后随你怎么来，可唯独娶回家的那一个，不能自作主张。

这就是外人眼里刚正不阿的宇文家，内里早就藏了成百上千的蛀虫，他的父亲是其一，他也是。

宇文冲锋掐了烟走过去，拉开椅子，将西装外套搭在椅背上，坐下道："我好像没有迟到。"

徐蓁蓁放下手里的红酒杯，羞怯地抬头看了他一眼："是我早到了。"

隔着桌子，宇文冲锋伸出手："你好，我是宇文冲锋。"

她羞赧地敛了敛眸，握住他的手。

"我是徐蓁蓁。"松开手后，她好像有些紧张，下意识地拉了拉裙摆，"你不记得我了吗？一年前我们在徐家见过。"

徐家与宇文家算得上交好，宇文冲锋与徐青舶也时常往来。

他倒了杯酒："抱歉，我没印象了。"

他们不仅见过，她二十三岁生日宴上的第二支舞就是和他跳的，三分钟的华尔兹，却让她失魂落魄了很多个日日夜夜。

她垂眸，将眼底的失落藏住："没关系。"

这时侍应生拿了菜单过来。

"先生，需要点餐吗？"

宇文冲锋坐得随意，靠着椅子微微抬头："女士优先。"

侍应生拿了菜单递给徐蓁蓁。

她来回翻了几页，抬头问宇文冲锋："有什么推荐的菜吗？"

"这里的日料不错，"他端起酒杯喝了一大口酒，"我的上上任女伴就很喜欢。”

徐蓁蓁的脸色微微一变。

宇文冲锋点了一份牛排，她也改要了同样的东西，虽然不动声色，但是她到底没有大度到吃他上上任女伴喜欢的日料的地步。

等餐时，宇文冲锋先开始了话题：“来之前家里的长辈向徐小姐介绍过我？”

徐蓁蓁露出乖巧羞涩的神色：“嗯。”

她父亲时常说起宇文冲锋，说他年轻有为，有胆有识，是少见的人中龙凤，美中不足的是学尽了他父亲的风流不羁。

或许他成家了就会收心，徐蓁蓁想。

“那些都是对外的官方说辞，当不得真。”他询问道，“能给我你的号码吗？”

徐蓁蓁傻傻地报上了一串数字。

他低头拨弄了一会儿手机，又倒了杯酒：“我给你的手机发了几个号码，都是我以前的女伴的电话号码，你可以打电话问问她们我是个什么样的人，了解之后如果还想见面，我再请你吃日料。”

徐蓁蓁微微白了小脸：“我——”

电话铃声打断了她的话。

宇文冲锋说了声“抱歉”，接起了电话：“嗯，你说。”

他有一下没一下地敲着桌面，然后动作突然停住。

徐蓁蓁听不到电话那头的人说的内容，只见对面的宇文冲锋懒懒散散的神色消失殆尽，脸色沉得厉害，没有半分方才随意不羁的雅痞样子。

“有没有受伤？现在人在哪儿？

“是谁报的警？

“把消息封锁住，我马上过去。”

说完最后一句，宇文冲锋挂了电话，一句解释都没有，拿了西装外套便走了。

徐蓁蓁冲着他喊了两声，却没有得到任何回应，她顿时变了脸色，猛地起身，刚好撞上了推过来的餐车。

侍应生立马深鞠躬道歉：“对不起、对不起。”

徐蓁蓁一言不发，冷着脸将一盘滚烫的牛排浇在了侍应生的脸上：“我不想再在这里见到你。”

市警察局。

谢荡扒在拘留室的铁栏杆上，看着额头还在冒汗的宇文冲锋，很是惊讶：“你不是在和徐家千金相亲吗？”

“托你们俩的福，半夜三更来收拾烂摊子。”他瞟了一眼被关在隔壁的姜九笙，幽幽地扔下一句话，“有能耐了是吧？”

姜九笙很识趣地没有开口。

谢荡催他：“你快去跟警察说，人是我打的，把她放出去。”

一旁的便衣冷不丁来了一句：“你当监控是摆设吗？”他咬了根烟，没点着，刚好背对着后面的白炽灯，皮肤偏黑，轮廓分明又立体，一副波澜不惊的样子。

谢荡不吭声了。

宇文冲锋问：“可以保释吗？”

那位警察坐在办公椅上，双腿搭在桌上，身上的外套皱巴巴的。他胡子拉碴，偏生一张脸出奇俊朗英挺，留着板寸，皮肤有些黝黑，眉眼很周正。

他直截了当地说：“不可以。”他把办公桌上的笔记本电脑转向宇文冲锋，用笔指了指屏幕，“这不是斗殴，是他们两个单方面殴打施暴。”

监控录像里，姜九笙和谢荡一人抄着一根木棍，打人的动作利索又果断。宇文冲锋看了很想弄死他们两个，这两个人也不知道挑个没有监控的地方动手。

那位警察转了转手上的笔：“你们可以选择调解，如果对方不起诉的话，他们两个今晚就可以出去。”

他刚说完，有人风风火火地跑了过来。

“霍队，江津大厦杀人案有新线索了。”

转椅上那位警官合上电脑就出动了，办公桌上的名牌被他外套的拉链头撂倒，名牌上有两行字：

刑侦大队。

霍一宁。

他刚起身，又有人莽莽撞撞地冲了过来。

“队长、队长，不好了！”

霍一宁瞥了来人一眼：“又怎么了？”

赵腾飞看了看屋里的人，也顾不上还有外人在场了：“你打犯罪嫌疑人的消息被上头知道了，说是要罚你去当两个月的交警，手里的案子全部转交给刑侦二队。”

霍一宁被气笑了："老子打强奸犯还有罪了？"

"你打人那会儿不是还没有证据吗？"

"DNA都出来了还叫没证据？"

这件事小赵很清楚，就事论事地说了一句："当时嫌疑人不是说你情我愿吗？"

就在嫌疑人说"你情我愿"的时候，刑侦一队的霍队长直接把拳头挥到了嫌疑人的脸上。

咣的一声，霍一宁一脚踢翻了椅子。

霍大队长被调去当交警，副队长接手了秦氏与天宇的这件行政治安案件。大概考虑到两边都是娱乐公司，犯事儿的还都是艺人，警局对这件案子的重视程度与保密程度都十分高。

秦氏娱乐的几个艺人还在医院包扎，只派了律师出面，律师的态度很强硬。宇文冲锋懒得和律师打太极，直接打电话给秦氏娱乐的高管。

秦氏那边派过来的人是秦家的老四秦霄周，来哪一个不好，偏偏来了一个最无脑的纨绔。

龙生九子，各有千秋，这秦霄周就是秦家最浑不吝的那一个，却偏偏是秦老爷子的正室夫人所出。在众多秦家子女中，他算得上是嫡出的正统，狂妄跋扈可想而知。他虽然没什么本事，在秦氏娱乐只是挂了个闲职，可到底是秦家为数不多的嫡出少爷，那些仰仗秦家过活的人个个都不敢得罪他，纵着秦霄周嚣张狂妄的性子，以至于他十分昏聩无能。

秦霄周的母亲云蓉出身娱乐圈，是七十年代有名的明丽美人，秦霄周的模样很像她，男生女相，带着几分阴柔。

"调解？"秦霄周往沙发上一坐，一双腿搭在接待室的茶几上，仰着下巴指了指监控录像里的人，"不是不可以，让这个打架的女人陪我一个晚上，我还没玩过这么带劲——"

宇文冲锋听都没听完秦霄周的话，直接踹了他一脚。

他用了狠劲儿，秦霄周被踢得抱着腿大叫一声，直接从沙发上弹了起来："宇文冲锋！"

宇文冲锋坐着，眼皮都没抬一下。

秦霄周气得面红耳赤，眼睛瞪得像铜铃："你别以为老子动不了你！"

宇文冲锋抬头，轻描淡写地回道："你可以试试。"

秦霄周语塞。秦家的大本营到底不在江北，恐怕就是他二哥也要给宇文家三分面子，若私下与宇文冲锋较劲，他哪里讨得到好？不得已之下，秦霄周尴尬地正了正领带。

“哼，既然你是这个态度，那咱们就法院见。我倒要看看，你宇文家还能一手遮天不成？”

他这是急眼了？

宇文冲锋仍是安之若素地坐着，靠在沙发上拨了个电话：“我是宇文冲锋，谢荡现在在警局里。”

他就说了两句话，然后便挂了电话。

秦霄周顿时警觉起来：“你给谁打电话？”

“比你能做主的人。”

秦氏娱乐现在真正做主的人是秦霄周的同胞妹妹——秦家七女，比起秦霄周这个纨绔，秦七倒是聪明不少。

“我妹妹来了也没用，我不点头，看谁敢放人。”

很显然，这个纨绔有恃无恐。

宇文冲锋耸耸肩，伸直了一双修长的腿，闲散惬意地躺下来闭目养神。不点头是吧，那他就搞到秦霄周点头为止。

几分钟后，秦霄周接了个电话便出去了，然后再也没有回来。

十点整，宇文冲锋的手机响了。

“锋少。”

“办妥了？”

“我们去晚了一步。”电话里男人的声音很浑厚，“秦霄周被人扔下了江州大桥，现在正在医院昏迷着，医生说他肺部积水，明天都不一定醒得过来。”

真狠。

对方至少比他狠，他可是只想绑那人一夜，等秦七签了调解书就放人回去的，现在秦霄周这是被整去了半条命。

对方是谁呢？消息灵通得可怕，动作更快得可怕。

宇文冲锋沉默了片刻道：“去查一查是什么人。”

“是。”

御景银湾。

行李还放在玄关处，落地窗边的天青色窗帘敞着，客厅的灯没有开，镶嵌的木柜里开了一盏复古的台灯，灯光将窗前的影子拉得细长。

他背着光，右手拿着手机，屏幕里微弱的白光衬得他五指莹白，骨节微微凸起，显得手指修长精致。

手机开了免提，电话那头的声音在静谧的夜里显得很突兀。

“六少。”

时瑾嗯了一声。

电话里的秦中道：“已经照您的吩咐办好了。”

“秦四，”时瑾停顿了一下才又道，“让他在医院多住几天。”

“我明白。”秦中的声音听起来很年轻，“这件事惊动了秦家，秦爷那里我怕瞒不住。”

秦家子女众多，秦爷上了年纪，也并非个个都管，可六少到底不同，秦爷盯得紧，秦家那几位夫人、少爷把他盯得更紧。

时瑾立马道：“不要扯出我家笙笙。”过了片刻，他念了一个名字，“宇文冲锋。”

电话那头的秦中明白了，这件事还得宇文家扛。

一来宇文家扛得住来自秦家的压力；二来有宇文冲锋挡在前头，后面的姜九笙就扯不出来，那可是六少的逆鳞，得藏好。

秦家啊，那就是一潭沼泽，每个人都火眼金睛，如履薄冰，步步惊心。

市警察局。

秦家老七来了，她一身黑衣黑裤，打扮低调，没有半点儿当红女演员的做派。看来她已经弄清楚事情的来龙去脉了，一进来就直截了当地命令秦霄周的律师接受调解。

律师姓林，名怀，是秦氏企业的法律顾问，见秦萧轶进来，立马起身恭恭敬敬地退到一边，语气很为难地道：“七小姐，四少爷走前留了话，决不调解。”

秦萧轶自进来后，一双眸子便没有从拘留室里挪开：“出了问题我担着，照我的话去做。”

“这——”

“林怀！”秦萧轶突然转过眸子，眼神凌厉，“还要我重复一遍吗？”

秦家上下共有十一位少爷、小姐，除了秦家的六少爷，就数二少爷与七小姐雷厉风行，行事作风最像年轻时走南闯北、刀口上舔血的秦爷。

林怀怵了，妥协道：“我知道了。”

秦萧轶催促了几句，便往拘留室走去，轻声细语地问：“谢荡，你没事吧？”

影后秦萧轶高傲、清贵，这是尽人皆知的。她并不是那种乖巧温柔的邻家女孩，她是秦家七女，骨子里流着狼一样的血。

也就只有谢荡能够令她放下身段。

然而……谢荡眼皮都没抬一下：“关你屁事。”

秦家七小姐秦萧轶喜欢谢荡，这是圈子里的人都知道的，高傲如秦七，偏偏吊在了谢荡这棵歪脖子树上。

这事还得从两年前说起。

秦萧轶是最得秦家老爷子喜欢的一个女儿。秦萧轶也争气，要模样有模样，要能耐有能耐，童星出道，十九岁摘得影后桂冠。她性子傲，并不依靠秦家的声望，照样扶摇直上，在娱乐圈里顺风顺水，是圈子里少有的“零瑕疵艺人”。

单恋谢荡这一点，算得上是她的黑点。

两年前，秦萧轶在柏林封后，颁奖嘉宾便是刚拿到帕格尼尼奖的谢荡。无巧不成书，万众瞩目的颁奖台上，秦萧轶的礼服松脱了。

当时是谢荡抱住了她，给了她一件男士外套。自此之后，凡是媒体采访时问起秦萧轶的理想型配偶，她的答案永远都是青年小提琴家谢荡。

后来谢荡跟姜九笙说起过这件事。

“要不是怕辣眼睛，我才不管她！”谢荡当时的语气很欠揍。

谢荡不喜欢秦萧轶，没有理由，就是不喜欢、看不顺眼，这也是圈子里众所周知的事。他对秦萧轶从来没有好脸色，谢荡就是这种性子，不喜欢谁从来不藏着掖着，他会光明正大地嫌弃。

姜九笙也问过谢荡，为什么不喜欢秦萧轶，毕竟那样冷傲的女子愿意为他折腰。

谢荡说：“你仔细瞧那女人看我的眼神，像不像我家老头养的那只鹰看见肉的眼神？”

姜九笙仔细看过，好像是有点儿，秦萧轶温柔的时候，眼神也带着很强的侵略性和攻击性。

也许是这个原因，谢荡对秦萧轶一点儿都不客气。

因此影后秦萧轶的粉丝没少喷谢荡没风度。没风度就没风度呗，谢荡会在乎吗？他照样要风得风要雨得雨，被他的粉丝宠着惯着，谁说他就打谁！

秦萧轶也不生气，一副没脾气的样子：“你有没有受伤？”

谢荡还是那句：“关你屁事。”

“我只是关心你。”

谢荡扯了扯嘴角，笑得很假：“那我谢谢你全家了。”

被关在隔壁的姜九笙：“……”

她都觉得谢荡语气欠妥，不太礼貌，确实有点儿“公主病”。

素来高傲的秦七小姐对谢荡却是一点儿脾气都没有，可劲儿地哄着他、宠着他。在这一点上姜九笙很佩服秦萧轶，敢爱敢恨，坦坦荡荡，想要就极力去争，确实是秦家人的风格。

“我买了豆腐，你吃点儿。”秦萧轶将手里的黑塑料袋递给谢荡。

他一副“老子跟你不熟”的模样，一头羊毛鬈发甩了起来：“谁要吃你的豆腐。”

“家里老人说，从警局出来，吃豆腐才可以驱除霉运。”

谢荡犹豫了一下，一把抢过袋子，走到墙边将豆腐递到了隔壁：“笙笙，你吃。”

姜九笙接也不是，不接也不是。

谢荡催她：“拿着，我手酸。”

“姜小姐也吃点儿吧。”秦萧轶走过去，对姜九笙礼貌地笑了笑。

除了在屏幕上，这是姜九笙第一次见秦萧轶。秦萧轶很漂亮，眉目如画，气质优雅，有些冷傲，还有一些不是刻意的、与生俱来的优越感。姜九笙想，这一定是个骄傲又有野心的女子。

秦萧轶伸手：“我是秦萧轶。”

此时她的目光高傲冷厉，不像对着谢荡时那么温柔。

姜九笙伸手，握住了她的手：“我是姜九笙。”她对秦萧轶的印象不差，秦萧轶虽然有些傲气，攻击性很强，不算好人，但却坦荡磊落。

简单的握手礼后，两人各自松开手。

办完调解手续，宇文冲锋让下边的人查的事便有了眉目，他走到警局外接听电话：“查到了什么？”

电话那边的人支支吾吾了半天才道：“锋少，事情有点儿不对劲。”

“哦？”

“现场留了痕迹，秦四那边的人我们也盘问过了，可查着查着最后居然查到我们自己头上来了。”

老天做证，他们虽然想弄秦四，可真没来得及，这是赤裸裸的栽赃嫁祸呀。

宇文冲锋靠着墙，被气笑了：“老子也有替别人背黑锅的一天。”

“锋少，会不会是什么灵异事件啊？”电话那头的人神经兮兮的，“我听说得罪了笙姐——”

宇文冲锋直接挂了电话。

什么灵异事件，都是有人作祟。从三年前起，姜九笙背后就躲了一个神秘莫测的家伙，她一有事，那人一准第一个出现，偏偏宇文冲锋查了三年仍是一点儿眉目都没有。

宇文冲锋有点儿烦躁，冲着警局里头喊了一声：“你们两个跟我过来！”

姜九笙和谢荡跟了上去。

秦萧轶犹豫了一下，还是识趣地没有跟着。

宇文冲锋把两人叫到警局外面，冷着一张帅脸道：“以后再打架，记得避开摄像头。”

姜九笙点头。

谢荡跟着点头。

“有没有受伤？”宇文冲锋又问。

两人都摇头。

宇文冲锋去开车过来，把这两个不省心的家伙送回去。

姜九笙坐到汽车后座上，突然提议：“去喝酒？”

她是个烟酒嗓，爱烟又嗜酒。

谢荡就没见过比她还肆意挥霍嗓子的人，扭头驳斥她：“大晚上的喝什么酒？”

“酒瘾来了。”

谢荡还想跟她讲道理来着，宇文冲锋已经打了方向盘：“不可以醉。”

晚上十一点，一个歌手、一个小提琴家和老板去喝酒，这像话吗？谢荡突然觉得他的经纪人说得贼有道理，宇文冲锋太宠姜九笙了。

谢荡扭头盯着宇文冲锋的侧脸，想瞧出点儿端倪。

“谢荡。”姜九笙突然叫他。

“啊？”

“演唱会你去给我伴奏。”

她这完全不是商量的口吻，更别说是恳求了，这是命令，命令！

谢荡不假思索地道：“不去，掉价。”

姜九笙正了正神色：“不去？”

谢荡条件反射般地道：“去。”

他干吗这么怵她？

姜九笙笑了笑，没再说什么，望着窗外的繁华景象，眸中有着轻轻浅浅的笑意。

“宇文，今天相亲的女人怎么样？”谢荡随口问了一句。

宇文冲锋漫不经心地说道：“没仔细看。”

谢荡严厉地批评并且鄙视他道：“你真放荡。”

宇文冲锋也不恼，慢悠悠地打着方向盘：“我听笙笙说，你连看个‘动作片’都不敢。”

“……”

谢荡的一张俊俏小脸一阵青一阵白，他恼羞成怒地回头吼道：“姜九笙！”

姜九笙勾唇笑了笑：“你爹告诉我的，说你半夜偷偷摸摸地看还开静音。”

她还有后半句没说。

当时谢大师用恨铁不成钢的语气骂道：“那个没见过世面的臭小子，电影里的人裤子都还没脱他就钻进被子里了，又不是三岁孩子，尿不尿！”

姜九笙决定装作不知道后半句话，怕谢荡的自尊心受挫。

宇文冲锋带他俩去的是一家私人酒庄，葡萄酒酿得很醇正，味道极好。

姜九笙说，她也想盖一个酒庄，有喝不完的酒。

宇文冲锋笑着说：“等你不当歌手了再说。”

谢荡接话：“笙笙，你跟着我拉大提琴吧，我给你开独奏会。”

姜九笙笑着饮酒，没接话。

兴许她骨子里就有一股不羁的劲儿，野性难驯，更喜欢自由自在，喜欢不修边幅地高声嘶喊。她想，若是哪天她不当歌手了，也许会去学酿酒或者制烟。

若是他们二人知道了，又该说她了。

三人说说笑笑，喝酒抽烟，放着一首慢悠悠的曲子，她跟着曲调哼着缠绵的情歌，就到了深夜。

最后酒量最好的姜九笙醉了。宇文冲锋和谢荡都没敢多喝，因为她太贪杯，一直在喝，肯定会醉，他们就都默契地选择了保持清醒。

其实姜九笙酒量很好，极少会醉，可以说是千杯不醉，可她到底招架不住这酒庄里的万千佳酿，醉了八九分。她平时性子静，若是醉了，反差会很大。

宇文冲锋和谢荡都见过她醉酒的样子，所以才没敢跟着多喝。

姜九笙走的路已经是曲线了，眸子里带着三分迷离七分水雾。她走不了直线，便干脆蹲下了："荡荡，你背我回去。"

她一喝多就喊谢荡"荡荡"，跟他老子一样！

谢荡抬手把她的头发揉得一团糟，蹲在她面前："我欠你的，祖宗！"

姜九笙刚趴上去，又把谢荡推开，她的手劲儿大，差点儿把谢荡给推趴下。

"不要背了。"她蹲着，抱着膝盖，耷拉着脑袋，像只大型的狗狗，嘟囔着说，"你们俩……我要你们俩抬我。"

宇文冲锋："我不抬。"

谢荡："我也不抬。"

掉价！

地上蹲着的那个人已经迷糊了，半点儿平时的冷漠淡泊都没有，软软萌萌的，愣愣地眨巴了好久的眼睛，然后她眼皮耷拉下来，身子往后一倒——她要睡在这儿。

谢荡手忙脚乱地赶紧拉住她。

姜九笙眼皮都没抬地道："抬我。"

平时那么淡漠随性的人，怎么一喝醉就跟换了个人似的？好在她不常醉酒。这世间能让姜九笙卸下防备贪杯的人不多，谢荡算一个，宇文冲锋算一个。

他们三人的关系很奇怪，谈不上亲密，可到底不同寻常。

莫冰曾这么定义过他们三个：宇文冲锋是可以为了姜九笙犯罪的人，谢荡是可以给她顶罪的那个人，而姜九笙呢，一定是去劫狱的那个人。这形容虽然夸张，可认真算起来，还真像那么一回事。三人的关系不涉及爱情这么复杂的层面，就是信任而已。

最后宇文冲锋和谢荡当然还是抬了，两个大男人，一人抬着姜九笙一边，怕摔着她，弓腰驼背，别提多狼狈。

她倒好，挥挥打着石膏的手说道："别晃，我不舒服。"

娘的，祖宗啊！

谢荡甩了甩滴到下巴上的汗，磨了磨后槽牙道："姜九笙，你以后再喝醉试试，我要是再管你我就是孙子！"

"谢荡，"宇文冲锋提醒道，"你别抬她的手，她的手还没好。"

"哦。"谢荡赶紧换了个姿势。

姜九笙是艺人，又喝大了，谢荡和宇文冲锋自然不能送她回去，是莫冰来接的她。

莫冰是知道的，姜九笙喝醉了会卖萌，特别难搞，比如……

她刚把车窗摇下去，一回头，姜九笙已经不在座位上了。莫冰找了一番才发现她正蹲在角落里，低着头一动不动。莫冰问她："你蹲在那里做什么？"

姜九笙抬起头："嘘！"她神秘兮兮地说，"我是一棵蘑菇。"

莫冰："……"

她还能拿一棵蘑菇怎么样呢？她任由那棵蘑菇就这么一路蹲到了御景银湾。

她们到了小区门口后，莫冰先下车，没发现记者跟踪，这才折回去推开车门："笙笙，下车了。"

姜九笙抬起头，迷迷糊糊地道："嗯？"

"到家了，下来。"

姜九笙走下来，歪歪扭扭地走了几步，然后又蹲在路边了。

莫冰关上车门，赶紧去扶："我的小姑奶奶，又怎么了？"

"我是一棵蘑菇。"

"……"

莫冰拿她没办法了，叫上小乔，一左一右地架着她往小区里走，刚走到绿化带的路口，突然听到一声狗叫："汪！"

莫冰被吓了一跳，抬头看去，一只理了板寸头的胖狗跑过来，冲着她叫："汪汪！"

这狗的发型真丑，丑爆了！

莫冰抬头看过去，果然，孤灯长影人独立，万树花开，是时瑾。他那一副皮囊不论看多少次，还是精致得惊心动魄。

"时医生。"

小乔跟着莫冰，也问候了一句。

时瑾从路灯下走出来，眼里都是细碎的光。他走近后，目光落在姜九笙身上，眼眸里缓缓有了不一样的神采。

"笙笙怎么了？"

"没事，她就是多喝了几杯。"

他犹豫了一下，礼貌而随和地问道："需要我帮忙吗？"

他并不冒昧，十分有涵养。

莫冰摇摇头，婉拒了："不麻烦时医生了。"

话刚说完，姜九笙突然抬起头，桃花眼弯弯地眯着："时瑾，抱。"

莫冰："……"

小乔："……"

时瑾笑了笑，走过去道："给我吧。"

还不等莫冰松手，姜九笙就趔趔趄趄地扑过去了，时瑾连忙扶住她的腰，她就顺势搂住他的脖子，一本正经地对时瑾说："你抱我，我就给你好多好多签名照。"

莫冰：这一定是个假的姜九笙。

别人醉了不是闹就是睡，姜九笙倒好，她卖萌！她把二十几年没卖过的萌一股脑儿地倒出来，简直犯规。

也就时医生脾气好，哄着她让她乖乖别动。

姜九笙哪会真的不动，她踉踉跄跄地扭来扭去，非常固执地问："时瑾，要我现在给你签名吗？"

时瑾拍了拍她的头："嗯，我们回去签。"见姜九笙乖了，他回头对莫冰说，"路上小心。"

然后时瑾半抱半扶着姜九笙往小区的七号楼走去，姜博美走在前面领路，时不时汪汪两声。

莫冰："……"

这画面看起来很自然，可就是有哪里不对的样子，那一家三口的既视感诡异得不行。

"时瑾，你喜欢听我唱歌吗？"

"嗯，喜欢。"

"那我给你唱。"

她清了清嗓子，唱了几句轻缓的民谣。莫冰听出来了，这是新专辑的主打歌，一首爱情民谣。这是姜九笙写的第一首有关爱情的歌，很触动人。

姜九笙微微沙哑的嗓音在夜里格外动人。

她只唱了几句，就迫不及待地问时瑾："好听吗？"她眨巴着眼睛，像个等待夸赞的小孩子。

时瑾浅浅地笑道："好听。"

她眼睛弯弯，像天边星辰环绕的新月，专注地看着时瑾："时瑾，你明天也当我的粉丝好吗？"

"好。"

"你以后天天都要当我的粉丝。"

“嗯。”

“那我天天给你粉丝福利。”

“好。”

她笑得特别开心：“那你的手给我摸。”

时瑾用一只手抱着她，递上另一只手。

她一把抱住，亲了一口他的手心，然后把脸埋进去，使劲儿蹭着：“我最喜欢你的手了。”

她这算是在耍流氓吗？

傻愣在后面的莫冰：“……”

时医生是姜九笙的粉丝？

前不久姜九笙还问过粉丝管理的事来着……等等，姜九笙这是真被时瑾勾去了魂？莫冰半天才回过神来，赶紧跟上去。

“时医生，还是让我来吧。”他俩毕竟还只是邻居，莫冰觉得这样麻烦人家不妥，何况终究男女有别。

只是不待时瑾回应，趴在时瑾胸口的姜九笙抬起头，冷飕飕地看了莫冰一眼：“不要你，要时瑾。”

莫冰已经不想跟醉鬼说话了，和小乔跟在两人后面。她们看着前面两人的背影，不知为何，莫冰总觉得时瑾看姜九笙的目光太痴迷了。

姜九笙整个人都挂在时瑾身上，还不安分地一直动来动去，抱着时瑾的脖子仰头看他。

“时瑾，我重不重？”

“很轻。”他的语气耐心又温柔。

姜九笙眨巴着眼，一脸期待地道：“那你背我好不好？”

“好。”

她满足得一直晃他的手。

时瑾扶着她的腰，看见有往来的路人，便将她的卫衣往下拉了拉，遮住那截露出来的小蛮腰，然后蹲了下去。

她趴到他的背上，欢喜地哼起曲儿来。

时瑾是个绅士，手安安分分地托着姜九笙的膝盖后面的位置，即便两人的姿势看起来亲密无间，他却仍不忘保持该有的礼仪。反倒是姜九笙，对他又搂又抱，蹭来扭去的。莫冰庆幸这里是高档小区，居住的多是有头有脸的人，不至于八卦，不然她家艺人这蠢萌的样子还不崩人设？

他们到了电梯里后，姜九笙突然问：“时瑾，它是谁啊？”她指着地上的板寸狗子。

时瑾说：“是博美。”

姜博美立马跑到爸爸脚边，抖了抖毛，试图让妈妈认出自己，可听听它妈妈是怎么说的——

“它好丑。”

姜博美：“……”

它受到了一万点暴击！

妈妈，你不记得当初是谁给狗子剪的板寸了吗？你不记得是谁摸着狗子的板寸夸狗子可爱到爆了吗？

姜博美仰天长啸：“嗷呜——”

姜九笙将头埋在时瑾的颈窝里嘟囔道：“吵。”

时瑾凉凉地瞥了它一眼：“姜博美。”

狗子立马闭嘴了，耷拉着耳朵，一副可怜兮兮的样子。

莫冰和小乔面面相觑，都很不自在，觉得自己有点儿多余。

莫冰不由得看了时瑾一眼。他神情温柔得不像话，灯光将他的侧脸映在电梯壁上，像一幅精心勾勒的素描，不用任何其他色彩，照样精致到极致。这样的男人，也不怪她家艺人变成了“蘑菇”都不忘调戏。

莫冰想，时医生对她家艺人多少是有些不同的，他那双好看的眼自始至终只看着姜九笙一个人。

姜九笙醉酒前后反差特别大，话十分多，平时有多冷淡安静，这会儿便有多聒噪。她晃着头，搂着时瑾的脖子问道：“时瑾，你喜欢蘑菇吗？”

时瑾点头：“嗯。”

“那你喜欢蘑菇炖狗肉吗？”

“嗯。”

姜九笙继续问，一副好奇宝宝的样子：“那你是先吃狗肉还是先吃蘑菇？”

“狗肉。”

姜博美：“……”

他们这是在密谋一桩炖狗案吗？博美在寒冷的秋风中瑟瑟发抖，刨了刨地，默默地缩到了角落里。

然后，它妈妈说：“我就是一棵蘑菇，你别吃我行不行？你可以把我带回家种，我能长出好多钱。”她用炫耀的口吻说，“宇文说了，我是摇钱树。”

时瑾拧了拧眉，不愿意从她嘴里听到别的男人的名字：“嗯，不吃你。”

姜九笙很开心，立马就说：“我们可以一起吃狗肉，然后喝狗肉汤。”

“好。”

姜博美：“……”

它汪的一声就哭了！它在内心痛哭：命途多舛，狗命难保……

“姜博美。”

时瑾突然不冷不热地喊了一声。

嚎叫声戛然而止，姜博美哼哼了几声，硬是忍住了哭泣。它不敢哭，怕被屠掉！

莫冰与小乔就静静地待着，不说话。她们看着姜九笙这块“硬石头”可耻地卖萌，看着姜博美那只戏精狗子力争奥斯卡小金人！

时瑾到底只是对门的邻居，莫冰只让他将姜九笙送到了门口。她想强行把姜九笙拉进公寓，可姜九笙拽着时瑾的手就是不松开。

莫冰哄着她：“笙笙松手，我们进去。”

姜九笙一把推开她：“你走开，不要你。”然后姜九笙对着时瑾软绵绵地喊道，“时瑾，时瑾。”

莫冰：“……”有本事你别醒酒！

时瑾笑了笑道：“还是给我吧。”

莫冰没办法，带着歉意说：“麻烦了，时医生。”

“不麻烦。”他将姜九笙接过去，打横抱起，直接去了卧室。

莫冰让小乔去放热水，自己则赶紧跟上去。她怕这时医生还没追到手，她家艺人就把人吓跑了，无论如何也不能让姜九笙出丑，不能让时医生觉得她家艺人是放浪随便的人……

“时瑾，你要不要跟我一起睡觉？”

莫冰：“……”

人还没追到，你就邀请人家一起睡觉？也就时医生脾气好，自始至终都是温声细语的。

他把姜九笙放在床上，见她要爬起来，便说道：“你先躺下。”

她吵着要和时瑾一起睡。

时瑾便也坐到床上。

她开心得滚来滚去，把被子都踢掉了。

时瑾又给她盖好：“笙笙，乖，别动。”

她就乖乖不动了，睁着一双水光潋滟的桃花眼，用低低软软的烟酒嗓说：“时瑾，要摸手。”

他就把手递给了她。

她把他的手攥在手心里，用脸蹭了蹭，呢喃了一句含混不清的话，便闭上眼睛迷迷糊糊地睡了。

她可算闹腾够了。

莫冰端了热水过来，说：“时医生，剩下的交给我，你回去休息吧。”毕竟男女有别，她总不能让时瑾给姜九笙换衣服。

时瑾颔首，很礼貌地说：“那麻烦你照顾她了。”

莫冰蒙了一瞬——这话哪里不对呢？

时瑾抽回手，浅睡的那棵“蘑菇”惊醒了一下。

他摸了摸她的头，她就安分地又闭上了眼睛。

时瑾离开之后，莫冰给姜九笙擦了脸，换了睡衣，折腾到半夜才消停。她揉了揉她的老腰，叹了口气：从来不卖萌的人，卖起萌来真能要人命。

不知道时医生怎么想，反正她在冷风中感觉有些凌乱，估计以后都不能直视蘑菇和狗子了。

收拾好了，莫冰才关灯离开。

即便是莫冰，也不知道姜九笙怕黑。

月色昏沉，急促又大力的敲门声惊扰了夜的静谧。

时瑾打开门，就见姜九笙蹲在他家门口，眼里带了深秋的凉意。

她抱着双膝，仰起头看着他：“时瑾，太黑了，我一个人怕。”

时瑾，太黑了，我一个人怕……

这一幕与记忆不差分毫地重叠。他突然觉得恍如隔世。那年他刚把她接到秦家，他们住在独立的二层小楼里。二楼上了锁，封了窗，就住了她一个人，那时她也是这样，忐忑又不安。

那时候她才十六岁，身高刚到他的肩头。

夜里她蹲在他的门前，仰着头，眼里有着淡淡的光。

她说：“时瑾，太黑了，我一个人怕。”

他蹲下，牵起她的手。

“我陪你睡好不好？”

她摇了摇头：“我想回家，时瑾，你带我回家吧。”

他沉默下来，眼睛通红地抱住了她。

“笙笙，哪儿都不要去，就在这儿陪我好不好……”

那时候她还小，被他折了羽翼圈养在身边，小心翼翼地藏着。

走廊的灯有些暗，时瑾凝眸俯视着姜九笙。当初的女孩已经变得落落大方，长成了漂亮又可爱的人。

他蹲下去，把她抱在怀里：“那我陪你睡好不好？”

她乖乖地点头：“好。”

翌日，秋高气爽，云淡风轻。

凉风习习，落叶簌簌，风打着窗帘，窗帘卷着影子，轻轻荡啊荡的。床上的人睁开眼，对身处的环境不算陌生——是时瑾家。

这是姜九笙第二次在时瑾家醒来，宿醉后头隐隐作痛，她抓了抓头发，愣怔了许久。

咚——咚——咚——门外面是时瑾的声音：“可以进去吗？”

姜九笙立马整理了一下衣服：“进。”

时瑾推门进来，走到床前，递给她一杯水：“是柠檬水。”

姜九笙接过杯子尝了一口柠檬水，酸酸甜甜的。她说了声谢谢，声音仍有些嘶哑。

他穿着居家的衣服，肩头落着窗外的阳光，他的目光也暖暖的：“我煮了解酒汤，你要现在喝吗？”

昨晚的事他一句也没提，随意又自然地和她相处着。

“时瑾。”姜九笙迟疑了许久，还是问出了口，“昨晚我有没有什么失礼的地方？”

他嘴角有淡淡的笑意：“比如？”

比如她强行发“粉丝福利”。

时瑾没有回答，接过她手里的空杯子，反问她道：“你都不记得了？”

姜九笙点头。

她酒量好，很少醉酒，更没有过喝到断片后夜宿在别人家的经历。所幸是时瑾，不是别人见到她失态的样子，她矛盾又心慌，不想失礼的样子被他看见，更怕自己的心意被表露无遗。

时瑾这样的人，若是他没有心动而她捅破了窗户纸，他定不会再近一尺。她怕自己冒冒失失地惊走了他。

她仔细措辞，又问了一遍：“我有没有做出很奇怪的举动？有没有……”她停顿了一下，移开视线道，“有没有冒犯你？”

时瑾低低地笑了一声，摇头道："没有，你很乖。"

乖？

姜九笙有点儿怀疑了，自己的酒品并不是太好，她是知道的，更何况她还觊觎着他。

"你去洗漱一下，我给你盛汤。"

"哦。"

时瑾出去后，姜九笙愣了许久才从床上爬起来。习惯这个东西真可怕，在时瑾的房子里，她竟没有半点儿不自在的感觉，分明是鸠占鹊巢，她却心安理得。

昨晚时瑾是抱着姜九笙睡的，她在他怀里特别老实，月光打在她身上，她搂着他，安安静静的。

他低头亲她，她也一动不动，乖得不得了。

"笙笙。"

她有点儿迷糊："嗯？"

"张开嘴。"

梦游似的，她没有睁开眼睛，却松开牙齿，舔了舔唇："你要给我喝酸奶吗？"

"不。"他贴着她的额头，"我要吻你。"

时瑾很庆幸他的笙笙一醉酒便不记事，软软萌萌的，特别乖巧，同少年时一模一样。那时候她还小，尝的第一杯酒就是他调的，她说酒好喝，很贪杯，便小醉了一场。

那天时瑾刚好给她做了一盘蘑菇，她很喜欢，吃了很多。然后她醉了，就蹲在地上不走了，说自己是一棵蘑菇，要他背。

他便背着她走了很长很长的路。

姜九笙回了自己的公寓后，冥思苦想了很久，还是给莫冰打了个电话。

"莫冰，我昨晚有没有在时瑾面前出丑？"

哟，她酒醒了啊。

莫冰诚心调侃她："亲亲、摸摸、抱抱、举高高、一起睡，算不算？"

姜九笙的眉头越拧越紧："你应该拉着我。"

莫冰呵呵了一声："不知道是谁口口声声说不要我，只要时瑾。"

"……"姜九笙垂头丧气起来。

她突然很想去敲时瑾家的门，问他能不能忘了昨晚她撒酒疯的样子，作为交换，她可以给他好多好多粉丝福利。

她越想越怏怏不乐。

莫冰不开玩笑了，安慰她道："别太担心，你没有很过火，萌得恰到好处。时医生是个绅士，应该不会介意。"莫冰有点儿好奇，"笙笙，为什么你一醉酒就说自己是蘑菇？"

姜九笙难得有点儿窘："我也不知道。"

莫冰没再问，说了今天的行程："晚上徐家的生日宴会你别忘了。"

徐家的千金徐蓁蓁是舞蹈演员，算半个圈内人，姜九笙与她有过几面之缘，并未深交。但徐家的老爷子是个赶潮流的人，很喜欢摇滚，去看过几次姜九笙的演唱会，一来二去也熟识了。这次徐家便送来了一张请帖。

"嗯。"

挂了电话，姜九笙想了想，还是觉得应该亡羊补牢一下，从相册里挑了一张穿得最少的照片发给时瑾。

她编辑了四个字："粉丝福利。"

发完她盯着手机等答复，越看那张照片越觉得不对劲。照片上的她穿着连体泳装，算不上太露，可到底比较突兀。

这会不会显得她太不矜持了？时瑾该不会以为手机中毒了吧？

姜九笙赶紧撤回消息，刚松了一口气，时瑾的消息发了过来："我已经看到了。"

姜九笙："……"

她从来没有觉得自己这么蠢过，懊恼地在屋子里走来走去。

隔了半分钟，时瑾又发来一条消息："我还没保存，能不能再发一次？"

姜九笙郁闷的心情瞬间放晴，她乖乖地把原图发了过去。她突然觉得莫冰说得很对，爱情能让人变成侦探，也能让人变成智障。

她啊，因为时瑾变成了完全陌生的自己，即便是跌跌撞撞，她也要义无反顾。

徐蓁蓁的生日会是在徐家别墅办的。她不只请了娱乐圈的人，还请了江北有头有脸的人物。毕竟徐家老爷子还在高位上坐着，哪个人不给几分薄面？

晚上七点，宾客陆陆续续到了。媒体围堵在徐家大门外，人山人海，阵势着实不小。

姜九笙坐的那一桌全是天宇的艺人，谢荡的工作室挂在天宇旗下，他当然也在。

谢荡坐下，拿了块苹果扔进嘴里：“宇文冲锋呢？”

一旁的小师妹抬了抬下巴，指了个方向：“喏，那儿呢。”

谢荡顺着她指的方向看过去，只见宇文冲锋左边一个“国色天香”，右边一个“婀娜多姿”，好不逍遥自在。

“这桃花，开得旺啊。”桌上另一位小师妹佩服道，“老板不是刚和徐家的千金相过亲吗？怎么还在人家的眼皮子底下风流快活？”

“没看上徐家千金呗。”

“秦家人来了。”小师妹一颗八卦的心蠢蠢欲动，连连咋舌，“果然是大佬家的女儿，那派头就是不一样。”

秦家来的是七小姐秦萧轶，这才刚进来，恭维搭讪她的人便一拨赶一拨了。

秦萧轶的目光几乎第一时间就落到了谢荡身上。不过他正闹着要姜九笙给他水果，头都没抬。

开场舞徐蓁蓁是和父亲跳的，她穿着公主裙，优雅高贵，只是那目光失了矜持。她频频往宇文冲锋的方位瞧，那叫一个望穿秋水。

晚上八点，时瑾还在医院，刚下手术台，医助肖逸便来敲门了。

“时医生，716床位肺积水的病人醒了。”

时瑾往手上喷了许久的消毒水，这才出去。

716床所在的加护病房是VIP病房，住的是秦家的四少爷，比大爷还要大爷的公子哥。据说他昨晚不知被哪路仇家扔下江州大桥，喝了一肚子水，半夜被送来急诊室，小命险些没了半条。

真是冤有头债有主，恶人自有恶人磨。

秦家的少爷谱大，脾气也大，刚从鬼门关回来，就有力气张牙舞爪了，拿起柜子上的盐水袋就往护士身上砸。

“你怎么做事的？弄疼老子了！”

值班护士哪敢吭声，只能咬牙挨着。

秦霄周胸口一疼，暴戾的性子便又要发作。

“疼是因为肺部感染了。”时瑾的语气无波无澜。

值班的护士立马如蒙大赦，朝门口投去求救的眼神：“时医生。”

躺在病床上的秦霄周闻言抬头看过去，表情倏地僵了：“时、时瑾，怎、怎么是你？”

时瑾双手插兜，脖子上挂着听诊器，目光不偏不倚地落在秦霄周眼里，淡淡地道：“我是你的主治医师。”

秦霄周傻了，木讷地躺着，眼睁睁地瞧着时瑾俯身，戴着手套的手按在了他的胸口上。

他的五官立马疼得扭曲：“啊、啊……疼，疼！”

时瑾抬眸，秦霄周立马闭嘴了，死死咬住唇，一声都不敢吭。

时瑾在秦家排行第六，在整个秦家，秦霄周只怕两个人，他父亲还有时瑾。秦家那么多孩子，时瑾是唯一一个让他怵的人。

他不依附于秦家，却曾经最得父亲喜欢。

父亲曾说，时瑾是最像他的那一个，捅一刀流出来的血都是冷的。

时瑾按压了几下，看了一眼监护仪上的数字，又用手电筒看了秦霄周的瞳孔，像对着陌生人似的说道：“肺部积液很多，有发炎症状，心律不齐，发热很严重。”说完，他又转身对值班护士道：“先做抗感染治疗，若还不退烧就安排穿刺抽液。”

值班护士赶紧点头。

时瑾在病历单上写了记录，将钢笔放在胸前的口袋里。他转身之际看了秦霄周一眼：“这里是医院，不要再喧哗。”

秦霄周结结巴巴地道：“我、我知道了。”

即便现在的时瑾与以前截然不同，他也怕时瑾。

他嘴里的第二、第三颗牙都是种的假牙，原本的那两颗牙在他十二岁那年被时瑾硬生生打掉了。被打的具体理由他已经不记得，反正是很小的事。

秦家的十几个孩子，没几个不怕时瑾的。

秦霄周到现在都忘不掉，他这个弟弟凶狠的样子。

时瑾刚出了病房，手机就响了。

他接起来道：“喂。”

徐青舶：“还在医院？”

“嗯，刚下手术台。”

“我堂妹生日，要不要过来热闹热闹？”徐青舶的语气很耐人寻味。

时瑾直接拒绝了：“不了，我没兴趣。”

他素来独来独往，与医院的一干医生护士都没有私下往来，就连徐青舶这个同窗也不例外。

徐青舶早料到会如此，从容淡定地说了后半句话：“姜九笙也在。”

时瑾不假思索地道：“麻烦把地址发给我。”

呵，就知道是这样，徐青舶邀功：“我够意思吧？”

“嗯。”时瑾脱下白大褂，“我给你转账。”

“谁要你那几个臭钱了！”

十秒钟后，一条到账信息弹出，徐青舶点开看了一眼，数了一下转账数额中的零，改了口：“客气，太客气了。”

时瑾拿了车钥匙，出了诊室。

徐家。

生日会已过半，人们切了蛋糕跳了舞，之后便是发扬酒桌文化，阿谀奉承来，尬聊攀谈去，乐此不疲。毕竟政界也好，商界也罢，即便是娱乐圈，也都是很需要人脉积累的。

徐家三代同堂，住在一栋别墅里，别墅前是露天花园草坪，别墅后是花丛盆栽。

秦萧轶三催四请才把谢荡叫出来。

谢荡脾气不好，更无耐心：“什么事？说吧。”

秦萧轶穿了一身红色晚礼服，端庄大气，化了很精致的妆。她不像对他人那般清高傲气，看向谢荡时，眼里温柔流泻：“我接了个角色，在剧中是个小提琴家，能不能帮我补补课？”

“没空。”

“不需要很久，半天就可以。”

谢荡可不是什么怜香惜玉的主儿，他任性娇纵惯了，不爽了就摆臭脸，恶声恶气地道：“有空，可是不愿意，行了吧？”

他天不怕地不怕，一向爱憎分明，从来不跟人弯弯绕绕，就是这么堂而皇之、光明正大地下人面子。

纵使秦萧轶对他再纵容，也不免脸色难看起来：“你为什么这么不待见我？是我哪里不顺你的眼了？”

她的语气里终于带上了两分强势与傲然，秦家的女人，自然气场十足。

谢荡幽幽地瞟了她一眼：“你想多了，我没有不待见你，我跟你不熟。”

秦萧轶的脸微微发白。

谢荡根本不等她说话，扭头就走了。

谢荡一转眼就走远了，留秦萧轶怔怔地站在原地。

不大一会儿，秦萧轶的同伴从花房左侧走出来，停在她身边，怨怼地说了一句：“这个谢荡，太不识好歹了。”

秦萧轶冷冷地抬了抬眼。

同伴心头一颤：“我、我说错了吗？”

“我都舍不得说他，轮得到你说他的不是？”

同伴低头，讷讷地说：“对不起，我一时嘴快。”

远处的音乐声传来，两人这才离开。

走了几步，秦萧轶突然顿住脚步，目光盯着花房后面，片刻后微微一笑道：“姜小姐。”

姜九笙倚着花房，指间夹着烟，长长的裙摆随意地散在一堆盆栽中，姿态慵懒又随性：“抱歉，听到了你们说话。”

她不是刻意偷听，所以态度礼貌却没有多少歉意。

秦萧轶莞尔道：“没关系。”

随后她与同伴一同离开。

姜九笙笑了笑，秦萧轶真是清高又有野心的女人。有这般傲然的性子，秦萧轶怎么就偏偏看上了那样任性肆意的谢荡？

姜九笙掐了烟，往嘴里扔了一颗口香糖，又喷了些随身带着的香水，闻了闻，没烟味了。

莫冰为了防止她抽多了烟有味儿，确实没少下功夫。从女士香烟的选择到香水，再到漱口水，莫冰事无巨细地盯得很紧，姜九笙到底是艺人，由不得她随意。

整理好后，姜九笙才转过身，却听见一声衣服撕扯的声音。她低头一看，发现裙子腰间的轻纱被旁边月季的花枝钩住了。

她今日穿的礼服是长纱裙，很轻薄，飘逸又带了几分仙气，造型师Silian说它符合她天仙的人设。这下好了，纱裙耐不住月季花的利刺，腰间被扯破好大一道口子。

姜九笙揉了揉眉头，有点儿头疼地拿手机拨了公司小师妹的电话。

那头，小师妹莽莽撞撞，一头撞上了姗姗来迟的温家千金温诗好，手里的一杯红酒正巧泼在温诗好的裙子上了。

小师妹只好先去给温家千金借裙子。

徐家别墅很大，两栋三层，中间是玻璃的空中走廊，宾客的休息室被安排在三楼。温诗好站在走廊前，踌躇不前。

正巧有个女人路过，身上穿的是徐家用人统一的衣物。

温诗好问道：“休息室是往这边去吗？”

女人很恭敬地道：“那边是小姐的卧房，温小姐，请跟我来，我带您过去。”

徐家的家教真是无可挑剔。

温诗好随用人去了休息室，走廊很长，两边有五六间房间。她路过一间休息室时，从半敞的门缝中看见了里面的人的侧影，那人穿着纱裙，高挑又窈窕，不待她看清那人的容貌，门便合上了。

温诗好放缓脚步，状似无意地问起：“那里面的人是谁？”

用人在前头领路：“是姜小姐。”

“姜九笙？”

“是的，姜小姐的裙子被花刺钩破了很大一块纱，她不太方便下去。”

话到这里，温诗好没再问了，她微微敛眸，嘴角上扬。十分钟后，她换好衣服，又挑了一件礼裙，敲响了姜九笙那间休息室的门。

咚、咚、咚。

开门的是徐家的用人，用人正在里面收拾，回头喊了一声：“温小姐。”

温诗好诧异地问道：“姜九笙呢？”她手里还拿着一件礼服，“她的衣服钩坏了，我过来给她送衣服。”

“应该不用了，刚刚一位先生过来带姜小姐出去了。”

“你认识那位先生吗？”

徐家的用人显然都受过训练，今日来的宾客基本没有他们不识的，可唯独那个男人……中年女人摇了摇头。

温诗好没有再问，转身走出去，到了门口又回过头，迟疑了许久才道：“还有件事问你。”

“温小姐请问。”

温诗好走近，把手上的镯子取下来递了过去：“姜九笙的腹部有没有瘢痕？”

用人犹豫了一下，还是低声开了口：“那位先生用衣服遮住了，我没有看到。”用人补充了一句，“是一位相貌十分出色的先生。”

温诗好颔首，把手镯放在了桌上：“不要和人提起我。”

“我明白的。”

随后，温诗好出了门。

屋里的中年女人张望了一下，小心翼翼地将手镯收了起来。

二楼是徐家的主卧所在。

时瑾领着姜九笙进了一间房间，装修摆设简单大方，看得出来是男士的房间。

姜九笙问："这是哪儿？"

时瑾说："徐医生的房间。"

"带我来这儿做什么？"

方才时瑾来敲她的门，说是徐医生邀请他来的。虽然时瑾不是特地来徐家找她的，可见到他，她还是很愉悦，便鬼使神差地随他过来了。

她身上还穿着时瑾的外套，很长、很精致的毛呢外套。

时瑾转过身来，目光如水："你的衣服需不需要我帮忙？"

"要怎么帮？"

"手术缝合是我的强项。"

真谦虚，耶鲁大学的教科书里还记着时瑾首创的缝合法呢。徐青舶倚在门边，晃了晃手里便携式的医药箱："这里没有针线，手术缝合针要不要？"

时瑾看了看姜九笙的裙子："也可以。"

所以，他这是要给她的裙子做一场"手术"？

姜九笙目瞪口呆。

时瑾接过医药箱，温声对徐青舶说："你可以出去吗？"

卸磨杀驴！

徐青舶啪的一声摔上了门。

姜九笙抿嘴轻笑，觉得徐医生当真是个有趣的人。

时瑾提着医药箱，搬了张椅子放在她跟前。她安安静静地看着他，一副随他摆布的神色。

时瑾抬手，手刚落在她的领口处，动作又停住。

他说："冒犯了。"

姜九笙摇了摇头。

他这才脱了她的外套，露出毛呢外套下腰间被钩破的纱裙。

她站着，他坐着，他的目光不偏不倚地落在她的腰腹上。一截又细又白的小蛮腰稍稍往上的地方，有一个文身，是一朵黑色的花，很妖冶。

他盯着那文身看。

"是手术留下的疤。"姜九笙说，"文身大概是年少轻狂时文上去的。"

她为什么说大概？

因为她不记得了。她十六岁时出了事故，事故之后丢了记忆，多了这道疤以及这个谁也不知道寓意的文身。

时瑾点了点头，稍稍俯身，修长的手指落在她被钩破的裙子上：“是荼蘼。”

“时医生也知道？”

她打趣他时，便喜欢喊他“时医生”。

“末路之美。”他看着她的眼，说道，“它的花语是末路之美。”

姜九笙诧异道：“时医生懂花？”

她印象里的时瑾大概更学术一些，花这种风雅且浪漫的东西，适合文人，时瑾还是更适合手术刀那样冷硬又锋利的东西。

时瑾摇了摇头道：“不太懂，只是恰好知道这一种。”

哦，原来他喜欢荼蘼，她记住了。

他们真有缘，天造地设，姜九笙如此想着，越发压不住嘴角上扬的弧度。

她笑着说了一句：“我们以前真的不认识吗？”

不然怎么会这样刚刚好，他符合她所有的喜好，他也了解她所有的偏爱。

时瑾低下头，遮住了眼底的光。他只是说他是她的粉丝，便不再作声。看完她腰间被钩破的裙子后，他把医药箱放在腿上，打开箱子，找了一种有些尖细的手术针，一卷外科手术缝合线，还有一把尖头的手术剪。

大概每个外科医生家里都有这样一套工具，姜九笙想。

处理好了针与线，时瑾礼貌地知会她说：“我尽量不碰到你。”

姜九笙想说，碰到也没关系啊，她愿意给他碰的。可张了张嘴，她还是说不出这么放浪的话来，便点了点头。

他垂下眼帘，专注地缝着她的裙子，细长的金属缝合针在他指间进出、旋转，他的动作不疾不徐，斯文又优雅。

姜九笙不懂外科缝合，只觉得他的手法漂亮得不成样子，尤其赏心悦目。

“你做手术的时候也是这样吗？”

时瑾抬头看着她：“怎样？”

他的眸子是深深的黑色，他专注看人时，眼神深邃又神秘，像望不见底的仲夏夜星空，缀着最漂亮的光。

禁欲又迷人。

这五个字刚到嘴边，姜九笙抓着最后一丝理智改了口：“这样专心致志。”

“嗯，是职业习惯。”他右手拿着缝合针，左手拿着手术剪，缠绕了几下，动作很快地打了个漂亮的结，剪掉多余的线，“好了。”

姜九笙看了一眼裙子被缝合的地方，还真看不到针脚，远远地看着更像褶皱。

他的技术真是神乎其神。

第六章
心悦君兮，君却不知

时瑾有些好笑地看着她瞠目结舌的模样，解释说：“这是外科的皮内缝合法，是疤痕最小的一种缝合手法。”

姜九笙看了又看，仍旧看不到针脚。

他低头收拾着工具：“这种方法缝合难度比较大，不过我刚好在行。”

她笑吟吟地夸道：“时医生，你真厉害。”

“谢谢。”他站起来，看了看她的裙子，“可能还需要撕一截你的裙摆，大概十厘米宽。”

“需要我坐下吗？”

“不需要。”时瑾把椅子挪开，蹲在她面前，小心地提起她的裙摆，露出一截纤细的小腿，他抬起头，看着她说，“若是撕坏了，我得赔你。”

姜九笙：“好啊。”

因为是他，撕她的裙子也没关系，若是他人，她定会回以一脚吧。

他动作很温柔，却异常迅速，一气呵成地撕了她的裙摆，不多不少刚好十厘米宽。外科医生对数据的精准把握真是令人惊叹。

然后他将撕下的裙摆折叠成一朵花，缝在了她腰间的那处“褶皱”上。裙摆的毛边恰到好处地稍稍往外翻，像极了含苞的花骨朵，随意又自然的美感油然而生。

这双漂亮的手，当真无所不能。

姜九笙觉得时瑾若是不当外科医生，还可以去当服装造型师，手艺简直完美。

她站直，提了提裙摆，转了一圈："好看吗？"

"很漂亮。"

他的笑容浅浅的，眼睛漂亮得一塌糊涂。姜九笙胸口那颗心也乱得一塌糊涂，几乎没有过脑子，她脱口而出道："时瑾。"

"嗯？"

"我——"

她话到嘴边，未锁的门突然被推开。

"师姐！"小师妹风风火火地闯了进来。

姜九笙鼓足的勇气瞬间消失不见了，她有些懊恼，又有些遗憾，低下头不看时瑾了。

小师妹这才发现屋里还有别人，大吃一惊，目光不由得在两人之间来回转悠："这位是？"

姜九笙的耳根子还在发热，她没说话。时瑾颔首问好，简简单单地道了两个字："时瑾。"

这样貌，这气质！

小师妹被这盛世美颜闪瞎了眼。

姜九笙带着小师妹出去，给时瑾留了一句话："结束了一起回去？"

"好，我先去徐医生那里，你走的时候给我打电话。"

姜九笙点头。

出了房间，小师妹忍不住八卦道："师姐，刚刚那位是谁？"

"我单相思的人。"

"……"

摇滚巨星姜九笙会单相思男人？她可是被圈内男人评为"最望尘莫及的女人"，要仙气有仙气，要霸气有霸气，可妩媚，可冷艳，可慵懒，可野性的姜九笙会单相思一个人？

小师妹着实被惊到了，不过转念一想，刚才那个男人……嗯，两人真相配。大概只有那样一个让人惊艳的男人才配得上姜九笙。

"我推门进去之前你们在干吗？师姐，你一脸春心荡漾哟。"

姜九笙没有遮遮掩掩，大大方方地承认道："我要告白。"

"……"

刚才她确实有点儿情不自禁，实际上那氛围不太适合告白，姜九笙有点儿苦恼，是不是要挑个天时地利人和的时候？香槟玫瑰月上楼？网上说氛围好的话告白的成功率能高点儿，万一她被拒绝了……

她的眉头狠狠拧了一下。

九点的时候，莫冰来电话说她有事来不了了，让小乔来接姜九笙。姜九笙直接拒绝了，说坐时瑾的顺风车，她声音非常愉悦，以至于莫冰隔着电话都能听出她的心情很好。

生日宴也快到尾声了，客人三五成群地聚在一起，构建构建“塑料情”，洽谈洽谈合作案。姜九笙兴致缺缺，便和时瑾提前离开了，没和别人打招呼。

她坐到副驾驶座上，耳边时瑾的声音离得很近：“安全带。”

她转头看着他，一时有点儿愣。

时瑾俯身，凑近。

姜九笙呼吸微顿，耳根子发烫。

他伸手过来，以半揽的姿势，手绕到她身后取了安全带扣上，然后退开，回到座位上。

她鼻间全是他的味道，消毒水味混杂着淡淡的薄荷味，带着凛冽的秋意，萦萦绕绕着，挥散不去。

“时瑾，”姜九笙顿了一下，又道，“等我演唱会结束，我请你吃饭吧。”

她顺便告个白。

“好。”

时瑾开车很稳，汽车行驶得很慢。他将车窗摇下一些，凉风吹来，虽有些冷，但让人感觉很舒服。

时瑾送她回到公寓时，约莫十点，到她睡觉的时间了，他将时间掐算得刚刚好。

两人互道了晚安，夜安静下来。

时瑾洗漱完站在镜子前，没有穿上衣，水滴从裸露的肌肤上滑下，淌过腰腹，那里文了一朵黑色的花。

是荼蘼，与姜九笙身上的文身一模一样。

他抬手，看着镜中的画面，指腹一寸一寸地抚过文身，镜中映着一双漆黑的眼眸，神色近乎痴迷。

洗漱台上的手机忽然振动，时瑾拿起手机，微抿的唇忽然松开，浅浅的笑意在脸上漾开。

是姜九笙的微信。

“粉丝福利。”

这句话后面是一首歌，没有伴奏，她清唱的。这是她第三张专辑的主打歌，一首民谣。

姜九笙抱着枕头，捧着手机，不由得笑了笑。莫冰说这首歌里有爱情的元素，问她是从哪里取材的。

哪里?

应该是时瑾的手，或者是时瑾给了她灵感。

时瑾的消息回得很快，几乎只隔了听完那首歌的时间。

“很好听。”

姜九笙满足地在床上滚了一圈，一边想着如何回复，一边小心翼翼地将今晚穿的裙子收进衣柜。

手机连续振动了几下，姜九笙点开时瑾的微信头像，他的头像是她上次给他发的那张露背的高清照。

他发过来四张照片，都是他的手，侧面、正面、背面都有，照片中光线很暗，他的指节修长，带着冷冷的莹白色。因为时间短，他也拍得随意，照片没有经过处理，却仍旧遮盖不了好颜色，手漂亮得不像样。

他回了两个字：“回礼。”

姜九笙莞尔，将照片一张一张地保存在加密相册里。她看了又看，回了时瑾一句玩笑话：“想摸。”

她还发了一个垂涎欲滴的小人儿的表情包。

然后……手机没动静了，时瑾迟迟没有回复消息。姜九笙有点儿失落，快快地放下了手机。

约莫五分钟后，手机振了一下，姜九笙立马点开。

是时瑾的微信：“笙笙，开门。”

她愣怔了几秒，跑下床，连鞋子都没穿，只随便套了件外套便踢踢踏踏地去了客厅的玄关处。

她打开门，时瑾就站在门口，穿着灰格子睡衣，笑着问她：“要摸吗？”

姜九笙毫不扭捏地道：“要。”

他便伸出手来给她摸。

姜九笙想，如果时瑾不只是粉丝就好了，她从来没有过这种对一个人依依不舍的感觉，那人的脸、声音、手……所有的一切都能牵动她的心。

金秋过后，立冬未至。

网络时代，信息更替极为迅速。

摇滚乐队The Nine的巡回演唱会将至，门票开始预售后，短短几个小时便被抢购一空。

在姜九笙演唱会开始的前几日，新加盟秦氏娱乐的新人歌手柳絮发布了第一首个人单曲，承袭了老东家的轻摇滚风，名为《囚徒》。她不早不晚，偏偏选在The Nine演唱会临近之际发布，宣传也好，炒作也罢，话题热度确实得到了空前飙升。

正当姜九笙的粉丝质疑柳絮蹭热度时，姜九笙的数字专辑全网发布，其中收录的八首歌不到三日就攻陷了所有音乐榜单。

主打歌《烟》结合民谣与田园曲风，独创了轻音乐的新风格。“姜九笙”三个字，再一次掀起华语乐坛的热潮。

短短几日，摇滚巨星姜九笙大热，相比之下，柳絮的单曲便显得无人问津了，单曲销量惨不忍睹。

秦氏娱乐自然不会对此无动于衷。自从秦四少住院之后，歌手这一块的事务便由秦七小姐接管了。

秦萧轶坐在最前面的老板椅上，双腿侧放，仪态大方，略显强势，将手里的数据表扔在会议桌上：“这就是你们花重金挖过来的人？说说，公司花三千万元的价值在哪儿？”

会议室里气氛紧绷，沉默片刻后，右边首座上的男人斟酌着回了话：“我们的创作团队当时都评估过，这首歌——”

不待男人回完话，秦萧轶便打断他道：“觉得这首歌会大火？”

对方不出声了。

秦氏高层都知道，这首歌的原创作者是姜九笙，凭借她的创作才能，这歌没有不火的道理。

“嗯，我不反对，这首歌的确很优秀。”秦萧轶身子向后倾，靠着椅背，“可少了‘姜九笙’三个字，没了名人效应与摇滚圈的金字招牌，它一文不值。”

在场的一干高层哑口无言。谁承想摇滚圈的歌迷只捧姜九笙一个？除了她，谁唱歌迷都不认。

“柳絮的个人EP（小型专辑）制作全部暂停，这个项目我还要再考量。”秦萧轶做了最后决策。

众人面面相觑，欲言又止。

还是右边首座上的市场经理斗胆开了口："七小姐，这恐怕不太妥当。"

"怎么不妥？"

"EP收录的歌曲已经定下来了，如果现在停下来，我们的损失会很大，而且这个项目四少早就签字确认了。"

秦萧轶似是思索了一下，云淡风轻地道："现在是我在代管这一块的事务，你的业绩考核是我签字，不是我哥。"

市场经理顿时噤若寒蝉。

这位秦七小姐年纪轻轻，魄力比四少高了不知多少。

之后便再没人提出异议了。

"不用再讨论了，姜九笙唱了民谣，这部分市场已经不是我们吞得下去的了，开始下一个议题。"

会议室门口，柳絮咬了咬牙，死死地盯着门，眼眶通红。

女洗手间里，秦萧轶对着镜子补了补妆，突然发现镜中多了个人影。

她回过头问道："有事？"

来人是柳絮。秦萧轶对她的印象不深，只记得她之前是姜九笙的乐队的键盘手，哦，还有一点，她偷了姜九笙的曲子。

就事论事，这柳絮不是个甘于平庸之人。

"秦七小姐。"

秦萧轶开了水龙头，慢条斯理地冲了冲手："什么事？"

"我有件事想告诉你。"

"直说。"

柳絮咬了咬牙，一副为难的样子："谢家同门不和的新闻是假的，谢荡喜欢姜九笙。"

柳絮不仅不甘于平庸，还会煽风点火呢。

秦萧轶喜欢谢荡，这在圈子里不是什么秘密，可没人敢在她面前多嘴。秦萧轶笑了笑道："你知道自己为什么比姜九笙差了不止一筹吗？"她不紧不慢地收拾好化妆包，"你野心太大，心眼儿却太小，装不下你的欲望。"

天宇传媒。

姜九笙录完最后一首歌，从录音棚出来，莫冰递上了一杯温水。

"你录的那期真人秀节目昨晚播出了，效果出奇地好。"边往休息室走，莫冰边打趣道，"我居然不知道，你一点儿综艺感都没有的样子，在节目上那么有综艺感。”

姜九笙不置一词，挑眉看了莫冰一眼。

莫冰的后文来了：“后天有个综艺节目，我建议你去。”

姜九笙考虑了一下道：“台本发给我看一看。”

“OK，等会儿发到你的手机上，你下午给我答复。”

姜九笙点头。

正事说完了，莫冰开始关心自家艺人的私事：“笙笙，你的主打歌掺了爱情的元素，你还没告诉我你从哪儿取材的。”媒体肯定会问，两人对外的说辞得一致。

姜九笙思索片刻，突然回过头，口吻认真地道：“莫冰，我可能要恋爱了，和时瑾。”

果然，是时医生。

莫冰耸了耸肩，说道：“你当我傻，看不出来？”

姜九笙诧异不已，她从来没有告诉过莫冰她对时瑾的感觉。

“你看时医生的时候眼珠子都要贴上去了，你醉酒那回，是不是恨不能趁醉酒把时医生给办了？”

“……”

原来在外人看来她这么如狼似虎。姜九笙苦恼了，她是不是太急于求成了？

莫冰瞧着她一脸苦恼的模样，觉得好笑。

其实从知道时医生是姜九笙的粉丝时莫冰便猜到了这种可能，难怪好端端的姜九笙突然关心起粉丝管理来。

姜九笙在男女感情这一方面算得上是资质愚钝了，以至于都这把年纪了，铁树也没开过花。可对象是时医生的话，好像也不是那么意外？莫冰回想了一下，这两人确实一直有苗头，至少她带姜九笙三年了，从没见姜九笙觊觎过谁的手，时医生是唯一的例外。

“你们现在到哪一步了？”

姜九笙很坦诚：“我还没追到手。”

追……她居然用了这个字，看来她是真栽了。

“我给不了你建议，我这个人一向单刀直入，不过巧取豪夺不适合时医生，他是个真正的贵族。”莫冰安慰她道，“慢慢来，相信我，你若是认真了，很少会有男人不对你动心。不过人到手之前，我不建议你将消息透露给媒体。”

姜九笙点头，她也是这个意思。

“柳絮那儿，你有没有别的打算？”

“她不痛快我就痛快了。”姜九笙想了想说道，“不用等下午了，你说的节目我去。”

莫冰挑眉：“怎么？”

“我要一首歌的时间。”

“打歌？”莫冰感到奇怪，她家艺人可从来没有为了打歌去上过什么节目。

姜九笙意味深长地弯了弯眉：“是给柳絮打歌。”

莫冰了然，她家艺人这是要给人添堵吧。

第二日上午，姜九笙便去录节目了。因为时间太赶，她只对了台本，并没有彩排，不过节目组完全不介意，对她十分客套礼让。

这是一档室内综艺节目，游戏与访谈并行，有五个主持人，请了四位嘉宾，姜九笙和他们都不太熟。好在控场的主持人十分有经验，情商高，很会调动气氛，便是面对姜九笙这种综艺感为零的艺人也不至于冷场。

姜九笙在主持人做完开场介绍后问候道：“大家好，我是姜九笙。”

她言简意赅，一句闲话都没有，洒脱干脆，风格很“姜九笙”。

主持人赶紧把话接回去：“欢迎笙笙。”

现场掌声雷动。

天北第一医院，五楼心外科。

医助肖逸急急忙忙地从急诊室跑过来，边推门边大喊：“时医生，时医生！”

时瑾抬头望了他一眼。

肖逸喘着气，满头大汗地说：“长安路发生重大交通事故，病人心包腔内大出血，不能移动，需要在现场实施紧急救援。”

时瑾握笔的手顿住：“伤势。”

“腰椎、颅骨、肩胛骨和肋骨有重度骨折，血压已经低至六十。肺部严重挫伤，胸腔内粘连索带撕裂，致命伤在主动脉根部、左心房顶部，撕裂了一道长达四厘米的口子，胸腔剧烈变形，伤口在心脏壁最薄弱的地方，出血很严重，心包腔内全是血。”

病人情况十分危急，以至于急救电话直接转接到了肖逸这里。整个天北第一医院，除了时瑾，应该没有第二个敢接下这个患者的医生。

时瑾神色如常地道："先把现场隔离起来，准备户外开胸手术。"

"我这就去通知麻醉科。"

节目录制现场，录制时间已过半，游戏正进行得火热，现场气氛极好，主持人和嘉宾笑成一团。

唯独姜九笙面无表情，她这个"游戏黑洞"又输了，自觉地去惩罚区挑了一个锦囊递给主持人。

主持人当场念了出来："现场连线手机通话记录里最近的联系人，并在三分钟内设法让对方说出'你最好看，我最喜欢你'这句夸赞的话，成功就过关，失败就要喝下我们刚才调的那杯混合饮料。"

综艺节目的惩罚环节总是这么乱来。

姜九笙有点儿头疼，没了办法，只好让小乔把手机拿过来。

"能否做变声处理？"她向主持人解释，"他不是圈内人。"

她的通话记录里，最近的联系人是时瑾。

"可以的。"主持人作势要凑过去看，"谁呀，这么神秘？"

姜九笙笑而不语，稍微背过身去，拨了时瑾的电话。

将近十一点，长安路主干道被封，几十个交警严阵以待，将往来的车辆尽数拦下。红绿灯路口被堵得水泄不通，足足半个小时也没有恢复，不少心急如焚的车主纷纷下车一探究竟。原来是主干道发生了车祸，小轿车与大卡车相撞，一人当场死亡，另一位车主正在被抢救。

居然是现场抢救！

警察守在最外围，防止观望的路人靠近，医护人员隔离了手术区域，消毒液的味道弥漫得到处都是。只见被挤压变形的轿车、货车旁边，几位穿着白大褂的医生半跪在地上，正躬着身子给血泊里的男人开胸。

那双手戴着手套，正拿着手术刀，有条不紊地做着手术。

监护仪突然发出警报，数据显示异常。

麻醉师神色慌乱地道："时医生，病人出血太多，血压迅速下降。"

时瑾加快了动作。

"周医生，辅助我，"时瑾没有抬头，"建立体外循环。"

他的声音沉稳温和，让人心安。

周医生深吸了一口气："好。"

周遭环境嘈杂不堪，监护仪上响个不停的警报声，还有警车的鸣笛声，全部杂乱无章地糅合在一起，细听之下，温和低沉的男声简洁又清晰，不疾不徐地响着。

“血管钳。

“抽吸。”

护士长神情紧绷。

伤口在病人左心房顶部，血流不止，时瑾放下手中的工具，探入一指，随后道：“静脉血引流到体外。”

周医生立马会意。

辅助的医师们都默不作声，精神高度集中，唯有主刀医师的声音平稳又低沉。

“抽吸。

“注射HTK液（康斯特保护液）。”

麻醉科的吕医生道：“时医生，病人的血压正常了。”

时瑾嗯了一声，放下手术刀，淡淡地道：“缝合。”

护士长立马递上持针器。

四周的群众噤若寒蝉，无一人出声。

良久后，主刀医师时瑾道：“可以了。”他放下手上的持针器，“周医生，麻烦了。”

老规矩，收尾工作由一助来做。

护士长等不及缝合结束，就激动地对病人家属说：“手术成功，手术成功了！”

众人闻言都松了一口气。

紧随其后的是震耳欲聋的掌声，围观的群众自发地鼓起掌来，久久没有停歇。

这场面太震撼了！

动脉大出血的情况，即便是在医院的手术台上，手术成功率也非常低，更何况是在车祸现场，稍有不慎，患者势必当场毙命。然而这场开胸手术只持续了不到两个小时就完美收尾。

不少围观路人拿着手机，将手术的过程录了下来，镜头自然是偏向主刀医生的。

年轻的男人即便穿着与其他医生别无二致的手术服，依旧显得出类拔萃。

他背对着路人，不知在与身旁的医生说什么。

人群里热闹得很，心有余悸的各位看客你看看我、我看看你，初冬之际，不少人惊出了一头大汗。

两个年轻的小姑娘穿着校服，还戳在公交车门口没回过神来。

“刚才看得我心脏都快跳出来了。”

“我出了一手的汗。”

谁不是呢，那个场面看着都吓人。

旁边也在看热闹的司机大叔插了一句话：“看见没？那个主刀医生好淡定，汗都没流一滴。”

提到主刀医师，十七八岁的小姑娘一脸激动：“我全程都在看他，拿手术刀的样子太帅了。”

帅……

司机大叔摸了摸下巴：“男人嘛，脸还是次要的，主要是主刀医生那临危不乱的气场——”

不等大叔说完，车门口的两个小姑娘兴奋起来。

“你快看，他摘口罩了，摘口罩了！”

“我的天！这颜值！他是哪家医院的？我要去邂逅医生小哥哥！”

司机大叔：“……”

这个看脸的时代很让人无奈啊。大叔用余光瞄了手术现场那边一眼，正要上车载客，身形登时定住了。

嘿，主刀那个医生，长得真俊！

一点，节目录制完，姜九笙拧着眉头走出了录影棚。

莫冰拿了外套递给她：“怎么了？谁招你了？”

姜九笙有点儿垂头丧气地说：“时瑾没接我的电话。”

“就这个？”莫冰觉得好笑。

时医生可能就是来克她家艺人的。

姜九笙继续无精打采，低垂着头敛着眼眸，思绪飘远。

小乔从休息室出来，撞上了回来的两人，赶紧把手里的平板电脑递过去：“笙姐，你快看这个。”

姜九笙兴致缺缺。

“是时医生，时医生上热搜了！”

微博上的热搜第一名后面标了个大红的“爆”字，前三名标题依次为“天才外科医生”“现场开胸手术”“天北第一医院”。

网友的留言也爆了，转发、评论、点赞数目每秒都在剧增。

“我的天，就这渣像素我也能百分之百确定，小哥哥一人能拉高整个医院外科医生的颜值！”

“天哪，现场开胸，同为外科医生，我跪了！”

“天北第一医院心胸外科时瑾，身高一米八五，体重七十二公斤，职称主任医师，婚姻状况不详，家庭住址不详。请叫我活雷锋！”

“姐妹们，有组团去天北第一医院围观外科医生小哥哥的吗？”

姜九笙看了一路的留言，最后又点开视频再看了一遍，大概因为距离隔得远，视频的画质并不是很清晰，画面甚至有些模糊。

视频中的人是时瑾，即便他戴着口罩，她也能一眼认出他那双眸子，干净得没有一点杂质。

姜九笙连妆都不卸了：“莫冰，去天北第一医院。”她等不到演唱会结束了，她想告白，她怕他被别人抢走。

“去干吗？”莫冰调侃道，“去组团围观外科医生小哥哥吗？”

姜九笙抬了抬左手：“去拆石膏。”

好吧，这个借口很棒！

莫冰觉得好笑，她家这座“冰山”，终于被外科医生小哥哥融化得一塌糊涂了。

保姆车快到天北第一医院时，时瑾的电话打过来了，姜九笙刚接通，时瑾的声音便在耳边响起。

“笙笙，我刚才在做手术，手机不在身边。”

姜九笙背对着莫冰似笑非笑的眼神：“我知道。”

“嗯？”

他的声音听起来有些倦怠。

她的嘴角微微上扬：“你在车祸现场做开胸手术的视频被传到网上了。时瑾，你可能要红了。”

确切地说，他已经红了。

时瑾应该是第一个爆了热搜的素人，而且就内容来看，很正面。当然，兴许是因为他那副极好的皮囊很勾人。

他皮相好、医术精湛，还有一副好嗓子，哦，对了，还有她最喜欢的那双手，想到这些，姜九笙有些心驰神往，莫名其妙地红了耳根。

“笙笙。”

“嗯？”

他用玩笑似的口气说道："我趁这个机会进你的圈子如何？"

姜九笙认真地想了想，如果时瑾真的进入演艺圈，貌似不需要会唱歌演戏，有这相貌与这身气度就够了，往镜头前一站……

她想，他一定会大火。

不过她的建议是："你更适合当外科医生，医学界少了你，损失会很大。"

他那张脸，更适合给她一个人看。

这一点姜九笙坚信不疑。

时瑾低低地笑了："那我还是继续当医生。"

她隔着屏幕，连点了两次头。

莫冰在一旁看着都觉得牙酸，她家艺人真是被电话那头的那位吃死了。不过两人倒出奇地相配。

"你打电话可有事？"时瑾问。

"刚才录节目，要连线通话记录里最近的联系人。"姜九笙弯了弯眼睛，"刚好，是你。"

"然后呢？"他语气也带了笑意，像是在调侃。

"什么然后？"

时瑾走开几步，站在风口，风声灌进了电话里，带着他的声音传了过去："连线之后要做什么？"

"等你看了节目就知道了。"

他便没再追问。

她没挂电话，他就安安静静地等着。姜九笙想了想，时瑾似乎从来没有先一步挂断过她的电话。

"我现在去医院。"她解释了一句，"要去拆石膏。"

"嗯，我去停车场等你。"

"好。"

两人心照不宣，像有感应一样，她不用特意请求，他也会知她心意，好像这是理所当然的。

时瑾挂了电话后，盯着手机里的通话记录看了许久，勾唇笑了笑，将与别的号码的通话记录全部删了，直到整个页面都是他对姜九笙的备注名才罢休。

出了办公室，时瑾又拨了个电话号码，简明扼要地直接命令道："把网上关于我的消息全部撤下来，不要再让笙笙看到。"

"热搜可以撤，不过视频和照片已经传开了，要完全撤销，恐怕有难度。”

时瑾惜字如金地道：“那是你的事情。”

秦中只能硬着头皮说道：“我这就去办。”

时瑾挂了电话，刚走到电梯口，医助肖逸追了上来。

“时医生。”

“什么事？”

“外科急诊室里突然多了好多病人，说是要挂您的号。”而且都是些年轻的小姑娘。

时瑾听完，神色淡淡地道：“我每周五坐诊，开放十个号，没有我点头，都要按正常流程预约。”

看来时医生知道网上那股莫名其妙地吹来天北第一医院的歪风邪气了。没办法，人长得好看，招蜂引蝶也是不可避免的。

肖逸懂了：“我明白了。”

时瑾按了下楼键，电梯门打开，他进去直接按了负一楼的按钮。

等了约莫一刻钟，一辆保姆车才开进地下停车场，时瑾以家属来访的名义签了车辆往来记录，这才走上前去。

“笙笙。”

姜九笙先下了车：“等了多久？”

他走到她身边：“刚下来，我带你去骨科。”

“又要麻烦你了，时医生。”

时瑾走在前面离姜九笙两步远的地方，保持着恰到好处的距离：“不麻烦。”

莫冰与小乔被扔在了后面，便没上去充当“电灯泡”。时瑾与姜九笙先后进了VIP电梯。

电梯门关上，姜九笙抬头看向时瑾：“下班之后有约吗？”她尽量说得平淡随意。

“没有。”

姜九笙还是移开了目光，有些不自然地道：“我请你吃饭。”想到时瑾不太爱与人一起进餐，她便又给了个听起来很合理的理由，“当作谢礼。”

他浅笑道：“好。”

安静了片刻，他又说：“很好看。”

姜九笙不知所云：“什么？”

“你化妆的样子，很好看。”

她眼里熠熠生辉，盈满了笑：“谢谢。”

光滑的电梯壁上映着两个影子，她耳边微红，他目光温柔，连电梯里的空气都像带了燥意。

时瑾带姜九笙去了骨科，还是之前给她看手的那位主任医师给她检查，建议先拍个片子确认之后再拆石膏。

时瑾便又带姜九笙去放射科，大概因为时瑾领路，他们走的都是特殊通道，对作为公众人物的姜九笙而言，这样方便多了。

她趁时瑾去拿片子时，问莫冰：“有没有推荐的餐厅？”

莫冰是过来人，自然知道姜九笙醉翁之意不在“饭”，而在情调。她给予了过来人的建议：“你俩是邻居，在家做会更有感觉。”

这句话怎么如此有歧义？

姜九笙想了想道：“可我只会做泡面和炒饭。”

莫冰又支着儿了：“小乔熬的酱汁是一绝，让她给你弄点儿。你冰箱里有牛排，我看林安之做过，正反面各煎三分钟就行，很简单的样子。然后你再摆上红酒和烛台，时医生不像迟钝的人，估计一看就会明白了。”

姜九笙觉得莫冰的建议不错，不过……

莫冰显然高估了她的厨艺。

晚上七点，小乔的酱料已经送过来了，她还特意帮姜九笙把摆盘都做好了，真的只用把牛排煎一下就完事，结果——

咣！咣！

锅铲、锅盖、锅一个接一个地砸地上，那声响直接从厨房传到了客厅。

时瑾几乎是跑进厨房的：“怎么了？”

姜九笙窘在那里，揪了揪身上的围裙：“火，”她底气不足地道，“火太大，喷出来了。”

油放太多，火就烧起来了，她吓了一跳，锅铲打到了锅盖，连着平底锅就一股脑儿地滚下地了。一锅热油淋得地上到处都是，还好她躲得快，逃过一劫。

怪她，煎牛排放了一大块儿黄油，如果有下次，她一定放一小块儿。

时瑾看了看一地狼藉的场面，绕开地上的油走到她跟前：“有没有烫到？”

姜九笙摇头：“抱歉，晚餐时间可能要再推迟一点点。”

她低着头，有点儿垂头丧气。

这样实在太减分了！

时瑾忍俊不禁，拉着她的手腕走出地上那一摊油的范围：“你去洗个脸，我来做。”

姜九笙想了想，做饭技术应该是慢慢提升的，她不太可能一蹴而就，就点头道：“本来要请你吃饭的。”

到头来变成他给她做饭了。

莫冰这个狗头军师，出的什么馊主意。

时瑾很善解人意，温声细语地说：“没关系，你下次再请。”

下次啊……姜九笙爽快地点了点头。

“冰箱里有什么？”

“鸡蛋、西红柿。”姜九笙认真地想了想，“还有泡面。”本来还有四块上好的牛排，现在都在地上。

时瑾哑然失笑：“去我那边做吧，你洗好了就过来。”

姜九笙只好点头。烛光晚餐就这么泡汤了，她想，要不要把蜡烛也带过去？

可是……这样意图会不会太明显了？

罢了，她还是别动歪心思了，这不是她擅长的领域，容易弄巧成拙。

洗漱好后，她特意换了一件裙子，当然，也是居家的，她不好显得太刻意。

姜九笙到时瑾那边时，他正在厨房切菜。围裙是纯白色的，什么图案都没有，他穿了件居家的浅粉色薄毛衣，袖子挽到了手臂上。

此时的他很居家，很阳光，多了两分少年气。

想不到一个男人能把浅粉色的衣服穿得这么清新俊秀，半点轻佻的感觉都没有。姜九笙不动声色地把目光收回来，靠着橱柜看他切鱼。

他的动作很优雅，慢条斯理的。

她惊讶了一下：“这是手术刀？”

手术刀细细长长的，很光滑，闪着光，很衬时瑾的肤色。他的手本就好看，拿手术刀的样子更让人移不开眼。

“嗯。”时瑾低着头，神情很专注，“我用惯了手术刀。”

然后时医生就用手术刀解剖了一条鱼，动作干脆利落，而且速度很快，姜九笙全程目瞪口呆。

“你的刀功真好。”她由衷地夸赞道，每一片鱼肉都片得大小均匀，形状也都一模一样，不愧是天才外科医生。

“以前在医大练过，心胸外科的教授要求我们每一刀的精确度要到毫米，而且是用尸体来练。”

医大真是个恐怖的地方。

她想象不出时瑾拿着手术刀解剖尸体的样子，那样一双精美绝伦的手，沾了血会是什么样子?

姜九笙停止了胡思乱想，问时瑾：“你准备做什么饭？”

“牛肉番茄意面和马赛鱼羹。”

刚好，都是她爱吃的。

“需要我帮忙吗？”

时瑾放下手术刀：“可以帮我调两杯酒吗？酒柜的位置与你公寓里的一样，杯子也在酒柜里。”

调酒是她擅长的领域。

姜九笙很爽快地答道：“当然可以，你喜欢什么口味？”

“浓烈一点儿的。”

嗯，她也喜欢烈酒：“冰块在哪儿？”

“冰箱下层。”

姜九笙绕过橱柜，打开冰箱门，蹲下，将手放在冰柜下层的抽屉上，指腹传来一片冰凉的感觉。

时瑾不知何时已走到她身后，按住她的左手，声音从她耳后传过来，像沉酿的洋酒。

“你的左手刚拆石膏，尽量不要用。”他替她拉开冰柜的抽屉，然后自然地后退了两步。

姜九笙愣了愣。

她没见过哪个男人像时瑾这般，在言谈举止如此恰当合理的前提下，依旧诱人沉沦。

姜九笙的脸有些烫，抱着一杯冰块快步走出了厨房。出来后她深吸一口气，好笑地摸了摸自己发烫的脸，开始调酒。

不一会儿，姜博美的狗鼻子就闻到了酒味，然后它跳上了餐桌。

“汪。”

姜九笙摸了摸它的板寸头：“别叫了，你不可以喝。”

“汪汪！”

它伸出舌头就往酒杯里舔。

姜九笙失笑，端开酒杯：“不能喝。”

“汪汪汪！”

在厨房门口的时瑾不轻不重地叫了一声：“姜博美。”

正抢酒喝的姜博美立马跳下餐桌，躲到狗窝里装乌龟去了，逃窜的速度如同惊雷一般。

姜九笙顿时哭笑不得地道：“博美好像很怕你。”

“嗯，它跟我不亲。”时瑾说，“它更喜欢你。”

很平常的一句话，却让人怦然心动。她笑了，倚在餐桌旁看着时瑾在厨房里忙碌。

岁月静好大抵就是如此，一杯酒、一只狗、一个为你忙碌的人。

倒好了酒，她本想去厨房帮时瑾，他笑笑说快好了，她便无所事事地打开电视来看。

刚好，她白天录的节目播出了。

时瑾做好饭端出来时，电视里刚好放到她挂上电话时的情景。电话没接通，她游戏失败，便去喝了一杯惩罚饮料。饮料很难以下咽，好在她表情管理不错，没有失态。

“很难喝？”时瑾将盘子摆放好。

“嗯，超难喝，放了我最讨厌的芥末。”姜九笙站起来帮忙摆筷子。

时瑾将目光从电视上收回，看着她的眼睛道：“抱歉，没接到你的电话。”

姜九笙摇头：“没关系。”

“笙笙。”

姜九笙抬起头：“嗯？”

“你最好看，我最喜欢你。”

姜九笙愣了。

这突如其来的表白……

见时瑾靠近，姜九笙忙往后退，趔趄了一下。

他扶住她的腰，嘴角噙着浅浅的笑：“补下午的。”

她会错意了……

姜九笙不动声色地把视线挪开，看看老旧的CD机，看看吊椅，就是不看时瑾，闷声闷气地应道：“哦。”

两人摆好了餐具，相对而坐。

时瑾先尝了酒：“很好喝。”

“下次再给你调。”

最近她特别喜欢“下次”这个词。

“好。”

姜九笙心满意足，安静地开始用餐，时瑾做的都是她喜欢的食物，口味也刚刚好。她甚至怀疑，时瑾或许比她自己还要了解她的喜好。

“你的厨艺是怎么学的？”姜九笙端起酒杯尝了一口，然后又喝了一口。

“酒太烈，你别空腹喝，先喝点儿牛奶垫胃。”时瑾倒了杯温牛奶给她，才回答了方才的问题，“网上有视频。”

她乖乖地放下酒杯，端起牛奶来喝：“我也照着做过，学不会。”

“我会就够了。”似乎觉得这话不妥，时瑾又补了一句，“我晚上都会做饭，你不忙的话，可以过来吃。”

求之不得，姜九笙连忙点头。

时瑾的用餐礼仪很好，餐桌上很安静，就算电视的声音开得很小，仍然清晰可闻。

男主持人的声音很有磁性，带了很轻的播音腔。

“笙笙要唱新专辑的主打歌吗？”

电视里的姜九笙化了很精致的妆，涂了大地色眼影的眸子微微敛起，显得冷然又英气：“要唱我前队友的歌，她出了单曲，我也没有送她什么礼物，所以帮她打歌。”

她的前队友自然是柳絮无疑。

主持人心里有数了，提了提声调，报幕道：“有请笙笙带来《囚徒》。”

掌声过后，舞台上朦胧的雾气升腾，姜九笙背着吉他，站在聚光灯下，略带磁性的嗓音一出来，场下便掌声雷动。

姜九笙的烟嗓和气泡音在整个摇滚圈独一无二。她穿着白色的裙子，长发黑眸，将一首歌唱到极致。

姜九笙将柳絮的单曲稍微改编了一下，音域到了四个八度，高音一冲出来，对听觉刺激很强，不同于柳絮平平无奇的演绎，后者虽毫无瑕疵，却没有摇滚的那种野劲儿。而姜九笙唱得真狠，酣畅淋漓，让人痛快。

她天生就是唱摇滚的料。

最后一个音符落地，观众的尖叫声冲出了电视屏幕，充斥了整个客厅。吵吵闹闹声里，时瑾的声音依旧轻轻浅浅地在她耳边环绕。

他说：“你唱得比那个女人好。”他很肯定地强调，“好很多很多。”

姜九笙莞尔道：“我也觉得。”

“你是原创？”

“嗯，这个版本才是最终成品，柳絮那版是最初的样带。”姜九笙抬头看向时瑾，“你怎么听出来的？”

正常来说，不知内情的人应该会以为她只是改编了柳絮的曲子，而非唱出了修饰后的原版。

时瑾不假思索地道：“‘脑残粉’应该都听得出来。”他看着她，目光灼灼，眼睛像仲夏夜的星辰，“姜九笙的歌，别人唱不了。”

确实，她的歌音域太宽，一般人唱就是“车祸现场”。

姜九笙放下勺子：“时瑾。”

“嗯？”

她迟疑了许久，目光潋滟地道：“可不可以不当粉丝？”

她有点儿小心翼翼，语气带着不确定，却又带着一腔孤勇。她可是鼓足了勇气才敢这样不留后路地走向他的。

时瑾却似没有明了，动作微僵：“你不喜欢吗？”

“正好相反呢。”

咣当！

他手里的勺子掉在了餐桌上，目光亮得惊人：“笙笙——”

电话铃声突然响起，打断了时瑾的话。

他不自觉地咬了咬唇，定定地看着她，目光专注灼热得惊人，像一汪旋涡，能把人吸进去。

姜九笙失神片刻，才慌慌张张地找出电话接通。

“哥。”

是程会的电话。

那边的人说了约莫一分钟，姜九笙的脸色骤然变了。

“我马上下去。”

见她挂了电话，时瑾问她：“怎么了？”

“家里出了急事，我哥来接我，已经在楼下了。”

时瑾欲言又止，看了看她，将话咽了回去。他放下餐具，跟着起身道：“我送你下去。”

姜九笙没有拒绝。

餐桌上的东西，她只吃了几口。

时瑾转身去厨房用袋子装了一盒甜点与一盒酸奶：“这是我做的甜点，你在路上吃。你胃不好，晚上不能空腹。”

姜九笙接过他递来的袋子，有些心不在焉：“谢谢。”

他摇头，声音很轻：“别胡思乱想，有什么事给我打电话。”

不知为何，他一开口，她本来很慌乱的心便平静不少。她应道：“好。”

他拿了外套和钥匙，送她下楼。

程会已经在小区门口等她，黑色的宾利停在路口，打着远光灯。远远见姜九笙走出小区门，程会鸣了喇叭。

姜九笙回头，对时瑾挥了挥手，转身上车。

时瑾叫住了她：“笙笙。”

姜九笙回过头：“嗯？”

他似乎有话说，把唇抿得僵直，犹豫了很久，却只道了一句：“路上小心。”

姜九笙走过去，语气郑重其事：“等我回来，我有话跟你讲。”

“嗯。”

她转身，迎着车灯的光走进了夜色里。

时瑾站在小区门口，一动不动，看着她上了车。

“那是时瑾？”程会没有立刻发动车子，而是朝着车窗外远眺。

姜九笙颔首：“嗯。”

“你和他走得很近？”

“哥，你先别管我，爸他怎么样了？”

程会挂了挡，一边转动方向盘一边安抚她：“还好发现得早，已经转去市医院了，正在做手术，咱妈守着他呢。心脏搭桥手术的成功率很高，应该不会有什么问题，别太担心。”

程父有冠心病，平时一直很小心，也没发生过意外，若非这次心肌梗死，以他那沉闷又隐忍的性子定是不肯去医院动刀的。

姜九笙没有再多问，催促程会开快些。

程父与姜女士在三线的小县城定居，手术是在市医院做的。好在晚上不堵车，姜九笙与程会在十一点左右的时候赶到了市里。

兄妹二人到时，程父的心脏搭桥手术已经做完了，姜女士一个人守在病房里。

程会推门进去：“妈，爸他怎么样了？”

姜女士抹了一把有些红肿的眼睛：“手术很成功。”她这才看到程会身后裹得异常严实的姜九笙，转头就质问程会，“你怎么把笙笙也叫来了？”

程会无言以对。

姜女士对这个女儿一向“客套”。

姜九笙把围巾、口罩都取下，没吱声。姜女士也意识到自己话里话外太见外了，解释道："我是说笙笙那么忙，哪有时间来回折腾？"

"妈，"姜九笙停顿了一下才道，"我不忙。"

只是姜女士从来不联系她罢了。

姜女士略显尴尬，不和姜九笙有眼神交流，转头对程会说："阿会，我在这里守着，你带笙笙去酒店歇息。她是艺人，被拍到出入医院不好。"

她总是这样，和姜九笙话不过三句。

姜九笙没有多言，将包放下："等爸醒了我再走。"

姜女士没再说什么，只是让程会去给她买夜宵。

很奇怪，她母亲对她太小心翼翼了，像对待上宾，照顾周到，可拘束生疏，没有半点儿亲昵可言。

程会出去之后，病房里只剩姜九笙和姜女士守着。两人之间没有一句话，气氛安静得让人不自在，姜九笙拿了烟盒走出了病房。

她去了天台，见上面没有什么人，便连口罩都懒得戴，点了一根女士香烟。不知为何，她心里烦躁得厉害，女士烟本就味道寡淡，心绪不宁时，就越发显得没味。

她狠狠地抽了两口烟，按灭了烟蒂，从烟盒里再拿出一根烟，刚点燃打火机，指间的烟便被抽走了。

"少抽点儿。"程会手里还提着夜宵，抢了她的烟，直接将烟扔进了一旁的垃圾桶。

姜九笙兴致缺缺地熄了火，趴在护栏上，俯瞰夜里的霓虹。万家灯火落进她暗淡无神的眼里，却显得凄凄冷冷的。

"哥。"

"嗯。"

"我是不是抱养的？"

程会板着一张周正斯文的俊脸："说什么胡话呢？"

姜九笙笑了笑，没有再说话。她放眼望去，上面是星辰月色，下面是灯火夜色。

天上月色，地下夜色，如果有第三种绝色，那一定是时瑾。

她突然想到了他。

两人沉默了许久后，程会突然开口："你小时候没有养在爸妈跟前，所以他们和你才不太亲。"

姜九笙默不作声。

这种话，八年前她就听姜母说过了。她十六岁之前都被养在乡下，后来发生了事故才送来城里做手术，手术留下了后遗症，她不记得以前的事了，之后才养在父母身边。

“我再抽一根。”她拿出烟点上，安静地抽着。

薄薄的烟雾下，她的一双桃花眼有些黯然。

演艺圈的人都说姜九笙冷冷清清。她怎能不冷冷清清？这样的家庭养出来的姑娘，除了自我防卫，还能怎样？

程会先行回了病房，姜女士正在整理行李。

“笙笙呢？”

程会关上了门：“在抽烟。”

“你等会儿送她回酒店。”

姜女士大名姜玥芝，在秦氏的分公司里当会计，性子算不上强硬，就是普通人家的妇人。偏偏她在面对姜九笙时，浑身都是棱角，态度生硬得不行。

“妈，你对笙笙不要太冷漠了。”

姜女士叠衣服的动作顿了一下：“有吗？”

“你对笙笙就像对待上宾。”程会拉住姜女士忙个不停的手，“妈，你既然认了笙笙当女儿，就不要让她觉得自己像抱养的。”

程会是知道的，姜九笙并不是姜女士亲生的孩子。

他的父亲以前是一个司机，母亲是家政人员，因为父母的工作性质，程会二十岁之前一直生活在国外的姑姑家。八年前父母突然换了工作他才回国，没想到家里竟多了个妹妹。他已经成年，自然不信父母对妹妹解释的那套说辞，问了姑姑才得知，这个妹妹哪是亲生的，是领养的。

他私下询问过母亲，母亲只说妹妹是乡下亲戚的孩子，病了没钱治才送过来的。

程会对此当然是不信的，可母亲再也不肯多说一句，他便没再探问。他随了父母的说辞，对笙笙隐瞒了她并非亲生的事实。

可姜女士的态度……

“臭小子，”姜女士推了程会一把，“还教训起我来了。”

会打会骂，这才是母亲对子女的态度。

“总之，笙笙那里你注意点儿。”

程会板正严肃起来的样子跟他父亲一个样，姜女士没好气地吼道：“知道了，滚开，别挡着我收拾。”

程会笑着躲开。

“妈，笙笙真的是乡下亲戚的孩子？”

姜女士低着头，隔了片刻才回答：“不然呢？我还能上哪儿去捡那么大的孩子？”

“那笙笙以前认不认识一个叫时瑾的人？”

姜女士脸色骤变，语气不耐烦起来：“什么时瑾？我没听说过，你别啰嗦个不停。”

事关姜九笙，一向脾气温和的程会有些不依不饶：“当年笙笙在医院昏迷不醒的时候，有个男孩子来看过笙笙。”

那时程会守在医院，只见过那个少年一次。他模样好看得惊人，跪在笙笙的床头不知说了什么，走时眼睛通红。

间隔太久，时间模糊了记忆中那个少年的轮廓，程会只记得他生得精致，那双眼睛漂亮得不像话，让人惊心动魄，都不敢看第二眼。少年就像沙漠里久行的旅人，明明那样年轻，却沧桑冷漠得没有一点儿温度。

程会说：“那个人就是时瑾。”

姜女士低着头一直忙碌，语气敷衍地道：“你看错了。”她抬头催促道，“别问了，你快送笙笙回酒店。”

月朗星稀，夜色染上了暮秋的凉意。

程会给姜九笙开了间很大的套房。莫冰和小乔都还没有到，她一个人睡。空荡荡的房间，偌大的床，她辗转反侧了很久才迷迷糊糊地睡去。

她做了个梦，梦见了一个少年。她看不清他的脸，任凭她怎么仔细看都看不清，只知少年正是意气风发的年纪。

梦里的少年踩着高脚凳，用锤子敲打着窗户上的木板，用一条一条的木板把窗钉得死死的。

屋子像是一个阁楼，只能透进一点儿光，很昏暗。

窗前，女孩蹲着，仰头看着少年：“你在干什么？”

少年回头，一双眼里是墨染般的浓黑色：“钉窗户。”

女孩站起来，穿着白色的裙子，背对着身后的灯，脸庞模糊。

她问少年：“为什么要把窗户都钉起来？”

锤子敲打的声音忽而重，忽而轻，在封闭的空间里不停回荡。少年的声音被穿堂而来的风吹得很轻。

他从高脚凳上跳下来，牵起女孩的手。

“外面有好多坏人，我要把你藏起来。”

“我？”她又问少年，“那我是谁啊？”

“你是我的笙笙。”

“那你呢？你是谁？”

少年靠近她，脸是模糊的，声音清润又温柔：“我也是坏人。”

他看着她，两人离得很近很近。

毫无预兆地，他的眼睛忽然变成了殷红的血色。

女孩猛地后退，一个趔趄就滚下了楼梯，楼下是一片空地，有草，有石头，有游泳池，还有刺眼的灯光和喧嚣不停的音乐。

女孩抬头环顾四周，觉得这个场景陌生又熟悉，只是不见了少年的影子。楼梯消失了，阁楼也消失了，她只看见一块花圃，玻璃温室里有血红的液体涌出来，漫得地上到处都是。她低下头才发现自己白色的裙子上也染上了血红色痕迹，她下意识地去擦裙子，却忽然发现自己手里握着沾了血的匕首，血一滴一滴落到地上，蜿蜒开来。顺着地上的血迹，她抬头看过去，花圃旁趴着一个身上全是血的男人，一动不动。

她想叫、想跑，可有一只血淋淋的手拽着她，让她动弹不了。

“笙笙。”少年的声音穿过层层雾霭，和风一起灌进她的耳朵里。

“笙笙。”

女孩抬头，看见了一只手，白净而修长，拨开了厚重的阴霾。

“过来，到我这儿来。”他的声音像带着蛊惑的意味。

她伸出手握住了那只漂亮的手。

“不怕，我帮你把裙子擦干净。”

然后她裙子上的血弄脏了他的袖子。他蹲在她的双膝前，仰头看着她的眼。

“笙笙乖。把刀给我。”

她缓缓地抬起颤抖的手，他接过她手里的刀，血滴在了他的手背上，很漂亮的手，很红的血。

然后是警笛的声音，还有医院救护车的鸣笛声……

姜九笙醒来时，太阳已经照进窗台。头很痛，她揉了揉眉心，回忆着梦的内容，真是个乱七八糟的梦境，杂乱无章且毫无逻辑。

她好像还梦见了那双漂亮的手抚过她腹部的那道伤疤，听见了有人一遍一遍地喊她的名字。

刷牙的时候姜九笙撩起衣服，对着镜子照了又照，腹部的瘢痕上文的那朵荼蘼妖娆又诡异。

她问过她母亲这道疤的来历，她母亲告诉她，这道疤是八年前做手术时留下的，手术后右腹就留了这道疤。至于文身，母亲支支吾吾说不出个所以然来。

姜九笙自己也不知道，她对十六岁之前的事一无所知，只知道祸起于一场车祸。从那之后，她便患了失眠症，吃了很久的安眠药。她总是反反复复地做一个梦，梦里有一个少年，穿着染满鲜血的白色衬衫，哭着喊她的名字。

姜九笙抓了一把头发，笑了起来。她心情格外阴郁，可能又要去见她的心理咨询师了，不过倒有一件令她愉悦的事情，时瑾做手术的视频被删了。网上找不到任何有关他的微博与帖子，只有几张模糊不清的截图还在流传。她不知道时瑾是如何做到的，不过这不重要，重要的是她可以独享时瑾那张脸了。

还有一件事，很令人愉悦。

柳絮被人砸鸡蛋了。

莫冰一早打电话来跟她说起此事，说她昨天录的那期节目播出之后，网友将柳絮的演唱与她在节目上的翻唱做了对比。这一对比，懂摇滚的粉丝就看出差别来了，随后有网友将柳絮那首单曲的歌词深挖了一下，惊奇地发现歌词的创作灵感来自斯里兰卡西岸的岛屿。这就有问题了，柳絮与张耐在这一年内根本没有出过境。

不凑巧的是，姜九笙在四个月前去了一趟斯里兰卡。当时她发了微博，内容便是告知粉丝她要闭关半个月，找灵感写歌。

这下网友炸了，写了一篇两万字的论述，从论点到论据，论证了一个事实——姜九笙才是柳絮那首单曲的原创作者。

虽然所有论证都是猜测与间接证明，但火眼金睛的“笙粉”立马瞧出了端倪。柳絮那首歌大有问题，像没有修饰过的粗稿，而姜九笙翻唱的版本调高了高潮部分的音调，画龙点睛般地升华了整首歌。

这下不得了了。

柳絮当天晚上在某节目现场就被砸鸡蛋了，关于她盗用姜九笙原创曲目这个话题被炒得火热。

姜九笙随意翻了几页微博，果然，舆论将柳絮攻击得体无完肤。

当然，也有柳絮的粉丝与“水军”为柳絮洗白，说没有“实锤”就是诬蔑。柳絮也发了通稿声明这件事纯属捏造，但网友根本不买账。

姜九笙关了微博。

莫冰之前在电话里问她：“你在节目上给柳絮打歌是故意的吧？这就是目的？”

不用想，柳絮现在的日子必定暗无天日，被黑到深处，与过街老鼠无异了。

姜九笙大大方方地承认了："不然呢？我那首歌的市价在七位数以上，讨点儿利息不过分吧？"

"不过分，不过分。"莫冰笑着说。

所以说，别轻易得罪姜九笙，她啊，看着性子随意，实则可记仇了。

莫冰又说到了时瑾的事情："时医生在网上的视频被删了，热搜也被撤了，对方做得很干净，一张高清照都没有流出，这手笔，"莫冰啧了一声，"不得了啊。"

姜九笙没说话。

"你知不知道时医生是什么来历？"

姜九笙想了想道："他是一名医生。"

"然后呢？"

"没有家人，一个人住。"

莫冰总结道："那就是有钱咯。"能把网上的新闻撤得一干二净，那财力可了不得，她调侃道，"有车有房父母双亡，可以考虑'娶'回去。"

"嗯，已经在考虑了。"

"我是开玩笑的。"

"我是认真的。"

然后莫冰直接挂了电话。

在酒店随便吃了点儿早饭后，姜九笙装扮好，去了医院。

程父已经醒了，气色还算不错，医生说他各项指标正常，养一段时间就可以出院了。

姜九笙和程父也不亲近，程父是个性子沉闷的人，便是和程会也说不上几句话。目前他在一家公司当会计，戴着眼镜，书卷气倒和程会有几分相似。

姜女士洗漱去了。

姜九笙将炖好的汤盛出来一碗，喂程父进食，医生说他现在只能饮用少量的流食。

程父刚摘呼吸机不久，还很虚弱："你自己喝吧。"

姜九笙没有收回手，将勺子递到了程父嘴边。

"让你哥来弄，你去歇会儿。"

姜九笙的动作僵了一下，她把汤碗递给了程会，起身坐到一旁，自始至终没有吭声。

程会看了看她，欲言又止，到底什么都没说。

“我已经没事了，你工作忙，不用在医院陪护了。”程父低声说道，“要不要你哥送你回去？”

姜九笙摇头：“不用。”

然后父女俩就没有交谈了。

如果说姜女士对姜九笙的态度是客套拘束，程父则是战战兢兢。从她有记忆以来，程父从来没有大声跟她讲过话。他们父女间的相处像什么呢？像上下级会谈，她还是“上级”。

这情景诡异得让姜九笙心慌，这时程会出去了，病房内的气氛更加诡异。

突然有人来探病，是姜女士的姐姐和外甥女。

“笙笙表姐。”

严格来说，姜九笙是要称呼吴嫣嫣一声表妹的，只是她与姜女士那边的亲戚不太熟络，八年来见面的次数屈指可数。姜九笙淡淡颔首，便算打了招呼。

对方却很激动，很热络地挽住姜九笙的手：“真的是你啊？我们好久没见了。”

吴嫣嫣比姜九笙小了半岁，还是在校学生，刚念研一，大概因为她的副业，打扮得很洋气。

她是一位美妆博主。

姜九笙回应了一声，不动声色地把手收到了身后。

吴嫣嫣身旁的女士四十多岁，是姜女士的姐姐姜玥兰，保养得很好，看着比姜女士还要年轻些。

“笙笙越来越漂亮了。”

姜九笙喊了一声“大姨”便没有和她攀谈了。姜女士似乎怕她不自在，拉着姜玥兰去了一旁说体己话。

吴嫣嫣是自来熟的性子：“你的新歌特别棒，我还在微博上给你推歌了呢。”

“谢谢。”

吴嫣嫣丝毫不介意她的淡漠，很热情地道：“笙笙表姐，你能给我几个签名吗？我的好多同学是你的粉丝。”

“可以。”

吴嫣嫣从包里掏出一支水彩笔和一个厚厚的笔记本，递给姜九笙道：“谢谢表姐。”

姜九笙签完一个名字，翻一页。

她签了几十页纸，吴嫣嫣才作罢。姜九笙把桌上凉透的水饮尽，戴好口罩与卫衣帽子，说出去透透气。

她压了压帽子，低头把脸埋在围巾里，拐进楼梯口，正好撞上上楼的人。她忙道歉道："不好意思。"

怕被人认出来，姜九笙没有停留，准备离开。

被撞的人犹豫着喊了一声："笙笙？"

姜九笙抬头，看清了男人的模样。

蒋非，她音乐学院的同系师兄，不过她对对方没什么印象了。姜九笙点了点头，绕过了他，不打算和他攀谈。

男人却动作迅速地抓住她的手："你的身体不舒服吗？"

姜九笙抬了抬眼皮，冷淡地道："我们很熟？"

蒋非这才意识到自己失了礼数，立马松开手，说："抱歉，这些年你过得好不好？"

这些年？

他们很熟？

姜九笙自认不是易怒的人，但大概今日医院的气氛让她烦躁，她极其不耐烦，语气冷若冰霜："很好。"

"你的新歌很好听，恭喜你。"

"谢谢。"她的态度礼貌却敷衍，其实她极少这样不顾别人的面子。

蒋非一直盯着她，似有千言万语要讲："我——"

姜九笙打断了他的话："如果没有什么事，我先失陪了。"

不等对方再说话，她转身就走了。

身后有人追了上来。

"笙笙表姐，那是你的男朋友吧？"吴嫣嫣开口便打趣道。

显然刚才那一幕被吴嫣嫣看到了。

姜九笙烦躁得很，语气微冷地道："不是。"

"我记得他，你大一的时候，他经常来三姨家找你。"吴嫣嫣调侃姜九笙道，"这么多年了，你们居然还在一起。"

大一的时候蒋非追过她，这个姜九笙也知道，只是她不知道他居然还找上门过。

姜九笙言简意赅地道："我跟他不熟。"

"我知道了，要保密嘛。"吴嫣嫣娇俏地眨了眨眼，一副了然于胸的模样。

姜九笙正要解释，时瑾的电话打了过来，她一直紧蹙的眉忽然松开了，没管吴嫣嫣，走到一旁去接电话。

“笙笙。”

时瑾的声音像泉水击石，有魔力似的轻而易举地驱散了她压在眉间一整天的阴郁。

她唇边浮出淡淡的笑：“嗯。”

“还好吗？”他的语气小心翼翼的。

他没有问出了什么事，只是问候她，语气带着很明显的关切。这时候，大概只有这种话才能暖到她的心窝子里去，把整个心脏焐得暖融融的。

姜九笙靠着楼梯口的墙：“嗯，我父亲的手术很成功，我也很好。”

她本来不好的，但听到他的声音就全好了。

姜九笙少不更事时，问过莫冰一个很幼稚的问题：什么是爱情?

莫冰说，爱情就是整个世界在你耳边喧嚣吵闹，却敌不过某个人的只言片语，忐忑给他，不安给他，烦躁与平静也给他。

她现在刚好需要，而那个人刚好在。

这就是爱情，很复杂也很简单，遇见时瑾后，她似乎才懂了一些。

电话那边的人沉默着，像是有很多话要说，话到了嘴边却只问她：“你什么时候回来？”

“不出意外的话，明天或者后天。”

“到了给我打电话。”他说，“我等你。”

“好。”

“吃饭了吗？”时瑾问。

“还没有。”

他似乎想了一下怎么措辞，才用很委婉温和的口吻说道：“我看过你的体检报告，你的胃很不好，要按时吃饭。”

他越来越喜欢管她吃饭了。

姜九笙笑着应道：“知道了，时医生。”

她突然很想他，很想见他，想把昨晚调的酒喝完，然后把藏着的心思一口气告诉他，告诉他她的心在猛烈又疯狂地跳动着。

姜九笙笑了笑，第一次发现自己这般沉不住气。

“那我挂了？”

“嗯。”

姜九笙刚把电话拿离耳边，那边时瑾又喊她。

他停顿了很久才道："我等你回来。"

"好。"

然后时瑾没再说话，安安静静地等姜九笙挂电话。她有点儿舍不得，过了许久才挂断电话，随即又拨了电话给莫冰："莫冰，你明天让小乔来接我吧。"

她刚刚和莫冰通电话的时候还说再等等的。

莫冰在电话里调侃道："有了男人就是不一样，归心似箭哪。"

姜九笙嗯了一声，大大方方地认了。

莫冰失笑，懒得取笑她了："你在酒店等着，明天我和小乔一起过去。"

"嗯。"

第二天，气温突然下降，姜九笙不仅等来了莫冰和小乔，还等来了一堆记者。

莫冰费尽力气才把她带回酒店。

莫冰用手机打开微博主页，递给姜九笙看："这个'嫣然一笑'真的是你表妹？"

姜九笙点头，把手机拿过去翻了两页。难怪刚才那些记者一直逼问她的恋情，原来有人越俎代庖替她"公开"了。

莫冰指着吴嫣嫣首页上那条最新的微博："这张照片是怎么回事？"

姜九笙简明扼要地道："偷拍。"

莫冰指着照片里的男人："那这个家伙呢？"

这人她见过，但是不熟，是个十八线的男艺人，出了两首歌，也出演过一些叫不上名字的配角，是那种扔到演艺圈的染缸里就找不到踪影的男星。

莫冰不知道这个十八线艺人和她家艺人有什么关系。

姜九笙淡淡地解释了一句："他是我大学时同系的同学，可能追过我，我不太清楚，和他一点儿都不熟。"

一点儿都不熟的话……就是炒作咯。

"那他怎么不辟谣？"莫冰有点儿恼火了，"想蹭热度？"

姜九笙不置可否。她对蒋非一点儿都不了解，大学时期两人也不过几面之缘，她对他的印象模糊得很。

这么说来，就是横空砸了一口锅下来，莫冰更恼火了："你这个表妹没脑子吗？不知道有些话不能乱说？她脑子抽了？还发这种照片？"

吴嫣嫣是美妆博主，平常会在网上"种草"（网络流行语，表示分享推荐某一商品的优点，以激发他人的购买欲望。），粉丝量不少。昨晚十点，她发了一条微博，内容只有七个字：我表姐和表姐夫。

配图就是那张偷拍的照片，照片里男人正抓着姜九笙的手，背景是医院走廊。

今早好几个做美妆的“大V”博主转发了吴嫣嫣的那条微博，还没半天热度就被炒上来了。姜九笙出道三年一直零绯闻，现在凭空多了个男友，网上怎么会不爆？而且吴嫣嫣还晒出了姜九笙出道前的照片，证实自己姜九笙表妹的身份，甚至连定位都没隐藏，直接暴露了医院的地址。

如此一来，这事在记者眼里基本等于“实锤”了，他们顺藤摸瓜就摸来了医院。

这个吴嫣嫣真是猪一样的队友！

莫冰等不及了：“打电话给你那个脑残表妹，让她立马删微博。”

第七章

两情相悦，朝朝暮暮

正好，两人刚到酒店就碰见了莫冰嘴里的那个脑残表妹。

莫冰冷着脸领着吴嫣嫣进了套房，忍不住先开口道："把微博删了。"

吴嫣嫣有点儿怕莫冰，越过她看向姜九笙："可不可以不删啊？"

莫冰冷冷地道："不行。"

吴嫣嫣心不甘情不愿地撇了撇嘴："那能不能晚点儿删？从昨天到现在，我的微博关注量已经涨了三十万了。"她一脸期待地看向姜九笙，"表姐，你能让你的粉丝给我点个关注吗？以后找我'种草'的美妆品牌肯定会越来越多。"

莫冰无语了，恨不能在脸上摆上大写加粗的"冷漠"二字。

姜九笙开口了，语调懒懒的："不删？"

吴嫣嫣没吭声，表情特别不情愿。

"如果你执意不删，可以留着。"姜九笙慢悠悠地继续说道，"不过编造传播谣言、诋毁他人名誉，情节严重的可以构成犯罪，我可以申请强制关闭你的微博账号，甚至可以起诉你。"

这才是姜九笙，做事从来不拖泥带水。

莫冰满意了。

吴嫣嫣被驳了面子，当场就变了脸色："不就是让你的粉丝给我做做广告吗？你又没有什么实质性的损失，至于吗？你是我的表姐，帮我这点儿忙怎么了？而且我还帮你上热搜了。”

姜九笙也没了耐心：“你要不是我的表妹，现在来找你的就是我的律师了。”

话音刚落，姜九笙的母亲姜女士推门进来。

吴嫣嫣的声调骤然提高了：“你还想告我？”她转头就红着眼去找姜女士告状，“三姨，你看笙笙表姐！她居然要找律师告我！”

姜女士一头雾水，问姜九笙：“发生什么事了？”

姜女士一向不关心娱乐新闻，根本不知道发生了什么事。

吴嫣嫣不等姜九笙说话，就抢先说话，受了天大的委屈似的：“我不过是在网上发了表姐的照片，她就要告我。”

姜女士似懂非懂，转头看向姜九笙：“笙笙——”

姜九笙不用听也知道她要说的是求情的话。

姜九笙打断她的话道：“妈，这件事你别管。”

吴嫣嫣眼珠子一转，就要哭出来：“三姨，你看她，难不成真要送我去坐牢？”

姜女士拧了拧眉头，脸色有些沉了，与吴嫣嫣站在一侧，面向姜九笙道：“我不懂你那个圈子，可嫣嫣是你的表妹，笙笙，你不要太过。”

姜九笙没接话，冷笑了一声。

不知道的人，还以为对面那两个才是母女呢。

事情到了这一步已经成家庭纠纷了，莫冰本不该插手，可她实在听不下去了：“阿姨，这个蠢货是笙笙的表妹不假，可笙笙还是你女儿呢，你问都不问一句，怎么就知道她太过了？这要是我妈，别说不是我的错，就算是我的错，我要把人告进牢房里，她也肯定会给我请最好的律师。”

姜女士默不作声。

莫冰冷哼一声，言尽于此。她是打心眼儿里不喜欢姜九笙那些家人。除了程会，其他家人跟摆设似的，她带了姜九笙三年，逢年过节姜九笙大多是跟她一起过，姜家人也好程家人也罢，电话都没打过几个。

“十分钟后，如果你还没有删掉微博，我会走法律程序。”

姜九笙只留下这一句话，就转身往房外走去。

吴嫣嫣在她身后大吼大叫：“我删就是了！不过是个卖唱的，有什么了不起的，还不是个——”

“吴嫣嫣，你够了！”

这下姜女士也冷下脸了，她死死地瞪着吴嫣嫣，吴嫣嫣这才悻悻地闭了嘴。

姜九笙觉得头疼，拉着莫冰直接走了。

随后莫冰重新找了酒店，带姜九笙过去，实在不想她再和她那个奇葩妈和脑残表妹打交道了。

吴嫣嫣还是删了微博。下午一点，姜九笙发了一条微博，用简简单单的四个字对这次绯闻事件表了态。

姜九笙："纯属捏造。"

此微博一出，留言区直接爆了，粉丝表示从头到尾都没相信过谣言。

厉冉冉趴在沙发上，看完"笙粉"的花样留言，很生气："哼，总有刁民想蹭笙笙的热度。"

靳方林笑了笑，他家这个女朋友护短得不行，见不得别人欺负他们The Nine的队长，她一个电话拨到了队长那里去。

"喂，笙笙啊。"

"没啥事。"厉冉冉蹬着腿，懒洋洋地瘫在沙发上，"我等会儿有个采访，我帮你'问候'那个蒋非几句？"

姜九笙一向惯着自己人，几乎什么都由着她来。

厉冉冉笑得眼都眯起来了："放心，包在我身上！"

她挂了电话就爬起来了，寻思着给助理打电话，接她去录节目。

靳方林一边给她收拾包包，一边叮嘱他家恋人："别太胡闹。"

"谁闹了？我是去给笙笙辟谣的。"

算了，随她闹吧。

靳方林给家里的父亲拨了个电话："爸，你儿媳妇要去录节目。

"嗯，是直播。

"你照顾着点儿。

"好，明年就娶回家。

"三个？这得冉冉点头……"

然后靳方林就和他的父亲大人从录制节目讨论到三年生俩、五年生仨的造人事业上了。

晚上，厉冉冉去录一档访谈节目。

为什么是厉冉冉去录？

这里介绍一下，厉冉冉的爸爸是一名煤老板，别的没有就是钱多，厉老板很久没看到女儿了，就给节目组塞了点儿"礼"，然后这访谈对象就轮到厉冉冉了。

姜九笙念音乐学院时是走读，认识的朋友不多，厉冉冉算一个，她们是在公开课上认识的。姜九笙上大学没多久就被谢暮舟大师收作了入室弟子，厉冉冉那会儿的偶像就是姜九笙，自然时常去偶像那儿刷存在感，一来二往的，两人就成朋友了。

圈子里的人都知道，她俩是“铁瓷”，又是一个乐队的队友，所以采访厉冉冉怎么可能不问到姜九笙？

中场的时候，主持人就把问题绕到姜九笙身上了。

厉冉冉托着下巴，一脸萌态：“笙笙吗？”她点了点头，“好啊，过得很好，在老家探亲呢。”

主持人又委婉地问到另一个人。

是时候使出真正的演技了。

厉冉冉一派自然地道：“蒋非？认得啊。”

主持人又问她与蒋非熟不熟。

厉冉冉连连摆手：“不熟不熟，见得不多。”她状似回忆地道，“大学的时候他在公开课上向笙笙告白，闹了好大的阵仗呢。”

她冲着镜头甜甜地笑了笑：“2010届的各位校友，还记得那年主教学楼下那个用热气球告白最后却被热气球吊起来的傻子吗？”

说到这里，她就有点儿收不住了。

“哈哈。

“没错，你们记得没错，那个被吊到楼顶去的傻子就是蒋非。

“哈哈哈哈……

“开个玩笑而已，怎么能说校友是傻子呢？人家浪漫着呢，还给笙笙写了一封三万字的英文情书。

“那个情书信封是粉红色的心形，哎哟喂，直男的审美啊，辣眼睛呀辣眼睛！

“笙笙收了呀，还花十几分钟给他改了语法，然后批注了八个字。”

厉冉冉赶紧坐好，字正腔圆地念道：“好好学习，天天向上。哈哈哈哈……”

一旁的主持人见缝插针地问了一句：“那他们俩在一起了吗？”

“啥？在一起？”厉冉冉揉了揉笑疼的肚子，秒变“正经脸”，“我家笙笙是手控，视力也很好，看得清蒋非的小短手。”

小短手……这个话题，主持人接不下去了。这哪里是访谈节目，分明是单口相声！

电脑开着，网友把访谈的视频片段发在了B站，屏幕上的弹幕已经飞起来，2010届的校友们都出动了，开始疯狂地回首往事。

“我还记得警卫拿着棍子追着蒋非打！”

“那年我光顾着看外面的热气球，然后挂科了。”

“当年去楼顶拽热气球的还有谁？”

“我当时也给我女朋友拽了一个。”

…………

电脑还在放着访谈的节选片段，这时姜九笙的手机铃声响了，她看了一眼来电显示，嘴角微扬。

莫冰一看她的表情就知道是谁打来的了。

姜九笙拿着手机去阳台接听：“时瑾。”

“笙笙。”

“嗯。”

他微微喘着气：“给我开门。”

姜九笙微讶：“你在哪儿？”

“在你的房间门口。”

她着实愣了一下，反应过来后，说了声“等等”，便跑去房间换了一件衣裳，跑到玄关准备开门时才想起房间里还有一个人。

姜九笙回头道：“莫冰，你去小乔那里。”

她换了酒店，莫冰和小乔就住隔壁。

莫冰一头雾水：“怎么了？”

姜九笙笑了笑，显然心情非常好：“时瑾来了。”

难怪。

莫冰懂了，收拾了桌上的东西，顺便把姜九笙的烟盒也收走了，走到玄关处，她嘱咐了姜九笙一句：“你们小心点儿，可别在这个风口浪尖的时候被拍到。”

“嗯。”

莫冰还是又唠叨了一句：“我不反对你们干柴烈火，不过记得做好措施。”

莫冰意味深长地瞟了姜九笙两眼，见她耳根微红，笑得更不怀好意了。她打开门，见时瑾正站在门口，立马收了笑，正经地问候道：“时医生。”

时瑾颔首：“莫小姐。”

他的语气客套而冷漠。

莫冰对姜九笙挥了挥手就识趣地去了隔壁。她家艺人好不容易“铁树开花”，她自然是举双手赞成。

临近黄昏，日光昏黄，时瑾站在门口，穿了一身白衣白裤、黑色的经典款风衣，很普通的搭配，他穿起来刚刚好，让人移不开眼。

“你怎么来了？”

“我担心你。”

他眼下有青灰色的阴影，神色略显倦怠，风尘仆仆。他是为了她而来，她想到这里，心一下子软得一塌糊涂，问他道：“进来吗？”

“好。”

等他进了房间，姜九笙关好门，给他拿了一双酒店的男士棉拖鞋。

“微博上的绯闻都是假的。”

她怕他误会，不想他有一丁点儿疑虑，所以不打算隐瞒，想什么都告诉他。

时瑾正躬着身换鞋，仰头看着她道：“嗯，我知道。”

“你怎么了？”

“嗯？”时瑾眨了眨眼。他睫毛很长，有一点儿卷，不像他的性子那样冷硬，软乎乎的，在眼睑上落了一层暗影，柔和了整张脸的冷意。

“你的脸很红。”

时瑾刚要站直，微凉的手就覆了上来，他身体微微僵了一下，然后一动都不敢动了。

姜九笙的手贴着他的额头，停顿了片刻，她又碰了碰自己的额头：“你好像发烧了。”她再次用手背探了探他头上的温度，确认道，“是发烧了。”

她收回手，转身要去给时瑾找药，他却抓着她的手不松开。

姜九笙回头道：“怎么了？”

“我没事。”他没有松手，甚至依旧躬着身，目光比月色温柔，“笙笙。”

很多人这么喊过她的名字，语气同样很温柔。

可只有时瑾让她柔肠百转，像饮了一杯很烈的酒，似醉还醒。

她轻声应了他。

他站直，身量很高，挡住了从上方打下来的灯光，冷色的光落在他的眼里却暖暖的。他长长的睫毛微微垂着，柔软得不像话，许是因为发烧，他两颊微红。

时瑾啊，真是个美人。

他说："我喜欢你，很喜欢。"

姜九笙的眼睛忽而变得明亮，她仰头凝视着他，这样一副美人骨，她怎么移得开眼？

今晚月色很美，窗外的霓虹也美，不过世间最美的事莫过于她喜欢的人刚好也喜欢她。天气刚好，夜晚刚好，灯光刚好，他也刚好，恰逢其时。

时间停不下来，她仿若还在梦里。

时瑾还抓着她的手，手心出了一层汗，力道无意识地紧了又紧。她手腕有些生疼，思绪被拉了回来，耳边听到的时瑾的声音像紧绷的弦发出的声音，干涩又有力。

"不只是'私生饭'对偶像的喜欢。"时瑾说，"笙笙，我想要你，也想娶你。"

终归还是他先开了口。他还是没忍住，还是冒进了，因为他想要她，太想要了，他以为自己能忍住，以为可以慢慢来，但是他快疯了，发疯地想要她。他想要的不只是男女之情，不只限于身体发肤，他很贪婪，一开口便谈及婚姻，索要余生。

姜九笙几乎不假思索地道："时瑾——"

他打断了她的话："笙笙。"他的额头上有细细密密的一层薄汗，"不用现在回答我，是我先开的口，是我等不及，是我更想要你，所以选择权要交给你。明天好不好？明天回复我，如果你点头了，我们就开始。"

他一口气说了许多话，语气郑重而谨慎："不只是交往，你若点头了，我们就不能结束。"

他的措辞有些强势，语调却带着几分不确定的慌张。

她说好。

他松了一口气，紧抿的唇松了松，喉结滚动，有汗滴下。

姜九笙动了动手腕："时瑾，你先放手。"

时瑾立马抓紧她，下意识地摇头道："不要。"

她失笑，好脾气地解释道："我去给你买药。"

他想都不想地道："不用药。"随即语气变得柔软，"你能不能留下来陪我？"

他这个样子，像撒娇的博美。

可能是真的烧糊涂了，时瑾看起来特别脆弱，像橱窗人偶，精致又易碎，做什么都小心谨慎，似乎生怕她甩手离开。

姜九笙由着他："好。"

最后她说了不少软话，才哄得时瑾去床上躺下。他身上滚烫得不得了，不知他方才是哪里来的理智与力气说完那一通掏心窝子的话。这会儿说完了，他整个人就倒下了。他盯着她看了不大一会儿便合眼睡了，也不知道有多久没睡觉了，黑眼圈很重。

即便睡着了，他也拉着她的手不肯松开，是莫冰去买的药。

他睡得很沉，姜九笙叫不醒他，只好将药丸捣碎了喂给他吃。他嚷了一声苦，没睁开眼，却像知道是谁在喂他似的，特别乖地张嘴吞咽着。

姜九笙越看越觉得时瑾有时候很像博美，干脆搬了把矮凳子，趴在床头撑着下巴看他，嘴角不自觉地便扬起来。

真好，她喜欢的人也喜欢她。

翌日早上八点，姜九笙刚起床，她家姜女士的电话便打过来了。

“妈。”姜九笙揉了揉眉心，头有些痛，眼底一圈乌黑，她昨晚没睡好。

“笙笙，你来一趟医院。”

她的神经立马紧张了：“爸怎么了？”

“你爸没事，是嫣嫣的事。”

姜九笙应了一声，然后挂了电话，看了看时间，还不到八点。她去房间把莫冰喊醒了。

“莫冰。”

莫冰睡眼惺忪地道：“嗯？”

“我去一趟医院，你去帮我买早饭。”

“等你回来再买。”

“我不回来吃。”

莫冰揉了揉眼睛看向姜九笙。

姜九笙解释：“是给时瑾的。”

莫冰瞬间睡意全无：“你叫醒我就为这事？”

姜九笙笑道：“谢了。”

她说完转身出了门。

莫冰腹诽：外面闹得风风雨雨，她家艺人倒好，春风满面，散发着爱情的酸臭味儿！

市医院。

姜九笙还没进病房，便听见吴嫣嫣大吵大闹的，隔着几米都听到铿锵有力的声音。

“我的账号被封了，我要姜九笙给我一个交代！”

姜九笙推开门进去，取下了口罩：“你要什么交代？”

吴嫣嫣一见是她，气焰更嚣张了：“我都删微博了，你怎么还跟我过不去？”

“是我封了你的账号？”

吴嫣嫣冷笑了一声：“要不是你的粉丝都来举报我，我能被封号？”

姜九笙向四周扫了一眼，她父母没吭声，吴嫣嫣的母亲冷着张脸也不出声，整个病房的气氛剑拔弩张的。她没什么情绪，轻描淡写地回击道：“我的粉丝为什么会举报你，你心里没数？”

吴嫣嫣怒吼道：“还不是你怂恿他们！”

姜九笙纠正道：“错了，是因为你卖假货。”

来的路上她刷了微博，自然知道这件事的来龙去脉。吴嫣嫣是被举报买卖非正品彩妆才被封了号。

当然，吴嫣嫣理所当然地把这件事归咎到了姜九笙头上。

“就算我卖假货又怎么了？如果不是你的粉丝，我怎么会被扒出来？”

她真会倒打一耙。

姜九笙好笑地道：“所以？”

吴嫣嫣说得很是义正词严：“粉丝行为，艺人买单，我干不成美妆博主了，你要负责。”

“怎么负责？”

“我原本打算做到三十岁再转行，现在我的微博账号被封了，名声也臭了，不可能再做美妆博主，你要赔偿我到三十岁的收入。”

姜九笙笑了。

她见过勒索的，没见过勒索得这么心安理得的。

“赔钱可以。”姜九笙从沙发上站起来，抱着手抬了抬眼皮，“你请律师过来，若官司打赢了，别说到三十岁，到六十岁的收入我都赔给你。”

吴嫣嫣登时对她横眉怒目。

吴嫣嫣的母亲姜玥兰冷嘲热讽道：“笙笙，你这么说话就难听了，嫣嫣是你的表妹，难不成你还真想把她告上法庭？”

姜九笙波澜不惊地说道：“大姨，她这是勒索。”

姜玥兰的脸立马垮了下来，略显富态的身子气得抖了抖：“说话用不着这么难听。你现在是大明星，自然瞧不起我们这些穷亲戚了，要踩我们一脚也不过是一句话的事情。”

踩？

欲加之罪，何患无辞。

姜九笙懒得再浪费口舌了。

“笙笙。”她母亲姜女士站出来打圆场，像是劝，却带着几分命令的口吻，“那点儿钱对你来说也算不得什么，你就赔给你表妹吧，一家人别伤了和气。”

“赔？”姜九笙仍旧语气淡淡地道，“您觉得我该赔？”

她目光微凉，眼睛中像藏着旋涡，要把人拽进去。

姜女士别开眼，不与她对视，低声道：“也不是多少钱。”

姜九笙笑了两声，眼神冷得彻骨。

从她进来到现在，她家姜女士一句话都没问她，更一句话都没有为她辩解过，自始至终站在那对母女那边，与她对立。

“我是有钱，但我就活该当冤大头？”她目光冷冷地睨着姜女士，“要不是吴嫣嫣是您的外甥女，我早就整死她了，现在还容得她在这儿蹬鼻子上脸，已经是念在您的面子上咬牙忍着了。我不是忍气吞声的人，别一而再、再而三地挑衅，我的耐性没那么好，别过了我的底线——”

她言尽于此，这就是她的态度。

这应该是她第一次对母亲疾言厉色。姜九笙自认为脾气不算差，即便与母亲不亲近，可该给的尊重和礼数从来不会少一分。若非如此，她怎会任由吴嫣嫣任性胡为？

姜女士面如土色，张了张嘴，却一句话都说不出来。

这时病房的门被推开，程会走了进来：“怎么了？”

病房里的人都默不作声。

程会的脸色沉了下来：“吴嫣嫣，你又来闹什么？”

“我才没有闹！”吴嫣嫣怒目圆睁地道，“是姜九笙，是她跟我过不去！”

程会冷冷地看了她一眼，转身对姜九笙说：“笙笙，你先出去。”

姜九笙点头，片刻都不想逗留。

身后的吴嫣嫣咆哮道：“不准走！我和她的账还没有算清楚，她哪儿也不许去！不然我就向媒体曝光她，让她的粉丝都看看她姜九笙是个多狼心狗肺的东西！”

她说着就要上前去拉扯姜九笙。

程会一把拽住她的手："你再说一遍！"

吴嫣嫣大力甩开程会的手："你护什么护！她又不是你亲妹——"

姜九笙顿住脚步。

姜女士厉声打断吴嫣嫣的话道："够了！"

吴嫣嫣被吼得一愣，随后被姜女士连同姜玥兰一起推到了门口："大姐，你先把嫣嫣带回去，回头我再跟你说。"

姜玥兰撇了撇嘴，不甘心地拽着吴嫣嫣离开。

姜女士反手就把病房的门带上了。

"妈，"姜九笙问，"我不是您亲生的，对吗？"

她出奇冷静，眼底除了寒霜，没有丝毫情绪波动。

姜女士没有出声。

程父也没有作声，自始至终不发一言，甚至都不敢和姜九笙对视。

程会想要解释："笙笙——"

她扯了扯嘴角，笑容有些僵硬："怪不得。"

记忆里，他们总是很客套，她似乎让他们很不自在，怪不得她始终觉得自己身如浮萍，怎么用力也停靠不下来。

原来如此。

她张了张嘴，喉咙有些干涩，很多话突然说不出口了，她起身道："离演唱会没几天了，我明天回去。"

她说完转身就走。

程会跟了上去："笙笙。"

姜九笙没回头，挥了挥手："回去吧，我没事。"

她拉开门，把口罩戴上，墨镜也戴上，谁也看不见她眼眶通红的模样。

啪嗒——病房的门被关上，程会冷着脸回头道："妈，你问过一句吗？问过吴嫣嫣对笙笙做了什么吗？"

姜女士哑口无言。

室外天气阴冷，冬风凛冽，姜九笙抱着双膝蹲在树荫下。

"笙笙。"

她抬头，脸上遮得严实，只露出一双通红的眼。她看着时瑾从远处走过来，风吹得眼睛干涩，她的视线变得模糊起来。

她仰着头，眼里有泪。

时瑾蹲在她面前："哭了？"

姜九笙摇头："风太大，眼里进沙子了。"

时瑾将手覆在她的眼睛上，轻轻揉了揉："蹲在这里做什么？"

他手上冰凉的温度刚好抵消了她眼部的热度。

她还蹲着："想抽烟，不过没带打火机。"

时瑾拿开手，等她睁开了眼，才看着她说："抽烟对身体不好。"

"知道了，时医生。"她笑了笑，微红的眼底有一层水雾。

她眼睛很红，显然是哭过了。

时瑾知道，只是她不说，他也就不问。

"你怎么来了？"

"来接你。"

姜九笙站起来，腿蹲麻了，踉跄了一下，下意识地扶住了他的手，然后就没有松开："时瑾，我饿了，我们去吃火锅吧，我想吃辣的。"

时瑾犹豫道："你的胃不可以吃辣。"

风吹得她的嗓音有些沙哑，她笑着求情："就这一次。"

时瑾低头，盯着她抓着他手腕的那只手，妥协了："好。"

不幸的是，一顿火锅两人吃得一波三折。当然，也有一件幸运的事，在座无虚席的火锅店里，姜九笙吻了时瑾。

因为她是公众人物，时瑾挑选了一家较为偏僻的店，只是大概因为气温骤降，店里的生意好得出奇，宾客盈门。

时瑾怕姜九笙被认出来，用自己的围巾把她裹得很严实。他们一进店，穿着制服的年轻男人就上前招待。

"您好，请问您几位？"

"两位。"时瑾把姜九笙往身后藏了藏，温声询问，"有包间吗？"

"有的。"男人领路，"这边请。"

路过大厅，时瑾与姜九笙刚走到楼梯口，突然听到锅碗碰撞的声音，前头领路的服务员也顿住了脚步，朝着声源处看去。

靠窗那一桌旁，餐车上的东西东倒西歪，满地狼藉，地上躺了一个男人，正浑身抽搐。三两个店员立马赶过去，却不敢随便动地上的人。

"先生！"

"您怎么了？"

"先生您醒醒！"

地上的男人突然瞳孔放大，四肢剧烈地抽搐起来，一旁有个十七八岁的小姑娘惊慌失措地一直哭。

邻桌的客人都被吓到了，纷纷离席，站到一旁胆战心惊地看着。很快收银台处的店长慌慌张张地跑过来，大声喊着：“快叫救护车！”

“笙笙。”

姜九笙收回视线：“嗯？”

此时正巧有客人下楼，时瑾拉着她避开：“你在这儿等我一下。”

她说好。

时瑾拉了拉她脖子上的围巾，将她的小半张脸遮住，然后转身去了吵吵嚷嚷的人群中间。

店长正要将昏厥在地上的男人背起来。

“别动他。”时瑾的音色凉凉的，语气却是温和的，“我是医生。”

男店长抬头看过去，发现一个样貌很精致的男人正不紧不慢地走过来。

姜九笙站在人群外面，鬼使神差地默念着：“心外科，时瑾。”

她喜欢的人是个盖世英雄。

店长闻言，立马把人放回地上，让开了位置。

时瑾蹲下，看了看地上的男人。男人侧躺着，一动不动，脸已经开始发青。时瑾伸手探了探男人的颈动脉，抬头道：“家属是哪位？”

“是我，是我。”回答的是个小姑娘，没成年的样子，已经吓得面色苍白。

“这位先生是不是有心脏病史？”时瑾问。

小姑娘哭着说：“我哥有肺源性心脏病。”

“不要移动病人，将人群疏散开来。”

店长立马照做，将围观的客人劝到两三米外。

时瑾让地上的男人平卧，头偏向一侧，稍稍放低下巴，松开衣扣，他将指腹压在男人的颈动脉处感受了片刻。

随后他按压男人的人中穴、百会穴、内关穴。

众人都盯着正在急救的那只手，白皙而且干净。

按压穴道过后，仍不见男人恢复意识，时瑾收紧拳，用力叩击男人的心脏部位，连续三四次之后，手掌交叠压在男人的胸骨上，有频率地反复动作着。

他额头上渐渐有薄汗沁出，唇抿得发白，用力按压了数秒，然后俯身口对口做起人工呼吸。

连续两次口对口人工呼吸后，他又继续进行胸外心脏按压，如此反复。

所有围观者都目瞪口呆，忘了周遭的环境，看着那个俊逸的男人一遍一遍地重复急救动作，大颗的汗珠顺着分明的轮廓淌下。

也许机械的动作附加了救死扶伤这层含意之后，就变得惊心动魄了。十五分钟的急救时间像一个世纪那么长，谁都没有出声，一动不动地站定，生怕打扰时瑾。直到病人被抬上担架，众人才回过神来。

姜九笙很恍惚，像做了一个梦，隔着店里的玻璃橱窗，呆呆地盯着屋外的时瑾，他正站在救护车旁与前来救援的医生说话。

“先生。”病人的妹妹红肿着一双眼睛过去道谢，“医生说若不是急救做得好，我哥他可能就……”女孩深深地鞠躬，带着哭腔道，“谢谢您，真的谢谢您。”

时瑾淡淡地回应道：“不用谢，我是医生，这是我该做的。”

交代完，他转身往店里走去。

女孩追上去道：“先生，等等。”她从背包里掏出一张名片，双手递了过去，“这是我哥的名片，如果方便，麻烦您留下联系方式，我和我哥日后定登门道谢。”

时瑾接过名片，礼貌地点了点头，算作回应。然后他回到店里，越过一道道投向他的目光，径直走到姜九笙面前，将所有喧嚣与吵闹抛在后面。

他俯身，与她平视，突然问她：“你要和我交往吗？”

姜九笙毫不犹豫地点头。

他抿唇笑了笑，想吻她，想到什么后，又退开了，牵着她往包厢走。

到了包厢门口，时瑾停下来道：“笙笙，你进去等我一下，我需要漱口。”

姜九笙明白他的意思：“嗯。”

他转身去了洗手间，随手将手里的名片扔进了门口的垃圾桶里。烫金的名片上写着一行正楷字：顾氏集团执行总裁，顾南西。

时瑾走进包间时已经是十分钟后了。他刚坐下，又出去了。五分钟后，他回来问店员要了一壶茶，喝了两口，便吐回了杯子里，眉头始终拧得死紧。

姜九笙给他的碗里夹了菜：“你不吃吗？”

时瑾抿了抿唇，眉宇间有淡淡的情绪，他起身道：“笙笙，你再等等我。”

姜九笙拉住他：“还要漱口？”

“脏。”他嫌弃的表情很明显。

他的洁癖犯了。

姜九笙笑着摇头：“不脏。”

她盯着他嫣红的唇，水润润的，被他洗了不知道多少遍。看着看着，她就鬼使神差地拉着他使他俯下身，起身凑过去在他的唇上啄了一口。

亲完她怔了一下，脸立马烫了，赶紧坐回去，垂着头，用筷子戳碗里的酱料，又端起杯子喝水，装作若无其事的样子。

“笙笙。”时瑾叫她的名字，声音明显带了笑意。

姜九笙垂着脑袋不去看他，继续喝水：“嗯？”

时瑾坐了回去：“那是我的杯子。”

她突然口干舌燥，然后被呛到了。

“咯咯咯……”

时瑾连忙接过她手里的杯子，给她顺气：“慢点儿喝。”

姜九笙窘得不想说话了，埋头吃东西。奇怪，也没吃多少辣椒啊，她怎么觉得浑身都火辣辣的？

她尽量自然地把空调调低了四摄氏度。

时瑾盛了一碗汤放到她面前：“不要吃这么辣，先喝些汤垫垫胃。”

“哦。”

然后她低着头喝汤，时瑾也不动筷子，一直看着她，目光痴迷，缠得她心绪不宁。

“笙笙。”

姜九笙抬头。

时瑾停顿了很久，语气不太确定地问道：“你真的想好了吗？”

她放下筷子：“想什么？”

“和我在一起，以后，”时瑾尽量压低声音，眼神炽热，眼中像有火焰燃着，“以后和我结婚。”

这是他的态度，从一开始就开诚布公。不只是风花雪月，他要的是全部，是姜九笙的整个世界。

她不假思索地道：“我没想。”

时瑾眼里那剧烈燃烧着的火瞬间熄灭了，头顶吊灯的灯光在他的眉间打下了灰色的影。

姜九笙舀了一勺汤递到他嘴边。

他一言不发，松开紧抿的唇，还是乖乖喝了。

她也喝了一口：“昨天晚上我有点儿失眠，没办法好好思考，满脑子都是要公开还是要地下。”她用勺子舀起碗里的汤又倒回，反复了几次，“宣示主权不错，可金屋藏娇也很好，我拿不定主意。”

前一秒还恹恹的时瑾抬起头，眼里顿时融了灯光，流光溢彩得灼人：“你一晚上都在想这个？”

姜九笙点头。

他情绪起起落落，一秒天堂，一秒地狱。

也就只有他的笙笙可以让他这样煎熬又疯狂。

时瑾笑了，眉间的阴郁瞬间消失殆尽：“如果被拍到了就公开。”

姜九笙说好，想了想，又迟疑地道：“会不会打扰到你的正常生活？”

“会。”时瑾忍俊不禁，笑得迷人，语气带了几分戏谑，“所以你多喜欢我一点儿当补偿如何？”

“好啊。”

他们从火锅店出来时已是午后，天空中乌云密布，很是阴沉，街上竟亮起了路灯。街上熙熙攘攘，灯光、轻风都刚刚好。

他们挑了一条人迹稀少的僻静小径，姜九笙干脆把口罩取了下来，时瑾走在她的身侧。

他把手递了过去：“笙笙，要不要牵手？”

她点头，握住了他的手。

很奇怪，两人分明刚刚在一起，相处起来却像老夫老妻，感情热烈却自然。

姜九笙笑着看向他：“以后你的手是不是我想摸就能摸？”

“嗯。”

他浅笑，露出那颗不太明显的小虎牙，眸子弯弯的，漆黑的瞳比天上的星还要亮。

原来他满心欢喜的时候是这个样子，不像平常那样清贵，如隔着云雾似的，优雅却遥远。现在他的模样像历尽千帆后归来依旧是少年，干净又纯粹。

姜九笙玩笑似的道：“做什么都可以？”

时瑾笑着点头。

她捧着他的手，重重地亲了一下：“我可不只是想摸。”

他的手真好看，她还想亲。

姜九笙就又亲了一下，然后笑靥如花，开心得不得了。

时瑾停下来，站到她面前，一副很认真专注的样子：“我都是你的了，你想做什么都行。”

想歪了的姜九笙：“……”

“笙笙。”

"嗯。"

时瑾把她的另一只手也牵在手里，轻轻地晃，然后攥紧。

"以后不喜欢别人的手，"时瑾谨慎地问道，"可以吗？"

姜九笙有点儿为难。她有轻度"恋手癖"也不是一天两天了。

她坦诚道："我可能会忍不住。"

说完她皱了皱眉。

时瑾像是怕她生气，退了一步，用商量的口吻说："那能最喜欢我的吗？"

姜九笙爽快地点了点头。

他满意了，眼里溢满欢愉之色，牵着她。

两人走得很慢。

"时瑾。"

"嗯。"

姜九笙轻声对他说："今天本来很不幸的。"她看着他，风吹红了她的眼，"不过幸好，你在。"

有那么一瞬间，她竟很自私地想，自己遭受种种劫难，是不是因为耗费了所有幸运，来牵时瑾的手？

这是极端又疯狂的想法，她却没有感到羞愧，空落落的一颗心奇异地有了重量。

回去的路很长，他们牵着手走了很久很久。

两人回到酒店后已经快黄昏了，时瑾送姜九笙回了房间，在她的房间门口站了许久，才去了自己的房间。

莫冰进了姜九笙的房间。

今天在医院一定发生了什么，姜九笙不说，莫冰也没问，有时瑾陪着，她放心。她走到床边，用座机打了前台的电话："你好，你们酒店的避孕套放在哪儿了？"

姜九笙："……"

莫冰朝她抛了个媚眼："在最下面的抽屉里，有两个size（尺寸），橙色那个是大的，不用谢。"

姜九笙把围巾扔在莫冰脸上。她才吃了火锅，正准备去洗漱，手机突然响了。

是程会打来的电话。

姜九笙喊了一声哥，如今说穿了她反倒自在了。

电话那边的人说了三四分钟后，挂了电话。姜九笙看着瘫在沙发上的莫冰，问道："吴嫣嫣的头是你砸的？"

方才在医院，吴嫣嫣也看见时瑾了，故技重施地躲在暗处偷拍，莫冰捡了块砖就把人给砸了。

就在刚刚，吴嫣嫣的母亲打电话过来，要讨个公道。

莫冰大方地承认："是我。"

姜女士确实可恶，可养育之恩摆在那儿，姜九笙不能做这个坏人，那是不孝，会被戳脊梁骨。莫冰想，那就由她这个经纪人来做好了，让吴嫣嫣长点儿教训，省得再惹是生非。

"谢谢。"姜九笙说，"省得我再找人教训她了。"

莫冰愣了一下后，笑了。

她就喜欢姜九笙这爽快洒脱的性子，不斤斤计较，但也不忍气吞声，够劲儿！

黄昏时分，姜女士的电话打过来了，姜九笙迟疑了很久才接起来。

"笙笙。"

"嗯。"

然后，母女两个都沉默下来。

过了很久，姜女士开口说了句："对不起。"

她的声音竟有些战战兢兢的。

姜九笙苦笑："您没有对不起我什么。"至少，程家使她免于漂泊无依。

"你想问什么就问吧。"

姜九笙思忖了很久，问道："我的生身父母还在不在世？"

"不在了。"姜女士说，"也是因为事故。"

姜九笙沉默着，没有再问，也不知道从何问起，她对亲生父母完全陌生，想问都无从开口。

"笙笙，你若是不嫌弃，我和你爸依旧是你的父母。"

隔着手机，姜九笙不知道此刻的姜女士脸上是什么表情。只是姜女士说"父母"的时候，真的很像在会谈，和以前一模一样。

失望吗？好像也不，她毕竟没拥有过，到头来竟也谈不上怅然若失。大抵是与程父及姜女士疏离久了、惯了，她如今得知自己没了血缘牵绊会痛，却也轻松了，至少不用再渴求什么了。

也好，她不必刻意和他们亲近了。

姜九笙回道："好。"

"你什么时候回去？"姜女士问。

"也许明天，也许后天。"原本是要今天回去的，只是时瑾来了，她便随他的时间。

姜女士一条一条地嘱咐："路上小心，到了给我打个电话，在外多注意身体。"

"好。"

停顿了一下，姜女士又说："嫣嫣已经被她父亲带到乡下去了，不会再给你添麻烦。"

姜九笙嗯了一声："我会给她打一笔钱。"权当还了部分养育之恩。

她不喜欢欠人半分，事到如今，更要不亏不欠。

姜女士拒绝得很快："不用了，我已经和你大姨说妥了，这件事是嫣嫣做得不对，趁这个机会好好教教她也好。"

姜九笙没再说什么。

"那我挂电话了。"

姜九笙突然开口："妈。"

"嗯？"

"我还有个问题问你。"

"什么？"

"我想不起来十六岁之前的事，真的只是因为车祸？"

姜女士回答得毫不犹豫："是。"

她肯定得真干脆。

挂了电话，姜九笙坐了许久，掀起衣服对着镜子照了许久，抚了抚右腹的伤疤。她问过医生了，这疤不是车祸留下的，而是良性肿瘤切除手术留下的。

姜女士果然在刻意隐瞒，这样的话，她定然也问不出什么，但是她怎么能这么稀里糊涂地活着？

姜九笙拿起手机，拨了宇文冲锋的号码。

"宇文，帮我查一查，八年前我身上到底发生过什么。"

宇文冲锋的语气立马严肃起来："发生什么事了？"

姜九笙一语带过："没什么。"

她总是这样，不报喜也不报忧，什么事都闷着，就是一口玻璃碴儿，也会混着血面无表情地吞下去。

这个家伙啊。

“我帮你查。”停顿了片刻，宇文冲锋嘱咐她，“你早点儿回来。”

说完，他先挂断了电话。

市医院。

夕阳的最后一抹光落下，透过树叶的缝隙，映出一地斑驳的影子。树荫下，一把木椅，一个人，一道影子，安静无声，偶尔落叶簌簌。

姜女士攥着手机，步履维艰地走过去，低着头，恭恭敬敬地喊道：“六少。”

端坐在木椅上的男子抬头，一副精致的模样。

秦家六少，不是时瑾又是哪个。

“我、我照您的吩咐说完了。”

时瑾沉吟不语，手搭在木椅的扶手上，嗒、嗒、嗒……指尖一下一下地敲着木椅。

他的动作突然一顿，姜女士那颗七上八下的心立马悬到了嗓子眼儿。

“我把笙笙养在你家，是让你给她委屈受的吗？”他说得慢悠悠的，垂着的眼帘稍稍抬起，眼睛漆黑，深不见底。

姜女士整个人都在发抖，颤颤巍巍地说道：“对、对不起六少，都是我的疏忽，以后不会了。”

“不要再露出马脚，”他的语气忽而变得柔软了，“我家笙笙很聪明的。”

“我记住了。”

“若有下次……”话点到为止，时瑾起身，走出了树荫。

若有下次……

姜女士忍不住浑身发抖，看着他远去的背影，身体一阵虚软，背上全是冷汗。若非她还有用，大概不死也得脱一层皮。

日落西沉，天边缀上了漫天晚霞，时瑾背对着金黄的微光，稍稍低头，修长纤细的手指握着手机。

“有个叫吴嫣嫣的女人。”他低沉的声音携了初冬的寒意，“让她吃点儿苦头。”

“是，六少。”

秦家十一子，六少时瑾素以风度翩翩为人称道，鲜有人知谦谦君子的皮相下，其性子暴戾狠辣至极。

天黑时，姜九笙接到了程会的电话。

“吴嫣嫣在回乡途中出车祸了。”

姜九笙问：“伤得重不重？”

“没有生命危险，不过她要在床上躺一阵子了。”

姜九笙对此不置一词，没有幸灾乐祸，也没有扼腕痛惜，心里出奇地平静。

倒是一旁的莫冰来了一句：“报应来得真快。”

姜九笙不置可否，起身去了时瑾的房间。

莫冰问：“去干吗？”

“心情不是很好，想看时瑾的脸。”

莫冰：“……”

时瑾快八点才回酒店，姜九笙已经在他的房间里等了半个小时了。听见开门声，她立刻跑过去，动作迅速得跟条件反射似的。

她先开了口：“你去哪儿了？”

时瑾怔了一下，看她的目光微热。

似乎怕显得太缠人，姜九笙解释道：“我找你一起吃晚饭。”

时瑾把手里提的袋子递过去：“我给你买了粥。”

她笑着接过袋子，往餐桌走去，突然问道：“博美呢？它在家吃什么？有没有人喂它？”

时瑾换了鞋：“送去徐医生那里了。”

侍应在房间里备了简单的餐具，姜九笙去拿了碗筷，时瑾跟着她，她去哪儿，他就跟去哪儿，把她手里的碗筷接过来，冲水擦干净。

姜九笙倚在橱柜前，看着时瑾忙碌，想去帮他。

他手上有水，想拉她，又顿住，侧了侧身子，叮嘱她：“水很凉，别碰。”

她笑了笑，继续博美的话题：“徐医生不用上班吗？博美有人喂吗？”

“保姆。”

时瑾洗好了碗筷，牵着她回到餐桌边。

姜九笙难得话多了：“博美有一点儿认生，送去徐医生那里它会不会闹？它闹脾气的时候，还会绝食。”

时瑾眉头微蹙：“它饿了自然会吃。”

“你跟徐医生说了吗？博美挑食，只吃固定牌子的狗粮，还有奶粉——”

时瑾放下手里的碗筷：“笙笙。”

“嗯？”

他把一张漂亮的脸绷得紧紧的：“你一直说姜博美，我会介意。”

姜九笙这才意识到他的情绪：“你在吃醋？”

“是。”时瑾目光灼灼，没有半点儿玩笑的意思。

看不出来，光风霁月的时医生居然会跟一只狗争宠。

姜九笙忍俊不禁道：“嗯，知道了。”

然后她就闭口不说博美了，时瑾这才心满意足。

兴许是因为中午吃了辣的火锅，半夜的时候姜九笙被痛醒了，算算日子，发现月经又提前了。姜九笙经期一向不准，而且痛经的毛病很严重，忌口了还好，若是烟酒不忌，有她受的。

出了一身汗，整个人昏昏沉沉的，她摸到床头柜上的手机，犹豫了一下，按了一号键。

她拨打了时瑾的电话。

“怎么了，笙笙？”他声音清晰，没有睡意。

姜九笙整个人都蒙在被子里，声音绵软无力：“腹痛。”

咚的一声，有什么东西被撞倒了。

时瑾声音微颤：“起得来吗？”

姜九笙嗯了一声，声若蚊蚋。

咔嗒，电话里清晰地传来了时瑾开门的声音。

他们的房间在同一个楼层，只隔了十几米。姜九笙一手按着腹部，吃力地钻出被子：“我给你开门。”

“你别动。”他的语气有些急，“乖乖躺着，我让前台给我开。”

她便又躺回去，眼皮很重，腹部像有什么东西在翻搅，疼得不行，她已经有些迷迷糊糊了，手机放在枕头上，开着免提，时瑾的声音徐徐入耳：“等我一会儿。”

“好。”

“很疼？”

“嗯。”

“笙笙乖，忍一下，我马上就到了。

“笙笙……”

她半睡半醒的，听不大清楚他说了什么，过了一会儿，有人轻轻地摇她的肩。

“笙笙。”

姜九笙吃力地睁开眼睛，床头亮着一盏台灯，照着时瑾的脸。他的脸近在咫尺，眼底微红，有些红血丝。

“时瑾。”她喊了他一句，声音干涩得不像话。

时瑾俯身把她抱起来，让她朝右侧卧：“这样睡会舒服一些。”他又在她腰下垫了抱枕，“笙笙，把手拿开，我给你按。”

她拿开了手。

他搓了搓双手，直到双手发热后，趴在床边给她按摩腹部的穴位。

按摩很快见效，腹部似乎不那么疼了，姜九笙迷迷糊糊地想，有个医生男朋友真好。

等意识清醒些，她才想起来：“时瑾，床单脏了。”她的声音很小，有些窘迫。

时瑾轻声安抚道：“没关系，脏了就脏了。”

“莫冰睡了，我不想吵醒她，可我没有那个。”

他用额头碰了碰她的额头，脾气很好地道：“你睡会儿，我去给你买。”

“嗯。”

她恍恍惚惚地应了一句就闭上了眼睛。

时瑾给她盖好被子，用床头的饮料瓶灌了热水，裹了一层干毛巾放在她的腹上，俯身在她的脸上亲了一下：“我马上回来。”

也不知道睡了多久，姜九笙迷迷糊糊地听到了开门声。

时瑾回来了：“笙笙。”

她从被子里钻出脑袋，恹恹无力地道：“你回来了。”

他把东西放下，坐到床头，摸了摸她的额头的温度，她没有发烧，只是出了许多汗。

“起得来吗？”

“嗯。”姜九笙点头，要爬起来。

时瑾扶住她的腰：“我抱你去卫生间。”

不等她拒绝，他便将她抱出了被子。她出了很多汗，整个人湿漉漉的，眼睛也是潮湿的。

姜九笙不用照镜子也知道自己现在的模样有多狼狈，不自在地拉了拉睡衣，小声说道：“衣服和被子都脏了。”

纵使再心宽随性，这般境地下，姜九笙也不可能淡定自若。

时瑾看着怀里的人：“没关系。”

她的声音越来越小：“衣服。”

“你先洗，我给你拿。”

姜九笙羞得不想说话了，搂着时瑾的脖子，把脸埋在他的脖颈间。

他放好了热水才出去：“好了叫我。”

“嗯。”

大概想到姜九笙脸皮薄，衣服到底不是时瑾送去卫生间的。他叫了客房服务员，女服务员很友好礼貌，没有给人丝毫不适的感觉，送完衣服之后，又将脏污的床单换下了。

“不好意思，请问可以借一下酒店的厨房吗？”

女服务员抬头和时瑾对视了一眼，有些脸热，低头回话道：“可以的，先生。”

“麻烦带我过去一趟。”

“好的，先生。”

时瑾看了一眼浴室门，道：“能否等几分钟，我女朋友还没出来。”

女服务员微笑着点头，出了房间去门口等着。

星级酒店里，时常有富贵公子往来，她还是第一次见到这样优雅又高贵的绅士，一身贵气却没有丝毫高人一等的傲慢。

整理好后，姜九笙才蹑手蹑脚地从浴室出来，水温太高，熏得她双颊潮红。

时瑾走过去：“要不要我抱你过去？”

姜九笙摇头：“已经好很多了。”

他没说什么，牵着她去了房间，扶她躺下，然后俯身把她外面的卫衣衣摆掀起来。

姜九笙错愕地瞪大了眼，一动不动地任由时瑾掀开她的衣服。

他说：“网上查的，说贴了这个会舒服一点儿。”

他手里的是暖宫贴，用黄色的袋子装着。

时瑾借着床头灯的光，专注又认真地查阅着上面的字，而姜九笙借着灯光在看他。他盯着那小袋装的东西看得很仔细，长长的睫毛垂着，像两把小扇子，好看的影子落在了眼睑上。

刚撕开的暖宫贴有些凉，时瑾放在手上焐了片刻，才给她贴在腹下。他动作拘谨小心，似乎怕冒犯到她，几乎没有过多的肌肤碰触，然后他给她把衣服拉好，盖上了被子。

她就安安静静地看着他。

时瑾把她的手放进被子里：“你睡一会儿，我去给你熬姜汤。”

姜九笙摇头：“不喝了，已经没有那么疼了，很晚了，你回去睡觉。”他来时染了风寒，还没好彻底，消瘦了些，她舍不得再折腾他。

时瑾的耐心很好，他温温柔柔地哄着：“乖，听话。”

然后她就听话了。

姜九笙算是明白了，时瑾只要说说软话，像博美那样缠一缠她，她就什么原则都忘了，他说什么就听什么，他要什么就给什么。

十多分钟后，时瑾回来了，说从酒店借了保温桶，汤很烫，她不喜欢姜所以他只放了一点点。

他说道：“我喂你。”

姜九笙全都说好，估计不管时瑾说什么，她都拒绝不了。

时瑾低低地笑了几声，扶着她靠在床头，试了试姜汤的温度，然后喂到她嘴边。

“和我的助理煮的不一样。”她尝了尝，弯弯的桃花眼眯了眯，“很好喝。”

时瑾抽了一张纸，给她擦了擦额头上的薄汗：“我加了红枣和龙眼，还有一点点蜂蜜。”

她家时医生真贤惠。

“甜吗？”时瑾问。

“嗯。”

姜九笙点头，笑着接过勺子，舀了一勺喂到他嘴边：“你尝尝。”

时瑾看着她，暖色的灯光落在他的眼底，她看见他眼里有自己的影子，是带笑的模样。

见他迟迟不动，姜九笙把勺子又递过去几分。

他突然握住了她的手。

“怎么了？”

时瑾握着她的手，把勺子送回她嘴边，她不明所以，但还是伸出舌头舔了舔，小口喝掉了汤。

等她喝完，时瑾把手里的保温桶放下：“笙笙，我想吻你，可以吗？”

她点头说可以，抬手搂住了时瑾的脖子。

他低下头，亲她的嘴角，尝到了红糖与蜂蜜的味道，甜腻腻的。

他耐心地舔着她的唇，似乎想循序渐进，舌尖一点一点地深入，可到底没忍住。他扣着她的腰，重重地吻了下去，半点儿喘息的余地都没有留，在她的唇齿间索取，吻得深入又缠绵。

一个吻，从急切到热烈，一点儿也不温柔。

他放开她时，她的嘴角已经有些红肿了。时瑾很懊恼，说了声“抱歉”，便又抚着她的脸，凑过去轻轻地舔她的嘴角，上瘾了似的。

姜九笙也好不到哪里去。她憋着气，呼吸不畅，脸红得不行，喘息声有些乱。

“时瑾，”她小声问他，“你吻过别人吗？”

他有没有这样用力又缱绻地吻过别人？

爱情里的女人贪婪又小气，她也未能免俗。

时瑾没有回答，只低声地笑。

“笑什么？”她有些恼了，在他的下巴上咬了一口，可咬完又觉得自己太放浪了，不太敢看他。

“没有。”时瑾把下巴搁在她的肩窝上，“我只有你，只抱过你，也只吻过你。”

姜九笙这才心满意足，把手从被子里拿出来，搂住他的腰。

“困吗？”

“嗯。”

“肚子还疼不疼？”

“一点点。”

时瑾起身去给她倒了杯温水，等她喝完，扶着她躺回被子里。他掀开被子要躺下去，又顿了一下，询问道：“介意吗？”

姜九笙摇头。

他这才躺下，挨着她，手掌放在她的肚子上，轻轻地揉着：“睡吧。”

“那你呢？”

“等你睡着了我再回房间。”

她想让他留下来，不过到底没开口，毕竟两人刚在一起，她觉得她不能显得太着急。想着想着，意识便模糊了，折腾了一晚，她倦得不行。

姜九笙再醒来时，床上只有她一个人，旁边的位置是凉的，不知道时瑾是什么时候回的房间。一夜无梦，她睡得特别好。怪了，时瑾比安眠药还好用。

莫冰没有过来找姜九笙，可能是识趣，想给她和时瑾独处的机会。用过早饭后，姜九笙给程会发了条短信，说自己回公司了。

蒋非的事情已经告一段落，姜九笙独善其身，记者没有再蹲守，酒店外面只有莫冰在。

姜九笙是和时瑾一起下来的，他一手牵着她，一手提着行李，宠溺的样子莫冰都觉得晃眼。

“小乔呢？”姜九笙问。

“演唱会的赞助商已经在公司等了，我让小乔先开车回去了。”莫冰看向时瑾，笑着问，“时医生，我能搭个顺风车吗？”

时瑾很好说话：“可以。”

姜九笙却说：“莫冰，你开。”她把时瑾的车钥匙递给莫冰，“时瑾昨晚睡得晚，精神状态不适合开车。”

莫冰听得目瞪口呆。

她简直不敢相信这种话居然是从姜九笙嘴里说出来的，她没办法不想歪。

时瑾把车钥匙拿了回去：“没关系。”

姜九笙一副不放心的样子，最后退一步说：“那你开一会儿，然后我和莫冰轮流换你。”

“好。”

总共才五六个小时的车程好吗？莫冰很想提醒姜九笙一句，男人不能这么宠。

直到时瑾去开车，莫冰才把姜九笙拉到一边：“你的眼睛都快长到时医生身上了。”

姜九笙笑道：“是吗？”

“是！”

姜九笙不太在意地道：“哦。”

她这一副“心甘情愿为他赴汤蹈火”的表情是怎么回事？

莫冰突然觉得事情严重了：“笙笙，我跟你说，你们刚在一起，你不能太惯着你男朋友。”

她总觉得姜九笙太喜欢时瑾了，一段男女关系，若是一方陷得太深，顺顺利利便罢了，若曲折坎坷，有多喜欢就有多要命。

姜九笙否认道：“我没有惯他啊。”她说，“莫冰，待会儿我和你轮流开车，让时瑾多睡会儿。”

发现说不通姜九笙了，莫冰觉得头疼。以前姜九笙不谈恋爱她担心，现在谈恋爱了，她更担心。姜九笙这模样，恐怕就算时瑾明天把她拐到民政局，她也不会反抗，还会配合着去偷户口本。

难怪有人说越是冷情的人，动起情来越是玩命，姜九笙是这样，时瑾估计也是。

时瑾的车是辆银色的沃尔沃，一看便是高配，性能极好。这不是重点，重点是莫冰用余光瞟到的时瑾这辆车的车牌号。

她没办法镇定了：“时医生，这是你的车？”

时瑾颔首。

莫冰再一次确认：“车牌尾号是0902？”

“嗯。”

莫冰呼了一口气，尽量镇定地说道：“你是那个跟踪笙笙去颁奖晚会的‘私生饭’？”

时瑾很坦诚：“是我。”

优雅的“私生饭”……莫冰茅塞顿开——姜九笙之前好像问过这个话题。莫冰本以为时瑾只是粉丝，没想到还是“私生饭”，姜九笙口味真重！

莫冰走到姜九笙跟前，故意戏谑她：“姜九笙，你这可是犯规啊。”

姜九笙笑笑，不置可否。

她记得莫冰曾经说过一句话：和异性粉丝走得太近的艺人遭人诟病，可如果一辈子就近那么一个，就是一段佳话。

姜九笙想，她和时瑾大概会是一段佳话。

莫冰彻底无语了，只说了句：“时瑾‘私生饭’的身份要捂紧了。”不然怕是整个娱乐圈的“私生饭”都要集体造反了。

一共六个小时的车程，因为姜九笙心疼时瑾，几乎是莫冰与她轮着开的。下午两点左右，三人抵达御景银湾。

车刚停下，一道倩影就映在了车窗上，伴随而来的是一声悲戚又娇柔的呼唤。

“笙笙。”

坐在后座上的莫冰顿时冷了脸。这戏精又来作什么妖？

这个人还能是谁？柳絮呗。

柳絮眼里挂着泪，神色凄凄，说哭就哭：“你放我一马，笙笙，我求你了。都是我的错，全是我不好，你高抬贵手好不好？”

姜九笙凉凉地睨了她一眼，未发一言，稍稍挡住了柳絮望向主驾驶座的视线。

柳絮突然提高声调道：“你真要逼死我吗？”

妈呀，这戏好足。

莫冰都被柳絮搞得措手不及了，半晌才回过神来，望了望四周，立马警觉道："笙笙，好像有记者。"

姜九笙当下反应过来，关上车窗。她把围巾取下来给时瑾戴上，遮了遮他的脸："你先进去。"

时瑾不愿意，不想把她一个人扔下。

姜九笙哄道："乖，去楼上等我。"

时瑾犹豫了一下才道："好。"

莫冰："……"

时医生还真……听话。

看样子她好像搞错了，这段男女关系里，时医生更弱势，她家艺人才是主宰的那一个。

安抚好了时瑾，姜九笙和莫冰一起下了车。

果然，绿化带里有镁光灯在闪。

想必因为"盗曲门"事件，柳絮受足了罪，这不，狗急跳墙，上门咬人来了。

姜九笙冷冷地瞥了仍旧泫然欲泣的柳絮一眼，淡淡地道："都出来吧。"绿化带里簌簌作响，她稍稍提了提声调，"正好，有件事需要各位记者朋友帮我转达一下。"

原本正欲去跟车的记者都停住了，立马围上来。

姜九笙见时瑾的车开进车库通道，才松了一口气，收回目光，脸上忽然覆上寒霜。

她掷地有声地道："从今往后，我姜九笙不与柳絮同台，请过她的节目组就不用再找我的经纪人了，她去过的节目，我都没兴趣。"

她的一句话，等于封了柳絮的星路。

柳絮顿时花容失色。

她本想借此机会赚同情票，却不想姜九笙竟决绝至此。狂妄、攻击性十足，这才是姜九笙，她怎么忘了呢？

随后，记者们围上来七嘴八舌地问了很多问题，姜九笙一律三缄其口，全部由莫冰挡了回去。

时瑾上了楼，行李被他随手扔在玄关处。他连鞋都没有换，拉开落地窗的窗帘，目光落向远处的小区门口。

拨通保安室的电话说明了情况后，时瑾便只说了两个字："快点。"

挂了电话，他又拨了另一个电话号码，只说了一个名字："柳絮。"

秦中立马会意："已经在着手处理了。"

楼下安保人员出动，驱散了媒体。

十分钟后，时瑾家的门铃响起。他打开门，就见姜九笙笑着站在门口，手里的行李都没有放下。

时瑾接过她的旅行包，牵着她进屋，没有提方才的事，只是问她："我给你的备用钥匙呢？"

将博美寄放在她那里时，他便将备用钥匙给了她。

"还了。"她老老实实地交代，"在放博美奶粉的抽屉里。"那时候他们还没有确认关系，她确实不太好留着时瑾家的钥匙。

时瑾把行李放下，让她在沙发上坐着，去了阳台，把备用钥匙拿回来放在她手里："不用还，钥匙是给你的，我的人、我的狗，还有我的房子，都是要给你的。"

姜九笙眉宇间满是笑意，似是打趣地道："时医生，之前你把钥匙和博美给我，是不是故意的？"

时瑾坦坦荡荡地承认："嗯，我蓄谋已久。"

姜九笙凑过去，在他的脸上亲了一下，然后笑得特别满足。时瑾怔了一下，弯了弯唇，在她的嘴角啄了一下。

姜九笙有点儿羞赧，却也不躲，目光温柔地与他对视。

两情相悦原来是这样的感觉，一个眼神交会，整个世界都春暖花开。

"笙笙。"

"嗯。"

她特别喜欢时瑾这样喊她的名字，能把她的心都叫软。

时瑾蹲下，握着她的手放在膝盖上，仰头看着她："把下午空出来，嗯？"

最后一个字的尾音稍稍提起，异常迷人。

他真是有一副好嗓子。

姜九笙中了蛊似的，有点儿迟钝，隔了好一会儿才问："怎么了？"

"我带你去医院。"

"去医院干吗？"

他把手覆在她的小腹上，隔着衣服轻轻揉了揉："你痛经的毛病太严重。"

不管时瑾说什么，姜九笙都没办法拒绝，直到坐在妇科主任医师面前，她都还恍恍惚惚的。

她怎么就跟时瑾一起来看妇科了？可想而知她现在有多尴尬。

时瑾倒是很自然，大概因为自己也是医生，所以从容自若地当着妇科主任医师的面朝椅子上喷了些消毒水，才牵着姜九笙让她坐下。

时瑾抬头，对桌子对面的女医生道："麻烦了，韩医生。"

"难得，时医生亲自带人过来。"韩医生有些惊讶，不免多瞧了姜九笙两眼，是个周正漂亮的姑娘。

韩医生年过半百，不大关心年轻人的圈子，因此没有认出姜九笙。

时瑾大方地介绍道："这是我女朋友。"

韩医生推了推鼻梁上的老花镜，这才仔细地又瞧了姜九笙一眼，这姑娘不只漂亮，气质也极好，眼眸十分清澈干净。

眼前的不是一般的女孩子呀，难怪引得时医生折了腰。

韩医生了然，边请姜九笙把手伸出来探她的脉象，边对时瑾说："女朋友就正好，时医生可以留下来一起听。"

时瑾颔首，站到了姜九笙身边，神色比她还认真专注。

韩医生把完了脉，又推了推老花镜，问姜九笙："量多吗？"

碍于时瑾在场，姜九笙有些不自在，脸热地点了点头。

"几天？"

姜九笙的声音更小："五天。"

"有血块吗？"

"嗯。"她的脸越来越热，耳根子都红了。姜九笙不算内向，可当着时瑾的面这样事无巨细地说着最私密的女性话题，纵使她再镇定，也不免难为情。

韩医生自然看得出姜九笙的窘迫，笑了笑说："时医生也是医生，你不用害羞，可以说具体点儿。"

时医生是医生没错，可时医生也是她男朋友啊。

姜九笙低着头道："第四天比较严重，血块很多。"

韩医生大概明白了，在病历上写了几行字，又问："平时忌口吗？"

"不太注意。"

"烟酒呢？"

姜九笙坦白："烟瘾比较重，酒喝得很频繁。"

韩医生低着头，又淡定地来了一句："性事呢，频繁吗？"

姜九笙："……"

韩医生彻底把她给问倒了，她发誓，再也不要和时瑾一起来看妇科了。

见姜九笙迟迟没有作答，时瑾便回答了韩医生的问题，一副淡定自若的样子："现在还没有。"

哦，原来是新手情侣。

韩医生也是过来人，立马明白了，建议了一句：“适当的性事有利无害，你们可以考虑一下。”

姜九笙没作声，头埋得很低了。

时瑾但笑不语。

韩医生又在病历上写了几行字，然后把单子递给时瑾：“时医生，稍后带她去做个彩超。”

时瑾说好，又道了谢，这才牵着姜九笙走出诊室。

她整个人已经快烧起来了，低着头，把脖子上的围巾往上拉了拉，将自己遮得严严实实。

第八章
这是时瑾，我男朋友

照完彩超后，时瑾便带姜九笙去自己的办公室等结果。她异常安静，一路都没有说话。

“笙笙。”

时瑾牵着她走在前头，她跟在后面，低着头捂着脸，就露出一双漂亮的眸子。

“笙笙。”

她还是没抬头。

时瑾捧着她的脸抬起来，弯腰看着她，唇边有淡淡的笑：“不用害羞，我是你男朋友。”

她尽量以平常心对待：“时瑾，当医生的都这么直白吗？”

他点了点头，耐心地同她说：“在医生眼里没有男女之分，只有构造和器官。”

“你也是？”

“嗯，我也是。”

构造和器官……

她蹙着眉头道：“那我呢？我也是一堆器官？”

时瑾笑了，指腹在她的眉心处摩挲了两下，抚平她的眉，摇头：“你是例外。”他温声解释道，“你和其他人不一样，你是我女朋友，他们不是。”

姜九笙这才满足了。

他牵着她去了办公室，用自己的杯子给她倒了一杯水：“你在办公室等我，我去给你拿药。”

姜九笙说好。

时瑾离开后，她便在他的办公室里转悠。办公室里面的陈设很简单，没有很多私人的东西，除了她手上的杯子，便只有办公桌上的一张照片。

照片里的人是她。姜九笙已经不记得是什么时候拍的这张宣传照了，照片中的她手里拿着吉他，一副冷艳又冷漠的模样。她拍海报时时常被摄影师吐槽表情太少，不爱笑，怎么拍都是冷艳的感觉。

这时，敲门声响起，三声过后，门被推开，来人显然惊讶了一下，目光在屋子里扫了一圈，大概在找时瑾。

姜九笙手伤住院的时候见过她，小儿外科的萧林琳医生，据说是医院院长家的千金。

显然，萧林琳也认得姜九笙：“姜小姐怎么在这儿？”

姜九笙把相框放回原处：“我在等时瑾。”

萧林琳化了淡妆，笑容疏离：“姜小姐来看病？”

“嗯。”

“姜小姐可能不知道，时医生有洁癖，最不喜欢别人碰他的东西。”萧林琳像是好意提醒，脸上带着客套的笑。

姜九笙细听起来，对方多少有几分越俎代庖的味道。

显然这位院长千金爱慕时瑾，对着姜九笙便有些宣示主权的意味。

姜九笙拂衣坐下，将时瑾的椅子转了个方向，目光望向萧林琳，徐徐地道：“那萧小姐可能不知道，时医生的人我都能碰，更别说他的东西了。”

萧林琳脸色骤变。

是她吗？时医生的手机通讯录里备注为“宝宝”的那个人？

姜九笙的话音刚落，门口就传来扑哧一声笑。

姜九笙抬头看去，见是徐青舶，淡然自若地喊了一声：“徐医生。”

徐青舶推门进来，后面跟着时瑾，脸上带着笑。

想来方才她那一番话被他们听了去。姜九笙仔细想了想，认为自己说的是实话，便也坦然了。

时瑾走到姜九笙身边，放下手里的中药，扶着转椅把她转向自己：“急诊室来了病人，我现在要过去准备手术，你在这儿等等，我让莫冰来接你了。”

“嗯。”

时瑾旁若无人地柔声嘱咐她："晚上回去我给你做药膳。"

姜九笙点头："好。"

时瑾拿起桌上的围巾和口罩帮她戴好，整理了一下，这才起身看向萧林琳。

"萧医生。"时瑾向她介绍道，"这是我女朋友姜九笙。"

萧林琳瞬间脸色铁青，说了句"我还有病人"便惊慌失措地走出了时瑾的办公室。

徐青舶全程抱着手臂瞧好戏，不知道为什么，他看到时瑾神魂颠倒的样子就很爽。

"徐医生，你能不能出去？"时瑾突然说道。

徐青舶暗骂了句"重色轻友"后，出去了，顺便还把门带上了。

姜九笙疑惑地问道："还有什么事吗？"

"嗯，有。"时瑾俯身，凑近她道，"我还没亲你。"

他吻了吻她的嘴，浅尝辄止，在她的唇上吮出了一层层淡淡的粉色便作罢，说了声"在家等我"后才离开。

姜九笙坐在椅子上，笑得眉眼弯弯。

时瑾出了办公室，就见徐青舶正抱着手臂倚在墙边等他。见他出来，徐青舶吹了一声口哨，意味深长地瞥了他一眼："骗到手了？"

时瑾唇边的笑顿时消失殆尽，眸色森冷。

徐青舶后背一凉，缩了缩脖子，干笑道："开个玩笑嘛。"

然而时瑾脸上一点儿开玩笑的神色都没有："你少出现在笙笙面前。"

他这是下禁止令了。

徐青舶好笑道："怕我揭你的底？"

"不怕。"

哦？徐青舶挑了挑眉。

时瑾的神色半点儿波动都没有："我会灭口。"

徐青舶嘴角一抽："你在开玩笑？"

"我从来不开玩笑。"

好像是这样，时瑾从来不来虚的……

不到一个小时，心外科时医生带了个女朋友去看妇科的消息就在医院传开了，未婚的小护士集体失恋！

晚上，天宇师姐家小孩周岁宴，师姐是个爱热闹的人，包了间房，叫了几个相熟的人一起聚聚。姜九笙坐了一会儿，莫冰来电话说她来不了了。

姜九笙挂完电话，刚要回包厢，余光扫到回廊的尽头有两个人似在争执，针锋相对的。

那两人是柳絮和她的经纪人刘玲。

柳絮语气很冲，口吻有几分质问的意思："玲姐，你这是什么意思？"

刘玲神色漠然："就是你想的那样。"

柳絮冷笑了一声。

"这就是你给我争取到的机会？你给我的机会就是让我来陪酒？！"

刘玲目光里带着毫不掩饰的轻视："别说陪酒，你现在就是陪睡也没人敢用你。"

柳絮一句话都听不下去了，转身就要走，身后刘玲的声音冷漠又讽刺："你以为你还有翻身的机会？"

柳絮停下了脚步。

刘玲讥诮道："还没清醒呢？你单曲砸了，才能与实力都不够，除了一身黑点带来的话题度，你身上还有哪里能拿来卖的？我实话告诉你，别说给你出民谣专辑，秦氏现在根本不打算用你。她姜九笙一天不倒台，你就别想在歌手圈里混，机会我给你争取到了，要不要上随你的便。"

说完，刘玲直接撂下柳絮走了。

柳絮背着光站了很久很久，微微弓下腰，攥紧了拳头，一步一步走得很慢，可她终究回了头。

这个圈子，无论谁踏出了这第一步，就不会再有回头路。

姜九笙摇了摇头，自作孽，不可活。

她刚走到包厢门口，里面就传来直击耳膜的声音，是师姐在撕心裂肺地飙着高音，好死不死唱的还是姜九笙的歌，唱得真是……一言难尽，直叫姜九笙这个原唱头痛欲裂。

她正要推门，宇文冲锋刚好打开门，还没等她进去，就审问她："你上哪儿了？"他摆着张俊俏的冷脸，"是不是又去抽烟了？"

演唱会在即，宇文冲锋把她管得很严，莫冰几乎没收了她所有的烟。

"没有，去接电话了。"

宇文冲锋嗅了嗅，没闻到烟味才给她让路。

谢荡在里面喊："赶紧进来，他们说要灌你酒。"他压了压声音，偷偷地跟她说，"你拿最靠左边那两瓶酒，我给你兑好水了。"

姜九笙似笑非笑道："你小瞧我的酒量？"

谢荡嗤笑一声：“刚才是谁按着肚子疼得站不起来？”

刚才她痛经，一杯酒下去就疼了一阵。

“荡荡啊。”谢荡他老子谢大师在点歌台前喊，“荡荡，笙笙呢？快让她过来唱一首。”

姜九笙笑着进了包厢。

晚上八点半，御景银湾。夜已经深了，路灯下树影轻摇，有习习微风吹来。

时瑾看了看墙上的挂钟，眉头越拧越紧。

他去厨房看了看火上的汤，又回到客厅拿着手机看了看，指腹在触摸屏上有意无意地敲着，淡淡的白光忽明忽暗。

手指忽然顿住，他拿起手机，终于忍不住拨了姜九笙的电话，电话接通后不待他开口——

“喂。”接电话的是个陌生的女人，语速很快，音量在嘈杂的环境里尤其大，“找笙笙待会儿打过来，她去洗手间了。”

这时电话那头传来男人的声音：“你们别灌笙笙喝酒了，她不舒服，我替她喝。”

时瑾认出了这个声音，是谢荡。

“周滨，你——”

一句话未完，那边已经挂断了电话。时瑾握着手机的手指紧了紧，指尖微微发白。他保持那个动作许久，直到手机屏幕的光暗下去。

咣——手机被扣放在桌上，时瑾转过身，餐厅吊灯暖黄的光射进他的眼底，却只余一片漆黑。他一言不发地把一桌菜全部倒进垃圾桶，然后去了厨房，打开水龙头一遍一遍地洗手。

片刻后，厨房传来一阵声响，碗碟碎得到处都是。

将近九点，周岁宴才散席，谢荡喝得烂醉，姜九笙也喝了不少酒。

“起来，我送你。”宇文冲锋拿了外套起身。

话音刚落，姜九笙的电话响了，是时瑾打来的。

“笙笙。”时瑾问，“结束了吗？”

“结束了。”

“我在外面。”

她愣了一下；“我现在就出去。”她挂了电话道，“我得先走了。”说完她挥了挥手，走出了包厢。

顾忌着狗仔偷拍，姜九笙特地让时瑾把车开去了地下车库，宇文冲锋恰巧也在。她正要向友人介绍时瑾，喝醉的谢荡缠住了她，非要拉着她一起去看他给她打下的“江山”。

“你和姜九笙是什么关系？”宇文冲锋抱着手臂，靠着车门看着时瑾。

有些人不用深交，便能让人一眼看出不是池中之物。

时瑾大概就是这样的人，神秘、深不可测，而且目的性极强。他怎么可能是多管闲事之人？

时瑾徐徐转身，语气泰然自若，说道：“我是她男朋友。”

宇文冲锋蓦然怔住。

时瑾微微颔首，走向姜九笙，一派谦谦君子之风。

宇文冲锋站到背脊有些发麻了才恍然清醒，上了自己的车，坐进驾驶室。后视镜里，那翩翩君子给女孩开了车门，然后载着她渐渐走远。

宇文冲锋在车里坐了很久才发动车子，他手有些抖，开到一处安静的路边就开不了了。他拿出手机，几次按错了键。

电话接通后，他喊道：“姜九笙。”

“嗯？”

姜九笙晚上喝了酒，声音有些沙哑。

宇文冲锋愣怔片刻，声音低得不能再低：“你谈恋爱了？”

姜九笙没有遮掩，大方地承认了：“没多久，正打算告诉你。”刚才她走得急，谢荡又闹得慌，没来得及好好向他们介绍时瑾。

风吹得宇文冲锋的声音有些飘：“时瑾？”

姜九笙说是。

话音落地后，两人突然安静下来。

她那头有狗叫的声音，他这边的风越来越猛烈，越来越冷。

过了许久，宇文冲锋突然喊她的名字：“笙笙。”

姜九笙答应：“嗯。”

然后，电话那头又是沉默，很久的沉默。

她问他：“怎么了？”

风吹得人影微晃，宇文冲锋仰着头，眼角微红，声音飘散开来：“没什么，你喜欢就好。”

说完，他先挂了电话。

他总是这样，先挂她的电话，然后看着手机上的号码久久回不了神。

他给她的备注是“摇钱树”，没有姓名，只是在三个字前面加了一个字母

“a”，保证它排列在他的联系人的第一位。

电话忽然响起，是他的母亲唐女士打来的。

“你在哪儿？”她单刀直入，没有一句多余的问候。

宇文冲锋回答得同样简单：“外面。”

“徐家小姐来了，你过来一趟。”并不是征询意见或者商量，唐女士用的是命令的口吻。

宇文冲锋忽然觉得有些累，靠着路灯，微垂着眼：“我去做什么？”

唐女士微愠道：“不要明知故问。”

他便坦然相告：“哦，那就开诚布公。”他笑了笑，眼神微凉，像是嘲讽，又像是无所谓，漫不经心地道，“我不会娶她。”

他说完，唐女士便动了怒：“这件事我在你十八岁成年的时候就跟你说过了。”

她说得强硬，毫无转圜的余地。

宇文冲锋冷笑，不作声了。

他十八岁生日那天，唐女士送了他一个很貌美的女人，对他说：“你可以有很多女人，可以给她们买首饰、豪车，可以陪她们玩，只是别娶她们。”

唐女士还说，只要不娶她们，他怎么玩都可以，唯独娶回家那个不能玩，更不能爱。

后来他才知道，唐女士送给他的女人是他父亲最宠爱的情妇。他一点儿都不惊讶，唐女士恨了他父亲半辈子，把他教成了跟他父亲一模一样的人也不奇怪。

父债子偿，天经地义。唐女士喝醉酒时就说过这样的话。那时候唐女士第三次流产，患了抑郁症，有严重的自虐倾向。

那时候，他才十岁。

父债子偿……他偿了这么多年，怎么还不够呢？

“妈。”他已经不记得自己多久没这么称呼过唐女士了。

唐女士可能不适应，没有应声。

他低着头，踩着地上的影子，停顿了很久才道：“您大可以放心了，您儿子……”风吹得夜色冷冷的，他的声音轻轻颤抖着，“您儿子这辈子都娶不了他爱的人了。”

电话里，唐女士一句话都没说。

“我能不能有一个要求？”声音微微哽咽，他近乎央求地道，“不要让我娶一个对我有感情的女人，我怕她以后变得跟您一样。”

说完他扔了电话，蹲在路灯下点了一根烟，用力地抽着，呛出了眼泪。

夜风呼啸，没完没了。

时瑾和姜九笙回到御景银湾时已经快十点了。

他解开姜九笙的安全带，凑近时，嗅到了很重的酒味：“你喝了很多酒。”

姜九笙心虚地道：“一点点。”

十几杯？二十几杯？

时瑾微微蹙眉，牵着她下了车，表情有些严肃：“笙笙，你还在经期，不可以喝酒。”

她乖乖地点头。

之后时瑾没再说话。

到了他的公寓里，姜九笙还抓着他的手不放，晃了两下：“你生气了？”

“没有。”

那他为什么不说话？

他放开她的手，还是很好脾气的样子：“药膳已经凉了，我去给你热一下。”

他还像平常一样，只是目光不再缠着她了。

姜九笙站在厨房门口看了一会儿，时瑾在里面热汤，他身旁的垃圾桶里全是食物。

果然，他生气了。

姜九笙思忖了一下，说道：“我先回家洗漱一下。”顺便想想怎么哄哄她家时医生。

时瑾背对着她，手上的动作僵了一下，仍旧没有开口。

姜九笙没再说什么，去阳台给博美倒了半碗狗粮，兑了一杯脱脂奶粉，然后回了公寓。

她刚回到家，衣服还没换完，门铃就响了。她随意套了件居家的毛衣，边扎起头发边走去玄关开门。

时瑾身上还围着纯白色的围裙，不待姜九笙开口，他先开口道：“笙笙，是我不对。”

姜九笙愣住了。

她从没见过这样的时瑾，不像平素那般优雅，有些过分小心了。

他的目光有些乱，语速很快：“我不该过多干涉你的社交，是我欠考虑，还倒掉了给你做的饭。”

哦，他以为她生气了。

“我向你道歉。”时瑾看着她的眼睛，想去牵她的手，却似顾忌着什么，手悬在半空中，动作僵住。

不知为何，姜九笙觉得时瑾有点儿怕她，或许是纵容过头就成了惶恐，尤其是在两人起冲突的时候。

她把他牵进屋里，站在玄关的台阶上，正好与时瑾一般高。她抬手虚揽着他的脖子，向他解释道：“我没有生气，我刚才是在想要怎么哄你。”毕竟晚归的人是她，是她不对。

她刚说完，时瑾眉间的阴郁之色便散了去，抿得发白的唇小弧度地缓缓扬起，他将手放在了她的腰上。

“是我没做好，你不需要哄我。”无论对错，他都让步。

姜九笙有点儿遗憾。她方才还特意上网查了一下哄男友的三十六计，本来打算照着做的。

时瑾还说：“如果以后我们发生争执，我会先认错，你不要让我找不到你就好。”

他的脾气真好，涵养无可挑剔。

姜九笙轻笑道：“那你亏了。”

时瑾便认真地想了想道：“那你哄哄我。”

她又乖又懂事。

姜九笙鬼使神差地说了声好。

时瑾笑了笑，等着她的下文。

她回忆了一下方才看过的“三十六计”，手缓缓地从他的脖子上往下移，停在他的肩上，然后顿住。

时瑾垂眸看着她，表情似笑非笑，目光比夜色还温柔。

她抬起头说：“这是网上教的。”

话音刚落，她用力一推，手压着时瑾的肩，将他按在了墙上。她一鼓作气，踮起脚，把唇贴在了时瑾的唇上，没有半分犹豫，舌尖钻进他的唇间，毫无技巧地一顿乱啃。

网上说，男人偶尔需要刺激，需要压制。

姜九笙现在庆幸自己练过散打，比一般女性力道大，不然要做到压制时瑾，着实有难度。

时瑾笑了。

她低头在他的唇上咬了一口："不可以笑我。"

他便真的不笑了，乖乖低头，把脸凑向她，手放在她的腰上，稍稍用力向上托了一下："这样亲会容易一点。"

她说好的压制呢？

姜九笙红着脸，在时瑾的下巴上咬了一口。

时瑾笑了笑，不再闹她了，去客厅给她拿了外套，牵着她去他那边，忽然说了句："抱歉。"

"为什么道歉？"

"我管你管得太多了，以后我会注意。"

她不喜欢争吵与争执，不喜欢他发脾气，不喜欢狂躁与暴戾。

这些他都记着，却仍旧没有克制住情绪。所幸她手机关机了，不知道他给她打了多少个电话，他一遍一遍地打，近乎失控。

他无数遍地告诫自己，不要吓到她，不要步步紧逼，不要连一点儿喘息的余地都不给她。

她对他笑起来，毫无芥蒂的样子："你是我男朋友，可以管我。"

时瑾垂下眼眸，将眼底的思绪遮住："笙笙。"

"嗯？"

"戒酒好不好？"

这很有难度，她喜欢喝酒，追求那种畅快与刺激的感觉。

见她不回答，时瑾换了一句，像在同她商量："那戒烟？"

这就更不可能了，她写歌的时候不抽烟可能会发疯。

她说得比较委婉："有、有点儿困难。"

时瑾耐着性子，温柔地说："我们可以慢慢来。"

姜九笙心想，完了，她把自己推到坑里去了。

时瑾笑了笑，也不戳穿她，领着她到自己家里，去厨房给她盛汤。

"药膳的方子是韩医生给的，对治疗痛经很有用。我放了很多蜂蜜和红枣，应该不会苦，你可以先喝一点儿垫垫胃。"

姜九笙乖乖地坐下喝汤，还沉浸在要戒烟戒酒的惶恐里。

她突然想起一件事："我明天飞中南。"

巡回演唱会最后一场的举办地在中南，坐飞机需要两个小时。

"明天我有手术，后天去行吗？"

她摇头道："莫冰刚刚来电话说，给我帮唱的歌手出了点儿意外，要临时换人，我需要早点儿过去彩排。"

时瑾微微蹙起了眉头。

姜九笙宽慰他道：“你忙你的，不用陪我，我跟公司的人一起过去。”

他的眉头仍未放松：“我会不放心。”

“不放心什么？”

时瑾看着她的眼睛，没有半点儿开玩笑的意思：“怕别人打你的主意。”

姜九笙失笑道：“时医生，你要有点儿自信。”

“对你，我的确没有。”

姜九笙被他逗笑了。

以前她只觉得时瑾优雅绅士，相处后才发觉，他竟也会患得患失。公子如兰，这天上之花历经无边风月，也会折了枝、弯了腰。

她很喜欢这样的时瑾，有人气儿了，不像以前那般如梦似幻，像个孤寂的贵族。

她起身绕到时瑾背后抱住他，把下巴搁在他肩上。

“你楼上的房间是做什么的？怎么锁了？”她突然问起。

“没什么，就是一些医用工具。”时瑾稍稍侧身，在她耳边说，“里面很久没打扫了，很脏，你别进去。”

姜九笙点头，没有再问。

次日，姜九笙上午十点飞中南，下午两点才到下榻的酒店。莫冰让姜九笙好好休息，演唱会彩排安排在明、后两天。

演唱会的助唱嘉宾除了谢荡，还有苏倾，两人有一支合作曲目，舞蹈老师在前奏间安排了一段舞蹈。

谢荡和苏倾互相看不顺眼，那段热辣的舞蹈跳得惨不忍睹，都觉得自己对面的人是个智障。

姜九笙在一旁看得忍俊不禁。

彩排过半，休息时间姜九笙把吉他放下，去看了看放在桌上的手机，果然有未接电话。

“我出去打个电话。”

她打了一声招呼，边拨电话边往外走，接通后，先开了口：“我刚才在彩排，没听到。”

未接电话是时瑾打来的，方才的半个小时里，他打了三次电话过来。

他问：“累不累？”

“不累。”姜九笙拿了一瓶水，去了隔壁的休息室，“你呢？有很多手术要做吗？”

“下午还有一台。”

时瑾坐诊时间不长，其余工作时间基本在做手术。姜九笙听时瑾的医助肖逸说过，通常来说只有大手术才会由时瑾主刀，可哪个大手术不耗时耗力？一台手术下来，不用一天也要半天。

他声音沙哑，听得出来有些疲倦，姜九笙有些心疼：“不能让别的医生做吗？”

“别的医生做成功率会低一些。”

听到这里，一股自豪感油然而生，姜九笙脱口而出道：“我家时医生最厉害！”

电话那头，时瑾低低地笑起来。

姜九笙是玩音乐的，对声音尤其有感觉，时瑾这副嗓子当真得天独厚，她不声控，也听得有些着迷。

“时瑾，”她坦诚地正色说，“我想摸你的手。”

她不是声控，可她是手控。

他的声音带了愉悦的轻快，宠溺地说：“再等等，我很快过去找你。”

姜九笙心满意足地挂了电话。

晚饭过后，厉冉冉神神秘秘地把姜九笙拉到房间里看片。

半个小时后。

姜九笙的手机响了，是莫冰打来了电话，她接起来，问了句：“什么事？”

“你在哪里？”

“在冉冉这里，陪她看片。”

电话两边的人都安静了几秒钟。

莫冰突然把声音压低了：“笙笙。”

“嗯？”

莫冰把声音压得更低，遮着话筒的地方：“时医生在我旁边。”

姜九笙：“……”

愣怔间，电视机里又传来一阵嗯嗯啊啊的声音，直接传进了姜九笙的话筒中。

“笙笙。”电话被交给了时瑾，他言简意赅地道，“过来。”

随即电话被挂断了。

这是时瑾第一次先挂姜九笙的电话，她想，完了，他生气了。

姜九笙二话没说就走出房间，远远便看见她的房间门口站着的时瑾与莫冰，两人没有任何交谈，气氛降至冰点。

好在这家酒店的九楼只对VIP客户开放，没有闲杂人等。

姜九笙小跑过去："你来了。"

时瑾嗯了一声，还拉着行李箱，一副风尘仆仆的样子。她立马开了房间门领他进去。莫冰不厚道地溜了，留给姜九笙一个"你自求多福"的眼神。

咔嗒——房门合上，时瑾放下行李箱，弯腰换鞋，长睫微垂，遮住了眼底的神色。

姜九笙这辈子都没这么心虚过，温声细语道："时瑾，你渴不渴？我给你倒水。"

"不渴。"

"那你饿不饿？我给你叫客房服务。"

"不饿。"

"那——"

时瑾打断她的话："笙笙。"

"嗯？"姜九笙心虚地应了一声。

时瑾起身，与站在玄关台阶上的她一般高，两人视线刚好齐平。他想训她，又不忍心，沉默了很久，尽量不大声跟她说话："那种片子你不能看。"

姜九笙态度良好地道："哦，我以后不看了。"

时瑾眸色微沉，牵着她往套房的客厅走去，眼里像结了霜："你看多少了？"

姜九笙迟疑了很短的时间，回道："半个小时。"

"看到哪一步了？"时瑾没看过那种东西，不清楚进度和尺度。

姜九笙很坦诚："浴缸一次，跑步机上一次。"她一本正经地解释着，"我看的是谍战片，剧情还不错。"

她这是实话，厉冉冉找的片子质量还不错，剧情也算可圈可点。

时瑾还是沉默。

"时瑾——"

他没听完，突然拉住她的手去了浴室，反手将门关上，又把所有的灯都打开，然后开始脱衣服。

他将风衣外套扔在地上，随后开始解衬衣的纽扣，不像平时优雅斯文的样子，动作有些急。

她上前拉住他："你做什么？"

时瑾停下动作，领口的纽扣松了两颗，露出里面轮廓分明的锁骨。他声音微哑地道："笙笙，你连我都没看过。"他尽量保持着理智，"作为你的男朋友，我会介意你看别的男人。"

姜九笙愣了一下，随即不禁失笑。

原来风度翩翩的时瑾也会这样斤斤计较，有点儿执拗，也有点儿幼稚。

"时瑾，"她扯了扯他的袖子，哄他，"别生气了。"

他抓住她的手，几乎没有迟疑，把她抱起来放在洗手池上，扣着她的后颈，低头含住她的唇，发了狠地吻了下去。

他的动作一点儿也不温柔，也不像平时那样小心翼翼，他近乎粗暴地在她唇上撕咬，缠着她的舌头用力吮吸、啃噬。这个吻深入到让人心悸，甚至呼吸不了，他恨不能把她整个人吞下去。

这是姜九笙第一次发现脾气和耐心都极好的时瑾，对她有些偏执。

唇舌被吻得发麻，她被他箍着腰，动不了，便张着嘴任由他索取，口鼻间全是他的气息。他大概是直接从医院出来的，还带着轻微的消毒水味儿，半点儿喘息的余地都不给她，吻得甚至有些粗暴。

她呼吸不过来了，轻轻推了推他："时瑾……疼。"

时瑾如梦初醒，立刻放开了她，才发现她唇上有血。

他把她的舌头都咬破了。

时瑾眼底沉沉的暗色缓缓退去，带着还未散去的情欲。他的眼睛许久才变得清明，像是拨开阴霾后露出的星子，映着她的身影。

他看着她，唇上有殷红的血。

"对不起。"他的声音沙哑至极，他又说了一遍，"对不起。"

姜九笙微怔，不知道他为何要这样郑重其事地道歉。

时瑾抱她下来，然后弯下腰，用指腹轻轻地给她擦掉唇上的血。

"疼不疼？"

姜九笙摇头："不疼。"

"给我看看。"

她听话地伸出舌尖，红红的，有淡淡的血丝。

他凑过去轻轻吹了吹，然后接了一杯温水给她漱口："笙笙，对不起。"

第三遍了，他一直在道歉。

姜九笙抬头看了一眼，镜子里，时瑾站在她身侧，有些局促不安。她转过身去，抱住了他的腰。

“没关系，不用道歉，我又不怪你。”

她喜欢时瑾，可以让他咬，姜九笙理所当然地这么想着。

“我下次会注意，不会伤到你。”时瑾温声说道，亲了亲她的发。

姜九笙点头。

“我下次也会注意，不惹你吃醋。”她仰头碰了碰时瑾的下巴，问道，“不气了，嗯？”

时瑾抱住她，不再说话，一直抱着不撒手，下巴搁在她的脸上，垂下眼，将眼底的阴郁之色全部遮住。

不要吓着她，不要让她害怕，他一遍一遍地提醒着自己，将心底那头狂躁的野兽拽回笼子里。

咚——咚——咚，有人敲门。

厉冉冉过来了，手上戴着一次性手套，拿着一只还没吃完的虾：“笙笙，靳方林非要问我刚刚在跟你干什么，你快跟我对一下口供——”声音戛然而止，厉冉冉一双圆溜溜的杏眼状似不经意地扫过时瑾，“他是？”

姜九笙大方地介绍道：“我男朋友。”

厉冉冉手里的虾掉在了地上。

刚好路过的谢荡蒙了。

男朋友、男朋友、男朋友……

谢荡反应过来后，暴跳如雷：“姜九笙，你才多大就交男朋友！”老谢家的十三弟子居然被外面的猪拱了！

比谢荡还要大上不少的姜九笙：“……”

时瑾上前，简单介绍了一下自己：“我是时瑾。”

谢荡只想捶爆他！

因为姜九笙的演唱会即将举行，酒店房间爆满。时瑾到得晚，这个点酒店根本没有空房间，莫冰的意思是让时瑾住姜九笙的房间。

她只嘱咐了一句：“记得做好措施。”

姜九笙无言以对。

她关上房门后，对时瑾说：“莫冰没有订到房间，你睡我这儿，我去和她挤。”说着她便去收拾东西。

时瑾拉住她：“不用麻烦人家。”

姜九笙不解。

“我可以睡沙发。”

姜九笙想了想，听了时瑾的。沙发不算小，不过时瑾的腿太长，他睡在上面显得有些挤。

洗漱完，已经将近十二点，姜九笙在床上翻来覆去很久，还是起来去了套房的客厅。

时瑾几乎立马起来开了灯："怎么了？"

姜九笙沉默了一下，手垂在两侧，扯了扯睡袍："你介意开灯睡觉吗？"

时瑾不明其意，回答："不介意。"

"那你要不要和我一起睡？"她解释，"沙发太小了，床够大。"

时瑾笑了笑，点头道："好。"

姜九笙便把时瑾牵进了房间，先上床钻进里侧的位置，然后端端正正地躺平，一动不动。随后她身侧的被子被掀开，时瑾躺了进来，与她隔着半个人的距离，没有半分逾矩的行为，面向她侧卧着，掖了掖她的被角。

"睡吧。"

姜九笙下意识地做了个吞咽的动作，见时瑾似笑非笑地看着她，立马往被子里钻了钻。

时瑾把被子往下拉了拉："笙笙，不要捂着睡，会缺氧。"

嗯，不错，她现在就有点儿缺氧，需要压压惊。她钻出被子道："时瑾，把手给我，我要摸。"

时瑾笑着把手给她。

她握着他的掌心，往他那边滚了滚。

时瑾将手放在她的腰上，顿了一下，问她："可以抱着你睡吗？"

他的涵养真好，倒显得她急了。

想了想，姜九笙还是很干脆地回道："可以。"

时瑾把手绕到她颈后，她便抬起头，枕着他的手，寻了个舒服的姿势窝在他怀里，嘴角越扬越高。

"笙笙。"

姜九笙抬头，额头刚好抵在时瑾的下巴上："嗯？"

时瑾停顿了很久，似乎在想怎么措辞。

"想说什么？"姜九笙问。

他往后仰了一些，看着她的眼睛："笙笙，你介意婚前性行为吗？"

姜九笙愣住。

时瑾将她额前的发别在耳后，嗓音低低地说："我尊重你的任何决定，但我需要知道你的态度。"

他目光专注，黑白分明的瞳中没有一点儿杂色。

姜九笙沉默了片刻，郑重其事地回答了这个问题：“不介意。”她又添了一句，“因为是你，所以完全不介意。”

大抵她的性子就是如此，对爱情这个东西，没有就是没有，有就是全部，她全部都要，也全部都给。

时瑾轻笑：“嗯，知道了。”

然后——就没有然后了，时瑾抱着她，轻拍她的背哄她睡觉，除此之外，他睡颜好看，睡相极好，没有半点儿逾矩行为。

姜九笙迷迷糊糊间胡思乱想了很久，都不知道自己什么时候睡着的。

次日就是11月11日，中南入冬早，天气已有了寒意。

晚上七点半，常宁体育馆，The Nine第三次巡回演唱会准时拉开帷幕。舞台灯光亮起，前奏一响，可以容纳五万人的体育馆内瞬间人声鼎沸，尖叫声此起彼伏。

开场曲目是姜九笙的成名曲，The Nine的第一首摇滚单曲。

音乐声一起，点燃全场。

姜九笙微微沙哑的烟嗓唱着又狠又野的摇滚乐，灯光下，掌声中，舞台中央的女人长发随意散着，背着吉他，慵懒地半眯着眼眸，身体随性摆动，将一首热闹的歌唱到极致。

主唱与主音吉他手，都是姜九笙。

五万粉丝疯狂呐喊，果然，笙爷当得起一声“爷”。

一首唱罢，音乐停了，掌声与尖叫声跟着戛然而止。

姜九笙调了调麦克风，站在舞台的最前面，用沙哑又磁性的嗓音向体育馆里的五万歌迷问候，话是她一贯的简洁风格：“大家好，我是主唱，姜九笙。”

话音刚落，铺天盖地的掌声如潮涌般久久未停。

姜九笙笑了笑，用手指按了按唇，喧嚣的掌声叫喊声这才渐渐停歇。

她拿起话筒继续道：“贝斯手靳方林。”

聚光灯打到后方，靳方林抿唇一笑，手指灵活拨弦，音符响起，是一段欢快的贝斯solo（个人表演），简短但利索刚劲。

最后一个贝斯音符落下，尖叫声此起彼伏。

随后，又是姜九笙的嗓音：“架子鼓手厉冉冉。”

灯光移动，主摄像机拉近镜头，直接给了厉冉冉一个特写。她扔出手里的鼓棒，鼓棒在空中旋转了几圈，稳稳地落回她手里。她勾了勾嘴角，扬起手用力地敲打下去，铿锵的鼓声瞬间燃爆全场。

一小段架子鼓表演后，厉冉冉帅气收尾，亲了亲手里的鼓棒，笑靥如花，模样娇俏又野性。

尖叫声直冲云霄，能将人的耳膜都震破。

姜九笙比画了一个噤声的手势，满场喧嚣这才稍稍停歇，等着接下来的主音吉他演奏。

“主音吉他手，”姜九笙缓缓念道，“姜九笙。”

之后是一段吉他solo，一如她的风格，简短却足够震撼。她的手速与节奏，野性与狂妄，比起之前的主音吉他手张耐有过之而无不及。

粉丝自发喊起了姜九笙的名字，声音整齐划一，高亢又激昂。

“姜九笙！”

“姜九笙！”

……

几个年轻女孩疯狂地呐喊着。

隔着一条过道的VIP区，一眼望过去都是西装革履的男人。唯独宇文冲锋穿了件衬衫，领口松了两颗扣子，风衣随意地搭在腿上，样子有些不修边幅，却有股颓废的俊朗劲儿，在一排膀大腰圆的商人中间格外显眼。

他跷着腿，背靠座椅，懒懒地后仰着，左边的位子空着，直至演唱会的第三首歌开始，左侧的光线才被女人的倩影挡住。

女人款款入座：“宇文。”

宇文冲锋瞥了来人一眼，目光淡淡的，没说话。

来人是徐家的千金，即便来看一场摇滚演唱会，也穿着端庄又昂贵的淑女长裙。

她顾盼生姿，巧笑嫣然：“真巧。”

巧?

宇文冲锋似笑非笑地道：“看来你和我妈关系不错。”

被他一句话就戳破了她的女儿心思，徐蓁蓁尴尬得手脚都不知道该放哪里，羞窘地低下了头。

“懂摇滚吗？”宇文冲锋的视线落在舞台正中央的人身上。

徐蓁蓁顺着他的目光，看着舞台上的姜九笙。姜九笙背着吉他，微眯双眼，像一只神秘又撩人心弦的猫。

确实，作为女人，姜九笙帅气又潇洒。

徐蓁蓁压下心头莫名的嫉妒："一点点。"

"我不太懂。"宇文冲锋突然转过头看着她，"你觉得姜九笙唱得如何？"

昏暗的灯光里，他的一双眼睛灼灼发亮，徐蓁蓁被看得心跳如擂鼓，不自觉地结巴起来："还、还不错。"

宇文冲锋的目光又落回舞台上，神色温柔，却冷了声音道："看来你也不太懂。"他弯了弯嘴角，"我的摇钱树可不止不错。"

不知为何，他分明是戏谑的口气，却让人听出了一股似是而非的宠溺意味。

徐蓁蓁很不想继续姜九笙这个话题，做了许久的心理建设，还是支支吾吾地说出了此行的目的。

"我们相亲之后，你、你还没有……"她怯怯地抬头，"还没有给我答复。"

"我以为徐小姐是聪明人。"

她几乎脱口而出道："可唐阿姨说——"

他打断她的话，不紧不慢地说道："嗯，我妈最喜欢你这种人了。"

徐蓁蓁羞红着脸，哑口无言。确切地说，宇文夫人喜欢的是她"徐家千金"这个身份以及她极力讨好下的乖巧。

"不过你要小心了，"宇文冲锋笑得漫不经心，"我爸也最喜欢你这种人了。"

徐蓁蓁脸色骤变，羞愤极了，还想开口。

宇文冲锋看了一眼手机："你慢慢听，我先失陪。"他拿起外套起身，压低声音道，"笙笙怎么了？"

笙笙……是姜九笙呢。

徐蓁蓁抬起头，舞台上已经不见了姜九笙的身影，贝斯手与架子鼓手在斗乐，乐声疯狂又躁动，让人的耳膜跟着震颤。她扬手将应援牌狠狠地砸在地上，抬脚就踩了过去。

台上，厉冉冉与靳方林的solo正进行得如火如荼。

后台化妆间里的众人正处于忙忙碌碌的状态，还有两首歌的时间，便到姜九笙的独唱曲目，他们需要争分夺秒。

她换装时，宇文冲锋来了后台。

"急着叫我过来，是要搞什么事情？"

姜九笙穿着露腰的黑色超短背心、短裤、铆钉靴，身材显得尤其高挑，她化了很浓的妆，微卷的长发随意地散着。

“在舞台上，我能想说什么就说什么吗？”姜九笙问。

宇文冲锋笑得有些痞：“我什么时候不由着你了？”他抬手将她头上翘起来的那一缕头发拂平，“去吧，你把天捅破了我也能给你补上。”

姜九笙回了一个笑：“谢谢。”

“笙笙，”场务在升降台旁催促，“快，准备上台。”

宇文冲锋摆手道：“去吧。”

姜九笙拿了吉他，上了升降台，音响全部噤声。她出场时，整个体育馆里鸦雀无声，千千万万双眼睛注视着她走到舞台中间。一把琴、一支立地的复古麦，她一个人，长发过肩，衣着简单，一身黑色装束，偏偏露出一截白到发光的小蛮腰。

她野性、神秘又性感冷艳，嗓音总是哑哑的，像饮了一杯浓烈的酒，带着几分慵懒的醉意。

“接下来要唱第三张专辑的主打歌。”

全场的粉丝安静地听着，音响里只有姜九笙慢悠悠的声音：“很多记者问过我，为什么要唱民谣。”

“没有什么特别的原因，只是想让大家知道，我姜九笙不只会玩摇滚，即便玩别的乐种，The Nine也不会解散。”她仍旧是一副懒洋洋的样子，“哦，也不会有新的键盘手和主音吉他手加入。从今天起，由主唱姜九笙担任The Nine的主音吉他手。”

话音落地，观众席掌声雷动。

大家对此并不意外。The Nine的忠粉都知道，不会有新的主音吉他手，所以也从来不凭空臆造、道听途说，即便演唱会开场时，姜九笙的主音旋律出来，粉丝们也没有半分意料之外的心情。之所以如此，没有别的原因，仅仅因为她姜九笙是The Nine的队长，在她手里那把吉他无所不能。

姜九笙抬了抬手，应援的声音都停了下来。

“我以前没有写过情歌，《烟》是我目前为止写的唯一一首爱情民谣。”顿了一下，她笑道，“公司给过官方的说辞，说素材是国外的一个爱情故事，不过……”

她抬起眸，舞台上的所有灯光都落进她的眼底，让她的眼睛变得熠熠生辉。她笑了笑，显得明眸善睐：“不过，我不喜欢撒谎。”

此时的体育馆里万籁俱寂，连话筒里姜九笙的呼吸声都清晰可闻。

“我喜欢的那个人有一双很好看的手。”目光落在一处，她莞尔一笑，

“请祝福我们。”

话音落地，前奏响起。

尖叫声与掌声自发停了，一曲轻缓的民谣悠扬婉转，细听之下缠缠绵绵，温柔又缱绻。

原来褪去摇滚的野性与不羁后，姜九笙也可以很温柔。

一首歌完美落幕，姜九笙抱着吉他，对台下的五万粉丝深深鞠躬，然后转身退场。她身后是万丈光芒，是五万粉丝的呐喊声与尖叫声，而在她面前十米的距离外，时瑾隔着幕布站在那里。

她下了升降台，时瑾走过来，把她牵了下去。

“累不累？”

“不累，不过嗓子有点儿疼。”

时瑾牵着她进了化妆间：“回去我给你做蜂蜜雪梨。”

她笑得眼睛弯弯的：“好。”

两人进了化妆间，然后门被关上了。

宇文冲锋倚在隔壁化妆间的门口：“去喝酒？”

谢荡进去，拿上外套：“喝死你得了！”

两人一同离开了。

走廊里堵了不少工作人员，都是来瞧姜九笙的神秘男友的，听说对方很不得了，方才见了真容，呵！何止不得了，那容貌和气度，哪是凡夫俗子啊。

“真是看一次就惊艳一次啊！”厉冉冉由衷地感慨道。

靳方林直接把人拖进了休息室。

厉冉冉叫唤：“哎，你拖我进去干吗？”

干什么？他要聊聊夫纲。

啪的一声，门被摔上了。

九点，演唱会散场。

The Nine三巡演唱会完美落幕，然后一个半小时内，关于姜九笙的话题全部爆了，有关她的话题更是包揽了实时热搜的前排，“姜九笙演唱会”“姜九笙男朋友”“姜九笙助唱嘉宾”等话题的热度一时居高不下。

演唱会结束后，宇文冲锋不知道从哪里弄来了一架私人飞机，当晚就飞去了江北。姜九笙没有和他一起走，庆功宴可以等回了江北再办，她不急着回去，要和时瑾留下来玩几天。莫冰为了方便他俩，留了一辆车，还特意给他们租了一整栋民宿，支走了民宿的主人，充分给她家艺人制造机会。

时瑾和姜九笙到民宿之后，已经快九点半了。这个时间她本该准备睡觉，但今天可能唱兴奋了，她一点儿都不想睡。

时瑾哄她，她不肯，非要在后院的花房里看月亮，见月色并不好，她便窝在他怀里睡了。

次日，惠风和畅，冬阳微暖。

姜九笙睡到自然醒。床头放了一杯温水还有一张画，画里是她沉睡时的样子，画上署了名，端端正正的“时瑾”二字，她很喜欢，仔细把画收好，然后套了件外套下楼。

楼下，时瑾在做早餐。

她说了声早，睡意蒙眬，眼睛还半眯着。

“早饭快好了，你先去刷牙。”时瑾走过去，轻轻压了压她头顶翘起的头发，“牙膏和毛巾都在洗手池上，不要用凉水洗。”

姜九笙还有点儿蒙，去了浴室，然后不到半分钟她就小跑着出来了。

“时瑾。”

他在厨房应道：“嗯？”

她手里还拿着牙刷：“我的衣服是谁换的？”

时瑾关了火，走出厨房，用指腹抹了抹她嘴角的牙膏沫：“笙笙，这里只有我们俩。”

这就是说，是时瑾换的。

见她不说话，时瑾有些局促：“介意吗？”

姜九笙摇头。

他稍稍松开眉头：“你睡得熟，我不忍心叫醒你。”他又补充了一句，“我关了灯。”

她埋下头，脸发热，心头痒痒的，情绪很奇怪。

“抱歉，没有事先征得你的同意。”

姜九笙几乎脱口而出道：“我同意啊。”

他笑了，满眼都是愉悦。

姜九笙彻底窘了。完了，她自认不算愚笨，怎么到了时瑾这里就傻得一塌糊涂。

时瑾揉了揉她的头发：“先去洗脸，我去给你盛粥。”

“哦。”

饭后时瑾的医助打来了电话，大致意思是：时医生休假好了吗？再不回医院，病人们都快病入膏肓了。

姜九笙觉得，天北第一医院没了她家时瑾，可能就要倒闭了。

她站在水池旁，想要帮时瑾洗碗，他却不让她碰水。她说："我们明天回去吧。"

"不用管这个，你想留多久都行。"

她想了想，她家时医生的时间就是生命。

姜九笙便说："公司还在等我回去办庆功宴，明天晚上吧，你跟我一起参加。"

时瑾随她的意思。

姜九笙不爱热闹，即便得了闲也不想出门，上午便窝在民宿的影音室里看电影，时瑾陪着她。两人看的是一部国外的软科幻片，电影的男主演是一位在国际上享誉盛名的男演员，演技一流。

当然，男演员的颜值与身材也一流。

姜九笙顺口就夸了一句："腹肌练得很漂亮。"

男演员的六块腹肌整整齐齐，不夸张，恰到好处，男人味儿十足。

她真的只是就事论事。

她说完没多久，时瑾就气定神闲地回了一句："我也有。"

姜九笙哑然失笑。她也是最近才发现，时瑾的胜负欲不是一般的强，就好比昨天，回民宿的路上她夸了一位街头画家，晚上他便也给她画了一幅画像。

此刻距离她夸男演员已经过了五分钟……时瑾把她抱过去，让她坐在他的腿上。

"怎么了？"

时瑾没回答，抓着她的手塞进他的居家毛衣里，带着她的手从腹部开始往上移动。天气冷，她的手有些凉，越发衬得时瑾身上滚烫滚烫的。

"笙笙，"时瑾的声音压得很低，有些哑，"数清楚了吗？"

姜九笙点头。

时瑾有八块腹肌，不算突兀，肌肉线条分明，一定很好看。她一点儿都不扭捏，将另一只手也伸进了他的毛衣里，突然很想掀开时瑾的衣服，正犹豫着，她挪动着的手突然顿住。

"时瑾，你——"

时瑾的两颊染了一层粉色，他往后挪了挪身体："抱歉。"

他放开她，有些不自然地站起来，转过身去，一言不发地走去浴室，然后就是水声传了出来。

姜九笙若无其事般地坐得笔直，拿起遥控器把电影的声音开到最大，然后捂着发热的脸笑出了声。

这电影，她是彻底看不下去了。

因为舍不得时瑾天天给她做饭，姜九笙便建议出去吃午餐。她对中南不熟，地方是时瑾选的，离民宿不远，有二十分钟的车程。

这是一家很有格调的西餐厅，装修很风雅，看得出来不是简单的地方，进出店里的客人穿着不凡，想必非富即贵，她甚至碰上了脸熟的艺人。

一般来说这种地方一位难求，不过看侍应生对时瑾的态度，他似乎是认得时瑾的，态度恭敬又拘谨。

时瑾要了单独的贵宾间，姜九笙落座后，问时瑾："你来过这里？"

"嗯。"他没有多说，只是问她，"想吃什么？"

"你点。"不过甜品她想要冰的。

时瑾没有依她："现在太冷，你的胃受不了。"

她便作罢，用莫冰的话说，也就只有时瑾管得住她。

等餐的时候，时瑾给她要了一杯温水。侍应生出去时，未关紧门，风一吹，门半敞开来，门口站了一个人。

是个男人。

他喊了声："时瑾。"

姜九笙抬头看去。门口的男人很高，斯文儒雅，右手戴着白色手套。他推门进来，口吻很熟络："回中南了怎么不说一声？"男人生了一双鹰眸，眼神很凌厉，脸上却带着笑，他将目光落在姜九笙身上，"这位是？"

笑里藏刀，姜九笙突然想到了这个词。她不置一词，只是望向时瑾。

时瑾起身，只留了一句话："笙笙，你先吃饭，我马上回来。"

他走得很急，那个贸然打扰的男人倒是悠然自得，目光肆无忌惮地打量着姜九笙。

"出来。"时瑾的声音冷若冰霜。

男人这才跟了出去。

门被关上，姜九笙只觉得心头微紧，隐隐有些不安。

时瑾走至包间十米开外，靠在走廊的墙边，神色冷漠，带着距离感："什么事？"

男人眼带笑意，左手叠放在右手背上，摩挲着手套："我们是亲兄弟，还需要有什么事才能问候？"

时瑾显然不想和他周旋，转身便走。

“里面那个女人，”男人拖长了语调说道，“不介绍一下？”

他脸上的表情似笑非笑。

秦家十一子中，数二少秦明立最让人捉摸不透。他素以儒商之名为人所知，只是执掌了秦家近半个地下交易市场的人，又怎么可能不是狠角色？这个秦二多半是只绵里藏针的笑面虎。

时瑾停下脚步，回过头去，目光漠然：“跟你无关。”

“怎么会无关？若她是未来的弟妹，当然要好好了解一下。”

“你的小指，”时瑾眼里布满寒霜，“忘了怎么没的？”

秦明立脸色陡然冷了下来，右手垂在身侧握紧，白色手套的尾指部分是干瘪着的，空了一截。

走廊尽头的房门冷不丁被推开，门口的人刚迈出一只脚，又生生顿住。

“谁在外面？”

这声音让人一听便知说话之人年长，却声如洪钟，中气十足。

秦萧轶站在门口，看了看走廊里的人，回了话：“爸，是六哥。”

屋里，原木圆桌边围坐了十多个人，上座之人正是秦家家主秦行，中南三省境内的人都尊其一声“秦爷”。他年过花甲，仍不减一分戾气，精神矍铄，稍稍抬眼就叫人不寒而栗。

“进来吧。”

他用的是命令的口吻，威严且不容置喙。

秦明立瞥了时瑾一眼，先一步进了屋，过了片刻，一只白皙修长的手推开了门。

时瑾没有进去，站在门口，目光疏离。

一桌子秦家人全部停下了筷子，噤若寒蝉。

秦行没抬眼，声音浑厚有力：“先坐下吃饭。”

他的话一向不容置疑。

屋里谁都没有接话，唯独时瑾，仍站在门口，语气从容漠然：“有人在等我。”

整个秦家，也就只有时瑾敢这么我行我素。

秦行脸上已有几分愠色：“先吃饭，吃完了跟我回一趟秦家。”

时瑾对这话置若罔闻，不冷不热地吐出两个字：“慢用。”

话音落地，他便转过身去。

杯盖骤然被砸下，秦行勃然大怒：“你给我站住！”

时瑾顿了一下，并未回头。

整个秦家，只有时瑾肆意妄为，半点儿不服从管教。秦家根本入不了他的眼，就连秦行这个父亲，他也从未放在眼里，不冠秦家的姓，生就一身反骨。

秦行大半辈子都在刀口上舔血，什么腥风血雨没有见过？他早过了年轻气盛的年纪，唯独这六子时瑾，一次又一次地让他喜怒形于色。

他勃然大怒道："就算你不回秦家，照样是我秦行的儿子。我要逼你回来，有的是办法。"

时瑾闻言，回头道："像八年前那样？"

他的一双眼像深秋的井，无波无澜，冰冷彻骨。

在座的秦家人竟无一人敢接话。

八年前，时瑾还是秦家最受重视的未来掌舵人，觊觎那个位子的秦家人不在少数，可谁都没有撼动过他分毫。

直到他带回来一个十六岁的女孩。

他把女孩养在了独栋的小楼里，锁了门窗，除了他自己和心腹之人，谁都不能进去。也曾有不信邪的人试图踏入他的禁地，被他废了双腿之后，就没有谁敢明目张胆地违背他的禁令了。

秦家没有人见过那个女孩，也查不到任何信息。她被时瑾保护得太好，大概也因为如此，许多双眼睛盯上了那栋小楼。

比如秦行，比如秦明立。

秦家未来的掌舵人，怎么能有弱点？

秦家未来的掌舵人，终于有了死穴。

后来，女孩死了。

时瑾砍断了秦明立一根手指，之后再也没有踏进过秦家大门一步。

过了十多分钟，时瑾仍没有回来。姜九笙有些不安，频频望向门口，一连喝了两杯红酒。见时瑾还没有回来，她把口罩戴上，起身去了洗手间。

她走在过道上时，忽然听见身后有人在喊："姐姐。"

姜九笙回头，看见了一个很漂亮的少年。

他不过十五六岁的年纪，生得唇红齿白，眉目如画，很是漂亮干净，尤其是一双眼，纯粹剔透。

少年正看着她，目光如水。

姜九笙问："你是在喊我吗？"

他没有回答，只是用漂亮的眼睛一眨不眨地凝视着她，许久不发一言。

姜九笙等了片刻，未得一句话，便礼貌地笑了笑，转身离开。少年却不紧不慢地跟在她身后，始终与她隔着几步距离。

她回过头，望着那少年的脸，不由得有些心软，耐心地又问："有什么事吗？"

他还是不说话，只是看着她，一双眼瞳漂亮得像琉璃珠子。

他像不谙世事，又像历经沧桑。

少年给姜九笙的感觉很矛盾，他有着一双黑白分明的眼，却在眼底深处藏了少许似有若无的阴郁之色。

"是有话对我说吗？"

除了之前喊她的那一声"姐姐"，少年便再没有开过口。

姜九笙一筹莫展，正巧这时，迎面走来一个年轻女人，女人埋着头走得急，撞上了少年的肩。

"对不起，对不起。"女人连连道歉。

少年受了惊似的，躲开对方的眼，缩进了墙角，背过身去，将身体弯下，微微颤抖起来。

姜九笙这才确定，这个漂亮的少年与正常人不一样。

她思忖了很久，走上前，想了想，又退了两步，问少年："需要我帮忙吗？"

少年微微抬头看了她一眼，眼底有急切又复杂的情绪。

他似乎不怕她。

姜九笙试探着说："这里人多，去那边可以吗？"

少年点了点头。

姜九笙便领着少年去人少的地方，未走两步，身后有人唤道："锦禹。"

少年停下脚步。

姜九笙跟着回头，看见了一个妇人。她穿着不凡，神色急切，身边还有一个年轻女人相伴。

姜九笙不认得那妇人，却认得那年轻女子——温家的掌上明珠，温诗好。

显然，温诗好也看到了姜九笙和少年，同妇人一起走了过来。

妇人寻到少年，明显松了一口气，把少年拉到身边，又急又气地问道："你怎么跑到这儿来了？"

想必这妇人是温诗好的母亲，她显得有些老态，与温诗好的模样很相像。如此看来，这少年恐怕就是温家那位神龙见首不见尾的小少爷了。外界只传温家的小少爷身体不好，被安置在国外疗养，任凭媒体怎么挖，也没有一星半点儿的消息透露出来。

“姜小姐？”温诗好这才注意到前面戴了口罩、遮住了大半张脸的人。

姜九笙淡淡地回了一声：“温小姐。”

温诗好说了句“真巧”，转身对身旁的人说：“妈，你先把锦禹带回去。”

妇人点头，目光在姜九笙脸上停顿了片刻，随后便敛了神色，拉着少年离开。

少年却不肯动，仍盯着姜九笙，艰涩地张嘴，一字一顿地挤出了两个字：“号、码。”

“要我的电话号码吗？”

少年点头。

姜九笙唤住侍应生，要了纸笔，写了一串数字后递给少年。

少年接过纸条，一直抿着的唇微微上扬，这才跟着他的母亲离开。

温诗好语气诧异地道：“他居然跟你说话了。”

姜九笙的目光追着少年远去的背影，她竟有种怅然若失的感觉。不知为何，她总觉得那个背影似曾相识。

“那是我弟弟，”温诗好说，“他患自闭症很多年了，不怎么开口，不过他好像很喜欢你的样子。”

那么漂亮的少年郎让姜九笙心生欢喜，难得附和了一句：“应该是，他刚才喊我姐姐。”

“他大概是认错人了，还记得我第一次见你的时候吗？当时我也差点儿弄错了，你很像锦禹的姐姐，她也叫姜九笙，八年前去世了，从那之后锦禹就不爱说话了。”

姜九笙微微拧了拧眉。

温诗好一副善解人意的模样：“关系有点儿乱是吗？”她的目光一直锁定着姜九笙，“锦禹姓姜，和我是同母异父的姐弟，他的另外一个姐姐是我继父和前妻生的女儿。”

温诗好随母姓，亲生父亲去世之后，母亲温书华下嫁给了继父姜民昌。姜民昌同样是二婚，与前妻有一个女儿。大抵是因为温家家大业大，继父姜民昌入赘了温家，她母亲温书华与他再婚的第二年，生下了锦禹。

姜民昌的女儿和前妻宋培一起生活，温诗好在年少时见过那对母女几次，和对方交往不深。锦禹却出奇喜欢那个与他同姓的姐姐，于是他们的往来便多了。

姜九笙安安静静地听完，然后懒懒地抬了抬眼皮：“你为什么要和我说这些？”两人只是泛泛之交而已，哪里需要将家底都掏出来？

温诗好笑了笑：“因为你也叫姜九笙啊，说不定我们有什么特别的缘分。”

姜九笙没有继续这个话题，比起缘分，她更相信事在人为。

“笙笙。”

是时瑾的声音。

姜九笙循着声音看过去。

时瑾从走廊尽头走过来，到了她身边：“你怎么出来了？”

“正要去洗手间。”

时瑾牵着她，要带她过去。

姜九笙对温诗好说了一声“失陪”，便跟着时瑾离开。

秦家六少。

原来姜九笙的神秘男友是他。

温诗好站了许久，才将落在远处的目光收回，表情似笑非笑。真是个谜一样的男人呢，虽一点儿余光都不留给她，却轻易就叫人移不开眼。

时瑾送姜九笙到了洗手间门口，她抬脚要进去时，他拉住了她。

“笙笙。”

“怎么了？”

时瑾微蹙着眉头：“刚才那个女人……”

他顿住，不知道对方的名字。

姜九笙好笑地道：“温诗好？”

“嗯。”他的眉头蹙得更深，“是姓温的。”

听这口气，他似乎不太待见温家人。

姜九笙看着时瑾：“她怎么了？”

时瑾想了想，像是在建议：“她眼里没有善意，如果可以，你尽量别和她往来。”

温诗好确实没有善意，姜九笙也看出来了，说道：“知道了。”

时瑾还拉着她没松手。

“还有话跟我说？”

时瑾颔首：“等会儿再说，我在外面等你。”

然后他松开手，顺便把姜九笙外套口袋里的烟盒拿了出来。

姜九笙无语。

她都已经三天没有碰烟了！

他们回到餐桌边，侍应生上了主食，时瑾把姜九笙的盘子端过去，给她将牛排切成小块。可能因为外科医生的职业习惯，牛排被他切得整整齐齐，姜九笙甚至觉得时瑾拿刀的姿势很像……嗯，很像在解剖。

将肉切好后，时瑾把盘子端给她，将刀叉放下，用公筷把意大利面里的虾球挑出来，装在小碟子里给她吃。

他忽然开口："刚才那个人是秦家的老二。"

难怪他戴着手套，姜九笙曾听宇文冲锋说过，秦二少断了一根尾指，就是不知是谁那样胆大包天，连秦家二把手的手指都敢切。

"你和秦家人认识？"

时瑾端起酒杯，喝了半杯酒，嗓子浸了酒液，声音有些温润："笙笙，我也是秦家人。"

手里的汤匙掉在碗里，发出咣当一声响，姜九笙蓦然愣住，目不转睛地盯着时瑾。

他握着酒杯的手指有些发白："生气了吗？"

姜九笙摇了摇头："没有。"

她只是讶异，秦家那样的狼窝，怎么会养出时瑾这样子的贵族？她的兄长程会不止一次说过，秦家的人连血都是冷的，是天生的狩猎者。

她不禁想起时瑾打架时的模样，确实与平时温文尔雅的他大相径庭。

沉默了片刻，时瑾将杯中的半杯红酒吞下，缓缓地道："我母亲是被秦行强占的，她是个很普通的人，只是生得过于漂亮。"

这是姜九笙第一次听时瑾说他的家事，他像在说别人的事，声音无波无澜，眼眸深处只有一片浓重的墨色。

他像阅尽千帆，被磨平了棱角。

"我八岁的时候被接回了秦家，母亲带着我逃跑的时候出了意外，她去世的时候还很年轻，只有二十六岁。"

他说得轻描淡写，语气甚至没有起伏。

姜九笙张了张嘴，想安慰他，却一句话都说不出来，因为她没办法感同身受。她想象不出一个八岁的孩子，失去了母亲的庇佑要如何生存，要怎么隐忍，要吃多少苦头才能在秦家那样的龙潭虎穴里守住自己的一隅之地。

宇文说过，秦家原本不止十一个孩子，而是十四个，另外三个没有活到成年。宇文将事情原委总结得很简单，只有四个字——弱肉强食。

原来时瑾是这么一路走过来的，在腥风血雨里长成了如今她喜欢的样子。

姜九笙始终没说话，端了一杯红酒，听时瑾断断续续地说着。

“我在秦家待了十年，从八岁到十八岁，学了格斗，学了礼仪，学了所有秦家人该会的东西。”他把她手里的酒杯接过去，饮了一口里面的酒，“十八岁后，我就离开了那里。”

“为什么离开？”她好奇他所有的事情，想刨根问底，又战战兢兢，怕触碰到不该碰的东西。

时瑾似乎看出了她的小心，将杯中剩下的小半杯酒递给了她。

姜九笙一口将酒喝下去，尽量平静下来。

时瑾这才回答了她的问题：“一般人久留于一个地方，要么因为习惯，要么因为牵绊。那个黑吃黑的地方没有任何让我留恋的东西。”

姜九笙总觉得原因不会那么简单。

但是时瑾不说，她也不再问，只是越发担心：“你走了他们会善罢甘休吗？刚才那个秦家老二跟你说了什么？他是不是——”

时瑾打断她一个接一个的问题：“别担心，秦家人忙着争权夺利，顾不上我。”

姜九笙松了一口气。

“笙笙。”时瑾看着她问，“你会介意吗？”

秦家是什么样的家庭，姜九笙自然听说过，毫不夸张地说，秦家的男人十个里有九个是沾过血的，不是别人的就是自己的。

可若是时瑾……

姜九笙没有犹豫：“我不介意，你只是时瑾，是个医生。”

简而言之，她鬼迷心窍了。

时瑾大概是喜欢她的回答的，眼里盈满了笑意。

第九章

恶人作妖，时瑾动怒

“时瑾，你是随母姓吗？”

“嗯，我母亲叫时秋，是个胆小却很善良的女人。”时瑾说起他的母亲时，眼神很温和，很柔软。

姜九笙心头也软得不像话：“你一定很像她。”

时瑾否认道：“我不胆小。”

当然，他更不善良。

“我是说长相，你不是说你母亲生得过分漂亮吗？”

时瑾也是如此，过分漂亮。

他不置可否：“我不太记得她的样貌了，只是听别人说我长得很像她。”

姜九笙听得心疼，把碗里的肉都夹给他吃。

时瑾笑起来，眼里有微光。

楼上左数第二间房，同样是贵宾间。温诗好晚一步回来，一进门便看见她那万年没有一个表情的弟弟皱着眉看着姜九笙写给他的那张便笺，似乎在纠结。

她坐过去道：“妈，能帮我续杯咖啡吗？我有话问锦禹。”

这是在支开她呢。

温书华性子软，也没什么主见，多半时候对女儿很顺从。她不大放心姜锦禹，走前叮嘱道："锦禹要是不想说，你别勉强他。"

"知道了。"

温书华这才出去。

"锦禹。"

温诗好靠过去，又叫了声："锦禹。"

姜锦禹毫无反应，眼皮都没有抬，低着头把便笺折好，握在手里。

温诗好耐着性子道："锦禹，你告诉我，为什么叫刚才那个人姐姐？她是不是和你姐姐姜九笙——"

姜锦禹突然抬眸，一字一顿地道："坏、女、人。"

他一双漂亮的眼睛里全是厌恶的神色。

姜锦禹患了八年的自闭症，情绪波动的时候极少，唯独对她这个同母异父的姐姐有发泄不完的愤怒，动辄恶言相向。

温诗好的脸色冷了下来，她哼笑了一声："你真跟你那个死去的父亲一样，不识好歹。"

姜锦禹漠然置之，只是将手里的便笺揣进口袋放好，然后慢条斯理地端起桌上的果汁泼向温诗好。

满满当当的一杯橙汁当头浇下，温诗好当即奓毛一般地站起来，失声大叫："姜锦禹！"

少年扭头，不愿再理会她。

温诗好一口恶气堵在胸口，重重一脚踢翻了椅子。

温书华回来刚好看见这一幕，一把拉住女儿的手："诗好，你干什么呢？你怎么能这么对你弟弟？"

温诗好冷笑，反唇相讥道："是啊，你给我生了个好弟弟。"她擦了擦脸上的果汁，盯着静坐在一旁的少年，"养不熟的白眼——"

未等她说完，温书华扬起手，重重地打了她一巴掌。

她在气头上，这一巴掌用了全力，温诗好捂着脸，满脸果汁滴得到处都是，右边脸颊已经变得红肿。

温书华看着自己的手怔了很久，才后知后觉，愧疚又心疼地去拉女儿："诗、诗好。"

温诗好大力甩开了她的手。

她母亲性子温和，可只要碰到姜锦禹的事情，两人总有无休无止的争吵。

姜锦禹不喜欢温诗好，甚至厌恶和反感她。感情这个东西是相互的，何况两人本就没有多少亲情的羁绊，早就在一次又一次的争吵中磨得只剩愤怒与记恨。

也是，毕竟他们不是同一个父亲所生，姜锦禹姓姜，而她温诗好姓温。

温诗好拿上外套，走到自始至终安静地坐在墙边的少年身前，居高临下地看着他，眼里尽是冷嘲热讽："你不是一直骂我是坏女人吗？那我告诉你，你那个死去的九笙姐姐也不是什么好人。"

姜锦禹猛地抬头，眼底全是火光。

八年前温宅内发生了命案，死了两个人——姜民昌与他的前妻。两人死在温家的花房里，警方的尸检报告显示，两人都是他杀。

也就是在那晚，姜锦禹的姐姐姜九笙下落不明。

从那以后，姜锦禹便再也不愿意开口。

是夜，月朗星稀，淅淅沥沥的雨打在窗上，发出滴滴答答的响声。冷风从未关严实的窗缝里灌进来，将淡紫色的窗帘卷得飘飘荡荡。

床头一盏台灯洒下淡淡的杏黄色光芒，床上的人侧卧着，黑发铺散，不过巴掌大小的脸白得近乎透明，额头沁了密密的一层薄汗。她在梦呓，却没有醒过来。

梦里有个漂亮的男孩子，生得粉雕玉琢，笑起来眼睛弯弯的，像藏了星星在里面。

男孩从绿茵上跑过来，一副欢欢喜喜的样子。

"你好久没来看我了。

"陪我玩好不好？

"姐姐。

"姐姐，过来。

"到我这里来，我给你捡风筝。"

绿茵外站了一个少女，梳着高高的马尾，穿着洗得发旧的白裙子，笑起来时一双桃花眼很好看。

男孩爬上了树，要去捡一只蝴蝶形状的风筝，爬得很高很高。

少女在树下一直喊："小金鱼。

"小金鱼，不能爬上去，危险。"

男孩抱着树，冲树下的少女咧着嘴笑得很开心："姐姐，接住，我把风筝扔给你。”

少女张开手，笑容满面，只是未等她抓住风筝线，男孩便从树上摔了下来。

“小金鱼！”

少女惊慌失措，问他疼不疼。

男孩愣着神，手指颤抖地指着不远处的花房：“姐姐，花房里……有好多血。”

少女蓦然站起来，转身跑去了花房。

“姐姐！”男孩在后面追着喊道。

风筝飞远了，挂在远处的枝丫上。少女推开花房的玻璃门，看见地上有血，一个女人躺在血泊里。

还有一个男人跪在地上，手里拿着刀，刀尖上的血一滴一滴地落下。

她几乎无法思考，扑上去抓住了男人鲜血淋漓的手，说：“你去死。”

画面突然卡在了那一幕，男人惊恐的瞳孔里是少女的影子。那个少女是她，是年少时的姜九笙。

远处有小男孩号啕大哭的声音，还有一个少年的声音。

“笙笙。”

谁在叫她？

少女回头，看见一个逆光走来的人，高高的个子，穿白衣黑裤，是个少年。他伸出了干净又漂亮的手。

“笙笙。”是时瑾的声音。

姜九笙蓦地睁开眼睛，浑身大汗淋漓，黑白分明的眼睛里全是眼泪。

时瑾在她耳边叫她的名字：“笙笙，笙笙。”

姜九笙愣愣地转过头，才发现眼泪把枕头都打湿了。她抬起眼睛，瞳孔泛红，哑着嗓子喊道：“时瑾。”

时瑾把她抱进怀里，对她说：“不怕，只是做梦了。”

她眼里还有未消散的惊恐：“时瑾，”她拽着时瑾的衣服，声音有些发颤，“我梦见我杀人了。”

他轻轻拍着她的背，把她额头上的汗擦掉。

她惨白着一张小脸，自言自语似的道：“我用刀刺的，他不动了，流了好多血，地上摆了很多盆木槿花，也沾到了血。”

时瑾把她抱起来，捧着她的脸，让台灯的光照进她的眼睛里：“不是真的，只是梦而已。”

姜九笙目光定定地看着他。

怎么会有那么真实的梦？她像身临其境，一时竟走不出来。

时瑾抱她下床，喂她喝了水，一遍一遍地哄着她，安抚了许久。

“笙笙。”

“怎么了？”

“没什么，叫叫你。”

朦朦胧胧中，她似乎感觉到时瑾在吻她。

次日，两人飞往江北。

两人抵达机场时，已经是下午两点，因为晚上有第三次巡演的庆功宴，莫冰把姜九笙下午的通告都推了，让她在家休息。

时瑾的医助肖逸帮忙把车开到了机场，然后很懂事地自己打车走了，并嘱咐时医生好好休息，手术都安排在了明天。

天北第一医院真是一天都离不开她家时医生，姜九笙想。

晚上七点，天宇在秦氏会所给姜九笙办庆功宴，包了整个顶楼的娱乐城，不到七点气氛就热火朝天的了。

莫冰坐在姜九笙边上：“你家时医生呢？”

“傍晚临时有病人，他去了一趟医院。”信息提示音响起，姜九笙看了一眼手机上的消息，“他已经到太原路了，有点儿堵车，二十分钟后到。”

“笙笙。”厉冉冉正在舞动身体，“过来跳舞啊。”

姜九笙笑着摇头。

倒是蹲在她脚边啃苹果的姜博美跑过去，抖起屁股扭了起来。狗子哪里见过这等场面，兴奋得要飞起来了。

“莫冰，你那儿有烟吗？”姜九笙突然问。

“上个月刚给了你两条，都抽完了？”

“被时瑾没收了。”姜九笙有些无奈，晃了晃手里最低度数的香槟，“他一天只给我一根。”

她真是被时瑾吃得死死的。

莫冰笑了笑：“以前没发现，你居然是个‘夫管严’。”

姜九笙不置可否，将手伸到莫冰跟前：“好莫冰，就一根。”

莫冰这辈子能见她撒一次娇不容易，真是人为财死，鸟为食亡，姜九笙为烟酒狂。莫冰也拿她没办法，还是偷偷摸摸地塞了一包烟给她，姜九笙说得瞒着她家时医生。

夫奴！

姜九笙拿了烟，找地方解瘾去了。

女洗手间里。

柳絮抬头看着镜中的人。她化了漂亮又精致的眼妆，但依旧遮不住眼底的混浊与空洞。

电话铃声响起，她看了一眼，来电显示是张耐。

铃声响了很久，她才接起电话："什么事？"

电话里的人很简短地说了一句话，她回道："我不舒服，你自己去吧。"

那边的人声音很大，说了许久。

柳絮忍无可忍，戗声道："我的事不用你管！"

片刻静默后，她突然发笑。

"你说你养我？"她讥诮道，"张耐，你说说，你拿什么养我？"

然后便是无休无止的争吵，他们都恨不能将对方所有的弱点与不堪用力践踏一遍。

她声嘶力竭道："我是犯贱，我是什么都做，那也好过你成天像个窝囊废一样，只会怨天尤人！说什么怀才不遇，你根本就是不自量力！你离开了The Nine就是个废物！"

她发疯似的怒骂着，歇斯底里，像个泼妇，骂完把手机狠狠地摔在洗手台上，暴躁地冲着镜子里的自己大声尖叫起来。

门口，忽然有人影出现。

柳絮蓦然抬头，脸发白地盯着门口的人："来看我的笑话？"

姜九笙按灭了烟头，将其扔进垃圾桶里。

"来抽烟。"她走到洗手池边开了水龙头，洗完手后，对着镜子喷了一些香水，又漱了漱口，转身走出了洗手间。

自始至终，她连一个多余的眼神都没有给柳絮，她们已经形同陌路。

柳絮的身体缓缓下滑，她蹲在地上，痛哭流涕。

洗手间门口，路人来来往往，纷纷侧目。

"那不是柳絮吗？"

"她来这儿做什么？"

"姜九笙不是包了顶楼办庆功宴吗？谁知道柳絮是不是来蹭热度的。"

“真是够不要脸的，我要是她，估计都没脸在这个圈子里混了。”

“人不要脸就无敌了呗，偷了姜九笙的曲子还死不承认。”

“偷曲子算什么？我跟你说，我这是第四次在会所里看见她了，她不是陪制作人就是陪投资商。”

……

路人渐渐远去，耳边那些冷嘲热讽却怎么也挥之不去，一遍一遍、不厌其烦地提醒着她，如今她的不堪、落魄，甚至……人尽可夫。

柳絮擦了一把眼泪，扶着洗手台站起来，把手机和钥匙一样一样捡进包里。

姜九笙回到顶楼娱乐城时，刚好七点半。不知是谁开了蹦迪的音乐，鼓乐喧天，人声鼎沸，频闪灯里射出五彩斑斓的光。

宇文冲锋靠在吧台尽头的墙角，低着头在讲电话。偶尔有旋转灯光打过去，落在他的侧脸上，忽明忽暗。他微微弓着腰，地上的影子也略微蜷缩着，显得落寞又孤寂，与身后光怪陆离的灯红酒绿是那么格格不入。

“怎么样？”他问电话里的人。

那边的人回话，语气恭敬却公式化：“夫人的情绪已经稳定下来了。”

电话里的人是他母亲唐女士的主治医师，精神科的医生见多了病患便麻木不仁了，语气竟显得习以为常。

宇文冲锋沉默了许久才又道：“把屋里锋利的东西都收起来，不要让她一个人待着。”

眼下有着淡淡的青影，神色倦怠，他捏了捏眉心，挂了电话，又拨了另一个电话号码。

“怎么了，儿子？”

接电话的人是他父亲宇文覃生，声调轻快，似乎心情不错。

宇文冲锋扯了扯嘴角，冷笑道：“唐女士割了自己两刀。”

他父亲对此事已经司空见惯：“这种伎俩她都玩了二十年了。”

是啊，她都玩了二十年了，她割了自己那么多刀，他怎么就无动于衷呢?

宇文冲锋张了张嘴，居然无话可说。他还能说什么呢？老生常谈的话他讲了一遍又一遍，他的父亲照样搂着不同的女人醉生梦死，他的母亲照样没完没了地自虐。

像唐女士说的，她没死，他就结束不了。

电话那边有女人在喊“覃生”。

他父亲应了一声，说：“我先去忙了。”

然后电话被挂断了。

宇文冲锋笑了一声，回了喧嚣的夜场里。他若无其事地与人举杯、谈笑，右手负在身后僵硬地握着。

他坐回沙发上时，有娇俏的女人靠了过来：“锋少，怎么去了这么久？我给你调了一杯酒，你试试。”

宇文冲锋喜欢会调酒的女人，因此他的女伴对调酒都会点儿皮毛。

他敛着眼眸，没说话，用左手端起酒杯，正要饮下，短信提示声响了。

他的摇钱树发来了短信，叫他“手受伤了就少喝点儿”，信息中没有标点符号，就简简单单的一句话。

他的右手是他母亲割伤的——在她自虐的时候——缝了七针，有点儿动不了，也不知道她是什么时候看出来的。

宇文冲锋笑了笑，把酒杯放下，后仰着靠在沙发上，抬起左手覆在眼睛上，遮住了有些刺眼的灯光。

他低声说了句：“你回去吧。”

他身边的女伴脸色微变，小心翼翼地拉了拉他的外套衣摆：“怎么了，锋少？”

光线昏暗，他的神色喜怒不明：“我让你回去。”

女人松了手：“我知道了。”

算算时间，他好像很久没有换女伴了。这个女人叫沈熹微，是天宇的新人，很乖巧懂事，也不黏人，分寸拿捏得很好。他不太记得女人的样子，只在特定的场合带她出来，倒是记得自己给她买过很多首饰，比如她脖子上的那条项链。

他把外套脱下来，披在她肩上：“爱谁都可以，不要爱我这样的人。”

女人大惊失色，愣在了原地。

宇文冲锋摆了摆手，背过身去，坐回沙发上，没有再抬眼。

女人站了很久，转身离开，眼底带了泪。她从一开始就知道的，这个男人不能爱，一旦开始，就是结束。

大家都说宇文冲锋无情，他哪里是无情，他啊，从来都不碰感情。

“笙笙。”宇文冲锋拨通了电话，“给我调杯酒吧。”

电话里有舞曲的声音，还有姜九笙的声音，她的嗓音很轻：“度数低的可以，你身上有伤，不能喝度数高的酒。”

没有人关心过他的伤，她是第一个，也是唯一一个。

他说好：“那我要最辣的。”

“等我三分钟。”

他挂了电话，看着坐在吧台边调酒的姑娘，忽然红了眼睛。

顶楼的楼梯口背光处站着两个人。

其中一人留着短发，穿着长裙，化了精致的妆，是柳絮。她环顾四周，压低声音问：“我给你的东西放进去了吗？”

柳絮对面站着的也是个女人，穿着会所里侍应生的制服。

柳絮边张望，边打开手包，拿出一条钻石项链还有一张电子房卡：“如果姜九笙去开房间，你就把房卡给她。”

女侍应生迟疑了一下，手有些哆嗦地接过东西，擦了擦头上的汗，这才离开。

柳絮靠着楼梯口的门，自顾自地笑了一阵，然后拿出手机拨了一个号码。

“张导，玲姐已经把房卡给我了。

“嗯，我在会所等你。

“你要快点来哦，人家有惊喜给你。”

柳絮的声音渐远，楼梯里回荡着高跟鞋踏在地面上的声音。

楼梯口外面的墙角里藏了一个纤细窈窕的身影，待听不见柳絮的脚步声后，那人才从拐角处走出来，低着头拨了一个电话。

“二哥，是我。”女人声音温软，轻轻柔柔的，带了点儿江南女子的软糯，“你不是想知道时瑾对姜九笙是不是玩真的吗？机会来了。”

然后女人推开门走了进去。

庆功宴才开始不到半个小时，主人公就说她头晕。

莫冰喊了两声小乔的名字，小乔才跑过来。

“你去开个房间，笙笙好像喝多了，状态不太对。”

“哦。”小乔便去找侍应生开房。

莫冰把人从吧台扶到沙发上：“你怎么回事？是太久没碰酒了？酒量怎么差了这么多？”

姜九笙躺下，往沙发里蜷了蜷，眼神有些放空，甩了甩头：“莫冰，你别晃。”

她迷迷瞪瞪的，一副似醉非醉的样子。

小乔开了房间，莫冰便同她一起送姜九笙过去休息。

姜九笙刚躺下，时瑾的电话就打过来了，莫冰看了一眼来电显示，接了电话：“时医生。”

“莫小姐？”

“是我。”莫冰拿着手机走到一边，“笙笙可能多喝了几杯，在休息。”

时瑾问道：“她醉得很厉害？”

“没有，只是有点儿晕。”

时瑾在开车，电话里有鸣笛声，他语气礼貌地道：“麻烦你把房间号发给我。”

“好。”

挂了电话，莫冰把房间号发给了时瑾，刚巧明瑶的电话打了过来。

“莫冰姐。”

莫冰倒了一杯温水放在床头：“怎么了？”

那边很吵，明瑶咋呼道：“你快来，你不在，邹甜她们几个一直灌我酒。”

明瑶是莫冰新带的艺人，莫冰手下还有几个没正式出道的年轻女孩，性子还没被打磨过，个个都能玩能疯。

“嗯，我这就过去。”

莫冰挂了电话，对姜九笙说了句：“我在楼上，有事打我的电话。”

姜九笙没睁开眼，迷迷糊糊地嗯了一声。莫冰把姜九笙的手机放在床头柜上，刚要离开，姜博美抖着尾巴跟了上去。

莫冰回头挡住路：“去哪儿呢？你留下来看家。”

姜博美嗷呜了一声。

这只戏精狗。莫冰笑着走出房间，把房卡给了小乔保管，小乔说有两个赞助商也来了宴会，她先过去招待，两人便一同离开了。

姜博美在门口蹲守了一会儿，见妈妈在睡觉，也不理它，觉得没劲，就去房里玩耍了。床头柜上的手机突然振了一下，吓了狗子一大跳，它直立起来，扒着柜子去挠手机。

咣当！

手机滚到床底下去了。

姜博美："……"它还是去门口守着吧。

九里提大道。

天空突然下起了蒙蒙细雨，时瑾一手握着方向盘，另一只手点开手机，看了一眼房间号，然后踩下油门加速。

对面的红绿灯路口，一辆大卡车突然变道，加速逆行，直直地撞向银色沃尔沃。

时瑾立马打方向盘——

砰的一声巨响，沃尔沃的车身狠狠地撞上了交通护栏。

雨越下越大，红绿灯路口被围堵，交警拉起了警戒线，暂时封路，做现场勘查，主干道被堵得水泄不通。

一百米外，交警小王一个劲儿地往后瞅。

"霍队，第七个了。"

霍一宁随口问了一句："什么第七个？"

小王嘿嘿地笑："你来九里提当交通巡警才六天，已经出现了七个想泡你的人。"

霍一宁一脚踹过去："滚犊子！"

小王往前跳了两步，回头打量他家队长。同样的警服，同样的雨衣，穿在霍队身上就是不一样，那脸、那腿、那腰……当警察真是浪费了。

"你帮我跟交通队说一声，我回一趟局里。"霍一宁抹了一把脸上的雨水，"这应该不是普通的交通事故。"

小王佩服万分，干刑侦的人洞察力就是不一样。

晚上八点，雨还没停，下得缠绵。

咔嗒一声，房间的门被推开，门口突然响起狗叫声。

姜九笙睁开眼，只觉天旋地转，像踩在云端。她站起来，趔趔趄趄地下了床，目光迷离地看向玄关。

"时瑾，是你吗？"

没有人作声，只有一声一声急促的狗叫。

姜九笙摇摇欲坠地站着，耳边似有嗡嗡声，她口齿不清地喊了两声"时瑾"，身后的床头柜上，红酒杯倾倒，酒液顺着桌面一滴一滴地砸下来。

无人应声，玄关处站了一个男人，个子很矮，身材微胖。

他目光灼热，一步一步地走近。

汪！姜博美突然咬住男人的裤腿，用力往后拖。

男人用力将它踹开："滚开！"

姜博美却死死地咬住男人的裤腿，怎么也不松口。

男人随手摸到一把凳子，狠狠地砸了过去。

"汪——"

顶楼，DJ舞曲还在继续，声音震得人头晕目眩。

宇文冲锋抿着唇，一直在揉眉心。

谢荡坐在他对面，懒洋洋地抬了抬眼皮："怎么了？"

宇文冲锋摸到桌上的酒杯，喝了一口，看着谢荡道："你别晃。"

他动都没动！谢荡跷着二郎腿，瞪了对方一眼："你怎么跟笙笙似的，没喝几杯就开始晕。"

"笙笙她——"话突然中断，宇文冲锋突然看向桌上那杯酒。

谢荡踢了踢桌脚："傻了？"

宇文冲锋猛地站了起来。

谢荡被他惊得坐正了："怎么了？"

"笙笙在哪儿？"

谢荡被他吼得一震，反应慢了半拍："在楼下休息啊。"

宇文冲锋一言不发，大步流星地便走去了吧台。谢荡一头雾水，愣了一下，赶紧追上去，就见宇文冲锋一把拽住了莫冰的手。

"笙笙在哪个房间？"

"出什么事了？"

他耗尽了最后一点儿耐心，红着眼吼道："我问你笙笙在哪个房间？"

莫冰反应过来，一句话都没有多说，扭头就往外跑。

"快让开！让开！"

音乐骤然停了，在舞池里热舞的男男女女全部愣在原地，看着宇文冲锋发了疯似的跑出去，后面跟着谢荡和莫冰。

"到底怎么了？"

宇文冲锋一言不发。

谢荡大步跨了两级台阶，跑到宇文冲锋身后，急得抓了一把头发："你倒是说句话啊！"

"笙笙的酒有问题。"宇文冲锋越走越快，"里面掺了致幻的药物。”

她的酒有问题。

他要喝度数低的烈酒，她便用了自己的酒做基酒，因此她给他调的那杯酒同样有问题。若他猜得没错，酒里有少量的LSD（Lysergic acid diethylamide，也称为“麦角二乙酰胺”，常简称为“LSD”，是一种强烈的半人工致幻剂），服用后的症状与微醉如出一辙。

谢荡闻言，不要命地往楼下跑去。

他们到时，房门紧闭，里面没有任何响动声。

谢荡用力捶门：“笙笙！”

没有人应，谢荡失控，红着眼喊了两声“房卡”。

“房卡在小乔那里。”便是一贯冷静的莫冰也乱了阵脚，抖着手几次都按不准手机键。

“让开。”说完简短的两个字，宇文冲锋退后一步，再用力回撞，谢荡二话不说，跟着撞门。

两人发了狠地撞着门，一下比一下重。

莫冰站在一旁攥着手指，掌心被掐出一道道血痕，瞳孔蓦然一缩，喃喃道：“血……”

只见宇文冲锋的右臂上鲜血淋漓，他却不知道痛似的，机械又麻木地用身体去撞门，半边袖子都被染红了，血顺着手臂一滴一滴地落下。

他手上有伤。

谢荡看了一眼地上的血，眼睛都红了，推开宇文冲锋，拿起门旁边的灭火器用力砸向门锁。

金属撞击发出巨大的声响，甚至有火星迸出来，溅到了谢荡的手背上，他完全无动于衷，玩命似的砸门。

数十下之后，木门裂了条缝，咣当一声，门锁断裂。谢荡扔了灭火器，一脚踹开门。外面的光线照进原本昏暗的房间，率先映入三人眼帘的便是玄关处蜿蜒一地的血迹，还有躺在地上低声呻吟的男人。

男人头破血流，满脸是血，让人看不清样貌。

水杯碎了一地，到处都是玻璃碎片，茶几下有一摊血，顺着血迹往里看，姜九笙躺在那里，一动不动。

“笙笙！”

谢荡看了看那摊血，眼睛都红了，抬手想碰姜九笙又不敢，盯着姜九笙的手臂。她的整条手臂上横七竖八的全是玻璃划痕，血淋淋的，她的手边还有一个沾了血的烟灰缸。

“笙笙。”谢荡弓着腰，“笙笙。”

姜九笙动了动，吃力地睁开眼，瞳孔涣散。她张开唇，没有发出声音，嘴巴一张一合，说了两个字。

莫冰蓦然回头，只见墙角的盆栽旁，一只博美趴在那里，浑身是血，闭着眼睛，连呜咽声都没了。

谢荡爆了句粗口，拿起地上那个烟灰缸直接往男人头上砸。

昏迷中的男人生生痛醒了，抱着头哀号不停。谢荡仍不解气，抬脚就踹他的肚子。

宇文冲锋是三人中最镇定的一个，抿着唇，拨了急救电话，眼底半分慌乱之色都没有，可若细看，会发现他按键的手在轻微颤抖。

挂了电话后，他没有再说一句话，蹲下身小心地将姜九笙抱起来，右边手臂颤抖。

他走得快，滴了一地的血，也不知是她的还是他自己的。

门口，秘书和小乔刚到。宇文冲锋只留下了一句话：“不要报警，把人扣下，私下解决。”

谢荡立马跟着出去了。

“莫冰姐，”小乔看了看地上的血，“发生什么事了？”

莫冰没有时间解释，把博美抱起来交给她：“快送去宠物医院。”

原本一动不动的博美突然睁开眼睛，冲着小乔就叫，叫完后撑不住又昏了过去。

小乔被它浑身是血的模样吓到了，脸色苍白地接过博美，没有耽搁，立马抱着出去。

莫冰没有立刻离开，在屋里环顾一圈，目光落在了床头柜上。她走上前，盯着床头柜上的红酒杯。

她走的时候，给姜九笙留的是一杯温水。

红酒杯歪倒在柜子上，几滴酒顺着桌面淌下，莫冰用指腹蘸了一点儿酒放在舌尖尝了尝——杯子里是姜九笙最喜欢的红酒。

如果她猜得没错，这里面应该加了东西，不然以姜九笙的身手，就算状态再差，也不至于让自己见血。

这是秦氏的会所，能拿到房卡的人有很多，前台、侍应生还有秦家的任何人。

莫冰没有久留，跟车去了医院。

八点半，市警局。

值班的警员正在做案件整理，忽然大门被推开，一阵风灌了进来，警员抬头看了一眼，立马站起来敬了个礼："霍队！"

霍一宁抬了抬手，随意地回了个礼："九里提车祸的那个货车司机呢？"

"在审讯室，黄队在审他。"

霍一宁挥了挥手，示意他先忙，手插着兜，迈着大长腿往审讯室走去。

审讯室外的椅子上，有人端坐着，安之若素。

霍一宁上前道："时瑾？"外科医生？

现在的医生都长这样？

时瑾颔首。

霍一宁抱着手臂靠着椅子，头发修剪得很短。他随手抹了一下头上的雨水："我看了现场的勘测数据，加速段在后面，那个货车司机应该是故意撞你的。"

时瑾淡淡地回应："嗯。"

没了？

霍一宁审视了时瑾许久，也未能瞧出时瑾眼里的情绪。他阅人不算少，加之职业原因，会一点儿心理学与微表情方面的知识，这位时医生是第一个让他看不出丝毫端倪的人。

"时医生有没有什么仇家？"

时瑾道："很多。"

他得历经多少，才能练就这副雷打不动的本领？霍一宁无话可说了，推开门走进审讯室，里面的人抬头看过来，显然被惊了一跳。

"你不去维护城市交通，跑局里来做什么？"开口的是刑侦二队的黄队长。

霍一宁大大咧咧地坐下，将一只脚搭在对面的椅子上，拿了支笔，敲了敲桌子，笑得跟军痞子似的："我来帮你审人啊。"

黄队扔了个白眼给他："疯狗！"

霍一宁在局里的绰号是"疯狗"，只要他盯上了嫌疑人就往死里咬。

审讯室外，时瑾依旧泰然自若。

忽然手机铃声响起，他接了起来："喂。"

莫冰语速极快地道："时医生，快来天北第一医院，笙笙在医院急救——”

没听完后面的话，时瑾起身，脚步生风，一句话都没留便冲出了警局。

他身后的警员嚷道：“喂，你还不能走！

“你回来，不能走！

“笔录还没做啊！”

天北第一医院急诊大楼的护士站里，几个年轻的护士正在交接班，随口闲扯了几句。

“怎么来了这么多记者？”林护士刚来接班。

正要下班的柳护士边摘护士帽边道：“刚刚姜九笙被送来急救了。”

不等林护士开口，心外科的小韩护士端着托盘不知道从哪里跑过来道：“我笙爷怎么了？”

小韩护士的偶像是姜九笙，姐妹几个都知道。

柳护士将她拉到一边，小声透露道：“姜九笙LSD摄入过量，正在急诊室洗胃。”

LSD？

致幻剂！

小韩护士放下手上的护理单就要往急诊大厅跑，可脚还没迈出去，就听见一个熟悉的声音。

“姜九笙在哪个急诊室？”

小韩护士一扭头，就看见了她们科室的时医生。

柳护士一脸诧异地问道：“时医生怎么来了？”这个时间时医生早就下班了。

“在哪个诊室？”

他惜字如金，眼神沉沉的。

几人见惯了礼貌绅士的时医生，哪里见过这般气势逼人的时医生，柳护士磕巴了：“三、三号急诊室。”

时瑾道了一声“谢谢”，看向小韩护士：“请消化内科的彭主任与神经内科的钱主任过来三号急诊室。”

小韩护士愣愣地道：“哦。”

这会儿三号急诊室外面全是保镖以及娱乐圈大咖，简直水泄不通。

值班护士很头痛，她好声好气地对外面的大人物们重复了第三遍：“请你们去候诊大厅等可以吗？”

门口那群大佬，一个都不肯走。

值班护士都快哭了："你们围在这里会影响我们工作的。"

对面的众人还是无动于衷。

值班护士一筹莫展的时候，突然看见救星："时医生，时医生！"

时瑾从人群里大步走来，穿着大衣，大衣里面是针织的套头薄毛衣，在这天寒地冻的冬夜，他额头上竟有薄汗。走近后，他道："先给那两个病人包扎。"

值班护士说好，忙去准备包扎用的药品。

时瑾说的病人是谢荡和宇文冲锋，两人一身狼狈，身上血迹斑斑的，和几个天宇的艺人一起守在外面。

时瑾没有多言，交代刚接到电话赶来的医助："肖逸，带他们去我的诊室。"他转头看了宇文冲锋与谢荡一眼，"洗完胃我会把笙笙转去我的科室。"

宇文冲锋点头，让秘书带其他人先回去，他与谢荡去心外科的诊室包扎，留下莫冰在急诊室照看。

时瑾从医用推车上拿了口罩和手套，掀开挂帘进了诊室。正在给姜九笙洗胃的章医生露出一副受宠若惊的样子。

"时医生，"章医生是后辈，语气很尊敬，"您怎么来了？"

时瑾的目光落在病床上："不用管我，继续。"

章医生以为时瑾是来现场指导的，越发谨小慎微，一点儿也不敢大意。一旁的护士长正在给姜九笙包扎手上的伤口，她刚给伤口倒上消毒药水。

时瑾将医用托盘接过去，放在了病床上："让我来。"

护士长大吃一惊："不用麻烦时医生，我来就好。"

时瑾没有多言，蹲在床边，用棉球蘸着碘伏溶液清洗姜九笙手臂上的伤口。

奇怪了，时医生的手怎么有点儿抖？

护士长看了又看，瞧着时瑾轮廓漂亮的侧脸，还是不明白天北的外科圣手做个简单的包扎怎么会手抖。

急诊室里安静得过分，气压低得让人喘不过气来，章医生不自在，便找了个话题："病人手上的伤应该是玻璃割的，从角度与力道来看，像是病人自己割的。"

护士长附和道："估计是为了刺激痛觉神经，不然病人摄入了这么多致幻剂，不可能还能保持神志清醒。"

时瑾自始至终默然不语。

这时病床上的人醒了，她还插着胃管，说不了话，只是张了张嘴。

时瑾放下手里的镊子，握住了她的手："笙笙，乖，别说话。"他在她的手背上亲了亲，心疼得声音都在发颤，"很快就不疼了。"

姜九笙气息微弱，眼皮又缓缓合上了。

章医生和护士长目瞪口呆。

时医生和病人认识？！

时瑾抬头道："这是我女朋友。"

章医生："……"

护士长："……"

难怪时医生亲自过来包扎，难怪他的手会抖！

后面整个洗胃过程诊疗室的气氛都很沉默，章医生有点儿发怵，动作战战兢兢的，洗个胃出了一身冷汗。

消化内科的彭主任和神经内科的钱主任一前一后过来了，还带了几个在这方面很权威的主任医师。两个科室一起会诊，诊断结果是并无大碍，病人洗胃之后就可转去普通病房做拮抗治疗。

时瑾问了一些注意事项之后，礼貌地恳请道："我女朋友是艺人，她的就诊信息还请各位保密。"

几位医生和护士连忙点头。

时瑾没有再说什么，脱下外套遮住姜九笙的脸，把她抱进怀里，走出了急诊室，医助肖逸亦步亦趋地推着输液架跟在后面。

宇文冲锋与谢荡都在时瑾的诊室里等着，时瑾安置好姜九笙后才过去，率先开了口："这件事能否让我来处理？"

宇文冲锋点了点头，谢荡虽不情愿，但也没反对。

时瑾走到莫冰跟前，喜怒不形于色，唯有眼神寒凉："我想知道这件事的所有经过。"

莫冰点了点头，便将事情的经过仔细地讲了一遍。

姜九笙是后半夜醒的，睁开眼就看见了病床前的时瑾，他目光专注，眼底有她的影子。

"时瑾。"她喊了一声，声音干涩。

时瑾一言不发，白炽灯下，他眼底有光浮现，像暴风雨前压抑的宁静。

"我没事。"姜九笙伸手，手指在他的眉间点了点，"别担心了，也别皱眉了。”

他抓过她的手，亲了亲。

“博美呢？”

“在宠物医院。”时瑾知道她记挂博美，告诉她道，“刚刚那边来过电话了，它没有生命危险，养养就会好的。”

姜九笙这才松了一口气，紧绷的神经松懈下来，有些脱力。

时瑾蹙着眉道：“笙笙。”

“嗯？”

“对不起。”

他的嗓音低低的，压抑又紧绷。

姜九笙的力气还没恢复，语气有些软软的：“你为什么要说对不起？”

“我来晚了。”

姜九笙听出来了，他在自责，他眼底有愤怒，深处燃着一旦爆发便一发不可收拾的火焰，只是他在极力地克制隐忍着。

她有点儿不安：“是不是发生什么事了？”

时瑾没有细说：“我来时出了车祸。”

姜九笙一听便紧张了：“你有没有受伤？”

“没有，我避开了。”

她不放心，撑起身子要爬起来。时瑾扶着她，又把她抱回去，站直了让她看个仔细：“我没事，车子性能好，撞到了护栏上，我没有伤到。”

姜九笙这才放心：“那就好。”

不早不晚，偏偏在她出岔子时他也不顺，姜九笙不免会多想。

“这件事我去弄清楚，你好好养病，什么都不要想。”

“我知道你现在一定很窝火，你做什么我都不反对，就答应我一点。”她说得郑重其事，“不要受伤，不要做对自己不利的事。”

她了解时瑾，知道他绝不会息事宁人。她知道，不论他平素涵养多好，待人多绅士有礼，也绝非忍气吞声之人，他有自己的底线，同样有足够的手腕。

秦家六子怎么可能是庸碌之辈？这一点姜九笙坚信不疑。

时瑾没有迟疑，答应了：“嗯，都听你的。”

夜深人静，病房外的走廊灯光微暗。宇文冲锋咬着一根没点着的烟，靠着姜九笙病房门口对面的墙站了许久，把烟扔进了垃圾桶，转过身就看见了谢荡。

“还没走？”

谢荡挑着眉道：“你不是也没走？”

宇文冲锋没再说话。

谢荡盯着他道：“你脖子上挂的那枚戒指，是不是跟笙笙有关？”

他这是疑问句，不过语气笃定。

他十五岁就进了音乐圈，与宇文冲锋认识七八年了，性情完全不同的两人虽总是磕磕绊绊你来我往，却出奇地臭味相投。谢荡知道宇文冲锋脖子上挂了个宝贝，从来不让别人碰，有一次两人喝高了，他抢着要看，宇文冲锋当时就踹过去了。

宇文冲锋没否认：“那是她散打比赛的奖品。”他往椅子上一坐，懒懒地向后靠着，“我偷来的，她不知道。”

谢荡一脚踹了过去：“你藏得真深。”

他拿这厮当兄弟，可这厮居然想泡他的另一个“兄弟”。

宇文冲锋只是笑笑，一脸坏相。

谢荡想着要不要把他拖出去暴打一顿，看了看他手上的伤，算了，还是等他好了再打。

“你的手怎么了？”谢荡试探性地问道，“又是你家唐女士？”

他偶然见过宇文家的那位夫人，那次他在宇文那里过夜，唐女士深夜过来，当时没什么异样，后半夜的时候就吞了安眠药。

谢荡后来才知道，宇文冲锋那个对外正气凛然的父亲又换新情妇了，还是唐女士身边的女陪护。唐女士本来就有抑郁症，受了刺激后更是有自虐倾向。

这也就算了，但宇文冲锋每次都跟着受牵连。

宇文冲锋习以为常，无所谓地嗯了一声。

谢荡无语。他就没见过这么奇葩的家庭，扭扭捏捏的肉麻话他说不出来，就坐在宇文冲锋的对面。

电话响起，宇文冲锋按了免提。

“锋少。”电话那头是他的私人秘书胡明宇。

“招了吗？”

胡明宇念了个名字出来：“柳絮。”

宇文冲锋沉默了片刻道：“把供词录下来发给时瑾。”

“OK。”胡明宇又请示道，“那这个姓张的导演怎么处理？”

宇文冲锋伸了伸修长的腿，对面的谢荡张嘴做了个投喂的动作，宇文冲锋懂了：“他不是喜欢玩药吗？给他多喂点儿。”

谢荡满意地跷起了二郎腿。

胡明宇回道：“明白。”

“别玩出人命，记得打急救电话，送来天北第一医院挂时瑾的号。”

“……”

宇文冲锋真会玩！

等他挂了电话，谢荡寻思道：“时瑾就是一个医生，我们圈子里的事他搞得定吗？”

宇文冲锋摸出烟盒，想到是在医院，又将其放回了口袋：“时瑾可不仅仅是医生。”

谢荡没明白。

“中南秦家，时瑾。”

中南秦家，那个黑白两道通吃的地下王国。谢荡心里有数了。

次日，姜九笙的工作室发了声明，说姜九笙误食住院，目前已无大碍。天宇传媒的官方账号转发声明，一个字也没有解释。

姜九笙究竟误食了什么，双方都没有说明，医院这边居然也一句都问不出来，跟商量好了似的。媒体一无所获，只得空手而归。

上午，消化内科的彭主任和神经内科的钱主任一起巡查病房，这也是破天荒的第一次了。

他们去查的是VIP病房的洗胃病人。

彭主任有点儿放不开手脚，很拘谨地给病人望闻问切，病人家属时医生先开口：“眩晕症状还没有消失。”

彭主任回答：“这是正常现象。”

“还会恶心反胃。”

彭主任听说时医生已经推了两天的手术了，可见他有多紧张这位“家属”。

“这也是正常现象，”看时医生一脸不放心，彭主任立马补充了一句，“继续拮抗治疗就可以了。”

时瑾颔首，又看向神经内科的钱主任。

钱主任赶紧说：“体征数据都很正常，没有任何异常现象。”

时瑾道了谢，请求道："还烦请彭主任和钱主任每隔两个小时过来查看一下。"

重症监护患者都没有这种待遇。

他们很忙的好吗？

彭主任连连点头："好、好，没问题。"

钱主任笑得慈祥和蔼："一定、一定。"

时瑾再一次道谢。

彭主任出了病房，钱主任磨磨蹭蹭，见没外人，提了一嘴："时医生，下周我母亲的搭桥手术，能不能麻烦您主刀？"

原本医院一般不会安排这种小手术给时医生的，他的手术时间很宝贵。

"嗯，可以。"

钱主任连说了几句谢谢，这才走出病房，心想，果然还是时医生的人情好用。

时瑾把病房的门关上，回到病床前："还难受吗？"

姜九笙摇头："好很多了。"

她要坐起来，时瑾给她在背后垫了一个枕头。

"你不用去忙吗？"

"今天病人不多。"

"时瑾，我有点儿渴。"她已经超过十二小时没有进食进水了。

时瑾摇了摇头，温声说："再忍一忍，你还不能喝水。"

姜九笙舔了舔唇。

时瑾瞧得心软，去接了一杯水，用棉签蘸着给她润了润唇。她没忍住，伸出舌头去舔。

时瑾笑了笑，转头问病房里的护士："可以出去一下吗？"

护士茫然地道："体温还没有量啊。"

目光从来不刻意落在异性身上的心外科时医生，这会儿眼睛还扎在他女朋友的脸上，头也没抬地说："体温计给我，我给她量。"

"哦。"

护士留下体温计和记录表，走出了病房，并且体贴地带上了门。

姜九笙疑惑道："怎么了？"

时瑾没说话，把棉签放下，将剩下的水喝了，然后俯身，含住了姜九笙的唇。

下午莫冰过来陪护，时瑾去了警局。

姜九笙的精神已经好很多了，不过她还在禁食中："博美怎么样了？"

"它伤在头上，被剃了毛，闹半天了。"莫冰怕她记挂，一五一十地告诉她，"不过它还有力气闹绝食，估计恢复得不错，就是前腿骨折了，要养一阵子。"

姜九笙稍稍放心了。

莫冰搬了把椅子坐床边："你没白疼它，这狗子真成精了，知道忠心护主了。"

要不是姜博美护主，情况可能更糟，毕竟姜九笙摄入了那么多致幻药物，当时的状态很差。

"伤筋动骨要养很久，你帮我照看一下，多给它做点儿好吃的。"

"放心，小乔在宠物医院守着呢，天天给它吃大补汤也能一个礼拜不带重样的。"莫冰说起了正事，"柳絮和那个导演，你家时医生准备怎么整？"

姜九笙摇头。

莫冰惊讶地道："你也不问问？"

"我随他。"

莫冰没再多问。

"笙笙，我觉得这件事不只这么简单，你房里的那杯红酒不一定是柳絮放的。我去会所找过监控录像，真不巧，设备故障了，而且时医生出车祸的时间也很凑巧。"

那个导演莫冰是认得的，他叫张荣海，是个知名的电影导演，有能力，名声也大，可就是作风不检点，和他有关系的女艺人两只手都数不过来。

怪就怪在那个导演没胆子把主意打到姜九笙身上，必定有人在背后推波助澜。

姜九笙若有所思，说道："大概同秦家的哪位有关。"

"中南秦家？"巧了，出事的会所就是秦家的。

姜九笙点头。

莫冰诧异不已："你什么时候跟秦家牵扯上的？"秦家不是一般的商贾，那种处处腥风血雨的家族，离得越远越好。

她家艺人淡然自若地回了一句："时瑾是秦家老六。"

不带这么吓人的！莫冰瞠目结舌。

宠物医院。

病号104，姓名姜博美，年龄两岁，品种博美。诊疗记录：前腿骨折、额前缝针。

这会儿，病号104刚精神了点儿，就扒着笼子叫个不停。

“汪！”

宠物护工看着大叫不已的病号104，有点儿担心它会破笼而出，问身旁的女孩：“你到底是不是狗狗的家属？”

小乔提着手里的骨头汤，神色无奈：“是啊。”

护工就不明白了：“那这只博美怎么一见你就叫唤？”它跟见到八辈子的仇人似的，一副开了笼子就要扑上来大战五百回合的架势。

小乔茫然地摇头：“我也不知道。”

病号104：“汪汪！”

它眼神那叫一个凶恶，一只小博美硬是叫出了藏獒的气势。

护工说道：“算了，你还是别过去了，我帮你送过去，免得狗狗又把头上的伤口挣开了。”

小乔连连点头，把手里的保温桶递过去：“谢谢啊。”

市警局。

霍一宁抱着手臂，架着腿大大咧咧地坐着，把文件推了过去：“在这儿签字，就可以结案。”

时瑾只扫了一眼，便拿起笔。

“真要这么结了？”

时瑾眼里无波无澜：“有其他证据吗？”

霍一宁摇头。

“那就只能当交通事故处理。”时瑾拿起笔签了自己的名字。

外科医生都这么泰山崩于前而色不变？这件案子明显是故意伤害，往严重了说是杀人未遂。

“昨天审讯的时候，那个货车司机说了秦氏，不过见到律师过来后，他当即改了口，说自己有点儿脑震荡，反口不认了。”

时瑾沉默不语。

霍一宁继续道：“而且我早上接到上头的命令，意思是让我别插手这件事，很明显这件事和秦家有关。”

时瑾听完，波澜不惊地应了一声：“嗯。”

没了？

霍一宁笑了笑，眼神意味深长：“你好像一点儿都不惊讶。”这位医生真是个奇怪又矛盾的人，分明总是一副和风细雨的样子，偏偏镇静起来叫人毛骨悚然。

“你昨天问过我是不是得罪过什么人。”时瑾从容不迫地说，“秦家是其中之一。”

所以，这件案子是有预谋的。

霍一宁对此了然于心，时瑾能得罪秦家的人，怕也不是什么好捏的柿子。

时瑾把签好的文件推了过去：“谢谢。”

剑眉星目，沉稳优雅，看着真像个风度翩翩的好人，可怎么就是让人觉得深不可测呢？

霍一宁起身道：“希望我们下次见面不是在警局。”他伸出手，“你打算就这么算了？”

时瑾握了握他的手，松开：“我不是嫌疑犯，是不是可以拒绝回答？”

霍大队长整了整身上的警服：“当然，你可以拒绝。”

时瑾离开警局后，副队赵腾飞带回了一份资料。

“霍队，那个时瑾是秦家人。”

霍一宁倒是很意外，叼着烟问：“他竟也是秦家的？”

“嗯，秦家老六。”

霍一宁摩挲着下巴，笑了：“窝里反啊。”

他就喜欢这种戏码。

秦氏的大本营在中南相连三省，驻江北只有一栋商业大楼，三十四层，是秦家整个江北业务的销售枢纽，涉及传媒、酒店、电子等行业，归秦家二少管理。

总裁办外，秘书敲了三下门，提醒道：“二少，离会议开始还有十五分钟。”

他候了片刻，听见里头传话出来。

“给我订一张明晚飞中南的机票。”

“好的。”

秘书得了指令，回了办公位。

约莫过了一刻钟，老板椅上的人才动身。手机在这时响起，男人停下脚步，用一只戴着白手套的手拿起了办公桌上的手机。

电话那头传来娇柔的女声："二哥，是我。"

秦明立换了只手拿手机："怎么了？"

女人很慌张地道："时瑾好像知道了什么。"

"怕什么？监控已经被毁了，他本事再大也查不到你头上。"

女人没有应声。

秦明立压低声音，似是劝哄，又似命令地道："好好守着你现在的位置，别露出马脚，知道吗？"

"我知道了。"

"晚上去别墅等我。"

女人娇羞地应了。

"宝贝儿真乖——"

一句话还未说完，门突然被人推开，秦明立抬头看去。

时瑾一个人赤手空拳就来了。

他来得真快呢。

秘书似乎也嗅到了不寻常的气氛，战战兢兢地道："二少，我、我们拦不住。"他们也不敢拦，谁敢拦秦家六少？

保安紧随时瑾到来，围住了门口。

秦明立错愕片刻后，挂了电话，下令道："你们出去。"

秘书与保安面面相觑，不过还是听令退了出去，将门带上了。

秦明立坐回老板椅上，拖着懒洋洋的腔调说道："稀客啊。"

时瑾走近，窗外的阳光刚好落进他的眼里，黑漆漆的瞳孔里映出一抹明黄色的光。

他问："你干的？"

简单、干脆、单刀直入，是时瑾一贯的风格。

"六弟指的是？"

时瑾凉凉地看了秦明立一眼，没有说话，凑近了一步，不疾不徐地伸手从桌上的笔筒里取了一支笔。

秦明立看着他，等着下文。

秦明立愕然盯着时瑾手上那支笔，想到了什么，猛地起身。就在这时，肩膀被按住，他刚要挣脱，尖锐的笔尖就抵在了他的脖颈上，他挣扎的动作骤然停下："你——"

笔尖往里推了一分，秦明立的声音戛然而止，这时，时瑾开口道："不用试探了，我可以告诉你，那个人你碰不得，除非先把我弄死。"

他承认了，竟这么轻而易举地摊了牌，倒更像堂而皇之的恐吓。

秦明立突然笑了："六弟，你怎么还和八年前一模一样，兜兜转转还是为了女人。"

"你也和八年前一样，不知死活。"

话音落地，时瑾抬高手，狠狠地将笔尖插进了秦明立的肩膀。

秦明立吃痛，动也没动，狞笑道："我的好弟弟，你知不知道这个办公室外面有多少替我卖命的人？"

只要他一声令下……

时瑾置若罔闻，将笔拔了出来，似乎很是嫌恶，皱着眉抽了一张纸巾细细擦拭手上的血。

"你忘了？十二年前，汝矣岛上。"

秦明立闻言，面如土色。

十二年前，汝矣岛上，秦家实战演习，参与者到最后只剩下他和时瑾。当时他拿着麻醉枪，时瑾拿着匕首，所有人都以为胜负毫无悬念。

可留到最后的人，是时瑾。

"是你的人快，还是我的手快，"时瑾凌厉的目光就落在秦明立的脖子上，"还要再试试？"

他敢，他敢戳穿秦明立的脖子。论心狠手辣，他时瑾可从来不差谁半分。秦明立退了一步，眼底有精光一闪而过，心里已然有了盘算。

他们之间不论谁没了，剩下的那一个估计都不会好过。

本家那个老头还喘着气呢，打了一辈子的江山，老了忌讳就多了，子女之间弱肉强食是没错，可这条规则的基础是那块"肉"得是老头亲自抛出来的。

"我们何必打打杀杀。"秦明立按了按肩头的伤，摸到一手的血，他阴着脸，眼角却带着笑，"你知道我想要什么，我现在也知道你的底线在哪儿了，你不妨碍我，我自然不会去触犯你。"

可偏偏老头心心念念的继承人一直是时瑾。

嗯，自己不能急。

"嗯，我不妨碍你。"时瑾应道，"不过这次的账我还没算清。"

秦明立瞬间警惕起来，下意识地想退，可惜右肩有伤，慢了一步，被时瑾一把擒住了右手，他暗道不好。

却见时瑾不急不缓地转了转手里那支血迹未干的笔。

“我家笙笙手上被划破了六处，除去你肩膀上挨的这一下，还差五下。”他说，“得还。”

秦明立挣扎了两下未果，恼羞成怒道：“时瑾，你别以为我不敢弄死你。”

“你不敢。”说完，时瑾抬手就刺了下去。

“啊——”秦明立惨叫一声，脸登时就白了，痛得整条手臂都麻了。

时瑾不紧不慢地数了一声：“一。”

“时瑾！”

时瑾慢悠悠地抬起手，再刺下去：“二。”

又是一声痛叫，秦明立龇牙咧嘴，疼得五官都扭曲了：“我一定会杀了你！”

时瑾轻声念道：“三。”同时抬手，刺入。

秦明立咆哮道：“时瑾！”

“四、五。”

惨叫声还未停，门猛地被踢开。

秦明立痛得满头大汗，看向门口。

来者是秦霄周。

“时瑾。”秦霄周看到时瑾竟哆嗦了一下，“你、你这是做什么？”

秦明立怒目圆睁，大吼：“还不快拉开他！”

秦霄周还在愣神，就见一双黑漆漆的眼眸望过来。

时瑾言简意赅地道：“不要插手。”

秦霄周刚迈出去的一只脚本能地缩了回去，他噤若寒蝉，一句话都不敢再说。他最怵的人就是时瑾，怕得灵魂都在战栗。

“这次我只讨了本金，”时瑾抽了一张纸，慢条斯理地擦掉手上的血，“若有下次，我可不会轻饶了你。”

他扔了纸，转身离开。

时瑾出了秦氏大楼，驱车回医院。他喷了两瓶消毒水也压不住血腥味，他嫌恶地拧着眉头，看见后视镜里映出的一双微微泛红的漂亮眸子。

他见血会兴奋，像是本能反应一样。

电话响起，时瑾一只手开车，另一只手接通蓝牙耳机，宇文冲锋的声音便传了过来。

“那个姓张的，已经扔到医院了。”

过了很久，时瑾才说了一句“谢谢”。

“我不是帮你，是帮姜九笙。”说完宇文冲锋就挂了电话。

时瑾紧抿着唇，眼里有一层暗色，思索了许久，拨了一个电话。

“先生。”

时瑾言简意赅，直接下达了命令：“可以着手了，就从秦明立开始。”

“明白。”

他一踩油门，朝医院的方向开去。

八年了，他藏了她八年。

这八年他不去想她，不去见她，终于从单枪匹马打拼到了拥有千军万马。

八年够久了，他也该算算陈年旧账了。

天北第一医院，五楼心外科。

走廊最里侧的门紧闭着，墙上挂着名牌：心外科，时瑾。

咚咚咚，三声敲门声过后，时瑾的声音从屋里传出来：“谁？”

门口的人回道：“我。”

时瑾抿着的唇扬起，声音温柔地道：“进来。”

姜九笙推开门进去，抬起头便看见时瑾衣衫不整，只扣了衬衫下面两颗纽扣，依稀能看见白色衬衫里的腹肌还有漂亮的锁骨。

她一时愣在原地。

时瑾笑了笑，对她招了招手：“过来。”

姜九笙没动。

他的声音低了一些：“笙笙，你来帮我扣。”他摊开右手手掌，对她示弱，“我的手受伤了。”

姜九笙一听便不镇定了，走过去抓住他的手，果然，他的掌心像被锋利的东西划到了，有几道血痕。

“怎么受伤的？”

她不放心，仔仔细细地打量时瑾，看他身上还有没有其他的伤口，却在椅子上发现了他换下来的衬衫，袖口上有一大片血渍。

姜九笙慌了。

时瑾解释：“那是别人的血。”

她直接把时瑾右手的袖子捋起来，没见到伤口，这才放心，稍稍镇定下来。

"是秦家人？"她猜测道，"秦二吗？"

时瑾失笑："我家笙笙真聪明。"他有些无奈，只好招了，"是他，我去教训他了。"

姜九笙大概能猜到时瑾是怎么教训秦二的，她不管过程，只要时瑾没有吃亏就好。

果然，莫冰说得很对，昨夜的事不是柳絮一个人捅的娄子，螳螂捕蝉黄雀在后，这就解释得通那杯红酒和监控的问题了。在秦氏的会所里，秦家人自然无所不能。

她与秦二无冤无仇，甚至从未有过交集，他哪里有必要这么大费周章？那么就只有一种可能，他是冲着时瑾来的。

姜九笙有一点想不明白："我听宇文说过，秦二已经接管了秦家近半数的生意，你都从秦家出来了，他为什么还要忌惮你？"

时瑾蹙起了眉头。

他家笙笙太过聪慧了，一点就通。

"因为秦行想让我接手秦家。"

匹夫无罪，怀璧其罪。

"那你呢，你不想要秦家吗？"

那么大的一个商业王国，诱惑力可想而知。

时瑾却摇头道："秦行年轻的时候敢闯敢拼，得罪了很多人，也碰了很多不能碰、不该碰的生意，再花两百年也洗不白。我若不从秦家出来，你也得被拽进去。"

也是，出来道上混的人，都得还。

而且秦家那么大一块肥肉，谁不想咬一口？

姜九笙眉头微锁："那怎么办？"

明面上有秦家那对父子，暗地里还不知道有谁，这次他们能算计她，下次他们就能算计时瑾。

"别担心，他们会的东西，我也都会，我没那么好对付。"时瑾把她抱起来放在桌子上，"我只担心你。"

她想安慰他。

时瑾先开了口，向她道歉："抱歉笙笙，是我硬把你拉进来的。"

"我要是不愿意，谁也拉不动我。"她低头给他扣衬衣的扣子，动作不熟练，却异常认真地在扣，“这次是我大意了，以后我会更加谨慎。你不用担心我，我会点儿防身术，没有那么好对付。你也不要对我说抱歉的话，从我知道我对你有感情的那天起，就做好了不管不顾的准备。”

她总是这样，若对一个人好，便毫无保留；若爱什么，就爱到极致。

时瑾什么都没说，低头吻住了她。

第十章
前尘过往，渐露水面

姜九笙住院的第二天，可以进食了。时瑾给她做了小米南瓜粥，很清淡养胃，简单的食物，味道却出奇地好。粥是肖逸送过来的，时瑾在忙。

她吃完想要去找时瑾，路过六楼的VIP病房时，看见了一张熟悉面孔——张荣海，前晚被她用烟灰缸砸了脑袋的那位导演。

张荣海似乎情绪失控了，在病房里大喊大叫。

"别过来！"

有男护工试图上前拉住他，他用力一甩道："都滚开！"

一屋子医护人员面面相觑，一时不知道该如何是好，只好反复安抚。奈何他们才往前一步，张荣海就发了疯似的把地上的注射器、托盘等东西一股脑儿地砸过去。

"有人要害我！

"他要害死我！要害死我！

"你们都别过来！

"谁都不可以害我！休想害我！"

……

病房外，姜九笙若有所思地站着，护士急急忙忙地从病房里跑出去，撞了她的肩，连连道歉之后便快速跑走了。

张荣海的主治医师是神经外科的徐医生。

护士一口气跑了三楼，气喘吁吁地推开神经外科办公室的门："徐医生，608床的病人突然异常。"

徐青舶拿起听诊器，边走边问："什么情况？"

"血压、心率上升，病人突然亢奋，非常狂躁，跟昨晚的症状很相似。病人抵触心理很强，不肯让医护人员近身，而且拒绝治疗。"

徐青舶没有再问，加快了脚步，刚出办公室，便看见时瑾靠在门对面的墙边，一副从容不迫的样子。

心外科在五楼，这里是三楼，难得看见时瑾来神经外科，徐青舶问了一句："找我？"

时瑾走了过来："嗯。"

"私事还是公事？"

"私事。"

徐青舶看了一眼手表："我现在有病人，等我十分钟，结束后我去心外科找你。"

"一分钟就够了。"

"哟，破天荒头一遭啊。"

"你先过去给病人注射镇定剂。"徐青舶对护士交代完，看向时瑾，"怎么了？"

"608床的病人，我建议你把他转到精神科。"

真巧，又是608床的病人。

"你看过他的病历？"

时瑾摇头道："姜博美的头就是他砸的。"

"哦，原来这位就是罪魁祸首啊。"

时瑾不否认："我吓唬了他一下。"

时瑾懂点心理学，他的吓唬可不是一般的吓唬。

"我就说病人怎么突然有了被害妄想症。"徐青舶突然严肃起来，"时瑾，过了。"

时瑾不以为然地道："一个做尽坏事的家伙，他罪有应得。"

想法极端、行为危险，时瑾就是典型的偏执型人格障碍患者。

徐青舶语重心长地道："那也该让法律来审判，不是你。"时瑾最好尽快接受心理治疗，他现在的行为简直是在尖刀上行走，稍稍失去平衡，后果不堪设想。很显然，这个平衡的支点就是姜九笙。

时瑾却置若罔闻："我不是来征询你的意见的。"

徐青舶挑眉，等着下文。

“我是来警告你，别阻碍我。”

徐青舶彻底无言以对了。

时瑾的精神状态很危险，他可以预想到，若是哪天姜九笙走错一步，时瑾得跟着摔进万丈深渊里。

当天下午，神经外科有位张姓病人疑似患有被害妄想症，精神极度失常，为免妨碍及伤害到其他病人，医院将其转入精神科。

约莫下午三点，厉冉冉与靳方林小两口来医院探病。

厉冉冉坐在床边，一边削苹果一边感慨：“报应啊报应，现在圈子里的人都在传某张姓导演有精神病，以后他别说出来拍电影了，估计得待在精神病院和病友一起玩了。也不知道他是不是真的有病，精神病院里也没几个病人承认自己有病的，可进去了就是真没病也没人信哪。”

姜九笙没说话。

厉冉冉又说：“我估计那个姓张的就算没病也是心理变态，都好几个女艺人被他搞得抑郁了。我就见过一个，被那个禽兽用烟头烫了一后背疤。”

“老天开眼啊，下一个，”她猜测道，“估计就是柳絮了。”

姜九笙听着，仍没说话，一副若有所思的样子。这时病房的门被从外面推开，时瑾走了进来，身后还跟着一位中年护士。

“手术什么时候结束的？”姜九笙问。

“刚刚。”时瑾走到病床边，看了看输液器，将药液流速调慢了些，“我来给你抽血。”

下午她有个常规检查，需要做血检。

姜九笙的意思是：“让护士来也可以。”

“你的血管细，别人扎我不放心。”时瑾转头，礼貌又温和地道，“厉小姐，能坐过去一些吗？笙笙要抽血。”

哎哟喂，时医生帅炸了！厉小姐一脸痴相地挪着椅子，一点一点地往外挪。

时瑾道了一声“谢谢”，转头对姜九笙说：“笙笙，把右手给我。”

姜九笙乖乖地把手递过去。

时瑾帮她把衣袖挽起来，戴好手套与口罩，将橡胶管绑在她的手臂上，取了针消毒，抬头便看见她正盯着他的手。他笑着说：“别看针头。”

“我不怕。”

时瑾失笑道："笙笙，你盯着看，我怕我会手抖。"

采好了血样，时瑾用蘸了碘伏的棉签给她按压了一会儿，见没再出血才站起身道："我等会儿还有手术，很晚才结束，晚饭不用等我一起吃。"

"嗯。"

大概碍于病房里还有其他人，时瑾只是亲了亲姜九笙的手背，然后对病房里的另外两人微微颔首，转身走出了病房。

全程被塞"狗粮"的厉冉冉目送着时医生出去，门关上后，她立马扭头道："笙笙，"她竖起大拇指，"调教得不错。"

姜九笙哭笑不得。

厉冉冉一脸羡慕地说："我也想找个医生当男朋友。"

她刚说完，靳方林从沙发上起身："冉冉，出来一下。"

厉冉冉愣了三秒，一副小媳妇样，跟着出去了。

宠物不可以带进医院，莫冰给姜九笙打了个电话，说在医院外边儿，带了博美过来。

姜九笙推着轮椅出去看狗狗了。

"汪！"姜博美很激动，冲姜九笙嗷嗷叫。它的脑袋受伤了，头上的毛全被剃了，光秃秃的，还绑着绷带，戴了伊丽莎白圈，骨折的前腿被包成了粽子，整只狗都惨兮兮的。

莫冰摸了摸狗子的脑袋："我们的大功臣呢。"

姜博美甩了个高傲的眼神，骄傲得不行。

姜九笙看着博美，心疼又担心，问莫冰："它可以出院吗？"

"医院同意了，说它剃了毛后闹绝食呢，出来遛遛，换换心情也好。我送过来给你看一下，下午就送回医院。"

"给我抱。"

博美不等莫冰撒手，就往姜九笙身上扑，一头扎进姜九笙怀里蹭了蹭："嗷！"

姜九笙被它蹭得心都化了。

这时小乔刚好过来，手里还提了个保温桶，里面是给姜九笙炖的汤。她一走近，姜九笙怀里的小家伙立马抬起头："汪！"

"汪！"姜博美一副凶神恶煞的样子，冲着小乔就是一顿狂吼。

"这是怎么了？"莫冰好笑地顺了顺博美的毛，"你冲小乔叫个什么劲儿？"

"汪！"

小乔把保温桶递给姜九笙，怯怯地说：“你再吼我，我就不给你炖肉吃了。”

“汪！”

晚上姜九笙接到了一个很奇怪的电话，电话接通了对方却一句话都不说，也不挂断。

时瑾在一旁，等她挂了电话才说：“以后陌生的号码不用接。”他不是要管着她，解释道，“万一是坏人呢？”

姜九笙点头：“时瑾。”

“嗯？”

她欲言又止。

见她不说话，时瑾很紧张：“怎么了？”

姜九笙想了想，拉着时瑾坐在病床上：“我听医院的人说，张荣海被转送去了精神病院，这件事和你有关吗？”

时瑾的眼神蓦然凝住，他沉默了很久，才点头：“有。”

姜九笙看着他，一言不发。

见她久久没应声，时瑾有些慌张失措，拉着她的手，稍稍用力地攥在手里：“笙笙，你生气的话可以训我、骂我，别不说话。”

“我没有生气，只是不赞同你的做法。”

时瑾看着她，眼里光影浮动。

“我知道，就算我们是情侣我也没有权利干涉你的处事方法。”她尽量表达清楚，不敢太尖锐，“我只是不希望你太过极端，这风险太大。”

归根结底，她还是担心他，怕他有危险。

时瑾垂下眼帘，沉默了很久才道：“如果我就是这么极端的人呢？”

姜九笙蓦然怔住。

时瑾的视线不偏不倚，直直地落进她的眼底深处：“笙笙，如果我并不是你以为的那种人，你会怎么办？”

他似乎确实是那种极端的人。

他确实并非她一开始以为的那样温润如玉，虽绅士、救人无数、不与人为恶，有时却也极端、偏执。

明明是矛盾的两面，却又在他身上融合得恰到好处。

姜九笙想了很久，最后的结论是：“你是什么样的人，我都认了。”她的语气很坚定。

或许他还有很多她不知道的方方面面，可她就是鬼迷心窍似的，对他偏心得不像话。

时瑾笑了，眉间的阴郁消失殆尽："笙笙，我以后会尽量听从你的意见。"

他说的是尽量。

算了。

姜九笙抱住他的腰："不听也可以，别瞒着我就行。"

时瑾点头，想吻她。

电话偏偏在这时又响了，还是刚才那个号码打来的。姜九笙想了想，还是接通了电话，喊了两声，那头的人依旧没有回一句话，听筒里只能听见微微急促的呼吸声。

她安静地等了许久，开口问道："是锦禹吗？"

她平素很少将电话号码给不熟识的人，不知为何那日将私人号码给一个只有一面之缘的人，也不知为何会有这样的感觉，隔着电话都能感觉到那个少年的拘谨与小心。

过了许久，电话里传来少年的声音："是我。"

他语速很慢，咬字很清晰，大概是很少开口说话的缘故，嗓音沙哑又干涩。

姜九笙没有与自闭症患者相处过，不知道该如何与之对话，只好尽量温和地道："你是有话要对我说吗？"

又是很久的沉默过后，那边的人低低地念了一个名字："温诗好。"他又说了三个字，"小心她。"

姜九笙满腹疑问，正要询问，电话那头突然响起女人的声音。

"姜锦禹——"

通话突然被挂断了。

姜九笙盯着手机上的号码，愣神许久。

"是谁？"时瑾问。

姜九笙把手机放下："温诗好的弟弟。"

时瑾微微蹙了蹙眉："你们很熟？"

"只有一面之缘。"

时瑾的神情变得严肃，语气虽依旧温柔，却有些强势："温家虽然不比秦家是非多，但也不是什么干净清白的家族。笙笙，我不希望你和温家人有牵扯。"

他显然是知道温诗好的，甚至了解温家，而且也不难听出来，时瑾似乎对温家很戒备。

姜九笙感觉得到温诗好对自己的敌意，当然对温诗好没有什么好感。

她答应时瑾："我知道了，不与温家人深交。"

云城温家。

温诗好抱着手臂，背靠着门："打给姜九笙？"

姜锦禹一言不发，冷冷地盯着门口。

她显然对这样沉默的姜锦禹与剑拔弩张的气氛习以为常了，慢慢悠悠地走进房间，随手拿起了摆在书柜上的相框。

照片里，少女眯着一双好看的桃花眼，牵着七八岁的男孩，冲着镜头笑得天真烂漫。

"本来我还只是怀疑，现在确定了。"温诗好指着照片里的女孩，"八年前，姜九笙是诈死吧。"

话音落地的同时，姜锦禹把手里的水杯狠狠地砸了过去。

温诗好闪开，咣的一声，杯子擦过她的脚边，撞在门上，一地碎片。

十五六岁的少年眼底布满寒霜："滚。"

八年来，他开口的次数屈指可数，甚至有轻微的社交恐惧症，唯独对着她这个姐姐时，能竖起浑身的刺，像只蓄势待发的小刺猬。

温诗好早已司空见惯，走出房间，拿出手机拨了一个号码："去查一下，当年温家发生命案之后，是谁带走了姜九笙。"

夜色已深，月隐入云层，冷风乍起，吹得树叶漫天飞舞。医院的夜晚总是格外阴冷，萧条又森然。

VIP病房外的走廊很长，空空荡荡的，偶尔有医护人员往来，人影寥寥。

"时医生。"护士问候道。

时瑾对路过的护士点了点头，拿着电话往走廊尽头走去。

"六少。"

"查到了什么？"

电话里，秦中汇报道："姜小姐房里那杯红酒所含LSD的浓度很高，与柳絮放在酒里的药并不是同一种，应该是二少的人做的。"

时瑾背着光站着，手机发出的微弱光线落在他的侧脸上，映得他的轮廓精致又立体，他问：“谁？”

“没有监控，也没有留下指纹，只查到一个侍应生。”

“你去解决。”

“是。”

挂了电话，时瑾又拨了一个电话号码。

那头，女人先开了口，语气很恭敬：“时先生。”

时瑾言简意赅地道：“把东西发给我。”

“我知道了。”女人犹豫了片刻，试探性地询问，“那我还用继续带着柳絮吗？”

电话里的人是柳絮的经纪人，刘玲。

“把她签给sj's。”

sj's……

短暂的惊愕之后，刘玲回道：“明白了。”

这会儿阴云散去，月上高楼，银光洒下，笼罩着整个别墅区，小楼鳞次栉比。

独栋的小洋楼里，水晶吊灯淡紫的灯光显得有些暧昧。

“二哥。”

女人娇嫩的手递了一杯红酒给男人，她又唤了一声：“二哥。”

秦明立一手将女人拉到腿上，就着她的手把红酒喝进嘴里，亲了亲女人的红唇，再将红酒渡回她的嘴里。

女人乖乖张着嘴，媚眼如丝。

“替罪羔羊已经找了，你可以放心了。”

他戴着手套的手在女人身上流连，惹得她轻声娇喘：“时瑾养的那只狗太通人性了，我不过是进去放了杯酒，它就跟盯上我似的。”

“要不要我帮你解决掉？”

女人摇头：“一只畜生而已，又不会讲人话。”

“我一直很好奇，”秦明立盯着怀里柔若无骨的女人，“你为什么要帮我对付时瑾？”

女人娇笑道：“因为我是你的女人啊。”

“不要撒谎。”他眼里依旧带着笑，气质儒雅又温柔，轻轻抚着女人清秀的脸庞，“我不喜欢对我耍心眼儿的女人。”

女人嘴角的笑意渐渐僵住，眼里的热情一点儿一点儿冷却：“因为我跟时瑾有仇。”她躺在了他的腿上，“深仇大恨。”

秦明立笑了：“小乔。”

“嗯。”

秦明立低头，看着腿上的女人：“知道我最喜欢你什么吗？”

小乔摇头。

他戴着手套的手移到她的腰上，一颗一颗解下她的衬衣纽扣：“为达目的，不择手段。”

天北第一医院，病房里亮着一盏床头灯，时瑾回来时，姜九笙醒着，靠在床头看着他。

“你去哪儿了？”

时瑾走到床头：“我去外面接电话。”他替她把被角往上拉了拉，“我是不是吵醒你了？”

姜九笙摇头：“你不在，我不习惯，有点儿睡不着。”她以前会吃安眠药，和时瑾交往之后，就基本没再碰了。

时瑾笑了，在她背后垫了一个靠枕。

“笙笙，给你看个东西。”时瑾坐在床头，打开了手机视频，将手机递给她。

视频里，一男一女从酒店的房间门口一路纠缠到king size（特大号）的大床上，衣服扔了一地。之后的内容时瑾遮住了屏幕，没有让她看。

“这个视频是怎么来的？”

视频里的男女主角姜九笙都认识，是张荣海和柳絮，他们一个是已婚导演，一个是新晋歌手，身份极其敏感，怎么会留下这种会对他们造成毁灭性影响的证据？

“笙笙，”夜里，时瑾的嗓音格外有磁性，“有时有钱能使鬼推磨。”

他没有过多解释，姜九笙便不再问，只是笑着打趣：“听起来我家时医生好像有很多钱。”

“嗯，是不少。”他理所当然般地说道，“都是你的。”

姜九笙笑逐颜开，拉着时瑾坐到身旁，商量着问：“把视频给我好不好？我跟柳絮的账让我自己清。”

“好。”

她心情很好，一点儿困意都没有了，看了看窗外的上弦月，问时瑾：“晚上要值班吗？”

"不用。"

"不回家？"已经快十一点了。

时瑾在她的额上亲了亲："家属要在医院陪床。"

家属啊……

姜九笙笑着躺下，往病床里侧滚了滚，给时瑾留了大半张床。他没说什么，脱了鞋和外套躺上去，把被子盖好，她便钻进他怀里了。

次日，天晴。

莫冰看完姜九笙拿出来的视频，呆了许久，问她："这视频是怎么来的？"

能弄到这视频的肯定不是什么一般人。

姜九笙随口回了一句："时瑾花钱弄的。"

时医生恐怕是上神吧。

莫冰竖起大拇指，由衷地说道："一出手就是绝杀。"她又问姜九笙，"这账你打算怎么算？"

张荣海已经被送进了精神病医院，据说是患了被害妄想症，估计短时间内出不来了，现在的主要问题是解决柳絮。

姜九笙淡定而从容地说了八个字："新仇旧恨，连本带利。"

莫冰一点儿都不意外，这才是她家艺人的作风，敬她一分，她还之一丈，以礼相待；犯她一分，她以牙还牙，百倍奉还。

"帮我约柳絮。"

莫冰对姜九笙比了个OK的手势。

病房门口，时瑾正欲推门而入。

"时医生。"小儿外科的萧林琳医生突然叫住他。

时瑾松开门把手，转过身来："萧医生有事？"

萧林琳欲言又止，脸色微红："我、我有话对你说，能换个地方说吗？"她支支吾吾，甚至有些结巴，不难看出她很紧张。

相反，时瑾一如平常，语气疏离又礼貌："如果是公事，十分钟后来心外科的办公室找我。"

萧林琳立马说："是私事。"

时瑾微微蹙了蹙眉，走至楼梯口："那就可以不必说了。"

萧林琳脸色骤变。

时瑾依旧云淡风轻地说道："我同萧医生并没有私交。"

萧林琳的脸缓缓褪去血色："我、我……"

时瑾不等她说完就道："失陪。"

他刚转身，萧林琳一口气将堵在嘴边的话说出了口："我喜欢你。"从第一次见面开始，她就执迷不悟又不可救药地迷恋上他了。

时瑾停下脚步，转过身，神色冰冷："我并非单身，还请萧医生慎言。"

萧林琳咬了咬下唇，鼓足了勇气道："我知道我说晚了，我应该早点儿说出来。时瑾，我只是想让你知道，我喜欢你很久了。"

"你有什么想法跟我无关。"

萧林琳红了眼眶，看着他。

自始至终，时瑾的眼里就没有一丝波澜，平静得像凝了一层厚厚的冰。

他转身离开，走了几步后忽然停住，回头说道："以后在医院还请萧医生和我保持同事之间的距离，我怕我女朋友会误会。"

说完时瑾断然转身，进了姜九笙的病房。

萧林琳站在原处，泪流满面。

这个男人，即便她用尽一生去爱，甘愿奉上灵魂，也换不来他的一点目光。他的眼里藏着深爱的人，除了此人，他将整个世界都变成了背景。

次日，莫冰替姜九笙约了柳絮，约见的地方很奇怪，选在了人多眼杂的医院。不过柳絮心里有谱，知道自己是来还账的，打扮举止都异常低调，一路提防着跟拍。

莫冰领柳絮到病房门口，自己没进去，在门外等着。

姜九笙穿着一身病号服，靠在床头，心平气和地说："来了。"她指了指病床前的椅子，"坐。"

柳絮走上前落座："你想怎样？"

莫冰已经把视频发给她看了，她此行的目的只有一个，胜者为王，败者为寇，她投降了，也没有必要再迂回周旋了。

姜九笙简练地说："三件事。"

柳絮沉默不语，等着姜九笙的下文。

姜九笙不紧不慢地道："以后不论在什么场合遇到了我，都要当作不认识。"

柳絮没有犹豫，点了点头。

"你和张耐偷的那首曲子，怎么吃进去的，就怎么给我吐出来。"没有恼羞成怒，也没有怀恨在心，姜九笙的语气始终平平淡淡的。

柳絮的脸有些发白，她咬着唇，一声没吭。

“第三件事，”姜九笙转头，目光落向床头柜上的水杯，“走的时候把桌上那杯水喝了。”

柳絮盯着那杯透明的液体：“里面放了什么？”

“我在庆功宴上喝过的东西，不多不少，一样的剂量。喝完出门左转，去一楼急救室洗胃。”

一席话，让柳絮大惊失色。

她知道姜九笙因过量摄入致幻剂严重到洗胃的事，可她放在酒中的剂量只能让她微醉而已。

柳絮矢口否认道：“不是我干的，我只放了一点点。”

“我知道，可那个房间的房卡是你换的。”

这一点柳絮无可辩驳。

她将拳头握紧，对上姜九笙的目光：“你说到做到？”

“视频我不会公开，当然，也不会销毁。”

柳絮迟疑了很久，咬了咬牙，颤着手端起那杯水，突然笑了一声，看向姜九笙：“知道我为什么讨厌你吗？”

没等姜九笙说什么，柳絮自嘲地接着道：“因为不公平，命运太优待你了，别人千方百计甚至出卖自己都只能仰望的东西，你却总是轻而易举就能得到。”

姜九笙只是笑了笑：“我并不知道命运有没有优待我，不过我比较优待自己人。如果当初你不解约，专辑我可以帮你出，能让你大红的并不是那些制片人、投资人，而是我。”

柳絮嗤笑了一声，眼泪夺眶而出。她擦了一把眼泪，没有再说什么，仰头喝了那杯水，一滴都没剩，然后放下杯子，转身离开，脚步有些踉跄。

姜九笙喊了莫冰：“你跟过去看一下。”

莫冰笑了笑：“怕她走不到急诊室？”

柳絮不比姜九笙的毅力和体力，完全有可能走不到急诊室。

姜九笙只是说：“她罪不至死。”

莫冰没说什么，跟了出去。姜九笙就是心太善。

柳絮走出病房后，并没有直接去急诊室。她扶着墙，趔趔趄趄地走到楼梯的拐角处蹲下来，从包里拿出手机。大概是药效发作了，她手指有些不听使唤，拨了几次才拨通经纪人刘玲的电话。

她开口就吼：“你为什么这么做？”

“你在说什么？”

“你为什么害我？为什么要拍那些视频？”柳絮对着手机咆哮着，情绪完全失控。

刘玲却不耐烦至极：“我根本不知道你在说什么。”

柳絮冷笑：“还跟我装蒜，那些人都是你帮我联络的，房间也是你安排的，除了你，根本没有人知道这些事，也没有人能拍到那种视频。”

刘玲想也不想就否认了：“不是我，懒得跟你说。”

“刘玲！”

刘玲挂电话的动作顿住。

柳絮眼眶通红：“从一开始你就没想过要帮我，对吧？你给我各种各样的‘机会’，不过是想把我送上别人的床，然后等着看我下地狱。”

刘玲一句话都没有回。

柳絮完全崩溃，歇斯底里地质问道：“你为什么要害我？为什么要把我推进火坑？是谁指使你的？”

“我推你？”刘玲讥笑道，“如果不是你心术不正，妄想用旁门左道一步登天，也不会有今天。”

刘玲说完，挂断了电话。

柳絮把手里的手机狠狠地砸在墙上，蹲在地上狂躁地大喊大叫起来，脑袋里像是压了千斤重的东西，快要爆炸。

“别叫了。”

她抬起头，看见莫冰逆光站在门口，悠闲地抱着手臂：“去急诊室吧，能催吐的话，兴许不用洗胃。”

柳絮张了张嘴，一句话都没说出口，抱着膝盖突然放声大哭。

或许是致幻药发作了吧，她的情绪被放大了无数倍，几乎要击溃她。莫冰感叹，自作孽，不可活啊。

下午四点，柳絮发了一条微博。

柳絮：“爱本无罪，只是错在忘了初心。抱歉，在你迷途的时候没能陪你清醒。@张耐。在此，向《囚徒》的原创郑重道歉。@姜九笙。”

一条微博在短时间内引发了无数热议。

“偷盗比抄袭更严重，一生黑！”

“早就猜到是偷了我们笙爷的曲子，就是没料到柳絮这锅甩得这么干净。”

“张耐：呵，女人。”

……

微博评论数暴涨，“柳絮”两个字瞬间被顶上了热搜。

对此，姜九笙工作室在第一时间向张耐与柳絮所在的娱乐公司秦氏提出了诉讼。

一个小时之内，柳絮的单曲《囚徒》全网下架。

微博服务器都快被“盗曲门”事件搞崩溃了，可自始至终，事件的另一位当事人张耐都没有发声。

傍晚，余晖西斜，似给十九层高的住院大楼镀了一层金色。

张耐临窗站着，冷冷地看着病床上的柳絮。

“为了你，我背叛了姜九笙，抛弃了四年的队友，跟着你跳槽到秦氏，从当初的一身荣光到现在的一无所有，甚至在最低谷的时候也没有埋怨过你一句，你就是这么对我的？”

柳絮红着眼，从张耐进来起，她的眼泪便没有停过。

“我没的选。”她抽噎得厉害，“是姜九笙逼我的，我真的没办法。”

“所以你就抛弃我？”

她掩面而泣，嘴里一遍一遍地道歉：“对不起，对不起……”

张耐对她的道歉置若罔闻。

病床上的人红肿着一双眼，哭得狼狈，断断续续地解释道：“张耐，我也不想的，可我没办法。姜九笙都能把我弄进医院，还有什么是她做不到的？如果我不发那条微博，她会整死我们的。”

她说的是“我们”。

张耐走近，抬手擦了擦她脸上的泪水：“小絮。”他仿佛想要确定什么，直直地看着柳絮的眼睛问，“你真的爱过我吗？”

柳絮用力地点头：“你以为我做这么多，只是为了自己吗？”

他已经不确定了，他看不透这个女人，不知道她的十句话里有几句是真，不知道那些海誓山盟里又有几分情真意切。

见他不说话，柳絮很慌，无助地扯着他的袖子：“张耐，再等等我好不好？sj’s的人已经联系过我了，他们愿意签我，我一定可以东山再起的。你再帮我一次，帮我一次好不好？”

张耐什么都没说，走出了病房。从她发微博到现在已经过去三个小时了，他若是要揭发她，也不会等到现在。

他的手机响了一声，收到了陌生号码发来的消息，他点开，视频弹出来，一男一女在昏暗的房间里，衣衫不整，满头大汗。

男人还压在女人身上："以后你就跟着我。"

女人没有说话。

"怎么，你不愿意？"

女人娇嗔道："您有那么多女人，我算什么？"

"只要你把我伺候舒服了，你说你算什么就是什么。"

张耐定住目光，死死地看着视频里的男女，他不认得那个男人，可女人他再熟悉不过，是柳絮。

视频是剪辑过的，内容都是男女在不同的地方欢爱的场景，视频中的男人在变，唯独女主人公始终是同一张面孔。

张耐握紧了拳头，一段一段地看下去。

第四个男人微胖，戴着眼镜，梳了背头，张耐认得他，他是导演张荣海。张荣海用领带绑着柳絮的手，让她撅着身子跪着。

他用皮带狠狠地抽着她的背："早点儿和你那个窝囊废男朋友断干净。"

柳絮扭过头，双目迷离地道："张导，我都在您的床上了，哪有什么男朋友。"

"那个弹吉他的小子，叫什么……张耐的。"

"他啊，不过是我的一条狗而已。"

不过三分钟的视频，张耐看完后，攥紧的手心里全是汗，指甲陷进肉里，整个掌心都麻木了。

他几乎是颤着手拨了柳絮的电话号码。

"阿耐。"她在电话里娇声喊着他的名字。

张耐深呼吸了很久才道："小絮，我们退圈吧，你跟我回老家，我养你。"像是怕自己后悔一样，他语速很快，"不当歌手也没关系，我们好好过日子。"

柳絮大惊："你是不是反悔了？"她急了，"我们说好的，你再帮我一次，我——"

他打断了她的话："小絮，你有没有出卖过自己？"

柳絮愣了愣，没有立刻回答。

"你别骗我。"张耐艰涩地开口道，"我只要你不骗我。"

她毫不犹豫地回答："我没有。"

呵，她到现在还在骗他。

张耐突然发笑。

"阿耐，你怎么了？"

他沉默了很久，然后说道："柳絮，你不爱我，你从来都只爱你自己。"当年那个站在树下笑靥如花的女孩如今已经面目全非，再也不是当初的模样了。

他挂了电话，蹲在墙角点了一根烟。他跳槽去秦氏后不到一个月就被雪藏了，那之后就学会了抽烟。

过了很久很久，直到满地都是烟头，他才拿出手机，打开微博。

张耐："抱歉，队长@姜九笙。从此以后，你是你，我是我@柳絮。"

微博后面附了一小段不到三十秒的视频，主角是衣不蔽体的柳絮与一位已婚的刘姓制片人。视频背景昏暗，却不难辨认两人的样貌，可惜的是视频没有声音。

隔了不到三分钟，张耐又发了一条微博，只有两个字。

张耐："退圈。"

一石激起千层浪，"盗曲门"一事再次闹得天翻地覆，网友彻底被惊呆了。

网友甲："这哥们儿一定是被女人坑了。"

网友乙："我就喜欢这种狗咬狗的剧情！"

次日，秦氏娱乐官方微博发了声明，正式与张耐和柳絮解约，并承诺尊重原创，承担姜九笙及天宇传媒的所有损失。

秦氏娱乐明显是弃车保帅，抛弃了两颗没用的棋子，但求独善其身。

柳絮无路可走，只好花钱雇外包的公关公司将舆论往张耐身上引，绝口不提视频的事，只说自己和张耐如何从深爱到情断，再到如今的势如水火。

这一轮公关显然是在暗示张耐因为情断而与她反目成仇，这才做出诋毁她的事。只不过广大网友并不接受这种洗脑言论，公关"水军"怎么推都无济于事。

柳絮彻底一筹莫展了，一遍一遍地拨打张耐的电话，甚至去他家堵他，可都无果。张耐就像人间蒸发了一样，始终不露面。

事发第三天，柳絮终于拨通了张耐的电话。

他先开了口，语气冷漠又决绝："别再打电话给我了。"

柳絮放声大哭："阿耐，你真的要看我死了才甘心吗？"

张耐置若罔闻：“你怎么样都与我无关。”他给过她机会的，换来的却是一次又一次的欺骗与利用，捧出去的一颗心再热也凉透了。

柳絮不哭了，绝望地道：“你就真的不念一点儿旧情？”

“我只不过是你的一条狗而已，哪儿有什么旧情？”

柳絮蓦然失语。

“我只放出了一段视频，这是我最后的仁慈，你别再逼我。”

张耐说完就挂了电话，柳絮再打过去那边已经是关机状态。她砸了病房里所有能砸的东西，疯了似的放声尖叫。

护士全部被她赶了出去，声嘶力竭之后，她平静下来，走出了病房。

十七楼是VIP病房区，柳絮大力推开姜九笙病房的门，脱口就大喊了一句：“姜九笙！”

病房里只有姜九笙一个人，捧了一本书。

“我记得前不久你刚答应过我，不论什么场合都当作不认识我。”

柳絮死死地瞪着姜九笙，目眦欲裂：“你也答应过我不会把视频公开，可是你做了什么？”她破口大骂，“你坑我！”

她的情绪已然失控。

姜九笙却仍旧安之若素，不疾不徐地将手里的书放下。

“如果我没记错的话，我只答应过你不会公开。”

柳絮听完她的话后更是怒火中烧：“你把视频给了张耐，跟你自己公开有什么分别？”

借刀杀人，技高一筹。

真狠！

姜九笙不置可否：“那你有没有想过，为什么最后把你推入绝境的人会是张耐？”

柳絮一时无言以对。

是啊，为什么会是张耐？

为什么一直以来对她死心塌地的人，却亲手把她推了出去？

“你既然是来找我算账的，我就跟你好好算清楚。”姜九笙目光微冷，“柳絮，你当真以为我不知道曲子是谁偷的吗？”

柳絮大惊失色，难以置信地看向姜九笙。

姜九笙轻描淡写地说：“IP地址。”

当初她把曲子的demo放在了云盘里，除了她，只有张耐知道密码。一开始她也以为张耐私自存了样带，是莫冰多留了个心眼儿，查了登录IP。

为什么是柳絮的IP？只有一种可能，当时他们意见不合，而柳絮居心不良。

柳絮对此根本无从辩白，只是死死地咬着牙，对姜九笙横眉怒目。

“我说过，怎么偷的曲子，就怎么吐出来，你却依旧心存侥幸，甚至把张耐推出去当替罪羔羊，半点儿悔改之意都没有。柳絮，如今的局面是你自食恶果。”

“那又怎么样？”柳絮眼里全是火光，“你算什么东西？凭什么审判我？凭什么给我定罪？我要让谁给我顶罪那都是我的事，就算他张耐心甘情愿地犯蠢，也轮不到你来插手！”

她自私自利，竟还如此义正词严。

见柳絮完全不可理喻，姜九笙懒得与她多费口舌了。

然而柳絮的情绪已经完全失控。

“姜九笙——”她歇斯底里地喊着姜九笙的名字，然后抓住手边的椅子，“你怎么不去死！”

她猛地把椅子举过头顶，对着姜九笙的方向用力掷出。

突然，一只手按住了实木椅子。

柳絮扭过头去，看见了一张漂亮的男人面孔，她大吼道：“滚开！”

时瑾对她的话置若罔闻，淡然自若地吩咐身后赶来的护士：“给病人注射镇静剂。”

许护士从最近的医用推车上取来了注射器。

柳絮疯了似的，用力扯手里的椅子：“滚！”

许护士一时不敢靠近，有些无措地用眼神请示时瑾。

时瑾用平静的口吻继续说道：“若是还镇定不下来，就把她转送精神病医院。”

柳絮的脸骤然变色，整个人僵在原地，怒火中烧的眸子看向时瑾，很漂亮的男人，眼底看不见一点儿情绪。

“把她带回病房。”

柳絮张嘴想叫，所有的狂躁与咆哮到了嘴边却一句都叫不出来。这男人的一双眼，让她不寒而栗。

护士给她注射了镇静剂，将她带出了姜九笙的病房。

时瑾走到床边：“有没有事？”

姜九笙摇头：“你不来她也砸不到我。”

他仔细查看她身体，确定没有磕碰到一点儿才放心：“笙笙，视频是我给张耐的。”

借刀杀人的是他，不是姜九笙。

那个女人是罪有应得，可那些拿不到台面上的事，他自己做就好，并不想让姜九笙沾手，他要她清清白白、坦坦荡荡地活着。

姜九笙却毫不意外：“我知道是你。”

“为什么不否认？”那个疯女人都用椅子砸人了，定是他家笙笙认下了这件事。

“你是我男朋友啊，你发的和我发的有区别吗？”

时瑾竟被她反问得哑口无言。

“这样也好。”姜九笙看着他的眼睛，目光认真又专注，“人都要为自己做过的事情负责，更何况事不过三。柳絮若还留有一丝善念，不管是我还是张耐，都会点到为止，不至于让她彻底身败名裂。你把视频给了张耐，虽然借刀杀人算不上磊落，但至少公道。”

时瑾没说话，眼神痴迷地看着她。

他家笙笙，心思剔透，是非曲直她都分得一清二楚。

他突然上前一把抱住她。

“怎么了？”

时瑾啄了啄她的脖子，轻吻了两下：“太喜欢你了。”

这突如其来的表白真让她有点儿猝不及防。

“笙笙。”时瑾眼里有灯光的剪影温温柔柔地浮动着，“那天晚上你房间里的那杯酒不是柳絮放的。”

这一点姜九笙也猜到了。

“你查到了什么？”

“只查到了秦明立的人，不过应该是个替罪羔羊。”那个侍应生太容易揪出来了，秦明立生性多疑，做事向来滴水不漏，怎么可能会如此大意？

姜九笙拧眉思索着。

“我怀疑是你身边的人，而且是与你亲近的人，他连你的口味都知道，挑了你最爱的红酒。”他问她，“有怀疑的人吗？”

她依旧眉头紧锁：“还不能确定。”与她亲近的人不算多，来来回回就那么几个。

时瑾目光微沉。

如果是他，宁可错杀一千也不放过一个。

姜九笙似乎猜到了他在想什么，抓过他的手，与他十指相扣：“交给我处理，我需要知道她是冲着你来的还是冲着我来的。”

时瑾犹豫不决。

“放心，我心里有数了，就不会再大意。”姜九笙想了想，将打算都告诉了他，“而且留在身边也好，至少在眼皮子底下，一举一动我都看得到。”

时瑾依了她：“嗯，听你的。”

之后柳絮再也没有出现在姜九笙面前，听住院部的护士说，她转院了。

三天后，柳絮“陪睡门”事件的男主角刘姓制片人发声了。他承认了婚外情，并且召开临时记者招待会，在招待会上一把鼻涕一把泪地向大众和妻子道歉，说自己一时被新鲜的爱情迷昏了头。

他承认婚外情，相当于变相否认了“潜规则”这一说。

很多网友猜测，这估计是柳絮与那位刘姓制片人的公关操作，两害相权取其轻，刘姓制片人若是承认出轨，就可以“以爱之名”推脱了。

不过甭管是用身体上位还是做第三者，柳絮都臭名昭著了。张耐最后一次出现在大众的视线里，是在机场，他隐退回乡了。

而柳絮在那之后，短时间内没有再活跃在大众的视线里，估计是避风头去了。偷盗曲子的事已经在走法律程序，上诉没有那么快，有莫冰盯着，基本不用姜九笙出面。

姜九笙已经住院五天了，按理说可以出院了。

不过她本人不急，消化内科的主治医师也不好说什么，毕竟小两口难得能日夜相对，大家都理解。

除了坐诊和手术时间，时瑾基本都在VIP病房里。

姜九笙住院已经满一周，明天是周末。

“时瑾，你明天是不是不用上班？”

时瑾兑好温水，喂给她喝：“嗯，在结果出来之前都要休假。”

“那我明天出院吧。”她洗胃过后早就没事了，输液袋里的药液从今天就换成了营养液，随时可以出院，“你来帮我搬东西。”

时瑾没反应过来：“搬什么东西？”

“行李啊。”

他们之前就说好了，要搬到一起住。

时瑾懂了，笑道：“你住主卧，我睡客房。”

次日姜九笙出院，莫冰来接她，说起了柳絮的事，说柳絮走了狗屎运签去了sj’s。姜九笙只是笑笑，一副事不关己的态度。

莫冰便不再提柳絮，只是趁时瑾去开车的时候，对姜九笙说：“笙笙，你已经很久没有出镜了。”

姜九笙看着她。

“你是个艺人，太长时间不露脸，粉丝会忘了你的。”

姜九笙明白了：“哦。”

她完全一副无所谓的态度，可以说是莫冰见过的最“佛系”的艺人了。

莫冰这个经纪人就不能再“佛系”了：“你刚出院，这几天我不会给你接通告，不过有个平台直播我替你应下了，就在今天晚上。”

姜九笙没有意见：“直播的话，我要做什么？”

“聊聊天、唱唱歌之类的，再不济你就露个脸好了。”

“晚上几点？”

“八点半，到时我直接把直播链接给你发过去。”

“好。”

莫冰把姜九笙送上车后就自己回去了，让他们小两口独处。

回公寓的路上突然下起了雨，九里提大道上有交警在查车。

时瑾停了车，帮姜九笙把围巾和帽子戴好，这才将车窗摇下。

车窗外的交警穿着制服、雨衣，警帽戴得随意，有着一张立体俊朗的脸，笑起来带着几分匪气，一身正气的警服配上他的气质却丝毫没有违和感。

“真巧啊，时医生。”

时瑾微微颔首：“霍队长。”

霍一宁笑了笑，敬了个礼，然后公事公办地查了证件，又做了酒精测试后，便放行。

姜九笙问时瑾：“你们很熟？”她与霍一宁在警局有过一面之缘。

“不熟，只在警局见过几次。”

车掉了个方向，后视镜里刚好能看见大道路口。霍一宁正在查一辆宾利，司机似乎很不配合，他拿着手里的警棍敲了敲车顶：“出不出来？”

宾利车的司机依旧不配合，霍一宁从半开的窗户口看到驾驶座上的人西装革履，一副衣冠楚楚的样子。

霍一宁直接把手从车窗伸进去，把人从驾驶座上往外拽。

宾利司机当即恼羞成怒：“你松手！你再动手动脚老子去警局投诉你！”

霍一宁扯着嘴角笑了笑：“投诉可以，等做了酒精测试，我用警车载你去警局投诉。”

宾利司机彻底没招了。他就没见过这么狂的交警，不看车牌，不看车价，逮谁是谁。

姜九笙收回目光，随口夸了一句：“霍队长很帅。”真的，那擒拿的动作行云流水，特别帅。

“笙笙。”时瑾语气很严肃地说道，“不要夸别的男人。”

“哦。”

他又吃醋了。

时瑾踩了油门，银色的沃尔沃飞驰而去。

姜九笙的东西不多，时瑾只搬了不到半个小时。短短的半个小时后，时瑾的屋子里便多了很多她的东西，例如她的抱枕、杯子、拖鞋和牙刷，原本黑、灰、白的单调冷色里，多了许多她喜欢的清新暖色。

这场景虽然有些陌生，不过她喜欢这种感觉。

时瑾空出了大半个衣帽间给她用，现在正在里面给她整理东西。他不让她动手，她只好搬了凳子坐在一旁看他。

“都搬过来了吗？”

时瑾点头。

姜九笙看了看，嗯，她露胳膊露腿的衣服他一件都没有搬过来。她也没拆穿他，把手里自己喝了一半水的水杯递给他：“累不累？”

时瑾摇了摇头，把杯子接过去：“我去做饭。”

“我们点外卖吧。”她不想累着时瑾。

时瑾牵着她走出衣帽间：“你洗胃才没多久，忌口的东西多，外面的食物我不放心。”

“那我帮你。”

时瑾由着她，让她在厨房里洗菜。

她刚打开水龙头，时瑾就嘱咐：“笙笙，不要用凉水，用温水洗。”

她照做了。

洗完菜后她问道：“然后呢，我做什么？”姜九笙说着去拿砧板上的刀，“切菜吗？”

她刚碰到刀柄，时瑾便按住了她的手。

“刀很锋利，我怕你切到手。”他牵着她走出厨房，让她站在门口，“乖，你就在这儿站着。”

姜九笙一直觉得自己是抗摔耐打的，不过她家时医生的想法似乎不一样。

罢了，她就不进去让他分心了。

因为姜九笙的胃还没完全恢复，晚饭很清淡，以流食粥类为主。时瑾的厨艺很好，即便是普普通通的蔬菜粥味道也很好，只是他不让她多吃，说她还没好，不能一次吃太多。

饭后她占用了时瑾的书房，八点半准时开始直播，那时时瑾还在洗碗。

姜九笙没有直播过，摆弄了很久镜头，又摸索了一番，才弄明白怎么操作。

她坐在电脑桌前，对着屏幕："大家好，我是姜九笙。"

她用了一贯简单的开场白。

前四十分钟的直播很顺利，就在收尾的时候，时瑾给她送来了一杯牛奶，他的手入镜了。

她的粉丝瞬间炸了，刷了满屏的"笙嫂""同居"的弹幕，甚至后面书架上时瑾的医书也被网友挖出来了。

之后的半个小时，姜九笙连着唱了五首歌，没有透露一句男朋友的信息。

一小时的直播，她硬是唱出了演唱会的架势，九点半，姜九笙准时关了直播。十分钟后，直播数据出来了，在线观众数量最高破三千万，虽然比不上那些当红流量花旦、小生，但累计弹幕数量高得惊人，无论是单次直播个人礼物收入总额，还是单次直播可提现金额，都创造了直播平台的纪录。

姜九笙和她的神秘男友毫无疑问地上了热搜。

晚上九点半，姜九笙发了一条微博。

姜九笙："他是圈外人，是一位很优秀的医生。"

附图是一张手的照片。

大概因为这是姜九笙第一次在微博上公开恋情，圈中好友都送上了祝福，粉丝反响很热烈，坚持不懈地把微博服务器刷到爆，只求"笙嫂"的正脸照。

当然，别说正脸照，姜九笙连侧脸照都没发一张。

雨一直下，此时已是深夜，床头亮着昏暗的灯光，静谧的夜里，能听见窗外滴滴答答的雨声。

不知是不是因为挪了窝，姜九笙辗转反侧很久依旧没能入睡。她爬起来，摸到床头柜上的杯子，这才想起来，时瑾把她的安眠药都没收了。

她下床披了件外套，走出了房间。

客厅光线昏暗，阳台上的灯却亮着，姜九笙没有开灯，走过去，看见时瑾站在落地窗前。

她开了灯："时瑾。"

时瑾回头，怔了一下。

"我吵到你了？"他刚抽完烟，嗓音很沙哑。

姜九笙摇头，走过去："怎么没睡？"

时瑾把她外套的拉链拉好："家里多了个你，睡不着。"

她也差不多。

她一失眠，烟瘾就犯了。

"时瑾，我想抽烟了。"

"不可以，你今天已经抽过了。"

他每天只让她抽一根烟，管得很严，尤其是洗胃之后，更不让她碰烟了。

"你以前抽烟抽得狠吗？"

"有一段时间抽很多。"

"怎么戒掉的？"

"没有刻意去戒。"时瑾从背后抱住她，"我抽烟不上瘾。"

香烟里有尼古丁，抽多了哪能没有瘾。

姜九笙不解，回头看向他。

"以前在秦家的时候，我什么都试过，可能身体里产生抗体了，戒断反应比正常人弱，不容易上瘾。"他把下巴搁在她的肩上，"除了你。"

他只对她有瘾。

"秦家的每个孩子都这样吗？"

他摇头说：："不是，若是不争不抢，碌碌无为，也能过得太平一点儿，可我不一样。"

她安静地看着他，眼中都是他的影子。

"秦行在我八岁的时候就选中了我，我没的选。"

"幸好，"她缩到他怀里，"幸好你离开了秦家。"

他没再说话，只是抱着她看着窗外的夜色，听风声呼啸，雨打窗台。

周一，姜九笙的工作结束得早，便去了天北第一医院等时瑾下班。将近黄昏时分，两人一起去接博美。

两人从宠物医院出来时，天空已有些昏黑，街上华灯初上，宠物医院地处偏僻，外面就是一条主干道，只有往来的汽车飞驰。

"等我一会儿，我去开车。"

"嗯。"

时瑾把博美给了姜九笙。

姜博美欢喜得直撒欢儿，虽然前腿打了石膏，但它"三足鼎立"，"身残志坚"地嗷嗷叫唤着。

姜九笙百无聊赖，便拆了一包狗粮，一颗一颗地抛给博美吃，它戴着伊丽莎白圈，接了一嘴狗粮，开心得要飞起来。

前头的红绿灯路口，有个年轻女孩正低头打电话，她身后一个穿着夹克的男人慢悠悠地靠近，目光环顾左右。

见四下无人，男人碰到那女孩的背包，用力一扯，几乎毫不费力就得手了，他抱着包就跑。

女孩惊魂未定，僵在了原地。

呵，他胆子真大。

姜九笙掂了掂手里的狗粮袋子，拧紧开口，将其抛高，纵身跳起来，一个利索的回旋踢后，进口狗粮画出一条抛物线，砸向奔跑的男人。

狗粮正中男人的脑门！

男人被砸得头晕目眩，手里的女士背包脱了手。他骂了句粗话，刚要弯腰去捡包，就看见了一双黑色的女士短靴。

他抬起头，看见一个抱着狗的女人，她戴着口罩，看不清长相。

见是女人，男人的气焰顿时嚣张起来："滚开，别多管闲事，不然弄死你！"

放完狠话，他便蹲下去捡包。

姜九笙一脚踩在包的背带上："四肢健全，做什么不好，非要偷鸡摸狗。"

话音落地，她突然出手，一把擒住了男人的手腕，不待他反应，用力一扯。

男人重重地摔了出去，膝盖磕在地上。他痛得龇牙咧嘴，二话不说就从腰间拔出一把匕首，弯腰爬起时突然扭头，挥着匕首乱刺一通。

姜九笙单手抱着博美，下意识地用手挡住匕首，同时后退，却稍稍闪躲不及，手背擦了一下刀尖，被划了一道很小的口子。

她眉头都没皱一下，一脚踢向男人的膝盖，直接把人踹倒在了地上，不给他丝毫喘息的时间，就要上前拿人，手却被拉住了。

她回过头去，是时瑾来了。

时瑾看了一眼她的手背，神色猝然沉了下来："退后。"

不待姜九笙有所动作，他直接把她挡在身后，眼底已然不见半分冷静。

男人慌了神，握着手里的匕首虚晃几下，然后猛地跳起来，朝前面的人扑过去。

时瑾站着，没有移动一步，侧身避开刀刃，右手伸出，抓住了对方的手臂。

男人吃痛，换了一只手去拿匕首。时瑾用力一扭，只闻一声尖叫，男人被摔了出去，背部狠狠地砸在地上，手臂一麻，匕首就脱手了。男人咬了咬牙，伸手去够掉在不远处的匕首。

一只白皙修长的手抢先捡起那把匕首，时瑾缓缓走上前，抬起手，刀尖朝下。

“你——”

时瑾一脚踩在男人的手臂上，毫不犹豫地将匕首钉进了男人的手背。

“啊！”

惨叫声尚未歇，那只白皙的手握着刀柄，用力将匕首拔出，毫不迟疑地再一次抬起。

姜九笙大喊：“时瑾！”

动作骤然停住，时瑾转过头，眼里有殷红的血色。

姜九笙站在他身后，声音微微颤抖：“够了，时瑾。”

那双她熟悉的眼睛突然变得陌生了，里面全是森冷、狂躁，是恨不能毁灭一切的暴戾，这样的时瑾让她惶恐不安。

时瑾还握着匕首，血顺着刀刃染红了他的衣袖，洇出一片触目惊心的红色，他眼里的戾气还未退去，低下头不再与她对视。

“笙笙，你转过身去，别看。”他像在哄她，也像在请求。

姜九笙没有转身，依旧目不转睛地看着他，看着他那双剔透如玉的手变得血迹斑斑。

时瑾怕了，怕她了……

咣——匕首落地。

他本能地把手缩到身后，用力擦了擦手指上的血，然后用博美的牵引绳把哀号的男人绑在了电线杆上，对追来的女孩道：“自己报警。”

被抢的女孩如梦初醒，被吓得瑟缩了一下。

她呆若木鸡，眼里除了畏惧还有心惊，那样光风霁月的人，动起手来竟这般狠厉残暴。

时瑾擦干净了手，才走向姜九笙。

“时瑾——”

他打断了她的话：“去车上等我。”

说完他折回宠物医院，拿了包扎用的药物与绷带。他回到车里时，手已经洗净，袖子挽起，不见一点脏污，姜九笙闻到了很重的消毒水味。

时瑾始终一言不发，用棉球蘸了碘伏，清理她手背上的伤口。

伤口很小，已经开始愈合了。

“我没事。”

“我有。”他的瞳孔很亮，像有两簇燃烧着的星火，“笙笙，我见不得你受伤。”

他身上有好重的戾气。

“时瑾，要是我没有喊住你……”

你是不是要废了那男人的另一只手?

“我吓他的。”他突然伸手抱住她，“我看得出来，那个家伙是惯犯，若不给点儿苦头，他不会怕的。”

时瑾轻轻地拍着她的背，安抚着她。

她没有看到他依旧阴鸷的眼神。

“下次别这样了，”她绷着的神经这才放松，“每次看你动手，我都胆战心惊的。”

他沉默了许久才问她：“怕吗？”

姜九笙摇头：“不是怕，是心慌。”不知道为什么，她很心慌，担心他受伤，担心会出人命。

时瑾抱着她，哄了很久。

自始至终，姜博美都把自己缩成一团，坐在后座上瑟瑟发抖。

晚饭前，姜九笙接到了莫冰的电话，说已经拿下Dinir亚太区的代言，行程很赶，要她做好随时出国拍摄的准备。

姜九笙对此毫不意外，莫冰看上的合约，就没有拿不下来的。

大概是白天受了惊吓，她晚上睡得很不安稳，时间已过子时，圆月被遮，只余弯弯的月牙儿。

房间里亮着一盏床头灯，杏黄色的暖光落在床头，笼罩着睡梦中的人。

姜九笙睡得很不安稳，额头上沁出了一层薄汗，嘴里含混不清地梦呓着。

梦境困着她，她怎么也醒不过来。

那座窗户全被封起来的小楼里，一点光线都没有，女孩跌跌撞撞地摸索着墙，似乎想要走出去。

阁楼下面有人在说话。

“你没听说过？”

少年的声音干干净净，带着那个年纪不应有的从容与威严的气场：“擅闯这栋楼的人，都走不出去。”

还有男人的声音，像是恐惧到了极点：“六少，饶、饶命，我不敢了，再也不敢了。”

少年手里拿着铁棍，有一下没一下地拄着地。这时，有脚步声响起，一步一步，越来越靠近。

少年蓦然回头，“笙笙，别过来。”

地上的男人大喊：“救我！”

楼梯上的女孩一脚踩空，整个人摔了出去。

“笙笙！”

她趴在地上不动，怔怔地看着地板上蜿蜒的血迹。

那个男人的裤腿已经被血浸湿了。

她愣愣地抬头，看见了双眼猩红的少年，他的手、他手里的铁棍都还沾着血。

“笙笙。”少年擦干净手，伸手去扶她。

她稍稍后退：“你在做什么？”

他的眼神慌了：“笙笙，他是坏人。”

“你要杀死他吗？”

“他是来害你的坏人。”

蜷缩在地上的男人突然拽住女孩的脚，眼里有强烈的求生欲：“救我！”

“别碰她！”少年用力推开男人的手，像头狂躁的野兽，随时准备扑上去将他狠狠撕碎。

女孩却在这时握住了少年的手：“可不可以不杀人？”

“他看见你的脸了。”

她用力摇头，眼泪砸了下来：“时瑾，我很怕，你不要杀人。不要和我一样。”

少年却覆住了她的眼睛，举起手里的棍子。

姜九笙蓦然睁开眼，大口大口地喘着气。

原来是梦。

她深吸了一口气，大汗淋漓，整个人都虚脱了，很久才平复呼吸。她木然地盯着天花板发怔，一时竟回不了神。

梦里的女孩是她十六七岁时的样子，她努力回忆，却突然想不起少年的模样了，只记得他生得精致而美好。

她怎么会喊时瑾的名字？

姜九笙觉得好笑，莫非是日有所思，夜有所梦？

她呆呆地坐了许久，嗓子干得难受，摸到床头柜上的杯子，便起身去倒水。

刚走到门口，她就听见了一些模糊的声音。

“六少，人已经弄出来了。”

“把视频接过来。”

然后姜九笙听见了粗重的呼吸声以及第三个人的声音：“别过来，别过来！求求你，放了我。”

姜九笙呼吸一顿，这个声音……

“你伤到她了。”时瑾说。

他的声音依旧温润，语调却冷厉至极，让她觉得陌生却又熟悉，很像方才梦里的少年的声音。

“你伤了她一只手，我总得废你一只手。”

咔嗒！

门被打开的声音突然响起，时瑾猝不及防地回头，大惊失色道：“笙、笙笙。”

姜九笙盯着餐桌上的电脑屏幕，里面是白天那个男人。

他躺在地上，无力地喘息着，眼里全是恐惧与痛苦。

这一幕和刚才梦里的画面几乎一模一样，她目不转睛地盯着屏幕，满脸难以置信的神色。

时瑾立马合上电脑，站起来问：“你听到了多少？”

“你说要废了他的手。”

时瑾漫不经心地说：“我吓他的，笙笙，我有底线。”只是他总要让那人吃一点儿苦头。

“时瑾，”她眼里有迟疑之色，“我已经不太清楚你的底线在哪儿了。”

一开始的他，君子如玉。

后来她发现，他性格偏执，也会剑走偏锋。

如今她有些看不清他了。

时瑾曾经问过她，是不是不论他变成什么样子，她都能接受。她能接受，这一点她从来没有怀疑过，只是面对未知以及更多她所不知道的变数，她没办法不惶恐。

她再也不敢大意了，怕走错一步，不仅是她，时瑾也会不得善果。她需要知道时瑾的底线在哪里，更要知道怎么才能守住那底线。

因为他是时瑾，所以她一步也不能走错。

“笙笙——”

“可以给我点儿时间让我理一理吗？”

时瑾沉默着，站在她面前一动都不敢动，连呼吸都小心翼翼的。

她沉默了很久才道：“时瑾，那些‘灵异事件’是你做的吗？”

时瑾没有犹豫：“是。”

果然，翩翩君子的表象之下，藏了另外一个时瑾，她所不知道的时瑾。

“我现在脑子里有点儿乱，需要冷静一下。”姜九笙问，“能给我一包烟吗？”她的烟全在时瑾那里，她已经很久没有这么心烦意乱过了。

时瑾去拿了烟盒和打火机递给她。

姜九笙接了过去：“你早点儿睡。”

她踮起脚在他的脸上亲了一下，试图安抚他。

时瑾僵着身体，一动不动：“笙笙，”他的嗓音很低，语气无力，“不要放弃我。”

她没说话，拉着他的手吻了他。

他只是乖乖地张嘴让她亲吻，什么都不敢做。

姜九笙拿着烟，回了房间。

客厅的灯关了，时瑾在门口一直站到了天亮。

次日云淡风轻，窗外碧空如洗。不到八点，医助肖逸的电话打了过来。

“时医生。”

时瑾淡淡地应道：“嗯。”

“有紧急病人，情况很危急，可能需要立即开腹，具体情况已经发到您的邮箱了。”

时瑾没有多说，直接挂了电话，查阅完病历后，回拨了电话：“我半个小时后到，准备手术。”

挂了电话，时瑾走到姜九笙卧室的门口，抬手想敲门，迟疑了许久，还是放下了。

八点半，姜九笙放在床头柜上的手机响了。

她揉了揉隐隐作痛的太阳穴，拿起手机看了一眼来电显示，是莫冰。姜九笙接通电话，开了免提，把手机放在枕头上，重新躺回被子里。

“笙笙。”

姜九笙迷迷糊糊地应：“嗯？”

“还没起？”

“昨晚失眠了，刚睡。”

“你的失眠症不是让你家时医生给治好了吗？”她可记得她家艺人说过，时瑾比安眠药都好用。

姜九笙只说：“有点儿事要理清楚。”

莫冰没有再问，言归正传：“别睡了，马上起床，Dinir的私人飞机一个小时后飞塞尔顿，我们随同，我现在去御景银湾接你，给你半个小时收拾。”

不早不晚，偏偏要在这个时候走，姜九笙试图协商：“一定要这么赶？能改期吗？”

“笙笙，”莫冰笑了笑，“你知道有多少人排队等着Dinir换代言人吗？”

Dinir专做奢侈品，在国际时尚界的地位举足轻重，历任代言人哪一个不是红透半边天的？这么大一块肥肉，不等到全部吃进肚子里，莫冰是不会由着姜九笙肆意胡来的。

姜九笙挂了电话后都还是晕的。

她起床先去敲了时瑾的门，没有人应，才发现他留了一桌早饭，人却不在家。餐桌上放了一张纸，上面是时瑾的笔迹。

“医院有紧急手术，结束后我就回来。”

另起一行，他又写了一句。

“笙笙，一定要吃早饭。”

A4白纸上是工工整整的字迹，姜九笙读了两遍，然后洗漱换衣服。

莫冰给了她半个小时，她用了十五分钟吃早饭，好在也没什么要特别收拾的，她随便拿了几件衣服，就拉着箱子出门了。

那张纸上，她在时瑾的留言下面附了一句话：“我去拍摄了，等我回来。”

门合上后不到一刻钟，太阳晒到了阳台上的狗窝。姜博美从窝里钻出来，伸了伸懒腰，扭扭屁股甩甩毛，鼻子一抖，闻着味儿了，是瘦肉粥！

它跳上桌子，没留神，脑袋撞在了杯子上，杯子倒了，半杯牛奶洒得到处都是。它用爪子挠啊挠，把那张被牛奶泡皱了的A4纸挠到了垃圾桶里。

九点半，姜九笙已经坐到了飞机上，从放下行李之后，她就一直低头在拨号。

莫冰回头看了她一眼：“打不通？”

“嗯。”

“时医生应该还在做手术，手机不在身边，你歇会儿再打过去。”

姜九笙心不在焉地嗯了一声，继续拨号。

“你俩吵架了？”莫冰觉得不应该啊，一个“宠夫狂魔”加一个“宠妻狂魔”，怎么吵得起来？

“没吵架，我出门的时候没跟他说，怕他找我。”

莫冰再一次无言以对。

这时飞机上的空乘走过来，提醒马上要起飞了，需要关闭通信设备。

姜九笙只好关了手机，眉头皱得紧紧的，有些心神不宁。

天北第一医院。

时瑾的手术是十点结束的，现在十二点，是午饭时间。

肖逸端着餐盘坐到同科室的柳护士旁边：“帮忙安排一下，让崔医生下午来坐诊。”

柳护士问：“怎么了？”今天不是时医生坐诊的日子吗？

“时医生请假了。”

时医生一请假，心外科就跟没了主心骨似的，柳护士赶紧问：“请了几天？”

“没说。”

“那后面的手术怎么安排？”

肖逸摊了摊手，表示他也不知道。时医生脱下白大褂离开办公室的时候，身为医助的他也问了这个问题。

时瑾当时眼都没有抬：“你们自己看着办。”

肖逸当时都以为自己出现幻听了。跟了时瑾两年，他还是头一次发觉自己一点儿都不了解这位被医学界奉为神佛的男人。

笙笙予你

顾南西 著

【下册】

青岛出版社
QINGDAO PUBLISHING HOUSE

第十一章

你我相识，那时年幼

江北飞赛尔顿要十一个小时，姜九笙下飞机时，与江北有五个小时时差的赛尔顿是下午三点。

莫冰已经提前订好了酒店，姜九笙刚放下东西，莫冰就过来了。

“你没开手机？”

姜九笙手里正拿着自己的手机，按了开机键手机却没有反应：“没电了，刚充上。”

果然如此。

飞机上十一个小时，时医生联系不到人，估计得疯了。

莫冰把自己的手机递给姜九笙：“老板刚刚找你，电话打到我这里来了，说让你快点儿给你家时医生回个电话。”

姜九笙立马接过手机，按了一串数字，那边的人很快就接起了电话。

“莫小姐，笙笙她——”

一听到时瑾的声音，姜九笙就迫不及待地说：“时瑾，是我。”

电话那头的人沉默了很久很久。

“笙笙，你去哪儿了？”他再开口时，嗓音嘶哑极了，像紧绷的弦突然松开，语气无力又疲惫。她甚至能听出他失而复得后的心有余悸。

姜九笙一下子就心疼了：“我现在在赛尔顿。我临时有行程，飞机飞了十一个小时，刚到酒店。”怕他乱想，她立马解释，“我没有要瞒你，我在纸上给你留了话，放在餐桌上了，你没看到吗？”

时瑾闷声闷气地道：“没有。”

姜九笙听得出他的语气无力又阴郁：“怎么了？”

“我以为你再也不回来了。”他的语气带着不确定，显得诚惶诚恐。

大概是昨晚的冲突让他惶惶不安，姜九笙哭笑不得地道：“你怎么这么傻？”

她只是需要理一理头绪，需要摸清他的底线。

姜九笙正想着该怎么和时瑾解释，莫冰打开门，拿了份外卖进来，放下后做了个吃饭的动作，就出去了。

因为和赛尔顿有五个小时时差，江北这时候应该快晚上八点了。

“你是不是还没吃饭？”

“嗯。”

她猜时瑾可能一天没吃饭了，便催促他：“你先吃饭，二十分钟后我再给你打电话。”

时瑾不同意，有点儿执拗地说：“不要挂断，我要听你的声音。”

“这是莫冰的手机。”怕时瑾又胡思乱想，姜九笙说，“你等我一下，我去开电脑。”

时瑾说好，挂了电话，眉头深锁地站了一会儿，然后拨了一个电话号码：“给我订一张飞赛尔顿的机票，要最近的航班。”

电话那边的人收到命令，马不停蹄地就去办了。

时瑾坐下开了电脑等姜九笙连线过来，不经意间低头时，看见了垃圾桶里留字的纸。他捡起纸，看完了上面的留言。

时瑾起身走到阳台：“出来。”

姜博美立马哆哆嗦嗦地从狗窝里爬出来。

“自己去门口待着，不要让我看到你。”

姜博美拔腿就跑。它也不想看到时爸爸，他太可怕了！

姜九笙的行程安排得很紧，她到赛尔顿的当天就见了导演和合作的广告演员，生物钟都没调，第二天直接开拍。

今天只是拍几张画报，姜九笙却频频卡壳。

莫冰打了招呼，让摄影组先休息十分钟，拿了瓶水给姜九笙：“你怎么一直不在状态？没休息好？”

姜九笙把放在工作台上的手机拿起来：“时瑾的电话打不通。”

难怪经纪人都不愿意自己的艺人谈恋爱，真的太影响艺人的情绪了。莫冰本以为自家艺人是个潇洒淡然的人，可惜姜九笙遇到了时瑾，他专门来克她的。

“他不会也在飞机上吧？想给你个惊喜之类的，也有可能还没睡醒，这个时间国内刚天亮。”

姜九笙茫然地摇头。

“你们俩的冲突还没解决？要我说，你们到床上去打一架，谁输了谁认㞞。”

姜九笙被她逗笑了。

这时桌上的手机突然响了起来，莫冰瞧了一眼，调笑道：“喏，你家时医生的电话。”

姜九笙立马接起来：“时瑾。”

“笙笙，”时瑾那边的风声很大，“你能来接我吗？”

姜九笙愣了一下，立刻问道：“你在哪儿？”

“我在赛尔顿的机场，发生了一点儿意外，现在身上没有钱。”时瑾低声说，“而且，赛尔顿太冷了。”

他的语气居然有些可怜兮兮的。

姜九笙没多问，说了一声“等我”，没有挂电话，回头对经纪人说：“莫冰，给我借一件干净的男士外套。”

“给谁？”

“时瑾来了。”姜九笙手忙脚乱地套上外套，“帮我向导演请个假，我现在去接他。”

莫冰失笑道：“你就这么去？”

“这里是赛尔顿，应该没人认识我。”

莫冰便随她去了。

赛尔顿的冬天很冷，今天下了很大的雪，整座城市裹了一层厚厚的银色衣装，漫天大雪纷纷扬扬地落下。

时瑾就站在苍茫雪色里。

姜九笙跑过去：“怎么不在里面等？”

时瑾将她发间的雪拂掉：“我怕你找不到我。”所以他站在了最显眼的地方，盯着她来时的路，一步都不敢走远。

他穿得单薄，外套上落了很多雪，姜九笙取下手套给他掸掉身上的雪，触手一片冰冷：“衣服都湿了，冷不冷？”

“冷。”

她踮着脚，把带来的外套给他披上。

时瑾很配合地弯下腰，让她给他穿上外套，眼睛一直盯着她，眼神带着试探与小心。

姜九笙笑了笑，主动拉住他的手。他的手冰冰凉凉的，都冻红了，她给他焐着："你的行李和钱包呢？"

"丢了。"

"怎么丢的？"

"在机场外面被人抢了。"

姜九笙失笑道："时瑾，赛尔顿的治安很好的。"时瑾思考问题严谨，行事缜密，怎么看都不是那种会丢行李和钱包的人。

他指了指五米外的绿色回收桶，坦白道："在那个垃圾桶里。"

姜九笙诧异不已："为什么要故意丢掉？"

时瑾这才与她对视，黑眸像要将人吸进去："我不确定你是不是还在生我的气，不知道怎么哄你，也辩解不了，因为你看到的都是事实。所以，笙笙，我在用苦肉计。"

兴许是天气太冷，他的鼻子被冻得有些红，眼里水汽氤氲，看起来确实惨兮兮的。

姜九笙啼笑皆非，搓了搓手，捧住时瑾冰凉的脸："下次别用苦肉计了，用美人计可不可以？"

时瑾见她笑了，才伸手抱住她，在她耳边低声说着软话："你不喜欢的事情，我以后不做了，不生气了好吗？"

"时瑾，我没有生气。"她向他解释，"我是在理清思路。"

"那你理清了什么？"

姜九笙没有隐瞒，把那晚彻夜不眠想出来的结论全部告诉了他："你每一次出手好像都是因为我，所以我那天想了一晚上，是不是只要我安然无恙，你就不会做那么危险的事情？"

她说得分毫不差，即便事情无头无尾、无因无果，她还是洞悉了最重要也最准确的原因。

时瑾笑着夸她："笙笙，你真聪明。"

她还要他，这就够了，其他的他无所畏惧。

姜九笙踮起脚，把时瑾外套的帽子扣上："我们先回酒店，这里太冷了，你会感冒的。"

他伸出手，让她牵着离开。

地面积雪很厚，一踩便有一个深深的脚印，时瑾牵着姜九笙走在雪地里，他们身后是很长的两排脚印。

姜九笙接了雪花在掌心中："时瑾，我还没见过这么大的雪。"

江北地处南方，不常下雪，不比赛尔顿，雪下得大，整片天地都是白茫茫的雪色。

"喜欢？"

"嗯。"她抬头看着时瑾，"不知道为什么，觉得你跟雪很像。"

一样冰冷，关键是，雪和他一样很好看。

见时瑾停下脚步，姜九笙仰头问道："怎么了？"

他把羽绒服的帽子取下来，银装素裹的天地里，他的眼眸越发黑亮："我想接吻，笙笙，要吗？"

姜九笙笑着抬起手环住了时瑾的腰。

她向莫冰请了一下午的假，直接带时瑾回了酒店，好在这里是异国他乡，姜九笙便不遮遮掩掩了。不知时瑾在雪里等了多久，衣服都湿了，姜九笙拜托了广告公司的工作人员帮忙准备衣服，时瑾在浴室里面洗澡，她在外面等着，把暖气开到了最大。

铃声响了，是时瑾的电话，姜九笙看了一眼，没有来电显示，不过她认得那个号码，是徐青舶医生。

怕是医院有事，姜九笙便接了电话。

"时瑾，你的药快吃完了，记得来找我拿。"

姜九笙愣了一下："什么药？"

那边的人显然也吓了一跳："姜九笙？"

"是我。"姜九笙的脸色渐渐沉了下来，"徐医生，请你告诉我，时瑾在吃什么药？"徐青舶是神经外科的医生，她有种不好的预感。

徐青舶沉默了很久，才说："时瑾有偏执型人格障碍，患病很久了。"

姜九笙心头重重一疼："严重吗？"

"基本能控制，不过你对他的影响很大。"

她的语气极度迫切与焦急："我能做什么？"

徐青舶似乎很犹豫，过了许久才说："尽量多陪着他，给他足够的安全感。"

"这样就可以了吗？"

"你别太紧张，时瑾现在的情况基本和正常人无异，只是情绪失控的时候会有点儿偏激，只要调节好就不会有太大的问题。"

她怎能不紧张？姜九笙出了一手心的汗："徐医生，以后时瑾的病情，可以及时告知我吗？"

“好。”

“谢谢。”

话锋一转，徐青舶严肃地道：“不过我建议你别让时瑾知道你接了这通电话。”

姜九笙应了，又道了谢才挂断电话。她并不了解心理学，只能盲目地查看各种资料，查到的内容浅显而不详尽，不然便是一概而论、没有针对性的观点，她能获取的有效信息少之又少。

她坐了很久，背脊僵直，后背上全是冷汗。

浴室的门被打开，时瑾走了出来。

姜九笙抬头看了他一眼，走过去抱住了他。

“怎么了？”

他身上浴袍的料子是软软的，他刚洗过澡，身上有淡淡的沐浴露的味道。姜九笙抱着他，用力嗅了嗅，在他的心口蹭了蹭：“没什么，想抱你。”

原来他会偏激，会极端行事，都不是没有缘由的。

徐青舶说，她影响着他，或许他的病因是她，她才是罪魁祸首。她该对他好一点儿，再好一点儿，免得他患得患失，免得他担惊受怕。

时瑾傻站着让她抱：“笙笙，能等我擦完头发再抱吗？我是不介意的，可会弄湿你的衣服。”

姜九笙抱了一会儿才松手：“我给你擦。”

时瑾把毛巾给了她，乖乖弯腰低头，让她能够着他的头发。

她接过毛巾，稍稍踮起脚给他擦头发，动作不熟练，力道也把握不好，时瑾的头发本就软，被她擦得乱糟糟的。

“时瑾。”

时瑾怕她累，抱着她坐在桌子上：“嗯？”

姜九笙喊了他又不说话，松开手，毛巾落在了地上。她搂住他的脖子，凑过去亲他。

时瑾也不问，笑着让她亲。

等她亲够了，时瑾才抱她去了浴室，让她洗澡。他们淋了雪，他怕她感冒。水声刚响，徐青舶又打电话过来了。

时瑾看了一眼浴室门，走去玄关接听。

电话那边的徐青舶控诉道：“你串通我骗姜九笙，良心不会痛吗？”

时瑾没理他。

徐青舶继续谴责时瑾，认为最令人发指的就是：“你居然还让我跟姜九笙说什么多陪你，要给你安全感这种屁话！”

时瑾故意在姜九笙那里装可怜用苦肉计就算了，居然还借此邀宠，真是太阴险了！

他就是一只披着羊皮的狼！

时瑾对此不置一词：“我会给你转账。”

“塑料花”兄弟情，全靠金钱维系。

“我是那种会为了钱出卖职业道德的庸医吗？”

时瑾想也没想地说道：“你是。”

徐青舶：“……”

时瑾语气出奇地平静淡然，平铺直叙，像在说一件无关紧要的事：“而且你也没有心理咨询师从业资格，谈不上职业道德。”

徐青舶无言以对，时瑾这个人，最会拿捏别人的软处了，交友不慎啊！

徐青舶言归正传道：“你都跟姜九笙说了你在吃药，要不就顺带做个心理治疗？”他旁敲侧击，心里盘算着借姜九笙这阵“东风”治一治时瑾。

“剩下的事我会处理。”

他还是固执己见。

徐青舶知道多说无益，猜道：“你不会想用什么维生素药片来糊弄她吧？你至少得把药的性状和用量告诉我啊，万一以后姜九笙问起来，我也不会说漏嘴。”

沉默片刻后，时瑾说了一个英文药名。

徐青舶知道，那是耶鲁刚出的人工复合型保健药品，他就知道是这样！

“时瑾，说正经的，我建议你接受治疗。”

“我不认为我的行为有任何问题。”

徐青舶就事论事道：“你行为过激，有狂躁倾向。”

时瑾反问：“诱因呢？”

“姜九笙。”至少目前只有她。

“那就没有问题，她是我爱的人，我为她发疯理所当然。”

和一个医生讲病理病因注定没有什么结果，徐青舶甚至觉得没准儿时瑾自己懂心理学，毕竟医学是他最擅长的领域。

徐青舶很无力：“你不能这么——”

“我也不需要治疗，我喜欢这种诱因下的结果导向。”时瑾说完直接挂了电话。

徐青舶觉得他病入膏肓，没救了。

时瑾回到房间时，姜九笙已经从浴室出来了，头发湿漉漉的："你去哪儿了？"

"接了个电话。"

她也不细问，把手里的毛巾递过去："时瑾，刚刚我给你擦了头发，你要不要礼尚往来一下？"

时瑾颔首，接过了毛巾，直接把她抱到了沙发上。

姜九笙的头发长，时瑾擦得特别小心。

"笙笙。"

"嗯？"

"如果我骗了你，你会原谅我吗？"

她毫不犹豫地道："会。"

他的目光越发明亮。

姜九笙坐到他的腿上，一双秋水剪瞳里水汽氤氲："虽然我会生气，但最后肯定会原谅你。"

时瑾笑了。

所以他才敢这么肆无忌惮，为他的偏执疯狂找了一个理由，用这种拙劣的苦肉计，因为他知道他的笙笙对他有多仁慈，所以费尽心思地得了特赦令。

次日依旧大雪纷飞，赛尔顿的冬天极冷。

九点开始广告拍摄，地点是赛尔顿的一处天然竹林，姜九笙化妆的时候，时瑾打来了电话。

她对化妆师摆了摆手，暂停化妆，背过身去接电话。

"笙笙，抱歉，我起晚了。"

时瑾的声音有些沙哑，他应该是刚睡醒。

他后半夜有点儿低烧，姜九笙喂他吃了备用的退烧药，早上她出门的时候，时瑾都没有醒，她也没舍得叫醒他。

"没关系，你多睡会儿，我在拍摄，不能陪你，你可以在酒店等我，或者出去转转。"

"我去找你。"

"要我去接你吗？"

时瑾失笑道："笙笙，我不是小孩。"

两人又说了几句，姜九笙便催促他去吃早饭，挂了电话，抬起头，发现莫冰正抱着手臂，眼神意味深长地瞧着她。

“你俩的剧本是不是拿反了？你赚钱养家，时瑾貌美如花。”

姜九笙笑而不语。

约莫二十分钟后，时瑾便到了拍摄点。考虑到姜九笙的安全问题，助理小乔这次没有来，随行的是宇文冲锋的私人秘书胡明宇。因为他拳脚功夫好，所以宇文大老板特地把人拨给了姜九笙。

胡明宇带时瑾进了拍摄区。

莫冰上前打招呼：“时医生。”

“莫小姐。”

时瑾态度很礼貌，但到底太见外了。莫冰说：“你可以直接叫我莫冰。”

时瑾浅笑道：“莫小姐，请问笙笙在哪里？”

算了，莫小姐就莫小姐吧。莫小姐说：“笙笙在换衣服。”

她刚说完，姜九笙就从临时搭建的换衣间出来了：“时瑾。”

时瑾回头。

莫冰也回头看去，姜九笙换了一身黑色皮衣，皮衣里面是一件露腰的背心，结合了金属材质，是偏暗黑系的机甲风，显得她英姿飒爽。

这份英气与野性完全贴合Dinir冬季新品的设计理念。大概也因此，Dinir的负责人只看了姜九笙的演出视频便毫不犹豫地拍板了。

莫冰不是第一次见她定妆，但还是被惊艳了一下，实在是……姜九笙这腰真是太细了。

时瑾走过去，压低了声音道：“能换一件吗？”

“不好看？”

时瑾摇头，看着姜九笙露出的那截小蛮腰：“不想给别人看。”他想把那些盯着她看的人的眼睛都挖出来。

姜九笙哑然失笑：“时瑾，这是工作。”

时瑾颔首：“我尽量不影响你。”

他只说“尽量”。

拍摄开始不到十分钟，片场气氛就有点儿毛骨悚然了。莫冰没忍住，还是开了口：“时医生，那只是拍摄需要。”

“我知道。”

那您就别一直盯着人家男演员，搞得人家老是手抖。

其实广告拍摄尺度很小，Dinir的广告总监可能痴迷科幻英雄片不能自拔了，硬是把一个珠宝广告拍出了世界级大片的感觉。广告男主角选的是一位国际武打演员，演员素养很高，行为举止很绅士。他和姜九笙有一点儿肢体接触，会碰到她的腰，他都是虚揽着，并没有一点儿逾矩的动作。

可架不住时瑾那双比赛尔顿的雪还要冷的眼睛，男演员还没碰到姜九笙，手就跟得了帕金森似的抖个不停。

莫冰本来还有让姜九笙进军影视圈的打算，现在觉得需要重新考虑了。

第四遍NG后，本来一直盯着拍摄的广告导演不经意间抬头，看见了时瑾，突然从位子上站起来，表情异常激动："您是时瑾时医生吗？"

时瑾用英文回答："嗯，我是。"

导演连忙伸出双手，行的是赛尔顿最正式的握手礼。

莫冰看得云里雾里，只隐约听到几个英文单词，只觉得时瑾神通广大，在赛尔顿都如此受"尊敬"。

约莫十分钟后，导演喊停，将原本搂腰的动作换成了背靠背。

然后，两位主演一条就拍过了。

时瑾走过去把羽绒服给姜九笙披上，牵她回了休息区，在她腿上盖了一条厚厚的毛毯。

"你是不是和导演说了什么？"

"嗯，提了一点儿意见。"

姜九笙惊讶道："你认识史密斯导演？"她拍摄前便听莫冰说过这位世界级导演为人特别固执，怎会如此轻易就听时瑾这个外行的建议？

时瑾耐心地对她解释："来天北前，我在尼波利亚当过无国界医生，医治过一位战地校尉，史密斯导演刚好是那位校尉的家属，他认出了我。"

原来是"投桃报李"呀。

姜九笙有一点不解："你为什么要去当无国界医生？"

时瑾拿了一杯热饮给她，坐在她旁边，娓娓说起："我在医科大学的导师也是一位无国界医生。他是我见过的在手术台上最镇定自若的医生，也是唯一一个给自己的亲人开过腹的医生，手术全程不受半点儿干扰与影响。前一点我也能做到，但后一点不行。笙笙，如果躺在手术台上的人是你，我应该连手术刀都拿不稳。"

姜九笙安静地听他说着。

"我问过我的导师是怎么做到的，他说去见一见战场上的断臂残肢与尸山血海就有答案了。"

姜九笙有些不可思议："然后你就去了？"

"嗯。"时瑾握着她的另一只手，贴着热饮的杯子给她暖手。

“那现在呢？你做得到吗？”

时瑾摇头：“还是不行，给你包扎个伤口我都手抖。”即便见过了堆积如山的尸体，见惯了血雨腥风，在她面前，他依旧胆怯。

姜九笙看着他，没有说话，眼里柔光泛滥。

“笙笙，”时瑾把手覆在她的手上，“这世上有两个我永远医不了的人，纵使医术再好也不行，一个是我自己，另一个是你。”

医不自医，至于她，他束手无策。

“所以你要健康平安一点儿，不要生病受伤。”

姜九笙心里暖融融的，用力点头道：“嗯。”

时瑾的语气很正儿八经：“少抽烟喝酒。”

话题衔接得毫无违和感。

本来感动得一塌糊涂的姜九笙突然有种掉坑里了的感觉。

然后……午饭时，时瑾带她去了一家养生食疗店，点了一堆对身体好的药膳，喂她吃了很多。

姜九笙觉得她家时医生真的是太可爱了。

午饭过后，她吃多了，时瑾便牵着她消食。街上中世纪的韵味很浓，钟楼城堡巍峨华丽，鳞次栉比，厚雪覆盖的行人街两旁栽种了许多她叫不出名来的树，积雪压弯了枝头，有花落在地上，粉色、红色的花在一片白色里十分醒目好看。

往来的行人不多，街头艺人的笑声断断续续。

有个卖花的小男孩迷了路，前来问路。男孩是个小绅士，很懂礼貌，时瑾用流利的英文耐心地告诉男孩，他也不认路，但可以把旅行地图送给男孩。

男孩摘下帽子，行了绅士礼，道谢之后离开。

待男孩走远，姜九笙问时瑾：“你喜欢小孩？”

方才他同小男孩交流的样子让她突发奇想，如果时瑾同自己的孩子相处会是什么样子？会像方才那样吗？两个绅士你来我往。

时瑾想也没想地道：“不喜欢。”

他回答得很干脆，甚至带了不容置疑的果断。

姜九笙疑惑道：“男孩、女孩都不喜欢吗？”

“嗯，都不喜欢。”时瑾突然停下脚步，“笙笙，我以后不会要孩子。”

姜九笙惊愕地愣住。

时瑾尽量说得心平气和，语气异常认真：“现在可能并不适合讨论这个话题，不过我不想对你隐瞒，需要让你知道我的想法。”他重复道，“我不要小孩。”

他是“丁克一族”？

姜九笙从来没有思考过这个问题，脑子有些乱，想了很久也理不清，干脆地说：“我觉得等我们结婚之后再探讨这件事比较好。”

时瑾显然很喜欢她的这个回答，欣然答应：“好。”

这时莫冰的电话打过来了，姜九笙看了一下时间，并没有到拍摄时间，不知莫冰所为何事。

“你俩还在香里桥？”

姜九笙反问道：“你怎么知道？”

“你们俩被拍了，照片已经流出来了，国内都吵翻了。”莫冰不知道姜九笙的态度，问她的意见，“需不需要发声否认？”

姜九笙没有迟疑地道：“不用。”

莫冰再一次确认：“要公开？”

“嗯。”

莫冰明白了。

挂了电话，姜九笙看着时瑾：“我们被偷拍了。”

时瑾很短时间就反应过来：“要给我正名吗？”

姜九笙点头。

时瑾笑了笑，眼底柔光浮动，像纯色琉璃折射出来的光。他搂住她的腰，俯身靠近她一点：“那我们给人家一点儿‘实锤’？”

不等姜九笙回答，他便吻住了她。

这会儿，国内正是下午五点。

姜九笙与男友街头拥吻的照片已经横扫各大报刊头条，全网的热点话题都是姜九笙的恋情。

照片刚被贴上微博，就引来了千万网友围观。

下午六点，姜九笙发微博了，内容就简简单单的一句话。

姜九笙：“你好，时医生。”

她附了一张照片，照片中她站在赛尔顿的香里桥下，比画着剪刀手，身后是漫天大雪，还有时瑾。

这一条微博在娱乐圈激起了千层浪，不单单是因为姜九笙的话题度，也因为时瑾——曾经一夜全网爆红又一夜销声匿迹的外科圣手。

然后一大拨“CP粉”新鲜出炉。

姜九笙与时瑾在赛尔顿待了五天，才同莫冰一起返程回国。

刚下飞机，莫冰就发现不对。

“怎么回事？怎么这么多人接机？你的行程我没有透露给任何人。”

莫冰探身往外看了看，居然还看见了记者，这明显是有人把他们的航班信息泄露了。有粉丝接机倒不足为奇，这么多媒体闻风而来就不太寻常了。

姜九笙站在出口旁，把口罩戴上：“我透露了。”

“给谁？”

“小乔。”

莫冰诧异道：“就她一个？”难不成是小乔泄露的？

“嗯，就她一个。”姜九笙回头，往机舱那边看了看，没等到时瑾，才靠回墙边继续说，“不过放了点儿烟幕弹，让她以为很多人知道。”

小乔以为有掩护，狐狸尾巴便露出来了。

莫冰隐隐猜到了些什么：“看来以后得多长个心眼了。”

她与姜九笙的想法不谋而合，认为十有八九有内鬼，上次庆功宴上那杯掺了致幻剂的红酒就极有可能是身边人所为。本来莫冰还不确定是谁，如此一来指向便明确了。

她倒要看看，这家贼的葫芦里卖的是什么药。

姜九笙又等了一会儿，时瑾还没出来。

莫冰问姜九笙：“时医生去哪儿了？”

“刚才飞机上有个乘客突发哮喘，他过去急救了。”

莫冰开玩笑道：“华佗再世，救苦救难啊。”

“当然。”姜九笙的语气里有掩饰不住的骄傲，“时瑾很厉害。”

差不多就得了，“炫夫”与“炫富”最可耻。

莫冰看了看鬼迷心窍的某人，建议道：“我们先出去，时瑾在后面多少没那么引人注目。”

姜九笙想也不想地道：“等他一起。”

“不怕被拍？”她家艺人以前最讨厌的就是蹲守的狗仔，对他们能躲则躲，能避就避。

这次姜九笙一反常态，一笑置之：“时瑾说，如果不同框，网友会说我俩是炒作。”

十分钟后，时瑾牵着姜九笙出现在机场大厅，口罩都没有戴，堂而皇之地撒了一次“狗粮”。

不到半个小时，姜九笙与时瑾在机场的“路透照”就流出来了，还有狗仔朋友们大肆渲染，什么“你侬我侬情意深长”，怎么酸怎么写。

不少“笙粉”刷到照片后，跑到姜九笙的微博下面留言求福利，求“笙嫂”的高清照和三围尺寸……

网民朋友很强大，将时瑾的许多信息挖出来了，一个个扬言要捅自己的心脏去天北第一医院心外科找“笙嫂”摸“小心心”。

姜九笙只回应了一句话。

姜九笙：“乖，不要去医院胡闹。”

广大“笙粉”同胞表示已经酥了，会很乖。

晚上八点，时瑾站在阳台上，低头接电话。

“六少。”电话那头的人是秦中。

“您和姜小姐的事秦爷已经知道了。”

时瑾处变不惊，把声音压得很低，淡淡地回了两个字：“然后。”

秦中道：“秦爷派了我父亲亲自去查姜小姐的底细，只怕会把八年前的事牵扯出来。”

六少藏了姜九笙八年，秦家没有人见过她，若是被顺藤摸瓜查出来了，恐怕秦家得翻天。

时瑾轻描淡写地扔了句话：“那就清账。”

新仇旧恨早晚要算，可秦中觉得不必这么粗暴，可以从长计议：“现在还不是时——”

“时瑾。”

电话那边传来姜九笙的声音，然后时瑾就挂断了电话。

话都没说完的秦中：“……”

时瑾的照片被曝光后，天北第一医院热闹了几天，不少粉丝慕名而来，纷纷挂心外科的号，甚至有不少人在医院门口蹲守，就为一睹他的“芳容”。

奈何别说挂上号，他们连时医生的影子都没见到，只好无功而返，一来二去就安生了。

这天时瑾回来晚了一两个小时，到家时姜九笙已经窝在沙发里睡着了，博美趴在她脚边也昏昏欲睡。一听见门声，博美就惊醒了，立马爬起来靠边站。

时瑾脱了外套，蹲在沙发旁，轻声叫醒了姜九笙。

她睁开眼，揉了揉眼睛，又把头埋进抱枕里。

时瑾笑着把她捞出来，让她枕着自己的腿：“回房间睡？”

她睡眼蒙眬地问道：“几点了？”

“七点半。”

“不睡了。”她爬起来，理了理睡乱的头发，“我八点有通告。”

“我送你去。”

“莫冰会来接我。”

时瑾嗯了一声，把她的手握在手里轻轻摩挲着：“笙笙。”

“嗯？”

“我明天在云城有学术交流会，两个小时后就要出发。”

这么突然。

姜九笙立马问：“要去几天？”

“一个星期。”

真的……好久。

姜九笙抿了抿唇，起身道：“我去给你收拾行李。”

时瑾拉住她，从身后环住她的腰，将下巴搁在她的肩上，用唇轻轻地蹭她的脖子：“我自己收拾，你别动，让我抱一会儿。”

她便站着不动，被时瑾蹭得有点儿痒，往后躲了躲：“交流会可以推掉吗？”

他摇头：“主讲人是我。”

“那就没办法了，”姜九笙有点儿失落，但更多的是骄傲，“谁让我家时医生医术无敌呢。”

时瑾轻笑，在她的脖子上吮了一口，留下一个痕迹才放开她：“我不在这几天你要好好照顾自己。”

姜九笙点头。

时瑾不放心她，耐心地叮嘱：“要按时吃饭，辛辣与冰的东西不能吃，你快来例假了，要忌口。我在你房间的床头柜里放了几家餐厅的名片，你可以叫那几家的外卖，别的店我怕不卫生。”

“好。”

“若是晚上睡不着，不准吃安眠药，多晚都给我打电话。”他知道她以前有吃安眠药的习惯，在一起之后他便再也不让她碰药了。

姜九笙仰着头听他絮絮叨叨地叮嘱，眼里流光溢彩，有温柔的光。

“酒只能喝少量，不可以喝醉，烟我放在阳台的柜子里了，一天只可以抽一根，回来我会检查。”

姜九笙笑得眼角弯弯：“知道了。”

“你要是嫌博美麻烦，就送去徐医生那里，我会付他看管费。”

“不麻烦，留着它和我做伴。”

还有最重要的一件事情，时瑾抱住她的腰，将她拉进怀里：“空下来了要给我打电话。”

姜九笙点头后，又问：“你在忙怎么办？”

“没关系，接电话的时间我空得出来。”

她说好，笑了笑：“不用挂念我，我的生存能力很强的。”

时瑾自然知道，只是依旧担惊受怕。他不相信世界，不相信善意，也不相信吉人天相，所以时时刻刻都胆战心惊，怕有人伤害她，怕有人来抢走她。

“笙笙，我在你的床头柜上放了一张名片，要是遇到不好处理的急事你就打那个电话，吩咐他做任何事情都可以。”

“好。”

时瑾抱着她，没再说什么。

姜九笙从他胸口抬起脑袋：“时医生，随行的有女医生吗？”

他笑道：“有。”

她黛眉一蹙，犹豫了挺久，还是说了：“如果方便的话，可以尽量减少接触吗？”

她不是不信她家时医生，而是太相信自己的眼光了。时瑾太好，让人很难不动心思。

时瑾忍俊不禁，眼神温柔：“我有洁癖，不会让人碰。不过笙笙，我喜欢你这样管着我。”

姜九笙很满意这个答案，抱着时瑾的腰，在他心口蹭了蹭。

两人抱了一会儿，姜九笙的手机收到了短信，她仰头看着时瑾：“莫冰到了，我得出门了。”她要去一趟电视台，有个节目要录。

时瑾去给她拿外套，语气自然地叮嘱：“天气冷，别穿太露的衣服。”

“天气冷”是附带的，后半句才是重点。

“好。”

时瑾亲了亲她的唇：“我送你下楼。”

八点姜九笙到了录影棚，化好妆后，在休息室等了十多分钟，莫冰便过来喊她了。

“笙笙，到你了。”

两人一前一后地往演播厅走去，在走廊拐角处，听见了匆忙的脚步声，还有女人不耐烦的催促声。

“你磨磨蹭蹭的干什么呢？还不快点儿！”

这时拐角处跑出来一个人，手里抱着几件衣服，似乎怕衣服拖地，将手举过了头顶。

“就来了。”

这个人是柳絮，半个月不见，她瘦了很多，不像以前那般盛气凌人了，低眉顺眼，像被磨平了棱角。

她也看见了姜九笙，眼神闪躲，低着头跑过去了。

前头催促柳絮的那个女人目光定了定，然后走到姜九笙面前，躬了躬身子：“姜小姐。”

姜九笙愣了一下，随即颔首。

女人四十多岁，样貌不出众，穿着职业套装，神色不喜不怒。姜九笙确定，她并不认识这个女人。

打完招呼，女人便领着几个艺人离开了。

“认识？”莫冰问。

姜九笙摇头：“不认识。”

莫冰笑了笑：“她那一鞠躬是认真的吗？”那毕恭毕敬的样子，着实奇怪，“她是sj's的王牌经纪人，四年捧红了三个影帝，廖影帝就在隔壁棚录影。”

姜九笙对影视圈的事情了解不多，没说话。

莫冰又提了一句：“那个剧柳絮也参演了，好像是个小配角。”

姜九笙有些惊讶：“她转行了？”

“你居然不知道？”姜九笙这两耳不闻窗外事的性子真是让人无奈，莫冰对她说道，“柳絮签去sj's旗下的滚石国际之后就转型做了演员，在各个剧组打酱油，接的都是一些红尘女子的角色，毕竟她的形象摆在那里。她也够顽强的，什么通告都接，到处刷脸。”

有一点莫冰是很不解的，sj's是电子业的龙头，旗下的滚石国际近两年在娱乐传媒业越做越大，作风虽说不上正派，但也没有鼓励艺人靠“潜规则”上位，唯独对柳絮态度有点儿不一样。滚石国际要是真想捧柳絮，肯定有的是手段，但他们就这么放任她在底层挣扎，甚至有点儿推波助澜的意思。

总而言之，sj's是来给柳絮雪中送炭还是雪上加霜的，谁也不晓得。

姜九笙一笑置之：“人各有命。”

录制完节目已经快十一点了，时瑾已经在去云城的飞机上，电话暂时打不通。他不在，姜九笙有些提不起劲儿。

莫冰送她回了御景银湾，看见了时瑾留在床头柜上的那张名片。

她拿起来看了一眼："你认识肖坤生？"

"时瑾认识。"姜九笙无精打采地道，"如果有什么棘手的事，你可以联系他。"

她可能得相思病了。

莫冰看着她恹恹的模样有些恨铁不成钢："时瑾怎么什么人都认识？这个肖坤生是滚石国际的老总。"

姜九笙神色错愕。

莫冰笑了笑，这么随性洒脱不问俗世的姜九笙偏偏遇上了深不可测背景惊人的时瑾。

滚石国际是sj's旗下的娱乐公司，滚石的最高执行官可不是随便听人差遣的角色，可想而知时瑾很有背景。

莫冰坐了一会儿便回家了，快一点时，姜九笙洗漱完，把博美抱上了床。

因为时瑾有洁癖，从来不让狗狗进卧室，这是第一次破例。姜博美开心地在床上滚来滚去，然后钻进妈妈怀里，兴奋地嗷嗷叫了几声，就扛不住睡意睡着了。

姜九笙失笑，关了吊灯，只开着床头灯，躺下辗转反侧了很久，半点儿睡意都没有。她失眠了。

而且她一连几天均是如此。

安眠药是戒掉了，可她对时瑾上瘾了。莫冰见她脸色不好，怕她失眠症复发，便给她约了心理医生。

姜九笙刚出道那会儿是失眠症最严重的时候，常医生是唯一一个能让她在十分钟内入睡的心理医生。

但这次咨询，似乎效果不佳。

"你的脸色不太好。"莫冰有些担心，"常医生都没能让你睡个好觉吗？"

姜九笙摇头，心不在焉地上了保姆车。

"怎么了？"

"没什么。"

她是睡着了，却做了个梦，真实得令她一时走不出来。梦里她还年少，时瑾也年少，他们穿着校服，穿梭在老旧的巷子里……

铃声响起，打断了她的思绪，是时瑾打来了电话。

"笙笙。"

"嗯。"

“是不是哪里不舒服？”她的声音听起来很无力。

“没怎么睡好。”她咕哝了一句，“很想你。”

时瑾的心软得一塌糊涂：“我明天就回去了。”

“几点？”她的声音变得轻快了，时瑾听得出她心情很好，“我去接你。”

“我很晚到，你先睡，别等我。”

要等的，姜九笙抿唇笑了。

时瑾从电话里听见了风声：“你在车上吗？”

“嗯，要去拍广告。”继Dinir的广告之后，她的广告合约多了许多，莫冰有让她转型的想法，替她接了不少拍摄工作。

“笙笙，你和天宇传媒的合约还有多久？”时瑾突然问起。

“我签了十年。”

天宇传媒签十年约的艺人很少，因为合约期限太长，天宇传媒会在签约之际开出一定的优惠条件给签约艺人，相当于长远投资。在长约这一块，公司的管理考核很严格，姜九笙是唯一一位签长约的歌手，而且是宇文冲锋直接签下来的。她问过他签下自己的理由，他半真半假地说他火眼金睛，瞧准了她会火。

时瑾沉默了片刻道：“你是歌手，相比天宇传媒，滚石国际更适合你。”

天宇传媒的主要业务是影视，唱片只是衍生产业，与sj’s旗下的滚石国际不一样，后者刚好相反，乐坛才是他们主要经营的领域。

姜九笙听出来了，时瑾似乎想让她去sj’s旗下的滚石国际。

她笑道：“你和滚石的肖总很熟？”

时瑾走之前留了肖坤生的私人电话号码给她，想必两人关系匪浅，不知时瑾一个医生是怎么认识肖坤生的。

时瑾只说：“一般。”他们只是老板与员工的关系，谈不上熟。

姜九笙言归正传：“宇文对我有知遇之恩。”

“嗯，我明白了。”

他不强求她，再不愿意，再想把她纳到羽翼之下，也要尊重她的意思。

“笙笙，”时瑾问她，“你真的喜欢演戏？”

“为什么这么问？”

“那日我听到了你和莫小姐的谈话。”

姜九笙反应了半天，才想起“莫小姐”是她的经纪人。时瑾对除了她之外的女士的称呼全是小姐，莫小姐、宋小姐、方小姐……

真不知说他绅士好，还是刻板好。

关于姜九笙以后的星路规划，莫冰给出了一个专业经纪人的建议——转型。

一来姜九笙有表演天分，有粉丝基础，而且有气质和颜值，进军影视圈很容易；二来唱片市场低迷，现在的自媒体更新换代太快，歌手不炒作、不刷脸的年代已经成为历史，尤其是乐队，要么成为不可复制的辉煌，要么急流勇退。

莫冰的意思很明确，The Nine不解散，一到两年出一张专辑，开一轮演唱会，毕竟摇滚乐是The Nine的天下，这一块的市场稳定又巩固。她另外的打算是成员各自发展，靳方林有做幕后的想法，厉冉冉玩心重，最近迷上了古典乐，莫冰都不反对。那对情侣心思都不在娱乐圈，不过姜九笙的粉丝基础太好，莫冰对她另当别论，给的建议是词曲创作或者进军影视圈。当然，她以经纪人的角度更倾向后者。

宇文大老板没什么立场，只说让“摇钱树”自己选，别亏了就好。

姜九笙没有过多思考：“我还是喜欢音乐，而且会坚持创作摇滚乐。我还有很多曲子没有写，还没写过爱情摇滚，还没去国外开过巡演，还没有让华语摇滚乐拿下格莱美音乐大奖。”

她有她的野心，虽不疾不徐，但一步一步走得扎实。

至于影视……

“我对演戏谈不上喜欢不喜欢，觉得新鲜而已，不过我不会轻易开始。”她靠在座位上，姿态慵懒又惬意，“若是开始了，我就势必要捧个‘小金人’回来。”

她这个人胜负欲比较强，要么不做，一旦做了就要拼尽全力，要爬到顶点看一看最高处的风景。

她随性淡然，却也有野性与攻击力。

时瑾没有给任何意见，只说：“我尊重你的任何决定。”

姜九笙轻笑。

“如果哪天你想要那个‘小金人’了，告诉我。”

她笑着开玩笑道：“你要帮我买通评委吗？”

“不需要。”他说得认真，“我只要买下最好的剧本、最好的制作团队，然后等你登顶。”

姜九笙笑了笑：“你就这么相信我？”

时瑾一本正经地说：“笙笙，我是你的‘脑残粉’。”

她忍俊不禁。

“而且就算失败了也没关系，”他一点儿开玩笑的意思都没有，“若是你真的想要，我也不反对用钱买通评委。”

姜九笙哭笑不得，觉得莫冰说得极对，时瑾的君子气度真是折在她手里了，竟也会行贿赂之举。

她兴致勃勃地问他：“时瑾，你是在做投资吗？”

他温柔地回道：“开了个小公司。”

“什么行业？”

时瑾想了想道：“卖电器的。”

姜九笙心下有了打算。她家时医生赚钱不容易，若让他投资了，只能赚不能亏。

sj’s全体高管：“……”

电子业的龙头企业，怎么就被老板形容得好像电器小贩？

次日，时瑾到家已经十一点了，开门声方响，姜九笙便噌地从沙发上起身。

“汪！”

博美嗖地跑去玄关，摇着尾巴嗷嗷乱叫。

“回来了。”

她站在玄关处，冲时瑾浅笑。

时瑾放下行李箱上前抱住她，吊灯的光洒上他的眉眼：“不是让你先睡吗？”

她踮起脚吻他的嘴角。

他任由手臂上的外套落到地上，一只手把她抱起来，放在了玄关的柜子上，一低头含住了她的唇。

情到深处，她的手便钻进了他的衣服里，指尖摩挲着他的肌肤，然后在他的腰腹上停了一下。

她躲开他追上来的吻，低头瞧他的腰腹。

“你这里为什么有一个和我一模一样的文身？”甚至在一模一样的位置，也是文了一朵黑色的荼蘼。

时瑾在她的嘴角轻啄：“因为你啊。”

她不明白，眼里含着柔光，安静地望着他。

时瑾带着她的手落在她腹上同样的位置：“因为你有，所以我也文了。”

“什么时候文的？”

“很久以前。”

这是一个模棱两可的答案。

“我以前露出过文身吗？”在她的印象里没有，因为文身在腰上面一点儿，即便她穿露腰的衣服，文身也应该能被遮住。

时瑾只是说：“你忘记了。”

姜九笙没有再问，把手放在他的腹部，反复摸着那一处文身。不知为何，她感觉很熟悉，心脏有种沉重感，说不上来地奇怪。

“别摸了。”时瑾按住她的手。

她抬头：“嗯？”

“再摸下去……”他低下头，在她耳边说羞人的话。

她的脸一下子红透了。

“我身上脏，先不抱了。”时瑾一手牵着她，一手拿着行李箱进屋。

他有洁癖，放下东西，亲了亲她，便直接进了浴室。

姜九笙去阳台，要给博美喂食。

时瑾在浴室里喊她：“笙笙，能给我拿一下衣服吗？”

“好。”

姜九笙洗了手，去时瑾房里给他拿睡衣。博美也颠儿颠儿地跟进去了，摇头摆尾开心得不得了。

她拿了衣服，回头就看见博美在时瑾的床上蹭，失笑道：“还不快出去，被你爸爸知道你进了他的房间，肯定饶不了你。”

姜博美听懂了似的，抖了抖毛，嗷呜一声就钻进了床底。

姜九笙不管它了，笑着走出了房间。

不大一会儿，姜博美从床底露出一个脑袋，左顾右盼了一番，屁颠儿屁颠儿地跟着出去了，狗粮都不吃，时刻跟着妈妈的脚步。

姜九笙送完衣服，回头才看见博美嘴里叼的东西。那是一串钥匙，被博美叼着晃来晃去，叮叮当当的。

她蹲下，伸出手，博美就把钥匙吐到她手里了：“从哪里翻出来的？”

博美撒腿就跑去扒时瑾的门：“嗷。”

浴室里水声未停，姜九笙看着手里的钥匙，沉默思索了很久，目光缓缓移向楼梯口。复式的公寓，二楼应该有三间房，她一次也没有进去过，只知道时瑾上了锁。

鬼使神差似的，她上了楼梯。

时瑾从浴室出来，没有看到姜九笙，随意擦了擦头发，开始在屋子里找她。

“笙笙，笙——”

他突然顿住脚步，目光顺着楼梯往上看，二楼有灯光。他怔了一下，扔了毛巾，慌张地跑上去。

来不及了，姜九笙还是开了那扇门。

房间里面全部是她的照片，从十六岁到现在，在各种地方拍的，有她熟悉的，也有她不熟悉的。老旧的小区、郁郁葱葱的香樟树、深巷里奔跑的狗狗……她对这些全部似曾相识。

“笙笙。”

时瑾伸出手，想把她带出来。

姜九笙却后退着进了房间里面：“时瑾，”她停顿了很久，问他，“我们以前是不是认识？”

他的手僵住，眼底全是慌乱和无措。

许久没有等到回答，她将柜子上的相框拿起来，照片里的女孩青春年少，笑得见牙不见眼。

她看着时瑾的眼睛，重复了一遍：“时瑾，我们以前是不是认识？”

他张了张嘴，似乎想说什么，却始终一言不发，眼里覆了一层厚厚的阴影，却依旧盖不住惊涛骇浪。

姜九笙走过去，抬起头，想要看进他的眼眸深处。

“时瑾，”她说，“我在梦里见过十八岁的你，还有穿着校服的我。”

梦里有个漂亮的少年站在树荫下，抬头望着旧楼上的女孩，她在闹，他在笑。

时瑾第一次遇见姜九笙时，他十八岁满了一旬，她离十六岁差两个月。

两人是在一家超市里遇见的。她穿着白色的校服，很瘦，模样稚嫩，还没有长开，并不是很漂亮，只是一双眼睛很出众，笑起来像月牙。

她有一双很漂亮的桃花眼。

超市收银的地方排了很长的队，她前面是一位老人，提着一袋硬币。

“有没有整的？”

老人家笑得腼腆：“不好意思啊，我只有硬币。”

收银的女孩二十岁上下，很不耐烦地道：“这么多硬币，我得数到什么时候？你去那边等着，让别人先结账。”

老人家便局促地站在外面等。

下一个是姜九笙。

她十五岁的年纪，生得比一般女孩高，瘦瘦的，在人群里很醒目。她走到收银台前，把手里的零食全部放下，然后从旁边写着“零售价0.5元”的柜子上拿了两颗糖。

她递出一张一百元的纸币还有两颗糖：“阿姨，请给我找硬币。”

那个被唤作“阿姨”的收银员脸色铁青地喊老人过来结账。

老人家结了账，在路口等着女孩。

“小姑娘，谢谢你啊。”

姜九笙笑着摇头：“不用谢。”

路口有位妇人在喊她：“笙笙。”

她应了一声，笑着把糖塞给老人，跑着离开了，手里的一袋子硬币叮叮当当地响。

老人站在原地，看着手里的糖，笑得皱纹深深的。

正对收银台的走廊里，少年靠着墙，目光深邃，眼瞳很亮，像仲夏夜里的星子。

少年是时瑾。

年少稚嫩的他眼神深沉苍凉，像历经俗世归来的模样。

他站了许久，看着远去的少女。

“六少，”二十岁的秦中西装革履，比一般同龄人沉稳许多，“车已经停在外面了。”

少年的目光落在远处：“不用跟着我。”

他朝前走去，脚步竟有些急促。

秦中还是跟着去了。他远远地走在后面，不敢离少年太近，见少年一路跟着一对母女，什么都没做，就盯着那女孩看。

女孩和她的母亲正在超市外的街上发传单。

九月的中南很热，太阳烤着大地，吹来的风都是滚烫的。女孩满头大汗，脸被晒得通红。兴许因为天气太热，往来的路人行色匆匆，纷纷拒绝了递过来的传单。

她转过身，一只手突然递了过来，白皙修长，是很漂亮的一只手。

她愣住，盯着那只手看，头顶传来少年低沉的声音：“给我一张。”

“哦。”她反应过来，递了一张传单过去，抬头笑着说，“谢谢。”

她笑起来真好看。

时瑾凝眸，看了看越走越远的女孩，又低头看手上的传单，许久后，将其折好放在了口袋里。他抬头寻着女孩的身影，继续目不转睛地看着。

秦中没忍住，多嘴问了一句：“六少，您在看什么？”

“她，”时瑾指着远处道，“长得好看吗？”

秦中愣了许久，才顺着时瑾指的方向看过去，那是个女孩，十五六岁的样子，远远看去没什么特别之处，他回答道：“好看。”

时瑾轻扬嘴角道：“我也觉得。”

这话让他怎么接呢?

秦中头疼，不知道小主子的心思，正寻思着要说什么，听到了一句命令：“你去把她的传单都要过来。”

这是什么意思?

秦中没敢多问，雇了很多路人，给了每个人十块钱，让他们去领女孩和她母亲发的传单。

午饭时，母女俩在一家很小的店里吃面。

时瑾也进了那家店，用手帕铺在椅子上，坐在角落里，点了一碗与女孩一样的面。他只吃了一口就放下了筷子，看见她连汤都喝了，他就又吃了一口。

下午，她们继续发传单。

他继续让人去领她们的传单。

傍晚，母女俩坐着公交车离开，他晚两站也上了那辆车，就坐在她旁边。她可能累到了，昏昏欲睡，都没有抬头看身旁坐的人，不到十分钟，把头靠在了他的肩膀上。

长线公交车上没有几个人，空旷又安静，司机师傅开了广播，温柔的女声在唱歌，窗外的风吹进来，头发遮住了她的眼。

他抬手想帮她把头发拨开，车忽然停下，她整个人趴在了他的腿上。

他僵住了。

“对不起啊。”

女孩身旁的妇人生得眉目温柔，歉意地对他笑了笑，然后扶着女孩的脸，让她靠向自己。

他愣愣地看着自己的腿，耳根突然发烫，觉得窗外吹来的风是燥热的。

公交车开了约莫一个小时，路过许多霓虹，最后停在一个偏僻的站点，他跟着那对母女下了车。女孩还是没看他，她被她母亲拉着。

她们住在一个老旧的小区，墙面上贴了很多小广告，写了很多“拆迁”的字样，小区里的人见了她们母女都会笑着打招呼，热情又友好。

然后她们上了一栋三层的小楼。

小区里没有路灯，葱葱郁郁的香樟树下挂了一个灯泡，为来来往往的路人照明。他站在楼下，抬着头看了很久很久。

路过的中年男人走过来，热情地问他：“你找谁？”

鬼使神差似的，他脱口说出一个名字：“笙笙。”

女孩的母亲便是这么喊她的。

笙笙，笙笙……温柔又好听的名字。

“找笙笙啊，我去帮你叫她。”男人站在楼下面大声吆喝，“笙笙，有人找你，快下来！”

女孩很快就下楼了，不过他站在香樟树后面没有出来。她等了十五分钟，便离开了，去便利店买了两根火腿和一盒冰激凌。

火腿被她喂给一只没有毛的流浪狗吃了。

那是一只很脏很丑的狗，连品种都看不出来，她却不嫌弃，用手摸狗狗的脑袋，耳提面命地跟它说：“以后别去偷王阿姨家的东西吃了，她会打你的。”

“汪！”

那没毛的狗似乎很喜欢她，欢快地绕着她转。

她眼睛笑得同天上的月牙一样弯弯的，又对它说：“你可以去偷张大叔家的。”她指了一个方向，“就是那家。”

“汪汪！”狗狗一个劲儿地摇头摆尾。

她笑着说了声乖，然后用摸了狗狗的手拿着小勺舀着冰激凌吃，吃完便回了家。

狗狗也跑回了巷子深处。

时瑾从香樟树后出来，看了看楼上的灯火，然后去便利店买了一盒一样的冰激凌，黄桃味的，甜得发腻，一点儿都不好吃。

他却见了鬼似的，全部吃完了。

为什么要吃她喜欢吃的东西，走她走过的路？为什么要跟了她一整天？他不知道，像中邪了一样。

月上树梢头，已经深夜。

秦中犹豫了很久，还是上前小心询问：“六少，回去吗？”

时瑾不言，从口袋里掏出一张宣传单：“我要这个女人给我补习。”

补习？

他不是连工商博士学位都拿了吗？

秦中云里雾里，隐约记得那母女俩发的宣传单上写了什么化学补习。

“价钱随她开，我只有一个条件。”他仰着头，月光洒下，柔和了他的面部轮廓，“要在她家里。”

月下，风吹树叶，窸窸窣窣，伴着夏天的蝉鸣声，香樟树斑驳的树影里，有少年斜长的影子。

楼上，女孩在笑。

那时候，他与她只是相遇，并未相识，直到那日黄昏，天边最后一抹余晖掠过香樟树的枝丫，他出现在她面前。

漂亮的少年还有眼睛会笑的女孩相对而立。

女孩站在旧楼的墙边，看着树下的少年，笑着问他："你是时瑾吗？"

少年走出了树荫，逆光里，他的眼睛很漂亮，他点了点头。

女孩走近，身高只到他的肩膀，看他时微微仰起头，眼里有光。

她说："我叫姜九笙。"

他知道，她所有的信息他都知道。

她还说："我是来接你的。"

少年勾了勾唇："带路。"

"好。"

女孩走在前面，少年跟在后面，两人穿过风，穿过夕阳，穿过深深的巷子，后面跟着一只狗，蝉在树上鸣叫。

记忆里的女孩与眼前的她重叠，还是那双眼，笑时水光潋滟。

"笙笙。"时瑾小心地靠近，伸手想去拉她的手。

她退后："回答我。"

沉默许久之后，他终于抬头，望向姜九笙的眼睛："嗯，我们认识，认识很久很久了。你的母亲是我的补习老师。"

咣！姜九笙手里的相框滑落，应声碎裂。

"原来那些都不是梦。"

难怪她第一次见他便觉得熟悉，难怪他身上有与她一模一样的文身，难怪他懂她所有的喜好与偏爱……

昨日在咨询时，她大梦一场，看见了一幕幕陌生又熟悉的画面，像老旧的电影，没有浓墨重彩，却刻骨铭心。

记忆里，小小的房间中，靠窗放了一张书桌，一侧坐了她，另一侧坐了他，是年少时的他们。

蝉鸣的夏天很热，屋里没有空调，他们开着窗，能听见楼下小孩嬉闹的笑声。

书桌边，女孩埋头冥思苦想了很久，苦着脸抬头："时瑾。"

"嗯？"少年有着一张很精致的脸，转头看她。

她把书本推过去："这题不会。"

他便停下笔，把她的书拿过去，写了三种解法再还给她。

她笑着说谢谢，抱着书继续埋头苦学，几分钟后……

"时瑾，我看不懂。"

少年嘴角轻扬，放下了自己手中的书："过来。"

女孩挪着椅子凑过去。

少年讲题的时候很认真，长长的睫毛垂着，嗓音低低的，在蝉鸣声里特别动听。

不大一会儿，他将解题步骤写了满满一页纸，力透纸背，字迹工整。

"听懂了吗？"

女孩连忙点头，撑着下巴看他："你这么聪明，为什么还要补习？"

少年移开目光："我偏科。"

"你偏哪一科？"

"语文。"

她很疑惑，盯着他："可我妈妈是化学老师啊。"

"是吗？"少年淡然自若，漂亮的眼眸中无波无澜，"可能秦中找家教的时候没看清。"

回忆定格住，姜九笙抬头，泪打湿了眼睫，声音微颤："后来呢？"

她的记忆断断续续，只到这里，一幅幅画面都是年少的他们的样子，没有别人，全是他和她的片段。

"后来呢？"她看着时瑾的眼睛，"后来我们怎么了？"

时瑾垂眸，遮住了眼底的光："你的母亲去世之后，我将你带回了秦家。"

对，记忆里还有她的母亲。

可为什么她想不起来母亲的脸？为什么她只能听见声音，任凭她如何回忆，也看不清母亲的样子？

"为什么会去世？"她问时瑾。

"意外。"

意外？他太言简意赅，隐去了所有细枝末节，她想，时瑾一定不想她知道实情，那么真相就必定惊世骇俗。

既然曾经刻骨铭心，她又为什么会忘得一干二净？

她沉默地看了他很久，本来有千言万语要质问他，话到嘴边，却只问了一句："秦家是不是有一个阁楼，没有窗户，不管白天还是晚上，都很昏暗？"

时瑾眼里全是慌张的神色，唇抿得发白，过了许久才回道：“是。”

果然，以前那些天马行空的梦境并不是毫无根据，或多或少折射了她的过去。她压下脑子里乱七八糟的思绪，试图回忆并拼凑那些模糊又残缺不全的片段，可偏偏什么都想不起来，紧绷的神经突然断裂，所有影像变得四分五裂。

她头痛欲裂，身体摇摇欲坠。

“笙笙。”

他方寸大乱，伸手想拉她又不敢，僵着手愣愣地站在原地。

“难怪你知道我的所有喜恶。”她扶着墙，手按着文身的地方，“时瑾，你到底还瞒了我多少事？”

这种对未知变数的不确定，让她感觉很糟糕，怕得不行，就好像突然身处一叶扁舟上，四周全是惊涛骇浪，她什么都抓不住。

时瑾眼眶通红，眼里浮影沉沉，有惶惶不安，有犹豫不决，还有孤注一掷的决然与阴鸷。

零零——手机铃声突然响起，打破了屋里让人心惊胆战的死寂。

姜九笙接了电话，电话那头是程会。

“笙笙。”

“嗯。”

电话那边的程会说了不到一分钟，简简单单几句话，却叫姜九笙脸色骤变：“我知道了，等我的消息。”

她只说了这一句话，便挂了电话，抬起头，眼里有股不管不顾的决然之色：“时瑾，带我去秦家。”

一听是去秦家，时瑾想也不想地道：“笙笙，别去那里。”

“我养父母被抓去了秦家。”

她与时瑾公开的时候就预料到秦家不会善罢甘休，毋庸置疑，这次秦家就是冲着她来的。

时瑾眸色微沉，极力压下情绪道：“我去把他们带回来，你留在家，别去好不好？”

他怕她受伤，怕她生病，怕别人害她，怕她想起过去，怕她难过，怕她走了不回来，怕她不要他……

他觉得自己像个疯子，竟恨不得把她绑在家里。

姜九笙直视他的眼睛，眼里有着不顾一切的决然：“带我去秦家。”

他拗不过她。

这么多年了，发疯也好，发狠也罢，他没有一次能真正地忤逆她。

他还是妥协了："好。"

秦家大宅依山而建，方圆百里全是秦氏领域。这里山峰围绕，只有一条路通往主宅，隐于绿树后的是四栋古式建筑，红墙黑瓦，气势恢宏。

书房里，门匾高挂，写了四个字：紫气东来。

秦行端坐在主座上，两边坐着的都是秦家后辈，秦明立居左，秦萧轶居右，后面依次是外室所出的几位少爷。书房中间的空地上铺了锦绣地毯，一男一女跪在地上，俯首低眉战战兢兢。

秦行端着青瓷茶杯，动作缓慢地拨着茶面，没抬头："你们夫妻胆子不小，连我都敢骗。"

地上跪的正是姜女士与丈夫程彦霖，夫妻两个人都被吓得不轻。

"六、六少的命令，我们夫妻不敢、不敢不听。"姜女士伏在地上拼命讨饶，"秦爷饶命，秦爷饶命。"

秦行扣上茶盖，一双鹰眼气势逼人："你们有没有命出秦家的大门，就要看你怎么说。"

姜女士曾经是秦家的用人，被时瑾安排在阁楼里做饭，是八年前秦家唯一一个见过时瑾藏在小楼里的女孩的秦家用人。

时瑾离开秦家之后，姜女士请辞，夫妻俩一同失踪。

秦行本是要查姜九笙的底细，谁知竟牵扯出这对夫妻。真相已经不难猜测了，诈死偷生，偷天换日，兜兜转转八年，时瑾身边的还是故人。

姜女士怕极了秦行，不敢忤逆他半分，一五一十地招了："姜小姐来秦家的第二个月，二少的人闯进了小楼，六少本来要打死那人的，被姜小姐拦下了。从那之后，姜小姐的病越来越严重，六少怀疑……怀疑是二少买通了心理医生，加重了姜小姐的病，那时候六少就动了心思，想把姜小姐送出去了。"

秦明立摩挲着手套，神色如常。

秦萧轶最自在闲适，双手交叠，靠着椅子，全程一副事不关己的神色。倒是她旁边的秦霄周拘谨得很，他怕秦行，更怕时瑾。

主座上的秦行用指关节敲了敲桌面，说了一句"继续"。

"秦氏周年庆那天，六少安排好了飞机，本来是要送姜小姐去国外的，可在去机场的路上出了车祸，姜小姐和六少都受了伤，相撞的另一辆车子性能不好，车里的母女当场死亡。"

秦行眉间有戾气缓缓浮现，在座的秦家人全部噤若寒蝉。

空气仿佛都凝滞了，厅中的气氛让人不寒而栗。

姜女士擦了擦头上的冷汗：“因为、因为秦爷您盯得紧，六少为了瞒天过海，把车祸中死去的那个女孩伪装成了姜小姐，让秦家人以为她死了。六少遣散了阁楼里的用人后，找到了我，让我们夫妻换了工作，搬家去了江北的小镇，姜小姐就是那时候开始养在我家里的。”姜女士歇了一口气，这才慢吞吞地抬头，“事情就是这样的，我知道的都、都说了。”

啪的一声，茶盖扣在桌上，秦行沉了神色，哼笑了一声：“一藏就是八年，他真是好能耐。”

第十二章

时瑾坦白，青葱回忆

说曹操曹操就到。

管家进了书房，上前传话："秦爷，六少来了。"

秦行听完没发话，端起茶杯抿了一口茶，又将茶叶吐回，喜怒不形于色。

"六少还带了人来。"秦管家停顿了一下又道，"是姜九笙小姐。"

秦行喝茶的动作顿住了。

这么多年来，只有时瑾敢往秦家本宅带人，而且不管八年前还是今天，带的都是同一个人。

秦明立转了转手里的戒指——有好戏瞧了。

"让他们进来。"

青龙玉石前，秦管家恭敬地说了一个字："请。"

时瑾看向身边的人，将满眼戒备与凌厉隐下："笙笙，手给我。"

姜九笙与他对视了一眼，伸出了手。

他握住她的手道："不用怕他们。"

她点头，说不怕。

"时瑾。"

时瑾看向她，看不清她眼底的情绪，她的表情平静得异常。

来秦家的路上，她什么都没有说，没有质问也没有责怪，甚至完全不提过往的事。他知道她的性子，她向来恩怨分明，一码归一码，不会迁怒谁。

可她也不是随遇而安的脾气，有些事她不愿意稀里糊涂，不是非要计较，只是想要一个明白的结果。

“等把我的养父母送出了秦家，你带我去阁楼好不好？”

有些事情，总要说清楚，否则积久了会生怨。

人和人之间，特别是情人之间，最忌猜忌。

时瑾点头：“好。”

然后他牵着她走进了秦家书房。

一屋子的人都看着时瑾，还有与他并肩而立的姜九笙。

秦家这样的家庭，不知开罪过多少道上的人，不知有多少双眼睛明里暗里地盯着主宅的动静呢。秦家的大门哪是外人能轻易进来的，这么多年来，姜九笙是第一个堂而皇之地进秦家主宅的外人，她眼里没有一分惧色，姿态不卑不亢，落落大方。

秦行坐在实木椅子上：“来了。”

时瑾眼中无波无澜，开口说了第一句话：“这是我的未婚妻。”

十几个人的眼睛全部看向了姜九笙，包括地上的姜女士夫妇，众人神色各异，姜九笙站在时瑾身边，不骄不躁，有礼有节。

“未婚妻？”秦行冷笑，“谁同意了？”

不等时瑾开口，姜九笙移动步子，走到姜女士面前，看着仍然跪在地上的夫妻二人皱眉道：“你们不是秦家的人，也不受雇于秦家，不用跪着。”

她这个人就是护短得不行，即便再不亲近感情淡薄的养父母，她也喊了他们八年“爸妈”，见不得他们被别人欺压。

姜女士夫妻看了看姜九笙，又审视了一下时瑾的脸色，这才敢站起来。

“请问，”姜九笙直视秦行冷厉的眼睛，“他们可以离开了吗？”

很少有人敢同秦行这么直来直往地说话。

姜九笙倒是有几分胆识。

秦行饶有兴致地问道：“我若是不同意呢？”

“那我只好再等两个小时。”姜九笙不急不缓地补上后半句，“失踪不满二十四小时，还不能报案。”

她哪里是只有几分胆识，简直是胆大包天。

秦行不怒反笑道：“你当我秦家是什么地方？谁想来就能来？”

确实，恐怕警方也惹不起秦家这尊大佛。

姜九笙从容不迫地说道：“那秦爷有没有听过一个词——舆论？”

秦行兴致勃勃地打量着她。

"如果我没记错的话，前几天秦氏因为牵扯进一桩跳楼案，股价跌了十三个百分点。"她不紧不慢地解释着，"这个就是舆论的影响力，用我们圈子里的话说，叫网络推手。"

"你想说什么？"

姜九笙笑了笑："很不巧，我是个公众人物。今天若是我养父母或者我没有走出秦家大门，明天的舆论话题就会和您秦家有关。"

她不仅胆大，还聪明。

秦萧轶换了个坐姿，揶揄地笑着，就见父亲秦行已经怒火中烧，重重地摔下茶杯。

"你威胁我？"

"不是的。"姜九笙的语气平静又随意，她淡淡地道，"是警告。"

警告？秦行对姜九笙怒目而视。

秦家在中南称霸这么多年来，还是头一回有人敢在秦家的地盘上这样对他撂话。

"秦爷，"姜九笙徐徐开口，"您对我养父母所做的事，已经构成绑架了。我知道秦家家大业大，在中南只手遮天，不过我也知道，秦家近两年投身慈善事业，可见您是想改一改秦家的形象的。那么我建议您，将'与人为善'这四个字落到实处。"

她由浅入深，步步为营，一口一个"您"，分明处于上风，还字字礼貌谦恭，这软刀子偏偏句句戳中秦行软处。

秦家是早就有洗白的打算，不管背地里如何，明面上已经做了不少功夫。若是这时候被推上舆论的风口浪尖，那秦家这几年的努力必然会付诸东流。

与人为善，好一个与人为善。

秦行大笑，看向时瑾，话里有话道："时瑾，你真的找了个了不得的女人。"

她这份胆识与聪慧，恐怕放眼整个秦家也没几个人能比拟。

时瑾理所当然地道："所以，你别惹我家笙笙。"

他毫不掩饰自己对姜九笙的纵容。

姜九笙最后问道："秦爷，我的养父母可以离开了吗？"她说得心平气和，仿若方才那一番步步紧逼的话只是闲谈，情绪始终波澜不惊。

她心思缜密，聪慧至极。

好一个姜九笙！

秦行将眼底的怒色压下："放他们走。"

姜九笙说了声谢谢，转身对时瑾说：“我去送他们离开。”

“在外面等我。”

姜九笙点头，领着姜女士夫妻出了书房。

秦行收回目光，看向时瑾：“你八年没回秦家了，要不是因为姜九笙，你是不是就不回来了？”

“是。”

“不藏着掖着了？”

时瑾略抬目光，扫向周围：“你们出去。”

在座的几位秦家后辈都下意识地噤了声。时瑾成年后虽只接管秦家短短半年，但余威仍在，秦家多数人本能地怵他。

他是天生的统治者。

秦行发话：“都出去。”

几人面面相觑之后，以秦明立为首，陆陆续续地出去了。

“说吧，”秦行坐下，“你做了什么打算？”

时瑾站着，睫毛微垂：“你别动她，我可以接手秦家，让秦家在你有生之年登顶。”

送姜女士夫妻离开秦家之后，姜九笙返回主宅。秦家几位后辈刚好从书房出来，大多是她熟悉的面孔，即便是她叫不上名的几位秦家少爷，也时常活跃于各种财经新闻和娱乐新闻板块。

唯独时瑾没有出来。

她便在门外等，低头看着脚尖，没有好奇地四处张望，姿态闲适又镇定。

“姜九笙。”

姜九笙抬头。

秦萧轶走过来，抱着手臂笑了笑：“你是第一个惹怒了我父亲还能漂亮脱身的人。”

“你是在夸我吗？”

秦萧轶很坦然地道：“当然。”

“谢谢。”姜九笙与秦萧轶说不上熟，只是泛泛之交。

秦萧轶也不介意姜九笙的疏离，打过招呼之后，便先行离开了。

“姜小姐。”

姜九笙看向对方：“秦先生。”

秦明立似乎并不急着离开，落座后让用人斟了一杯茶，品了一口，漫不经心地问道：“这些年身体可好？”

他问这种莫名其妙的问题，显然话里有话。

姜九笙气定神闲地等着他的下文。

秦明立似乎想起了什么："瞧我这记性，怎么忘了姜小姐已经不记得八年前的事了？"

看来她的底细已经被秦明立查得清清楚楚了。

"我不太喜欢弯弯绕绕，秦先生有什么话可以明说。"

秦明立放下杯子，双手叠放在一起，左手习惯性地摩挲着右手手套下空荡荡的断指："也没什么，就是提醒姜小姐一句，要保重身体，可别再像八年前那样了。"

他真是只笑面虎，说话绵里藏针。

姜九笙好整以暇地道："八年前哪样？"

"你病重的时候，时瑾差点儿要了那个心理医生的命。"

病重？

这应该就是秦明立想让她知晓的信息。

"秦先生似乎想旁敲侧击地告知我什么。"姜九笙淡然处之，"我想不必了，若是我想知道八年前的事情，时瑾会告诉我。"

她不慌不乱，从容得过分。

"你很相信他？"秦明立抬头，镜片后的一双鹰眸与秦行有三分相似。

姜九笙不假思索地说："当然。"

更何况就算时瑾骗她又怎么样？她愿意，谁管得着？

她的话音刚落，时瑾就出来了。

"笙笙。"

她立马走到他身边去。

时瑾自然而然地牵起她的手，目光落向秦明立，略略看了他一眼便收回目光，轻声叮嘱姜九笙："不要什么人都理，这个屋子里有很多人面兽心的家伙。"

姜九笙答："我知道了。"

人面兽心的秦明立放下杯子，阴着脸离开。

"六少、姜小姐。"主宅的用人低着头，不敢直视时瑾，"房间已经收拾好了。"

"晚上先去小楼那边。"

秦家除了四栋主楼之外，周边还有不少独立的小楼，用人自然知道时瑾口中的"小楼"是他八年前的那处居所。

"我这就让人过去安排。"

时瑾颔首，又道："这是六少奶奶，以后别叫错了。"

用人连忙称是。

姜九笙抬头看时瑾，觉得他在秦家与在外面的样子不大一样，少了几分温和优雅。秦家大概就是如此，这里不需要君子，秦家人都是些豺狼虎豹。

她听说过不少关于秦家的传闻，除了狠辣残暴的秦行之外，秦家大宅里最为不好惹的便是野心勃勃的那几位——两位夫人以及那几位嫡出的少爷小姐。

出了主楼，姜九笙才问时瑾："秦行有没有为难你？"

时瑾摇头，停下脚步："笙笙，我同意了接管秦家。"

"因为我吗？"

"不完全是，我和秦家早晚要有个了结。"

至于怎么了结，无疑四个字——血雨腥风。

姜九笙目光炯炯，坚定又毫不迟疑地道："你决定就好，我尊重你的选择。"

"笙笙，"时瑾扶着她的肩，眼里全是她，"你要知道，你有权干涉我的任何决定。"

姜九笙点头，她自然知道。

只是不需要干涉，她相信他。

她没再说什么，拉着时瑾缓缓往外走去。秦家宅院里随处可见颜色正好的花，她叫不上它们的名字，只觉得漂亮又妖娆。

这里就是她和时瑾曾经生活的地方，姜九笙感觉陌生又熟悉，不知为何，心里惶惶不安，却又奇怪地安心平静。

"听说秦家有两位夫人，我怎么一位都没看到？"

"她们不可以进那栋房子。秦家规矩多，很多地方女眷不可以随便进。"见她眼里有疑惑，时瑾便解释，"秦七是例外，秦四是个扶不起的纨绔，秦行把秦七当半个儿子养。"

难怪秦萧轶身上总有一股野劲儿。

"我以前很少听你说起秦家的人。"

"因为他们无关紧要，如果你想知道，我也可以跟你说。"

姜九笙摇头。她不想知道，除了时瑾，其他人对她来说都无关紧要："我只要知道你的事就够了。"

时瑾一直皱着的眉头松开了。

他牵着她走了十多分钟，停在一个地方，前头有好几座二层的小楼。

“到了吗？”

“嗯。”时瑾指着前面，“就是那里，门口有灯的那栋。”

姜九笙顺着他指的方向看过去。那是座两层的小独楼，顶上有阁楼，外面漆了红色的漆，像古时的楼阁，房子旁边用竹子围了栅栏，一条石子铺就的蜿蜒小路直通门口，小径两边有葱郁的植物。

夜里很安静，时瑾的声音很轻，像从远处穿堂而来的风：“你来的时候是秋天，小楼后面的秋海棠开了。你喜欢花，所以我选了那里让你住。”

姜九笙转身面对着他：“时瑾，都告诉我好不好？”

时瑾沉默。

姜九笙走到他面前，眼里熠熠生辉，眼神坚毅又期盼：“我不想去猜，不想胡思乱想，也不想从别人嘴里听到我们的过去。不管是好的，还是不好的，我都希望告诉我的人是你。”

时瑾眉心紧蹙，他在不安、犹豫。

“我也想过了，你瞒了我这么久，一定是因为有所顾忌。我不知道你在顾忌什么，在怕什么，我唯一能承诺你的只有一件事。”

她停顿了一下，语气郑重其事：“不管过去如何，现在的我很爱你，还有未来的我……”她眼眶微红，说道，“也很爱你。”

因为她的话，他眼里忽然流光溢彩。

“时瑾，我只能保证这个。”

她想过了，想过一千种、一万种可能，也做过很疯狂、很极端的假设。她猜不到自己知道事实后会是什么态度，或许会愤怒，或许会悲痛，或许根本不能接受，可是有一点她能肯定，她的爱情与岁月无关，与过去也无关。

“笙笙……”时瑾沉默了很久才又道，“我怕的不是这个。”

“那是什么？”

他牵着她，往那栋两层的小楼走去，风吹来他微沉的嗓音，他的语气隐忍又压抑：“八年前，你在这个小楼里痛不欲生。”

姜九笙蓦然怔住。

“我们认识的第三个月，你的母亲意外去世，那之后你患上了抑郁症。”

那时候，她只和他说话。

他还是少年模样，她也稚嫩，还没有来得及长大。

他带她来了秦家，她却不肯下车，不像初见时开朗阳光，那时的她眼里只有阴郁。

他伸手，她过了很久才伸出手，让他牵着从车上走下来。

"时瑾。"

"嗯。"

她躲在他后面，手一直紧紧地攥着他的衣服："这是哪里？"

"这里是秦家，我住的地方。"

她惴惴不安地皱着眉头："我也住这里吗？"

时瑾点头。

那时候的姜九笙刚满十六岁，生得比一般女孩高，很瘦，头发已经被剪短，刚刚过耳，披散着，越发显得脸小，眼睛又黑又亮。

她躲在他身后看秦家的院子，手心出了汗："这里好大，有好多人。"

她被诊断为患有抑郁症，还有轻度的社交恐惧症。

他转过身，替她把外套的帽子戴上，往下拉了拉，遮住了她的眼。

"不怕。"他哄她说，"我们躲起来，不让人发现。"

她点头，让他牵着走进秦家大宅。

他们来时是黄昏，少年走在前面，女孩跟在后面。

"时瑾，那里有很多秋海棠，我们住那里好不好？"

"好。"

刚到秦家的几天，她总是坐在小楼的阁楼上，哪儿也不去，也不和其他人说话。他若是不在，她便安安静静地一坐便是一整天。

时瑾年满十八岁，已经接手秦家，有时会回来得很晚。

她就抱着膝盖，埋头坐在那里等到天黑。

"笙笙。"

听见他的声音，她立马抬起头："你回来了。"

"怎么坐在这里？"

"我在等你。"

他把她抱起来放在阁楼的躺椅上，她很轻，抱在手里似乎一点儿重量都没有。

"等我做什么？"

"我睡不着。"她下意识地拽着他的领口，"我很害怕，闭上眼睛就有好多血。"

她母亲死后，她失眠很严重，就算睡着了也会被梦吓醒，然后整夜抓着他的手不肯松开。

"时瑾，你陪我睡好不好？"

"好。"

一会儿后，她又喊："时瑾，手给我。"

他把手给她，任她紧紧地攥着，她长长地吁了一口气："我最喜欢你的手了。"

"为什么？"

"因为你向我伸手了啊。"

她走投无路的时候，她手染鲜血的时候，他向她伸出了手。

他怕她孤单，调了一个用人来小楼里，用人也姓姜，手艺很好，姜九笙很喜欢吃她煮的粥。

姜女士是白天来的，见到姜九笙后上去问候道："小姐好。"

姜九笙立马躲到时瑾后面。

"笙笙别怕，她是给你做饭的阿姨。"

姜九笙还是藏在他身后不肯出来，手心和额头出了很多冷汗。

"你出去吧，以后不要来二楼。"

姜女士连连点头，快步下了楼。

等脚步声远了，时瑾安抚她道："不怕，没有人了。"

姜九笙从他身后走出来，缩成了小小的一团。她已经没有了那个年纪的活力与天真，眼神黯然。

"时瑾，"她蹲下来，小小的女孩仰着头看着少年的脸，一双上翘的桃花眼里没有一点儿光彩，"我是不是病了？"

是啊，他的笙笙病了，病得很严重，不眠不休也不说话，整天整夜地找他，好像被全世界遗弃了，她的世界里只有一个少年。

他走到哪里，她就跟到哪里，一直喊他，不厌其烦。

"时瑾。"

"我在。"

"时瑾，你去哪儿了？

"时瑾，你怎么才回来？

"时瑾，你别走好不好？"

因为她只跟他说话，所以他在家的时候她就会跟在他后面絮絮叨叨，有问不完的问题，说不完的忐忑不安。

秋天将过，小楼后面的秋海棠还没有凋谢，那年秋海棠的花期似乎特别长。阁楼上有扇窗，抬头能望见星空，低头能望见一簇簇红的、粉的秋海棠花。

她坐在那里看天，他坐在她身边，身后有他们的影子——男孩的手虚揽女孩单薄的身体。

她突然问："你会嫌我烦吗？"

白天他不在，她整天不开口，因此声音很沙哑。

"不会。"

"会赶我走吗？"

"不会。"

"你会……"她偏头看着他，有些犹豫，"会不要我吗？"

"不会。"

少年嗓音很好听，字正腔圆，干脆又坚定。

她问："为什么？"

时瑾勾了勾唇，笑着道："笙笙，我以为你知道。"

"知道什么？"因为好奇，她看他时目光专注，眼睛不再那么灰暗无光。

他也看着她，泼墨似的眸子里有细碎的光点，像阁楼外的星星。他一个字一个字地对她说："笙笙，我喜欢你。"

她愣了很久，然后笑了。

那是她母亲死后她第一次笑，笑着笑着就哭了。

"时瑾，我不好。

"我一点儿都不好。"

她红着眼，一直哭："我杀过人，我杀了我最亲近的人……"

她哽咽着一遍遍地重复，身体在瑟瑟发抖。

"笙笙。"

他凑近她，吻她脸上的眼泪。

她突然僵住，仰头看着他，眼里映出了他的影子，漂亮的少年唇红齿白，像个清贵的小公子。

他跪在她面前，把她环进了怀里。

"你不用很好。"他的唇很凉，落在她的眼睛上，"因为我也是坏人。

"所以，我们这一辈子注定要在一起。"

那时候他们才相识三个月，他们当时年纪还小，在最美好的青葱岁月里遇见彼此，以为世界和彼此都会很好。直到后来，他们遇见了最不堪的自己后才恍然发现，他们在遇见最喜欢的人时弄丢了最好的自己。

从那之后，他总说自己是坏人。

她问他门口为什么有人守着，他说他是坏人，有很多仇家。

有一天她听见楼下敲敲打打的声音，原来是时瑾在钉窗户，他严严实实地将窗户全部封住了，一点儿光都透不进来。

她问他：“为什么要把窗户钉起来？”

“外面有好多坏人，我要把你藏起来。”他从高脚凳上下来，走到她面前，“我也是坏人。”

她摇头：“你不是。”她认真地看着时瑾，“你是我最喜欢的人。”

咣——榔头掉在了地上。

时瑾怔了半天，再开口时居然结巴了：“笙笙，再、再说一遍。”

她看着他，没有开口。

他求着她：“再说一遍好不好？”

她还是没说话，站了一会儿，仰起头来。

十八岁的少年已经很高了，她的头顶只到他的肩头，然后她踏上高脚凳，变得比他还要高一点点，可以低头亲他的唇。

“时瑾，我好喜欢你。”

说完后她弯下腰，把唇贴在他的唇上。她的唇有些凉，很软很软。

她没有亲吻过别人，不知道要怎么做，就那么贴着，也不挪开，有点儿用力，磕到了牙。

时瑾抬手扶着她的腰后退了一点儿。

姜九笙皱起了眉头。

时瑾却笑了，将手环在她腰上。她很瘦，腰细得他都不敢用力，怕一不小心力道重了将她的腰折断。

“笙笙，我教你接吻好不好？”

她点头说好。

然后他很用力地吻了她。

这就是十八岁的少年和十六岁的女孩青涩却炽热的初吻。那时秋天已过，屋外的秋海棠谢了，他教会了她接吻，教会了她活着，在这个灰色的世界上卑微却倔强地活着。

沧海桑田，岁月新增了八个年轮。

小楼门前的灯落了灰，现在是十二月的深冬，秋海棠早已凋谢，只有稀疏的几片叶子挂在枝丫上。

他们坐在门前的石阶上，说了很多话，一桩一桩，一幕一幕，他几乎将所有事情都告诉了她，却刻意隐去了那件杀人案的所有细枝末节。关于她的母亲、她的父亲，他绝口不提，这是时瑾最后的底线。

“你不同别人说话，也不走出小楼，只有我，你身边只有我一个。”时瑾说了很多话，声音有些嘶哑，“若是我不在，你一整天也不会说一句话。”

姜九笙安安静静地听他讲，红着眼睛，不知何时哭过了。她把脸埋在他胸前，不让他瞧见她的眼泪。

“所有的窗户都被我封死了，只有阁楼上留了一个窗口，要是我不回来，你就会坐在那里等我，也不睡觉，一直等一直等。开始你只是怕人，后来你连阁楼都不下来了。”

时瑾把外套披在她身上：“我想过给你找个心理医生，可是我放弃了。”

她抬头看着他。

他将声音压得很低，说出的每个字都沉甸甸的。

“我怕治好了你，你就会离开我。”环在她腰上的手越收越紧，他把她整个藏进怀里，“我便想，就这样一辈子，一辈子藏着你，就这样和你一起老、一起死。”

“那后来呢？”

“后来我发现，我也病了。”

那时他们已经在小楼里生活了一个月。他刚接手秦家，有时会很忙，他不在小楼里时，她就会坐在阁楼里等他。

听见有脚步声，她立马回头：“你回来了。”

他走过去把她抱起来，放在躺椅上：“宝宝，以后别坐在那里等，会着凉。”

时瑾有时会喊她宝宝，像她妈妈那样喊她，语气亲昵又温柔。他说因为她已经没有亲人了，所以他要更疼她一点儿。

她笑了笑，他也还是个少年呢，却老气横秋的。

“不等你的话我没有事情可以做。”她突然问他，“时瑾，我们养条狗好不好？”

他想了想，答应了她：“好。”

她灰暗的眸子亮了一点儿。

“你喜欢什么品种？”

“博美，我喜欢博美。”

过了几天，他抱了一只博美犬回来，白色的，还很小，圆滚滚的很可爱，姜九笙很喜欢那只狗，给它起名叫姜博美。

一开始姜博美很听话也很温驯，可是后来大抵因为长期被关在小楼里，没有阳光也没有其他人，它开始变得暴躁。

后来那只博美咬伤了她，把她的手背咬得血肉模糊。

她身体不好，患抑郁症之后还有些厌食，免疫力特别差，伤口便感染了，病了好几天，一直恍恍惚惚的。

她清醒时已经找不见狗狗了，阁楼里又只剩她一个人。

“时瑾，博美呢？”她站在楼梯口，看着楼下，“为什么我没有看到它？”

他沉默了一会儿，告诉她：“它死了。”

她猜到了。她生病的那几天，时瑾心情不好，很狂躁。有一天夜里她昏昏沉沉地醒过来，看见他守在她的床前，瞳孔殷红，像血的颜色。他大概怕吓着她，极力压抑着情绪，可她还是看到了他眼里的阴郁与暴戾。她以前都不知道，时瑾生起气来的气势像要毁天灭地一样。

“你杀了它吗？”

时瑾没有否认：“它咬你了。”

她之后就再也没问了。那天晚上她一直做梦，梦见很多血，梦见了温家的花房，还有躺在地上浑身是血的父亲、母亲……

后来秦明立的人闯进小楼，看见了她的脸。时瑾拿了根棍子打在那人的腿上，地板上有血迹。

“时瑾。”她伸手拉住他的手，身体在发抖，“我很怕，你不要杀人。”

“不要和我一样。”

他抬手覆住了她的眼睛，举起手里的棍子。

可最后，他还是放了那个男人，因为她一直哭。

是啊，她也才十六岁，本应该活在象牙塔里，却跟着他经历腥风血雨。

她没有怪他，只是经常做梦，睡着睡着便哭醒了，然后抱着他，一直瑟瑟发抖。他慌了神，不停地哄她，不停地认错。

“笙笙，你别怕。

“我以后不会了。

“我都听你的，再也不犯错了。

“你别哭好不好？

“我不伤人，我再也不伤人了……”

她哭着喊他：“时瑾。”

“我在，我在。”

他跪在她的双膝前，抬头看着她。

她却什么都没说，只是流着泪，一遍一遍地擦他的手。她说，有好多血……

没有血，他早就洗干净了。

从那之后，她经常出现幻觉，这已是抑郁症的中期症状。

时瑾不敢告诉她，他伤了闯进这栋小楼里试图伤害她的那些人，他甚至还会疑神疑鬼，总觉得这个宅子里的人都想害她，想把她藏到一个没有人的地方，想法疯狂又极端。

心理医生说，这是偏执型人格障碍的初期症状，若是不加以控制，以后会有情绪控制障碍，甚至会狂躁暴力。

医生给他开了很多药，他全都扔了。不记得从什么时候开始，他染上了烟瘾，玩命似的抽最烈的烟。

“为什么抽烟？”夜深人静，女孩沙哑的嗓音在他身后响起。

他回过头，已经来不及熄灭指间的烟，便没有躲，一只手夹着烟，用另一只手抱她：“不为什么。”

“时瑾，我以前不喜欢别人抽烟的，不过你抽烟的样子很好看。”

“那我以后只在你面前抽。”

她点头，仰着头看他抽烟。

十八岁的时瑾，五官已经长得很精致了，眉眼立体，漂亮得不像话。他的眼睛很黑，没有一点杂质。他抽烟时会微微眯起眼，烟雾缭绕朦胧了他的眼瞳，给他的眼神添了一些迷离之意。

她问过时瑾，烟瘾是不是很严重。

他摇头说不是。

可她看见烟灰缸满得很快。

那天她睡醒后，时瑾不在身边，他在阁楼的窗前抽烟。

“味道好吗？”她走过去问。

他摇头：“又苦又涩。”

“给我尝尝。”

她趴在他身上去抢他的烟，他笑着躲开：“笙笙，别碰，对身体不好。”

她仰着下巴：“那你为什么抽？”

“不是你说我抽烟好看吗？”他把烟蒂掐灭，吐出烟圈，然后俯身去吻她。

确实，烟的味道又苦又涩，还很呛人。

她却不躲，乖乖地张开嘴与他亲吻纠缠。

“时瑾。”

“嗯？”

“戒了吧，我不喜欢烟味。”她怕他生病，烟抽多了不好。

“好。”

他说：“笙笙，我只听你的。”

他偏执成狂又如何呢？他愿意。

天上冷月正圆，地上人影成双。

姜九笙仰着头，让月光与时瑾一起映进眼底：“所以说，你是因为我才患了偏执症吗？”

时瑾摇头：“不完全是。”

她对此迷惑不解。

他摩挲着她的手，感觉有些凉，握着她的手揣进了衣摆里：“笙笙，记不记得我跟你说过，在我八岁的时候秦行就选中了我？”

“记得。”

“我第一次打伤别人的时候只有八岁大，那个人是杀害我母亲的凶手。那是我第一次失控，脑子里什么想法都没有，就把人往死里揍，秦行就是那时候看中了我，因为我够狠。”

她惊呆了。

时瑾只是揉揉她皱起的眉心，语气平静得好似在说一件再普通不过的事情：“应该是从那时候开始，就埋下了病因。”

“你母亲不是意外去世的吗？”她记得时瑾说过，他母亲带他出逃时出了意外，她当时只以为是偶然。

时瑾摇了摇头：“她是被秦行下令处死的。”时瑾本来不想告诉她的，秦家的水太脏，他不愿意她知晓太多。

“为什么？”

“因为秦行不喜欢不听话的人。秦家是个吃人的地方，我母亲带我逃了很多次，想把我送出去，因此惹怒了秦行。”

时瑾想过，若是他没有遇见姜九笙，应该也会变成秦行那样的人，行尸走肉般麻木不仁地活着，一辈子都在打打杀杀。

徐青舶曾问过他，为什么是姜九笙，为什么那么喜欢她。时瑾身边不缺皮囊好的异性，也不缺品性好的人，怎么别人就不可以，唯独是姜九笙？

时瑾也没有答案，只记得第一次见姜九笙时，他那双拿枪都不会抖的手，居然冒汗了。

时瑾把她抱紧了些，继续说：“他们还想害你，不只秦明立，还有秦行，他们都盯着小楼。那时候我就知道，我得带你离开秦家了。”

他说：“可是我晚了一步。”

姜九笙的眉头狠狠一拧。

她记不起来那些曾经刻骨铭心的事、念念不忘的人，可即便她一点儿都回忆不起来，听他讲起时还是会跟着泪流满面，会心疼，像被尖锐的东西扎在心口，拔出来疼，不拔出来也疼。

“你的病越来越严重，我不在的时候你会哭，吃东西也会吐，那时候我才意识到，如果不治病你可能会死。”

姜九笙看着他的眼，他低头在她的额头上亲吻，眼神不喜不怒。

她怎么会不知道，他那双无波无澜的眼睛里藏了怎样的惊涛骇浪？她是忘了，可他都记得。八年时间，他一个人抱着过去，让所有伤口长成了伤疤。

“我给你请了一个心理医生，你的病刚有好转没多久，秦明立就收买了那个医生。”

时瑾没有告诉她，正是因为她的仁慈，她放走的那个男人认出了她的病历，才让秦明立有机可乘。

“然后我的病变得越来越糟？”

“嗯，有很严重的自残倾向。”

那是她来秦家的第三个月，他给她请了心理医生。开始她有所好转，已经能进食，状态好的时候还会跟他说很久的话。

可不到半个月，她的症状又回到了最糟糕的时候，他才意识到那个医生动了手脚。她的所有资料都被时瑾藏得很好，秦家人甚至连她的样子都没有见过，唯一一次纰漏，就是那个闯进小楼后却活着出去的男人。

时瑾差点儿杀了那个心理医生。

那天天阴阴的，他回来得晚。她跟往日不同，睡得特别早，他叫不醒她才发现地上的药瓶。

她吃了整整一瓶抗抑郁的药。

“笙笙。”

她睁开眼时已不在阁楼里，顶上是白色的天花板，周围还有很多医疗设备，她戴着氧气面罩：“时瑾。”

她看见他在哭。

那是她第一次见到他流眼泪的样子，虽依旧很好看，像橱窗里的人偶一般精致，却没有一点儿鲜活感。

“你别哭。”她抬手给他擦掉脸上的眼泪，“我不会先轮回的，会等到你白发苍苍的时候。”

她手背上有针头，因常年不见太阳，皮肤白得可以看见细微的血管。

时瑾握住她瘦瘦小小的手，似乎他稍微用力就能将其折断。他将脸贴在她的手上轻轻地摩挲，眼角的泪滑入掌心：“笙笙，没有轮回。”

她在医院住了四天，然后让时瑾带她回了小楼。

时瑾把她的药都收起来了，一天只给她一颗。她吃药的时候他就在一旁，他不在的时候，就让姜女士守着她。

后来她就再也没下过床，一直躺着，精神一天比一天差。

她躺在那里一动不动，缩成小小的一团。

“时瑾。”她恍恍惚惚的，眼睛却睁得很大，“我想回家。

“时瑾，你带我回家吧。

“我想我妈妈了。”

时瑾握着她的手，跪着在她唇边亲吻她，低声求她：“笙笙，哪儿都不要去，就在这里陪我好不好？”

突然，她像被惊醒了似的，瞳孔放大：“哦，我想起来了，我妈妈已经不在了，我回不了家了。”

“笙笙，你不要我了吗？”他的声音有些颤抖。

她转头看着他，眼神空洞，眼珠像蒙了厚厚尘土的琉璃，没有一点儿光亮。

“时瑾。”她声音沙哑，语气无力。

她说：“以后不要使用暴力好不好？我怕有人向你寻仇。”

没有等他回答，她又自顾自地说起来，像是嘱托，一条一条说得很慢，声音细若蚊蚋。

“你也不要总发脾气，你笑起来好看一点儿。

“你别抽烟，也不要生病。

“你这么聪明，长大以后可以当医生。我喜欢穿着白大褂的医生，若是你做了医生，我就不怕你总是受伤了。”

她似乎累了，呼吸很浅，停顿了很久，用指腹轻轻地抚他的脸：“我希望你像个普通人那样活着，不用在枕头底下放枪。”

她竟在交代后事。

时瑾用力抱住她，恨不得将她揉进骨头里。

他伏在她肩上，眼角滚烫的泪落在她的脖颈间：“求你，别扔下我……”

他又哭了。

时瑾曾经跟她说过，母亲去世之后，他便再也没有掉过一滴泪。

她却见了两次了，都是因为她。

那次以后，他便对她寸步不离。

她已经吃不进东西，连喝水都会吐。她知道来了好多医护人员，但她看不太清楚，也听不清楚，不知道他们和时瑾说了什么，然后他似乎很生气，把他们都赶走了。

恍恍惚惚的，她好像听见时瑾在歇斯底里地喊她。

“姜九笙！”

他紧紧地勒着她的腰，嘶吼道：“你给我听好了，”声嘶力竭后，他突然无力了，“你要是死了，你要是死了……”

他话音沉沉的，到后面却渐渐没了声，像被掐住了咽喉，重重喘息着。

过了很久，她耳边才传来时瑾的声音：“你要是死了，我就多活一天，料理好你的后事，然后就跟你埋在一起。”

那时候时瑾才十八岁，正是最好的年华。

姜九笙低着头，把眼泪蹭在时瑾的衣服上，沙哑的烟嗓带了浓浓的鼻音。

她闷声问：“后来呢？”

回忆到这里，时瑾停止了讲述，许久回不了神。他稍稍用力，把她抱紧了一些。时隔八年，他依旧心有余悸。

当年他差点儿失去她，他现在想起来心都会疼、会怕。

他沉默了片刻，眼里还有尚未退去的苍凉之色：“你好转之后，我就着手准备，想将你送出国，离秦家人远远的，结果我们在去机场的路上出了车祸。”

她抬起头：“是意外？”

“不是，是秦行做的。”

秦家的继承人不能有弱点，因此秦行一直容不得她。

“不过我提前知道了他的计划，将计就计，想借此机会让你在车祸中脱身，只是没料到秦行会做那么绝，制造了连环车祸。那场意外伤了很多人，其中有一对母女当场死亡。”

姜九笙很快就想到了：“死的那个女孩和我换了身份？”

她真聪明。

时瑾点头：“你若是还活着，秦家人就不会善罢甘休。”

他伪造了车祸现场，让她金蝉脱壳，然后她便被养在了姜女士家里。

他断了秦明立的一根尾指，毅然离开秦家，去了耶鲁学医，养了一条博美，变成了与人为善的绅士。

他花了八年时间，以她喜欢的样子重新站在她面前。

他说了许多许多，她消化了很久，眉头却越皱越紧，脑中似乎有什么东西在翻滚，像卷土重来的风暴，冲撞、翻涌、没个消停，偏偏又毫无目的与规律，她什么都理不清，思绪缠缠绕绕拧成了一团乱麻。

许久后，她问时瑾："我身上的这个疤是怎么来的？我问过医生，医生说不是车祸造成的。"

"那是良性肿瘤手术后留下的伤疤，是在去秦家之前留下的，你说留疤不好看，非要让我带你去文身。"时瑾拿起她的手覆在自己的右腹上，"我也是那时候文的，和你的图案一模一样。"

"我失去记忆不是因为车祸事故对吗？"

她的心理医生常茗给她做催眠时说过，她的意识里有催眠暗示。

这或许和她的病有关。

"是催眠。"他伏在她肩上，低哑的声音轻轻地传进她的耳里，带着他微重的呼吸声，"我怕你再做傻事，若是再来一次，我可能真的要疯了。"

果然，与她的猜想一样。重度抑郁症的治愈概率很小，除非破釜沉舟，记忆催眠虽然冒险，却是短期内最有效的方法。那时她已经有厌世的倾向，时瑾根本等不起，只能剑走偏锋。

怪不得她忘得一干二净。

姜九笙起身，面朝眼前的小楼，凝视了很久，然后迈开脚步。

时瑾毫不犹豫地拉住了她。

"笙笙，别进去。"

她没有收回脚，表情若有所思。

他拉着她的手腕，冬夜天凉，他的手心却有薄汗："我怕你想起来。"

他怕她生病，怕她像八年前那样想不开。

"时瑾，"话音突然顿住，姜九笙的目光不经意间掠过门口，然后定住了，"这里是不是本来放了吊篮椅？"

时瑾立马紧张了："笙笙，你想起什么了？"

她目不转睛地盯着门口，试图深想，可脑中像有千丝万缕的线在拉扯她的神经，她稍稍用力线便会绷紧，扯得她头痛欲裂。她几乎站都站不稳，身体摇晃了两下。

时瑾扶住她："笙笙别想了，什么都别想。"他紧紧地攥住她的手腕，几乎失控，“我们出去，我们现在就离开。”

她定在原地，没有收回已经迈进门槛的脚：“时瑾——”

时瑾打断她的话道：“我求你了，笙笙。”

她张口结舌，说不出话来。她从未见过时瑾这样畏惧的样子，像绝境里无路可逃的小兽。

“笙笙，”他始终紧紧攥着她手，用力得几乎要将其勒断，“还记得我在赛尔顿跟你说过的话吗？”

她记得。

他曾说：“这世上有两个我永远医不了的人，纵使医术再好也不行，一个是我自己，另一个是你。

“所以，你要健康平安一点儿，不要生病受伤。”

他怕了，眼里全是对未知的惶恐，是失而复得后的战战兢兢。

他那漂亮的眼眸像陨落下来的流星。

姜九笙心头像被什么狠狠地撞了一下，心疼得难受：“好，我们离开。”

离开小楼后，时瑾带姜九笙回了西宅二楼最靠里的房间。房间采用黑灰白的装修风格，陈设很简单。

姜九笙环顾了一圈：“这是你以前的房间？”

“嗯。”时瑾关上门，牵着她进去。

房间很大，摆设却特别少，两个柜子、一个摆放了各种枪支模型的架子、一张书桌，没有任何多余的物件。

姜九笙站在书桌前，拿起了桌上唯一的相框：“这是你多大的时候？”

他显然很不爱留影，整个房间里只有一张照片。白色相框里是略微老旧的照片，照片里的少年面无表情，一双眼瞳像阳光下的琉璃珠一样折射出耀眼的光。

唇红齿白，翩翩少年。

时瑾说：“十四岁。”

原来十四岁的时瑾已经是小美人了。

“我可以把这张照片带回家吗？”

时瑾整夜蹙着的眉头终于松开了：“当然可以，我的东西你都有权处理。”

她笑了笑，把照片给他看：“为什么戴着学士帽？”

“那是大学毕业的时候拍的。”

姜九笙：“……”

十四岁就大学毕业，厉害了，她的时医生！

时瑾看着她惊愕的表情，扬起嘴角，徐徐同她讲起："我十八岁就读完了工商博士，后来转到医科读了三年，开始主刀。"

一般人从念书到主刀，估计要经历十多年时间。

她家时医生应该是天才。

她端正神色瞧着他，语气有几分调侃的意味："你这么聪明，为什么还要去我家补习？"

"你说呢？"

她笑而不语。

她猜到了，少时的时瑾去她家之前一定见过她。

他把她抱进怀里，低声说道："笙笙，我喜欢你，对你一见钟情。然后，徐徐图之。"

夜里宅院深深，周围很静谧，此时已到严冬季节，子时最是阴寒。

姜九笙辗转反侧许久，才迷迷糊糊地睡去。她做了一个梦，梦里有穿着校服的女孩，还有漂亮的少年。

天空中下着很大的雨，校园的铁栅栏外有一棵参天大树，枝繁叶茂，树下有许多躲雨的学生，十六七岁的少年少女都穿着校服，说说笑笑，空气中弥漫的水汽沾湿了他们的眼，使其看上去是蒙眬的。

唯有一个女孩落了单，她低着头在看自己沾了泥土的帆布鞋。

远处跑来一群躲雨的学生，他们推推搡搡，把女孩推出了树下。她刚要取下书包挡雨，一把黑色的雨伞挡在了她的头顶。伞很大，伞的主人稍稍倾斜伞面遮住了脸，他穿着白衣黑裤，长得高，握着伞的手异常好看，骨节修长，白皙如玉。

这样漂亮的手，世间难寻。

女孩笑了："时瑾。"

黑色的伞抬起，少年目光专注，将伞向她倾斜："冷吗？"

女孩点头。

他把伞往她面前递，她便接过伞。他把外套脱下给她披上，然后把伞接回去似乎想拉她的手，却又顾忌着什么，扯着她的短袖把她拉到伞中间。

女孩随少年一同离开了，黑色的伞倾向女孩，少年的肩头被雨水打湿。

"你怎么来了？"

"来接你。"他把她的书包接过去提在手上。

人行道的两端积了水，女孩没多想，穿着白色帆布鞋打算直接踩上去。

少年拉住了她："我背你。"

女孩犹豫了。

他便解释："我的鞋已经脏了。"

她便说好。

少年莞尔，把伞递给她，蹲在了她面前。

女孩便抱着伞柄，趴到了少年的背上。他背着她，踩过混浊的积水，白色球鞋脏了，他只是蹙了蹙眉，似乎不适，可嘴角勾起了若有若无的弧度。

"时瑾，我重吗？"

"不重，很轻。"

她像是叹了一声："我小时候爸爸也是这么背我的。"她的语气怅然若失，"不过他再婚之后我就很少见到他了，和他也不像小时候那么亲了。"

他沉默了一会儿。

"笙笙。"

"嗯？"

少年的脚步忽然放慢了些许："明天晚上我们去看电影吧。"他眉宇轻蹙，眼里有不安与不确定的情绪，乱糟糟的。

"为什么突然要看电影？"

"我有话跟你说。"

"好。"

"黄昏后，我在你家楼下的香樟树下等你。"

"好。"

少年浅浅地笑了，背上的女孩抱着一把很大的黑伞，也在笑。

画面定格，骤然转到了一块绿色的草坪上，草坪不远处有个玻璃花房，里面爬满绿萝，四周摆放着花架，各色花儿开得十分艳丽。

女孩与妇人驻足在草坪上。

"妈妈，为什么突然来找爸爸？"

妇人生得温婉，说话时声音轻软，像江南水乡里温柔的小镇姑娘："妈妈有些事要跟你爸爸说。"

"是不是和我有关？"女孩有些惴惴不安地说，"从医院回来之后，你就去见了很多以前不联系的人，是不是我——"

妇人打断了她的话："别乱想，没什么事。"没有继续那个话题，妇人轻声细语地嘱咐女孩，"你在这里等妈妈，我和你爸爸谈完了就来找你。"

女孩点头："黄昏之前我们能回家吗？"

时瑾还在等她。

他们约好了的，要去看电影。

妇人点头，说很快回来，然后便往花房去了。

女孩等得百无聊赖，踢着草坪上远处飘来的叶子。

“姜九笙。”

女孩回头，看见了朝她走来的人。来人与女孩一般高，穿着很漂亮的裙子，头发盘起来，戴了一顶紫色水晶皇冠，手里拿着相机，似乎在拍什么。

“今天我生日，要来玩吗？”

女孩摇头：“不了。”她又礼貌地说了声，“谢谢。”

对方没说什么，拿着相机走开了，身后，女孩又说了句：“诗好，生日快乐。”

前面的少女回了头：“谢谢。”

温家的小公主今日十七岁生日，在别墅宴请了很多宾客。

待人走远，女孩继续在草坪上等母亲，远处传来音乐声，是欢快的生日歌。

不一会儿，小男孩从身后跑来，边跑边喊着“姐姐”，七八岁的孩子穿着漂亮的小西装，领口打了黑色的领结，像个小小的英伦绅士。

女孩笑了笑：“小金鱼。”

“你好久没来看我了。”小男孩和她很亲，拉着她的袖子撒娇，“陪我玩好不好？”

女孩蹲下，耐心极好：“有人在等姐姐，姐姐只能陪你玩一会儿。”

“好。”

他们拉了一只绿色蝴蝶风筝，放飞几次风筝都没有飞起来，却挂在了一棵两人高的树上。小男孩爬上树去捡风筝，却与风筝一同摔了下来。

小男孩颤颤巍巍地说花房里有血。

女孩回头看向不远处的花房，那里有血渗出来，瞳孔里的红色幻影越来越大，目之所及全是触目惊心的红。她想跑过去、想叫，却动不了，也发不出声音。

“笙笙。”

耳边有人在轻喊，一声一声，急促却温柔。

“笙笙。”

姜九笙蓦地睁开眼，柔和的灯光忽然刺进眼里，让她看清了近在咫尺的时瑾的脸，他焦急不安地皱着眉头。

他伸手抚着她的脸："怎么哭了？"

姜九笙摸了摸脸，脸上全是泪痕，她半梦半醒，没有回过神来。

时瑾亲了亲她脸上的泪痕："梦见了什么？"

姜九笙摇头，眼神有些空洞："睁开眼就想不起来了，只记得有你，还有我妈妈。"

时瑾掖了掖她背后的被角，把她抱进怀里。

"笙笙。"

"嗯。"

短暂的沉默后，他试探似的小心问道："能不能当作什么都没有发生过？我不希望你记起来。"

姜九笙抬头，他却避开了她的目光。

他有事情瞒着她。

她隐隐猜到，那些被他一带而过的细枝末节里，一定还藏着惊涛骇浪，比如她的母亲，再比如她完全没有印象而时瑾绝口不提的她的父亲。

她思忖着，没有回应。

听不到她的回答，时瑾有些急："你现在的精神状态很不好，不要再去想了好不好？"

原来他看出来了，她一直头痛，思绪不宁了很久。

姜九笙考虑过后，答应道："好，我会先调整好自己。"

他没再说什么，哄她睡觉。

夜已经深了，更深露重，窗户上凝了一层细密的水珠。床头开了一盏暖色的灯，光线昏沉，姜九笙辗转反侧，没有一点儿睡意，神经莫名绷得很紧，她怎么也静不下心来。

她想，她也许需要安眠药，或者……头顶有低低的声音响了起来："睡不着？"

"嗯，是不是吵到你了？"

"没关系。"

姜九笙看了看时瑾，眼底有倦色，可眼里没有睡意。

"时瑾，我想抽烟。"她心烦意乱，烟瘾便犯了。

时瑾摇头，不同意："抽烟对身体不好。"他想了想，温声建议道，"红酒有助睡眠，喝一点儿好不好？"

没有烟，酒也行，都是能麻醉神经的东西。

她说："好。"

时瑾起了床，让她在房里等，不大一会儿就拿来一瓶琥珀色的白兰地，装酒的瓶子十分精致，一看便是珍藏。

酒的味道很好，带了淡淡的辛辣感，甜度刚刚好。

姜九笙很喜欢这瓶酒，便有些贪杯了，两杯下腹，正要再倒酒，时瑾按住了她的手：“可以了，不能再喝了。”

“我的酒量很好的。”她笑了笑，扬扬得意地说，“千杯不醉。”

至少宇文和谢荡两人合起来也喝不过她。

时瑾接过她手里的杯子：“我知道，是我教你喝酒的。”

姜九笙愕然，她完全不记得。

时瑾给自己倒了一杯酒，却让她的杯子空着：“而且，你还喝醉了。”

“然后呢？”

然后啊……

他说：“我偷偷亲了你。”

她喝醉酒了会很乖，还不记事，蹲在地上不肯走路，要他背，便是他压着她亲，她也乖乖不动。

姜九笙失笑，故意打趣他：“时医生，君子有所为有所不为。”

“我不是君子，我是野兽。”

说完他把她抱到腿上，低头在她的脖颈上啃咬。他的唇微凉，气息有几分酒意，清清淡淡的，十分好闻。

姜九笙由着他闹，也不躲，稍稍往后仰了仰脖子：“时瑾，原来我喝酒、抽烟都是跟你学的。”

最初是他抽烟喝酒的，她便跟着学，后来他没上瘾，倒是她有瘾了。

时瑾嗓音微哑：“是我不好。”

他情难自禁，压着她亲了下去。

秦家宅院外，路灯彻夜未熄。

时瑾时隔八年归来，彻底惊动了整个秦家。

大夫人章氏连夜从外面赶回来，气都没歇一口，进来就问：“秦行打算让时瑾接手哪部分产业？”

消息传得很快，秦行丝毫没有隐瞒的意思，时瑾一来，他就堂而皇之地给时瑾开路。

地上满是碎片，秦明立刚发过脾气，还阴着脸：“酒店。”

章氏听完就恼火了：“你给秦家卖命八年，秦行也没让你碰过那些产业，那个野种一出现，秦行就把大半家底掏出来了，那个老东西是不是疯了？”

章氏出身建筑企业世家，是秦行的第一位夫人，也是秦家写进族谱里的女主人，她的儿子才是名正言顺的继承人，如今就如此被时瑾取而代之了，她怎能不窝火？

秦行那个老不死的！

“他还盼着时瑾来帮他称霸，”秦明立嗤笑道，“就是不知道他有没有命活到那个时候。”

时瑾可不是棋子，他是利剑。

“我们辛苦了八年，难道就让时瑾白白捡了便宜？”

“不急，时瑾身边可是有个定时炸弹。”

章氏立马正色道：“你是说那个女孩？”

楼上，书房的灯同样亮着。

云氏眼神微沉：“那个叫姜九笙的就是时瑾八年前带回来的女孩？”

秦萧轶点头，表情若有所思。

“时瑾什么都好，处处都像秦家人，甚至比他父亲还要狠，是个天生的猎手，”云氏笑了笑，故作惋惜地叹了一声，“可偏偏是个痴情种。”

“妈，”秦萧轶半点儿开玩笑的意思都没有，“你可别打姜九笙的主意。”

“该急的是秦明立母子，又不是我们。”云氏眯眼笑了笑，眼角有细纹，却依旧风情万种。

徐娘半老，风韵犹存，云氏确实是个美妇人。

云氏闺名云蓉，是七十年代的电影演员，年轻时生得十分明艳动人，拥有万里挑一的好相貌，遇见秦行之后，便安心做起了阔太太。

可惜，她生了个不争气的儿子。

秦霄周听得百无聊赖，没了耐心，起身要走：“我出去一趟。”

云氏瞬间垮了脸道：“你是不是又去玩女人？”

“什么叫玩女人？我是去睡女人。”

云氏随手就将一个杯子砸了过去。

秦霄周三两下跳开，脚底抹油溜了。

云氏气得法令纹都出来了。她真是上辈子作孽，生了这么个东西！

次日乌云尽散，晴空如洗。

早饭过后，时瑾带姜九笙回江北。飞机上，姜九笙靠着时瑾闭目养神了许久，却没有睡意，只好把眼罩拿了下来。

“时瑾。”

机舱外的阳光打在她脸上，有些刺眼，她眯着眼睛看着时瑾。

“嗯。”时瑾抬手，用手掌给她挡光。

“你接管了秦家哪一块？”

时瑾没有隐瞒：“酒店。”

秦氏旗下的酒店遍布国内一线城市，大本营在中南，姜九笙思忖道：“那你以后会经常待在中南吗？”

“如果是怎么办？”

“还能怎么办？”姜九笙想也没想，理所当然地道，“跟着你挪窝啊。”

他很喜欢她的回答，笑着在她的脸上轻啄了两下：“不用挪窝，我可以远程监管，不用经常过去。”

姜九笙没有细问。

“医院那边呢？要辞职吗？”她有点儿惋惜，毕竟时瑾医术那么好，不当医生可惜了。

时瑾自然瞧出了她的想法，摇头说不会：“你那么喜欢医生，我怎么能辞职？”

他当医生就是因为她，除了她，没有什么可以成为理由。

“两边兼顾，你会很累。”他不说她也明白，秦家的生意哪会那么好对付，而医院交给时瑾的基本全是大手术，哪一头都不能大意。

时瑾嘴角带笑：“舍不得我？”

姜九笙大大方方地说是。

他眼里全是愉悦：“不用担心，我会分配好时间。”

她便没再多说，开始闭目养神。

回到江北，姜九笙歇了一天，第二天便去了工作室。年关将至，她有许多通告。

莫冰把行程表给她看完，说道：“广告上映了，反响非常好，你的粉丝都给我留言，让我给你接剧本。”

“可以留意一下。”

莫冰诧异不已：“决定了？”之前她几次说过转行的事，姜九笙的态度一直不明确，莫冰觉得姜九笙是在等家里那位松口。

姜九笙点头：“嗯。”她又表了态，“不接亲热戏。”

不接亲热戏的话，剧本挑选有一定难度，莫冰心里有数了：“这是你家时医生的要求？”

“不算是。”姜九笙靠在沙发上，揉了揉眉头，似乎有些困倦，“他不要求我也演不了亲热戏。”

“为什么？”不是莫冰自夸，她家这个艺人表演天分不是一般的好，应该没有什么短板。

姜九笙回答了简单的两个字：“硌硬。”

好吧，这理由直截了当，是她的风格。

莫冰明白了，便说了她的打算：“你起点高，而且粉丝基础好，我会考虑接电影剧本。电视剧就算了，几年也等不到一部国产良心剧。”

姜九笙继续揉眉心：“你决定就好。”

“你好像状态不太好。”

“可能需要你帮我约常医生了。”

姜九笙已经很久没有系统地做过心理咨询了，和时瑾在一起之后，她基本没有再碰过安眠药，甚至连烟都很少抽了。

莫冰看了看她眼下的青色，估计她几夜没怎么睡好了：“有什么不顺心的事？”

“你等会儿有时间吗？”

姜九笙有话要说，看来问题还不小。

“有。”莫冰坐到沙发的另一端，跷起腿，做好了洗耳恭听的准备。

姜九笙从茶几下拿出一包烟，点了一根，狠狠地吸了一口：“我和时瑾八年前就认识。”

天宇传媒大楼的十八层是宇文冲锋的办公室。

秘书胡明宇推门进来。

“锋少，”他语气略急地道，“那个案子有眉目了。”

宇文冲锋停了笔：“说。”

“当年温家的案子是被人压下来的，所以之前查不到，我确认过了，压下这个案子的不是温家。我已经找到了这个案子的一审律师，温家那件命案中的两个死者是姜小姐的亲生父母。”

这件事他已经查了三个月，本来只是要查姜九笙的身世，谁知事情却滚雪球般越来越大，不仅温家，连秦家也牵涉其中。

宇文冲锋沉默了许久才问道：“她当时在不在场？”

这个“她”自然是指姜九笙。

“不确定。命案现场没有目击证人，两位死者遇害之后，姜小姐就被秦六少带走了，当时温家具体发生了什么，没有人知道。”

不过他至少确认了一件事，秦家六少那时候就与姜九笙相识了。

“凶手呢？”

“凶手是一个盗窃惯犯。”胡明宇翻到资料的其中一页，“警方在温家附近找到了凶器，上面的血迹与死者的完全吻合，而且在凶案现场采集到了那个盗窃犯的脚印。警方检控他故意杀人罪，不过那个盗窃犯的律师只主张入室盗窃罪，因为凶器上没有任何人的指纹，案件有疑点。”

因为命案发生在温家，当时引起了很大轰动，只不过事后消息便被封锁了，接触到这件案子的人不是三缄其口就是人间蒸发。

宇文冲锋盯着资料上的照片，照片上是个很年轻的男人：“法院的判决呢？”

“一审判了故意杀人罪，而且很奇怪的是那个盗窃犯开始并不认罪，案子的疑点有很多，最后盗窃犯却没有上诉，直接被判了无期徒刑。负责这个案件的律师说，如果坚持二审，盗窃犯是有翻案机会的。之后的事情我就查不到了，不过姜小姐在秦家时一定发生了什么，她失踪之后，秦六少断了秦明立的手指，离开了秦家，没有再回去过。”

所有的线索联系起来，疑点确实很多，胡明宇觉得解开所有谜团的关键还是姜九笙。若那个盗窃犯不是凶手，那么凶手就最有可能是……细思恐极！

宇文冲锋深锁着眉头，过了许久才说道：“常茗那里呢，查到了什么？”

“姜小姐曾经患过抑郁症，而且极有可能做了记忆催眠。”

事情跟滚雪球一样，越滚越大，不用想也知道牵扯有多广。

宇文冲锋把资料从头到尾翻了一遍，合上：“她若是问起来，你就说什么都没有查到。”

常医生说抑郁症的复发率很高，估计是顾忌姜九笙的抑郁症复发，宇文冲锋这边瞒着姜九笙，秦家六少那边也瞒着她。

胡明宇会意，出了办公室。

宇文冲锋坐了片刻，又翻开资料，看着姜九笙年少时的照片出神许久，拿出手机拨了姜九笙的电话。

“笙笙。”

“嗯？”

宇文冲锋没说话。

等了许久，没等到他的声音，姜九笙问：“怎么了？”

“忘了。”宇文冲锋从抽屉里拿出烟与打火机，抽出一根烟夹在指间，漫不经心似的道，“忘了要跟你说什么。”

姜九笙没再问，顺着他的话道：“我倒是有事要说。”

“什么？”他咬着烟，点燃打火机。

她的声音像从喉咙深处挤出来的：“我的父母多半不在世了。”

他点烟的动作一顿，火苗映进了眼里，光影跳跃，过了许久，他才将打火机熄了火：“不查了？”

“不。”姜九笙坚持道，“我要知道死因。”

时瑾不会告诉她真相的，她的精神状态很不好，时瑾投鼠忌器，只是不管怎样，她都做不到不管不顾、视若无睹。

宇文冲锋沉默地将烟点着，抽了一口才说道：“你在秦家是不是发生什么事了？”

“想起了一些事情。”她一语带过，没有多说。

他也就不再问，手里把玩着打火机，有一下没一下地敲着烟灰缸：“我会帮你查，别把自己逼得太紧。”

“嗯。”姜九笙突然问，“你在抽烟？”

宇文冲锋抖烟灰的动作停住，吐了一个烟圈，似笑非笑地道：“你怎么知道的？”

“我抽烟的时候也喜欢敲烟灰缸。”

他和她的习惯一样，喜欢摩擦轮的打火机，喜欢玻璃烟灰缸，喜欢最伤肺的抽法与最浓烈的卷烟。

他没有刻意学她的动作，可不知怎么的就都记下了。

“少抽点儿，对身体不好。”

她的声音有些沙哑，一听就是刚抽过烟。

宇文冲锋笑了笑，没好气地反驳她：“要管我，先等你戒掉了再说。”说完，他就要挂电话。

“宇文。”

他又把手机放回耳边，嗯了一声。

“生日快乐。”

她若不说，他大概想不起来这事儿了。他松开皱着的眉头，回了两个字：“礼物。”

姜九笙：“我有几个口味的戒烟糖不错。”

宇文冲锋直接挂断了电话，把手里的烟按灭，这才发现手机里有两条未读信息。

一条是他远在国外的妹妹宇文听发来的语音，她用很快的语速说了一堆祝词，用时五十九秒钟。还有一条是谢荡发来的，只有简单的一句话："晚上去你那里。"

粗暴任性，这家伙！

宇文冲锋回了个"滚"的表情包，然后拨通了总裁办的电话："帮我把晚上的行程取消。"

大约过了十分钟，姜九笙的助理小乔送了戒烟糖上来，还有一瓶酒与一张卡片，卡片上只有三个字："宇文收。"

卡片上没有署名，只有端端正正的三个正楷字，是姜九笙的笔迹。她的字一向好看，像从字帖上拓下来的范本，即便是签名也不花哨，字迹横平竖直的。

酒瓶上有刻字，是简单的祝词与日期。

第十三章
温家之行，姐弟相认

这是她自酿的红酒，每年他生日她都会送他一瓶，度数很低，照着他的口味调的，不过他从来没有动过她送的酒，谢荡觊觎了几次，他也没让谢荡喝一口。

宇文冲锋把卡片放进最底下的抽屉里：“你跟姜九笙多久了？”

小乔拘谨地站在一旁：“快一年了。”

“江大法学系毕业？”他漫不经心地说道。

小乔点头，说是。

“高才生当艺人助理可惜了点儿，想没想过调职？”

小乔立马紧张了：“我很喜欢笙姐，不想调职。”回答完，她怯怯地低下头，十分低眉顺眼的样子，一双圆圆的杏眼里却神色莫测。

宇文冲锋端详她两眼，收回视线：“你可以出去了。”

小乔应声，规规矩矩地出了办公室，带上了门。

半开的窗户外吹进一缕风，卷得桌上的白色纸页随风翻动，簌簌轻响。风过后，白纸停止翻动，所呈现的那一页的右上角贴了一张照片。

入室盗窃杀人犯：陈杰。

彩色照片里，男人生了一双炯炯有神的杏眼。

元旦前后，姜九笙的通告很多。近来她失眠得厉害，瘦了许多，时瑾便变着法子给她做各种大补的食物，只是她胃口不太好，吃得少。时瑾做的东西倒是大半进了姜博美的肚子，才不过四五天，姜博美胖了一圈，剪了毛后跟个球似的，团成一团就能滚了。

周末，莫冰帮姜九笙约了心理医生，时瑾陪她一起去。

虹桥咨询在秀枫大厦的十八层，最靠里的咨询室门口挂了名牌——常茗。

姜九笙没有推开门，回头看向时瑾。

他牵着她，没松手："我陪你进去。"

"你在旁边，我会分心。"

时瑾拧着眉头，不放心她。

"别担心，只是普通的心理咨询。"

纵使不安，时瑾也拂不了她的意："我在外面等你。"

姜九笙亲了他一下，推门进了咨询室。

她关上门，浅笑道："常医生，好久不见。"

常茗坐在办公椅上，抬手示意她："坐。"

姜九笙落座。

常茗把手里的资料收起来，将计时的钟表归零，又把桌上的沙漏倒了过来，这是他的职业习惯。

他扶了扶眼镜："我还以为你不用再来了。"

"发生了一点儿事。"

常茗也能猜到些她的来意，上次咨询之后，他们还通过一次电话，姜九笙说她失眠症的诱因大概找到了。

她想恢复记忆。

常茗也给出了方案，但危险性很高。

"要问催眠的事？"常茗开门见山道。

"嗯。"

他思忖了片刻后说道："我还是不建议你用催眠的方法恢复记忆。你的精神状态并不是很好，有抑郁症病史，如果那段记忆对你的精神打击很大的话，抑郁症复发的概率会增高。"

姜九笙安静地听完，没有接话。

常茗接了下文："这只是我站在专业角度给的建议，但如果你坚持的话，我只能建议你等到不需要服用安眠药的时候再来。"

他给姜九笙做了几年的心理治疗，相对来说对她的情况拿捏得很准。

"短期内应该不会。"姜九笙开玩笑地说了句，"毕竟我还是很惜命的。”她自然知道自己的状态不太好，过于焦虑了，八年前的事是得缓缓。

果然是姜九笙，一向理智。

常茗拿出她的病历：“最近失眠的情况很严重？”

“嗯，之前的药量已经不太管用了。”她已经背着时瑾吃了几次安眠药，只是效果都不太理想，夜里睡得浅，有时整夜睡不着，躺在床上不知道在想什么，总之脑子里一团乱。

“你可能需要换药了。”

姜九笙点头。

他随意问了一句：“另外，你男朋友呢？”

“在外面。”

“你的失眠症需要配合药物治疗，你们短期内不适合要孩子。”

姜九笙失笑，她家时医生根本不想要孩子。

常茗放下笔说：“先做个心理测试。”

姜九笙说好，提了一个请求：“我们的谈话内容能对我男朋友保密吗？”在恢复记忆这件事上，她和时瑾立场不一样。

时瑾不愿让她记起八年前的事，可她不能一直稀里糊涂的，他的顾虑是她的病，而她的坚持是因为她母亲。没有谁对谁错，也不用水火不容，两人都在退步，但也都在坚持。

“如果你要求的话，”常茗说，“当然可以。”

约莫两个小时后，姜九笙才走出咨询室。

时瑾坐立不安，门刚打开，他立马走到她跟前：“怎么这么久？”

“我睡了一觉。”她挽着他的手，“陪我去取药。”

他有话想问，但看到她疲惫的眼，终归没有说什么。

两人取了药，刚出地下停车场的电梯，时瑾突然沉了脸色，看了看她的药。

“笙笙。”

“怎么了？”

时瑾紧紧地攥着装药的袋子：“笙笙，这是抗抑郁的药。”八年前她就服用过这种药，他怎么会认不出来？

他盯着她，额头冒汗，神经紧绷。

姜九笙立马安抚他：“只是预防，我没什么事。”怕他不信，她便向他保证，“如果真的有什么事情，我一定告诉你。”

时瑾沉默了许久，才将焦躁不安压下去：“以后我跟你一起进咨询室。”

语气完全不由分说，他对此很坚持。

“好。”

两人在外面吃了晚饭。约莫九点，姜九笙到家后，发现手机上有两个未接来电，都是莫冰打来的。

姜九笙回了电话过去，莫冰同她说了二十多分钟的工作。

“莫冰，”姜九笙突然说，“我想早点儿休假。”

莫冰没反对：“我也有这个打算，跨年晚会的通告我都给你推了，你好好过个年。”

姜九笙最近状态很不好，有点儿压抑，需要放松一下。

她在家休息了大半个月，没有通告，自由自在地宅，闲了便写写歌，或是听一场演唱会，或是拉着时瑾来一段说走就走的短途旅行。她还是会失眠，有时候会焦虑，会莫名地觉得压抑，时瑾很担心她的精神状态，除了必要的大手术，几乎所有时间都用来陪她。他甚至容许她每天多抽一根烟，会给她做各种花样的美食，会带她去看日出日落，在面朝大海的房子里吻她。

平淡的生活，简单而幸福。

寒冬腊月，江北下起了雪，南方的雪停停歇歇，下得不大却缠绵，到了冬天最冷的时候，一场雪能下一整天。快除夕了，各行各业开始放假，只是除了满大街的红灯笼与吉祥结之外，似乎并没有什么年味，现代化都市正逐渐失去过年的感觉。

腊月二十九这天下了大雪。

刚吃过午饭，时瑾接了个电话，说了不到三分钟就挂了。

听他的语气有些冷淡，姜九笙问：“秦家打来的？”

“嗯。”时瑾拉着她坐在吊篮椅上，“让我们回中南本家过除夕。”

姜九笙找了个舒服的姿势，躺在时瑾的腿上：“那要回去吗？”

“不回去，我们两个人过。”

这时吊篮椅旁边的姜博美嚎了一声：“汪！”

哦，还有一只狗。

下午程会送了一大袋饺子过来。

似乎从秦家那次的事之后，姜女士对姜九笙亲近了些，电话打得也勤了许多，只是说说家常，问她有没有想吃的东西。虽然姜女士的语气还是客套又拘谨，可到底多了些平常随意的感觉，姜九笙想，姜女士大概是心存感激，或者怕时瑾了。

程会送了饺子也没有坐一会儿，便回去了。

除夕这天雪停停歇歇，屋外积雪不算厚，却还是覆盖了整座城市。今年的冬天相较往年冷了不少，雪也下得大了许多。

上午十一点半，姜九笙陪时瑾去了一趟超市。这个点在超市采购年货的人并不多，她与他穿了情侣装、一样款式的羽绒服，戴了一样的围巾与口罩。

路过生鲜区时，姜九笙自然而然地往推车里搬着酸奶，全是黄桃口味的。

时瑾站在一旁，笑道："笙笙，不要拿太多酸奶，你最近都不怎么吃饭，不能喝太多。"

话音刚落，时瑾的衣角就被拽住了。

"爸爸。"奶声奶气的童声响起，软软糯糯的。

姜九笙看过去，一只胖乎乎的小手正抓着时瑾的衣服。手的主人是个身子圆滚滚的小娃娃，有着粉雕玉琢的小脸，仰着头，吐字还不太清楚："爸爸，肉肉，吃肉肉。"

时瑾皱着眉头，盯着那只胖手。

姜九笙忍俊不禁："小宝宝好像认错爸爸了。"

奶娃娃张开手，脆生生地说："爸爸，抱抱。"

才两三岁的小孩子，手脏兮兮的，吐着口水泡泡。时瑾立马退后，警惕地看着小家伙。

姜九笙笑笑，蹲下去抱孩子。

时瑾拉住她："我抱。"

姜九笙不解，他不是有洁癖吗？

他的理由是："他是男孩子，你不能抱。"然后，他一只手把小孩抱起来，迅速放进了推车里。

看得出来，时瑾不仅有洁癖，而且是真的不喜欢小孩。

姜九笙没多想，话脱口而出："那以后我要是生了个儿子怎么办？"

时瑾的神色突然变得认真起来："笙笙，我们不会有孩子。"

哦，她忘了，时医生是"丁克族"。

她没有继续这个话题，与时瑾去了前台，请工作人员用商场广播通知了孩子的家人。他们等了不到五分钟，孩子的母亲便过来了，红着眼，显然是哭过了，对他们千恩万谢后才抱着孩子离开。

两人还有些东西没有买，又去了生鲜区。姜九笙一路沉默，时瑾看了她几眼，没有得到回应。

"你生气了？"他怕她生气，语气特别轻。

"没有，我是在想你为什么不要孩子。"

是她有什么病？还是时瑾有什么难言之隐？

时瑾看她蹙眉，便知道她的心思了："你别胡思乱想，没有别的原因。"他耐着性子对她解释，"我做任何事都有很强的目的性，如果目的不成立，也就没有一定要做的理由。比如我并不觉得有必要养一个孩子，甚至认为这是很多余的事。"

他们为什么要生一个跟她骨血相融的人，把两个人的世界变成三个人共有？他完全不觉得这有必要，甚至排斥。他不想这个世上除他之外，还有和姜九笙更亲近的存在。

他的想法有点儿极端。

姜九笙试想了一下，说道："如果有目的呢？"

"什么？"

传宗接代、养儿防老之类的，时瑾肯定没兴趣。她干脆找了个有点儿蛮不讲理的理由："比如说，我就是想要。"

时瑾语塞。

没有子嗣的所有结果他都设想了，也不在意，可怎么就忘了最重要的一点？他可能很难忤逆她。

时瑾愁眉不展了很久："我觉得我们现在讨论这个问题为时过早。"

姜九笙道："我也觉得。"他们连要孩子的"准备工作"都没做过，想到这里，她鬼使神差地问了一句，"时瑾，超市有避孕套吗？"她没买过那玩意儿，不懂市场情况。

时瑾愣住，几秒后回道："有。"

本来很沉重的一个话题，不知道怎么就被带偏了，总之拐不回来了，他们俩直接去了摆放着避孕套的货架。

姜九笙红着脸，随便拿了两盒就走。

时瑾喊住她："笙笙。"

"嗯？"

"拿错了。"时瑾的话里带了笑意，他比她从容许多。

姜九笙硬着头皮看了看手中草莓味的避孕套，然后问时瑾："你不喜欢这个味道？"她从来都不知道这玩意儿居然还有不同口味，太厉害了。

时瑾走到她跟前，低着头在她耳边低语："尺寸不对。"

姜九笙呆若木鸡，燥热感直接从脖子蹿到了脸上。

时瑾低低地笑了一声，神色淡定地去换了，还多拿了两盒。所以她为什么要这么不矜持地去拿避孕套？姜九笙有点儿懊恼，闷不吭声地被时瑾牵着走。

“时瑾。”

时瑾放慢了脚步。

姜九笙抬头，目光不太自然地移开：“你买过吗？”

“没有。”

“那你为什么懂这么多？”

时瑾浅笑，把她拉到怀里，温声道：“我的医科是在国外念的，寝室里有个人买了一柜子这个东西，我见过。”

外国人在这方面一向很open（开放）。

姜九笙一本正经地道：“以后别和他做朋友了。”时瑾会被教坏。

时瑾隔着口罩在她的额头上亲了一下：“好。”

下午莫冰过来了。她的父母都是搞学术的，过年也没有歇着，留莫冰一个人过除夕，姜九笙便邀请她来了公寓。

时瑾在厨房忙，姜九笙和莫冰聊着聊着就说到了孩子这个话题。

“我家时医生是‘丁克族’。”

这就不好搞了，毕竟姜九笙很喜欢小孩。莫冰想了想，给她支着儿：“等你想生了，可以扎破避孕套。”

姜九笙思索了一下，觉得这个办法可行。

莫冰看自家艺人忧愁的样子，实在好笑。姜九笙以前那不争不求云淡风轻的性子，她还以为自家艺人看破红尘以后要遁入空门呢；再瞧瞧现在，三句话不离时瑾，说起他时姜九笙眼里流光溢彩。唉，爱情啊，会让人磨掉棱角，变得柔软。

“我也觉得你俩不生小孩过分了。”

“怎么说？”

莫冰抬手摩挲着下巴：“时瑾那么好的基因怎么能浪费？”他那脸、那智商，都是绝好的啊！

姜九笙一点儿开玩笑的意思都没有，一脸正经地说：“我也这么觉得。”

莫冰笑骂了一句“夫奴”。

天已经完全黑了下来，姜九笙的恩师谢大师与谢荡过来一起吃年夜饭。往年都是姜九笙去谢家，如今她身边多了个时瑾，便把谢家爷儿俩请了过来。谢大师把狗也带来了，是只哈士奇，与姜博美不甚投缘。

因为谢荡是小辈，姜九笙还给他准备了红包。

时瑾把她拉到厨房，吃醋道：“我没有。”

姜九笙哭笑不得：“谢荡是师弟。”

"我知道，但我还是嫉妒。"

他蹙着眉头，表情认真。

"那我家时医生想要什么？"姜九笙仰头看着他，红色的高领毛衣衬得她肤白如雪、明眸皓齿。他的笙笙好看得让他移不开眼。

时瑾说："要你。"

姜九笙浅笑道："我本来就是你的。"

他把她搂到怀里，要吻她。

"笙笙、笙笙。"谢荡催命似的在客厅嚷嚷，"快来，我们合奏。"

姜九笙抿唇笑着，踮起脚在时瑾的唇上啄了一下，便去了客厅。片刻后，时瑾听到了小提琴和大提琴的合奏，曲调很悠扬欢快。

除夕夜宴，几家欢喜几家愁。大雪下了一天，这会儿歇了，月儿露出了一角，半扇圆弧朦朦胧胧的。

宇文冲锋刚进屋，他母亲唐女士的声音便在客厅里响起："不是早就给你打电话了，怎么现在才过来？"

宇文冲锋脱了外套，随便说了个理由："堵车。"

唐女士坐在客厅沙发的主座上，化了精致的妆，眉眼大气，穿着一身红色旗袍，肩披貂绒，坐得端正："去换件衣服再下来，我请了徐家小姐过来。"

宇文冲锋没说话，直接走上楼梯，推门进了一间屋子。

"少爷回来了。"

说话的是宇文家以前的司机许叔，许叔服侍老爷子半辈子了，没成家，一直留在老爷子身边照看他。

"老爷子睡了？"

许叔点头："刚刚还念叨你呢，老爷子今天胃口不错，还吃了两个汤圆。"

宇文老爷子中风后就退下来了，因为腿脚不方便，身体也不太好，卧床的日子居多，又因为家里闹腾事儿多，平日住疗养院的日子更多。他的两个儿子，一个在外交部，职位越来越高，回江北的时间也越来越少，一年见不到一面；另一个混得有头有脸的，偏偏浑不吝，见了不如不见，能气死人；女儿女婿也不省心，各玩各的，成天乌烟瘴气怎么折腾怎么来。

这就是外人眼里光鲜亮丽的宇文家。

"等过完年，送老爷子回疗养院吧。"宇文冲锋说。

许叔连连点头。家里的几个人整天没个消停，老人家哪里经得起折腾，眼不见为净才好。

宇文冲锋刚回房间，手机便响了，是他妹妹宇文听打来的视频电话。他倒了杯洋酒走去窗前，滑开接听键，一张与他有七八分相像的脸便出现在了屏幕上。

“哥，新年快乐。”

他的妹妹宇文听与他是双生子，五官生得同他很像，只是眉眼柔和娇俏些，轮廓多了几分女性的秀气内敛，笑起来很爽朗。

她是体育运动员，从十一岁进国家队之后便很少在家了。

离两人上一次见面有小半年了，宇文冲锋瞧了瞧屏幕上的小脸，嗯，妹妹没瘦：“训练完了？”

“嗯。”那边风很大，她蹲在外面的阶梯上，“我封闭训练了三个月，出来后才知道姜九笙交了男朋友。”她的语气非常失落。

宇文冲锋笑道：“你管这些事做什么？好好训练，你还想不想身披国旗站上领奖台了？”

“国旗的事你别操心，我一定拿个冠军奖杯回家给你装酒喝。”她一副郁郁寡欢的样子，“哥，你怎么办啊？”

宇文冲锋喝了一口酒：“什么怎么办？”

“你那么喜欢她呀。”

她知道她的哥哥有多喜欢那个姑娘，大概因为生在这样的家庭里，又是兄长，他从来不在她面前示弱。只有一次，她看见她那总是装作玩世不恭的哥哥红了眼眶，眼底有泪。

那一天哥哥喝了很多酒，说自己很开心，可喝着喝着就红了眼，摔了所有酒瓶。他躺在一地玻璃碎片上，自言自语地一直问，他为什么要生在宇文家，一直不停地呢喃着一个名字……

她哥哥醉得最厉害的时候说了一句话：“笙笙，我不配。”

她问她哥哥：“笙笙是谁？”

他跌跌撞撞地从地上爬起来，从手机里翻出一张照片给她看，笑着说：“就是她啊，我最喜欢的人。”

照片模糊不清，是偷拍的，她根本看不清上面的人的模样。

宇文听后来才知道，照片里的人叫姜九笙，那天姜九笙刚签进了天宇。

“听听。”

“嗯？”

宇文冲锋把手机的摄像头移开，看着窗外：“你哥这辈子就这样了，你别像我一样。”

“哥，你去把姜九笙抢回来吧。”

他答得很快：“嗯，等她爱的那个人不爱她了，我就去抢。”

他说得随意又平常，脸上带着笑，漫不经心地看着远处，洒脱得让人心疼。

宇文听不甘心地道：“现在抢不行吗？”现在不抢，她的哥哥一定还会伤心很久的，他会一个人舔伤口，不让任何人看见。

宇文冲锋转过头，对着屏幕里快要哭了的妹妹笑了笑：“那哪行啊，我怕她哭。”他用手指敲了敲屏幕里宇文听的脑门，“哭什么哭，傻不傻？”

你才傻!

宇文听吸了吸鼻子，凑近屏幕骂他：“宇文冲锋，你这个尿货！”

他也不生气，只是笑着训她：“没大没小。”

他就比她大了五分钟，可为什么她的哥哥，小时候甚至没有她长得高的哥哥，要做所有本该父亲做的事情？如果可以选，她做姐姐就好了，她也可以送他去学校，可以给他擦眼泪，可以在父亲、母亲打得你死我活的时候蒙住他的眼睛。

宇文听抹了一把眼泪：“过来，给我摸一下头。”

宇文冲锋笑着靠近屏幕。

她用手摸了摸屏幕中哥哥的头，温柔地轻声说了一句：“辛苦了，哥哥。”

他骂她：“傻。”他的语气不再云淡风轻，桀骜的眼里有着释然与认真的神色，“听听，别替我可惜，你哥我不贪心，至少还有那么一个人让我知道了我是跟宇文覃生不一样的人。”

至少他遇见了姜九笙，不再如行尸走肉一般活着。因为啊，人有了喜欢的人，就舍不得活得麻木不仁了。

“哥，”宇文听红着眼，特别严肃认真地嘱咐他，“你以后一定要娶你爱的人，不要听妈妈的，她拿着刀逼你都不要听她的。”

宇文冲锋却始终没吭声。

他要怎么回答呢？他爱的人，注定要做别人的新娘。

“哥，你怎么不回答我？”宇文听在电话那头催促。

刚好敲门声响起，用人在门外喊：“少爷，夫人请您下去一趟，徐小姐来了。”

徐家小姐？

}

宇文听刚要询问，他哥催她：“进去吧，外面冷。”

“你别忘了我刚才的话……”

宇文听的话还没说完，宇文冲锋就挂断了视频电话，随便套了件外套出了房间，走下楼便看见徐蓁蓁坐在客厅里，唐女士端坐着在喝茶。

“跟我出来。”他扔下一句，直接往门外走去。

徐蓁蓁连忙放下茶杯：“伯母，我等会儿再陪您聊。”

“嗯，你们好好玩。”

徐蓁蓁娇羞地笑了笑，匆匆忙忙地跟了上去。

她在门口遇到了宇文覃生，他刚到家，还未换下西装，正值中年，仪表堂堂挺拔俊朗，没有身居高位的距离感，笑起来稳重而温和。

“这是徐家姑娘？”宇文覃生稍稍打量了一下徐蓁蓁，和颜悦色地道。

徐蓁蓁抬头，有些拘谨地打招呼道：“伯父好。”她是第一次见宇文覃生，也大概能明白为什么那么多女人会前赴后继地往他身上扑了。

原来宇文冲锋的相貌是随了父亲。

“外面在下雪，早点儿回来。”

“好的，伯父。”

宇文覃生没再说什么，解了西装外套走进客厅，端坐在沙发上的唐女士立马起身：“覃生，你回来了。”

徐蓁蓁不由得回头看去，这还是她第一次见宇文夫人这般温柔似水，一点儿也不像平日里阴郁的样子，也不像传言中那般精神失常。

宇文冲锋先一步走了，她立马收住思绪，连忙跟上去。他迈的步子大，她有些跟不上，非常吃力地踩着高跟鞋走在雪地里。

漫无目的地走了许久，他突然停下，惜字如金地道：“自己回去。”他说完就掉头往宇文家的别墅走去。

徐蓁蓁喊住他：“你就这么讨厌我？”

“我说是，你就会放弃？”

徐蓁蓁毫不犹豫地说道：“不，整个江北，配得起你宇文家的不过几人，我徐蓁蓁就是其中之一，我为什么要放弃？”

宇文冲锋的嘴角有一抹坏笑，他反问了一句：“你是不是太看得起自己了？”

他从来不用正眼看她。

徐蓁蓁抬头盯着宇文冲锋的眼睛，通红的眼里全是不甘：“你有那么多女人，可以跟她们玩，为什么我不可以？我……”她哽咽了一下，“我甚至不介意你有别人。”

宇文冲锋却懒得再听她讲话，转身就走。

徐蓁蓁大吼道：“是不是因为姜九笙？”

她的一句话，叫他停了脚步。

“跟你有关系？”

他放荡不羁惯了，真正动怒的时候很少。她没见过他这个样子，他眼里翻涌的全是怒火。

徐蓁蓁明白了，她这是触到他的逆鳞了。

“果然是她。”

他不置可否，掸了掸肩头的雪，轻描淡写地说道：“我这个人一般不跟女人计较，可如果扯上了姜九笙，就另当别论。”

他的眼里已找不到一丝温度，全是凌厉的光。

徐蓁蓁张了张嘴，一句话都说不出来。

她从来不知道，宇文冲锋也会为了一个人这样动怒，这样盛气凌人。

宇文冲锋没有再多说一句话，掉头往别墅走去。电话铃声响了，他把手机放到了耳边。

许叔在电话那边心急如焚地喊：“少爷，您快回来，夫人出事了！”

她又出事了……

风雪缠绵，下得温柔，这个时间应该家家户户围坐一团，在欢声笑语中吃团圆饭。

饺子刚端上桌，时瑾的电话就响了，没有来电显示，时瑾看了一眼号码，微蹙眉头，接了电话：“喂。”

隔了几秒钟，电话里传来沙哑无力的声音：“是我，宇文冲锋。”

时瑾离开座位，去了阳台：“有什么事吗？”

“能请你给我母亲主刀吗？”

时瑾看了看时间，八点四十。

“心外病症？”

“不是，创伤骨科。”宇文冲锋停顿了很短的时间，补充道，“是割脉，肌腱神经断裂，院长向我推荐你主刀。”

神经连接手术的难度太大，要求医生有很强的缝合能力。整个天北，无人能在外科缝合技术上与时瑾匹敌，便是创伤骨科的主治医师也认为由时瑾主刀成功率会更高，即便这不是时瑾擅长的心外手术领域。

时瑾听完没有犹豫，很快做了决断：“我二十分钟后到医院。”

宇文冲锋沉默了很久，声音低哑地道："谢谢。"

"不用。"时瑾挂断电话，回了客厅。

姜九笙问他："怎么了？"

"笙笙，我得回一趟医院，有紧急病人。"他没提病人的身份，大年三十，他不想让别人的事扰她心情。

姜九笙没说什么，倒是谢大师有点儿不平："天北除了你就没有别的医生了吗？"

时瑾淡淡地回了谢大师的话："有别的医生，但手术成功率不一样。"

好吧，谢大师没话说了。

姜九笙起身去给时瑾拿外套，只叮嘱了一句："开车小心。"

时瑾说好，接过外套和车钥匙。

吃完年夜饭，谢大师谢暮舟留下小坐了一会儿。

"笙笙。"

"嗯。"

她神色温顺，不像对着别人那般随性淡漠，因为是恩师，所以亲近许多，说话时身体会微微前倾，一副洗耳恭听的样子。

谢暮舟语气颇为感慨："我看小时不错，对你很好，以后你跟他好好过日子。"

姜九笙点头："好。"

谢暮舟说完，又自顾自地思量了一下，继续说："就是医生这个职业没个定点，他的医术又好，以后估计少不了今天这样的情况，你要有心理准备。现在你们正在热恋，不会介意，等以后安定下来了，你也要理解他。"

他像个亲近的长辈，说着一些体己的话。

姜九笙不记得她的亲生父母，记忆里养父母也不会对她这么叮咛嘱托，也就只有她的老师会这样掏心掏肺地跟她说这些。

她点头一一应了。

谢暮舟叹了一声："怎么有种嫁姑娘的感觉？"

一句话让姜九笙红了眼眶。她其实是个幸运的人，虽然不幸过，但依旧遇上了很多很好的人，能拜在谢家门下，做谢暮舟的十三弟子，是她的荣幸。

十点半，天北第一医院。

手术室的门打开，时瑾走了出来。

宇文冲锋起身道："怎么样？"他眼底全是倦意，头发微乱，米白色的针织毛衣上血迹已经干了。

时瑾取下口罩：“脱离危险了，不过手能不能恢复要看检查结果和后期的康复情况。”

宇文冲锋靠着墙舒了一口气，对时瑾道：“谢谢。”

“不用。”

时瑾看了一眼始终沉默不语的中年男人，对方衣着整齐，表情镇静，没有一丝狼狈之色。

父子俩形成了鲜明的对比。

等时瑾离开，宇文冲锋转头看着他的父亲，眼神寒凉地道：“你回去吧，我怕她醒过来看到你再割自己一刀。”

宇文覃生起身整了整领带：“三天两头来一次，烦不烦。”

他的语气冰冷又无情，好似里面那个在鬼门关外走了一遭的人跟他一点儿关系都没有。

宇文冲锋握紧拳头，一字一顿地喊：“宇文覃生。”

“你就这么跟你爸说话？”

是啊，这是他的父亲，他再不想承认眼前的人也是他的父亲，他的骨血是这人的，姓氏也是这人的，就是他这张脸也跟这个人有五分像。

可为什么偏偏是他有这样一个父亲？

“你要玩可以，能不能走远一点儿？能不能别让我妈看见？能不能不要动她身边的人？她是你的妻子，给你生儿育女，天天等着你回家，为你自杀了八次，做了二十七年的宇文夫人，”宇文冲锋停顿了很久，声音忍不住哽咽起来，他一字一顿地哀求道，“你就不能给她留一条生路？”

宇文覃生听完，突然笑了：“我给她留生路？”他摸了摸嘴角，笑意全部消失，“那她当初怎么不给我的妻儿留生路？”

宇文冲锋怔住。

“你知道你妈是怎么嫁进宇文家的吗？”

他怎么会知道？他的父母忙着你死我活地斗，从他有记忆以来，没有过一天安生日子。

宇文覃生紧紧地咬着后槽牙，脖颈青筋跳动，眼里翻滚着怒意，字字带着恨意：“她弄死了我要娶的女人，还有我的孩子，那个孩子都八个月了，她也不放过。”

原来如此啊。

“所以你也想弄死她的孩子？”宇文冲锋走近，“你想弄死我吗？

父亲。”

他眼神黯然，气势却咄咄逼人。

宇文覃生下意识地退后一步，慌乱了一瞬，再抬头时眼里已经只剩冷意。他看着眼前这张像极了自己的脸：“我这辈子最后悔的一件事，就是让你们兄妹俩出生。”

难怪二十多年来他对他们兄妹视若无睹。

“这种话你冲着我说可以，别让我妹妹听见。”

十一点，客厅的电视还开着，姜九笙窝在沙发里昏昏欲睡，桌上的手机突然振动，她也没看来电显示，直接接通了。

“喂。”

电话那头没有人回应，只有呼吸声。

姜九笙看了一眼号码：“宇文，怎么不说话？”

“没什么，只是想问问你时瑾平安到家了没有。”

“还没有。”姜九笙从沙发上坐起来，把电视的声音调小，“你怎么知道他在外面？”

“他的病人是我母亲。”宇文冲锋声音沉沉的，压着所有情绪，听上去没有丝毫波动，只是异常苍凉。他的嗓子沙哑得有些发不出声。

姜九笙一听便听出来了：“别再抽烟了，你的嗓子都哑了。”

他没说好，也没说不好：“挂了。”

然后电话挂断了，他低着头，用手指摩挲着手机上的字——a摇钱树。

许久之后，他关了手机，看了看一地的烟头，笑了，又点了一根烟，靠着路灯玩命地抽。

幸好还有她，她不在他身边也没有关系，听听她的声音就好，这能让他感觉到自己还活着。

大概是烟太烈，烟雾太呛人，他的眼泪都被熏出来了。

刚挂断电话，门口便传来声响，姜九笙穿了鞋起身跑过去，看见时瑾，笑着过去抱他：“回来了。”

时瑾抚了抚她耳边的头发：“嗯，回来了。”

“辛苦了，时医生。”

他低下头，一边在她脸上亲了一下，一边脱外套：“在做什么？”

“守岁。”姜九笙踮起脚帮他，“还有等你。”

时瑾弯腰，让她帮忙将外套褪下，然后牵着她走出玄关：“手怎么这么凉？”

她抱着他一起坐在沙发上，嗅到了他身上消毒水的味道：“宇文冲锋的母亲怎么样了？”

“救过来了。”时瑾没有细说。

姜九笙松了口气。

两人抱了一会儿，时瑾把她放在沙发上：“我身上脏，等我一会儿。”

他把毛毯给她盖好，去了浴室。

电视开着，姜九笙窝在沙发里，一条一条地回复亲友的新年祝词，窗外烟花喧嚣，雪花飘飘。

时瑾洗好了，拿了毛巾蹲在姜九笙脚边：“笙笙，给我擦头发。”

她接过毛巾，轻轻地给他擦头发。

时瑾抬着头看她，从上方打下来的灯光落在他长长的睫毛上，在眼下投下了影子，微微遮住了眼底的光，温柔漂亮得不像话。

“回来的路上，我想了很久要送什么给你当新年礼物。”

“想到了吗？”

“没有。我的房子、我的狗、我的钱财，还有我的人，本来就是你的，送什么都是借花献佛。”

姜九笙笑，把手里的毛巾扔了，抱着时瑾的脖子拉近距离：“你的人还不是我的。”

时瑾低声笑了，目光潋滟而不妖：“现在要吗？”他的嗓音低沉，能蛊惑人心。

“要啊。”

说完她毫不忸怩地勾住时瑾的脖子，抱着他一起躺进了沙发里，两人身体相贴，温度都是烫的。

她笑了笑，抬手解他睡衣的扣子。

时瑾抓住她的手：“去房间？”他说，“沙发太小。”

“好。”

他抱起她，往卧室走去。

窗外雪花落得缠绵，烟花碎了满满一天空，璀璨斑驳眯了情人的眼。

许久之后，远处传来广场的钟声，零点到了，所有烟火一起冲上高空，炸开一朵朵绚烂的花。

爆竹声声，辞旧迎新。

房间里，欢爱的气息还未散去，两个身影交缠，相拥站在窗前，看窗外明亮的火光起起落落。

“新年快乐，时瑾。”

时瑾从身后抱着她，声音嘶哑，还有未退尽的情欲：“新年快乐，笙笙。”

他披着薄被，她在他怀里，月光在她怀里，落地窗外漫天烟火融进他们眼里。他低头在她的脖窝里嗅到了自己身上的气息，是剃须水的淡淡的薄荷香味。

新年的钟声停歇了，烟火还未停。窗外大雪纷飞，这是新的一年里的第一场雪。

天光破晓，大雪暂歇，大年初一竟出了太阳。

姜九笙睁开眼，窗外天光大亮，她揉了揉眼睛，翻了个身，便看见时瑾坐在窗边的躺椅上，手里拿着书，眼睛却在看她。

她笑道：“早安，时医生。”

他走到床边，俯身亲吻她的额头：“早安，笙笙。”

元宵节过后，姜九笙的精神状态好了很多，失眠的症状明显好转。莫冰建议她开始工作，姜九笙没有异议。

这天录制结束得早，还不到四点，姜九笙没有直接回家，而是去了秦氏酒店。前台的招待大抵认出了她，十分热情地给她指路。

酒店的办公室在十八楼，电梯在二楼餐厅停了，走上来一男一女。女人是柳絮，化了很精致的妆。她身边的男人微矮，四十岁上下，有些秃顶，姜九笙觉着他面熟，却想不起是谁。

电梯里很安静，除了男人越来越不规矩的手，没有一点儿动静，片刻后电梯停在了十七楼。

柳絮对身边的人娇笑道：“江总，您先过去。”

男人瞥了她一眼，有点儿不悦，先下了电梯。

江总……姜九笙想起来了，男人是光影传媒的高管，莫冰给她引荐过一次。

“你也看到了，我现在的下场。”电梯门开着，柳絮却没有下去。

姜九笙把口罩取下来：“你想说什么？”

柳絮瘦了许多，颧骨很高，不再像以前那样跋扈，眼里有了沧桑：“我以前不明白sj’s为什么要签我这种污点艺人，时机还不早不晚，刚好在我走投无路的时候，最近才想明白。”她笑了笑，笑容有些自嘲，却话里有话，“我们老总好像很听你男朋友的话。”

姜九笙听完，神色如常："所以？"

sj's向柳絮投的，哪是橄榄枝，是卖身契呢。

柳絮开口，像是告诫："小心你枕边的人，别到头来连他是什么样的人都没看清。"

说完她对着化妆镜补了口红，整理好仪容出了电梯。

电梯门合上，姜九笙若有所思。须臾，电梯停在了十八楼，她抬眼，看见了秦氏酒店的集团logo。

透明的玻璃门后，是忙碌的酒店员工，办公区域的装修风格很现代化，区域规划看似随意，却条理分明，一目了然。

出入口设了电子门锁，旁边写了一行字：非酒店人员禁止入内。

姜九笙驻足，准备给时瑾打电话。

"请问你找谁？"耳畔传来年轻女孩的声音。

姜九笙抬头，看了一眼女孩胸前的工作名牌："我找时瑾。"

女孩突然欣喜若狂地道："姜九笙？"

姜九笙颔首。

这是……老板娘啊！

女孩按捺住激动："我带您进去。"

"谢谢。"

老板娘真和蔼可亲，一点儿架子都没有，而且好漂亮，口罩都遮不住她的盛世美颜，气质好好，腿好长，腰好细……

女孩面上淡定地刷了卡，领着老板娘进了办公室，胸前的名牌挂得端端正正——财务部实习生王雨。

好巧不巧，她们刚好撞见领导在训手下的人。

王雨显然是个话多的小姑娘："那是我们财务部的副经理。"

那位副经理个子不高，有点儿啤酒肚，西装革履，生得面善，不过嗓门很大。

"这已经是这个月第二次出错了，要不是时总看出了问题，你知道这个项目要损失多少钱吗？"

那位被训的女员工红着眼睛，一直说对不起，她三十多岁，脸色很憔悴。

王副经理直接把文件撂在了办公桌上："说对不起有用，公司还雇用你们做什么？"

一旁的员工该干吗干吗，显然对此司空见惯。

王雨边领路，边对姜九笙说："我们副经理业务能力很强，就是平时太不近人情了，脾气有点儿暴，能把人骂到怀疑人生。其实王姐也挺可怜的，她老公最近被查出癌症，她一个女人医院、公司两头跑——”

说到这里，王雨意识到自己话有点儿多，赶紧闭了嘴：“不好意思，我话太多了。”

姜九笙说了声没关系，回过头看见了时瑾，便停住脚步。

“时总。”王副经理退到一旁。

那犯错的女员工一见是老板，更慌了，结结巴巴地喊了声“时总”。

时瑾放了一份财务报表在桌上：“把财务数据再核算一遍，不要再出错了。”

他语气温和，不怒自威。

女人抹了一把眼泪，立马点头。

“以后出正式报告之前，先把核算资料发给我，我会帮你复核一遍，等你可以确保错误率在百分之二之内，就可以不用再发给我了。”他不疾不徐的语调不凌厉，却极具威慑力，“另外，我给你的调整期限是一个月，一个月后还是做不到的话，只能说明你不适合财务这个岗位，明白了吗？”

雅人深致，穆如清风，说的大概就是时瑾。

这样的他，一言一行都有着与生俱来的尊贵与魄力，能叫人不由自主地低头折腰。

女人眼里有感激还有钦佩：“明白了，谢谢时总。”

恩威并重，宽容却有底线，分寸拿捏得刚刚好，时瑾很适合商场。

姜九笙看着他的侧脸。

时瑾是什么样的人呢?

这个问题姜九笙想过很多遍，或许像柳絮说的那样，神秘又狠辣，或许像她自己看到的那样，偏执又极端，也或许还像别人眼里那样是个极富涵养的绅士。

可答案是什么，有什么重要的呢?

他是时瑾，是她姜九笙爱的人，她只认这一个身份，说她色令智昏都无所谓。

“时总在那里。”王雨说，她有点儿激动。

姜九笙站在墙边一棵散尾葵旁：“嗯，我看到了。”

时瑾转身，也看见了她。

他嘴角轻扬，笑着快步走过去，对王雨颔首后，把姜九笙牵过去：“怎么不先给我打电话？”

“不想打扰你工作。不用管我，给我一个坐的地方，你继续忙你的。”

时瑾接过她手里的包，牵着她往办公室走去。

身后几十双眼睛盯着，只见老板还未走进办公室，就凑近他身边的人，似乎想要亲吻，却被推开了。

不知是谁第一个说话：“那是咱们老板娘？”

王副经理清了清嗓子：“时总来的第一天说的话，都还记得吧？”

未经允许，不可以泄露任何他的相关信息，包括他的女朋友姜九笙。

王副经理一个眼刀子飞过去：“东张西望什么？还不快工作。”

时瑾的办公室装修很简单，银灰色调，很大气。

姜九笙把口罩取下，她刚下节目，脸上还带着妆，眼带粉晕。她的眸子很适合桃花妆，目光潋滟而不妖，有些媚态却恰到好处，稍稍一笑，千树万树桃花开。

时瑾望着她的眼：“妆很漂亮。”

“谢谢。”

时瑾把她抱起来放在办公桌上，高度刚刚好，他一低头就能吻到她。

姜九笙仰着头：“你还有多久下班？”

时瑾看了一眼手表：“十分钟后有个会议，要四十分钟。”他搂住姜九笙细得一只手就能环住的腰，“不过我是老板，可以早退。”

他的语气有询问的意思。

“你若是这样，下次我就不来找你了。”

时瑾都听她的：“那你在这里等我，书架上有书，无聊了可以看，电脑的密码是你的生日。”

她说知道了：“时医生，可以给我一杯咖啡吗？”

时瑾摸了摸她的头：“乖，喝牛奶。”

继烟酒之后，她家时医生连喝咖啡都管着。

时瑾拨了内线电话，要了一杯温牛奶，又看了看手表：“还有六分钟，要接吻吗？”

“我唇上还有妆。”

“我不介意。”

时瑾托着她的腰，低头与她深吻。他们身后是整片的落地窗，日薄西山，金黄的晚霞温柔地洒下片片斑驳的光影。

最后时间观念很强的时总迟到了三分钟，因为他唇上沾了她的口红，嗯……擦起来有点儿费时。

五点半，时瑾带姜九笙离开酒店。

回家的路上，姜九笙突然说道："时瑾，九号我要飞一趟枫城。"

"几天？"

"两天一夜，录一个户外节目。"她其实不太喜欢综艺，不过工作室已经在计划让她进军影视圈，需要一定的曝光率。

时瑾一向不干涉她的行程，只是说："九号下午我有手术，结束后我过去找你。"

九号，莫冰陪同姜九笙一起飞枫城，她们到枫城后都没有歇脚，上午十点节目组就直接开录。录完节目后，已经快晚上九点了，节目组有聚餐，姜九笙婉拒了，直接回了酒店。

晚饭过后，时瑾的电话打过来了。

"吃饭了吗？"

"吃过了。"姜九笙抱着抱枕窝在沙发上煲电话粥，"你怎么能打电话？不在飞机上吗？"他说好晚上过来的。

时瑾心情转阴："我还在医院，有个心脏移植的患者出现了严重的排异反应，我暂时还走不开。"

"那你在家等我。"

时瑾闷声嗯了一声，不用看也知道，此时的他一定蹙紧了眉，眼底阴郁难散。

"你吃饭了没有？"她问时瑾。

"没有。"

都快十点了，姜九笙催促："你先去吃饭。"

"不想吃。"电话听筒里，时瑾的嗓音不像平时那样温润克制，有点儿无精打采，"想你了。"

姜九笙很动容："我也想你。"

"笙笙，我不在身边，你不要看别人的手。"

看来时瑾知道了，跟她一起录节目的嘉宾里，有一个模特出身的男艺人，手指特别长，是圈子里有名的美手。

不过姜九笙倒没有注意，她已经很久没有关注过别人的手了。奇怪，她这么多年的癖好，和时瑾在一起之后，便不治而愈了。

她猜想，她手控的心理病因应该从一开始就是他。

"我手控的毛病好像已经被你治好了，时瑾，我现在只对你的手感兴趣。"

时瑾心情大好：“等你回来，手给你玩。”

她总觉得，她家时医生把话题带歪了。

她挂了电话不多时，莫冰过来敲门。

“有一封给你的电子邀请函。”

姜九笙接过莫冰递过来的平板电脑：“谁发来的？”

“温诗好。”莫冰穿着浴袍，直接往沙发上躺，“三天前就发了，这两天我太忙，没有及时查看邮箱。”

姜九笙打开电子邮件，快速浏览起来。

“她邀请你做什么？”

姜九笙和温诗好磁场不合，虽然没撕破脸过，但两人怎么看都不对盘，尤其是温诗好，眼里很有敌意。她发什么邀请函，黄鼠狼给鸡拜年吗？

“她弟弟过生日，请我去吃酒。”

弟弟？莫冰倒听说过温家的小少爷，不过没见过：“你要去？”

“我要去见见温诗好的弟弟。”

“你认得他？”

“嗯，见过。”姜九笙的思绪有些飘远，“温诗好的弟弟也姓姜，而且很巧，他有个姐姐，也叫姜九笙。”

莫冰震惊不已，这不是巧合吧？连她这个局外人都嗅到不寻常了。

“生日宴什么时候举办？”莫冰问。

“明天下午五点。”

巧了，莫冰提醒她：“刚好赶上了你回江北的航班时间。”

“改签吧，去云城。”

莫冰也不反对。时瑾不想让姜九笙知道一些事情，不用想也知道那些事肯定会对姜九笙有很大触动，可到底瞒不了一辈子，该面对的还是躲不掉。

次日下午三点半，姜九笙和莫冰抵达云城，做了一个小时的造型，五点整，临时租赁的保姆车停在了温家别墅外。

莫冰放姜九笙下车后，便去泊车了。

温家别墅的花园很大，这会儿宾客盈门，十分热闹，晚霞缓缓落向西山，掠过香槟玫瑰，扑面而来的风都带着香甜的气息。

温家老爷子只得温书华一个女儿，温书华不善经商，老爷子过世后，由温诗好接管了温氏银行。

到场的宾客大多是政界或者商界的知名人士，也有不少影视圈里举足轻重的人物，虽说是生日宴，但商业气太重，逢场作戏与阿谀奉承自然是随处可见。姜九笙兴致索然，端了一杯酒，自顾自地饮着。

“我还以为你不来了呢。”

是东道主过来了，她穿着一身红裙，格外张扬漂亮。

姜九笙放下酒杯：“我应了你的邀请，自然不会食言。”

温诗好上前，从桌上拿了一杯酒：“怎么一个人喝酒，宴会很无聊？”

“不熟。”姜九笙言简意赅地道，没有多聊。

门口有新宾客进门。

温诗好放下杯子：“不好意思，先失陪一下。”

她起身前去招待。

姜九笙不大在意，继续品酒。

莫冰环顾了一番，惊叹道：“今晚温家是聚齐了南方的权贵吧？”瞧瞧，每个都是经常活跃在各大媒体板块的大人物啊，不过，“宇文怎么没来？”

江北宇文家可是跺一跺脚都能让南方商界抖三抖的家族，温家没道理不请宇文冲锋。

姜九笙从桌上拿了一杯红酒：“他妹妹要参加下个礼拜的世界锦标赛，他去国外了。”

莫冰觉得，照这个架势，宇文听拿游泳金牌也是早晚的事，正感慨着，有男人的声音忽然从身后传来，一惊一乍的。

“你、你怎么来了！”

秦家老四秦霄周正一脸惊恐地看着姜九笙。

“我不能来？”

秦霄周没回话，探头探脑地往姜九笙身后看。

姜九笙无波无澜地说了句：“时瑾没有来。”

秦霄周大大地松了一口气，然后若无其事地整了整领带，语气也恢复了一贯的纨绔：“我又没问他。”

说完他趾高气扬地抬起下巴，抱着一个婀娜多姿的女人走了。

他装得真清新脱俗！

秦家真是什么奇葩都有啊，不过莫冰有点儿好奇：“这秦四少怎么好像很怕你的样子？”

“可能是小时候被时瑾揍狠了。”

厉害了，时医生！莫冰很是佩服。

“温家搞什么鬼？不是生日宴吗，寿星公在哪儿呢？”虽然生日是幌子，但怎么着也得把人带出来晃晃吧。

不只莫冰，不少人也对此很好奇。

甜品桌旁，几位无事闲聊的贵妇将话题从金银珠宝绕到了温家的秘闻上。

“你看见温家的小少爷了吗？”

“没有啊。”

“搞什么呀，主角连面都不露。”

“反正只是借着生日的由头搞商业派对，有没有寿星公无所谓。再说了，你们没听过温家小少爷的传闻吗？”

“什么传闻？”

“那位小少爷不姓温，跟着温夫人二婚的丈夫姓姜，很小的时候就病了，说是见不得生人，也不知道是什么病。”

“温夫人还有个二婚丈夫？我怎么不知道？”

说起温家，那也是个谜一样的家族。温老爷子没有儿子，就一个独女，平日里也不怎么与人往来，豪门是非多，可偏偏温家的事大家一点儿风声都没听到过。

“他死了好多年了。我听我爸说当年事情闹得挺大的，那人就死在温家，和他前妻一起被杀了。”

“还有这事儿？”

“我爸说的还能有假？温夫人那任丈夫还是个律师呢，叫姜什么……”女人想了想，声音骤然拔高，“哦，姜民昌！”

咣——酒杯应声落地，碎片溅得到处都是。

“怎么了笙笙？”莫冰抽了张纸给姜九笙擦裙摆沾上的酒。

姜九笙摇了摇头：“没什么。”

姜民昌……

好熟悉的名字，她捏了捏眉心，只觉得头隐隐作痛。

宴会开始了将近二十分钟，仍旧不见今晚的主人公，温诗好暂时离席，被母亲叫到了一旁。

“钥匙给我。”温书华沉着脸道。

温诗好不为所动：“还不到时候。”

温书华恼火了：“你到底在搞什么名堂？为什么要关着你弟弟？”

她这个当母亲的是越发看不懂自己的女儿了，好端端的非要搞什么生日会，如今宾客都到了，又一意孤行地把锦禹关在房里。

“今晚来了这么多人，我不是怕锦禹怕生嘛。”

温书华根本不接受这一套说辞："那也不用关着他，你要整什么幺蛾子我都不管，但我的底线是你弟弟，别打他的主意。"

"妈，你放心好了，锦禹是我亲弟弟，我还能害他不成？"温书华还想说什么，却被温诗好岔开了话题，"今天来了很多我们银行的生意伙伴，我一个人招待不过来，你先去帮我招待客人。"

温书华将信将疑地道："最多二十分钟，去给锦禹开门。"

温诗好信誓旦旦地保证："不用二十分钟，再等一会儿就好。"

温书华这才没再说什么，唤下人拿来了皮草披肩，整理好衣装便走出别墅。温诗好没有立即跟上，转身去了二楼。

她走近一间房门口，听到了撞击声。

温诗好道："别砸了。"

声音停了，门内传来少年略带冷意的声音："开门。"

温诗好不急也不恼，心情颇为不错："再等等。"

门后的少年置若罔闻，用一样的语气说着一样的话："开门。"

"别急，我很快就让你见到你姐姐。"她低笑出声，眼底有迫不及待的火光。

嗒、嗒、嗒……高跟鞋的声音渐渐远去。

门后的少年思忖了很久，放下手上的椅子，转身去开了房间对面的一扇门。那是一个内嵌式的小书房，空间不大，里面放了一个书柜、两张书桌，桌面上有三台电脑。

他坐下开了主机，屏幕上立即跳出密密麻麻的字符，全是代码。他的手指落在黑色的键盘上，飞快地敲动起来。

傍晚，夕阳西下。

时瑾收到了一条短信，来自陌生的号码，短信的内容只有三个字——来温家。

时瑾当即拨了秦中的电话："查一下我家笙笙的航班。"他吼道，"马上。"

秦中不敢耽误，立马去查。

不到三分钟，秦中回拨电话，直接说了结果："姜小姐在枫城改签了航班，没有飞江北，现在人在云城。"

云城，她只能是去了温家。

时瑾眉宇间顿时浮现一片阴沉之色："安排一下，我要马上飞云城。"

“明白。”

时瑾起身，拿了外套走出办公室。

刚好，酒店的大堂经理肖副经理拿了方案过来：“时总，这里有份文件需要您签字——”

时瑾抬眼：“让开。”

视线相撞，肖副经理浑身一震，讪讪地挪步让路。

肖副经理大喘了一口气，不知道为什么，有种劫后余生的感觉。他暗暗回头打量，只见老板脚步很急，低头在讲电话。

“笙笙，你在哪儿？”

云城，温家。

姜九笙接到时瑾的电话时，交响乐团正在演奏，耳边声音嘈杂，她听不大清楚电话里的声音，便走出人群，寻了个安静的地方。

她回答时瑾说：“我在温家。”

时瑾几乎不假思索地道：“立刻从那里出来。”

他的语气极其强势，不容她反驳半分，一点儿商量的余地都没有，更像是命令。

他的反应似乎过激了些。

“理由是什么？”

时瑾却沉默了，许久后，放软了语气说道：“笙笙，你听话，先出来好不好？我现在就去找你，你出来等我。”

他还是绝口不提理由，选择了隐瞒。

其实姜九笙已经隐隐猜测到了，时瑾千方百计地要瞒的事情，大抵就是温诗好想让她知道的那些纠葛。

兜不住的，事情早晚要真相大白，所以她来了温家。

“时瑾，你为什么要忌惮温家？”姜九笙停顿了片刻，又问道，“是因为我的身世吗？”

她梦里有个少年，她叫他小金鱼；锦禹也有个姐姐，唤姜九笙。这怎么可能都是巧合呢？

时瑾突然沉默了，许久后唤道：“笙笙——”

时瑾的话音刚落，姜九笙的后背被猛地一撞，手里的手机滑落，咕咚一声掉进了喷泉水池里，屏幕闪了一下，就彻底暗了。

姜九笙回头，对上了一双无措的女人的眼。女人偏瘦，瓜子脸，穿着曳地的裹胸裙子，连连道歉。

对方无意，姜九笙也不好为难人，说了无碍，然后提起裙摆就下了水。手机是捞起来了，可彻底罢工了。

女人再三赔礼，留了联系方式后才离开。

姜九笙看了看手里进水的手机，唤了莫冰过来。

“姜九笙。”温诗好从身后走来，“你要不要和锦禹见一面？”

姜九笙略有迟疑。

温诗好便解释道：“锦禹有社交障碍，不方便出来。”

思考片刻后，姜九笙问：“他在哪儿？”

“在后面的花房。”

这是鸿门宴吗？

姜九笙凝眸，不知在思索什么，眼底清明，有了打算。

莫冰知道她此行的目的，也不拦她，只说：“我陪你过去。”

姜九笙没有拒绝。

莫冰一转身，肩膀被猝不及防地撞了一下，对方端着托盘，盘中酒瓶里的红酒有一半洒在了她胸口的衣襟上。

真不凑巧，莫冰今天穿了一件白色礼裙。

对方是个中年女人，穿戴着围裙，她连连道歉，大概是温家的帮佣。

“你是怎么做事的？”

那打翻了酒的帮佣神色慌张地喊了一声：“夫人。”

问话的是温诗好的母亲温书华，她穿一身深紫的礼服，长发盘得一丝不苟，气质温婉又端庄：“抱歉，莫小姐，家里的用人不懂规矩。”

莫冰将手包挡在胸前：“没关系。”

“衣服都脏了，如果你不嫌弃的话，可以随我去换一件。”温书华目光似有若无地掠过姜九笙，神色瞬间剧变，可很快恢复如常。

莫冰有些犹豫，不太放心姜九笙一个人去花房。

姜九笙让她先去换衣服。

“待会儿我去找你。”与姜九笙说好后，莫冰转身面向温书华，语气客气地说，“那麻烦了。”

“不麻烦。”

莫冰瞧了姜九笙好几眼，才随同温书华走进别墅，途经走廊中的一扇门时，隐隐听见了撞击的声音。

莫冰顿足，看着声源的方向：“里面好像有响声。”

温书华脸色微变："哦，是我儿子。"

"姜锦禹？"

"是啊。"

这里面的人是姜锦禹，那花房呢？温诗好分明说了姜锦禹在花房等姜九笙……

莫冰神色骤变，这时门内传来咣的一声响，玻璃破裂的声音响起。

温书华立刻大喊："快把门打开！"

温家的花房坐落在别墅后的草坪上，四周摆放着许多小巧精致的花篮，做了很漂亮的园林景观。太阳已经落山，路灯橘黄的光笼罩着一片葱绿，葱绿中间或有红色和黄色的花儿点缀。

她沿着鹅卵石小路走了一段，领路的用人停下脚步，指着前头："姜小姐，沿着这条路一直走，雪松树的左边就是花房了。"

姜九笙踮起脚，隐约看到了雪松树的影子。

"谢谢。"

"不客气。"

后面的路，姜九笙孤身一人，走了百来米后，她便看见了雪松树。她站的地方像是草坪中间，很空旷，放眼望去，只有一片郁郁葱葱的颜色。

她停下脚步，环视四周，脑中像是有什么在横冲直撞，一幕幕画面像断断续续的老旧电影在她眼前播放，影像里，有一个少女和一个小小的男孩。

"你是我姐姐吗？"

男孩手里拿着风筝，仰着头，头发黑黑软软的，模样粉雕玉琢。

"我爸爸说，我还有个姐姐，她的名字叫姜九笙。"男孩怯怯地走过去，眼睛里像藏了星星，"你是姜九笙吗？"

少女蹲下，与男孩一般高，笑起来眼睛弯弯的，像花一般。她点头道："嗯，我是。"

小男孩听了很开心，把手里心爱的风筝捧给少女，咧嘴笑着，左边牙床缺了一颗乳牙："姐姐，我是小金鱼，这是我画的风筝，送给你。"

她接过了他的风筝。

这时身后有人喊她，是一个男人的声音。

"笙笙。"

少女回头，看见男人在对她招手："笙笙，到爸爸这里来。"

她喊了爸爸，朝男人跑过去。

男人生得又高又壮，肩膀很宽。他弯下腰，从黑色的皮夹里掏出所有的钱塞到她手里，说给她买糖吃。

少女眼眶红红的："你不要再给我塞钱了，我的钱够花。"

"你妈那点儿工资能干什么？"他又摸了摸口袋，掏出一把零钱一并塞给她，"笙笙，以后没零花钱了，就来找爸爸。"

她湿了眼睛，说"好"。

然后天旋地转，所有画面全部模糊成一团。

姜九笙几乎站不稳，踉跄着撞上了松树，那些杂乱的画面在脑中狠狠冲撞，零零散散的情景乱七八糟地在眼前一遍一遍重演。

年少时的自己是被她深埋在意识里的记忆。

姜九笙不是不知道温诗好蓄意而为，可她还是来了，来看一看八年前的自己。

她站了许久，任冷风吹去了浮躁与不安，思绪缓缓平复之后，她朝着被绿萝藤蔓缠绕着的花房一步一步靠近。

风吹树影摇，花房的玻璃上映出了一男一女的身影，两人正交叠在一起，衣服鞋子丢了一地，这本该是令人热血沸腾的场面，然而——

男人压着女人，裤子都脱到了小腿，他咒骂一声，一手按在女人的胸上，另一手拿起手机，对着屏幕就是一顿乱按。偏偏他的手机跟中毒了一样，关都关不掉。

男人直接砸了手机，暴跳如雷地吼道："别让老子知道你是谁！"

躺在地上的女人扭得像蛇："怎么了？四少。"

秦家四少有个癖好，喜欢"户外运动"，不巧这次走火了。

秦霄周二话不说，边提裤子边往外跑。

"四少！四少——"

秦霄周就跟没听见似的，脚底抹油跑得飞快，皮带都没扣好，一出花房就大喊："姜九笙！"

姜九笙刚到花房门口，还没等她开口，秦霄周一只手提着裤子，另一只手拽着她，二话不说就把她往外拖。

姜九笙想也没想，手上一个巧力反扭住秦霄周的手腕，迈开左脚往前一步，一个过肩摔直接把人撂倒了，动作一气呵成。

秦霄周："……"

他足足安静了五秒，哀号声如期而至："啊啊啊——腰、腰断了！"

姜九笙活动了一下手腕骨，睨着地上衣衫不整的秦霄周："为什么拉我出来？”

他痛得龇牙咧嘴：“我裤子都没穿好，你说我为什么拉你？！不拉你让你看我做‘运动’吗？”

这话真糙。

姜九笙没再问，往花房里看去。

“快送我去医院，我的腰断了！”秦霄周恶声恶气地催促。

“你捂的是肾。”

正捂着肾装腰断了的秦霄周：“……”

奶奶的，鬼知道肾在哪里！

他爬起来，把裤子的皮带扣好，走过去挡在姜九笙面前：“你不能进去。”

“我为什么不能进去？”

他眼珠子转来转去，就是不看姜九笙的眼睛，精心打理的发型此刻乱糟糟的，头顶还有几根草，狼狈得不行。

“我女伴还在里面穿衣服。”

“四少，你怎么突然——”他刚说完，女人走了出来，看见还有一个人，吓了一跳，下意识地拽着还没有穿好的裹胸礼服。

“谁让你出来了！”秦霄周回头瞪女伴。

姜九笙的耐心所剩无几：“让开。”

秦霄周胡搅蛮缠，张开双手挡在花房的门口：“我就不。我先来，这里就是我的，我要在里面睡女人，你不能进去。”

这人简直莫名其妙，可显而易见，秦霄周是刻意在阻她的路。

这倒奇怪了，温诗好千方百计地让她过来，秦霄周又费尽心思地阻止她进去。

“不让吗？”姜九笙语气淡淡地问。

秦霄周就是纹丝不动。

既然说不通，那她就只能动手。

姜九笙抬起手来。

秦霄周立马露出惊恐的表情，怕又被过肩摔，想也不想就猛地后退，可重心没放稳，崴了一下脚，一个趔趄就往后栽去，他的后面是一排盆栽……

他的脑袋直接磕在了花盆上。

咣！好大一声响，花盆碎了，不知道叫什么名字的花连带着土滚了出来，弄了秦霄周一脸。他呈大字状趴着，头晕目眩还耳鸣，慢半拍地摸了摸脑袋，再看了看手心，血淋淋的……

“姜九笙，老子被毁容了！”血直往他的嘴巴里流。

即便是镇定自如的姜九笙，看见那满脸的血也怔住了。

秦霄周红了眼睛：“快打急救电话啊，老子快死了！”

“我的手机掉水里了。”

沉浸在毁容和死亡双重恐惧里的秦霄周：“……”

以前，时瑾克他，现在时瑾的女人也来克他。

他只想好好地睡个女人，他们这是要搞死他啊！

秦霄周深吸一口气，对愣在一旁的女伴吼：“你是死人啊！”

女人这才回神，手忙脚乱地拨打急救电话。好好的一个小美人，衣衫不整好不狼狈。

姜九笙若有所思地看了他们一会儿，毅然转身，走向花房。

身后的少年喊住了她：“姐姐。”

她蓦地停下脚步，回过头，看见了站在雪松树旁的姜锦禹。十五六岁的少年，眼眸漂亮却沧桑。

“你为什么叫我姐姐？”

他没有说话，眼底有迫切，亦有战战兢兢的惶恐。

姜九笙朝他走了过去。

“锦禹。”她喊他的名字，“你的小名是不是叫小金鱼？”

姜锦禹点了点头，琉璃般的瞳孔亮得惊人：“是我姐姐起的。”

是啊，她记忆里有个叫“小金鱼”的男孩，总是喊她姐姐。

难怪她会毫无缘由地喜欢这个少年，难怪她看着他悲凉的眼时，总会不忍。原来历经沧桑后，她忘了自己曾经年少，而梦里的孩子已经长成了翩翩少年郎。白驹过隙，物是人非，唯一不变的是他喊她姐姐时，语气依旧眷恋如初。

这是她的小金鱼呀，她怎么就忘了呢?

第十四章 花房命案，疑窦重重

“你的手怎么受伤了？”

“砸窗户时被割到了。”他走近，朝她伸出手，“姐姐，跟我走。”

她没有回应。

“跟我走好不好？”他紧紧地看着她，语气带着央求。

姜九笙回首看着身后的花房，许久后还是伸出手，任少年拉着她朝着与花房相反的方向离开。

别墅里，钢琴曲已经停止了。

温诗好站在监控屏幕前：“差那么一点儿呢。”

突然，显示屏黑屏了。

“怎么回事？”

监控屏前的操作员迅速在键盘上敲击，可无论他输入什么屏幕都没有反应，整个系统都瘫痪了。技术人员盘查很久才有了结论：“我们的主机被人黑了。”

“立刻查一下IP。”

追踪了近十分钟，操作员傻眼了：“是、是我们自己的主机。”

怎么可能！主机自爆？

若非顶级黑客，绝对做不到这种程度，除非……

就在这时，屏幕毫无预兆地亮了，一串串复杂的代码飞速跳动，最后汇聚在一起，拼成了三个字。

坏女人。

温诗好脸色阴沉，她怎么忘了，她的好弟弟可是个电脑鬼才。

十多分钟后，救护车便来了，秦霄周被抬出温家大门时，一路上哀号不停，那叫一个歇斯底里。

到了救护车上，秦霄周还在骂骂咧咧。

他的女伴坐在一旁，战战兢兢地道：“四少，您刚才怎、怎么了？”

提起这事秦霄周就七窍生烟：“还不是你！”他气得咬牙切齿，“花房里装了监控，不知道是哪个龟孙子黑了监控系统，把视频发到我的手机上，说我不拦着姜九笙进花房，就把视频公布出来。”

所以，做到一半，他就提着裤子去拦姜九笙了。

生日宴已经散席，时瑾的电话一直打不通，姜九笙很担忧。这个时间没有飞江北的航班，她束手无策，只能将所有可能找到时瑾的人都联系了一遍。

莫冰说，或许时瑾正在赶过来，飞机上接不到电话。

姜九笙这才罢手。

她随姜锦禹回了别墅，他的两只手都受伤了，因为赶着去找她，他将窗户砸破，爬楼时割破了手心，没有及时处理伤口，手上有些血肉模糊。

家庭医生来了，他还是不肯撒手，一直拉着姜九笙。

“锦禹，你松开手。”温书华在一旁道。

他仍不松开，目光一直追着姜九笙。

“锦禹听话，先让医生包扎。”

姜锦禹全然置之不理。

温书华耐着性子哄劝了很久，却无济于事。

姜九笙笑了笑：“我不走。”

他这才松开手。温书华目光复杂地看了姜九笙一眼，也没说什么，喊了医生给姜锦禹包扎伤口。

门口，温诗好敲了敲门。

正在包扎的姜锦禹蓦然抬头，一见是温诗好，立马站起来把姜九笙挡在身后，眼里全是警惕：“别过来。”

温诗好笑了笑，抱着手走进来道：“我家锦禹倒真护着你。”

姜锦禹拿起桌上的消毒水瓶直接砸向她，咣的一声，玻璃瓶摔得四分五裂。

“滚！”

温诗好冷笑着，对此熟视无睹。

温书华到底心疼儿子："诗好，你先出去，别再刺激你弟弟了。"

"他哪是我弟弟，怕是任谁看了都以为他是姜九笙的弟弟。"

"够了！"温书华怒吼道，"出去！"

温诗好耸耸肩，走出了房间。

温书华跟上去，拽着她到一旁："现在你满意了？"

温诗好没作声。

"诗好，你到底有没有当锦禹是你亲弟弟？"温书华气得眼眶发红，"你怎么忍心把他害成这个样子！"

"弟弟？"温诗好牵了牵嘴角，讥笑道，"我爸早就死了，我哪儿来的弟弟。"

她一身反骨，眼里全是憎恶与愤恨。

温书华被激得理智荡然无存，狠狠地一巴掌打了过去："我怎么生出了你这种冷血无情的女儿！"

温诗好捂着半边脸冷笑道："我再冷血无情，也比不上你的那个姘头。"

姘头……

"你说什么？"温书华气得身子都在发抖。

"妈，你以为你真的了解姜民昌吗？"

温诗好不喜欢继父姜民昌，这一点温书华一直知道，只是不知道温诗好这么憎恨他，就像是有什么深仇大恨一样。

她眼里全是怒火："姜民昌就是个杀人犯，他——"

"你住口！"温书华根本听不下去，"别再说了，我一句都不想听。"

与狼共枕。

她的母亲糊涂了十几年了。

"我早晚会让你看清楚，他们姓姜的没一个好东西，全是狼心狗肺的杀人犯！"

说完，她负气离开。

温书华愣在原地，久久未能回神，若有所思地站了好半晌才回姜锦禹的房间。她刚到门口，就听见他在说话。

这个不爱说话的孩子，在姜九笙面前却唠唠叨叨的，老成得像个大人。

"温诗好，很坏。"姜锦禹停顿了一下，又嘱咐姜九笙，"别理她。"

姜九笙没有回话，专注地听他讲。

他语速很慢，几乎是一字一顿："你别来温家。"他惴惴不安地看着她，"你要是想见我，我就去找你。"

他分明是个还没长大的孩子，怎么就一副孤注一掷的样子？他一腔孤勇，坚决又勇敢。

“为什么不想让我来温家？”

他低头不语。

姜九笙迟疑了很久才道：“是因为我们的父亲吗？”

他蓦地抬头，眼底有着恳求之色：“姐姐，别问。”

她听温诗好说过，姜锦禹是八年前患上自闭症的，那时候他才八岁。到底是怎样的经历，让这么小的孩子变成了如今的模样？

姜九笙唯一能确定的是，少年沧桑的眼眸里一定藏了伤痛。

“好，我不问。”

他皱着的眉头松开了：“姐姐，你只要记住，你很好，什么都没有做错。”

他眼里充满了坚定。

姜九笙点头：“我记住了。”

他笑了，唇红齿白，眉宇间散去了阴郁，变成了眉清目秀的少年。

温书华站在门口，怔怔出神。

散席许久，姜九笙仍旧没有离开，姜锦禹拉着她，舍不得她走，时瑾的电话还是一直打不通。

她便一遍一遍地打。

时间已过十点，天空中悬了一轮朦胧的光晕。

温家别墅外，有车辆停泊，保安立马出来查看，拿着手电照了照：“请问您是哪位？”

手电筒的光逆着车灯的方向，照清了来人。他穿着黑衣黑裤，个子很高，是个男人，一张脸却漂亮精致得不像话。

男人说：“让开。”

他简简单单地说了两个字，气场强得叫人不敢不从。

保安醒了醒神，打起精神：“您不可以进去。”今天温家有酒宴，为避免鱼龙混杂，谢绝没有请帖的访客。

对方一言不发。

“有没有请帖——”

保安的话音还没落下，拿着电筒的手猝不及防地被抓住，还不等他反应，整个人被一股劲力推开，踉跄了好几步才刹住脚。保安回头怒喊：“喂！站住！”

保安的脚刚迈开，路就被人挡住了。

这是个模样普通的男人，面相有些狠，面无表情地道：“这是我们秦家的六少。”

说话的人正是秦中。

生日宴早就散席了，露天的院子里，用人在收拾酒桌餐盘，门口忽然传来动静。温诗好凝眸看去，瞬间诧异了。

她走上前，受宠若惊地道：“秦六少怎么来了？”

时瑾一句多余的话都没有，神色比冬日的月色还要冷：“姜九笙在哪儿？”

“姜九笙？”温诗好似笑非笑地道，“和我弟弟在叙旧呢。”

时瑾走近两步，什么都没说，从未撤走的酒桌上拿了酒瓶咣地砸碎了。

温诗好蓦然怔住，不待她开口，尖锐的瓶口已经抵上了她的喉咙。

“你对她做了什么？”他杀气腾腾地问道。

刚从别墅出来的温书华见到这一幕，大惊失色：“你是什么人？快放开她！”

时瑾置若罔闻：“说，”他目光灼灼，像沙漠里正在燃烧的一把干燥的荆棘，“你存了什么目的？”

尖锐的玻璃刺在喉咙上，温诗好几乎喘不上气来，这种惶恐的感觉，好似行走在悬崖断壁上，稍有差池，便会摔得粉身碎骨。

“我、我——”

温诗好的声音抖得不成样子，她惊恐到根本说不出完整的话，脸上、脖子上全是汗。

“我……”

毫无预兆地，尖锐的瓶口刺入她的皮肉，血瞬间涌了出来。

“住手！”温书华大叫，几乎崩溃，“什么事都可以谈，但你若是伤了人命，我温家绝不会罢休！”

时瑾对她视而不见，白皙的手指微微收紧，手背隐隐可见青色的筋脉。

瓶口再往前一厘米就是颈部动脉，那时她必定当场毙命。

他这是在玩命！

情况有点儿不受控制了。

秦中神经紧绷，上前一步道：“六少，请您三思。”见气氛丝毫没有缓和，秦中只能搬出救兵，“姜小姐还在温家。”

时瑾满眼血色，丝毫没有退让。

说什么都没有用了，这触目惊心的血色让他失控，他几乎理智尽失，握着瓶口的手青筋突起，将瓶口缓缓往前推。

“时瑾。”

他蓦然顿住动作，回头就看见了站在身后的姜九笙。

她一步一步地走近他，目光落在他的手上，那样白皙如玉的手，现在却沾了血。

她安抚地说道：“时瑾，不要伤人性命。”

若出了人命，她根本不敢想他会怎样。

“松手。”

像是本能反应，时瑾毫不迟疑地松了手，红酒瓶口落地，应声碎裂。

几乎同时，温诗好身体瘫软，整个人跌坐在地上，浑身冷汗淋漓，大口喘息。

所有人都松了一口气，包括姜九笙。

“笙笙，”时瑾声音干涩地喊她，“过来。”

姜九笙没有犹豫，朝他走了过去。

两人还有几米的距离时，时瑾大步上前，用染了血的手紧紧拽住她：“下次，”他的声音微微颤抖着，“下次你再这样不听话，我一定把你关起来。”

然后他不由分说地拉着她转身就走。

“姐姐。”身后，姜锦禹在喊她。

姜九笙停下脚步回头，看见少年站在门口，地上是他孤独的影子。

“姐姐。”

时瑾先于她开了口，字字掷地有声：“你再喊一声，我连你的喉咙一起割。”

他根本不给姜九笙辞别的时间，拉着她离开。

姜锦禹抬脚就要跟上去，温书华一把拉住了他：“锦禹，不要去，不要惹怒他，妈妈求你了，让她走。”

“他会伤害我姐姐。”

温诗好还坐在地上，突然开口：“他不会。”

她抬手摸了摸脖子，上面全是血。

那个男人可以为了姜九笙成疯成魔，也可以为了她立地成佛。

时瑾走得很快，姜九笙几乎是被他拽着离开的。他一身戾气，一句话都没说。

“时瑾——”

她一开口，时瑾就打断了她：“笙笙，你别说话。”他极力克制着，“我不想吓到你。”

从她的电话断掉那一刻开始到现在，整整四个小时，足够把他逼疯，把他体内潜藏的所有暴戾与极端因子全部唤醒。

没有理智可言，他只想发泄。

姜九笙沉默了，全盘接收了他的怒火。

时瑾牵着她上了车，命令秦中立马开车。被扔在后面的莫冰原地站着，看着疾驰而去的车，若有所思。

这样的时瑾太不对劲了，就像撕去面具，露出了骨子里的阴鸷。莫冰终于明白为什么君子如兰、雅人深致的贵族绅士，身上总会有让人胆寒的戾气，原来是与生俱来的。

她开着车，赶紧追了上去。

路灯飞速后退，车窗半开，耳边风声呼啸。

车窗上映出了时瑾紧紧绷着的侧脸。

“把右手给我。”姜九笙突然开口，语气还算平静。

时瑾转头看着她，过了半晌，把手递了过去。

他手心有伤，上面还有细碎的玻璃碴子，伤口已经结痂了，车上没有药，姜九笙只能用湿巾做了简单的清理。

“有没有带手帕？”

时瑾没说话，把外套口袋里干净的手帕给她。

她动作小心地绑住了他的伤口，然后靠着他闭目养神。

之后，两人一路无话。

两辆车一前一后地停在了酒店门口。

姜九笙是被时瑾抱出车子的，他用外套遮住了她的脸。莫冰追上去，趁时瑾命令酒店经理清出一层楼的空当，给姜九笙留了一句话。

“你家时医生情绪不对，有什么问题给我打电话。”

姜九笙颔首。

莫冰说得没错，时瑾的情绪很不对，处在暴怒的边缘，她连话都不敢说，生怕激怒他。徐青舶同她说过，偏执型人格障碍患者症状严重时，会有狂躁症状，甚至出现暴力倾向。

砰——房门被关上。

时瑾转身就把姜九笙按在了门上。他用了很大的力气，她的后背狠狠往后撞，没有磕到门，撞在了他的手上。

偏偏是右手。

"时瑾。"

时瑾一言不发，紧紧地盯着她，眼里有熊熊的火光。

他生气了，气她去了温家，也惶恐，怕她不能安然出来。这些她都懂，只是温家一行，不可避免，早晚而已。

她仰头深深地看了他许久，抱住了他的腰："时瑾，我已经不是八年前的我了，没有什么可以轻易击垮我。"

但是他有。

一个姜九笙，就能把他彻底击溃。

他扣着她的头，狠狠地吻了下去。

后来……他彻底失控。

他手上有伤，染得她身上全是血，整个人昏昏沉沉的，不记得他要了多少次。

在他掐着她的腰从后面撞上来的时候，她的身体都在抖。

"时瑾，我肚子疼。"她的声音带了哭腔，"很疼。"

时瑾蓦地停住了动作，稍稍退开了些，低下头，看见床单上的血，整个人都愣住了……

夜半，莫冰正睡着，床头的电话突然响了，她迷迷糊糊地接了起来。

电话那头的人很急："你过来。"

莫冰揉了揉眼睛，怀疑自己出现了幻觉："时医生？"

时瑾似乎很慌，声音断断续续，话都说不完整："你快来，笙笙、笙笙……"

像天塌下来了一样，他完全乱了方寸，词不达意，不知道在说什么。

莫冰尽量镇定地问："笙笙怎么了？"

时瑾的声音伴着急促又凌乱的呼吸声："她流血了。"

她就知道要搞出事情来！

"我马上过去。"

莫冰拿了外套和钥匙，去了隔壁房间，一进去就知道怎么回事了。满屋子都是欢爱的痕迹，姜九笙一身咬痕，躺在床上，白色的床单上血迹斑斑，狼藉得不行。

时瑾这个浑蛋！

二十分钟后，医生来了，是一位女医生，莫冰特意联系了妇科医生，给姜九笙做了全身检查。

检查过后，莫冰迫不及待地问："她怎么样啊？"

女医生把口罩拿下来道："她有点儿发烧，没什么大问题。"

"那她为什么会流血？"

女医生五十来岁，老脸也是一热："是例假来了。"

莫冰被窘到了。

时瑾低着头守在床头，穿着一身浴袍，侧脸紧绷，整个人阴气沉沉的。他额头上还有汗，眼眶泛红，颓丧得不行。

房间里的气氛一度降到了冰点！

女医生打破了寂静的气氛，边调点滴的流速，边说医嘱："病人体虚，而且宫寒很严重，建议你们带她去照个彩超，另外……"女医生为了掩饰尴尬，装模作样地咳了两声，"特殊时期，不适合同房，还有，过度性行为会、会……"

她说不下去了，太羞耻了！

自始至终，时瑾都没有吭声，紧紧地抿着唇，给姜九笙擦身体、喂药。

"刘医生，借一步说话。"莫冰把医生带了出去，这事儿得打点好，不能走漏风声。

次日上午十点，姜九笙才醒。

她睁开眼便看见了守在床头的时瑾。她怔了几秒，背过身去，没看他。

"笙笙。"时瑾抬手想碰她，又缩回了手，目光深沉，眼中光影交错。

姜九笙背着身侧躺着，什么都没说。

"笙笙。"

她还是不理他，把脸埋在枕头里，不想跟他说话。

时瑾绕到另一边，蹲在床前，怕惹她生气，也不碰她："你应我一声，嗯？笙笙。"

姜九笙还是不看他。

时瑾蹲在床头旁，温柔地哄着："你可以生气，但先吃饭好不好？"

他手心的伤口一直没有处理，血痂掉了，又结了新痂，红肿得厉害。

他把粥放在床头柜上，起身出去，刚走到门口，就听见她说："去拿医药箱过来。"

他回头看她，但她还是背着身不转过来，他便低着头闷不吭声地去把医药箱拿来，然后站到一旁。他像有许多话要讲，却又不敢轻举妄动。

姜九笙从床上坐起来，垂着眼道："手给我。"

他半蹲下，把右手递了过去。

她看了一眼他掌心的伤口，眉头狠狠一皱："你是不是故意不包扎？"

“嗯。”

他又用苦肉计，明知道她不忍心。

“知道我为什么生气吗？”

时瑾比平时还要温和顺从得多：“我把你弄疼了。”

姜九笙：“……”

她不想理他了，沉默不语地给他包扎。

他的手伤严重了许多，像旧伤上面添了新伤。姜九笙不跟他说话，他就守在房间里，一整天不说一句话。

姜九笙下午才发现浴室里换了镜子，垃圾桶里的玻璃碎片上有血，不只镜子，屋子里面还有很多东西更换过。

她拨了徐青舶的电话。

“徐医生。”

徐青舶一听是姜九笙，就猜到了：“是时瑾出状况了？”

“他摔了很多东西。”

他手上的新伤，应该是玻璃碎片扎的。

“应该是出现狂躁症状了。”这有点儿难办了，“回到江北后约个时间吧，我觉得有必要跟你谈一谈时瑾的病情。”

他还是觉得，时瑾的病只有姜九笙才治得了。

“好，那现在呢？我该怎么做？”

“尽量不要刺激他。”

这次例假，她痛得很厉害，下午睡得迷迷糊糊的，醒来时窗外晚霞漫天，已经是黄昏了。时瑾还守在床头，一动不动地凝视着她，目光痴缠。

她刚睡醒，声音沙哑：“时瑾。”

“嗯。”时瑾从椅子上起身，蹲在床头听她说话。

“我要喝水。”

他去倒了一杯温水，扶她坐起来喂给她喝。

喝完水，她躺回去，捂着被子翻身，侧躺着面向时瑾：“我肚子疼。”

时瑾半蹲着，把手放进被子中焐暖和了，才将手覆在她的小腹上轻轻地揉。

自始至终，他都默不作声。

“你怎么不说话？”

他怕惹她生气。

他的声音低低的：“笙笙，除了分手，你怎么对我都可以。”

姜九笙拧着眉，似乎在认真想怎么对他：“我没力气，不想起来，你过来点儿。”

他便靠过去，离她近点儿。

她把手从被子里拿出来，钩住他的脖子：“低点儿。”

时瑾特别顺从，将身体放低。

她突然抬头，一口咬在他的脖子上。

时瑾一动不动地任她咬。

好了，脖子也咬了，事情一笔勾销。姜九笙松开牙，看了看时瑾脖子上的一排牙印，她又有些心疼，在伤口上轻轻嘬了一下。

“以后不准这样了。”

脖子痒痒的，时瑾眉目里积聚了一整天的阴沉之色瞬间烟消云散，紧绷的神经突然松懈，他反倒像被抽空了力气，整个人都伏在她身上。

他说了很多遍对不起。

“我错了，笙笙，都是我不好。”

他刻意放低姿态说软话，轻易就叫人心疼得一塌糊涂。

姜九笙哪里还气得起来，伸手抱住他，顺着他的话问：“你哪里不好？”

时瑾的语气很认真：“在床上不听话。”

“……”

姜九笙觉得，时瑾是故意转移话题的。

“我不是气这个。”她不同他玩笑，很严肃地道，“时瑾，我是气你对自己太狠了。”

时瑾不置可否。

她捧着他的脸，郑重其事地道：“你不要只想着我，不要因为我而杀人犯法，也不要把自己弄得伤痕累累，我不喜欢你这样。”

他太不爱惜自己。

似乎只要牵扯到她，他就一点儿余地都不留给自己，也不想后果，极端又危险。姜九笙都不敢想，要是时瑾真的杀了人，她该怎么办。

时瑾低叹了一声：“那怎么办呢？你不喜欢，我怕是也改不掉了。”姜九笙想要反驳他，他将指腹按在她的唇上，“笙笙，我控制不住自己，是你在左右我的理智，我身不由己。”

好个身不由己，姜九笙无言以对。

“我怕温家人欺负你，怕你想起不好的事，怕你受伤生病，胆战心惊得都快要疯了，顾不上别的。”

然后，所有事情都失控了。

偏执型人格障碍患者大概就是如此，疯起来毫无理智可言。

姜九笙也不反驳他："你怕什么？我是秦家六少的女人，哪有那么容易垮。"

她不是八年前的姜九笙了，风霜雨雪，还有什么她经不起的？

她的一句话，抚平了时瑾所有的不安。

他红着眼，用力抱紧她："笙笙，对不起。"

他在为昨晚的事道歉。

细想一下，她还是舍不得责怪他。

"不怪你，是我不听你的话，去了温家，我一意孤行在先。而且昨晚……就是有点儿疼，没有不喜欢。"她突然想起来，"时瑾，昨天我们没有避孕。"

她突然心情大好。

时瑾轻轻揉着她的肚子："不会怀宝宝，是安全期。"

哦，她怎么忘了，心情瞬间又不好了。

姜九笙身子不爽利，晚上睡得早。九点时瑾从浴室出来时，放在床头的手机响了。

是秦中打来的电话。

"六少。"

"声音轻一点儿。"时瑾拿着手机走出房间，将门带上了才问，"查到什么了？"

"短信是姜锦禹发的，四少的手机也是他黑的。"真没想到，一个十几岁的自闭症孩子电脑天赋如此了得，破解温家的监控系统就跟玩似的。

听说这孩子没有上学，请了老师在家随便教教。

"笙笙有没有进花房？"

"没有，被四少拦住了。不过四少摔到了头，现在在医院，脑袋被缝了六针。"

时瑾对秦霄周的事并不感兴趣。

秦中继续道："不过姜小姐认了弟弟，应该是知道了些什么。"

时瑾靠着门口的墙，低着头，屋顶的灯光从上面打下来，在地面投下浅淡的阴影："把温家的监控影像调出来。"

次日，温家。

冬季的白天短，此时太阳将落，昏黄的夕阳漏进房里，经房顶吊灯的折射，落下斑驳的光影。温书华在门口徘徊，见用人从外面回来，立马问：“诗好回来了吗？”

“还没有。”

“都这个点了，怎么还不回来？”整整一天了，怎么都联系不到温诗好，温书华不免担惊受怕。

天色已晚，月亮露出了一角，冬天的夜总是格外阴冷。

一处封了窗户的荒废仓库中，地上的汽油桶东倒西歪，废弃的纸箱与木制品散落一地，常年不见太阳的空间里充斥着霉味。

生了锈的铁门紧紧关着，门口有两个穿着一身黑衣的男人，正对着酒瓶喝啤酒，喝得面红耳赤。

仓库里头，温诗好灰头土脸地坐在地上，脖子上还绑着绷带，伤口周边血迹斑斑，她的嘴被封上了，呜呜直叫。

正在喝酒的男人被败了兴致，凶神恶煞般地横了她一眼：“再不消停，揍你！”

温诗好用力摇头，表示有话要说。

男人骂骂咧咧地搁下酒瓶子，很不耐烦地走过去，撕了她嘴上的胶带：“还有什么遗言赶紧说。”

见男人生得彪悍粗犷，温诗好心头发怵：“你们要多少钱我都给你们，只要你们放了我。”

男人嘿嘿冷笑了一声：“我们不要钱。”

不要钱的话……

温诗好大惊失色：“那你们为什么绑我？”她转念想了想，惊恐万分，“是谁指使你们的？”

他们不图钱财的话，那必定是私怨。

男人直接把她的嘴给封上了：“自己想想，最近做了什么自寻死路的事情。”

温诗好缩到墙角，不动声色地打量着仓库。

夜里，负责看守的两个男人喝了酒，守了一会儿就打起了瞌睡，脑袋一摇一晃的。温诗好趁着男人在打盹，利用粗糙的墙角用力磨手上的绳子。

躺在废纸箱上睡觉的男人突然翻了个身，她立马闭上眼，等呼噜声再次响起才继续。绳子很粗，她磨了许久，手被摩擦生出的温度烫了几下，这才磨断了绳子。

她屏气凝神，不敢发出一点儿声音，撕了胶布，解了脚上的绳子，小心翼翼地扶着墙站起来，绕过看守的男人，一点儿一点儿地往门口挪动。

突然，她的脚踩到了木棍，发出咯吱一声。

睡着的两个男人立马惊醒了，看到已经走到门口的温诗好，顿时火冒三丈，捡起一根棍子就追了上去："臭娘儿们，还敢跑。"

温诗好心惊肉跳，手忙脚乱地想要拔铁门的插销，可门上生了锈，她使劲了几次才拔出来。

一打开门，她抬起头，视线毫无预兆地撞上了一双漆黑的眸子："秦、秦中？"

"不好意思温小姐，手底下人办事鲁莽，让他们去请你过来问几件事，没想到他们居然这么粗鲁。"

温诗好双腿一软，坐在了地上。

姜九笙来例假，身子不舒服，睡得早，一觉醒来已经十点。她揉了揉眼睛，摸了摸冰凉的枕边，没有看见时瑾。

她披了件衣服起床，找了一圈没有看见人，推开了浴室的门。

时瑾正在梳洗台前洗手。

"你在干吗？"

"洗手。"他低头继续洗手，洗得特别认真，喷了消毒水，又冲了好几次清水。

他的洁癖症犯了。

姜九笙疑惑地问道："你碰了什么，需要这样消毒？"

"碰了很脏的东西。"

"伤口都碰到水了。"姜九笙拿了干毛巾，"把手给我。"

时瑾把手递给她。

她仔细地给他擦干水："时瑾，我们谈谈。"

他们沉淀了一天，情绪也平复了，有些事该摊牌了。

"好。"

他给她要了一杯温牛奶，放在餐桌上，两人相对而坐。

姜九笙先开了口，语气很平静："我已经知道锦禹是我弟弟了。"

时瑾看着她的眼睛："还有呢？"

她没有隐瞒，全部坦白："我的父亲是温书华的第二任丈夫。"

记忆断断续续并不完整，她只想起一些关于姜锦禹与她父亲的零散片段，甚至连父亲的脸都没有看清。

“你想知道什么？”

“我父母是怎么死的？”

时瑾突然沉默了，眼里有沉沉浮浮的情绪，很复杂。

姜九笙大概猜到了一些：“有一件事我一直想不通，我为什么会得抑郁症？”

时瑾只说，她母亲死于意外。

不，事情绝不可能这么简单。

她看着时瑾的眼睛：“我母亲的死不是单纯的意外，对吗？而且她的死和我父亲有关，是不是？”

时瑾的眼神蓦然一沉。

她太聪明了。

即便没有想起来，即便只是听了他断断续续的转述，她也能用那些细枝末节进行推演，然后不偏不倚地切中要害，精准得几乎没有半点儿出入。

所以他才守口如瓶，瞒了这么久，就怕露出蛛丝马迹让她有迹可循。

听不到他的回答，她也不急着追问：“时瑾，你瞒不了一辈子的，那是我的父母，我不可能一直稀里糊涂地当作什么事都没有发生过，早晚要弄清楚。与其让别人告诉我，与其我千方百计地去查，我更想你亲口告诉我。”她的情绪很平静，“我不是八年前的我了，没有那么不堪一击。”

何况他一直在，她还有什么好怕的？他们都不是年少时的稚嫩模样了，经历了世事变迁，不会再轻易地在狂风暴雨里跌倒。

时瑾沉默不语许久，点了点头：“嗯，不是意外，是他杀。”

果然。

她并不意外，眼里有一晃而过的波澜，很快便又恢复了平静。

时瑾把牛奶推过去，等她喝了才继续说：“你的父亲叫姜民昌，是一名律师，母亲叫宋培，是高中化学老师。你七岁时，父母离异，你与你母亲一起生活。”

难怪她的记忆里，关于父亲的片段很少。

“你父亲离婚后的第二个月就入赘了温家，姜锦禹便是你父亲与温诗好的母亲再婚之后生下的弟弟。”

时瑾不紧不慢地道：“在你十六岁那年，被查出了良性肿瘤。”

她文身下的那个疤痕，就是做肿瘤切除手术后留下的。

“你母亲没有告诉我，带着你去了温家找你父亲要手术费。那天温家刚好有生日宴会，因为要避客，你父亲带你母亲去了花房商谈。”

也是那天，他约了她看电影，是要告白的。他去得很早，在老巷的香樟树下从早上等到黄昏，她都没有来。

“后来呢？”

时瑾目光沉沉，长长的睫毛垂着，落下灰黑的剪影：“花房发生了命案，你父母当场身亡，你当时就在现场。”

姜九笙几乎立马切中了至关重要的点：“凶手是谁？”

时瑾沉默了很久才道：“是一个盗窃犯。”

姜九笙垂下眼眸沉思着。

因为目睹了双亲的死，所以她抑郁成疾？这都解释得通，可哪里不对呢？是哪里不对……

她想了许久，抬头看向时瑾，再次确认道：“杀人的理由，仅仅是入室盗窃？”

时瑾毫不犹豫地道：“是。”

姜九笙没再问了。

时瑾起身走到她身边，有些担心地问道：“笙笙，还好吗？”

她眼底的光影缓缓平静下来：“我没事。”

他握住她的手，触感冰凉冰凉的。

她不好，肯定不好。

纵使再平静镇定，她也不可能无动于衷，那毕竟是生养她的双亲，她怎么会没有触动？只是她足够隐忍罢了。她将所有心惊胆战藏了起来，然后若无其事地叫他不要担心。

“今天就到这里，先去睡觉，嗯？”

姜九笙点头：“等过几天，你带我去墓地吧。”

“好。”

他俯身抱她起来，往房间走去。

姜九笙靠在他的胸口：“时瑾。”

“嗯。”

她窝在他怀里，听着他有力的呼吸声，惴惴不安的心缓缓安定下来：“别担心我，我有你，什么都不怕的。”

他把她放在卧室的床上，什么都没说，俯身吻了她。

次日，天空放晴，严冬已过，初春来了。风虽然还是凉凉的，枝头的芽儿却已经冒出了尖尖的角。

春日好风光，只是有人欢喜有人愁。

温诗好失联了一天一夜，温家报了警，动用了所有人脉，居然还是查不到一点儿线索。温书华急得团团转，四处想办法。

下午五点，温家派出去打探消息的管家回来，急匆匆地跑进了屋。

“夫人，警局那边有诗好小姐的消息了。”

温书华一听，又惊又喜地道：“人呢？有没有事？”

“人在医院。”

“人怎么样了？”

管家战战兢兢地回话：“诗好小姐被人吊在红名山的断崖壁上，警察找到她的时候，她已经严重脱水。”

吊她？

温书华心急火燎地问道：“到底是谁？居然敢这么对我女儿。”

她拿了外套出门，脚步很急。

管家连忙跟上去：“应该不是一般的绑匪，我们没有接到任何赎金交易的消息，说明对方不图财，很有可能是恶意报复。”

医院。

温诗好输了三个小时的液就醒了，两个调查组的警察在给她做笔录，两人一男一女，都是三十岁上下的年纪。

“温小姐，请你配合一下。”女警第三次重复道。

温诗好还是一言不发地坐着，目光呆滞。

女警察又问了一次。

“有几个绑匪？”

她等了很久，依旧得不到答复，继续追问：“你看到他们的脸了吗？

“他们为什么绑你？对你做了什么？”

不论警察问什么，温诗好始终不吭声。

问了半天，一点儿收获都没有，女警察正要再问，同伴拉住她道：“她应该还没完全恢复意识，回头再录吧。”

“医生说她已经没事了，各项数据都很正常。”女警察坚持道，“温小姐，能回答我的问题吗？”

温诗好终于开口，因为长时间脱水，嗓音有些嘶哑：“我不知道，我什么都不知道。”

“温小姐——”

她打断了女警察的话："我说了，我什么都不知道，没看见什么，也没听见什么！"她的语气已经有些过激，情绪很不稳定。

"你再好好想想，昨晚——"

女警察的话再一次被截断，温书华进了病房："够了。"她十分不悦地道，"怎么查案是你们警局的事，不要再刺激我女儿了。"

女警察彻底无语了，就温诗好这不配合的态度，他们还查什么!

调查组的两位警察直接走人了。

温书华使了个眼色，管家便出了病房，并将房门带上了。待房里没了外人，温书华才问女儿："诗好，你告诉我，到底怎么回事？"

温诗好没回答。

"他们是不是来找我们温家寻仇的？"

"妈，你别问了，我真的不知道。"温诗好不耐烦地直接躺下，背过身去。

温书华看她精神不太好，不敢追问下去："好了，我不问了，你先休息。"

温诗好躺在病床上，却半点儿睡意都没有，一闭上眼，脑袋里全是昨晚的画面。

是秦中，是他让人将她"请"过去的。

之后时瑾也来了。

她看见他，腿软得挪不动步子，身体战栗，连声音都在发抖。

"你、你要做什么？"

"不做什么，问你几个问题。"时瑾睨了她一眼，瞳孔像夜空中的星子，亮得逼人，"如果你觉得我查不出来，可以选择说谎，只要不被我发现就行。"

他的语气没有一点儿咄咄逼人的意思，却莫名地让人胆战心惊。

她强装镇定道："你要问什么？"

"你让她去温家的目的。"

就像时瑾所说，她没有把握时瑾查不出来这些，回答得异常小心谨慎："我知道姜九笙失忆了，想让她记起八年前的事。"

时瑾不疾不徐地道："然后呢？"

温诗好没敢犹豫，回答得很快："我很讨厌姜民昌，不想让他女儿好过。"

时瑾的神色微微沉了沉。

他的长相是精致漂亮的，并没有攻击性，只是他那双漂亮得不像话的眸子只要稍稍一沉，表情就带有三分冷酷、七分漠然，叫人不寒而栗。

他问："八年前，你在不在命案现场？"

他会这么问，一定是查到了什么。

温诗好尽量压下心头的惊慌，说道："在。"

"你看到了什么？"

温诗好抬头，只看了一眼时瑾的眸子便移不开目光，怔怔地说："姜民昌杀了宋培。"

他真是拥有一副好漂亮的模样，气质矜贵又神秘。

这个像罂粟一样的男人，致命却也真的迷人，能轻而易举地叫人上瘾。

"还有呢？"

温诗好停顿了很久，不敢再多看眼前的人一眼："姜九笙杀了姜民昌。"

时瑾眼里蓦然结了霜。

废旧的仓库里萧瑟又森冷，叫人背脊发凉，仓库外狂风呼啸，刮得老旧的铁门咣咣作响。

"这件事你还告诉过谁？"

温诗好立马说："没有，我对谁都没说过。"

时瑾沉默了。

"也就是说，"他停顿了一下才又道，"只要你闭嘴了，就不会有人知道了。"

温诗好顿时目瞪口呆，惊慌失措地后退，脑中只有一个念头：他要杀人灭口……

时瑾他敢的。

她一直后退，脚下踉跄，几乎站不稳。

时瑾还站在原地，身上是Louis Vuitton的经典款西装，里面白衬衫的扣子扣到了最上面，便是皮鞋也一尘不染，整个人干净清雅极了。他挽了挽袖子，从容不迫地道："不用慌，不要你的命。"

说完，他伸手过去，刚碰到温诗好，又条件反射似的收回了手，似乎嫌脏，拿出手绢擦手。

"秦中。"

秦中会意："您放心，我会办妥。"

时瑾转身离开。

秦中往前走了几步又停下，看着地上那根被她扔下的绳子。

“捡起来。”

不知道他想做什么，温诗好颤颤巍巍地捡起了地上的绳子。

“绑住自己的脚，绑得越紧越好。如果松了，我就不能保证你的命了。”

她猜不透秦中的想法，只觉得心惊胆战。

直到站到了悬崖边上，她才明白为什么要绑脚。她身后是断崖峭壁，而她脚上的绳子，一端被绑在了不远处的一棵树上。

“管好你的嘴，不管你知道什么事，都给我带进棺材里，要是做不到……”

秦中点到为止。

说完他抬手用力一推。

“啊啊啊……”尖叫声响彻整个山谷。

因为时瑾在云城有个酒店项目，他和姜九笙在云城待了近一周，临走前的一天，时瑾带她去了墓地。

他牵着她走到墓前：“你父亲的墓在温家的墓园里。”

因为姜民昌是入赘，墓落在了温家的宗墓里，未经准许外人不得探望。

“笙笙，这就是你母亲的墓。”

一座孤坟坐落在墓地的最里面，周围并没有别的墓碑。碑文上除了她母亲的名字，只有她和时瑾的名字。她是女儿，而时瑾是立碑人。

时瑾说过，她母亲是孤儿，孑然一身，并无其他亲友。

“你来过吗？”

墓旁没有杂草环生，一看便是有人常年打理。

时瑾说：“我每年都会过来。”

她走近，看着青黑色的墓碑。因为久未下雨，墓碑落了灰尘，碑上有一张黑白照片，照片上的女人笑着，有浅浅的梨窝，很温婉。

她俯下身，将照片上的灰尘拭去：“我妈妈长得很漂亮。”

“嗯，你很像她。”

姜九笙突然红了眼眶，缓缓屈膝，跪在墓碑前：“妈妈，我是笙笙。”

天有些阴，云遮住了太阳，风吹得飞絮飘飘扬扬。

她抬起手，指腹拂过墓碑，喧嚣的风声里只有她的声音，很轻很慢。

“我过得很好，身体也很健康。”她顿了顿，继续说，“时瑾就是医生，医术特别好。”

她平时并不是很爱说话，这时却絮絮叨叨地说了很多。

她说她学了大提琴，遇上了一个很好的老师，还有几个很喜欢的朋友，学会了调酒，会和志同道合的人喝酒彻夜畅谈。

她说她当了摇滚歌手，做着她热爱的事情，有一群喜欢并且支持她的人。

她说她和时瑾在一起了，没有大起大落，平淡却很幸福。

她说她身体很好，他把她照看得很好，无病且无忧。

姜九笙说了许多，报喜不报忧，说的都是让她开心的事。她说着、笑着，眼里没有任何阴郁之色，只有潮湿的泪。

时瑾跪在她旁边，没有说什么，一直看着她，紧紧地牵着她的一只手。

姜九笙说了许久，嗓子干干的。时瑾扶她起来，蹲下身，轻轻揉了揉她跪麻了的膝盖。

她低下头，看见时瑾的头发被风吹得有些乱了，用手轻轻压了压，手心痒痒的，很软。

“你为什么要跪？”

他想了想，很认真地道：“岳母大人在上。”

他一句话把她逗笑了，红红的眼里有荡开的光影。

时瑾站起来，用手背擦了擦她眼角的泪：“笙笙，以后不要哭了，我看了难受。”

从墓地回酒店后，时瑾就一直陪着她。

她问他项目是不是做完了，时瑾说没有，要留下陪她。

她没再说什么，和他待在酒店里没有出门，看了一部很无聊的电影。她昏昏欲睡，不知道电影讲了什么，只知道时瑾在她耳边说了许多话，有工作上的事，也有一些见闻，甚至有一些医学方面的内容。

晚上，她有些失眠。

时瑾揽在她腰上的手紧了紧：“睡不着？”

“嗯，想到了我母亲。”她转过身去，窝在他怀里，“时瑾，你再和我说说她的事情好不好？”

时瑾知道的事比她知道的多，她的记忆断断续续的，很模糊，没有多少关于她父母的内容。

“好。”

他轻轻拍着她的后背，说了很多。

他说她母亲是孤儿，受了资助才念完大学。她的祖父母不喜欢她母亲孤儿的身份，她父亲姜民昌便和姜家老家断了联系，来了云城打拼。

姜民昌是律师，随着名气越来越大，与她母亲的分歧也越来越大。后来姜民昌因为一个商业案子认识了温诗好的母亲，那时候温诗好的亲生父亲还没有去世。

“我父亲是第三者吗？”

“不清楚。”时瑾就事论事道，“至少温诗好的生父逝世之后，他才与温书华再婚的。”

时瑾还说，她父母离异后，她虽然跟着母亲生活，但是姜民昌依旧很疼爱她，偶尔也会接她去温家玩。只是在姜锦禹长大些后，姜民昌突然和她疏远了，也不太和她见面了，不知道什么原因，连抚养费也断了。

听到这里，姜九笙蹙起了眉。

怪不得她虽然没了记忆，更牵念的还是母亲。或许她和父亲的关系并不那么好，至少不像当初。

说了许久，时瑾看了看时间：“很晚了，睡吧。”

姜九笙离开云城那天，天空灰蒙蒙的，昏昏沉沉的似要下雨。

姜锦禹来了机场送她，温家人没有来。他说，他只让司机送他，不准别人跟着来。

他还是话不多，看着姜九笙，许久才开口：“可以不走吗？”他眼里全是不舍。

不等姜九笙开口，时瑾直接否决：“不可以。”

姜锦禹看都不看时瑾，一双眼睛就跟黏在姜九笙身上似的，小心翼翼地问她：“我能每天给你打电话吗？”

姜九笙重重点头：“想我了就跟我说，我会来见你。”他有轻微的社交恐惧症，她不放心他远行。

他却摇头道：“我去找你。”

少年目光清澈，眼里却总是带着挥之不去的苍凉之色，透着不属于他这个年纪的孤寂。

姜九笙不忍心拒绝他，还是点了头。

“姐姐，”他说得很慢，“不要再来云城了。”

姜九笙上前抱了抱他。

十六岁的少年已经长得很高了，只是他很瘦，她抱他时都能摸到他背上硌人的骨头。他僵直着身体，一动不动，许久才抬起手环住她的肩，轻轻地拍了拍。

离别时，他们都有千言万语想说，只是话到了嘴边又说不出口，最后只能吐出老生常谈的两个字：“保重。”

姜锦禹没有再说什么，看向时瑾，虽是少年人，语气却老气横秋：“照顾好我姐姐。”过了很久，他才喊了一声，“姐夫。”

然后，他转身离开。

时瑾突然想起八年前，温家办了一场盛大的酒会，许多人言笑晏晏，只有草坪上的孩子坐在地上失声痛哭。

那时候小男孩还长得胖胖的，跑过来抱住他的腿，喊他哥哥。

“你能帮我把我姐姐藏起来吗？

“警察会来抓走她的。”

“哥哥，你救救我姐姐。”小男孩指着花房，哭着求他，“救救我姐姐好不好？”

八年了，当年的男孩已经长成了翩翩少年，历经沧桑，不复童真。

“时瑾。”

见他出神，姜九笙又喊了一声：“时瑾。”

时瑾回过头来。

“在想什么？”

飞机起飞，有轻微的耳鸣，时瑾捂住她的耳朵，凑近她说：“在想你。”

“我不是在你面前吗？”

“嗯，还是会想你。”

回了江北后，姜九笙去看了几次心理医生，情况不算差，她依旧偶尔会烦躁、失眠，会梦见许多模糊的片段，醒来后便什么也记不起来，如此反复。她去常医生那里做了几次心理咨询，除了睡眠质量差，倒没有其他大问题。

她休息了几天，便正常开工了。

莫冰给她接了部电影，是谍战片，大制作，名导演，不论是剧本还是制片方都算得上优质。

姜九笙第一次参演电影，莫冰的意见是不用太激进，演女二号就够了，而且那个角色是个枪法极好的女军官，很适合姜九笙。

姜九笙与莫冰的想法不谋而合。

电影的男主演是双料影帝夏琛，女主演暂定为秦萧轶，莫冰说这个阵容就是冲着大奖去的。

连续一周，姜九笙都在忙着上表演课程。

周五晚上，莫冰来接她去参加一个活动，是Chanel的品牌晚会。像这种奢侈品晚会，除了品牌的代言人与形象大使，还会请各大时尚杂志社，并邀请一些艺人去为品牌站台。

姜九笙的邀请函是Chanel总部直接送过来的，可见他们的诚意，莫冰也不好推了。

晚会举办的地点离御景银湾只有十五分钟的路程，八点时保姆车到了会所。

还没下车，姜九笙突然想起来："耳环忘在公寓了。"

莫冰看了看时间："快开场了，时间来不及了，时医生在不在家？"

"时瑾临时有手术，在医院。"

"你先进去，我去帮你取。"

莫冰刚说完，驾驶座上的助理小乔开了口："我去吧，笙姐，你把时医生公寓的钥匙给我，我去给你取。"

姜九笙说好，把钥匙给了小乔："顺便去一趟林总监那里帮我取一下赞助的项链。"

小乔点头。

莫冰眼神微动，没说什么，等和姜九笙一起下车后，才问道："你怎么把钥匙给了她？"

小乔心术不正，这基本是可以确定的，博美见到她一次叫一次，上次致幻剂的事，十有八九跟她有关。

他们把她留在身边盯着就是，用是肯定用不得的。

"我就是想知道，小乔是想摸我的底，还是想摸时瑾的底。"

随后姜九笙给时瑾打了个电话，问家里是否有不能给别人看的东西。

时瑾说没有。

"莫冰，要麻烦你跑一趟了。"她俯身同莫冰耳语了两句。

莫冰比了个OK的手势，挥挥手走了。

姜九笙拨了个电话："林总监，是我，姜九笙。"

这人是服装品牌店的总监，与姜九笙合作过很多次，两人关系还不错。

"大概十分钟后，我的助理会去你的店里取赞助的首饰，方便帮我拖住她十五分钟吗？"

对方爽快地应下了。

"谢谢。"

道了谢，姜九笙挂了电话，走进展览厅。

品牌站台并没有什么事，姜九笙百无聊赖地等着，半个多小时后，莫冰回来了。

姜九笙递了杯爽口的饮料给她。

莫冰一口气喝了："笙笙，你家哪里来的微型摄像头？"

"时瑾的。"摄像头没有安在卧室和书房里，所以她让莫冰跑了一趟。

寻常百姓会在家里放微型摄像头？莫冰很疑惑。

姜九笙解释："时瑾以前是我的'私生饭'，微型摄像头是用来看我的。"

看？

偷看吧！

莫冰摇头失笑。

姜九笙拿出手机，莫冰凑过去看："能看到吗？"

"嗯。"

果然，手机里调出了时瑾家半个小时前的监控录像，屏幕上显示的是他的书房里的情形。

姜九笙说："锦禹弄的。"

莫冰也是在温家生日宴之后才知道的，那个孩子居然有当黑客的天分。姜九笙身边的人还真是每个都不简单，时瑾私藏微型摄像头，姜锦禹几分钟就能截出监控来。

当然，还有莫冰自己。林总监将小乔拖住了十五分钟，莫冰亲自跑了一趟公寓，比小乔先到了十多分钟，把摄像头安上了，然后等着小乔露出狐狸尾巴。

监控视频里，原本在阳台晒月光的姜博美一听见开门声，立马跑去玄关，见是小乔，追着她就咬。

大概是怕露了把柄，小乔没敢对姜博美怎么样，被它追得狼狈不堪。然后她进了时瑾的书房，翻找他的抽屉，慌慌张张地打翻了桌上的笔筒。

姜九笙确定了："她是冲着时瑾来的。"

"我猜也是，她给你当助理这么久也没露出过什么端倪，时瑾出现后才没沉住气。"莫冰问，"你有什么打算？"

姜九笙关了手机："放一放长线，看看她背后的大鱼是谁。"

莫冰不反对，也不插手："你的脸色不太好，不舒服？"

姜九笙按了按腹部："有点儿腹痛。"

"怎么回事？让时医生看过没有？"

“可能是例假提前来了，没什么事。”

这时，秦萧轶走了过来。

“我听说你要进军影视圈了。”她穿了一件紫色的裹胸长裙，衬得她肤色很白，气质极好，有着三分利落，七分妖媚。

姜九笙淡淡地说是。

她与秦萧轶谈不上有私交，可也没有交恶。

秦萧轶对姜九笙嫣然一笑：“真巧，我接了《三号计划》中程锦熙那个角色。”

程锦熙是那部电影的女主角。

姜九笙接了女二号常春的角色。

秦萧轶伸手：“合作愉快。”

姜九笙握住：“合作愉快。”

“如果以后你让谢荡常来探班，合作会更愉快。”秦萧轶笑着说道，语气半真半假。

姜九笙哑然失笑。

秦萧轶对谢荡还真是执着，虽然有些强人所难，可到底光明磊落。

天北第一医院，妇产科。

手术室的门一打开，年迈苍老的妇人立马上前：“护士，我女儿怎么样？”

护士拿下口罩：“产妇大出血。”

老妇人一听，顿时摇摇欲坠，几乎站立不稳。

“谁是孩子的父亲？”

男人从座位上站起来，满脸憔悴：“我是。”

“产妇情况很不好，你要做好心理准备，万一……”护士没有继续往下说，而是问，“大人和小孩，优先哪一个？”

男人扯了扯脖子上的领带，没有立即作声，他后面穿着貂皮大衣的贵妇迫不及待地替他回答了：“孩子！保孩子！”

“不行，医生，救我女儿！救救我女儿！”老妇人直掉眼泪。

婆婆和亲妈终究是有区别的。

护士不敢耽搁，直接看向男人，等他的回答。

男人张了张嘴，一字一顿地道：“孩子。”

他的话音落地，医院走廊里顿时响起老妇人撕心裂肺的哭声与怒骂声。

肖逸听说过这个产妇，她是王氏建筑的少夫人，五年前轰轰烈烈地嫁进了豪门，五年后凄凄惨惨地收场。

肖逸有感而发，边走边随口问道："时医生，要是你——"

他一抬头就看见了时瑾的神情，瞬间浑身一个激灵，被一个眼神冻得遍体生寒，"保大保小"四个字生生卡在了喉咙里。

"没有这种可能。"时瑾的声音很冷漠。

哦，时医生是"丁克族"。

肖逸想起来了，以前听住院部的护士八卦说，第一个死在时医生手术刀下的病人，就是个产妇。

品牌晚会结束后，时瑾来接姜九笙。她还是有些腹痛，在车上睡得迷迷糊糊的，到家了也不愿动弹，妆是时瑾帮她卸的，衣服也是他换的。

凌晨医院来电话，说有紧急病人需要时瑾主刀。他再回公寓时已是深夜，漫天银河绕着一轮明月，他刚进玄关，手机便振动起来。

他接通道："笙笙，我已经到家了。"

电话里，她却没说话，呼吸声很重。

时瑾立马听出了不对："笙笙，你怎么了？"

听不到回答，他立马跑去卧室。

他推开主卧的门，昏暗的室内射进强烈的灯光，刚好照着正中央的床。床上被子高高隆起，她几乎把整个身体藏在被子里面，痛苦的呻吟声从唇边溢出。

"笙笙！"

时瑾眼睛都红了，跑过去小心翼翼地把她抱起来，才发现她浑身是汗："笙笙，你哪里不舒服？"

她闭着眼睛，大颗的汗顺着脸颊滚落："时瑾。"她摁着腹部，"疼。"

时瑾背脊僵硬，几乎不敢动她，慌了神，却极力维持镇定地道："笙笙，告诉我，哪里疼？"

她疼得说不出话，带着他的手覆在右腹上。

时瑾抱着她躺平，头上全是汗，手轻轻按压她的右下腹："疼吗？"

姜九笙点头，紧紧咬着下唇。

按压了片刻，时瑾松手，她的眉头却皱得更紧。他又探了探她额头的温度。

右髂前上棘与肚脐连线中外三分之一交界处有按疼和反跳疼的症状，伴随发烧与呕吐现象，是阑尾炎。

时瑾蹲在床边，亲了亲她的脸："笙笙，忍一下，很快就没事了。"

姜九笙没有力气出声，抱着肚子蜷缩着。

他去拿了外套给她穿好，抱她出了房间。到了车上，他边把怀里的人安置好，边拨打医院的电话。

"周医生。"时瑾拿了毯子盖在姜九笙身上，让她侧躺在他的腿上，"是我，时瑾。"

周医生是时瑾治疗组里的医生，也是心外科的医生，今晚刚好当值："这么晚了，时医生有什么事吗？"

"有紧急病人，急性阑尾炎，二十分钟后到医院，麻烦你准备一下手术。"

"我马上准备。"

周医生挂了电话才发觉哪里不对。

护士站的小韩护士知道是时瑾的电话，问了一句："怎么了？"

"时医生说有紧急病人。"

"谁呀？大半夜的居然劳烦时医生亲自打电话过来。"

周医生摇头："只说是急性阑尾炎。"

小韩护士听糊涂了："急性阑尾炎的话，不是应该挂普外吗？"

对啊，周医生也觉得不对劲儿呀。

二十分钟后，急性阑尾炎的病人被送来心外科后，小韩护士和周医生才明白为什么普外科的病人要来心外科治疗，因为病人是时医生的家属。

姜九笙是被时瑾抱进急诊室的。大概是来得匆忙，他额前的头发已被汗浸湿，把人放下道："准备术前检查。"

小韩护士愣了一下："哦，我这就去。"

时瑾蹲在手术推车旁，心疼得红了眼眶："笙笙，再忍忍，很快就不疼了。"

姜九笙按着腹部，蜷缩着身体，出了一身汗："我没事。"她唇瓣惨白得没有一点儿血色，吃力地抬手擦着时瑾额头上的汗，"别担心，我不是很疼。"

怎么会不疼，她只是不愿意喊疼罢了。

他家笙笙就是这样，不太疼的时候，她偶尔会撒娇，会跟他说很疼，要他哄；可真正疼了，她却总是喜欢咬着牙一声不吭，对他说一点儿都不疼。

时瑾心疼得不行，握着她的手，放在唇边轻轻地亲吻。

周医生准备好了手术室，一进来就看见时瑾正在亲姜九笙，眼睛顿时不敢乱看："时医生，您……"周医生心里没底地道，"您亲自主刀吗？"

这么小的手术，应该不用时医生亲自上吧？而且病人还是时医生的家属，一般来说外科医生不会亲自给家人主刀，这对心理素质要求太高了。

时瑾没有立刻答复，歪着头问侧躺着的姜九笙：“笙笙，我给你主刀好不好？别人我不放心。”

她已经痛得没什么力气了，轻轻点了点头。

“别怕，我会把伤口缝得很漂亮。”

“我不怕啊。”

除了腹痛，姜九笙意识很清醒，一直在手抖冒汗的是时瑾。

时瑾起身，面向周医生道：“让麻醉科准备一下。”

他这是要亲自操刀啊。

“我这就去。”

周医生刚迈出脚，时瑾突然又问：“廖主任在不在？”

“他今天刚好有手术，还在医院。”

“让他过来。”

廖主任是麻醉科的科室主任，从医三十多年了，除了大手术，他已经很少亲力亲为了。

术前基本检查结束后，姜九笙被推进了手术室，麻醉科医生已经做好了局部麻醉。

手术室的门开了，主刀医师进来了。

廖主任说：“时医生，可以开始手术了。”

时瑾颔首，走向手术台。

他看了一眼手术无影灯下的人，就一眼，便顿住了脚步，然后腿像灌了铅，变得举步维艰。

许久过去，他仍没有挪动一步。

周医生喊道：“时医生。”

时瑾眼里波涛汹涌，情绪平静不下来。手术室里的医师与护士都是时瑾的老搭档，可谁也没见过这样失态的时瑾。

“时医生。”

没有得到回应，周医生又喊了一声：“时医生。”

时瑾回神，深吸了一口气，走到手术无影灯下：“开始手术。”

心电监护仪上数据平稳，手术灯的白光打下来，时瑾穿一身绿色的无菌衣，戴了口罩与手套，只露出紧拧的眉还有一双始终不能平静的眸子，眼底暗流汹涌。

他平复了片刻道：“手术刀。”

细听会发现他的声音有些颤抖。

唉，到底是给女朋友手术，就算是时医生那样冷静克制的人也不可能波澜不惊。

周医生高度集中精神，递了手术刀给时瑾。

时瑾接过手术刀，低下头，目光落在无菌单下露出的一截腰腹上。

姜九笙的腰很细也很白，漂亮得不像话。他从来没想过他要用手术刀将自己连抱都不敢用力抱一下的地方剖开。

见他许久没有动，周医生提醒了一句：“时医生。”

手术还没开始，时瑾的额头上已经覆了一层薄薄的汗。他紧了紧手里的手术刀，隔着橡胶手套，感觉掌心黏腻，全是汗。

他的手开始发抖。

周医生大惊：“时医生，你……”时医生居然手抖了！

像不受控制似的，时瑾的手抖得越来越厉害。他以为他可以，以为这样小的一个手术，他一定可以镇定。

他到底还是高估了自己。

时瑾放下手术刀：“让普外科的吴主任过来手术。”

手术的辅助护士叶岚蒙了半天才反应过来：“我这就去请。”

手术室里其他几位医生面面相觑，也不好说什么，你看看我、我看看你，然后一起看着时瑾。时瑾走到手术台前，俯身隔着口罩亲吻了病人。

然后他起身，口吻郑重又恳切地道：“这是我女朋友，拜托各位了。”

麻醉科廖主任连忙说：“时医生客气了。”

时瑾犹豫了很久，还是出了手术室。

等时瑾走了，廖主任才打趣地说了一句：“我和时医生合作快两年了，还是第一次看见他带着情绪进手术室。我还以为时医生这样的人，在手术台上绝对不会发怵呢。”

“别人哪能跟女朋友比？”护士长笑了，“你们不知道时医生有多宝贝他女朋友。”

十分钟不到，普外科的吴主任已经做好了手术准备，来到手术室门口。时瑾朝他颔首，非常客气礼貌。

“吴主任，麻烦你了。”

吴主任受宠若惊，连忙摆手：“时医生说哪里话。”

手术室外红灯亮起，手术开始了。

时瑾还穿着无菌衣，倚墙站着。

手术持续了一个半小时，红灯转绿，手术结束，吴主任最先走出来。

时瑾上前。他站了许久没有动，手脚都是麻的：“手术顺利吗？”

“很顺利。”

要是一个急性阑尾炎的手术都不顺利，他这个主任就不用在普外科混了。

“谢谢。”

“时医生客气了。”

姜九笙被推出手术室时是醒着的，因为是局部麻醉，术中她便醒了。

时瑾在病房守着她。

“笙笙。”他半蹲在她床前，握着她的手，“很疼吗？”

“有一点儿。”她有气无力。

麻药效果刚退，刀口会很疼，时瑾心疼得难受。

“我没有这么怕疼，可以忍受。”她因为虚弱，嗓音软绵绵的。

可是他怕她疼，怕得要死。

时瑾把脸埋在她的手心里，眼里全是红血丝，惴惴不安的心怎么也放不下。

“你怎么不先睡？”

他用脸贴着她的手心轻轻摩挲着：“你才做了手术，我怎么睡得着？”

“只是很小的手术。”

是啊，只是很小的手术，还不是一样让他魂都快没了？

“笙笙，我是医生，知道很多成功率高的手术失败案例。因为是你，我会忍不住胡思乱想。”他重重地叹了一声，“我都快吓死了，手抖得拿不了手术刀。”

心头像被什么扯了一下，比右腹上的刀口还疼，姜九笙稍稍红了眼眶，握着时瑾的手，将其带到唇边轻吻。

时瑾曾经说过，这世上有两个人，不论他医术多好也医治不了，一个是他自己，还有一个是她。

原来这话一点儿都不假。

“笙笙，知道我为什么不要孩子吗？”

她直视着他的眼睛。

时瑾带着她的手覆在自己的脖子上，她手心干燥，隐约能感觉到他颈动脉急促的跳动怎么都平缓不了。

“我在尼波利亚当无国界医生的时候，治过一个病人，她当时被流弹伤了动脉。”

“然后呢？”她不知道他想说什么。

“动脉轻微破裂，手术难度不高，只有百分之五的失败率。”时瑾停顿片刻后继续道，“不过我没有救活她。”

“为什么？”

“因为她是孕妇，一旦手术失败，会一尸两命。”

因为他说没有救活，姜九笙便猜想道：“手术失败了？”

时瑾摇头：“她不肯做动脉缝合手术，而是选择了剖宫产。”

姜九笙诧异地问：“结果呢？”

“她的孩子活了，而她死在了我的手术刀下。”

姜九笙思索了许久，大概明白了，时瑾在跟她讲一个选择题，百分之九十五的概率是母亲与孩子一起存活，而百分之百的概率，是那个孩子安然无恙。

那位母亲选择了后者。

“我不记得我做过多少台手术，她是唯一一个死在我手术中的病人。临死之前，她跟我说了两句话。”

“什么话？”

“她说不怪我，”时瑾望进姜九笙的眼里，目光像一张网，牢牢地锁着她，“她说，母亲是世上最高危的职业。”

姜九笙突然想起一件事，时瑾的母亲也是为了他而丢了性命。

“我纵使医术再好，我的手术刀也碰不了你，”他感叹道，“会手抖。”

第十五章 喜你为疾，药石无医

第二天莫冰就知道姜九笙住院了，赶了个早来医院。

“你好好养病，老板已经把你的通告都推后了，剧组也不会那么快开拍，你不用想工作的事。”

急性阑尾炎发病毫无征兆，又赶上了姜九笙最忙的时候，她的所有工作都要暂停下来，她捏了捏眉骨：“他应该亏了不少钱。”

说曹操曹操就到。

还未瞧见人影，几人便先听见宇文冲锋带着三分戏谑、七分优雅的声音：“你还有心思管我的钱？”他推开门，单手插兜，大长腿迈了进来，“赶紧养病，养好了去给我赚钱。”

宇文冲锋和谢荡一前一后地进来了。

谢荡一张帅气的脸上写满了“大爷心情很不爽”几个大字：“你就不能好好顾着点儿自已？你散打白学了，三天两头进医院。”

分明是关心的话，谢荡就是不好好说，一副作天作地的样子。

姜九笙刀口疼，没吭声。

谢荡瞧她脸色不好，就不忍数落她了：“你家里不是有个医生吗？还老是生病，谢大师都说明天去寺里给你求平安符了。”说到谢大师，谢荡忍不住说道，“一把年纪的老艺术家了，还这么迷信。”

“老师怎么知道的？”

“他的几十个微博小号都关注你了，你通告延期的消息一出来他就知道了。”估计老头子的电话早就打到时瑾那里了。也好，让他家老头子去敲打敲打时瑾，得让时瑾知道，姜九笙也是有人撑腰的，要仔细疼着，别老让她来医院。

宇文冲锋小坐了一会儿，拿了烟和打火机起身：“我出去抽根烟。”

谢荡没好气地说：“你这烟瘾越来越大了。”

宇文冲锋笑骂了一句，推门出去了。

下楼出了住院部，他寻了个开阔通风的地方，叼了根烟，还没点燃，就听见身后有人喊他。

“宇文。”

宇文冲锋摩挲了两下打火机的摩擦滚轮，没有点着火，咬着烟转身：“你的称呼让我觉得不太顺耳。”

他细想了一下，似乎除了姜九笙，确实没有人敢这么喊他。

徐蓁蓁嘴角的笑意稍显僵硬：“能一起喝杯咖啡吗？”

噌——一点儿火光生出，他咬着烟吸了一口，懒懒散散地吐出一个烟圈：“抱歉，没空。”

徐蓁蓁面露失落之色，眼角微微泛起一抹浅红，配上她柔美的桃花眼妆，越发显得楚楚动人：“你一定要这么拒人于千里之外吗？我以为我们还是朋友。”

桃花妆还是姜九笙化得好看，她生了一双桃花眼，随意化一点儿妆，一笑便好看得要命。

宇文冲锋睨了眼前的人一眼：“你是不是有什么误会？我从来不和女人做朋友。”

他虽待女人随意，可到底风度好，唯独对她一次比一次冷漠无情。徐蓁蓁不甘心，一时嘴快道：“那姜九笙呢？”

宇文冲锋笑了。

“你跟她比？”他眼底神色薄凉，带了几分轻佻，语气似真似假，咬着烟说，“她是我祖宗，你是我什么人？”

他一副不大正经的样子，可语气里全是宠溺。

徐蓁蓁的脸又白了几分。

他突然没了兴致，掐了烟，随手将烟头扔了道抛物线，让它刚好落进垃圾桶里。

“别总是提姜九笙，从你嘴里说出她的名字，我不爱听。”

扔下话后，他转身就走。

徐蓁蓁咬着牙，死死地盯着住院部的方向，气不过地用鞋尖狠狠地踱着地面，泄愤似的跺了两脚。

时瑾上午有一台心胸手术，持续了七个小时，下午三点才结束。换下手术服，他便去了姜九笙的病房。

姜九笙见到他，稍稍坐了起来："吃饭了吗？"

时瑾扶着她，在她的后背处垫了一个靠枕，说吃过了："排气了吗？"

姜九笙点头。

"刀口还很痛吗？"

她能看见他眼下的青灰色，他昨夜一宿没睡，又连续做了七个小时的手术，眼里有红血丝，满脸倦色。

姜九笙心疼他："好很多了。"

时瑾起身去将病房的门锁好，然后返回病床边，掀开被子，自然地将姜九笙的病号服推高查看她的伤口。

手术刀口的位置在腹部下面一点儿，姜九笙被时瑾看得有些不好意思，把裤子往上提了提。

时瑾笑了笑，帮她把衣服穿好："可以排尿了吗？"

"嗯。"

时瑾问得很自然："用导尿吗？"

她的声音更小了："不需要。"

"还有——"

"时瑾，你别问了。"她抬起头，脸颊有些红，"主治医师都已经问过了，一切正常。"

就算两人再亲密，这些问题都太露骨，非常私密，她还是有点儿不好意思。

时瑾知道她脸皮薄，替她把被子盖好："好，我不问，换药的时候我帮你。"

"换药有医生和护士。"

时瑾理所当然地道："别人不行。"他的声音富有磁性，低低柔柔的，"我不想别人碰你。"

姜九笙失笑，没反驳他，随他的意思。

"伤疤会很明显吗？"虽然是微创手术，但还是会留有疤痕。

"有半指长。"

姜九笙有点儿遗憾："那我以后穿不了比基尼了。"

"你要是不喜欢，等伤疤完全长好了，我找人给你做去疤手术。"时瑾想了想道，"或者我们去文身。"

姜九笙凝视着他说："我们？"

"嗯，我们。"时瑾压低身子，用鼻子蹭了蹭她的脸，声音带了缱绻的温柔，"我跟你文一样的。"

"好。"

徐青舶来姜九笙病房的时候是上午十点，时瑾正蹲着给她洗头，动作小心翼翼，眼里的温柔能腻死人。

姜九笙见徐青舶来了，问了一声好。

徐青舶自来熟，拉了把椅子坐下，抱着手臂看戏，调侃"塑料花"同窗："这手法挺熟练啊。"看来他这同窗没少干这种事。

时瑾没有抬头，弄了点儿洗发水在掌心打成泡沫："什么事？"

"没什么事我就不能来探病了？"

时瑾回答得挺敷衍，但很礼貌："你自便。"然后他俯下身，凑近姜九笙问，"笙笙，水温可以吗？烫不烫？"

姜九笙躺着，眯着眼，很惬意地道："不烫。"

时瑾这才用医用量杯盛水倒在她的发间，轻轻地给她挠着，动作非常谨慎："有没有扯到头发？"

"没有。"

"要轻一点儿吗？"

"都可以。"

"那我轻一点儿。"

"好。"

一万吨"狗粮"迎面而来！

徐青舶觉得他再听下去就要被"狗粮"撑死了，赶紧搬出正事："七楼那个心包肿瘤的病人上午去世了。"

时瑾的语气很淡："所以？"

"听你的科室护士长说，上个星期病人家属来求你给病人开腹，被你拒绝了。"

时瑾嗯了一声："开腹风险更大。"

徐青舶挑眉："怎么讲？"

“肿瘤转移到了心腔和心肌，开腹的话，瘤体一定会破裂，活不到手术结束，不开腹他还可以多活几天。”时瑾看向徐青舶，“你是来讨论病情的？”

徐青舶倒不是为这事来的，就是被“狗粮”刺激了。

时瑾继续专注于手上的动作：“如果你还有公事要问，请到办公室等我，我给我家笙笙洗完头就过去。”

徐青舶表示，这样的暴击他还可以坚持几分钟，于是他大大咧咧地坐着，就是不走。他倒要看看，时瑾还能多惯老婆。

“如果你不急着离开的话，”时瑾礼貌又绅士地请求道，“能帮我换一盆水吗？”

徐青舶立即起身。

走了！他待不下去了！

时瑾下午有一台手术，一点到五点，诊室里只有肖逸。心外科的候诊大厅里有人闹事，搞出了非常大的动静。

闹事的是一男一女，夫妻两个都是中年人，表情凝重，来势汹汹，尤其是女人，在心外科的办公室外面大喊大叫。

“把那个姓时的叫出来！”

女人蓬头散发，情绪很激动：“他要是不出来，我就去找你们院长！”

心外科的医闹事件不少，可来找时瑾闹的非常罕见，这个点病人很少，看热闹的医护人员却不少。

肖逸忍无可忍，上前制止道：“这里是医院，请你不要大声喧哗。”

女人非但没有收敛，反而说得更大声了：“我儿子死了，还不准我讨回公道？你们这是什么医院！”

肖逸懒得和她理论，直接拿出电话打给医院保安科：“快来心外科时医生的办公室，有人在闹事。”

“我儿子才十四岁，你们怎么能见死不救？我都那么求他了，还是不给我儿子做手术，什么外科圣手，都是骗子！禽兽！根本不配当医生！”

女人歇斯底里地咒骂着，对着心外科诊室的门又是捶又是踹。

“你们这些人都是沽名钓誉的庸医，怕砸了自己的招牌，就不管重症病人的死活！是你们害死了我儿子，你们还我儿子！”

哭骂完，女人从包里拿出一个矿泉水瓶，里面装着鲜红的液体。她拧开瓶盖，死死地盯着诊室门上的金属名牌，名牌上有两行字。

心外科。

时瑾。

女人骂了两句“畜生”，然后对着名牌就要将液体浇过去。可她刚抬起手，将瓶中的液体洒了两滴，手腕就被人截住了。

女人猛地回头，看见了身后的人。

来人穿着一身病号服，戴着口罩：“他不是你口中那种沽名钓誉的庸医，而且轮不到你来评定他。”

女人根本没有理智可言：“你是什么人？要你多管闲事！”

来人把口罩往上拉了拉，遮住了大半张脸，露出的桃花眼里有一层层凝住的冰霜，叫人不寒而栗。

时医生的家属来了。

姜九笙说：“不是闲事，我听不得别人诋毁我男朋友。”

话音落地，她捏着女人的手腕用力一扭。

女人痛叫了一声，手一麻，手里的塑料瓶就砸到了地上，瞬间血腥味弥漫，瓶子里的液体原来是腥臭的狗血……

四点四十五分，手术提前结束，时瑾刚出手术室，肖逸就急匆匆地冲了过去。

“时医生。”

时瑾慢条斯理地取下口罩：“什么事？”

“那个心包瘤病人的家属刚刚来闹了，刚好被姜小姐看到了——”

他话还没说完，时瑾已经跑着离开了。

VIP病房的门被大力推开，刘护士长正在给姜九笙处理伤口，抬头一看，动作顿住了。

时医生来得真快呀。

刘护士长拿着镊子的手有些僵住了：“时医生来了。”

时瑾还穿着做手术时穿的无菌衣，走到病床前，垂着长长的睫毛，看不出什么情绪：“我来弄，你出去吧。”

刘护士长觉得后背阴森森的，赶紧把东西放下，走出病房，顺带把门合上了。

地上的垃圾桶里还有刚刚扔掉的沾着血迹的绷带，时瑾的目光落在上面，许久他才把视线移到她下腹的刀口上。护士长只做了消毒，还没来得及包扎，刀口又红又肿，缝线的地方有些崩开，样子确实有些吓人。

姜九笙说：“只是局部轻微裂开了，没什么大事。”

“这样都不叫大事，那怎样才叫大事？”他语气冰冷，甚至带了几分克制不住的煞气，“笙笙，你可不可以爱惜自己一点儿？”

他的语气带着责备还有一触即发的怒气，眼睛微红，眼神暴戾。

姜九笙怔住，盯着他的眼。

时瑾深吸了一口气，将情绪压了下去：“抱歉，是我情绪过激了。”

她尽量冷静下来，不刺激他，心平气和地解释道：“我不是不爱惜自己，只是太爱惜你了，听不得一句别人对你的诟病。”

一句话让他体内那只快要冲破牢笼的凶兽顿时偃旗息鼓了，他所有怒气全部熄了。

时瑾蹲下，拿了镊子，倒了些消毒液给她擦拭伤口，声音有些嘶哑：“疼不疼？”

她眉头都不皱一下地道：“不疼。”

时瑾俯身，对着她刀口的地方轻轻吹了吹，上了药，重新包扎好。她倒面无表情，吭都没吭一声，他却快要将唇咬破，手抖得不行。

“有没有狗血味？”

“有。”

闹事的女人手无缚鸡之力，就是女人的丈夫也禁不住姜九笙的过肩摔，除了扯到伤口，姜九笙没什么事，就是被狗血溅了一身。她已经换了衣服，可味儿还是去不掉。

姜九笙知道时瑾有洁癖，故意往病床里侧滚了滚：“能用水洗吗？”

“你现在最好不要碰水。”时瑾把她捞回怀里，“我给你擦。”

“我自己擦。”

“我怕你又扯到伤口。”时瑾直接去解她的扣子，“不用害羞，我都看过了。”

姜九笙瞬间脸红。

次日上午，徐青舶故意趁时瑾不在病房的时候过来了。

他表情有点儿凝重，一来就开门见山地道：“谈谈时瑾的病情？”

姜九笙正色道：“好。”

徐青舶拉了把椅子，难得坐得端端正正的：“昨天的那件事，医院领导想揭过去，不过时瑾不同意，让人去警局立了案，要把那个女人送去吃牢饭，谁劝都没有用。”

姜九笙对此并不意外。

话说开了，徐青舶也没什么可顾忌的了，他瞒不住，更瞒不得：“时瑾平时处事并不会这么绝，不管是不是伪装，至少他表面从来不跟人交恶。医生这一行，这样的情况经常有，以前他基本是直接无视的，这次会例外，是因为你。”他看向姜九笙，“一碰到你的事情，他就跟变了个人一样，做事非常极端，而且出现焦虑、狂躁的情绪，还有暴力倾向。”

比如温家那件事，时瑾不仅情绪失控，而且已经控制不住地砸东西，甚至伤害自己或者别人。

姜九笙听完后，沉默了片刻才道：“治疗方案呢？”

“这也是我要跟你说的重点。”徐青舶一股脑儿全说了，“时瑾根本没在治疗，之前都是他让我骗你的，不只是苦肉计，他是真的不肯配合。”

时瑾这个行为确实有点儿玩火，而且他的这个病还不是常规的偏执型障碍，复杂得很，就怕一不小心踩雷，然后爆炸！

“为什么？”她根本没料到时瑾居然拿自己的病来冒险。

徐青舶怕讲太专业的东西姜九笙听不懂，就高度概括了一下：“说简单点儿，时瑾觉得自己没有病。”

姜九笙还是不太理解徐青舶的话。

也是，徐青舶辅修了几年人格障碍心理学也没摸透时瑾的性子。

“以时瑾的想法，大概就是，他爱你，那么为你打架、杀人放火都是正常的。在他的意识里，这都是理所当然的事情，他根本没有病。”

姜九笙觉得不可思议。

“不要太惊讶，时瑾目前的认知就是这样子的。”徐青舶摊了摊手，一副撂挑子的态度，“我是拿他没办法了，靠你了，毕竟我只是个半路出家的心理医生。”

姜九笙思前想后了很久，说道：“有合适的心理医生可以推荐吗？”

他就等这句话呢！

绕了这么大圈子，徐青舶的目的就是让姜九笙管管时瑾那个家伙，他把早就准备好的名片递了过去：“常茗你认识吧？就是给你做心理辅导的那个常茗，这是他的同门师弟，两个人主修的方向不一样。这位刚好擅长人格障碍方面的问题，在这方面算得上是国内的权威。”

她接过名片道：“谢谢。”

“客气。”徐青舶笑道，“怎么说也是上下铺的‘塑料花’同窗，我怎么忍心看着他凋谢。”

徐青舶走了没多会儿，时瑾便回了姜九笙的病房。桌上水杯里的水还没有完全冷下来，时瑾看了一眼。

“谁来过了？”

姜九笙没有隐瞒：“徐医生。”

“他和你说了什么？”

姜九笙靠坐在床上，稍稍仰头看着他：“他说你骗我。”

时瑾眼底黑亮的光骤然一暗，长睫一敛，他把所有情绪又藏了起来。

“你怎么不解释？”

“我无话可说。”

所以，他承认了。

姜九笙没有说话，等他的下文。

时瑾坐下：“笙笙，我就是这样的人，就算收敛着脾气，就算刻意与人为善，哪怕变成你喜欢的绅士，也改变不了我骨子里的暴戾乖张和不择手段。”

他眼里的光像荆棘堆里升起的烈焰，滚烫而热烈，眼底映着她的影子。

“笙笙，我的风度涵养都是装给你看的，我从来不是什么好人，甚至很阴险狡诈。”

她知道啊。

不需要他自我剖析，她从来不用耳朵去了解时瑾。她看得到他的眼睛，听得到他的心跳，也感受得到他身上强烈得快要将她吞噬的占有欲与偏执。

可是有什么关系？

她还是对他着迷，上了瘾似的。

时瑾俯身靠近她：“怪我吗？骗了你。”

从时隔八年后见到她起，他就开始伪装，为了让她爱他，无所不用其极。

姜九笙听完，认真思考了一下才回答：“我分明应该生你的气，可就是不知道怎么回事气不起来。”

时瑾低低地笑了，眉间的阴郁被愉悦取代。

还好，他很成功，将她骗到手了。

“徐医生是不是还建议你给我找个心理医生？”

姜九笙点头。

时瑾一副好脾气的样子，非常顺从地道：“如果你不放心的话，我可以听你的安排。”

“这么听话？”徐青舶医生可是说，时瑾坚持自己没病，根本不配合治疗。

时瑾的理由很简单：“我怕了你了。”

姜九笙这才笑了，愁绪消散。

坦白病情之后，过了整整一天，时瑾都没有去找徐青舶秋后算账。这不像时瑾的风格啊，他这么不动声色，徐青舶更慌了，便爹着胆子打电话过去。

时瑾：“喂。”

他这么客气？

徐青舶旁敲侧击地探了探底：“你没什么事吧？”

时瑾的声音春风细雨一般：“我很好，谢谢关心。”

谢谢关心？

他这么友好礼貌，好恐怖！

“你和姜九笙没吵架吧？她没生你的气吗？你们没争执？”

他自讨没趣地发出了三连问。

没办法，这太反常了，这么风平浪静，徐青舶反而更胆战心惊。

“没有，我们很好。”

这就更诡异了！是姜九笙被驯服了，还是时瑾听话了？

时瑾很耐心地问道：“还有事？”

徐青舶把跳到嗓子眼儿里的心脏吞了回去：“哦，没有没有，祝你们百年好合，早生贵子。”

电话被时瑾挂断了。

徐青舶沉思了三分钟，无果。

时瑾那个变态，他猜不透啊。

这时他的医助小维进来了：“徐医生，援助非洲医疗队的名单下来了。”

“这跟我有什么关系？”

“名单里面有你。”

徐青舶顿时睁大了眼：“怎么会有我？”

他一个神经外科的医生，去了非洲的战乱之地有什么用？给人看脑子？

“是时医生推荐了你，院长已经批下来了，觉得战地人民的精神问题一样不容忽视。”

千言万语，愤怒就一个字，徐青舶：“……”

紧急医疗队的组建杀了徐青舶一个措手不及，他根本来不及推托，就被打包去了非洲。

第三天，徐青舶听说时瑾撤诉了，放了那个泼狗血的女人一马。

第四天的下午，徐青舶抵达非洲，刚下飞机就接到了唐延的电话。唐延就是他推荐给姜九笙的那位主攻人格障碍方向的心理医生。

唐延三十好几的人了，声音还是娃娃音：“你在哪儿呢？我打了一上午电话都打不通。”

“非洲。”

唐延听得出来，徐青舶的心情非常暴躁。

“你跑非洲去干吗？”

太阳火辣辣的，徐青舶有点儿暴躁：“晒太阳不行？有话快说。”

他快被晒死了！

“你说的那位病人今天来咨询室了。”

“情况怎么样？”

“很微妙。”

“说人话。”

唐延说人话了：“流程没错，细节也没错，该测的都测了，该了解的也都了解了，就是……”他不知道怎么形容才好，“就是很奇怪。”

徐青舶被他模棱两可的话磨得没了耐心：“什么很奇怪？你说话能爽快点儿吗？”

唐延说：“说来也惭愧，咨询分明都是按着我的步骤来走的，可是我有种被他从头到尾牵着鼻子走的感觉。”

完了，时瑾成精了！

徐青舶多多少少预料到了这种情况，就是没想到连唐延也镇不住时瑾：“那个病人懂心理学。”

心理医生最怕遇到时瑾这种懂医还不愿治疗的，能把医生搞出病来。

“这就难办了。”

还有更难办的。

“你在耶鲁医学院旁听的时候，应该听过他的名字，Doctor. Shi就是他。”

时瑾砸他的招牌啊！

唐延当然听过这个名字，耶鲁大学医学院的金字招牌，他的授业恩师不知道夸了他多少遍，说这人是个医学奇才，心理极其强大，精神意识强到变态，特别适合当心理医生，甚至还惋惜过没能把此人从心外科领域挖到心理精神领域。

如果这样的人有心理疾病，那……想想都恐怖，唐延想撂挑子不干了。

徐青舶支了个招儿：“你遇到棘手的事情就找那位病人的家属，她制得住病人。”

非洲的天气，烈日灼心。

初春的江北却清爽得连穿堂的风都是阴凉的。

周日，姜九笙办了出院手续，阑尾手术的刀口已经基本没事了，休养半月便好。

云城温家。

房门被敲响三声，温书华推门进去。

“锦禹——”温书华的声调突然拔高，“你这是干什么？”

床上散落着很多衣服，床边有一只大大的行李箱，姜锦禹正躬身一件一件地将衣服装进去。他有严重的强迫症，箱子里的东西摆放得整整齐齐的，所有物件都要从小到大地放。

少年低着头，被长睫毛遮住的眼睛里什么情绪都看不出，说话语速很慢，几乎是一字一顿：“收拾行李。”

“大晚上的你去哪儿？”

“江北。”

温书华眼皮一跳，有些急了：“你去江北做什么？”

“找我姐姐。”只有说到姜九笙的时候，他总是死气沉沉的眼睛里才会有一些生气。

温书华心里五味杂陈：“等过几天我空下来了，跟你一起去。”

“我自己去。”

“不行，那让你姐姐带你去。”

低头垂眸的少年突然抬起了眼，瞳孔黑得发亮，一点儿温度都没有：“我只有一个姐姐。”

温书华不禁恼火起来：“锦禹，你到底是怎么回事？温家才是你的家，我们才是你的家人。”他怎么满脑子只有姜九笙那个姐姐！

灯光下，少年瘦削的轮廓泛着冷冷的光，他背光站着：“如果可以选，我只要我姐姐。”

他话里话外全是决绝。

温书华气得发抖，抬手就要打下去。

少年站在灯下，一动不动，眼底一点儿情绪起伏都没有，像极了橱窗里的牵线人偶，不会笑，不会生气，也不会害怕。

温书华扬起的手颤抖了半天，还是落不下去：“你连妈妈都不要了吗？”

少年弯下腰，把行李箱提了起来。

“是你先不要我的。”

说完他毫不犹豫地转过身，背着大大的行囊，背脊挺得笔直，一个人越走越远。

温书华难以置信地愣在了原地。

那个曾经不谙世事的孩子，那个总是垂着头低着眼眸的孩子，不知什么时候居然长大了，一双无波无澜的眼睛看透了所有。

立春那天，细雨蒙蒙。

天北第一医院发生火灾，不到一个小时，网络上就出了新闻。

九点二十分，时瑾发现手机里有七个未接来电，都是姜九笙打来的，他立马拨回去。

回铃音只响了一下，姜九笙就接了电话："你怎么不接电话？"

时瑾站在车门旁，用手掩住手机的听筒，减小马路上的杂音："怎么了？"

"你吓死我了。"

"不急，笙笙，你慢慢说。"

她缓了缓，恢复了平静，说道："医院发生火灾了，你的电话打不通，我怕你出事。"

时瑾错愕了片刻，随即嘴角轻扬，语气里难掩被她挂念的欢愉之情："手机刚刚放在车里了，我没有听到。"

电话里隐约传来嘈杂的声音。

"你在外面？"

"嗯，我在接人。"

"接谁？"

他想了想道："小舅子。"

姜九笙愣住。

这时车旁的少年走过来，还背着大大的旅行包，对时瑾说："我接。"

他语速很慢，说话时声音木讷又机械，是姜锦禹。

时瑾把电话给了他。

姜锦禹背过身去，语速还是很慢，语气却不再死气沉沉，带了几分几不可察的雀跃："姐姐，是我，锦禹。"

姜九笙显然惊住了："你在哪儿？"

"江北机场。"

"一个人来的？"

"嗯。"隔了几秒，姜锦禹补充道，"来找你。"

回答很简短，他还不适应一下说很多话，几乎一字一顿，表达的意思却很清楚。

姜九笙的语气不由得沉了几分："有没有不适？"

他有轻微的社交恐惧症，会害怕人群。

他一个人出门，太胡来了。

少年回话的时候很乖巧："没有，只是迷路了。"他头上全是汗，眼睛到现在都是红的。

他撒谎了。

他还是怕人群，特别不适，可不能让姐姐担心。

上了车，时瑾戴了蓝牙耳机，边开车边和姜九笙谈起了姜锦禹的住宿问题。

她想让姜锦禹去御景银湾跟她同住。

时瑾拒绝道："不可以。"

姜九笙试图协商："时瑾——"

"住酒店。"

姜九笙没有争，很平静地表态："那我和锦禹一起住酒店。"

时瑾语气坚决地道："不行。"

他的意思很明确，二人世界，决不允许别人插足，已经有一个姜博美天天碍眼，他怎么能容忍第二个生物来碍事？

平时姜九笙基本对时瑾有求必应，不过这一次例外："锦禹有自闭症，不能让他一个人住。"

时瑾看了看后视镜。

后座上坐得笔直的少年正在瞪他，眼神恶狠狠的，一副恨不得把电话抢过去的表情。

时瑾敛了敛眼底的光："笙笙，你弟弟不是普通的自闭症患者。"至少他智商非常高，没有语言障碍也没有认知错误，只是不愿意和人沟通。

时瑾敢肯定，是后天环境致使姜锦禹封闭了自己，姜锦禹并没有任何能力缺陷。

"你要是不让他和我们一起住，"姜九笙心平气和地说，"时瑾，那你自己住吧。"

时瑾沉默了几秒，眉宇间笼了一片阴郁之色："我听你的。"他从来拗不过她。

后座上的少年勾唇，表情扬扬得意。

两人一路无话，整个车厢里气压异常低。

姜九笙回到御景银湾时已经是傍晚了，一开门发现屋子昏暗，灯都没开，若是以往时瑾定会第一时间过来帮她拿鞋，并且吻她。

今天时瑾毫无动静。

姜九笙开了客厅的灯，看见时瑾坐在沙发上冷着脸，博美趴得远远的。沙发对面，少年背脊笔直地坐着，听到声音，立马回头对她笑了笑。

姜九笙喊了姜锦禹一声，他立即站起来，乖乖地去到她身边，姜博美也摇着尾巴兴奋地冲她汪汪叫了两声。

然而时瑾纹丝不动，眉间是挥之不去的阴郁。

难得好脾气的时瑾跟她闹性子，完全不顾平时的君子涵养。

姜九笙笑了笑，走过去："怎么了？"

时瑾的言辞里带了指控："你弟弟有非常严重的强迫症。"

姜九笙这才注意到，家里的摆设被挪动过。

"我没有。"说话的同时，姜锦禹走到玄关处，把她刚换下的鞋放进鞋柜里摆得整整齐齐，使鞋柜里的鞋从大到小依次排好。

姜九笙查过一点儿资料，有的自闭症患者除了有社交与语言障碍，还会存在一些其他症状，比如重复地做一件事，比如执着地想要得到某件东西，比如多动，比如有强迫症。

姜九笙故意把话题岔开，问姜锦禹："晚上想吃什么？"

他好像心情很好："鱼。"

姜博美也汪了一声，好像很喜欢姜锦禹，围着他打转，摇头摆尾的，很兴奋。

姜九笙笑了笑，牵住时瑾的手："去超市吧，去买鱼。"

他眼底的阴郁散了些，帮她拿了包，抬头看向姜锦禹，语气里带着命令的意思："不准动那个书柜。"

客厅那个内嵌的书柜里面基本是时瑾的书，按照英文字母顺序排列的。姜锦禹从进这个屋子起，盯着那个书柜看了八次。

时瑾懂心理学，知道他想做什么。

因为外面人多，姜锦禹和博美在家守着，时瑾带着姜九笙出门。半个小时后，两人从超市回来，那个书柜里的书果然被全部重排了，依照书本的大小，从小到大依次排列。

时瑾的嘴角抿成了一条僵直的线，他隐忍着情绪道："我分明说过不可以动那个书柜。"

"对不起。"少年脸上没什么表情，"没忍住。"

时瑾沉默了五秒，扔下手里的购物袋："笙笙，我今天不想做饭。"

最后时瑾还是舍不得让姜九笙下厨，阴着脸去做了饭，只是少做了一道菜——鱼。

姜锦禹便这样住下了，除了他的强迫症让时瑾受不了之外，两人还算相安无事。

这日饭后，姜九笙泡了一壶花茶，姜锦禹拿了平板电脑坐在她旁边，姜博美坐在两人中间，尾巴甩得飞快，笑得像只傻狗。

"姐姐。"

"嗯？"

姜锦禹把平板电脑递给她："你喜欢哪一所？"

平板电脑上显示的是两所学校的建校历史页面。

姜九笙翻阅完问："你要去学校？"

姜锦禹点头："这两所学校都给我发了邀请。"

姜锦禹已经十六周岁，寻常人在这个年纪应该是高中生了。不过姜九笙了解过他的情况，他并没有上过学校，温家请了老师在家里教，他文化课成绩不突出，但十三岁就拿过计算机领域的大奖。

姜九笙思量着道："计算机专业吗？"

少年点头。

他考虑的两所学校，一所在帝都，一所在江北，皆是知名院校，姜九笙都有过耳闻："工科院校的话，计算机专业的师资力量应该会更好一点儿。"

姜锦禹笑了，露出一个不太明显的小酒窝："姐姐，我是去当老师。"

她以为他是去念书。

十六岁的大学老师，年纪尚小，性格自闭，又是电脑领域的佼佼者，到哪儿势必都能引起关注，姜九笙有点儿担心："锦禹，学校里有很多人，你确定你可以适应？"

她放心不下他的病。

姜锦禹点了点头，眼睛特别有神："这是心理医生的建议。"

姜九笙略微思忖后道："我支持你的任何决定。"

他开心地扬起嘴角，眼里有光闪动，表情带着小小的雀跃，不像先前在温家，死气沉沉得像个精致的人偶。这些天他越发爱笑，偶尔也会跟时瑾闹性子，有了喜怒哀乐，慢慢有几分像个十六岁的少年了。

"那我选这所学校，离得近，可以住家里。"

坐在对面沙发上的时瑾突然开口问道："你什么时候回温家？"

少年瞬间不开心了。

姜九笙便哄着他说道："你若是不想回去，可以多住些日子。"

这下轮到时瑾不开心了，眼里结了一层冰霜。

月初，《三号计划》官宣开拍，演员阵容：夏琛、秦萧轶、姜九笙。

夏琛不用说了，他是老戏骨，电影票房的保障，秦萧轶又是双料影后，有颜值有演技。

再加上这是姜九笙转型演员后的第一部作品，以姜九笙那一身气质，光脑补她拿枪的姿势，粉丝就能刷三天三夜。

电影开拍在即，姜九笙近来很忙，温书华多次要来接姜锦禹回温家，电话一天数个。姜锦禹不吭声也不表态，沉默以对，照样在御景银湾住着。

这日黄昏，夕阳将落。

小区的视频通话接到了时瑾这里，保安说一位姓温的年轻小姐到访。

是温诗好，她来接姜锦禹。

姜九笙陪姜锦禹一起下去，她没有露面，在小区的雪松树下等着少年归来。

姜锦禹是穿着一件居家的运动服出去的，双手揣在兜里，夕阳下，少年的神色懒懒散散的。

温诗好打量了他一眼："行李呢？"

姜锦禹没有表情地道："我不回去。"

温诗好用命令的口气说："去收拾东西。"

他这才抬头，以往总是空洞无神的瞳孔有了神采，他咬字慢，语气却很重："我不回去。"

他满眼坚韧倔强的神色，这模样很像姜九笙。

"姜锦禹！"温诗好忍无可忍，"姜九笙到底给你灌了什么迷魂汤，能让你六亲不认？你还真以为她是你姐姐？她不过是——"

姜锦禹抬头。

温诗好顿时打住了嘴边的话，压下满腔怒火，哑着嗓音重申："跟我回去。"

姜锦禹置若罔闻，扭头往小区里走去。

温诗好死死地盯着少年笔直的后背："你可以走，有本事这辈子都别再迈进我温家的大门。"

姜锦禹顿了一下，然后毅然抬起了脚。

夕阳落下，拉长了少年的影子。少年形单影只，姿态倔强又坚定。

小区里四季常青的雪松树下有人正望着他，眉眼清丽，神色很温柔，绯红色的霞光落在她的侧脸上，连斑驳的影子都是暖的。

他不想回温家，这里才有等他的人。

“姐姐。”姜锦禹走过去，“我以后跟你过好不好？”

姜九笙笑了笑，点头：“好啊。”

夕阳一点一点没入地平线，余晖斜斜打下，地上有两道影子，一前一后，隔着两步距离在慢慢移动。

少年走在左边，十六岁的他身量已经很高，有点儿瘦，背总是挺得很直。他侧着头，看身边的人，眼神专注又执着。

“我讨厌温家人。”

姜九笙问：“为什么？”

至少温书华看起来对他不坏，而且他们总归是血脉亲人，温家再狠，虎毒还不食子。

“我会有自闭症，是因为她们不想让我健康地活着。”

姜九笙蓦然停住了脚：“她们是谁？”

姜锦禹盯着鞋尖，单薄的肩膀耷拉着：“温诗好，”他停顿了很久，才又补充，“还有我母亲。”

他眼里有一闪而过的绝望之色。

他的自闭症，竟是人为。

姜九笙垂在身侧的手握紧了：“锦禹，你在温家到底还发生过什么事？”

他会变成这样，会负一身沧桑，到底是受了多少苦痛?

温家到底是一个怎样的龙潭虎穴，连一个那么小的孩子也不放过？当年他才八岁，还那么天真无邪。

少年垂下长长的睫毛遮住眼底的痛色，说：“姐姐，等以后……等以后我的病好了，我就都告诉你。”

姜九笙不懂：“为什么要等病好了才能说？”

因为有精神缺陷的人不能成为证人，因为心智不全的人说什么都不会有人信。

他伸手拉住姜九笙的手，语气软软地求道：“姐姐，不问好不好？”

姜九笙沉默了很久才道：“好。”

《三号计划》已经官宣开拍，这几日剧组便赶着拍定妆照，趁着热度没退，博个彩头与话题。

姜九笙饰演的常春是一个百乐门的舞女，也是卧底，因此她的定妆照取了两张，一张旗袍羽扇，婀娜妖娆；一张军装着身，英姿飒爽。

她镜头感很好，拍得很顺利。

姜九笙刚出拍摄棚，秦萧轶便走过来笑着夸了一句："你穿旗袍很漂亮，穿军装也很漂亮。"

秦萧轶饰演的女主角是军校的指挥官，同样穿一身军装，英姿飒爽。

姜九笙道："谢谢。"

她的态度不亲不疏，礼貌却克制，与时瑾的处事风格一样。

秦萧轶对姜九笙的印象很好："以后要是谢荡来探班，不麻烦的话能提前给我打个招呼吗？"

她对谢荡倒是够坚持。

姜九笙婉拒道："不好意思，这可能需要谢荡同意。"毕竟涉及隐私，她与谢荡关系再好，也不能越俎代庖。

秦萧轶只是笑笑，也不介意。

"笙笙。"

姜九笙回头，是时瑾来了。

秦萧轶喊了声"六哥"，时瑾只是淡淡地颔首，说了句"失陪"，便牵着姜九笙往休息室去了。

"待会儿先去西交大接锦禹可以吗？"姜锦禹在西交大试课，若没有问题，九月就可以正式任教。

"如果我拒绝呢？"

姜九笙认真地想了想："那我只能自己去了。"

时瑾的脚步停了一下："笙笙，你最近让我觉得姜锦禹比我重要。"

"你为什么会这样觉得？"

他俯身微微凑近她耳边："我们已经半个月没有亲近了。"

姜九笙瞬间红了脸，拉住他，快步走进了自己独立的休息室，关上门，又羞又恼地道："锦禹还未成年。"

对某些事，时瑾很热衷，而且从不遮掩，就像他说的那样，风月情爱亦是必不可少的，无须避而不谈。

知她害羞，时瑾还是压了压声音，依旧不满地道："咱们家隔音很好。"

姜九笙觉得这个话题可以打住了："给我卸妆？"

他去拿了卸妆水，动作驾轻就熟。大概心里郁结不欢，给她卸完妆后，他直接把她按在沙发上亲，带了惩罚的意思，吻得有些狠，停不下来了。

时瑾压着她，唇在她的脖颈上流连，身体紧贴着她，反应很明显："笙笙，想要。"

姜九笙沉默了一会儿，小声地问："锁门了吗？"

"嗯。"

他抬起头，一双微红的眼染了情欲。

姜九笙鬼使神差地把头埋进他怀里："小声一点儿。"

时瑾似乎有顾虑："不怕？"

怀里的人抬头，一双潋滟的桃花眼泛起淡淡的媚意，她笑了笑："怕什么？你不是在吗？"

她的地盘、她的男朋友，她怕什么呢？

她媚眼如丝，突然胆大得像只妖精，时瑾所有的顾虑溃不成军，他压了下去，手滑到了她的腰上。

她按住他的手："就这样。"

因为是在休息室，沙发对面有一面很大的镜子，她到底紧张，没让时瑾脱掉上衣。

时瑾低低地轻笑，抱着她翻了个身，让她坐在上面。她今日难得地穿了一身长裙，裙摆铺开，落了他一身。

近黄昏时分，姜九笙是被时瑾抱出休息室的，因为她腿软。

两人离开时关了灯，休息室最里面的角落里是一间更衣室，很简陋，只有两层帘子。一只嫩白的手拨开深紫色的帘子，一双穿着白色球鞋的脚走了出来。

这是个女人。

休息室里很暗，女人拿出了手机。

"二哥，我有礼物要送给你。"停顿了许久，女人轻笑道，"好，晚上我等你。"

天色已经完全暗了下来。

时瑾把姜九笙放进副驾驶座，给她系好安全带："很累？"

"嗯。"她的声音还带着沙哑，没什么力气。

"怪我。"时瑾有些心疼，亲了亲她的脸，"是我高估了我的自制力。"

年轻男女，食色，性也。

姜九笙愿意惯着他，只是……她拧眉道："没有避孕。"

"不会怀孕的，今天是你的安全期。"时瑾小声地在她耳边解释，"而且，我没有弄在里面。"

他真是……什么都敢说！

姜九笙脸热得厉害，不去看他，拿他以前说过的话来驳他："时医生，也有万一的。"

"如果真的这么不走运，我认。"

"你不是不喜欢吗？"

时瑾在她的红唇上啄了一口："你不是喜欢吗？"

姜九笙费解。

毕竟之前他对孩子那么抵触。

时瑾有种认命的无奈："若真怀上了，我怎么舍得？"

他不是不舍得孩子，是不舍得她，一点儿苦头都不舍得她受。

姜九笙笑了，笑得很愉悦，眉眼弯弯的。

"锦禹去西交大后，跟我们一起住可以吗？"

"不行。"时瑾歪着头，瞧她的眼睛，眼底全是温柔的影子，"笙笙，姜锦禹十六了，跟我们住一起不方便。"

电话铃声响起，打断了他们的谈话。

时瑾看了一眼来电号码，直接接起电话问什么事。

电话是秦中打来的。

不知秦中在电话里说了什么，时瑾的眉头越皱越紧，脸色沉得厉害。

半晌，时瑾冷声道："让IT的人盯紧点儿。"

他挂了电话后，车内的气压很低。

姜九笙扯了扯他的衣袖："怎么了？"

"没事。"

时瑾没有细说，亲了亲她的脸，发动汽车。那或许是他的公事，姜九笙也就没有过问。

晚饭不是时瑾做的，他直接叫了秦氏酒店的外卖。

饭后，时瑾给姜九笙温了一杯牛奶后，对沙发上的少年道："来一下书房。"他转头对姜九笙说，"笙笙，你别进来。"

姜九笙觉得气氛不对。

姜锦禹把博美抱到狗窝里，然后去了书房，还锁了门。

十五分钟后……书房里传出姜锦禹气急败坏的声音。

"你太过分了！"

话音落地，书房的门开了，姜锦禹气冲冲地走出了书房。

姜九笙问他怎么了。

他咬着唇，一声不吭，直接走到内嵌书架前，把时瑾再次按英文字母顺序排列好的书全部打乱，重新按大小排列！

时瑾没有说什么，沉着脸靠着门，气质凛冽。

姜九笙问："你们吵架了？"

"没有。"时瑾牵着她往卧室走去，"你先睡，我有点儿急事要处理，可能会到很晚。"

时瑾不对劲儿。

那边，姜锦禹把书排列完，闷不吭声地又回了书房，还搬了自己的两台电脑进去，重重地摔上门，并且锁上。

锦禹也不对劲儿。

姜九笙有种莫名的不安感，天外轰隆一声，电闪雷鸣，突然下起了大雨。

轰隆——

闪电的光从窗帘的缝隙漏进，装修奢华的小洋楼被白光映得一室亮堂。暖色的灯光落在米白的沙发上，男女依偎着，茶几上放了一瓶洋酒，酒香弥漫。

"喜欢我送你的礼吗？"

女人端着一杯酒，喂到男人嘴边，收腰的红裙勾勒出女人窈窕的身段，杏眼迷离。

她这模样，哪还有平日里的羞涩内敛。

此人正是陈易桥，姜九笙的助理——小乔。

秦明立接过酒杯，在女人的红唇上落下一吻："想要什么奖励？"

茶几上的洋酒瓶旁，笔记本电脑屏幕上一双男女正交叠在一起，面容有些模糊，灯光微暗，只能隐隐地看清他们的动作。

可惜了，两人衣衫完整，不然够那两人头疼一阵了。

小乔攀上秦明立的肩，娇俏地笑道："这个视频能让时瑾不痛快吗？"

"当然。"

"那就够了，我只要他不好过。"她伏在男人肩上，迷离的眼里闪过一丝恨意，"他不痛快，我就痛快了。"

秦明立放下酒杯。

"我倒好奇，你和时瑾有什么深仇大恨？"

小乔嘴角的笑渐渐收敛，微眯的杏眼里全是狠厉之色："我有个哥哥被判了无期徒刑，就是拜时瑾所赐。"

原来两人有宿仇。

秦明立笑道："我说怎么越看你越顺眼，"他扯了扯女人的衣领，吻她裸露的胸脯，“原来我们有共同的敌人。”

“别急。”小乔喘了一声，推开身上的男人，把滑落肩头的衣服拉好，“正事要紧，我怕夜长梦多。”

秦明立坐直，一手搂着女人的腰，一手拨了个电话。

“梁总编，我有份好礼给你，有没有兴趣？”

这位梁总编名梁则聪，是风行娱乐周刊的负责人，在网络新闻领域举足轻重。

大雨连绵，下到了后半夜，雨打得窗户噼噼啪啪地响，在深夜里尤其扰人好眠。

手机突然振动，不厌其烦地响了许久。

黑色大床上的人伸出一只修长有力的手，小臂肌肉线条明显，然后露出一张脸来，顶着一头乱糟糟的发接了电话：“喂。”

电话那头的人声音清雅：“我是时瑾。”

时瑾，那位深不可测的外科医生——秦家六少。

“时医生找我有什么事？”

“有份大礼要送给霍队长。”

“哦？”

“关于秦明立。”

随后电话被挂断了。

霍一宁鼓了鼓腮帮子，这个时瑾啊……他有预感，时瑾是对付秦家的一把利器。

翌日，天光破晓。

雷雨之后的天空是淡淡的蓝，清澈又透明，空气里充斥着青草的味道。

太阳刚刚露出一角，时间刚过八点。

床头柜上的手机急促地响了几声，大床上的人才撑起身体，手绕过怀里的女人，接起电话。

“二少，出事了。”

秦明立的睡意散了：“是不是时瑾——”

对方焦急地打断了他的话：“是您。”

秦明立微愣。

电话那头，秘书战战兢兢地说了后半句：“您被报道了。”

秦明立从床上坐起来：“说清楚，怎么回事？”

“您和杨部长他们在会所玩乐的视频被、被曝光了。风行娱乐周刊爆料之后，微博上很多‘大V’转发了，视频传播得太快，而且是凌晨发出来的，公关部被杀了个措手不及，根本来不及阻拦。”

秦明立如遭雷击。

挂了电话之后，他打开平板电脑，查阅完实时热搜后，脸色青了。

“秦氏会所藏污纳垢”“秦氏娱乐陪睡门”，热搜前三条都是这个视频引发的热议。

网上只发了一小段视频，前后不到六十秒，地点是秦氏旗下的高级会所。视频中男男女女衣衫不整，都是大家熟悉的面孔。他也在视频中露了脸，那几个女明星便是他带去的，全是秦氏娱乐的艺人。

啪！秦明立把平板电脑重重地摔在了桌上。

床上的女人翻了个身，揉了揉眼睛：“二哥，怎么了？”

秦明立掀开被子，拿了条裤子套上：“我们被时瑾耍了。”

小乔怔住，睡意全消。

柜子上的手机突然振动。

秦明立看了一眼，是他父亲秦行打来的电话，他将手机放到耳边，那边秦行立刻砸来一句话：“立马给我滚回秦家！”随即通话被挂断了。

秦明立气极，一个电话打到了风行娱乐周刊：“梁主编，你最好能给我一个合理的解释。”

他发的明明是时瑾的视频，到头来却是自己被反咬了一口。

对方的语气不以为意：“二少，我是生意人，明码标价，谁出价高，我听谁的。”

果然，一切都是时瑾授意。

“梁则聪——”

对方直接挂了电话。

再拨过去，电话已经无法接通，秦明立气得摔了手机，起身去开电脑。果然，时瑾的那段视频已经不翼而飞了。

他重重地一掌拍在桌上，右手没有戴手套，缺了半截的尾指狰狞恐怖，他红着眼看向床上的人：“你拍的那段视频，手机里还有没有？”

小乔立马摸到枕边的手机，翻找无果，脸上血色一点一点褪下：“我明明没删掉，怎么会不见了？”

它怎么会不见了？

时瑾都能一手遮天了，还有什么事是他做不到的？

“时瑾是什么时候盯上你的？”

小乔茫然失措地摇头："我不知道。"

她根本不知道自己什么时候暴露的，更不知道手机在什么时候被动了手脚。

"那他为什么不揭露我？"

秦明立冷笑道："因为他不知道你背后的人是谁。"

这下，时瑾顺藤摸瓜，他的底细全部交待了。

时间倒回到昨晚十点。

时瑾的书房里，少年指着对面的人怒气冲冲地骂道："你太过分了！"

时瑾敛眸："嗯，我太过分了。"

姜锦禹气得摔门而出，十分钟后，抱着电脑回来，连好线路，始终冷着一张俊逸漂亮的脸："把那个手机里的追踪主程序发给我。"

时瑾的电话正放在桌上，开着免提，他简明扼要地直接命令："秦中，把东西发过来。"

姜锦禹坐在电脑前，白皙的手指落在黑色键盘上，飞快地敲着，屏幕上满满的字符在滚动。

十分钟后，程序被破解。

姜锦禹换了一台电脑，远程操控桌面："视频从这部手机传送到了这台电脑上，这是IP终端。"

秦明立，果然，幕后的人是他。

时瑾站在少年身后："能删除视频源吗？"

姜锦禹没好气地道："能。"

"拷贝一份给我，然后全部删除。"

姜锦禹回头瞪他。

时瑾倒是镇定，目光淡然，语速不急不缓："我有专业的团队，也能做到我的要求，锦禹你可以不做，不过你的速度最少比他们快两倍，事关你姐姐，我必须争分夺秒，所以恳请你帮忙。"

时瑾的口吻极其郑重其事，他极少这样拜托人。

姜锦禹只给了他一个冷眼，随后手指落在键盘上，飞快动作："视频正在传送中。"

果然，秦明立一拿到视频就会曝光。

"查得到地址吗？"

姜锦禹调出追踪程序，侵入对方的网址，目不转睛地盯着屏幕，漆黑的瞳孔随着手指的动作飞快转动。

半分钟后，他舔了舔唇，道："风行娱乐周刊。"

娱乐巨鳄，梁则聪。

时瑾微微凝神，白皙修长的手指甲修剪得整整齐齐，不急不缓地敲着桌面："能替换视频吗？"

"能。"

时瑾转身，拿起桌上的手机："秦中，把你上周弄到的那个视频发过来。"吩咐完，他转头看向姜锦禹，"用这个视频替换。"

姜锦禹等了半分钟，接收到了秦中发来的视频，替换掉梁则聪设备里的视频，并且删除之前的视频源，所有操作一气呵成。手指高频敲击，有些刺痛，他停下来，活动活动手指关节："好了。"

时瑾摸了摸他的头："很棒，谢谢。"

姜锦禹："……"

时瑾愣了一下，略微僵硬地收回了手，转身背对着少年与秦中通话："联系风行娱乐的梁则聪，让他开价。"

视频被替换了，梁则聪肯定会去找秦明立说明，怎会伙同他这边去反咬秦明立?

"梁则聪和二少有交情，恐怕没那么容易配合。"

时瑾思索片刻后道："如果用钱搞不定，就用别的办法。"

秦中会意："我知道了。"

挂了电话，时瑾转头，刚好撞上少年怒气冲冲的眼神。

他指责道："坏、人！"

少年说话语速慢，有些磕磕巴巴，总是面无表情的脸上也难得因为气愤有了生动鲜活的表情。

时瑾还是第一次发觉，这小孩，挺可爱的。

他笑了笑道："嗯，我是坏。"又拍了拍少年的肩，"我越坏，你姐姐越安全。"

好像也是这个道理。

姜锦禹不瞪他了，不过依旧恶声恶气地道："你要是敢对我姐坏，"他咬了咬牙，"黑你。"

似乎觉得不够解气，说话不够铿锵有力，他着重强调了一下："一辈子黑你。"

时瑾轻笑。

姜锦禹不理他，抱着电脑出去了，五分钟后他的手机收到了一条到账信息。

留言：IT技术酬劳，两倍。

处理完这件事，已经十二点多了，时瑾随便冲了个澡，放轻动作回了房间。他没开灯，怕吵着床上的人，下意识地屏住呼吸躺下。

姜九笙立即从被子里滚过去，抱住了他的腰。

"我吵醒你了？"

姜九笙将头埋在他的胸口蹭："我没睡着。怎么这么久？急事吗？"

"嗯，急事。"时瑾说，"白天我们在休息室里被拍了。"

姜九笙错愕地愣了许久："谁？"

"你的那个助理。"

她紧紧拧着眉头："被曝光了吗？"

她和时瑾都算是公众人物，这样的视频若是被曝光出去，网上必定不会有什么好的言论。即便他们是情侣，即便他们在自己的休息室里，也会受到很多声讨、很多谩骂。

时瑾摇头，揉揉她皱着的眉头，安抚道："没有曝光，我拦下了。我在陈易桥的手机里装过追踪程序，她把视频发给了幕后主使。"

视频没有流出去就好。

姜九笙松了一口气，猜测道："是秦明立？"

时瑾低头，贴着她的脸蹭了蹭："真聪明。"

他的想法与她一拍即合。他先前便怀疑那个助理与秦明立是一丘之貉，只是没有确凿的证据，这次的事倒是顺藤摸瓜把人拽出来了。

"事情已经解决了，视频在我的手机里，要看吗？"

姜九笙点头。

时瑾抱着她坐起来，垫了枕头让她靠着，开了手机帮她拿着。

视频里的光线很暗，因为角度问题，小乔只拍到了他们的侧脸，她的裙摆很大，将她遮得很严实。她坐在时瑾身上，黑色的裙摆铺了他一身，只露出他黑色的裤脚与她的半截脚踝。

所幸，他们的衣服是整齐的。

"笙笙。"

"嗯。"她转头看向时瑾。

他神色认真，眼里是浓得化不开的墨色："我道歉。"

"为什么道歉？"

“是我色令智昏了，还好我没有脱你的衣服，不然……”如果让别人看去了她的身体，他得疯。

她不怪他，毕竟当时的她同样色令智昏了。年轻情侣，又是在自己的休息室里，亲热又如何？怪只怪有人不识好歹，见不得别人好。

姜九笙顺着时瑾的话说：“不然怎样？”

谁看，他挖谁的眼睛。

时瑾没有作答，只是说：“笙笙，以后别太由着我。”比如亲热这种事，只能在家里做，不能太随心所欲。

姜九笙认真地想了想，毫不敷衍地回答道：“如果我做得到的话。”

时瑾轻笑，很满意她的这个答案。

“秦明立那里，你要怎么对付？”

时瑾把手机搁下，让她躺下，关了灯：“你那个助理都不打自招了，我刚好将计就计。”他没有再细说，哄道，“很晚了，乖，先睡觉。”

次日，秦氏娱乐“陪睡门”的消息就挂上了新闻头条。

姜九笙大概知道时瑾是怎么将计就计的了。

早上，霍一宁刚到局里，副队长赵腾飞就激动地跑来汇报了：“霍队，广丰大厦跳楼案有新进展了。”

“什么进展？”

赵腾飞捧着平板电脑过来：“今早风行娱乐周刊发了一则娱乐新闻，是一个陪酒视频，跳楼案的死者当时就在现场。”

霍一宁顿时醒了神，将视频倒回看了一遍。

果然，跳楼案的死者正是视频里陪酒的艺人之一。

动机有了，前因后果也都对上了。

赵腾飞啧了一声：“里面出现的人，除了几个女艺人，剩下的一个个都是大佬。”

这要是一锅端了，江北的天都得换了。

霍一宁瞥了他一眼，慢悠悠地说：“去，把这些人全部请来警局喝茶。”

大佬又怎么样？刑侦一队的“霍疯狗”逮谁咬谁，就是大佬也要被他咬一块肉下来。赵腾飞跟了“霍疯狗”几年了，还真没遇到过他不敢咬的人。

霍一宁摸到烟盒和打火机，咬了一根烟在嘴里，刚要点，想到了什么，然后给时瑾拨了个电话。

“大礼收到了。”

时瑾淡然处之：“不用谢。”

自己什么时候谢他了？

霍一宁往椅子上一靠，一双大长腿搭在桌子上，侧脸轮廓分明。他勾了勾嘴角，语气多了两分玩世不恭：“等案子破了，给你颁一面好市民的锦旗。”

谁都听得出来他这是客套话，当然，时瑾也没有明着拒绝，不紧不慢地说了一句：“这个视频，我花了一百万。”

霍一宁调侃道：“那锦旗就算了，转账还是现金？”

时瑾从容淡定：“请便。”

霍一宁：“……”

他开玩笑的。

霍一宁手里掂着一个打火机，抛起来，又接住：“时瑾，”他语气充满玩味地问道，“你和秦家是对头？”

他在试探。

霍一宁在干刑侦工作之前是缉毒警，盯了秦家好几年了。

时瑾道：“是。”

果然，这秦家六少是秦家的一块反骨。

上次的交通事故就是秦家人动的手脚，这次时瑾又给秦明立来了这么一出，明摆着秦家人已经窝里反了，甚至时瑾不惜把整个秦家拉下水。

与其说时瑾是在搞秦明立，不如说他是在搞秦家。

霍一宁问：“为什么？”

秦家那么大一个商业王国，时瑾就不想要？

时瑾言简意赅，只说了四个字：“为民除害。”

霍一宁笑骂了一句。

秦家是大奸大恶，可时瑾也不是什么良好市民，不过这时瑾倒是很对霍一宁的胃口。坏人嘛，就得坏人来治。

广丰大厦在江北市警察局的管辖区域内，跳楼案由江北刑侦一队负责，所有嫌疑人一律彻查，视频里出现过的人一个都不能漏，秦明立当然也包含在内。只是他一早便飞去了中南，霍一宁直接连线那边的警察局，先把人扣下。

秦家。

大管家秦海推门走进书房：“秦爷，警察局的人来了。”

秦行沉声吩咐：“让他们等十分钟。”

秦海称是，出去周旋了。

书房里，秦行、秦明立父子俩一坐一站，夫人章氏端坐一旁，看着父子二人，一个怒不可遏，一个默不作声，她怕火上浇油，不敢多话。

“看看你做的好事！”

秦明立低着头道：“这个视频是时瑾曝光的。”

秦行怒极反笑：“自己无能还找借口，老二，你还不知道错在哪里？”

如果不是时瑾搞鬼，他怎么会陷入被动？秦明立目光如炬：“请父亲直言。”

他丝毫没有自省的意思。

秦行随手摸到一个茶杯就砸了过去，正中秦明立的右腿。一杯滚烫的茶水一滴不漏地泼在秦明立的腿上，他被烫得脸发白。章氏掩嘴，险些惊叫出来，欲上前维护，又怕惹恼秦行，只得咬牙忍着。

秦行大发雷霆道：“我跟你说过很多遍，可以走捷径，但不要让别人抓到把柄。你手脚不利索，就给我老老实实地爬，没有本事一步登天，就不要踩高跷，平白给秦家惹了一身祸。”

他一向只看结果。

这件事姑且不论是谁在搞鬼，可老二终究手腕不够，野心又太大，让人抓到了短处。他不像时瑾，做事永远滴水不漏。

秦明立咬着牙，不敢再反驳。

章氏不忍，小心地替长子周旋：“爷，现在不是问责的时候，您先想办法帮帮明立，总不能让他吃官司。这件事要是明立摘不干净，我们秦家也会受到牵连的。”

虽说秦氏娱乐是独立运营的，可到底是秦家旗下的公司，一损俱损。

秦行冷着脸道：“这些事你有没有直接出面？”

秦明立当即摇头：“都是下面的人接洽的。”他还不至于蠢到亲自出面的地步，视频里拍到的那次，他不过是露了个面，当当陪客，至于那些女艺人的事，都由下面的人经手。

秦行思忖良久，说了四个字：“弃车保帅。”

这简单，秦家最不缺的就是替罪羔羊。

待书房里没了别人，秦行问身旁的管家：“你说这事是不是老六干的？”

“二少空口无凭。”管家摇了摇头，“这可不好说。”

秦行若有所思。

他这两个儿子，哪一个都不纯良，都是吃人不吐骨头的主儿。

姜九笙下午有活动，让助理小乔把礼服送来公寓。

两点时，人到了。

姜九笙刚打开门，跟在身后的姜博美就开始叫唤。

“汪！”

圆滚滚的博美犬只有丁点儿大，叫起来却特别凶，它张牙舞爪、龇牙咧嘴，一副要扑过去咬人的架势。

姜九笙指了指阳台：“博美，去阳台待着。”

姜博美听懂了，汪了两声才离开。

姜九笙坐在沙发上，仰了仰下巴：“坐吧。”

小乔在对面坐下，事情败露，也没有周旋的必要，开门见山道：“什么时候发现的？”

“你往我酒里放致幻剂那次。”

竟然那么早。

“为什么不揭穿我？”她还自诩聪明，以为做得天衣无缝，却不想一切全在姜九笙的掌握之中。

“不确定你的目标，”姜九笙平铺直叙地道，“还有你的同伙。”

姜九笙这是在放长线钓大鱼。

她怎么忘了，姜九笙是何等聪明的人。

“现在确定了？”

“嗯。”姜九笙神色淡然，将茶几上的文件袋推过去，“你被解雇了，走之前把解约文件签了。另外，是你违反雇佣合同在先，得赔违约金。”

小乔看了一眼文件，狐疑地问道：“你就这么放过我？”

姜九笙端起温水喝了一口：“当然不是。”

小乔当即变了脸色。

“你跟了我也有一年多了，应该知道我是什么性子。”

她向来有恩报恩，有仇报仇。

小乔咬着唇，脸上血色一点一点褪去。

“念在你跟了我这么久的分上，小打小闹我可以不计较，不过有两件事你玩过火了。”姜九笙神色冷漠地看着她，“秦氏会所那杯掺了致幻剂的红酒，还有前天晚上的视频。”

她的处事风格一贯如此，犯多大的错还多少账，不会得理不饶人，也不姑息养奸。

“这两笔账要还。你在背叛我之前，还算尽心尽责，我们共事一场，这一次我不收你利息。”

当然，她会讨回本金。

小乔的目光落在了茶几上的那杯水上，她突然想起了柳絮的下场。

姜九笙不紧不慢地道：“这杯水里的致幻剂和我那次喝下的致幻剂成分相同，含量也一样，你走之前把它喝了，可以提前叫救护车。”这是第一件事，还有第二件，她又道，“视频的事已经解决了，好在结果差强人意，最后吃亏的也是你们，算得上你们咎由自取，我可以不深究。只是为了解决这件事情我男朋友花了两百万元，账号写在解约合同里，你急救完记得汇款。”

她不缺这两百万元，不过她已经仁至义尽了，本金得收。

最后姜九笙说：“另外，记得发个声明，解释一下你离职的原因。”

小乔咬着唇，嘴里都是腥甜的血味。

艺人助理违反合约离职，这声明发出来，基本就是断了她的后路。名声臭了，至少她在这个圈子里再也混不下去了。

这一笔一笔账，姜九笙记得清清楚楚，不多收，也不放过始作俑者。

姜九笙把那杯水推了过去：“你还有没有话要说？”

小乔双手微颤，端起水杯，咬了咬牙，仰头将水一口饮尽，然后放下杯子。

“笙姐还记得我大学学的专业吗？”

“江大法学系。”

江大是国内顶级学府，整个天宇再也找不出第二个比小乔学历还高的助理。当初聘用她的时候，姜九笙也疑惑过，一个法学专业的高才生，为什么要来做明星助理？

“我毕业时就拿到了鼎拓律师事务所的offer（录用信），笙姐难道就不好奇，我为什么放着好好的律师不当，跑来给你当助理？”

姜九笙神色自若，等着她的下文。

药效发作，小乔两手撑着沙发，手心发汗，目光有些涣散，却不减一分锐气地说道：“我的目标是时瑾没错，不过我不是从时瑾出现在你身边才开始帮秦明立，而是一开始就在你身边等时瑾出现。”

她不是秦明立的棋子，秦明立才是她的棋子。

她和时瑾有宿仇。

姜九笙审视着她：“你和时瑾有什么恩怨？”她盯着对方的眼睛，试图看出端倪，“你以前认识我们？”

若不是知晓她和时瑾有过往，小乔又怎么敢确定时瑾一定会出现？

小乔突然发笑，眼里是笃定还有意料之中的畅快：“笙姐，温家花房的命案，你还记得吗？那个案子的凶手是我哥哥，他被判了无期徒刑。”她收了笑，目光蓦地变冷，“可我哥哥告诉我，他是被冤枉的。”

所以，她是替兄长报冤。

“这和时瑾又有什么关系？”

“时瑾给了我父母一笔钱，是封口费，我哥哥的案子到底和他有什么关系，那就要问时瑾了。”她咄咄逼人地说道，“笙姐，你会不知道？”

姜九笙平静的眼底终究起了波澜。

温家命案还有时瑾都是姜九笙的禁区，这样一番话，足够在她心里激起千层浪了。

言尽于此，小乔撑着身体站起来，晃了一下，撞在了茶几上。

咣——杯子落地，摔成碎片。

阳台上的姜博美听闻声响，开始叫唤。

二十分钟后，小乔被送去医院急救。

第十六章
天塌地陷，他替她顶

小乔这件事时瑾由着姜九笙处理，并没有插手，不过自然是有不满的，觉得罚轻了。

广丰大厦的跳楼案两天便被破获了，并不是什么复杂的案子。只是这个案子还涉及几位大人物，闹得沸沸扬扬。民众都看着，自然没有谁敢以权谋私，那段视频曝光的大人物一律按规矩处理，该贬就贬，该撤就撤。

秦明立也不例外。他被拘留调查，秦氏股价因此大跌，在调查期间，秦六少接手了部分秦氏会所的事。

第三天，小乔发了声明，称自己因违反助理合同，与姜九笙工作室解除雇佣关系。声明一出来，粉丝的“口水战”就开始了。

公司给姜九笙安排了新助理，是个二十二岁的年纪却长着四十二岁脸蛋的小伙子，名字非常奇怪，叫麻见仙。听说他母亲怀他时梦见了大仙，便起了这么个名字。麻见仙不喜欢别人叫他这个女气又怪异的名字，一直以“小麻”自称，大家便都叫他小麻。

连着几天阴天，夜里没有半点儿星光，窗外的天空像笼着一层厚厚的黑色幕布，颜色深沉得让人有些压抑。

夜里十二点，阳台的灯亮着，一缕薄薄的白烟飘散开来，模糊了窗上映出的轮廓。

啪——客厅的灯突然亮起，姜九笙抬头，看见了时瑾。她指间还夹着女士抽的摩尔烟，白色的烟嘴，烟身细细长长的，烟尾有红色的火光，白烟袅袅升起。

她下意识地想藏手里的烟，愣了一下，随即笑了。

藏什么，她都被看见了。

时瑾走过去，倒没有恼她。夜里灯光柔和，他的眼神便被映得格外温柔。他柔声说道：“为什么抽烟？”

“突然犯了烟瘾。”

时瑾微蹙着眉头：“笙笙，你答应过我戒烟的。”

“我已经很久没抽了。”

她应该快有一个月没碰过烟了。

他抽走她指间的烟，将其掐灭：“但你刚刚碰了烟，前功尽弃了。”

戒烟就是这样，一旦放纵，瘾就会被勾出来。

“抱歉。”她认错，态度良好。

时瑾看到她眼底懒懒的倦意，哪里还舍得责备：“如果真的戒不掉，我陪你抽。”

她若真想放纵，他就只能奉陪了。

姜九笙摇头：“过阵子就好了，最近压力大。”

时瑾怕她冷，从身后抱住她：“怎么了？”

“演唱会要开始准备了，单曲也要出了，还有电影要拍，莫冰出差了，我和助理还在磨合期，心烦。”

当然，这些都不是主要原因。

小乔的那一番话，她不敢提，也不能确定其真假。如果温家花房里的命案真的有隐情，那么很显然时瑾不想让她深究，且命案和她脱不了干系。他不开诚布公的事情，必然有要瞒天过海的道理，即便她问了也得不到答案。

她怕打草惊蛇，又无视不了，便惴惴不安。

时瑾将下巴搁在她的肩上：“只是这些？”

“不然呢？”

时瑾在她的唇上啄了一下，尝到淡淡的薄荷味，忍不住又舔了两下。她有点儿痒，笑着躲开。

“如果你的性子不这么要强，我就可以劝你放弃，可是偏偏你从来不会半途而废，我也不知道拿你怎么办好。”唇贴着她白皙的脖颈，他嗓音低沉地道，“我能帮你什么？”

唱歌也好，演戏也好，他都不太懂。

姜九笙似想到了什么，顺着他的话说道："锦禹又把书架上的书按大小重新摆放了，你能由着他吗？"

姜锦禹和时瑾两个人都是执拗的性子，一个非要按照从大到小的顺序排，另一个非要按照英文字母顺序摆，书架上的书几乎每天都在挪动位置。

时瑾不愿意，不过还是点了头："嗯，听你的。"

姜九笙笑着窝进了他怀里。

江北警局。

今天是秦明立被拘留的第三天。

赵腾飞看了看手表："还有二十分钟，秦明立就要被放出来了。"

他真不想放。

赵腾飞拉了把椅子坐下，搭着一条腿，抖一条腿，姿势非常不雅："队长，你到时候可一定要忍住，千万不要冲动。你要是再揍人，指不定又要被派去九里提当交警。"

秦家太可恶了，找了个替罪羔羊秦明立就金蝉脱壳了。

秦明立那厮从头到尾装傻充愣，摆出一副"我什么都不知道"的表情，偏偏秦氏不知道从哪里弄来一个经理，逢人就一把鼻涕一把泪地说："我干的，都是我干的，跟我们二少一点儿关系都没有，抓我抓我，别冤枉了好人……"

这人演技还不错，鼻涕眼泪都是货真价实的。

赵腾飞调侃道："刘队说了，得看好你，不能再让你被调去九里提。不然又会有很多女司机打着违反交通规则的幌子，开着名车去九里提泡你。"

霍一宁脾气暴，每年都要打几次罪犯，每年都要被贬去九里提几回。

霍一宁抱着手臂没骨头一样躺在办公椅上，笑得很痞很匪很危险："为了九里提的交通安全，老子也得忍住啊。"他摸了一把脑袋，刚剪的头发有点儿扎手，"放心，这次我不揍人。"

赵腾飞表示不信！

每次明知道犯人是谁可证据不足不能抓的时候，队长十次有八次会拳头发痒。

"秦家人，揍了也没用。"霍一宁拖腔拖调地说，"得慢慢钓。"秦家可是还有个生了反骨的主儿。

钓？

拿什么钓？谁去钓？

赵腾飞满腹疑问。

一阵凉风吹来，门被推开，进来一个人。她穿着黑色铅笔裤、白毛衣，淡粉的围巾遮住了半张脸，戴了墨镜，黑色的头发随意扎了个松松垮垮的丸子头。

赵腾飞仔细确认后问道："姜九笙？"

对方点了点头，将围巾与墨镜拿下来，走到两人跟前。

赵腾飞觉得近距离看她，更美。

姜九笙被票选为"上镜不如真人好看"的艺人第一名，实在是因为她气质太好，镜头拍不出来。

"霍队，"姜九笙上前问道，"可以借一步说话吗？"

霍一宁说可以，把人领到了警局的审讯室。

他倒了杯水给姜九笙："找我有事？"

"有一件事，想请你帮忙。"

霍一宁拉了椅子坐到对面，长腿大大咧咧地伸着："说说看。"

"我想查看一个犯人的卷宗。"

"谁？"

"我只知道他的名字，陈杰。"

关于温家花房命案的凶手，除了名字，时瑾什么也没告诉她。她不确定小乔那一番话的真假，可事关她与父母，事关杀人命案，她又装不得糊涂。

对于八年前的命案，时瑾一直希望她能忘个干净，她若问他也必然得不到答案。

霍一宁复述了一遍那个名字："入室盗窃杀人案？"

"霍队也知道？"

"这个案子当年我师父跟过，我知道一点儿。"仔细回想了一下，霍一宁又道，"不过我记得这是重案组的刑事案件，保密性很高，内网里加了密，我都不一定有查看权限。"

这件案子当时闹得满城风雨，一开始是刑侦大队在查，霍一宁的师父就是当时的刑侦队队长，只是不知道为什么，案子中途转去了重案组，一切资料全部对外保密。

姜九笙拧眉："如果是受害者的家属想查呢？"她坦言道，"这个案子的两位死者是我的父母。"

霍一宁很诧异，但这是别人的私事，他也不便探究，只是问："有户籍证明吗？"

刑事案件的受害者家属查看档案都要提交申请与户籍证明。

姜九笙却摇头：“我的户籍在我养父母那里。”当年她诈死，时瑾在她的档案上作了假。

这就有点儿难办了，霍一宁思考后给了答复：“我试试看，有结果了我再联系你。”

“谢谢。”

“为什么不找时瑾？以他的手腕和人脉，这应该不是难事。”时瑾有路子，用点儿旁门左道要查档案不难。

姜九笙想了想，总结了七个字：“受害者心理创伤。”

霍一宁大概明白了，想来那个案子当时对姜九笙的打击很大，时瑾想瞒着她。

和霍一宁谈完，姜九笙走出审讯室，刚好碰到从拘留室里出来的秦明立。

这几天大概日子不好过，他不像平时那么衣冠楚楚，身上的衣服皱巴巴的，胡子拉碴，形象非常狼狈，看姜九笙自然没有好脸色：“替我带句话给时瑾。”

姜九笙面不改色地道：“请说。”

“如果他弄不死我，就别太张狂地打草惊蛇，狗急了也会跳墙，别惹我。”

姜九笙安安静静地听完道：“狗……”她看向秦明立，“指的是你吗？”

赵腾飞没憋住，扑哧一声笑了。

秦明立的脸色更精彩绝伦了。

“你的话我会带到。”姜九笙戴好围巾，遮住脸，往外走去。

秦明立无罪释放了，秦氏娱乐损失了一个高层，发了一篇三千字的道歉声明，官方地解释了一下此次案件与秦氏无关，纯属某经理个人行为。虽然网上的声讨没停过，秦氏娱乐的股价也一路狂跌，但跳楼案就这么翻篇了。

三月中旬，姜锦禹在西交大授课的事情谈妥了，试课也通过了，虽然他还是话不多，但基本交流没有问题，九月一号就正式开课。

他搬去了姜九笙那边的公寓住，房子没有重新装修，就是把摆设都从大到小排列了一下。时瑾对此很满意。

三月二十三日，《三号计划》开拍。

正式开拍之前，剧组官宣了定妆照，除了男主角夏琛，只有姜九笙是两张照片，一张军装照，一张旗袍照，很英气也很妩媚，着实让人惊艳。电影的期待值被推到空前绝后的高度，网友热议不断。

姜九笙没有拍过影视，但是拍过广告与MV，镜头感强，拍摄进度很顺利。新来的助理小麻还在适应过程中，对姜九笙特别小心翼翼。

中场休息时，姜九笙接到了霍一宁的电话。

“喂。”

“是我，霍一宁。”

姜九笙走到一边接听：“你好，霍队长。”

“有空吗？来一趟警局。”霍一宁简明扼要地道，“温家那个案子的资料我调出来了。”

姜九笙思索片刻后道：“我下午过去。”

挂了电话，化妆师过来给她补妆，导演开始拍下一幕。

姜九笙饰演的常春是一个旧时的舞女，后来与夏琛饰演的男主角一同破坏了敌军的“三号计划”。

夏琛的演技炉火纯青，不管是台词功底还是神情动作，他能做到完全控场。姜九笙和他配合得很顺利，很快就能带入情绪，几场戏基本是一次通过。

下午三点，拍摄结束，姜九笙自己开车去了一趟警局。

霍一宁将当初温家案件的庭审资料打印了出来，前后只有几页纸，姜九笙阅览了一遍，又翻到了最前面看。

“看出什么问题了吗？”

姜九笙摇头。

这份资料太含糊，许多东西一带而过，甚至连法医与法证的报告都没有。

“看不出就对了。”霍一宁肯定地道，“这份口供还有庭审资料很明显都是不完整的，应该是被人动了手脚。”

他办过那么多案子，还没见过案件记录这么模棱两可的情况，如果资料没有作假，那更恐怖——凶手被作假了。

“当年负责这个案子的律师和检察官呢？有没有他们的资料？”

这就更蹊跷了。

霍一宁说：“你来晚了一步，两个月前他们都出国了。”

很显然，有人在刻意遮掩有关这件命案的事情。

越是如此，姜九笙越是不安：“我能不能见一见这个陈杰？”

“陈杰拒绝探监。”霍一宁补充道，“八年来，他甚至连父母都没见过。”

她走到死路了。

兜兜转转这么一圈，除了越来越多的疑惑，越来越多的谜团，她什么收获都没有。

“这个案子，”霍一宁笃定地道，“一定有鬼。”

是啊，而且一定和她有关。还有谁呢？手能伸到警局，又与她有干系的，左右也就那么几家的人。

姜九笙拜托霍一宁道：“如果还有别的发现，烦请联系我。”

“没问题，不过我还是建议你找时瑾介入。”毕竟秦家有路子，时瑾又有手段。

姜九笙沉默了一下，假设性地反问道：“如果是时瑾刻意掩盖呢？”

他不排除这种可能。

霍一宁摊手道：“那估计就查不到什么了。”他可是与时瑾合作过，见识过那个家伙的能耐，关键是脑子还不是一般的构造，是个玩手段的个中翘楚。

姜九笙眉头深锁地道：“我也只是猜测。”

毕竟陈易桥的话她不敢全信，也不敢全然不信。

天北第一医院，心外科。

时瑾还穿着白大褂，一只手握着钢笔，另一只手拿着手机。

秦中在电话里禀报：“姜小姐确实在查当年温家的命案，温家小姐也在查这件事。”

笔尖停顿，墨水洇开。

温诗好的恶意太大，他该未雨绸缪了。

时瑾放下笔道：“都处理好了？”

“嗯，已经都封口了，人也送走了。”秦中话锋一转说道，“不过宇文冲锋手里还有一份当时的庭审资料，是先前姜小姐托付他查的，只是宇文冲锋把资料压下了。”

宇文冲锋有分寸，时瑾倒不担心。

时瑾思索了片刻后道：“那个助理。”

秦中反复斟酌着说道：“恐怕还不好动她，姜小姐会起疑的。”

姜九笙不是一般聪慧，要是动那个助理，她在御景银湾说的那一番话就全部被证实了。

“让人盯住她，她要是敢有任何动作，”时瑾看了看手指上沾的墨，眉宇轻蹙道，“你知道该怎么做。”

时瑾挂了电话后，拨了宇文冲锋的号码。

那边很吵，宇文冲锋直截了当地问：“什么事？”

时瑾言简意赅地道："当年温家的事，我不想让笙笙知道。"

不用说明，宇文冲锋也知道时瑾指哪些事情："我也正有此意。"

时瑾道："谢谢。"

谢个屁，老子又不是为了你！

"我就问一件事，"宇文冲锋突然认真起来，"温家的命案和笙笙有没有关系？"

时瑾沉默了半晌，答道："有。"

所以她患了抑郁症。

宇文冲锋明白了。那份资料他早就烧了，在这件事上，他和时瑾是一样的态度——往死里瞒。

他漫不经心似的提了一句："那你要注意了，她很聪明。"

对啊，姜九笙太聪明了，稍有风吹草动，她就能洞若观火。

他还能瞒多久？瞒不住了又该如何呢？

四月芳菲，江北的气温开始回升。正当娱乐新闻闹得沸沸扬扬时，一则经济新闻轰动了整个商界。

sj's集团将研发一代纳米导体用于电子行业，这是国内首个电子纳米科技项目，一旦研发成功，将会是电子行业在耗能上的一次质的飞跃。

sj's杀进电子行业不过短短几年，几乎垄断了华夏南方七省的电子业市场，是发展最为迅猛的一匹商业黑马。

四月中旬，sj's将招商引资，选择项目合作方。一时间各家企业趋之若鹜，只求分一杯羹。

"六少。"电话那边的是sj's的执行董事严峰。

时瑾心不在焉地应了一声。

电话里有水声。

严峰继续请示大老板："那个项目的备选合作方我已经发到了您的邮箱，筛选后一共有八家上市公司，您的意思是？"

时瑾不假思索地道："温氏。"

严峰很是意外，六少和温家的关系可不融洽，不过生意场上没有永远的朋友，也没有永远的敌人。

严峰适当地提出了他的看法："温氏的资金链的确比较稳固，可温氏基本没有涉猎过电子行业，不利于我们拓宽市场。相比较之下，章林电子——"

他还没说完，时瑾打断了他的话："等我回了公司再谈，现在在忙。"

他在忙什么？

严峰摸摸啤酒肚，很蒙。秦特助可是说了，六少今天一天都没行程啊。

电话那头，大老板的声音温温柔柔的：“笙笙，别喝冷的，我给你温了牛奶。”

话到这里，电话就被挂断了。

因为堵车，下午的戏姜九笙迟到了。

姜九笙下午只有一场戏，是和男二号的对手戏。

《三号计划》中饰演男二号的是sj’s集团旗下子公司——滚石国际的艺人，是最近大热的新人，连着拍了几部电视剧，势头很好，因此也膨胀得厉害。

“不好意思，我迟到了。”

姜九笙只迟到了十五分钟，场务还在协商拍摄问题，倒没有耽误拍戏，只是毕竟迟到了，出于礼貌她也应该道歉。

导演笑着说没事。

倒是那位男二号，躺在休息椅上，用余光扫了姜九笙一眼：“你知不知道因为你，我从四点等到了现在？”

他怎么就是因为她等到了现在？

姜九笙淡淡地道了声：“抱歉。”

男二号却没有半点儿见好就收的意思，言辞很激烈：“道歉有什么用？我的行程被耽误了，你担得起责吗？”

男二号叫方时喻。

她想起来了，这个男演员是男团出道，前年的“最受欢迎歌曲奖”他也被提名了，不过最后奖杯被姜九笙拿了。

她忘了这事，不过对方好像还记着。

姜九笙正要开口，却被身后传来的声音抢了先：“嗯，担得起。”

这是时瑾的声音。

姜九笙诧异地问道：“你怎么又回来了？”他只送她到影视城外，她还以为他走了。

时瑾走到她跟前：“钥匙在你的包里，忘了拿了。”

方时喻从休息椅上站起来，打量着时瑾：“你是谁呀？”

“我是姜九笙的男朋友。”时瑾转身问片场的工作人员，“能把录影设备关了吗？”

因为剧组有时候会剪辑一些现场的片花，因此摄像机都会提前开着。

场务愣了一下，去关了设备。

“你的经纪人是哪位？”时瑾问。

方时喻警惕地看着时瑾，发怵地问道：“你干什么？”

他的经纪人刚好接完电话回来，愣了一下：“时、时总。”

言婧，滚石国际的金牌经纪人。

做经纪人之前，她在sj’s的总裁办当过两年特助，自然见过时瑾，也知道他的身份。

“他是你手底下的艺人？”时瑾随意地问道。

言婧拘谨地回答：“是。”

不仅方时喻，片场里的几个工作人员也云里雾里的。怎么这位王牌经纪人见到姜九笙的男朋友特别战战兢兢？

“因为我女朋友迟到，耽误了他晚上的行程，你联系一下公司的公关，把行程往后挪一下。”时瑾的语气很温和，只是气场这个东西与生俱来。

言婧答道：“我知道了。”

这越看越像老板和下属之间的对话。

姜九笙拧着眉，看着时瑾。

“另外，他签的是几年的合约？”时瑾不疾不徐地接着问话。

言婧知无不言：“两年。”

“离合约到期还有多久？”

“两个月。”

这段问话中，时瑾自始至终不温不火，神色并没有明显的变化，倒是言婧的表情越来越紧张小心。方时喻完全蒙了，不敢接话，眼皮跳得很厉害。

时瑾没再询问，云淡风轻地嘱咐了一句：“跟肖坤生打个招呼，不用续签了。”

肖坤生是sj’s旗下子公司滚石国际的最高执行官，是滚石明面上的老板。

众人听时瑾的口吻，两人的关系似乎不平常。

言婧点头称是。

两人就这么三言两语，定了一个艺人的合约问题。

方时喻终于忍不住了：“你是谁啊？你凭什么插手我的事情？”

言婧扯了他一把，压着声音怒斥：“你还不给我闭嘴！”

方时喻咬了咬牙，忍着没作声。

时瑾牵着姜九笙，走到导演跟前：“张导，我女朋友有点儿不舒服，如果档期允许，下午的拍摄能否推后一天？”

姜九笙的这个男朋友，一看就不是能得罪的。

张导爽快地答应了：“当然没问题。”

时瑾道了谢：“因为延误拍摄造成的损失，还麻烦张导列个清单送到滚石国际的财务部。”他客套又礼貌地致歉道，“很抱歉，麻烦了。”

他的语气温和得春风化雨似的，而且态度礼貌周到，像大户人家的公子，涵养不是一般好，可是——

他怎么就是这么让人胆战心惊呢？

张导下意识地弯腰，差点儿鞠个九十度的躬：“不、不麻烦。”奇怪了，为什么是把清单送到滚石国际，姜九笙不是天宇传媒的艺人吗？

然后姜九笙就被她男朋友牵走了。

人走了之后，方时喻才问经纪人：“言姐，他是谁啊？”

言婧冷冷地瞥了他一眼：“滚石的大老板。”

滚石的大老板不是肖坤生吗？

方时喻有种不好的预感。

言婧的语气已经不大客气了：“时总是肖总的老板，而‘耽误’你行程的那位是老板娘。”

方时喻脸色骤变，完了……

那厢，姜九笙被时瑾牵着走出了片场。

“我没有不舒服啊。”

时瑾放慢了脚步：“与你搭戏的那位状态明显很不对，张导是出了名的吹毛求疵，就算你留下来继续拍摄，也不会拍出他满意的东西，没有必要再耽误你的时间。”

这一点很合理，姜九笙不反对。她也觉得自己和那个男二号很难磨合，不过——

“时瑾，sj’s和你是什么关系？”她看得出来言婧对时瑾的毕恭毕敬，而且能让滚石国际的肖坤生听从安排的人，就只能是总集团sj’s的高管了。

先前时瑾就给过她肖坤生的名片，当时她以为两人是好友，不过现在看来不像。

时瑾打开副驾驶座一侧的车门，让她先进去，帮她系了安全带才回答：“我以为你猜得出来，sj’s的名字取了我们两人的姓氏。”

她猜得出来，只是难以置信。

“所以，你是sj’s的老板？”就算姜九笙再不关心商界的事，也听过sj’s的大名，这是唯一一个销量挤进电子行业世界前十的国产品牌。

时瑾坐到主驾驶座上：“嗯。”

确切地说她才是老板，他的产业都是她的。

姜九笙哭笑不得："你以前不是跟我说你是卖电器的吗？"

"公司的主营业务确实是电子产品。"

她无言以对，电子业龙头企业和卖电器的公司完全是两个概念好不好？就好像海带和帝王蟹都是海里的，可两样东西是一回事吗？

"你会经商，和秦家有关吗？"她看得出来，时瑾和秦家总有一日要对立。

秦家什么都碰，时瑾却因为她而有底线。

"嗯。"时瑾对她没有丝毫隐瞒，"秦行掌控欲很强，我需要筹码。"

姜九笙有数了，秦家与时瑾或许共存不了很久了。

"不管你做什么，我都支持你。"

时瑾笑着吻她的脸。

若是以前，他什么都敢做，但现在不行了，有了她，他不能做个太坏的人了。

次日，姜九笙去了片场才发现剧组换了个男二号，依旧是滚石的男艺人，但是很有礼貌，而且谦虚，尤其对她非常礼貌恭敬。

4月下旬，姜锦禹已经不需要常去心理医生那里做治疗了，他的自闭症好了很多，可以一个人出门了。

月底，sj's与温氏银行强强联合，共同研发一代纳米导体在电子产品中的应用。项目启动资金很大，温诗好亲自跟进这个项目，投入金额高达温氏银行近半的流动资金。

云城温家。

咚——咚——咚——敲门声不疾不徐地响起。

"请进。"

秘书张冠华推门进去："温总。"

温诗好躺在躺椅上，稍稍抬起了眼皮。

"我们和sj's的合作项目已经开始运作了。"

温诗好手里捧着一本书，不紧不慢地翻着："后期看紧点儿，这个项目出不得一点儿岔子。"

这个项目，温氏投了近半的流动资金，若成了，以后温氏在南方七省的地位会更高，可若是砸了……

张冠华连忙称是。

五月中旬，姜九笙的主要工作是《三号计划》的拍摄。因为电影是民国谍战剧，姜九笙有很多持枪打斗的戏份，工作室给她请了专门的射击教练，学习形体与握枪姿势，她的其他通告基本被推了。

不过她乐得自在，她不喜欢曝光，不喜欢商演，也不喜欢综艺，就这样安安静静地出单曲、做专辑、演演戏、一年举办一场演唱会，足矣。

五月的天空微蓝，有风，太阳不烈，却仍旧有些燥热。

心外科与住院部之间有一条走廊，姜九笙把口罩往上拉了拉，朝心外科的方向走去，走廊最里面的一间病房正巧闹出了很大的动静。

咣——杯子被摔出了门口，砸得四分五裂。

姜九笙停下了脚步。

病房里，女人愤怒地大喊道："你出去！"

门口站着一位老妇人，有些驼背，两鬓斑白，脸上布满了老人斑。

"小乔。"老妇人喊了一声，声音带着轻微的颤抖。

一个枕头从病房里砸了出来，陈易桥极度不耐烦地道："我不想见到你，也没有你们这种为了钱连亲生骨肉都能抛弃的父母。"

她恨极了他们。

她亲眼见过少年时的时瑾轻飘飘地把支票扔到地上，亲眼见过戴着手铐的哥哥哭着喊冤枉，亲眼见过那年在医院里少年抱着女孩，轻声地哄："没事了，没事了……"

那个女孩患了良性肿瘤，她叫姜九笙。

那年她的父亲也得了肿瘤，时瑾的那张支票成了她父亲的救命钱，因此她的哥哥被父母放弃，连二审都没有，就被判了无期徒刑，一辈子都赔在了监狱里。

这样的父母，她怎么能原谅？

老妇人扶着墙抹泪："小乔，妈妈也没有办法，如果不收他的钱，你爸爸的病——"

陈易桥忍无可忍地道："滚啊！"

她是恨时瑾，可她更恨这样的父母。他们连犹豫都不曾，就卖掉了亲生骨肉，她死都不会忘记，她父亲卧病在床时说过的话："你哥哥就是个小偷，不是什么好玩意儿，有人愿意花钱买他的一辈子，那是他走运。就他那样的人……"

就他那样的人……

就是有这样的父母，才生出那样的人。人怎么从来都不会反省自己，而是找千千万万个理由，把所有的罪过都推给别人，甚至最亲的人？

是啊，她自己也是这样卑鄙的人，一个愿打一个愿挨，一个有钱一个缺钱，这就像一场交易。她还是将所有不能发泄在父母身上的仇恨全部倾倒给了时瑾。

“滚啊！”陈易桥歇斯底里地喊着。

老人回首看了许久，才佝偻着身子离开病房。

“姜小姐。”

肖逸又喊了一声：“姜小姐。”

姜九笙回神。

肖逸查房路过住院部，见姜九笙在此，便告诉她：“时医生的手术结束了，他这会儿在办公室呢。”

姜九笙颔首：“谢谢。”

她径直走过走廊，去了心外科的办公室，门正关着，已经快到下班的时间，她走过去敲了敲门。

时瑾的声音响起：“进来。”

姜九笙推开门进去。

时瑾见是她，眼里浮出了淡淡的愉悦：“你怎么来了？”

“今天没有拍摄，录音结束得早。”姜九笙把口罩取下，“你还有手术吗？”

时瑾摇头，拉着她坐下，去给她倒了一杯温水：“下班前我还要去查一下病房，你在这里等我一会儿？”

“好。”

时瑾拿了听诊器与手电筒出了办公室。

姜九笙坐了一会儿，有点儿心神不宁，一杯水很快见了底。她放下杯子，看见了桌上的记录表，是时瑾落下的。

她取了口罩戴上，拿了记录表追上去，刚走出连接住院部与心外科的走廊便远远看见了时瑾。

他身边还站着被陈易桥赶出病房的那位老妇，因为有些驼背，她又极力低头压着身子，比时瑾矮了一大截。

“时、时先生。”

姜九笙走近，听见时瑾的声音冷若冰霜。

“谁让你来的？”

老妇颤颤巍巍地回答：“没、没有谁，我女儿病了，在这里住、住院。”

“立刻离开这里。”时瑾压低了声音，语气不容置疑，“不要再来江北。”

他的嗓音没有一点儿平素的温和，凛冽又带着警告。

原来陈易桥的话都是真的，陈杰是被冤枉的，时瑾给了她家里一笔封口费，让陈杰去牢里当了替罪羔羊。

那么，陈杰替的是谁的罪呢？

姜九笙往回走去，心神恍惚。

“姜小姐。”

肖逸迎面走了过来，姜九笙点了点头，把记录表给了他：“能帮我给时瑾吗？他忘了拿。”

“可以的，我正好也要过去查房。”

回御景银湾的路上，她一路无话，耷拉着眼皮，精神恍惚。

“笙笙。”

时瑾喊了她一声，她仍魂不守舍，没有听到。

红绿灯路口，车停了下来。

时瑾凑过去：“笙笙。”

姜九笙倏地抬头：“嗯？”

时瑾用手背碰了碰她的脸：“怎么了？”

她窝在副驾驶座里，神色恹恹地道：“有点儿困了，我眯一会儿。”

“那你睡会儿。”

时瑾拿了车里的毛毯盖在她的腿上，将车窗关上，隔绝了窗外车水马龙的声音。车开得很慢，平平稳稳的，她闭上眼睛，渐渐昏昏欲睡。

她混混沌沌的，不知是梦是醒，眼前有拨不开的厚厚浓雾，有光破开雾霭，将眼前的画面照亮。

一个花房出现在画面中，藤蔓爬满了玻璃墙面，花架上整齐地摆放着许多瓦盆，红的黄的花儿开得正艳。

地上有一摊血迹，红得触目惊心。

少女背着身，瘦弱的肩膀轻微颤抖，她似乎想回头，少年在身后哄她：“笙笙乖。

“别转头。

“别看。”

少年嗓音清润，带着安抚：“笙笙，别看。”

她便不敢转身了，身体僵直，手紧紧地攥着，抖得厉害：“时瑾，他死了吗？”

他没有回答。

她像被抽去了力气，身体摇晃了两下，还是忍不住哭出了声。

“时瑾、时瑾，我怕。”

她无力地蹲下身体，低头看见了地上的血……

姜九笙蓦地睁开眼：“时瑾！”

“笙笙，我在这里。”时瑾俯身抱住她，用指腹抹了抹她眼角的泪，“怎么了？怎么还哭了？”

她大口地喘着气：“我又梦到那个花房了。”

梦里她满手是血，时瑾拿着刀，地上躺了两个人。她看不清那两个人的脸，只看到他们身上血流不止……

时瑾在她耳边哄道：“笙笙，不怕，只是做梦了。”

快下班时，警局里的气氛松懈了不少。

霍一宁放在桌上的手机响了，他看了一眼来电显示，接了起来：“师父。”

霍一宁的师父范卫东也是刑侦队出身，干了三十多年刑警，上了年纪后因为旧伤问题，转去了后勤保障科当科长。

“晚上过来喝一杯？你师母最近学了几个新菜。”

“行啊，我带酒过去。”

范卫东突然想起一件事：“上次你问的那个案子，我去翻过我以前的查案记录，是有古怪。”

八年前，陈杰在江北市局的管辖区落网，当时范卫东还在刑侦队，也跟过一阵子温家花房的案子，只是没有跟到最后，案子就被转给了云城的重案组。

“怎么古怪？”霍一宁正色问道。

“一两句说不清楚，晚上咱爷儿俩一边喝一边说。”

“成。”

晚上七点，老旧的小区里家家灯火通明，处处弥漫着饭香。

范卫东的妻子姚女士在厨房忙，扯着嗓门询问客厅里的老伴：“一宁快到了没？”

范卫东快六十岁了，身体很硬朗，戴着老花镜在客厅看军事新闻：“案子耽误了一会儿，他已经在路上了。”

姚女士把弄好的菜端上桌，余光瞟见老伴身上的背心与短裤：“你这老头子，看你穿的是什么，还不赶紧拾掇拾掇自己。”

“一宁又不是外人。”

这时，门铃响了起来。

“这么快就来了。”范卫东边走去开门，边嘴上念叨，“不是说还得有一会儿吗？怎么就——”

咔嗒，门打开，一把刀突然伸过来抵在了范卫东的胸口。

霍一宁七点一刻才到小区，先拨了个电话，可半天打不通。他摁灭了手机，停好车后往里面的楼走去，刚走到老式的楼梯口，两个戴了头套与手套的男人突然跑下来，形迹可疑。

他刚要去追，想到了什么，立马往楼上跑去。

范卫东家的门还是开着的，夫妻两人被绑在了沙发上，嘴里还塞了东西。霍一宁快速地把警棍收起来，过去给二人松绑：“人没受伤吧？”

范卫东摇头，气得吹胡子瞪眼：“真是胆大包天，打劫打到警察家里来了。”

“被劫什么了？”霍一宁打量四周，客厅里整整齐齐，没有被翻动的痕迹，看来那两个人不是图财。

“一份视频文件。”范卫东的表情变得严肃了，“一宁，除了你还有谁在查温家那个案子？”

霍一宁神色复杂。

温诗好、时瑾、姜九笙，三大重点嫌疑人。

夜深人静，皎洁的月光打在玻璃窗上，映出轮廓分明的侧影。

一只手不疾不徐地点击了两下，视频窗口弹了出来，视频的画面有些模糊，声音也有些杂。

这是一段审讯视频，视频的拍摄角度有些偏，画面并不是很清晰，却依旧辨认得出审讯室内三人的相貌。他们正是八年前的刑侦队长范卫东和当时温家花房杀人案的犯罪嫌疑人陈杰，以及另外一名刑侦人员。

“姓名？”

“陈杰。”

“籍贯？”

“云城。”

“十月十七日下午四点到五点半，你在什么地方？”

那时候的陈杰很年轻，头发剃得短，与其他的社会青年没有什么区别。他脖子上布满文身，手上戴着手铐，垂着头显得老实不少，回答道：“在温家。”

范卫东边做记录边问：“哪个温家？”

“云城银行温家。”

“你在温家做什么？”

陈杰沉默了很短时间，回答：“偷东西。”

陈杰在江北典当了一只手镯，正是温家的失窃之物，因此才在江北落网。

“四点到五点半，温家花房发生命案，一男一女被刺身亡，是不是你干的？”范卫东不等陈杰回答，继续道，“你被发现偷窃行为，就起了杀心，然后将两人杀害。”

陈杰立马抬头，情绪激动地辩驳道：“不是，我偷完东西就走了。人不是我杀的，是那两个人，是他们杀的！”

“哪两个人？说清楚一点儿。”

陈杰盯着范卫东的眼睛，生怕他不相信：“当时温家有人在办生日party（派对），后院没有人，我偷了东西就打算从后院离开，路过花房时，听见里面有人在哭。我当时好奇，就走过去看了一眼，走近了才发现地上躺着两个人，流了好多血。”

范卫东立即问：“是什么人在哭？”

“一个女孩。”陈杰慢慢地说，“她身边还有一个男孩子，十七八岁的样子，长得很高，相貌很出众。”

“他们在做什么？”

“女孩蹲在地上哭，男孩手里拿着刀，叫她不要哭。”

范卫东特地问：“你确定是男孩子拿着刀？”

陈杰毫不犹豫地道：“我确定，他的袖口有血，手很漂亮——”

咚、咚、咚——门突然被敲响，温诗好关了视频，抬头看向门口：“进来。”

张冠华拿了一份文件过来：“sj's的样板已经送过来了，若没有问题，下个月就会大批量生产。据财务部评估，融资案结束后，温氏的市值会增长十个百分点。”

“吩咐下去，投产。”

次日，警局立了案，刑侦一队亲自跟进范卫东这起入室抢劫案。

桌上的手机忽然振动，温诗好看了一眼，无声地勾唇笑了笑，接通电话。

姜九笙开门见山地问道：“视频是你发的？”

不到九个小时，姜九笙就找到了视频的来源，温诗好会心一笑：“我就喜欢和你这样的聪明人打交道。”

姜九笙语气淡然，无波无澜：“那是你蠢，连IP都没有换。”她懒得周旋，“见一面吧。”

温诗好报了一个时间和地点，姜九笙随即挂了电话，又拨了时瑾的电话号码：“时瑾，不用来接我了，结束拍摄后我还要去一个地方。”

时瑾没有多想：“我送你去。”

她回绝得很快：“不用。”

她很少这样独来独往，时瑾不太放心：“怎么了，笙笙？”

“没什么。”

姜九笙没有解释，只说有工作，他便没有再问，怕她恼他啰唆。

夕阳西下，时间已近黄昏。大半个太阳已经落进了地平线，远处的天空像火一样红。

咖啡厅里靠窗的位置，一抹晚霞落进来，时间一分一秒地过去，影子徐徐跳跃，斑驳光影从白色的咖啡杯落到小巧精致的汤匙上。

温诗好端坐着，化着精致的妆，慢条斯理地搅拌着杯中的咖啡。门被推开，风吹得风铃轻响，她抬起头，见到来人，笑了笑。

姜九笙快步走过去落座，取下口罩。

温诗好姿态闲适，好似对面坐的是故友：“给你点了咖啡，看合不合口味。”

姜九笙看了一眼，将咖啡杯推开，懒得虚与委蛇：“为什么把视频发给我？”

她问得直截了当，一分钟都不想多待。

“想看看你和时瑾的感情有多坚定。”

陈杰那段口供将嫌疑指向了时瑾，他以目击者的身份，指认时瑾当时手握凶器。今天早上八点，姜九笙收到了那份视频，视频是由陌生邮箱发过来的，发件人不明。

她让锦禹查了IP。

温诗好看着对面的人，她似乎没有预想中的情绪失控，相反异常平静与镇定。

姜九笙语速不急不缓，说话有条不紊：“如果我没有猜错，那个视频里的人应该就是当年温家抢劫杀人案的凶手陈杰，而那段视频是案子还由刑侦队负责的时候录的口供。后来这个案子被转去了重案组，一审的结果是陈杰被判了无期徒刑，也就是说，那段口供已经被推翻了。”

陈杰被判罪，那么毫无疑问，他在刑侦队录的指证口供变得无效。最重要的是，如果没有任何直接证据，嫌犯的指证就算到了法庭上也不会被采纳。

温诗好诧异，这时候了姜九笙的逻辑居然还如此缜密，她倒是处变不惊。

“你说得没错，不过……”她话锋一转道，“你就没有一点儿疑心？那个叫陈易桥的就没跟你说什么？”

温诗好连陈易桥都查出来了，还真是有备而来。

“你知道的可真多。”

温诗好说：“知己知彼。”

“这个视频是从哪里弄来的？”姜九笙带了谈判的口吻，从容自若，“我怀疑它的真实性。”

温诗好很快回答道：“你也知道，这个案子还没有转到重案组之前是刑侦队在跟，视频就是从前刑侦队长那里拿来的。”她胸有成竹地说着，“你不相信可以拿去做鉴定。”

“拿来的？”姜九笙淡然地纠正，“是抢来的吧。”

“你别管我是怎么——”

姜九笙打断温诗好的话，说道：“非法抢占他人物品，”她抬起头来，“霍队，能构成入室抢劫罪吗？”

温诗好大惊失色：“你——”

温诗好身后的桌旁，原本躬身用报纸挡住脸的人蓦地站起来，将鸭舌帽取下，露出一张俊朗立体的脸：“能不能构成，审一审就知道了。”

警察！

温诗好呆若木鸡。

霍一宁走过去，从口袋里摸出一副手铐：“温诗好小姐，我们怀疑你涉嫌一起入室抢劫案，不是一定要你说，但你所说的一切都将成为呈堂证供。”

随后，三四个便衣警察围住了她。

温诗好瞠目结舌了许久，瞪向姜九笙：“你诈我？”

姜九笙波澜不惊地看着温诗好火冒三丈的眼，说话仍旧不温不火：“我在电话里不是说了吗？那是你蠢，连IP都没有换，不诈你诈谁？”

温诗好难以置信地道：“我怎么会料到，你都知道时瑾有可能是杀害你父母的凶手，却还执迷不悟。”她几乎失控，厉声怒斥，“姜九笙，你为了一个男人，连血仇都不顾了吗？”

她怎么也没料到，姜九笙都看过那个视频了，第一反应不是去质问时瑾，而是伙同警察来抓她的把柄。

这个女人的脑袋里装的到底是什么？！

姜九笙默然以对。

温诗好快要崩溃，恨不得扑上去撕掉姜九笙那张云淡风轻的脸。

“腾飞，把嫌疑人带去警局。”霍一宁命令道。

“是！”

赵腾飞直接上前押人。公共场合，温诗好不敢惹人注意，只得咬牙忍着，被推搡着出了咖啡厅。

霍一宁看向姜九笙：“那个视频——”

姜九笙的神色不似方才那般处之泰然，她语速微快，打断了他的话：“以后能作为呈堂证供吗？”

霍一宁审视着她：“你是替你自己问的，还是替时瑾问的？”

如果她是替自己问，作为被害人的家属，她有权上诉，指控时瑾；如果是替时瑾问，那么恰恰相反，她是要为他申辩。

她没有回答，目光下意识地闪躲了一下。

哦，她是替时瑾问的。

她的第一反应是为时瑾开脱。

霍一宁明白了，回复了她：“只有审讯视频，没有任何直接证据，是不能给嫌疑人定罪的，何况那段视频里连时瑾的名字都没有出现过。”

她竟松了一口气，她潜意识里最在意的居然是时瑾会不会被定罪。

“这个案子我会继续查，如果真的还有隐情的话，”霍一宁停顿了很久才接着道，“法不容情。”

这个案子越来越扑朔迷离，他本来只是怀疑陈杰是替死鬼，现在案情突然出现反转，陈杰八年前居然指证过时瑾。再加上时瑾极力掩盖事实，确实可疑，由此可知，就算真正的凶手不是时瑾，他也定然知道是谁。

霍一宁准备先行离开，刚转身就顿住了：“他来了。”

姜九笙抬头，看见了站在风铃下的时瑾。咖啡厅的门不时被进来的客人推开，风铃叮叮当当地发出脆响。

那段视频里的内容，突然在她的脑中重播了一次。

“当时温家有人在办生日party，后院没有人，我偷了东西就打算从后院离开，路过花房时听见里面有人在哭。我当时好奇，就走过去看了一眼，走近了才发现地上躺着两个人，流了好多血。”

“是什么人在哭？”

“一个女孩。”陈杰缓慢却清晰地描述着，“她身边还有一个男孩子，十七八岁的样子，长得很高，相貌很出众。”

“他们在做什么？”

“女孩蹲在地上哭，男孩手里拿着刀叫她不要哭。”

“你确定，是男孩子拿着刀？”

“我确定，他的袖口上有血，手很漂亮。”

这是陈杰的供词，他指证少年手握凶器。陈杰没有确切地说出少年的姓名，可姜九笙知道，那个手很漂亮的少年就是时瑾。

时瑾朝她走来，惊慌失措地喊道：“笙笙。”

他为什么要惊慌失措呢？

其实姜九笙面对温诗好时的镇定与平静全是装的，这一刻，所有惶恐不安全部向她席卷而来，瞬间将她的理智与冷静击得溃不成军。

她双腿发软，身体摇晃了一下。

时瑾立马扶住她。

“时瑾。”她仰头盯着他。

时瑾惶惶不安地问道：“怎么了？”

她没有说话，目不转睛地一直看着他，看着看着，突然潸然泪下。

时瑾顿时手足无措：“笙笙，你别哭……”

夜里漫天星光，月圆如盘，客厅里只开了一盏小灯，窗外皎洁的月光透进来，将屋子照得明亮。

乒乒乓乓的一阵响后，医药箱里所有的东西都被倒在茶几上，时瑾蹲在那里翻找着什么，动作慌乱。

手机开了免提，时瑾正在与人通话。

秦中在汇报sj’s的纳米导体项目，时瑾没有耐心听完，打断了他的话：“那个项目尽快收网。”

秦中顾虑道：“万一温氏起疑——”

时瑾不由分说：“我等不及了。”

他找到了药，随即挂断电话，倒了温水去房间。

姜九笙从咖啡厅回来就开始发低烧，不肯去医院，也不同他讲话，就睁着眼睛看天花板，若有所思地躺了两个小时。

时瑾端了水走到床前。

她转身，背对他。

“笙笙。”

她没有应他，他不知她是梦是醒。

时瑾把水和药放在床头柜上，坐到床边：“乖，先吃药。”

姜九笙又转回身来，蜷缩着窝在床上，一张脸很小，乌黑的头发衬得肤白如雪。

“时瑾。”

“嗯。”

她迟疑了一下，从床上坐起来：“你看那个视频了吗？”

时瑾沉默，敛眸遮住了眼里的情绪。

她一双桃花眼眼角晕红，哭过后红得更明显。她伸出手把时瑾的头抬起来，目光与他对视，又问了一遍：“你也看了是吗？”

他没说话，算是默认了。

从咖啡厅回来后，他始终没有一句解释，也没有一句辩驳。

她平静的眼里像突然掷入了一枚石子，荡开一圈圈涟漪，她的声音也跟着发紧：“你说话啊。”她停顿了很短时间又道，“你说什么我都信。”

只要是他说的，她全部无条件相信，哪怕他骗她都好。

因为她肯定舍不得责怪他，也肯定不会与他置气很久，所以他只要哄哄她、骗骗她就好。可他偏偏一句话都不说。

他默认了陈杰的供词。

“是你吗？”声音都不由自主地开始发抖，她问得小心翼翼，“凶手是不是你？”

摇头啊，他摇头她就不问了、不想了。

时瑾看着她，点了点头：“是我。”

她不信，紧紧地盯着他的眼睛：“你别骗我，你要是敢骗我，我就不原谅你了。”

她从来没有这么痛恨过自己。为什么不能利索地想起来？为什么梦境里那些模糊的片段连不起来？为什么她越回忆情况越扑朔迷离，真相像在和她捉迷藏一样，怎么找都找不出？

时瑾的目光一点儿闪躲都没有，他平铺直叙，像在陈述一个事实：“是我，是我杀了你的父亲。”

姜九笙想也不想地道：“我不信，你在撒谎！”

理智与思考能力全部溃不成军，她的脑子里现在像堵了一块石头，那石头压着她的最后一根神经，她一想就乱，一扯就疼。

她现在只有本能意识，本能地不相信时瑾的话。

时瑾却一遍一遍地承认，声音清越，直接冲进她的耳膜：“是我失手杀了你父亲。”

姜九笙推开了他，她不想听。

他的手碰倒了床头柜上的水杯，咣的一声，杯子应声碎裂，摔得满地都是碎片。

她从床上起来，整个人精神紧绷，大脑混沌不堪，半天找不到鞋，便直接赤着脚走。

地上都是碎片，时瑾立马拉住她，把她抱回床上，然后蹲下给她把鞋穿上。

他声音微哑，像是在央求："你不要走。"

她不能不走。

她知道的，时瑾是微表情解读的高手，甚至会心理学，她怕留下来被他三言两语蛊惑心神，怕再这么混乱下去，她脑中那点儿残存的片段会顺着时瑾的思路去规整。

她尽量平静与理智地道："时瑾，我的脑子不清醒了，我也思考不了了，你不要步步紧逼。我的头很疼，一想那件事就疼，我现在什么都想不了，思路也不清楚，我要静一静，我要自己理一理。"

她自认为不算愚笨的头脑在此刻变得一无是处。而人在情绪混乱又激动的时候，容易做出错误的判断，容易说出最伤人的话语。

她起身想走。

时瑾拉住她道："我走，你去躺着好不好？"

姜九笙犹豫了一下，躺下了。

时瑾蹲下将地上的玻璃碎片一片一片地捡起来，又用湿巾仔细擦了一遍地板，确认没有遗留的玻璃碴后才起身。

"笙笙。"他叫了她一声。

姜九笙没有应他，头痛欲裂，一闭上眼那些混乱的片段与陈杰的话就在脑子里横冲直撞。

他重新倒了一杯温水放在床头柜上，轻声叮嘱："我把退烧药放在这里。"

她没说话。

时瑾像在哄她，又像在小心地求她："你不要吃安眠药，我不走远，就在外面，你难受了就喊我。"

沉默了很久，背对着他的姜九笙还是给了回应："嗯。"

时瑾将灯关了，只留一盏不刺眼的暖色灯，然后关上门，走出了房间。

他骗了她。

否则怎么办呢？她那么聪明，他若不成为凶手，就只剩她了……

这世上磊落善良的人总是会轻判别人，却给自己量最重的刑，何况是亲手伤害至亲的罪行。

所以谁都可以是凶手，唯独她不行。

后半夜姜九笙发烧了，睡得昏昏沉沉，时瑾给她喂了药，可半个时辰过去了，还是没有退烧，物理降温的作用也不大。他抱她下楼的时候，脚步都是乱的，开车时一路闯了好几个红灯。

在去医院的路上，时瑾专门打了内科余医生的电话，麻烦他来医院给姜九笙看诊。余医生受宠若惊，火速赶来医院看了诊，给姜九笙号了脉，吊了水，也做了检查。

余医生一出急诊室，时医生便过来了。

“体格检查和血常规都做了吗？”

病人是时医生的家属，余医生自然上心很多：“已经都做了。”

“病因呢？”

“急性的病原体感染。”这不是什么大问题，不过看时医生神色紧张，余医生忙安抚说，“已经做了抗病毒治疗，体温已经在下降，明天就没什么事了，时医生不用担心。”

时瑾周到地道谢：“麻烦余医生了。”

“不用客气。”

做完应急治疗后，姜九笙被转去了VIP病房。住院部的护士长一开门就看见时瑾在病房外面靠着墙笔直地站着，走廊里的光线很足，他眼里还是没什么情绪，眼神有点儿放空。

护士长问：“时医生不进去？”

时瑾摇了摇头，站到门口看着门上的玻璃小窗，有些出神。

他分明担心得要命，怎么就不进去？

“和姜小姐吵架了？”

时瑾没有接这个话，只是恳请道：“后半夜她可能会反复发烧，麻烦你半个小时给她喂一次水，如果发高烧，要给她做物理降温。”

“没问题。”

“谢谢。”道完谢，时瑾继续站在门口，默不作声地守着。

护士长无声叹息，唉，看来小两口吵得还挺严重。

第二天一早，徐青舶有一台手术，换了衣服在洗手消毒的时候，时瑾就站在他旁边。

“内科的余医生说，你女朋友又住院了？”徐青舶挤眉弄眼，打趣道，

“怎么回事？你不是宝贝她宝贝得要死吗？怎么还三天两头——”

话说到一半，徐青舶吓了一跳，一把抓住时瑾的手：“你的手怎么流血了？”

时瑾一句话都没说，只是皱了皱眉，把手拿开，放在水管下面冲洗，并在徐青舶碰过的那个地方又涂了一遍消毒水，重复冲洗清洁。

徐青舶无语了，这时候了时瑾还在嫌他脏！

“怎么伤的？”

徐青舶问完，却没有得到回答。

伤口还在冒血，时瑾将手放在水龙头下用水冲，眉头都没皱一下。

他这么冲，越冲血流得越多！

徐青舶不淡定了：“你疯了？外科医生的手是命，你居然还这么糟蹋，还不赶紧去包扎。”

时瑾无动于衷，低头看着自己的左手，自言自语：“我的手是笙笙的，我的命也是她的。”

“你在说什么鬼话？”

时瑾突然抬头，一双眼深得看不见底，像一团化不开的浓墨，覆了一层令人压抑的阴影。

他说：“她生病都是我害的。”

徐青舶仍是一头雾水：“你们出什么问题了？”

时瑾又不说话了，继续冲手上的血。

徐青舶看了看他的伤口，那一条划痕还在冒血，位置在左手腕上面一点儿，只伤到了表皮。伤在这个位置不可能是医生的个人失误，再看刀口，居然是手术刀划的。徐青舶找了一圈，果然在另一个水池里看见一把特小号的圆头手术刀。他惊恐了：“你的手不是你故意弄的吧？”

时瑾不予回应。

徐青舶大惊。完了，以前时瑾只是狂躁、焦虑、有轻微暴力倾向，现在又多了个自残倾向。

姜九笙这味药，对时瑾这个特殊的偏执型人格障碍患者确实非常有效用，可副作用也很大。她像一把双刃剑，能控制他，也能让他失控。

姜九笙睡到将近中午才醒，睁开眼，有点儿失神，盯着天花板看了很久。

“你可算醒了。”

姜九笙转头：“莫冰。”

她长时间低烧，嗓子哑得很厉害，脸上已经恢复血色。

莫冰从病房外进来，倒了一杯温水给她："先喝点儿水，你的嗓子要是被烧坏了，老板得连我一起打。"

姜九笙喝完水，道了一声谢后躺回病床上，没怎么说话，神色有些恍惚。

她也不知道自己在思考什么。

莫冰纠结了一下，还是忍不住问："你跟时瑾怎么了？他在病房外站了一个晚上，可就是不进来。"

姜九笙始终默不作声。

她和时瑾一样，什么都不说，估计不是什么小问题。两个人都是冷静又理智的人，平时相互惯得不像话，他俩要是闹矛盾了，绝对不可能是小打小闹、鸡毛蒜皮的事。

莫冰也不再问了。

傍晚的时候，霍一宁来了医院。

他说了一下温诗好涉嫌入室抢劫的那个案子："局里已经立案了，下个星期就能审。"

姜九笙问道："能判罪吗？"

霍一宁摇头："她手下有的是替她顶罪的人，律师会将她摘得很干净。"他又补充，"她已经取保候审了。"

姜九笙已经猜到了这个结果。

温诗好只在警局待了四十八个小时，出来后直接去了酒店。

张冠华等候多时："温总，已经都安排好了。"

她脱了西装外套，将其扔进垃圾桶里："姜九笙呢？"

"在医院。"

"看来那个视频有点儿作用了。"

"凶手……"张冠华迟疑着，终是多嘴问了一句，"真的是秦六少？"

"当然不是。"温诗好笑了笑，进了浴室，"这个视频只是试试水罢了。"

她倒想看看那两个人的感情有多坚定。

是夜，漫天星辰绕着一轮圆月。

姜九笙夜半醒来，睁开眼，床头灯有点儿刺目，她眯了眯眼睛，翻了个身，目光撞上了一双深不见底的眼，恍恍惚惚以为在梦里。

"时瑾，是你吗？"

"我坐一会儿就走。"时瑾伸手想碰碰她的脸，又顿住，手悬在了半空中，许久后，有些僵硬地收回了手。

她抓住了他的手。

时瑾的眼睛蓦地一亮。

“手怎么了？”她用指腹摩挲着他手腕上的绷带。

时瑾回答道：“手术刀划到了。”

时瑾的声音沙哑低沉，语气失意又落寞，他在向她示弱。

姜九笙眼皮有点儿重，缓缓往下耷拉，她昏昏沉沉地呢喃了一句：“不要受伤。”

半睡半醒间，她毫无防备，对他全是依恋。

时瑾俯身：“笙笙。”

“嗯。”

他像行走在悬崖峭壁边缘的人，如履薄冰，小心翼翼地问：“你还要我吗？”

她点了点头，本能似的抱着他的手贴在脸上：“要啊。”

时瑾眉宇稍展，压在眼底的阴郁缓缓消散。

“等我回来。

“等等我，等我想清楚。”

她半梦半醒间呢喃了两句，然后便睡去，呼吸浅浅的。

时瑾凑过去，把唇贴在她的唇上，惶惶不安的心终于得以安放。

翌日姜九笙出院，《三号计划》剧组临时去温城取景，时间很紧，姜九笙跟组直接飞去了温城。

她走的这一周内发生了很多事，温诗好牵扯进刑事案件，温氏股价下跌，她取保候审期间，温氏暂由董事会行使决策权。温氏与sj’s集团合作中期，因为前期市场预售数据大涨，sj’s开始大量投产，温氏不断追加投资金额。

六月初，sj’s第一批产品正式上线销售，产品上线不到一周，风波再起。

“sj’s集团首次研发新一代导体用于电子行业，产品一经上线，一周内销量突破十亿，初期用户体验非常乐观。可在三天前，工商局连续接到七起sj’s旗下电子产品的消费者投诉，经调查，该产品在耗电、主板方面确实存在问题。目前sj’s集团已经全面停止该产品的生产与运营，市面上存留产品也全部下架，关于后续处理与消费者赔偿问题，sj’s集团还没有做出任何回复。天天新闻特别报道。”

温诗好关了电视：“sj’s那边的人怎么说？”

秘书张冠华站在一旁，表情沉重：“还没有任何答复。”

这批产品从前期研发到大量投产，温氏多次追加投资款项，几乎动用了银行近七成的流动资金，这时候只要谁来扇扇风，银行的资金流势必会瘫痪。

“尽快约一下sj’s的严董。”

“是，温总。”

翌日，sj’s的执行总裁对消费者做了统一回应：所有问题产品一律全额退款，并予以赔偿，线上、线下产品全部报废处理，决不销售一件问题产品。

在电子行业，产品出现问题的情况并不少见，但像sj’s这样豪气的善后处理方式绝对前所未有，消费者对此好评如潮。

sj’s的应对措施一出来，温氏不淡定了，温诗好当天就去了sj’s的总部，在总裁室外面等了半个小时，才见到sj’s集团的执行董事严峰。

sj’s旗下的电子产业都归严峰负责，他是集团的最高执行官，五十来岁，矮胖圆润，发型有点儿“地中海”，见人三分笑，和和气气的。

“严董，你们sj’s是什么意思？”温诗好一开口便来意明确地质问。

严峰眯起小眼睛，像只笑面虎：“就是表面上那个意思。”

线上、线下产品，全部报废处理，这是sj’s的应对策略，他们完全没有过问作为合作方的温氏，大手一挥可当真是一掷千金。

温诗好冷了脸：“那你们清楚全部报废要损失多少钱吗？”

严峰还是笑眯眯的：“我们有财务，自然清楚。”

那么一笔天文数字，他们居然眼睛都不眨一下，温诗好讥笑出声：“所以你们是疯了？”

严峰笑着摇头：“我们董事长说了，钱可以亏，但sj’s的招牌不能砸，就算把产品全部报废，也不能流出一件残次品。”

他这轻松的语气，真的当处理掉的是一堆萝卜青菜吗？那批纳米导体，光是原材料就是天价。

温诗好彻底没有耐心了：“你们sj’s要自掘坟墓我管不了，可这个项目里面还有我们温氏的投资。”

严峰连忙说知道，心平气和的，像只戴着假面的老狐狸：“违约金和部分赔偿款项我们公司的法律顾问会找温总谈。”

就算如此，风险共担，她足足损失了几十亿元流动资金，更不用说sj’s了，前期研发设备与投入就是一大笔钱，他们竟然说废掉产品就废掉产品。

温诗好冷笑道：“听严董的口气，你们sj’s好像不缺资金？”

严峰笑脸相迎：“我们董事长确实钱挺多。”

温诗好目光一凛，语气顿时变得咄咄逼人：“既然不缺资金，你们为什么让我们温氏入股？”

合作之前她也有过这样的疑问，身为电子业的龙头企业，旗下产业链多样，sj's怎么会缺资金？只是当时sj's抛出了那么大一块香饽饽，引得不少企业趋之若鹜。同是商人，第一关注点永远是利益，他们都想着来分一杯羹，反而忽略了最根本的问题。

sj's根本就不缺资金。

严峰打着哈哈，只说："这是我们董事长的意思。"

温诗好脑中的弦突然绷紧了一些："你们的董事长是谁？"

合作了这么久，她竟连sj's真正的老板都没有见到过。若不是严峰嘴里一口一个"董事长"，她大概会和其他人一样，以为sj's的老总就是严峰。

那个所谓的董事长，从来没有在公众面前露过面，甚至连一点儿身份信息都没有透露过。

严峰脸上依旧是那副标准的假笑："这我就不方便透露了。"

温诗好被气笑了："你们sj's是钱多得没地方烧吗？拿一百亿来耍我！"

她终于看出来了。

严峰礼貌一笑，看了看手表道："我还有个会要开，如果还有什么事情，可以联系我们法务部和财务部。"

"你——"

严峰拂了拂西装，笑呵呵地往外走去，接了个电话："喂，在等我？就来就来。"

温诗好气得咬牙。

翌日，一则财经新闻曝出，一石激起千层浪。

温氏银行资金套牢，财政出现赤字，即将面临资不抵债的风险。

消息出来不到一天，温氏银行的提款用户量猛涨，客户大量提现，致使银行发生严重挤兑，股价一路暴跌。

无奈之下，温氏银行发行债券，招资补缺。

另外，温氏与sj's的合作项目，温诗好签下的是个人担保，项目失败她理应负责，将名下百分之二十的个人股份用于融资。

融资方是一家叫嘉美的风投公司，至此嘉美风投成了温氏的第二大股东。

温氏发行债券与融资之后，财政赤字暂时稳住，经营与运作也慢慢回归正轨。

sj's集团则重新研发纳米导体应用，项目初期便承诺消费者，第一批产品将免费试用，确保不会再次出现问题之后，才正式上线。

消费者表示：业内龙头就是龙头，这手笔很大啊。

温氏银行。

“温总，sj’s已经投产了。”

温诗好不可思议地问道：“这么快？”

张冠华点头：“我派人去调查过他们的技术部，根本没有开始研发工作，而是直接投产了。”

这么看来……

张冠华大胆猜测：“当时他们和我们温氏合作所用的根本不是最终成品，这次投产的才是最后的研发成果。”

也就是说，sj’s和温氏合作所用的是失败的残次品。

sj’s花几百亿元就是为了搞他们温氏！

“去查一下sj’s到底是谁在当家。”温诗好攥着手，青筋隐隐凸起。

天北第一医院。

傍晚，夕阳西下，时瑾逆着光站于窗前。

电话里是秦中的声音：“温氏没有起疑。”

时瑾嗯了一声。

秦中又道：“加上散股，嘉美风投已经持股百分之三十五了。”

“可以控股了。”

“我明白。”

敲门声响起，医助在门外喊：“时医生，麻醉科已经准备好了。”

时瑾挂了电话：“十分钟后做手术。”

第十七章 记忆恢复，真凶显露

《三号计划》剧组在温城取景拍摄，才过去一周多，江北已经天翻地覆。

六月中旬，夏至将至。这几天天气燥热，有些闷，温城是阴天，大雨将下不下，抬头便是成天散不去的乌云，叫人无端心烦。

今天姜九笙没有戏，在酒店休息，搬了把躺椅在阳台上，看楼下的车水马龙，还有远处的海与山峦，懒懒地窝在椅子上与莫冰讲电话。

有一搭没一搭地聊了十几分钟后，莫冰突然提道："笙笙，温家变天了。"

"听说了。"

最近姜九笙心情一直很压抑，话也越来越少，整夜整夜地失眠，状态特别差。

这是抑郁症的前兆。

莫冰不放心地道："笙笙，你去做心理治疗吧。"

姜九笙语气淡淡地说道："我一直在吃药，不过好像没什么用。"

人就是这样，尤其是心理疾病患者，总是不由自主地胡思乱想，无法做到心如止水。

上午姜锦禹来过，陪姜九笙坐了很久，平时不怎么说话的少年絮絮叨叨地陪她聊着，应该是时瑾同他说了什么。

下午姜九笙有一场戏，是和秦萧轶的对手戏，她早早地去了片场。

谢荡过来探班了，或许时瑾也对他说了什么，他连续给她讲了十多个笑话。剧组的工作人员也都发蒙地围上去听。谢荡讲的笑话真的不太好笑，但大家就算觉得怪，能不捧场吗？于是乎，大家一起假笑，片场简直是一片“欢声笑语”啊。

秦萧轶抱着手，笑着看向谢荡：“你是要转行当谐星了？”

“跟你有关系吗？”

秦萧轶接话：“当然，如果你想当喜剧演员可以签秦氏娱乐，我捧你啊。”

她的语气很霸道。

谢荡气闷，嘴角抽了抽：“鬼要你捧。”

秦萧轶笑了笑，也不生气：“谢荡，你觉得我演得怎么样？”

谢荡很敷衍：“问导演。”

秦萧轶走到他跟前转了一圈，没话找话似的问：“我穿这身怎么样？”

“问服装师。”

秦萧轶嘴角的笑越发明艳了，她凑过去又问：“那我漂亮吗？”

谢荡别开脸：“问化妆师。”

秦萧轶完全忽视他的不耐，循序渐进，问题更有深度了：“你觉得我怎么样？”

谢荡忍无可忍，抬眼瞪她：“不怎么样！”

秦萧轶笑了，眼睛弯弯的：“你终于肯看我一眼了。”

她看他的眼神，跟家里那只哈士奇盯着肉的眼神一模一样，谢荡都怀疑她会扑过来啃他了。

“秦萧轶，你是不是有受虐倾向？”她有毛病啊！他态度都这么恶劣了，她还来找不痛快。

他不就是帮过她一次？他错了还不行吗！

秦萧轶温顺得不像平时的样子，居然点头，语气认真地道：“可能吧，不过我好像只对你犯病。”

谢荡：“……”

他的鸡皮疙瘩都起来了。

酸死他了！

晚上有一场夜戏，是姜九笙和夏琛的对手戏。她入戏很快，拍摄很顺利，结束后才九点多。导演请剧组众人消夜，姜九笙以身体不适为由推辞了，助理小麻陪着她回下榻的酒店。

从保姆车上下来后，小麻就东张西望的，一副担惊受怕的样子。

“笙姐。”

姜九笙回头看了他一眼。

小麻眼珠子转了两圈，缩了缩脖子：“我怎么老觉得有人跟着我们啊？”

姜九笙没说什么，继续往酒店大堂走去。

小麻胆子小，念叨个不停：“我们是不是被跟踪了？不会是‘私生饭’吧？”他的脑子忍不住胡思乱想，“还是绑架？”

姜九笙突然停下脚步。

小麻紧张得抬头纹都皱出来了。

“小麻，你先上去。”她没有解释。

小麻一副视死如归的表情：“笙姐，不成啊，我不能把你一个人置于危险之中，就算是刀山火海，我也要义不容辞地跟你同进退。”

不然宇文老板会弄死他的！

姜九笙心平气和地道：“不会有危险，你上去吧。”

小麻不敢：“笙姐——”

姜九笙失笑道：“有不对劲儿我就马上给你打电话。”

“那好吧。”小麻一步三回头，“那我先上去了。”

姜九笙往楼梯口走去，上了一段楼梯，然后突然停住：“出来吧。”

楼梯间里没有人，很安静。

她提了提声音，喊道：“时瑾。”

片刻后，脚步声靠近，楼梯拐角处出现一道影子，时瑾缓缓地挪了出来。

“笙笙。”

隔着半层楼梯，他仰头看着她，一双眼里含着千言万语，黑沉沉的，深邃又炽热。

姜九笙盯着他看了许久。

他好像瘦了。

她收回目光，转过身去。

时瑾下意识地迈出脚，迟疑了须臾，又收回来，眼里的光一点一点地暗了下来，像仲夏夜的星空忽遇阴雨，乌云密布。

“时瑾。”

楼梯间里很静，她突然又喊他，空间里飘荡着回声。

时瑾蓦地抬头。

她扶着楼梯扶手，身子往下探：“怎么还不上来？”

时瑾愣了一下，才跟着过去。

姜九笙把他带回房间，去倒水。他就跟在她后面，隔着两三步的距离，她走到哪里他就跟到哪里；她不开口，他也不敢说话。

她坐下，他就站到她面前。

她把水杯递给他：“这几天，我冷静了一下，想了一些事情。”

水是温的，他喝了一口：“想了什么？”

姜九笙很自然地接过他的杯子也喝了一口，然后放下水杯说道：“在想你的话是不是真的。若是真的，要怎么办。”

他安静地凝视着她，没有说话。

他还是不解释，不反驳，什么都扛下来。

姜九笙皱起眉：“我想自己想起来，可一想就头痛，还是记不起来，理不清楚。时瑾，我再问你一遍，是你杀了我的父亲吗？”没等他回答，她又说，“不要骗我。”

时瑾沉默了片刻，点头道：“嗯，是我杀的。”

她放在双膝上的手不自觉地握紧了：“那我母亲呢？”

“是你父亲杀的，他们因为你的医药费起了争执，你父亲失手杀了你母亲。”

他的眼睛里风平浪静，没有一点儿蛛丝马迹。

她怎么都找不到一丝端倪：“我呢？我在场吗？”

“在。”时瑾迎着她的目光说道，“你目睹了整个过程，情绪失控，和你父亲动了手。”

姜九笙问得很快：“然后你就杀了他？”

时瑾敛眸：“嗯。”

她盯着他看了很久，可什么端倪都没有看出来：“我怎么觉得你在撒谎呢？”

大概她希望他是在撒谎，所以本能地去找各种理由为他开脱。

可他偏偏一句都不辩驳。

她往前一步道：“如果你真的是凶手，我可能很长一段时间都不能毫无芥蒂地面对你，所以我再问你一遍……”她郑重其事地问，“是你吗？”

快否认啊。

只要他摇头了，她就信他，然后再也不去查、不去问。

可时瑾点头了：“是我，是我杀的。”他冷静又果断地道，“陈易桥的父母也是我收买的，我给了他们钱，让他们放弃了上诉。”

姜九笙的眼眶一下子就红了。

这个傻子，他为什么要认？不管是不是他杀的，他不认就好了，那样她才有理由装聋作哑。

她气极，有一肚子狠话想说，可到了嘴边，一句都说不出来，便红着眼赶他："你走。"她背过身去不再看他，"你走啊。"

时瑾伸手去抓她的袖子："笙笙。"

她用力甩开他："你走，我不想看到你了！"

他站了很久才缓缓挪脚，攥紧的手松开，掌心都是血痕。

他怎么能否认呢？她那么聪明。

只有一种情况，她才会自乱阵脚，失去思考与分析的能力，那就是扯上他，然后她关心则乱。

杀人罪，他的笙笙扛不起的。

小麻不放心姜九笙，在自己的房间里徘徊了十几分钟，还是拿了一把马桶刷去姜九笙那边。万一真有"私生饭"、绑架犯什么的，他还是要抵抗一下的。

小麻敲了敲姜九笙的门："笙姐。"

里面没人应。

他用马桶刷又敲了两下："笙姐。"他把耳朵贴在门上，听着屋里的动静，"你回来了没？笙姐你——"

门突然开了。

小麻第一眼就看见一双通红的眼睛。

笙姐哭了？

小麻手里的马桶刷掉到了地上："笙姐，你怎么了？"

姜九笙一句话都没说就蹲在了地上。

小麻很慌："你别哭啊笙姐。"他都快哭了，"出什么事了？"

她抬头，脸上的泪痕还是湿的："小麻，他走了吗？"

小麻一头雾水："谁啊？"

她突然急了，走到门口往外看："时瑾，他去哪儿了？你过来的时候没有看到他吗？"

小麻慢半拍地摇头："我没看到他啊。"

时医生来了？

他刚想问，就见姜九笙往外跑去。

小麻愣了几秒，赶紧追上去："笙姐，外面在下雨，你——"

走廊里落了一件外套，是姜九笙的，她已经跑远了。

外面大雨倾盆，雷阵雨说下就下，整个天空都黑沉沉的，水汽弥散得到处都是。

酒店外面狂风骤雨，电闪雷鸣，酒店大堂里却是静谧的。

姜九笙从楼梯间里跑出来，还穿着酒店的拖鞋，没穿外套，身上白色的T恤有些单薄。她站在大堂的琉璃吊灯下，惊慌失措地四处张望着。

除了前台，偌大的大堂里空无一人。

她想也不想就往门口跑去，瓢泼大雨重重地砸下来，水花溅得到处都是，她毫不犹豫地往雨里冲去。

“笙笙。”

脚下溅起冰冷的雨水，她听到声音后立刻顿住了，愣愣地回头，看见了时瑾。

如果他们之间真的隔了血海深仇，那她就完了，八成良心与道德都要丢掉，然后色令智昏、执迷不悟。

她完了……她不受控制地朝他走去。

时瑾伸手把她拉到走廊下。她愣愣地任他给她擦掉脸上的雨水，可雨水刚被擦掉，她的眼泪就滚下来了，砸在他的手背上，热得灼人。

时瑾捧着她的脸：“你还是舍不得我对吗？”

姜九笙用力点头。

“你不会不要我对吗？”

她伸手抓住了他腰间的衣服：“嗯。”

“你爱我对吗？”

她睫毛颤动，湿漉漉的桃花眼里全是泪，哭着点了点头。

时瑾用指腹擦她眼角不停往下掉的眼泪：“那就好。”

“所以就算我让你走，你也不要走远了。”她带着哭腔道，“你等等我，等我不难过了、不气了，我就来找你。”

“我不走，你赶我我也不会走的。”他低下头，唇落在她的眼睛上，“不哭了，嗯？”

她没说话，踮着脚去吻他。

时瑾从温城回来后，便开始没日没夜地做手术。

雨连着下了两天，医院到处都是湿漉漉的。

肖逸推开时瑾办公室的门：“时医生。”

“手术准备好了吗？”

“已经准备好了。”肖逸试探着问，“时医生，还是你主刀吗？”

“嗯。”

时瑾起身，走出了办公室。

走廊对面，徐青舶刚好走过来挡住了时瑾的路：“差不多就行了，真当自己是铁打的？”

“我现在要去手术室，有什么话等我回来再说。”时瑾挥手，意思很明确：让开。

徐青舶不让，抱着手臂挡在他面前：“你已经连续做了六台手术，你的身体状况不允许你再进行任何高强度的长时间作业。”

时瑾面不改色，语气虽不强势，带着一贯的温和，但不容置疑：“我会对我的病人负责。”

“你就不对自己负责？你再这么下去会过劳死的。”

“你多虑了。”时瑾不再多言，转头对助理道，“肖逸，让麻醉科准备好，五分钟后开始手术。”

肖逸迟疑了一下，去了麻醉科。

连续几天，心外科所有的大手术几乎被时瑾一人包揽，他跟不要命似的，没日没夜地工作，就算身体素质再好，也不能这么作践自己啊。

时瑾这样像在自虐。

徐青舶思索再三，觉得还是得管一管闲事，拨通了姜九笙的电话。

“喂。”

徐青舶道：“你的声音听起来好像很疲惫。”

“嗯，最近状态不是很好。”

徐青舶恍然大悟：“这就难怪了。”他接着话头，说了一下打这通电话的目的，“可能因为你过得不好，时瑾也把自己往死里折腾。”

电话那头的人沉默了。

话已至此，他这个“塑料花”同窗也算尽心尽力了，接下来就看姜九笙舍不舍得了。

那边，姜九笙挂了电话，找了个安静的地方，抽了根烟。

她这烟戒得反反复复，一心烦就犯瘾，结果都白戒了。时瑾虽总是疾言厉色地不让她抽，可若真遇到事，他还是会纵着她，让她抽，或者跟着她一起抽。

许多事，他太惯着她了。

五分钟后，姜九笙掐了烟头，回了片场：“导演，我能请个假吗？”

日暮时分，时瑾下了手术台，换下手术服后直接去了病房。

医助肖逸拿了他的手机过来："时医生，刚才你的手机一直在响，不知道是不是有什么急事，我就给你拿过来了。"

时瑾把手套取下来，看了一下通话记录，眉宇间积攒了几天的阴郁一下散了，他把电话拨回去，很快就接通了。

"笙笙。"他的语气里有明显的愉悦。

"你是刚从手术室出来吗？"

"嗯。"时瑾拿着手机往病房外走，嘴角有微微上扬的弧度，"笙笙，你给我打电话我很高兴。"

他一直在等，等她平复情绪，等她舍不得了、想他了，然后回来他身边。在这之前，他不敢打扰她，相思入骨也只能等。

她停顿了几秒才又道："我回江北了。"

时瑾愣住了。

"时瑾，我想见你。"

他怔了许久，喜上眉梢地问道："你在哪儿？我现在过去。"

她像在开车，电话里有风灌进车窗的声音，还有街上车水马龙的喧嚣的声音，有点儿嘈杂，唯独她的声音干净清晰："你不要走动，在医院等我。"

"好，我等你。"

姜九笙没有再说话，也没有挂电话。

"笙笙。"

"怎么了？"

"笙笙。"他又喊了一声，声音温柔又缱绻。

她心软得不行，耐心地回应他。

她也生他的气，只是还是心疼他。不管他做了什么，她都心不由己，恨不起来，再矛盾她也本能地往心底压，舍不得对他发泄。

时瑾轻声细语地道："我想你。"

临近七月，时间已近黄昏，太阳依旧热辣，连风都带着燥意。

银色的沃尔沃驶入停车场一号入口，保安亭里的门卫老齐打开窗，看到车牌就认出了来者，笑着打招呼："姜小姐又来看时医生啊？"

姜九笙将车窗摇下来，点了点头："需要签字登记吗？"一般来说，外来车辆都要登记，医生家属也不例外。

老齐摆了摆手："不用麻烦了，我认得姜小姐的车，你直接开进去就行。”

姜小姐开的是时医生的车，车牌号尾数0902，好记。

“谢谢您。”

“姜小姐你太客气了。”

姜九笙关上车窗，把车开进了停车场，车刚停稳，后方就传来了呼救声。

她赶到时，女人手持着刀，刺进了男人的腹部。

“这是女儿的救命钱，你怎么可以抢！”

“你死了就好了，死了就好……”

像是梦醒了，女人慌乱的眼神陡然变得决绝，下一秒，她将刀拔出，朝着男人心脏的位置狠狠扎下。

“你去死！”

几乎同时，刀刃被徒手抓住。

女人木然地抬头。

姜九笙皱了一下眉，趁女人不注意，抢过了那把沾血的水果刀。

咚的一声，男人死死抱在怀里的布袋落到地上，里面全是叠放整齐的百元纸钞，血一滴一滴地砸在纸钞上。

“救、救命……”男人捧腹倒地。

“笙笙！”时瑾的声音传来。

姜九笙蓦然回头，手里还握着刀，躺在她脚边的男人已经不挣扎了，血从他的腹部汩汩流出，淌了一地。

“笙笙。”时瑾走过去，出于护着她的本能，做了一件愚蠢的事。

“把刀给我。”

根本没有经过大脑，他脱口而出道：“把刀给我。”

他没有迟疑，把她手里的刀接过去，机械地用袖子去擦刀柄、刀刃上的指纹和血迹。

姜九笙怔住。

记忆里，也有这个声音，也有这样一双玉一样精致漂亮的手。

“笙笙乖，把刀给我。”

接着，医院的警报响了。

好熟悉的一幕，好熟悉的一双手，她脑中有什么在横冲直撞，铺天盖地地将她淹没。

姜九笙愣愣地看向时瑾。

他拿着刀，把指纹擦掉后，握住她的手，将她手上的血蹭在他的袖子上，告诉她："不要承认，跟你没有关系，人是我刺的。"

"不要承认，跟你没有关系，人是我刺的。"

那年，在温家花房里，他也说过这样的话。

不，人是她刺的。陈杰说时瑾手握凶器，原来时瑾手里的刀是她递给他的，他不是凶手，她才是……

她踉跄着后退，双目无神地看着时瑾，喊他："时瑾。"

身子摇摇欲坠，她晃了晃，倒在了地上。

"笙笙！"

早上七点左右，姜九笙才醒过来，手上的伤口已经被处理了，皮肉伤并无大碍。她睁开眼，却目无焦距。

时瑾就躺在她身边。

"笙笙。"

他轻喊了一声，她像是没听到，一点儿反应都没有，盯着天花板，目光放空。

时瑾握住她的手："笙笙。"

"嗯。"她回过神来，歪着头看向他，"时瑾，我想起来了。"

他抚着她脸颊的手僵住了。

"我想起来了，刀是我递给你的。"

她只想起了这个。

时瑾眼里的光影骤然乱得一塌糊涂："你在说什么？"

她安安静静地偎在他怀里："花房里只有三个人，陈杰是被冤枉的，杀人的不是你，那就只能是我。"

时瑾立马说："是我。"

姜九笙摇头："不是你。"见他还要解释，她抢先开口，语气很平静，"怪我犯了糊涂，既然怀疑人不是你杀的，怎么就偏偏没有想到，只有一种情况会让你承认自己没有做过的事，那就是人是我杀的。"

"难怪陈杰的口供那么轻而易举就送到了我手里，是你想让我听到那些供词，是吗？你想让我以为人是你杀的，你想替我顶罪。"

他一直防着温诗好，可陈杰的口供这么轻易就送到她手里了。这是她的疏忽，她忘了时瑾最会谋算，竟将她也算在内了。因为他知道一遇到他，她就会自乱阵脚，然后一错再错。

“不是这样——”

“时瑾！”她喝止道，“我说了，不要骗我，我会很久都不原谅你的。”

他骗了她。

可这怪不得他啊，怪只怪她手染鲜血，竟背了人命。

她杀人了，她杀人了……

时瑾扶着她的肩，试图将她的思绪拉回：“笙笙，你别想了，都过去了，算了吧，好不好？”

她木然地望着天花板：“杀人是要偿命的，怎么能算了？而且我杀的不是别人，是我的亲生父亲。”

这要怎么算了？她的心还没有堕落到手刃了生父还能心安理得的地步，胸口像压着千斤大石，她快喘不过气来了。

眼里的光一点点暗了下去，她的视野开始变得模糊。

时瑾轻轻地摇晃她：“笙笙。”

她像是没有听见，双目空洞，头顶白色的墙映进眼底，竟是血一样触目惊心的红色。是幻觉吗？她仿佛看到了那年温家花房里的血泊……

“笙笙、笙笙！”

耳边时瑾的声音开始变得模糊……

三天后她出院了，时瑾推了所有工作，没日没夜地陪着她。

书房里，手机开着，秦中的视频接了进来，画面中除了他，还有几个sj's的高管。汇报完工作，秦中说：“六少，温氏的散股已经收得差不多了。”

时瑾显然心不在焉：“收网。”

秦中会意：“我明白了。”他又道，“另外——”

“笙笙，你起来了。”

随后，视频被挂断了。

时瑾走到书房门口，把姜九笙拉到身边，仔细看了看她的脸色，又摸了摸她额头的温度。她看起来没有大碍，可他还是不放心：“好点儿了吗？”

她只是点头，没有说话。

她出院之后一直如此，精神不振，沉默寡言。

“饿不饿？有没有想吃的东西？”这两天她胃口很差，人也消瘦了。

“不饿。”她问时瑾，“你今天不用工作吗？”

“我要在家陪你。”时瑾低着头，与她对视，语气软软地说，“笙笙，亲。”

姜九笙笑了，亲了他一下。

他在哄她呢。

关于温家花房的案子，时瑾绝口不提，想让她忘记，整日里陪着她，哄她欢喜。她也会笑，只是眼里总带着几分阴郁，笑容到不了眼底。

这样的平静，到底没几日。

她的烟瘾越来越重了。

八点，时瑾开完酒店的例会从书房出来，就见姜九笙坐在阳台的躺椅上抽烟，烟灰缸里已经堆了很多烟头。她手里夹了一根细长的女士香烟，窗户开着，她看着窗外，安静地吞云吐雾。

时瑾走过去："笙笙。"

"嗯？"她手指间夹着烟，因为回头的动作，烟灰落在了腿上。

时瑾紧张地蹲下，拂掉她腿上的烟灰，见那一块皮肤有点儿被烫红了，他吹了吹，心疼坏了："疼不疼？"

姜九笙摇头："一点儿也不疼。"说完她仰头继续抽烟。

时瑾去拿了药膏给她涂上，轻轻地揉开，然后把药放在旁边的柜子上。

他蹲在她面前，像商量一样问道："不抽了好不好？"他把桌上剩的那半包绿摩尔放进柜子里，"你已经抽了半包烟了，不能再抽了。"

她听了时瑾的话，掐了烟，拉着他坐下，靠在他身上，身体有点儿无力，软绵绵的，声音也懒懒的。

"不知道怎么了，这两天我总想起我父亲，都是些断断续续的片段，有声音，可就是看不清他的脸。"

时瑾没有说话，将下巴搁在她的肩上。

"他好像很疼我，后来不知道因为什么我们才疏远了。"她安静地垂眸思忖了一会儿，喃喃自语个不停，"他为什么要杀我母亲呢？两人为什么起了争执？只是因为医药费吗？"

时瑾说，因为争执，她的父亲杀了母亲，可究竟是什么理由让他们这么大动干戈？

那时候姜民昌已经入赘温家，并不缺钱，怎么可能仅仅因为那点儿医药费而杀人？如果不是因为钱，还能因为什么？

时瑾打断了她的思绪："别想了，嗯？"

姜九笙按了按太阳穴："脑子停不下来。"

"头痛？"

姜九笙点头。

他拿开她的手，用指腹轻轻地给她揉太阳穴，手法很专业，按摩的力度刚刚好。

“时瑾，我会坐牢吗？我杀了人，法律会制裁我吧？”

他手上的动作停了。

“笙笙，这不是你的错，是你父亲罪有应得。”他看她时，神色张皇。

她没作声，若有所思。

时瑾捧着她的脸，郑重其事地道：“我不会让你坐牢，这件事情已经过去了，没有谁会知道。答应我，你也要忘了，不要跟任何人讲，也不要胡思乱想。”

谁都可以去坐牢，只有她不行，谁都不能抓她，除非他死。

“时瑾，我可以这样吗？”她茫然无措，只知道心里像压了沉甸甸的东西，连呼吸都带着压抑感，她低声细语，像是在质问自己，“我可以杀了人还心安理得吗？还有陈杰，他还在替我坐牢。”

她啊，这是杀人在逃。

死者是她的父亲，牢里还有她的替罪羔羊。

道德、法律、亲情、人性，还有模糊不清的真相与隐情，一层一层压下来，压得她快喘不过气来了。

她做不到自我说服，做不到心安理得，也做不到对真相置之不理。

“笙笙，”时瑾扶着她的腰，手下的力道不禁重了几分，央求她，“为了我，你做一次坏人好不好？就这一次？”

她沉默了，没有回答。

“笙笙乖，你答应我，嗯？”她不说话，他就抱着她不停地劝，不停地哄，“你不能生病，更不能去坐牢。你要是病了，我也会疯；你要是去坐牢，我会去劫狱的。”

八年前，她就是因为这件事患了严重的抑郁症。

她凑过去吻他，不让他说了。

怎么办呢？她不能坐牢，不能让时瑾劫狱，可又做不到麻木不仁、不闻不问。她不怕法律的制裁，也不怕道德的谴责，可她怕时瑾与法律为敌，怕他违背道德。

她心里那根弦，一边拴着时瑾，一边拴着良知，弦绷得越来越紧，总有一天会断的……

连着许多天，姜九笙都失眠了。她夜里睡不着，白天精神不佳，甚至有轻微的厌食症状，整个人的状态都不对，话也越来越少了，总是一个人坐着胡思乱想。

她每周会去做两次心理治疗，时瑾推了很多工作，整日陪着她。

她在二楼的咨询室，终于睡着。她已经很久没有好好睡过觉了。

时瑾守在门口，一站就是半天。

常茗从咨询室出来。

“时医生，进去吗？”

时瑾摇头：“她会都想起来吗？”

“早晚而已。”

“那可不可以——”

常茗打断他道：“建议你不要考虑二次催眠，风险太大了。”

时瑾也知道事情兜不住了，只是没料到会这么快，这么让他猝不及防。

是夜，月圆，星河环绕。

窗户未关严，深色的窗帘被漏进来的风吹得来回摇动，一抹白月光洒在床头，照着沉睡的人。她眉头紧蹙，汗湿了枕巾。

疑似故人入梦来。

“笙笙、笙笙。”

男人的声音从远处传来，温柔又宠溺，惊醒了书桌前正伏案涂鸦的小女孩。她扔下笔，从椅子上跳下来。

“爸爸！”

小女孩四五岁，生得粉雕玉琢，笑起来眼睛弯弯的，她开心地扑进了男人的怀里。

男人穿一身西装，蹲下后与女孩一般高：“我家宝宝今天在家做了什么呀？”

小女孩笑得天真无邪：“画画。”

“画了什么？”

“画了爸爸。”

男人爽朗一笑，刮了刮小女孩的鼻子：“我家笙笙真棒。”

客厅里一片欢声笑语。

这时厨房里传来女人的声音，温温柔柔的，像江南小镇的潺潺流水声：“吃饭了，笙笙，快去洗手。”

那时姜九笙四岁零九个月，她的父母还没有离婚。

夕阳还未落下，画面一转，突然变成了乌云密布的阴雨天，大雨将至，空气潮湿，女孩已经长得高过了书桌。

温婉的母亲脸上已不见笑容："笙笙，你以后跟妈妈一起生活好不好？"

那时女孩七岁，还不懂母亲的言外之意，摇了摇头："爸爸呢？"

"爸爸要去其他地方。"

"那他什么时候回来？"

"爸爸以后会有新的家庭，不会回来了。"

女孩红了眼，趴在书桌上哭了许久。

后来母亲带着她搬去了一个更小的屋子，屋子在一栋破旧的小楼里，楼上楼下有很多邻居，唯独没有父亲。

父亲搬进了一个很大、很漂亮的房子里，那家人有个女儿，叫温诗好，总是穿着漂亮的粉色裙子。

再后来，她父亲和新妻子还生了一个漂亮的男孩儿，不过父亲依旧疼爱她，告诉她，她有弟弟了。

那是一个天朗气清的春日，女孩儿第一次见到弟弟。

粉粉嫩嫩的孩子才三四岁，走路还不太稳，跌跌撞撞地跑到了她的跟前。

小孩儿仰着头看着她，亮晶晶的眼珠像楼下大爷家院子里的黑葡萄。

"我爸爸说，我还有个姐姐，她的名字叫姜九笙。"他怯怯地拉了拉她的手，"你是姜九笙吗？"

她笑了笑："嗯，我是。"

小男孩儿听了很开心，把手里心爱的风筝捧给少女："姐姐，我是锦禹，这是我画的风筝，送给你。"

风筝上画了一朵金色的太阳花，歪歪扭扭的，很丑，却颜色明媚，女孩儿牵着才长到她腰间的小孩儿在草坪上奔跑。

两个孩子跑着跑着，便长高了。

女孩儿长成了亭亭玉立的少女，嫩生生的小娃娃也长成了粉雕玉琢的小男孩儿。

"姐姐，你怎么这么久不来看我？"他伸手抓着少女校服的裙摆，撒着娇软绵绵地说，"我好想你呀。"

少女弯腰，摸了摸男孩儿的头："姐姐要搬家了，新家离这里好远，不能常来看你了。"

"那我去找你啊。"

少女笑着戳了戳他婴儿肥的小脸："金鱼你还小，要再长大一点儿才可以去找姐姐。"

他很失望，垂头丧气了一会儿说道："那我多吃点儿饭，长很高很高。"

“真乖。”

六七岁的小孩子特别好哄，锦禹立马乖巧得不得了，献宝似的搬出自己心爱的玩具，非要送给少女。

两人嬉闹时，一个穿着粉色裙子的少女从二楼走下来，长发披肩，发间别了一个闪闪发光的发卡。

她是温家的小公主。

“你就是锦禹的姐姐吗？我也是锦禹的姐姐，我叫温诗好。”

“你好，我是姜九笙。”

温家的小公主没有再说什么，高傲地拂了拂裙摆，目不斜视地转身上楼。

“姐姐，我不喜欢那个姐姐。”小男孩儿还太小，不会隐藏情绪，喜不喜欢全摆在脸上。

少女便问他：“为什么？”

“她说我是小野种。”小男孩儿气嘟嘟地噘嘴，“我讨厌她，不想跟她玩。”

梦境模糊起来，少女与男孩儿的身影渐渐被风吹散。

远处不知是谁家的风铃被夏天燥热的风吹得叮当作响，梦里的影像渐渐清晰，一栋一栋破旧的小楼鳞次栉比。

旧楼外有一棵很大的香樟树，远处的巷子里，狗吠声没完没了。

少女站在树下，迎着光，漂亮的桃花眼含笑：“你是时瑾吗？”

对面的少年从夕阳里走来，到了树荫下，点头。

“我叫姜九笙。”她说，“我是来接你的。”

少年似乎不爱说话，也不爱笑：“带路。”

“好。”

夕阳落下，星星出来，月亮半圆。

然后太阳又升起来，慢慢地再落到地平线下，不知多少个日日夜夜一晃而过，香樟树的花开了又落。

梦境一转，时间已经入秋。

香樟树下，不知谁家丢弃的木床被放在了树荫里，方便了偷懒的少女。课本被放在一旁，她睡得正香。

少年从小楼里走出来，寻少女回家，见她躺在树荫里的木床上，走过去蹲在床边。

“笙笙。”

“嗯？”少女醒来，揉着眼睛，迷迷糊糊地看着他。

一抹余晖落在少年的脸上："不要在这里睡。"

她眨巴眨巴眼睛，又眯上了："时瑾，我困。"

少年便问："那我抱你上去睡好不好？"

"不好，我要睡树下。"她翻了个身，枕着自己的胳膊继续昏昏欲睡。

刚入秋的时候，香樟树上还有蝉叫个不停。夕阳一点一点落下去，最后一抹光透过树缝，斑驳的金色光点落在少女的脸上，有些晃眼，她拧了拧眉头。

少年坐到床头，挡住了那一抹斜阳。

她睡得香甜，他安静地看着她，从夕阳西下守到了月朗星稀。

睡梦里女孩动了动，咕哝了一句："时瑾，有蚊子咬我。"

少年便拿了她放在木床上的课本，蹲在床边用书本扇着风，替她驱赶蚊子。

月下，风轻轻地吹，少年缓缓俯身……

"笙笙。"

"时瑾。"

母亲在楼上喊："吃饭了。"

少女醒了，不情愿地坐起来，迷迷瞪瞪地发了一会儿呆，再看向少年："你的脸怎么这么红？"

少年低下头："热。"

他不只脸红，脖子也红了，耳根子也红。

"树下阴凉，一点儿都不热啊。"

少年没说话，给她收拾课本。

"时瑾，我想吃黄桃味的冰激凌。"

他把她的书包放在她怀里："在这里等我，我去买。"

未等少年归来，梦境忽转，大雨滂沱，他背着她走在校园外的小路上，她撑着伞，趴在他的背上。

"明天晚上我们去看电影吧。"

黑色的大伞下，少女歪着头："为什么突然要看电影？"

"我有话跟你说。"

她点头："好。"

他扬起嘴角，浅笑道："黄昏后，我在你家楼下的香樟树下等你。"

可是第二天她失约了，母亲带她去了温家。

"小金鱼"拉着她在花园的草坪上玩，他顽皮，爬到树上捡风筝，坐在细细的枝丫上冲她招手："姐姐，接住，我把风筝扔给你。"

“小金鱼”松了手，风很大，风筝被吹得飘飘荡荡，许久没有落地，他却从树上摔了下来。

“小金鱼！”少女急坏了，连忙问他疼不疼。

他愣了一会儿，指着不远处的花房：“姐姐，花房里……有好多血。”

花房里有她的父亲和母亲。

她怔了一下，然后转身跑向花房，身后的“小金鱼”哭着喊她。

“姐姐、姐姐……”

少女跌跌撞撞地跑进花房，撞倒了门口的一盆小木槿，惊动了花房里的人。她的父亲姜民昌跪在地上，双手握着刀。

而她的母亲就躺在他旁边，肚子上、地上全是血。

“你、你杀、杀……”她跌坐在地上，哆嗦着，根本说不出话来。

她父亲站起来，对她招了招手，像在哄她：“笙笙，过来。”

他眼里有令她陌生的狠绝之色。

她坐在地上，下意识地往后退。

父亲却逼近她，一步一步，越来越近：“是我杀了她。”他看着地上惊慌害怕的少女，自言自语，“现在怎么办呢？被你看到了。”

他突然发笑，握紧了手里的刀。

“别、别过来。”她不停往后退，一直退到了墙角。

他却不依不饶地步步紧逼，手里拿着的刀滴了一地的血。

就在他抬起手的那一瞬，她也不知道哪里来的力气，突然扑上去，抓住了他那只鲜血淋漓的手。

刀猝不及防地落地，她愣了一下，立马把刀捡了起来。

父亲红着眼：“把刀给我。”

少女看了看血泊里的母亲，用力往前扑去：“你去死。”

那把沾了血的刀被她狠狠地刺进了父亲的腹部，他倒下，用染了血的手指着她：“你——”

她猛地拔出刀，身体后退，重重地跌坐在地上，愣愣地低头看着手里的刀还有满手的血。

她杀人了……

姜民昌倒下，闭上了眼睛，血从他的身体里流到地上，蜿蜿蜒蜒地淌了一地。

她哭着，抱着双膝缩在角落里瑟瑟发抖，不停地把手上的血擦在裙摆上。

“笙笙、笙笙。”

她听见有人喊他，声音熟悉，是清越的少年音。

时瑾来了。

她蓦地抬头，看见了一只白净而修长的手，这只漂亮的手伸向了她："过来，到我这里来。"

她愣愣地看着他，像受了蛊惑一样，鬼使神差地握住了那只漂亮的手。

他说："不怕，我帮你把裙子擦干净。"

他蹲在她面前，用袖子擦她裙子上的血，然后染了一袖子血。

"笙笙乖。"少年轻声说道，"把刀给我。"

她呆呆愣愣地把刀递给了他，他扶着她的肩让她转过身去。

"别转头，别看。"

她背过身蹲在地上，浑身都在发抖。

他背对着她在擦刀柄上的指纹，反复擦了很多遍："笙笙，你别看。"

"时瑾，他死了吗？"

他没回答她，她低低地哭出了声。

"时瑾、时瑾，我怕。"

"不怕了。"她的手被一只手牵住了，凉意传来，少年在擦她手上的血，清越的声音再次响起，"不要承认，跟你没有关系，人是我刺的。"

不，人是她杀的。

她蹲在地上，哭着喊他的名字。

"我在这里。

"不怕了。

"笙笙。

"不怕了，我带你离开好不好？"

他牵着她的手，带她走出花房，一抬头就看见了花房外面的男人。男人脖子上有很多文身，正愣愣地看着他们，身上还背着包。短暂的对视后，男人转身跑了。

那个男人是陈杰，是她的替罪羔羊……

姜九笙猛地睁开眼，突然坐了起来。

枕边的时瑾也醒了："笙笙。"

她眼睛失神，一点儿反应都没有。

"笙笙，"时瑾开了床头灯，把她抱进怀里，"是不是做梦了？"

她愣怔了许久才道："时瑾，我记起来了，所有的事都记起来了。"

时瑾的目光蓦地定住。

她看着他的眼睛，喃喃自语："我抽了你抽剩的烟，喝了你杯子里的白兰地，我爱吃的黄桃味冰激凌是你给我买的，你手里的刀是我递给你的。"

原来她抽烟是向他学的，喝酒也是。她不是喜欢黄桃，而是喜欢给她买黄桃冰激凌的少年。

她也不是"手控"，只是喜欢他的手，那双牵着她走出噩梦的手。

她笑了笑，目光痴缠，看着时瑾道："原来我以前就这么喜欢你啊。"

时瑾点头："嗯，原来你就很喜欢我。"

她偎在他怀里，像在自言自语："还有我的母亲，她长得很漂亮，说话也温柔。"

提起母亲时，她嘴角带笑。

然后，她敛了笑容说道："姜民昌以前也很疼爱我的，不知道什么时候开始变了。"她盯着自己的手，"是我亲手杀死了他。"

时瑾抱着她，紧了紧手上的力道。

她沉默了许久，又说道："可是，"她低喃，"时瑾，他也想杀我……"

不会错的，她的父亲拿着刀看着她时，那双眼里有狠绝以及杀意。

他是想灭口？

她仔细回忆着那一幕的所有细节，呼吸越来越急促。

时瑾在她耳边告诉她："姜民昌死有余辜，笙笙，这不怪你，不是你的错，全是他不好。"

她像没听见，低着头，睫毛颤抖着，失魂落魄了很久。然后她把手放在被子上，下意识地去擦，又看了看掌心："擦不掉，好多血。"

她觉得眼前全是触目惊心的红色，不知是梦还是现实，是真还是假。

时瑾握住她的肩："笙笙、笙笙。"

她一点儿反应都没有，失魂落魄地盯着自己的手。

时瑾握住她的手，给她擦拭："没有血，没有了，我给你擦掉。

"都擦掉了。

"没有血了。"

她开始出现幻觉了。

7月中旬，姜九笙被诊断为抑郁症复发，她睡不着觉，精神恍惚，有幻视和幻听的症状，除了《三号计划》的拍摄工作，她暂停了所有活动。拍摄的工作量所剩不多，她与剧组协调好了，一周内拍完她的戏分。

时瑾推了所有工作，寸步不离地守着她。

没有拍摄任务的时候，她哪儿也不去，就待在家里，若是时瑾不来与她说话，她就一整天不说一句话。

时瑾已经五天没有去医院了，肖逸打了很多次电话，时瑾开始还会打发他，到后来就直接挂掉电话。

姜九笙接到过一次肖逸的电话，肖逸说有紧急病人，不过没等肖逸说完，时瑾就挂断了电话。

"时医生，你去医院吧，我好好的，不用陪。"

时瑾摇头，态度没有一点儿松动。她坐在吊篮椅里，时瑾握着她的两只手，蹲在她的双膝前："医院就算没有我，还有很多其他医生，可你不一样，你只有我。"

他眼里全是心疼："我走了，你就一个人了。"

她扑过去抱住他的脖子，脸埋在他的脖颈间，用力嗅了嗅："好喜欢你啊。"她歪着头，看着时瑾，"时医生，最近我不是很喜欢这个世界，可是越来越喜欢你。"

时瑾捧着她的脸，从额头亲到眉眼。

最近姜九笙越来越消极了，她拍哭戏的时候会走不出来，心情压抑很久；不拍戏的时候，她一坐就是一天，也不说话。烟灰缸里的烟头越堆越多，到了晚上她会惊醒，安眠药已经不太管用了，她要喝很多酒才能入睡，胃口也不太好。

这天晚饭后，时瑾突然说："笙笙，我们要个孩子好不好？"

若是以前，她定要欣喜若狂。

可现在，姜九笙愣了一下，然后摇头："不好。"

"你不是喜欢吗？"

"时瑾，我现在要吃药，不可以怀孕。"她仔细地看着时瑾，"你怎么了？"

他以前很不想要孩子的。

而且更怪的是，他最近把家里所有的刀和锋利的东西都锁起来了，就是客厅里的杯子、烟灰缸都被收起来了。她走到哪里他都要跟着，连洗澡也不让她锁门，他就在门口守着，还保管着她所有的药。

时瑾没有回答。

姜九笙猜测道："你是不是怕我会伤害自己？"

他沉默不语。

确实是，他每天都在担惊受怕，怕自己一个不留神没有守住她，晚上都睡不安稳。她以前患过抑郁症，他也学过一点儿心理学，严重的抑郁症患者通常伴有厌世情绪。

何况她有过“前科”，他当然杯弓蛇影，便想如果有个孩子，她多了牵绊便会舍不得，会留恋。

“我不会伤害自己，时瑾，我已经不是十六岁的姜九笙了，已经过了拿到一把刀就以为能割断所有痛苦的年纪。现在不一样了，现在的我知道生活不易，生命不易，还有……”她伸出手，用指腹摩挲他的眉眼，“遇到你，更不易。”

她惜命，更惜他。

她得多有幸，才能在最美好的年纪里遇见挚爱的人。就算以后颠沛流离，命运坎坷，只要想到还有他，她便不怕磕磕绊绊了。

“时瑾，我现在只是需要一些时间来调整。”

“等你的戏份杀青，我们去旅游好不好？”

“好啊。”

时瑾问她：“你想去哪里？”

“哪里都可以。”

等旅行回来，她就该清醒、了断了，就该彻彻底底地把回忆里的毒瘤连根拔起了。

姜九笙的戏份杀青那天，《三号计划》剧组给她办了一场很热闹的庆功宴。杀青后的第二天，她便收拾行囊启程了。

时瑾带她去了离江北不算太远的枫城，那是一座有山有水有大海，有民谣清吧的城市。枫城气候特殊，枫叶红得早。

他们离开后的第二天，江北就变天了，突然连日阴雨。也是这几天，温家不消停了。

嘉美风投以百分之三十七的股份入驻温氏，温书华将其子姜锦禹名下的股份全部转让给温诗好，她才与嘉美风投持平。

半个月后，嘉美风投并购章华建材，收购其旗下百分之六的温氏原始股。

月中，温氏银行股东大会上，嘉美风投持股过半，完全控股温氏。

股东大会之后，温诗好大发雷霆：“你们这群废物！”

“温总——”

“用不着解释，我用高薪养着你们，不是让你们来找借口推脱的。嘉美风投一步一步走到现在，是早有预谋，等被人家取而代之了你们才后知后觉，我养你们还有什么用？”

一屋子温氏的大小股东全部低着头，噤若寒蝉。

她从老板椅上起身，冷着个脸："嘉美风投的底细，查清楚了没有？"

一位中年股东站出来道："嘉美风投的老总是外国国籍，身份暂时还不清楚，目前是职业经理人在管事。我派私家侦探去查过，这段时间这个职业经理人和sj's的严峰频繁接触，我怀疑嘉美风投和sj's有什么联系。"

温诗好闻言笑了："又是sj's。"

七月，枫城已经满城红叶。

时瑾与姜九笙已经在枫城住了一段时间。枫城景好，生活节奏很慢，有山有水，有小桥人家，有古镇楼台，倒是很适合定居和旅游。时瑾带她去了很多地方，走走停停，看遍了枫城的山水与人文。

她最喜欢的还是枫城的清吧，那里有抱着吉他唱民谣的流浪歌手，时瑾便特地在那附近找了住所。因为去的次数多了，她结识了一个叫洛清的清吧女主唱。洛清很健谈，是个热情又有风情的女人。

白天她会去清吧和洛清聊天、弹曲子；晚上，她就把洛清只弹了一次的曲子弹给时瑾听。

她的音乐天分一向好。

时瑾夸她："我家笙笙怎么这么聪明？"

姜九笙笑了笑，把木吉他放在一旁："你教的啊，不记得了吗？"

他何时教了？

姜九笙清了清嗓子，模仿少年时瑾老气横秋的语气："不写完作业不可以出去玩。"

时瑾哑然失笑。

他记起来了，那是国庆节黄金周的时候，她和同学约好了去游乐园玩。当时她母亲是他的家教教师，除了上课与睡觉时间，他几乎和她形影不离。

他当时不让她去："不写完作业不可以出去玩。"

国庆节总共放了七天假，那是假期的第一天。

她不乐意："我可以明天写。"

"不行。"他板着一张俊脸，"笙笙，不可以拖延。"

她怎么拖延了？这才是放假第一天！

她被气到了："时瑾，你不可理喻！"

然后她便不理他了，气鼓鼓地用后脑勺对着他。

时瑾对她很纵容，从来不惹她生气，那是他们第一次吵架。事后时瑾买了两大箱黄桃冰激凌哄她，十几岁的女孩子特别好哄，她不生气了，但是吃冰激凌吃到拉肚子。

那天她到底没能出去玩，不过也没有写作业。

姜九笙回忆到这里，趴在时瑾怀里笑了。她想，如果她没有去温家，而是与他一起去了电影院。

然后他跟她说，他喜欢她。

那她一定会点头，答应跟他交往，从穿校服到穿婚纱，永远跟他在一起。

“我当时不让你去，”时瑾说，“是因为约你的是男同学。”

她诧异地问道：“你怎么知道是男同学？”那时候她的认知里只有时瑾和别人，没有男女朋友之分。

时瑾说：“我派人跟踪你了。”

姜九笙无言以对，那时候时瑾才十八岁呢。

时瑾还说；“那时候我就知道，你以后要和我结婚，所以我得防着别人打你的主意。”

那时候她才十六岁。

她失笑，抱着他蹭起来。

时瑾扶着她的腰，亲了亲她的眉眼，眼里全是化不开的深情。

眷你眉目如我眼瞳，温柔十方冬春。

那时他们相识不久，故事不长，用四字就能概括：锦瑟韶华。

姜九笙轻叹了一声：“好像每次只要想到那时候的我们，我就不那么压抑了。”她沉默了片刻后又说道，“时瑾，如果我去自首——”

“想都不准想。”他轻轻抚过她的眉眼，“笙笙，你要扔下我吗？还是要我去劫狱？”

姜九笙摇了摇头。

她舍不得他，所以要把良心扔掉一次，做一回罪大恶极的人吗？牢里的陈杰今年才二十七岁，还那么年轻。

她闭上眼，没有再说话了，温家花房里的那一幕幕场景没完没了地在她的脑中重演。

她还是会失眠，整夜整夜睡不着觉。

后半夜时，她爬起来轻手轻脚地下了床，拿上手机去卧室外面，拨了霍一宁的电话。

“喂。”

“霍队长，是我。”

“姜九笙？”

她道歉道：“不好意思，打扰了。”

霍一宁说没事："有什么事吗？"能让姜九笙大半夜打电话过来，一定是大事。

姜九笙却沉默了，良久没有开口。

霍一宁等了许久，没听到下文，又问了一句："有什么事？"

姜九笙又沉默了一阵，才说道："等我回了江北再谈吧。"

"行。"

挂了电话，姜九笙回了卧室，刚躺下腰就被抱住了，时瑾贴着她的后背："笙笙。"

"嗯？"

他似睡未睡，声音格外软，带了方醒时的慵懒："怎么起来了？"

"去喝水了。"

时瑾摸了摸她的脸，唇落在她的眼睛上："还是睡不着？"

"嗯。"她说，"时瑾，给我唱摇篮曲吧。"

时瑾困意消散，笑了笑道："笙笙，我五音不全，唱歌很难听。"

"我要听。"

"好。"

他便低低地唱着，嗓音清越，虽一句都不在调上，却那般让人心安。昏昏欲睡时，她喃喃自语："时瑾，对不起……"

江北，警局。

霍一宁刚上班。晚上没睡好，他捏了捏眉心，懒洋洋地靠在椅子上刚喝了一口咖啡，电话就响了。

"霍队，是我，张婕。"法医部的张婕在电话里说道。

"有案子？"

"不是。"张婕说，"你上次不是发给我一份尸检报告吗？报告好像有点儿问题。"

那是温家花房案两名被害者的尸检报告。

霍一宁坐直了："有什么问题？"

"那份报告上判定死者是腹部中刀失血致死，不过我看了一下死者当时的照片还有现场照片，重新推演了伤口的形成以及流血情况，发现并没有达到致死的失血量。"

"那有没有可能并不是因为失血过多致死？"

张婕肯定地道："有，如果内脏破裂，也有可能导致死亡，但失血量不一定。可奇怪的是，尸检报告上没有这一部分的说明，而是含混不清地一带而过了。”

外行人可能看不出来，可身为法医，她一看就能发现不对劲。

霍一宁做了假设：“会不会是法医的疏忽？”

张婕也考虑过这个因素：“一般的法医犯这种低级错误我还能理解，不过这份报告是薛老师出的，她可是前辈。”

霍一宁打开电脑里的资料看了一下报告上的署名：“薛平华？”

“嗯，她是我们法医部的榜样。”张婕随口说了一句，“不过她八年前突然辞职移民了。”

又是八年前……

霍一宁道了谢，挂了电话：“腾飞。”

赵腾飞嘴里还叼着一个肉包子：“哎！”

“帮我查一个人。”

“谁啊？”

“一位法医，叫薛平华，我把资料发给你，你尽快查一下。”

“行。”

七月黄昏，金橘色的光将半边天空染上了绚烂的颜色。

姜博美坐在狗窝里看着窗外的夕阳，狗毛随风飘扬。它四十五度仰头作忧郁状。

叮咚，门铃突然响了，姜博美一个激灵，撒腿跑去了玄关。

姜锦禹开了门。

温书华站在门口，欲言又止：“锦禹。”

姜博美：“汪！”

“我能进去吗？”温书华的语气过分小心，竟有些低声下气。

到底是自己的母亲，姜锦禹不忍：“进来吧。”

温书华进了公寓，掩不住脸上失落的神色：“你现在连妈妈都不叫了吗？”

姜锦禹没说话，去倒了杯水给温书华。

她坐在沙发上，神色复杂地看着姜锦禹：“锦禹，你跟妈妈回去吧，嗯？”

“我喜欢这里，不想回去。”

“那妈妈呢？你不要妈妈了？”

姜锦禹低头不语，很久才低声说了一句："股份我已经都给你了，回不回去有什么不一样的？"

温书华顿时哑口无言。

那个总是默不作声、与世隔绝的孩子，不知何时长大了，有了棱角，有了刺，开始防御，开始挣脱。

他抬起头，眼里有温书华从未见过的坚定神色："我不回温家，以后我和我姐过。"

曾经自我封闭的少年长大成人了，羽翼渐丰，知善恶，懂是非，再也不会被谁拘住了。

温书华面露痛色："锦禹，你是不是在怪我？"

姜锦禹没有作答，有一下没一下地顺着博美的毛。

温书华有些急："我不是偏袒你姐姐，只是你还小，我怕你守不住那些股份，等你成年了——"

"我不需要，温诗好想要给她就是了。"

温书华看出了他的抗拒，怕适得其反，只好罢休："你不愿意回去就在这里住下吧，妈妈不勉强你。那妈妈以后能来这里看你吗？"

她唯一能做的，也就只有打亲情牌了。

姜锦禹点头应了。

温书华这才宽心，起身把带来的东西放到餐桌上："厨房在哪里？我带了你爱喝的汤，炖了一上午，你先喝一点儿，剩下的放冰箱里。"

姜锦禹神色稍缓，指了指厨房的方向。

温书华去厨房拿了碗出来，保温桶里的汤还是温的，她倒了一碗出来推到姜锦禹面前，目光匆匆掠过餐桌，然后定住了，动作也顿住。

餐桌另一头放了姜锦禹的心理治疗病历，末尾写着医生的诊断：已痊愈。

温书华大惊失色，慌了一下，将碗里的汤洒了出来："你的病好了？"

姜锦禹把病历翻了过去："我好了你不高兴？"

温书华被问得愣了一下："怎么会？妈妈很高兴。"

她高兴吗？

她是受到了惊吓。

姜锦禹没有再说话，一言不发地喝着汤。

温书华没有久坐，等姜锦禹喝完一碗汤就离开了，温诗好在小区外的车里等她。

没有看见姜锦禹，温诗好嗤了一声："他还是不肯跟我们回去？"

温书华有些心不在焉："嗯。"

"这个小白眼狼！"

温书华立马扭过头去："诗好！"她疾言厉色地怒斥道，"我不准你这么说你弟弟。"

温诗好不以为意，语气凉凉地哼了一声："我说错了吗？我们家生他养他这么多年，到头来他还不是走得干脆利落？他跟了个便宜姐姐，把我们忘得干干净净，不是白眼狼又是什么？"

"你！"温书华气极，话脱口而出，"温家谁都可以说他是白眼狼，唯独你不行。你怎么有资格说他？要不是因为你——"

话说到一半，温书华还是忍住了。

温诗好讥笑了一声："因为我什么？你倒是说啊。"

温书华目光闪躲，看向窗外："反正你给我记住，他是你的弟弟，跟你有血缘关系的亲弟弟，再让我听到这种话，你就把他的股份给我吐出来。"

温诗好嗤笑，完全没将这话当回事。

这时电话响了，她接了起来，是秘书张冠华打来的。

"温总。"

"什么事？"

张冠华只说了一句话："sj's的持有人是姜九笙。"

姜九笙……

手里的包被温诗好用指甲狠狠地划出一道痕迹，她眼里的阴毒与愤恨之色涌了出来："好你个时瑾。"

好一个"冲冠一怒为红颜"。

温书华听闻时瑾的名字，立马神色紧张地询问："你是要跟时瑾作对？"

温诗好没作声，目光越发狠毒。

温书华脸色一变："不要去惹他，你斗不过他的。"

"这你就别管了，"温诗好想到了什么，笑了，"我手里有能让他听话的东西。"

从那个合作项目开始，到嘉美风投控股温氏，她被一步一步地设计入坑，这个仇怎能不报？

"什么东西？"温书华追问。

温诗好没说，眼里有跃跃欲试的兴奋神采。

"你是不是还在查当年那个案子？立马给我住手，你听见没有？"

温书华深吸了一口气："别的事情我不插手，姜民昌那个案子你必须停手。”

温诗好敷衍地应了一句。

温书华眼皮直跳，有种很不好的预感，一整天都心神不宁。大概是日有所思夜有所梦，这天晚上，那些被尘封多年的往事突然入梦。

那是姜民昌身亡的第二天，有人拿着温家的财物去典当行典当，江北警方当天就联系她前去认领。

电话里，警察道：“温女士，嫌疑人已经找到了。”

“是谁？”

“是一个入室盗窃的小偷，花房附近的脚印与嫌疑人的完全吻合，而且我们在玻璃花房的幕墙上也采到了他的指纹。”

因为没有目击证人，这个小偷是目前为止唯一被发现曾经出现在案发现场的人。

那时候温书华刚失去丈夫，情绪激动，放言道：“我要告他！我要让他被判死刑！”

那时候她以为那个盗窃犯就是凶手，甚至不管案件存在的疑点，一心想要他死。

案发的第三天，那个小偷的母亲跑到温家大哭大闹，求她大发慈悲。

她大发雷霆：“你儿子杀了人，我要他偿命！”

妇人跪下来哭着辩解：“人不是我儿子杀的，不是他。

“温夫人，求你放过他吧。

“人不是我儿子杀的，求你放过他，求你了。”

温书华一句都不想听，她认定那个小偷就是凶手，越看妇人越觉得对方恬不知耻，竟还有脸来求饶，便吩咐下人：“立马把她赶走！”

“温夫人，求你放过我儿子。

“人不是我儿子杀的，他是被冤枉的。他只偷了东西，没有杀人，他没有杀人!

“温夫人，温夫人……”

妇人被用人架着拖了出去，哭天抢地了一路。

温书华狠狠地将茶杯砸在地上，怒火中烧时，手被抓住了，然后她看见了姜锦禹。

那时候他还没满八岁，正是天真无邪的年纪，一双眼睛生得明亮又干净。他拉着温书华的手说：“妈妈，是温诗好推的。”

温书华愣住了。

小小的孩子眼神格外坚定："爸爸没死，他还会动，是温诗好推了爸爸。爸爸本来还会动的，她推了他，然后他就不动了。"

他童言童语，却说得明明白白。

温书华大惊失色，盯着才长到她腰间的孩子："锦禹，你在说什么？"

"是温诗好推了爸爸。"姜锦禹眼眶红红的，不知是不是因为害怕，他快要哭了，却强忍着眼泪，"凶手不是那个小偷，也不是我姐姐，是温诗好。"

温书华愣怔了许久，回过神后的第一件事就是捂住了姜锦禹的嘴，怒斥道："锦禹，不准乱说话！"

他用力推开她道："我看到了，就是她！是她推的！"

温书华一把拽住他的胳膊，腾出一只手死死地捂住他的嘴："不可以乱说！闭嘴听到没有？闭嘴！"

到底是七八岁的孩子，姜锦禹很怕很怕，躲在房间里哭了。

案发一个星期后，温家突然来了客人。温书华把其他人都支开，领着那位客人去了她的卧室。

门没有关紧，她也没有注意到门后藏了个小小的身影。

"姜民昌真正的死因是什么？"温书华问。

客人四十多岁，是个微胖的女人，叫薛平华，是负责温家命案的法医。她说道："颅骨凹陷性骨折，颅内出血致死。"

"不是腹部中刀吗？"

"虽然死者的腹部流了很多血，但没有伤到要害，不会导致死亡。"薛平华补充道，"真正的死因确实是颅内出血。"

温书华听完，沉默了很久才起身，从梳妆柜的抽屉里拿出一个白色的信封递给薛平华："薛女士，我希望尸检报告上的致死原因是腹部出血过多身亡。"

薛平华迟疑了很短时间，然后接过信封，拆开看了看里面的支票上的面额："我明白了。"

这时候，门外的用人突然喊了一声："小少爷。"

房里的温书华顿时抬起头来，这才发现门被打开了一条小缝。她回头看了薛平华一眼，等薛平华把信封收好才去开门，吩咐用人："叫司机送客。"

"是，夫人。"

薛平华离开后，温书华差走了其他用人，对姜锦禹招手道："锦禹，过来。"

姜锦禹怯怯地进了房间。

“你听到了什么？”

七八岁的姜锦禹还不会撒谎：“你给那个人钱了。”

温书华纠正：“你看错了，那不是钱。”

姜锦禹摇头：“是钱，我认得支票。”

那时候姜锦禹虽然年纪小，但明事早，而且性子拗。

温书华蹲在他面前，哄道：“锦禹，什么都不要跟别人说，不管你看到了什么都不要说，你就当什么都没看见，什么都不知道。”

姜锦禹懵懵懂懂，却执拗地道：“可是姐姐推爸爸了。”

温书华顿时恼怒了，吼他：“她没有！”

“她有！”姜锦禹瞪着母亲，用力喊道，“就是她，她是坏人！警察不要抓笙笙姐姐，抓她去，她才是大坏蛋！”

温书华抬起手，一巴掌打在他的脸上：“你给我住嘴！”

姜锦禹便安静了，红着眼睛看着她。

温书华不忍心地别开头，狠下心道：“你再敢胡言乱语一句，妈妈就不要你了！”

他到底年纪小，会怕。

他捂着嘴，不敢哭出声，小声地呜咽起来。

后来姜锦禹就不怎么说话了，看见温书华就躲。这么过了几天，他病了，温书华带来一个老爷爷，说：“锦禹，这是来给你看病的医生。”

姜锦禹往后退，用被子盖住了头。

温书华捂着嘴，差点儿哭出来。她咬了咬牙，坐到床边把被子掀开，把他从被子里拽了出来：“老爷爷会给你治病，你会好的。”

姜锦禹怯怯地往后躲，说“不要”。

温书华抱住他，哭着说：“锦禹，对不起，妈妈不该打你，都是妈妈不好。”

他不挣扎了，抬头看着母亲，伸手给她擦眼泪，小声地说：“妈妈，锦禹没有撒谎，真的是姐姐推的。”

温书华痛哭出声。

“妈妈，你别哭。我不乱说话了，不说了……”

把姜锦禹哄睡之后，温书华从房间里出来，把眼泪擦干道：“乔医生，能不能让他忘记一些事情？”

乔医生犹豫着说道：“小少爷还太小，我怕稍有不慎，会有意外。”

温书华攥着手心，沉默了很久才问：“那有没有什么办法能让他开不了口？”

“夫人是怕小少爷乱说话？”乔医生纠结了半晌，有点儿于心不忍，“我倒是有个办法。”

“说吧。”

后来，姜锦禹再也不开口了，整日躲在房间里，甚至是柜子里，不见生人，也不说一个字。

整整过了一年，他才重新开口，但开口之后只说只言片语。若是不问他话，他便一直不吭声，总是一个人坐着，低着头做一些重复的动作。

一日，温书华问他：“锦禹，你还记得花房的事吗？”

姜锦禹抬起头，眼里没有一点儿波澜。

温书华不放心，又问了一遍：“锦禹，你回答妈妈，记不记得？”

姜锦禹摇了摇头。

温书华这才想起来，他已经好久没有喊过她“妈妈”了。

心理医生下了诊断，姜锦禹患了自闭症，并且有社交恐惧症状。

从那之后，温家经常有医生出入。二楼的儿童房里有很多瓶瓶罐罐，里面都是姜锦禹的药。他不说话，也怕生人，因此再也没有去过学校，没有朋友也没有玩伴，总是一个人孤零零地坐着，不知在看着什么，眼里空洞洞的，什么东西都没有。

有一次，心理医生刚走，二楼的姐弟俩又开始针锋相对。

姜锦禹患了自闭症后就不爱说话也不理人了，他对谁都不冷不热的，唯独一看见温诗好，空洞无神的眼里就全是憎恶与愤怒的神色。

温诗好本来就不喜欢他，他自闭后，她就更厌恶他了：“你瞪什么瞪？”

姜锦禹病了一年，瘦巴巴的，瞪着一双眼睛，嗓音稚嫩，一字一顿地骂她：“坏、人。”

“滚开，你这个白痴！”

说着，她一把推开他。

她已经年满十八，个子生得高，那一下直接把姜锦禹推倒在了地上，膝盖磕到楼梯，血瞬间冒了出来。

小小的男孩子性子倔，疼也不哭，坐在地上仰着头骂道：“坏、人。”

温诗好扬起手就要打他。

“诗好！”温书华立马跑过来，一把拽住她的手，又气又急地道，“你怎么能打你弟弟！”

“是这个小野种先骂我的。”

温书华难以置信地看着女儿："什么小野种？你再乱说一句，就给我滚出去！"

温诗好冷笑，语气轻蔑地说："一个患了自闭症的傻子，你还当宝贝疼，他跟他那个爹一样，活该变成傻——"

温书华狠狠地甩了一巴掌过去："够了！"

温诗好被打蒙了，脸上火辣辣地疼，她难以置信地问道："你居然为了这个自闭儿打我？"

"谁准你骂你弟弟了？你还敢打他！"温书华把姜锦禹扶起来，看了看他膝盖上的伤，脸色更难看了，怒斥道，"谁都有资格骂他，唯独你没有，他变成这样还不是你害的！"

要不是自己为了保住她……

温诗好不甘心："关我什么事！"

"你——"

温书华咬了咬牙，把到嘴边的话吞了回去，冷着脸道："以后离你弟弟远点儿。"

温诗好转身就走。

"对不起锦禹。"温书华蹲下来，看着眼前瘦瘦小小的男孩，红了眼，"你别怪姐姐，她什么都不知道。"

那时候，温诗好也以为姜民昌的死因是腹部中刀。

"疼不疼？"温书华伸出手去。

姜锦禹立马后退，身体抵着墙，看着母亲，机械又木讷地重复着："坏、人，坏、人。"

那时他还不到九岁，不会笑，不会哭，也不会疼……

第十八章
时瑾用计，温家危矣

温书华猛地睁开眼坐起来，愣了半天，一摸脸才发现脸上都是眼泪。

她捂住脸，忍不住抽噎道："对不起锦禹，对不起。"

你为什么要痊愈，如果一直自闭……

房间里没有开灯，窗帘没拉紧，屋外的月光照进来，她眼前朦朦胧胧的，什么都看不清。

温书华拿起床头柜上的手机。

"锦禹，我是妈妈。"

少年刚被吵醒，对她没有一点儿防备："有什么事？"

温书华沉默着。

姜锦禹便等着她说话，不问话，也不挂电话。

过了很久，温书华才开口，声音带着轻微的哽咽："回一趟温家吧，我病了，想见见你。"

对不起，锦禹……

姜锦禹没有想很久，回道："好，我明天回去。"

他挂了电话，给姐姐姜九笙发了一条短信。

七月下旬，时瑾带着姜九笙回了江北，还没到公寓，霍一宁的电话便打过来了。时瑾把姜九笙送回家，又开车去了警局。

霍一宁已经等候多时，省去弯弯绕绕，直接说正事："你是不是动过温家花房那个案子的庭审资料？”之前他帮姜九笙查过，资料明显不全。

时瑾大方地认了：“嗯。”

果然。

“为了瞒姜九笙？”

时瑾眼底多了两分警惕：“你想知道什么？”

霍一宁往椅子上一靠：“给我一个准话，人是你捅的，还是姜九笙捅的？”

他现在基本可以确定陈杰是个替死鬼，温家花房命案的凶手另有其人，姜九笙是一号嫌疑人，时瑾是二号，至于三号……

“不要管这个案子，这是我唯一能给你的忠告。”时瑾的语气冷了不少。

他这哪是忠告，分明是威胁。

霍一宁已经猜得七七八八了：“是姜九笙？”

时瑾的神色蓦地一沉。

这就对了嘛，只有姜九笙的事才会让时瑾有这么大的反应，要是和姜九笙没关系，时瑾才不会这么投鼠忌器。

“她前几天给我打过电话。”霍一宁瞥了对面的人一眼，“我猜她应该是想找我自首。”

时瑾目色深沉，静立不言。

霍一宁继续道：“我觉得与其让她自首，还不如釜底抽薪。”

时瑾微抬眉头看过去。

霍一宁收了腿：“你只是遮掩了那件事情的真相，没有作假吧？你有没有动过尸检报告？”

“你什么意思？”时瑾眼里终于起了波澜。

这件事果然有蹊跷啊。

霍一宁慢慢说来：“我动用关系看到了庭审资料，里面的尸检报告有点儿问题，我怀疑姜民昌的死另有隐情。我也问过法医了，致死原因不一定是腹部中刀后失血过多，也就是说，凶手有可能不是姜九笙。”

时瑾目光灼灼地看着霍一宁。

当年姜民昌倒下后，时瑾探过他的鼻息。或许是因为事关姜九笙，时瑾也乱了阵脚，也或许是姜民昌当时已经深度昏迷，鼻息几不可察。

至少当时，时瑾以为姜民昌死了。

“把资料发给我。”时瑾直言，“你不给我也有办法弄到。”

霍一宁对此不置可否："这个案子我会继续跟进，姜九笙是公众人物，在水落石出之前我会暂时瞒着公众。你要怎么查我管不了你，我只有一句话，用正当途径，别伤天害理，别知法犯法。"

时瑾若有所思。

手机响了，是姜九笙来电，时瑾接通道："笙笙。"

姜九笙的语气很急、很慌："时瑾，你快回来。"

时瑾立马起身，对霍一宁道了一句："失陪。"随即，他掉头就走，"笙笙，你别急，发生什么事了？"

"锦禹可能出事了。"

时瑾迅速赶回了御景银湾。

他回来时，姜九笙正坐在自己那间公寓的沙发上怔怔出神，博美趴在她脚边，也异常安静。

时瑾走过去蹲在她的双膝前："笙笙。"

她回了神，看向他，有些着急地说："本来我和锦禹在通电话，然后电话突然被强制挂断了，那之后他的电话就再也打不通了。应该是温家的人软禁了他，不让他和外界联系。"

昨天温书华称病，姜锦禹回了一趟温家，他给姜九笙发了短信。今天他给她打了一通电话，话还没说完，就彻底失联了。

姜九笙有不好的预感。

时瑾握着她的手道："锦禹是不是和你说了什么？"

姜九笙眼里渐生波澜："他说，我不是凶手。"他说凶手另有其人。

电话便是在这时被强制性挂断了。

姜九笙愣怔了很久，然后目光定住，眼里的惊慌和不安突然消失。

"时瑾。"她用力抓住时瑾的手，眼睛都红了，"锦禹说我不是凶手。"

她怎么能不震惊，怎么能不惊喜？她像溺水的人突然抓到了一根浮木，终于得以喘息，看到希望。

时瑾伸手把她抱进怀里："我也得到消息了，你可能不是凶手。"

姜九笙重重地喘了一口气。

"笙笙，"时瑾放开她，抚了抚她的脸，"你在家等我好不好？我要马上去一趟温家。"

"好，我等你。"

他亲了亲她的唇，然后转身离开。

云城，温家。

落日西垂，天已将黑，温家突然有客到访。

用人前来传话：“夫人，有客人来了。”

温书华一杯茶还没喝完，放下杯子问道：“谁来了？”

“是秦家六少来了。”

时瑾。

他来得可真快。

温书华吩咐下去：“把人请进来。”

时瑾进了别墅，身边还跟着一个人，那人并没有进屋，在门口等着。

温书华坐在沙发上，没有起身：“稀客啊。”她吩咐用人倒茶，“不知道秦六少这么晚来我温家有什么要事？”

“锦禹在哪儿？”一句周旋的话都没有，他开口就直接要人。

温书华装糊涂，端起茶杯抿了一口：“六少找我们家锦禹做什么？”

时瑾言简意赅地道：“领他回家。”

温书华笑了一声：“六少这话就不对了，锦禹是我儿子，这里才是他家，你领他回哪门子的家？”

多说无益，时瑾懒得再费口舌，直接命令屋外的秦中：“秦中，搜。”

秦中会意，拨了一个电话，立马有一群人闯进了温家。

温书华站起来，大声吼道：“你们敢！这里是我家，你们要是敢乱来，我就报警，告你们私闯民宅！”

用人们都闻声赶了过来。

时瑾完全不为所动，惜字如金地道：“搜。”

随后一个个表情凶恶的男人就往温家别墅的各个方向搜去。温家的用人们哪里见过这样的阵势，都被吓得不敢吱声，更别说拦截。

温书华眼看着时瑾带来的人四处搜寻，气得目眦欲裂，拿了手机就要报警，键还没按完，时瑾不疾不徐的声音响起：“温夫人不知道我们秦家是做什么发家的？”

温书华咬了咬牙，还是把手机放下了：“你们搜也没有用，我已经送锦禹出国念书了，他不在家。”

“你把他送去哪儿了？”

“这是我的家事，不劳烦秦六少来管。”

时瑾的语速不疾不徐，表情无波无澜：“温夫人，这也是我的家事。锦禹是我未婚妻姜九笙的弟弟，他的事我件件都要管，所以你所说的话最好属实，如果让我知道他在你这里受了一分委屈，那我提前告诉你，”他的语调低了一分，冷了一分，“我是个记仇的人，不单单讨本金，还会来要利息。”

温书华攥紧手心，没有吭声。

搜完了别墅，秦中摇头道：“没有。”

温书华还是那一套说辞：“我都说了，锦禹出国念书了。”

“是不是念书，我会去查，最好别让我查到什么。”

留下话后，时瑾转身离开，看见门口站着刚好回来的温诗好。

时瑾对她视而不见，直接绕过了她。

温诗好扬了扬嘴角，喊住他：“六少请留步。”

时瑾置若罔闻，径直往前走去，一点儿反应都没给她。

温诗好也不急，抱着手臂回头道：“我有件东西要给六少看看，是关于我们家花房那个命案的。”

时瑾停下了脚步。

温诗好笑了笑：“不知道六少有没有兴趣？”

时瑾回头看着她。

他终于正眼看她了。温诗好笑道：“六少果然有兴趣。”

时瑾目光深邃，长睫下的瞳孔如墨染般黑得纯粹，眼神莫测。

秦中有些顾虑，请示道：“六少。”

时瑾说道：“你在外面等我。”

“是。”

温诗好抱着手臂走在前面：“请随我来。”

时瑾跟着过去了。

温诗好领他去了书房，给他看了一个视频。

视频前后不过五分钟长，是从温家花房后面的透明玻璃处拍摄的，内容是从姜九笙进那个花房到时瑾带她离开。视频完完整整地记录下了姜九笙刺人的过程，甚至这个案子的替罪羔羊陈杰也入了镜，可这之前与之后的内容没有，不知道是摄像机没有拍到还是视频被温诗好剪了。这段五分钟的视频，足够成为姜九笙杀人的“铁证”了。

当时，温诗好过十七岁生日，温家大办喜宴，她拿了相机拍宴会的情形，以做留念，刚好拍到了花房里的这一幕。

温诗好暂停了视频，靠在书桌上，指了指屏幕上的少年少女：“看完有没有什么想法？”

时瑾说道：“在想怎么杀人灭口。”

在案子水落石出之前，在有新证据证明他家笙笙的清白之前，这份证据绝对不能曝光。她是艺人，若是视频曝了光，就算以后查出了真相，娱乐圈内的风言风语也不会消停。

温诗好一点儿也不讶异，似乎早就想到了这点：“我敢堂而皇之地给六少看这个视频，自然是做好了万全的准备。这个视频是复制的，原视频我藏起来了，复制视频也不止一份，就算你想清除，也不可能全部清得干净。而且一旦我发生意外，原视频不仅会在网上公开，还会被送到警局，姜九笙就等着身败名裂吧，搞不好还要吃上几年牢饭。”她看向时瑾，“你应该不想看到这样的结果吧？”

时瑾松开紧握的拳头：“你想要什么？”

他还是妥协了。

果然啊，只有姜九笙这张牌才能制住他。

温诗好笑了笑，眼里难掩扬扬得意之色：“把我温氏银行的股份吐出来。”

时瑾没有犹豫：“东西明天就会送到你手里，不过我不喜欢受制于人，所以你要知道适可而止。”

温诗好笑而不语。

这么好用的筹码，适可而止就太可惜了，她宁愿豪赌一把。

时瑾转身离开。

车开出了温家后，秦中请示道：“六少，现在回江北？”

“先去做一件事。”

秦中不知道温诗好和六少说了什么，只觉得六少从温家出来后，整个人气场都冷了：“是什么事？”

“去把温家的墓园给我挖了。”

大晚上的去盗墓？

秦中不解其意：“挖墓园做什么？”

时瑾转头看向窗外，车窗上映出了他立体的轮廓，他说：“把姜民昌的尸骨给我偷出来。”

“是。”秦中没有再问。

温家有自己的墓地，在一座私人小岛上，温家祖宗大概也知道自己坏事做多了，推崇土葬。姜民昌是入赘温家的，当年命案发生之后，他的尸首便被运回了温家墓地下葬。

他的尸骨还在，那么证据也应该还有。

手机铃声骤响，堪比午夜凶铃。

霍一宁骂了一句，从被子里伸出一只手接了电话。

他的火气很大：“大半夜的，你又干什么？”

电话那头是礼貌十足的声音：“是我，时瑾。”他平铺直叙地说道，“我给你空运了一具尸骨，记得查收。”

霍一宁怀疑自己听错了：“你空运了什么？”

“尸骨。”

这下霍一宁的瞌睡全醒了：“你给我运尸骨做什么？”

“是姜民昌的尸骨，温家人实行土葬，他的骨头还在，你让法医再查查死因。当年的尸检报告被温家人做了手脚，你找到那个法医估计也查不到什么，只能从尸体入手。”

自己刚怀疑温家的命案另有隐情，时瑾就去把温家的坟给挖了，这行动力与手段让霍一宁佩服得五体投地。

“确实，薛平华，也就是给温家命案做尸检的那个法医两年前得癌症去世了。我除了查到薛平华一夜暴富后移民之外，没找到什么实质性的证据，要指认温家人的杀人罪远远不够。”

没有直接口供，只有推论证据，到了法庭效用不大。

不过——

“你去盗墓了？”

时瑾轻描淡写地用一个字带过：“嗯。”

这是时瑾做得出来的事。

霍一宁被气笑了：“时瑾，盗墓也犯法的，非法手段弄到的证据，法庭是不会采纳的。”

时瑾略微思索了一下道：“你就说是捡的，为了查明不明尸首的身份才做了尸检。这也正好可以让你借机去查这个案子，到时候破了案再把尸首送回去，温家没有证据也不能怎样。”

霍一宁哑口无言。

时瑾好阴险。

不过，这个办法好用。

时瑾这条贼船，他真是下不来了。

翌日，天空微晴，微风吹过，小区里的雪松树轻轻摇曳。

咔嗒——门响了，姜博美抬起脑袋叫了一声："汪。"

随后传来姜九笙的声音："时瑾。"

一人一狗并排坐在玄关处，都仰着头看刚进门的时瑾。心一下子就软了，他走过去摸了摸她的头："怎么坐在这里？"

"在等你。"姜九笙站起来，只挪动了一小步就停下了，"腿麻了。"

时瑾将她抱起来放到沙发上，蹲着给她捏腿："你等多久了？"

"一直没睡。"她揉了揉干涩的眼睛，"睡不着。"

"先去睡觉，嗯？"

姜九笙摇头，感觉腿不那么麻了，便坐了起来："不想睡，你快跟我讲，锦禹呢？"

"锦禹被温书华送出国了。"

姜九笙蹙眉，这恐怕不是什么好事。

"别担心，我已经让人在找了，很快就会有消息的，而且温书华毕竟是锦禹的母亲，他应该不会有危险。"

姜九笙摇头，愁眉不展地道："锦禹和我说过，他的自闭症是人为的，温家的人不希望他健康。时间太巧了，他的自闭症刚被诊断痊愈，温书华就送走了他，我怕她会故技重施。"

姜九笙隐隐觉得，姜锦禹的自闭症和温书华有关，和温家的命案有关。

"我去找，相信我，我会帮你护住他。"

他的话让她安心了一些，但还是思绪不宁："时瑾，或许我真的不是凶手，锦禹应该是知道什么才会被送走的。"

不然怎么会那么巧，就在他痊愈的时候，温书华叫他回家；就在他告诉她凶手是别人的时候，电话被挂断了。若她的推测没有错，凶手就是与温家息息相关的人。

"不是'或许'。"时瑾扶着她的肩，"笙笙，你不是凶手，尸检报告被人动了手脚，姜民昌的死另有蹊跷。而且这件事牵扯到了锦禹，那真正的凶手很有可能就是温家人。"

"幸好。"姜九笙的眼眶微微发热，"幸好不是我。"

是，幸好凶手不是她。

现在凶手是谁都无关紧要了，他只要她平安无事。

时瑾伸手覆在她的眼睛上，她的眼睛发烫，他的掌心微凉："我会查清楚的，笙笙，你不要自责，也不要生病。"

她用力点头，拿开时瑾的手，亲在他的手背上。

"我还有一件事要告诉你。"

姜九笙抬眸看着他，等他说下去。

时瑾说："当年花房的事被温诗好录了视频，你刺姜民昌的整个过程都被她录下来了。"原视频的长度他还不能确定，或许温诗好只给他看了一部分。

姜九笙的眉头狠狠一拧："她是不是拿视频威胁你了？"温诗好野心勃勃，手里有了筹码不可能不豪赌一把。

时瑾点头："是。"

"她要什么？"

"目前只是要温氏银行的股份，不过她做足了准备，应该还有所图。"

她也是这么觉得的。

时瑾有多少资本，温诗好就会有多少贪念。欲望就是如此，对方能给予的东西越多，要求的一方就越不知满足。

这次是温氏银行的股份，下一次温诗好开口，又会要什么？

时瑾揉了揉她没有舒展的眉心："笙笙，现在还没有足够的证据，我要先拖一拖她。"

当下他只能用缓兵之计。

"别的我都可以不计较，她什么都可以要，只要不觊觎你。"姜九笙的态度很坚决，"就算让我去坐牢，也不能让人来抢你。"

这是她的底线，别的东西都无所谓，时瑾不能让人碰。

时瑾心情大好："不用担心，我哪儿有那么容易受制于人。"

姜九笙还是很担心。

她不是草木皆兵，这种可能是有迹可循的。她见过温诗好看时瑾的眼神，里面有贪念。而且聪明的人应该看得透，得到了时瑾就等同于得到了他身后的所有资源，那才是最大的赢家。

所以就算温诗好开口要时瑾，也一点儿都不奇怪。

时瑾笑了笑，抱着她低声哄着，说他是她的，不会被别人抢走。

"我还有一件事要坦白。"

"什么事？"

时瑾停顿了一下才接着道："我让人挖了姜民昌的坟。"

"是为了找那个案子的证据吗？"

时瑾点头："我想查他真正的死因。"只是姜民昌毕竟是她父亲，他挖了姜民昌的坟也算大逆不道。

姜九笙知道他在顾虑什么：“从他杀害我母亲那一刻开始，他就已经不是我父亲了。”

从姜民昌想杀她灭口开始，她就没有父亲了。

时瑾捧着她的脸，突然正儿八经地说了一句：“不要姜民昌，我给你当爸爸。”

姜九笙哑然失笑，眉宇间的阴郁瞬间烟消云散了。

他在逗她开心呢。

“笙笙，”时瑾张开手，将她整个圈住，“我很开心，这个世界对你好了一点点。”

他所求不多，只要她平安顺遂，没有大风大浪就行。手刃生父是太重的血债，她背不起。若日后的风雨和坎坷他都能替她受，就万全了。

她嗯了一声，在他肩上趴了一会儿，眼皮越来越重：“时瑾，我困。”

他亲了亲她快要睁不开的眼睛：“睡吧。”

“嗯。”

她卸下了所有负累，沉沉睡去。

他已经不记得她多久没有如此熟睡过了，抱她去床上她都没有醒，一睡便是一夜。

连着两日都没有查到任何姜锦禹的行踪，时瑾动用了所有人脉与资源，下了死命令，掘地三尺也要把人给找出来。

另外，温诗好得了嘉美风投的股份，以最大股东的身份重新执掌温氏银行。她一掌权便大肆换血，借势提拔亲信，行事作风极为果决。

黄昏后，霍一宁看了一下来电显示，时瑾打了电话过来。

“喂。”

万年不变的开场白传来：“是我，时瑾。”

霍一宁调侃道：“在白天给我打电话，时医生的觉悟变高了。”

“姜民昌的骸骨查得怎么样？”

“没有这么快，下周才能出结果，不过你要做好准备，就算查出死因不是腹部中刀，也没有其他嫌疑人出现，你家女朋友还是排除不掉嫌疑。”

“如果有新的证人呢？”

霍一宁追问：“谁啊？”陈杰不是唯一的目击证人吗？

时瑾没有说。

霍一宁挂了电话，捏了捏眉心，总觉得时瑾在憋大招。

时瑾停好车，回到公寓。

“回来了。”姜九笙在厨房里忙活。

“在做什么？”

“蛋炒饭。”她蹙了蹙眉头，有些挫败，“不过盐放多了。”她的厨艺真是一言难尽。

时瑾没打击她，非常捧场地说：“没关系，我不怕咸。”

她笑了笑：“下次我少放点儿。”

时瑾却说：“下次不要下厨了。”

姜九笙不以为然，觉得时瑾就是太惯着她了，致使她的厨艺不仅没有长进，还一落千丈。

她去厨房盛了一小盘蛋炒饭，还用胡萝卜片摆了盘才端出来给时瑾，又去冰箱拿了一盒黄桃酸奶，插了吸管自己喝。

时瑾说：“晚上别喝冰的酸奶。”

她不听，捧着酸奶坐在他旁边喝，看他吃饭。

时瑾拿她没办法，只能由着她，拿起勺子尝了一口炒饭。

姜九笙虽然已经尝过了，但还是忍不住问：“是不是很咸？”

他动作优雅地慢慢进食：“还好。”

他说还好，那一定很咸，姜九笙把手里的酸奶喂到时瑾嘴边，给他止渴。

酸奶的吸管被她咬得奇形怪状，时瑾却张嘴含住了。

姜九笙突然有点儿心痒：“时瑾。”

“嗯？”

她做了一番心理准备，然后看着时瑾的眼睛，真诚又严肃地说：“我们生个孩子吧。”

咣——时瑾手里的勺子掉在了桌上：“为、为什么这么突然？”

这大概是时瑾平生第一次结巴。

见他被她的惊人之语吓到了，她尽量说得平常随意一点儿：“就是今天在等你回家的时候，突然想要了。”

本来她是抱着博美的，抱着抱着突然就想到了孩子，然后思绪一发不可收拾，脑子里居然自动生成了一个粉粉嫩嫩的小娃娃，是缩小版的时瑾的样子，漂亮精致得不像话。

她立马生出一个念头——想生一个小时瑾出来。

时瑾显然被她的话弄得措手不及，好半天才找回理智，同她商量：“笙笙，等一等好不好？”

她没回。

时瑾有点儿着急地解释：“等把秦家收拾干净了，我们就结婚，然后再生孩子。”

姜九笙一句话戳穿他的意图：“时瑾，你在用缓兵之计对不对？”

他家笙笙太聪明了。

她肯定地道：“你就是不想要。”

是啊，他不想要，一点儿都不想要。

时瑾哑口无言。没什么好辩解的，她也知道他一直不想要孩子。

姜九笙越说越恼：“我在做抗抑郁治疗的时候，你说过要跟我生孩子的，怎么能出尔反尔？”

时瑾无话可说了，这确实是他先提议的。他纠结了很久，虽然心里十分不愿意，但还是不忍拂她的意。

他很勉强、很将就地道：“好，生吧。”

一想到要生个小麻烦精来抢他的笙笙，还要让她受十月怀胎的苦、分娩的痛与危险，时瑾对孩子就喜欢不起来，何况偏执症患者的独占欲是不讲道理的。

他还是有他的底线：“男孩女孩都好，只生一个，行不行？”

他总归是退步了。

姜九笙心满意足，立马笑着点头。

见她笑得开怀，时瑾便也愉悦了：“那从今天开始，你少抽点儿烟、少喝点儿酒行不行？”他有正当理由，“要备孕。”

“备孕”两个字，她听得十分顺耳，非常爽快地答应：“戒掉，全部戒掉！”

时瑾失笑。她答应得好听，都戒了好多次烟酒了，也没戒掉。

这时手机响了。

他接起电话，就听秦中说道：“六少，已经查出来了，姜锦禹被送到了T国。”

“位置。”

秦中道：“只能确定与金三角相邻，具体位置还不清楚。”可那一带就没有一个安全的地方，温家人脑袋是有问题吧，为了把人藏好，竟然什么地方都敢去。

时瑾思忖后，吩咐秦中：“尽快确认具体位置，不要打草惊蛇，以他的安全为主。”

“明白。”

周二晚上，秦氏会所周年庆。

大概是因为秦明立被秦行贬谪，想借此来立威，他大办周年庆，并且请了很多商界大佬，搞得声势十分浩大。

秦行不会出席，但作为秦家的掌舵人，时瑾会去。因为秦明立所管辖的市场都在江北，因此周年庆在江北分会所举办，时瑾想带姜九笙一起去，不过她有工作，出席不了。

因此时瑾独自前去。

他准时入场，一人坐在一旁，不沾酒也不应酬。不少商界人士前来敬酒，他都礼貌地拒绝，只道：“要开车，不喝酒。”

大家也不好强人所难，但是今日周年庆酒会，哪个不是拥着美人前来？唯独秦六少孤身一人。众人不禁好奇那位被秦六少小心藏着的佳人在哪里。

佳人正在打电话呢。

“时瑾。”

“嗯。”时瑾离席，走到安静的地方去接电话，“吃晚饭了吗？”

“吃了。”

“吃了什么？”时瑾事无巨细，管她管得很严。

她停顿片刻，回道：“烤鱼。”

时瑾立马紧张了：“你吃辣了？”

姜九笙心虚地道：“嗯。”

“笙笙，”时瑾有点儿无奈，又舍不得训她，“你胃不好，不能吃辣。”

胃病根治不了，得养着，别的时瑾能依便都依她，不过饮食他不能由着她。

“就一点点。”姜九笙的认错态度很好，“以后不偷吃了。”

时瑾失笑，不说她了。

姜九笙适时地换了话题：“酒会好玩吗？”

“很无聊。”

她顺嘴提了一句：“我看了报道，好像有很多女艺人去了。”

“我没注意。”

她玩笑似的说：“要是有女人来跟你搭讪，不可以理她们。”

时瑾低低地笑了：“嗯，不会理，我是有家室的男人。”

他真乖。

结束通话后，时瑾回到会所内，要了一杯果汁。

温诗好目不转睛地看了时瑾许久。

"温小姐。"秦明立在温诗好身边落座。

她收回视线："秦二少有何贵干？"

秦明立端着酒杯，与她手里的酒杯碰了碰："既然这么想要，怎么不抢一抢？"

他话里的意思很明确。

"抢了之后呢？"她转头看向秦明立，收敛了嘴角的笑意，"时瑾跟我鱼死网破，你再来坐收渔翁之利？"

她真是个聪明的女人。

他倒确实想让这个女人去触一触时瑾的逆鳞，坐收渔翁之利没错，毕竟女人的嫉妒心可是能抵千军万马的。

秦明立没有否认："那要看你敢不敢赌，收不收得住那头狼。"他的话尤为耐人寻味，"是驯服还是被咬死，尚没有定论。"

温诗好挑眉："你都说他是狼了，生人哪里靠近得了？"

"那就要看你够不够卑鄙了。"

温诗好来了兴致。

晚上八点，姜九笙有录影工作，中途休息时，时瑾打来了电话。

她走到录影棚外面接通电话："时瑾。"

"姜小姐，是我，秦中。"秦中解释道，"我替六少接了个公事电话，手机还没来得及还。"

"你好。"

秦中语气急切地说道："您要是抽得出空，能来一趟会所吗？"

姜九笙微拧着眉头，有不好的预感："有什么事吗？"

"我接完电话回来没有看到六少，侍应说温家那个女人把六少叫过去了，我到现在都没找到他。"

温诗好……

姜九笙没有多想，直接去拿了包，边往外走边嘱咐秦中："你去查看一下监控，我马上过去。"

莫冰就在外面等，见姜九笙匆匆出来，问道："怎么了？马上就要录影了，你去哪儿？"

姜九笙没有时间解释了："急事。"她有些抱歉，"我现在要马上离开。”

莫冰也没问太多：“用不用我送你过去？”

“不用，你留下来处理这边的事。”

莫冰便把车钥匙给了姜九笙，再联系救场的人过来。

半个小时的车程，姜九笙开了二十分钟就到了。她边停车，边给秦中打电话：“查到了吗？”

“刚刚确认了，在908套房。”秦中又道，“我先过去。”

“嗯。”

挂了电话，姜九笙下车，刚走到秦氏会所门口就被迎宾拦下了。两个西装革履的英俊男人守在门口：“这位小姐，请问您有请帖吗？”

“没有。”

对方便挡住了她的路，态度还算恭敬：“那不好意思，您不能进去。今天会所举办周年庆，并不对外营业，只能凭请帖进入。”

姜九笙心里记挂时瑾，没有什么耐心，便准备硬闯。

会所大堂内，秦明立走了过来：“还不让开。”

两个迎宾立马退到一边：“二少。”

秦明立似怒非怒地道：“你们两个怎么这么没有眼力见儿，老六的女朋友都不认识？”

秦六少向来低调，不见报，女朋友也藏得严实，不同秦家其他几位少爷，身边整日带着不同的女伴，经常出入会所玩乐。

两人连忙致歉：“抱歉，您请进。”

姜九笙直接走了进去。

秦明立在她身后喊住她：“姜小姐，请留步。”

姜九笙回过头来：“什么事？”

秦明立以劝解的口吻说道：“不要太怪六弟，男人嘛，免不了逢场作戏。”

他话里有话。

他想说的是：时瑾在和女人逢场作戏。

姜九笙对他的话置若罔闻，什么表情都没给。她的手机在这时响了，来电人是时瑾。

她喊：“秦中。”

片刻，她又惊喜地喊：“时瑾。”

听见是时瑾的电话，秦明立兴致勃勃地抱着手臂，等着听好戏。他不知时瑾说了什么，只能看见姜九笙的情绪起伏。

“你跟温诗好进房间了吗？”

那头的人回答后，她沉了脸色：“温诗好动了歪脑筋？”

时瑾说了很长时间，大概是在解释。

姜九笙已经生气了：“你在房间门口等我。”停顿片刻，她冷着脸说，“算账。”

时瑾这是惹得红颜愤怒了，怕是犯了大错。

秦明立很满意，勾唇笑了笑。

姜九笙挂了电话后，看向秦明立：“二少，能否借一步说话？”

“当然可以。”

他随着姜九笙一起往电梯里走去。周年庆宴会在六楼全景厅举办，一楼与电梯里都没什么人，两人一前一后进了电梯。

“时瑾在九楼？”

秦明立神色自然地点头道：“是啊，他和温诗好在一起。”

姜九笙便按了“9”：“你是怎么知道的？”秦中也是查了监控才知道时瑾与温诗好一起去九楼开了一间房间的。

秦明立被问住了，怔了片刻才状若无事地回答：“自然是亲眼看见的。”

这时，电梯在九楼停下。

电梯门打开，姜九笙先走出去，一只脚踩在门口，另一只脚搭在门上，将整个电梯出口堵得严严实实的：“你又算计我家时瑾。”

秦明立瞬间愣住了。

他以为她是要去找时瑾算账，现在看来不像。

方才那通电话，完整内容是这样的。

姜九笙接通了电话，喊：“秦中。”她以为时瑾的手机还在秦中那里。

那边的人开口了，却是时瑾的声音：“笙笙，是我。”

她惊喜地喊：“时瑾。”

“在大厅等我，我过来找你。”

她却问：“你跟温诗好进房间了吗？”

时瑾顿了顿，承认了：“嗯。”

她沉了脸色：“温诗好动了歪脑筋？”

温诗好竟真的觊觎时瑾，都欺到她头上来了，她哪儿能不气？

时瑾知道她恼了，立马解释：“还有秦明立，他们俩合作，在房间里点了催情的迷药，用视频的事诱我过去，不过迷药对我没用。”

就算这样，姜九笙还是动了怒，沉着脸说："你在房间门口等我。"

"你要做什么？"

"算账。"

这才是她和时瑾通话的全部内容，秦明立只听到了一部分，自然以为她是去捉奸，怎么会想到姜九笙这般不好拿捏。

她霸占着整个电梯出口，一双冷冷的桃花眼微微一眯，眼神变得凛冽："秦明立，我看起来很好欺负吗？"

秦明立不知对方知道了什么，便装傻充愣："姜小姐这话什么意思？"

"有仇必报的意思。"

秦明立被她这么不冷不热的一句话给说愣住了，正在恍惚时，被她一把扯住手迅速往地上一摁。

秦明立没站稳，一个趔趄，头撞在了电梯壁上，他顿时恼羞成怒地道："姜九笙！你——"

会所的电梯空间很大，足够姜九笙施展身手，她没等他说完，原地起跳，对着还没站稳的秦明立就是一个回旋踢，正中他的脑袋。

秦明立两眼一翻，晕了过去。

姜九笙的动作干脆利落，一气呵成。

秦明立晕过去的前一秒，只有一个念头：姜九笙居然这么能打……

时瑾和秦中走出走道拐角，一抬头就看见姜九笙拖着秦明立的一条腿走出电梯。秦明立已经晕了，像拖把一样被她扯出电梯。

时瑾和秦中："……"

姜九笙松手把秦明立扔在脚边，问："哪间房？我要把他扔进去。"

房间里有催情迷药，温诗好自己也吸了，正意乱情迷，现在把秦明立扔进去，会发生什么她自然知道。这手段虽然卑劣，但以其人之道还治其人之身，这一回她不想磊落了，温诗好也该吃点儿苦头了。

时瑾知道她的打算了，走到她身边去安抚她："不生气，我哪儿有那么好算计。"

"我知道啊，不过你不好算计不代表他们可以打你的主意。"她很理智，没有乱来，只想要理智地算算账。

"笙笙，温诗好手里还有视频。"事关她的名誉，他不敢乱来，要保证万无一失。

"别的我可以忍，这次不行。她这么明目张胆地陷害你，还玩下药这么下三烂的手段，已经碰到我的底线了。"她的态度很坚决，"时瑾，我不怕蹲局子，她打你的主意就是不行。温诗好把那个视频当作她肆无忌惮的筹码，只会变本加厉，有第一次就会有第二次，我不能确定下次会不会还只是虚惊一场，我们没有必要一退再退了。何况，我信你。”他怎么可能会让她去蹲局子？

温诗好那个性子，这种事肯定会有下次，万一让她得逞了……

姜九笙想都不敢想这样的可能。

时瑾思索片刻后道：“秦中，把他扔进去。”

秦中直接拖着秦明立的一条腿，往那个点了迷药的房间走去。温诗好还在房间里，估计药效已经发作了。

有好戏看了。

时瑾牵着姜九笙往电梯走时，拨了一个电话：“来908房间，帮我录点儿东西。”

时瑾连续打了好几个电话。他怎么可能让姜九笙去蹲局子？他得做一下准备了。

回到车上，姜九笙一直没吭声，看着车窗外，也不理时瑾。

时瑾不急着开车，抬着她的下巴让她转过脸来：“怎么不说话？”

姜九笙推开他的手：“我在生你的气。她让你跟她去房间，你还真去，万一真让她得逞了……”

时瑾讨好地亲了亲她的脸，解释说：“记不记得我跟你说过，以前在秦家的时候，秦行为了培养我的适应力，什么东西都给我试过。我身体里有抗体，戒断反应也很弱，不容易上瘾，尤其是致幻药物，对我起不了多大作用。”

他敢去，自然有十成的把握。

“那你怎么在里面待了那么久？”

时瑾如实告诉她：“温诗好给我看了完整的视频，包括你父母争执的过程。”

她竟全拍到了。

姜九笙立刻问道：“他们为什么会起争执？只是因为我的手术费用？”

当时时瑾隐瞒身份找宋培补习，宋培并不知道他的家世，又怎会求助于一个刚成年的学生？她无亲无友，只能找姜民昌求助。

“有两个原因。”时瑾慢慢同她说，“你母亲为了索要你的手术费用，用姜民昌的把柄威胁他。”

果然，不仅是钱的问题。

"姜民昌有什么把柄？"

"温诗好的生父并非正常死亡，姜民昌为了入赘温家，对温诗好的生父下了毒手，然后有目的地接近温书华，并与她结婚。"

难怪温诗好那么恨姜民昌，甚至恨上了姜锦禹，原来她是要为父报仇。

姜九笙只是没想到姜民昌居然这样人面兽心，记忆里，那个男人很仁善，她竟不知他的皮囊下有这样一颗攀龙附凤的勃勃野心。

这样的人，怪不得他不放过她母亲，也不放过当时作为目击证人的她。

"另一个原因呢？"

时瑾沉默了片刻后道："笙笙，姜民昌不是你的生父。"

姜九笙怔住。

"你生父是你母亲的初恋情人，他出事故去世之后，你母亲怀着你嫁给了姜民昌。在你被查出良性肿瘤之前，姜民昌一直被蒙在鼓里，也正是因为你并非他亲生的，他才不肯给医药费。你母亲迫不得已，才用他的把柄要挟他，他恼羞成怒就动了手，杀人灭口。"

当时温诗好在录生日视频，偶然间录到了这场争吵，便因此知道了生父的死因，之后她怀恨在心，恨姜民昌，恨姜锦禹，也恨姜九笙。

"那凶手……"姜九笙大胆猜测，"会不会是温诗好？"温诗好听到了姜民昌与宋培的争执，知道姜民昌与她有杀父之仇，一时愤恨痛下杀手也不无可能。

时瑾就事论事道："不知道是不是她，没有证据，但至少她有了杀人动机。"

姜九笙往椅子上靠去，身体放松："不知道为什么，知道他不是我生父，我突然松了一口气。"

时瑾摸摸她有些疲惫的脸："我家笙笙这么好，是他不够格。"

这时霍一宁的电话突然打了过来。

时瑾接了："你好。"

"尸检结果出来了。"

"致死原因是什么？"

姜九笙蓦地抬头看向时瑾。

霍一宁在电话里说："颅骨凹陷性骨折，导致颅内出血而死。"他详细地解释道，"警方比对过当时花房的现场照片，基本可以推断出死者在腹部中刀后，由于外力或者自身眩晕，身体往后撞在了花架的瓦盆上，从而导致颅骨凹陷。所以当时的照片里瓦盆破了却没有血迹，因为是颅内出血。"

时瑾听完便有了打算：“那可以主张意外死亡，或者第三人所为。”这些都足够让他家笙笙脱罪。

何况她是正当防卫。

“目前没有新的证人或证据，我们暂时排除不了颅内出血是姜九笙造成的可能，也没有另外的嫌疑人。不过可以一试。这样的案子我以前也见过，疑点利益归于被告，胜算不算小。”

时瑾心里有数了。

就算目前只有这些证据，他也有完全的把握让姜九笙全身而退。只是温诗好手里的视频不能在真相大白前曝光，舆论可不管真相，只要发泄的话题。

霍一宁又说了一件事：“另外，我还有一个发现。”

“什么？”

“姜九笙不是姜民昌的亲生女儿。”这个案子真是一波三折，隐情太多了，越查东西越多，霍一宁说，“上次姜九笙来查这个案子，我取了她的DNA，法证做了对比后才发现，两人并不是父女关系。”

“我已经知道了。”

霍一宁疑惑，他又是怎么知道的？

时瑾没有过多解释：“可以把消息放出去了。”

“什么消息？”

时瑾淡然自若地道：“你捡了一具尸体，查明了身份，通知温家来认领。”

致死原因已经查出来，尸体可以光明正大地还回去了，毕竟是“捡来”的。

时瑾也真够腹黑的，虽然方法很无赖，但有用就行，不然不是正当途径获得的证据，法庭是不会采纳的。

时瑾挂了电话，对姜九笙说：“笙笙，致死原因不是腹部中刀，你不会有事了。”

“致死原因是什么？”

“姜民昌摔到了头，颅内出血，但还不确定是意外还是人为。”

四十分钟前。

温诗好走至时瑾面前：“时瑾。”

时瑾神色冷漠：“什么事？”

“我给你看的视频，只是一部分。”

他这才抬眸看向她。

她倚着摆放点心的桌子，挑着眉问时瑾："你想看完整的吗？"

时瑾眼底有了波澜。

温诗好胸有成竹地转身，留了一句话："跟我来。"

时瑾几乎没有迟疑就起身跟了上去。她领着他去了九楼的一间房，屋里灯光暧昧，有淡淡的熏香的味道。

温诗好坐在床上，抬头看向时瑾："坐。"

时瑾站得离她两米远，一步也不往前，神色已经不耐："视频在哪里？"

温诗好笑而不语，不疾不徐地按了遥控器。

电视屏幕突然亮起来，视频的声音毫无预兆地响起。

"你还来干什么？"

这是温家花房的画面，发生命案前它还是寻常模样，姜民昌与宋培面对面站着，姜民昌靠着花架，宋培离他几步远。

"笙笙病得很严重，你能不能借我一点儿钱？"

姜民昌有些暴躁不耐："你还有脸开口？她是你的女儿，可不是我的！"

"看在笙笙也喊了你这么多年'爸爸'的分上，你救她一次。"宋培低声下气地央求道，"算我求你了，借你的钱我会尽快还给你，还有利息，我会付利息的。"

姜民昌冷笑道："宋培，我竟不知道你居然这么不要脸。当年你跳河的时候，我也救过你一命，可你是如何报答我的？你瞒了我你已经怀孕的事情，让我给别人养了十几年的女儿。要不是我看到了你女儿的体检报告，你是不是还打算让我养这孽种一辈子？"

宋培哑口无言。

姜民昌咄咄逼人，话越说越难听："还有，别以为我不知道，你对我没有一点儿感情，会嫁给我不过是为了你肚子里那被别人搞出来的脏东西。"

宋培性子再温驯，也听不得这样带侮辱性的话："是我对不起你，你怎么对我都可以，但笙笙是无辜的，我不准你这么辱骂她！"

"我哪一句说错了？她不就是个野种？"

他毕竟曾经是笙笙的父亲，宋培怎么也没有想到姜民昌竟心狠至此，她攥着手心道："你要怎样才愿意帮我？"

她无亲无友，能求助的人几乎没有，手术费并非小数目，她已经走投无路了。

姜民昌却无情至极："带着你那个小野种滚远一点儿，以后不要再来温家了。我能放你们母女一马已经是仁至义尽了，别再让我看到你们。”

宋培几乎不敢相信：“你真要做这么绝？”

姜民昌直接让她滚。

她锁紧了眉头，温婉轻柔的嗓音渐渐变沉了：“九年前你买通医生在刘明儒的药里动手脚，你以为没人知道吗？”

刘明儒是温书华的前夫，温诗好的生父。

姜民昌大惊：“你——”

“你当时还没和我离婚，就开始谋害刘明儒，如果让温书华母女知道了真相，她们还会让你留在温家吗？”

姜民昌的目光顿时一厉：“你是怎么知道的？”

“你和那位医生通话的时候，我听到了。”宋培不欲多说，一心只想救女儿，爹着胆子与姜民昌谈判，“这么多年我也没有说出去，以后也不会，但如果你见死不救，为了我的女儿，我没什么不敢做的。”

姜民昌的目光像淬了毒一样：“你让我怎么相信你会守口如瓶？”

“你和温家的事我不会插手，也跟我没有任何关系，我只要我女儿平安顺遂，其他的事我绝不会干涉。”

姜民昌将信将疑，目光死死地锁定着宋培，手背到身后摸到了花架上的刀。花房里养了几株小柏树，那把刀本来是用来削去余枝的，锋利无比。

他握紧刀柄，突然将刀指向宋培。

宋培顿时惊恐万分：“你、你要干什么？”

姜民昌逼近宋培。

宋培本能地往后退，因为受到惊吓，她四肢发软，跌倒在地上，撑着身体往后缩：“你别过来，我不能死，我还有笙笙，不要——”

他骤然提起刀，目光狠毒，笑了一声：“我只相信死人不会泄露秘密。”

宋培张嘴就要呼救，他一把按住她的口鼻，左手的刀用力捅入她的腹中，宋培瞳孔放大：“你——”

他拔出刀，毫不犹豫地再次将其刺进她的身体。

视频到此为止，屏幕上的影像定格，地上的女人死不瞑目，拿刀的男人面目狰狞，浑身是血。

好一个衣冠禽兽。

时瑾的目光彻底冷了下来。

“时瑾。”

温诗好唤他的名字，迷药已经入肺，她意乱情迷地走向他。

时瑾抬头，眼底哪有一丝迷乱之色。他嫌恶地后退，说了一声滚就转身走出了房间。

“时瑾。”

温诗好已经神志不清，半趴在地上，饥渴难耐地拉扯身上的衣服，嘴里溢出呻吟声。

次日早上九点，阳光从窗帘的缝隙里漏进来，已经照到了床头。

床上的女人蹙了蹙眉，翻了个身，睁开眼又闭上。阳光刺眼，她用手挡了挡，再睁眼，最先入目的便是一张男人的脸。

“啊！”温诗好尖叫了一声，蓦地坐起来。

秦明立当即被吵醒了，抓了一下头发，也坐起来。

两人身上皆一丝不挂，尤其是温诗好，锁骨上全是欢爱的痕迹。她紧紧地抱着被子挡在胸前，红着眼怒瞪着秦明立：“为什么会是你？”

秦明立掀开被子看了一眼，只见床单上一片狼藉，顿时脸色铁青。

见他不说话，温诗好彻底崩溃了：“时瑾呢？为什么是你在这里？时瑾呢？”

秦明立神色懒散，摸到地上的裤子，拿出烟点了一根：“姜九笙来过了。”

姜九笙！又是她！

“那为什么你会在这里？”

就算不是时瑾，秦明立也不配，他给她提鞋都不配！

秦明立瞥了她一眼，不冷不热地回了一句：“她把我扔进来的。”

温诗好听完，气得浑身发抖，对着秦明立的脸狠狠地打了一巴掌：“你浑蛋！你算什么东西？谁准你碰我了！”

秦明立摸了摸火辣辣的右脸，冷笑了一声：“也不知道是谁像个荡妇一样叫了一晚上。”

言辞粗鄙，恶心至极！

骄傲的温诗好何曾受过这样的折辱？她想杀死他的心都有了，疯了似的扑上去，扬起巴掌就往秦明立身上招呼。

“你去死！”

秦明立一把拽住她的手：“你以为老子稀罕睡你？”他重重甩开她的手，把人扔在床上，“你以为你是什么货色？睡你，我也是受害者。”

“秦明立！”

“与其在这里跟我装贞洁烈女，你不如好好想想怎么算这笔账。”被子横在腰间，他裸着上身看着赤身裸体的温诗好，“你不是有时瑾的把柄吗？还等什么？”

温诗好扯过被子，盖住不着寸缕的身体，眼里全是红血丝，冲着秦明立喊：“你给我滚出去！”

秦明立目光浪荡地上上下下扫了她一眼：“遮什么遮？又不是没见过。”

“滚！”

秦明立不再激怒她，掀了被子下床，毫不遮掩地站在温诗好面前穿着衣服。

她气急败坏地转过身去，骂他不要脸。

秦明立嗤笑，拿了衬衫就往外走。他倒也不亏，这个女人可以为自己所用了。

咔嗒——门关上后，温诗好的情绪彻底崩溃，她将床头柜上的东西全部砸了，撕心裂肺地咆哮起来。

电话却在这时候响起，是她母亲温书华打来的。铃声响个不停，她死死地咬着唇瓣，按了接听键。

温书华说：“警局来电话了，说你父亲的尸骨被找到了。”

父亲？

温诗好冷嘲热讽道：“他不是我父亲，他就是个不要脸的杀人犯。”

温书华立马察觉到她情绪不对：“你怎么了？”

温诗好没有回答，电话里只有歇斯底里的尖叫声，还有辱骂与诅咒声。

九楼的走廊外，一个侍应生站在908套房门口听了片刻，移步离开，走到楼梯口的角落里，拿出手机拨了一个电话。

“六少，东西已经录好了。”

“发过来。”

“是。”

上午十点，有客人造访秦氏大酒店的办公楼，没有预约，直接往六少的办公室里闯。

总经办的秘书上前把人拦下：“温小姐，没有预约，你不能进去。”

温诗好寒着脸吼道：“让开！”

“温小姐——”

“滚开！”

总经办的这位女秘书三十多岁，气场也颇强，以公事公办的口吻道："温小姐，这里是秦氏，不是温氏，你再如此蛮横我就叫保安了。"

温诗好整个人就像一头被惹怒的母狮子，怒目圆睁的样子像要吃人。她不硬闯了，直接站在门外像个悍妇一样大喊。

人气极了是没有理智的。

"时瑾，你给我出来！时瑾！"

她完全崩溃了，根本不顾形象，在办公室前大喊大叫，脸上隔天的妆没有卸，眼线早就花了，口红也晕得到处都是，蓬头垢面的，真像个疯子。

总经办的秘书直接拨通了内线："保安，上来一下。"

温诗好不管不顾，完全冷静不下来，满脑子都是秦明立丑陋的嘴脸还有昨晚断断续续的混乱片段，自傲和优越感全部被击溃。她快被逼疯了，压在心口的一团火急需一个出口发泄。

"时瑾，你出来！你出来把话说清楚！时瑾——"

办公室的门突然开了，时瑾站在门前："温家的教养就是这样的？"他的嗓音淡淡的，气场却很凌厉。

"我没教养，姜九笙就有教养了？她有教养能把我往男人的床上扔？她才是最不要脸的！"

她有一肚子恶毒的话恨不得全部倾倒出来，恨不得诅咒那个该死的女人不得好死。

时瑾的神色已经冷了下来："办公室里都装有监控，你若再诋毁我女朋友一句，那便法庭上见。"

他眼里除了一贯的冷漠疏离外，还有厌恶与嘲讽。

温诗好将所有理智全部抛到了脑后，只剩一个念头——她受了辱，那谁都别想好过。

"有监控啊，"她突然发笑，"那你确定要我把剩下的话在这里当着所有人的面说出来？"

时瑾面无表情地道："进来。"

温诗好冷笑着，堂而皇之地走进了办公室，重重地关上了门，一双眼变得猩红："时瑾，你可真狠。"

时瑾坐下："是你作茧自缚。"

"你就不怕我把视频公开？"她往前一步，"大不了鱼死网破。"

"我一开始就警告过你，我不受制于人，你要适可而止。"

即便是警告，他也平铺直叙，就好像一切都在他的掌控之中。

他打了什么主意？

温诗好盯着他的眼眸，他的眼睛像一汪深沉的寒潭，没有情绪，让她完全窥不透。若要论城府，时瑾确实无人能及。

温诗好深吸了一口气，却压不下满腹的火气与耻辱感：“好啊，适可而止是吧，那我们做个了断。”

她拉开办公桌前的椅子落座。

“我马上就通知所有媒体，明天下午三点召开记者招待会，就在你的酒店。至于当着所有媒体的面公开什么，我给你一个选择题。”

既然要了断，那就彻底一点儿，看谁更狠。

时瑾抬眸，眼中浮光闪烁。

他终于动容了。

温诗好只觉得畅快：“要么你当众公开和我订婚，要么我曝光视频，让你的宝贝姜九笙去吃牢饭。”

时瑾微微垂眸，神色自若：“你非要自掘坟墓？”

“哼，兔子急了也会咬人。”

昨夜之辱，她怎能吞下？这个仇，她得报。

“不要太高估自己。”

时瑾临危不乱，处之泰然。

她倒要看看，他和姜九笙还能得意多久：“明天下午三点，秦氏大酒店，我们走着瞧。”

咣！

门被摔上了，时瑾用手指敲着桌面，思索了片刻，拨了秦中的电话：“盯紧温诗好，她要咬人了。”

“早就准备好了。”秦中胸有成竹地道，“只要她拿出视频，我三分钟内一定把它截了。”

温诗好正在气头上，自己乱了阵脚，对付起来反倒容易些。

“不只是她，还有她联系过的每一个人。”

“明白。”

“不能有任何差池。”时瑾再一次重申。

“是。”

晚饭后，时瑾有话要说，搁着碗没洗。

“笙笙。”

她看着他：“嗯？”

“明天我又要做一回坏人了。”

她不明所以，不知他所指何事。

时瑾没有隐瞒，向她坦白：“我要给温诗好一点儿教训。”他特别申明，“用比较卑鄙的手段。”

温诗好被反咬了一口，肯定不会善罢甘休，定是又拿着视频来作威作福了，这账得算一算。

姜九笙似笑非笑地看着时瑾：“你在向我报备？”

时瑾点头。

“不需要啊，你做什么我都赞成。”

“笙笙，我们家是你做主。”时瑾微微垂着长长的睫毛，看起来竟有些乖顺，“你若不喜欢我卑鄙，我也可以磊落一点儿。”

他有很多法子整温诗好，可以简单粗暴，也可以阴狠卑鄙，当然，正当手段也不是没有。

若是以前，他更倾向于最省力的方法。现在他也分不清自己是病愈了还是病入膏肓，竟想给她积德。

姜九笙戏谑道：“妇唱夫随？”

时瑾笑着点头：“是，妇唱夫随。”

姜九笙浅笑：“以其人之道还治其人之身，没什么不好。”

有些人并不是你对她磊落，她就能自省。

对心思不正的人，该给的教训得给。她这个人不是很愿意斤斤计较，但也不好欺负。

次日下午，温氏银行的温诗好在秦氏酒店召开临时记者招待会。她没有事先说明缘由，到场的媒体依旧很多。

离记者招待会拟定的开始时间剩下不到一刻钟，过半的媒体已经进场了，温诗好坐在发言席的椅子上，神色游离，不知在想什么。

场内的记者已经迫不及待了，不知哪家的记者没忍住，第一个发问。

“温总，请问您今天召开记者招待会的目的是什么？”

随后各家媒体不甘示弱，问题层出不穷。

温诗好调了调麦克风的位置，开了口：“请各位少安勿躁，等今天的主角到了，我再为各位一一解答。”

媒体这才注意到，温诗好旁边还空着一个座位，不知道她的葫芦里卖的什么药，众记者更好奇了，再次争相发问。

“今天还有其他主人公吗？”

"能透露一下是谁吗？"

温诗好不再开口，媒体朋友也只好暂时鸣金收兵，摄像机镜头全程对着温诗好。五分钟内，她看了三次时间。

她正出神，一旁端着茶杯的侍应生被脚下的电线绊得趔趄了一下，一杯茶泼到了桌子上，顺着桌子边缘滴在了温诗好的腿上。她被惊吓到了，猛地站起来。

"对不起，对不起。"侍应生连忙道歉，用挂在腰间的布巾手忙脚乱地擦桌子上的茶水。

这么多人在场，温诗好也不好发作："没事，这里不用招待，让侍应都出去吧。"

"是。"

随即温诗好起身，对着场内的记者致歉："不好意思，我失陪一下。"

她吩咐了秘书两句，便先行去换衣服，没有注意到桌子上的笔记本电脑上多了一个小巧的U盘，正闪着微弱的光。

温诗好换好裙子后已经三点整了，她暂且没有入场，急躁地在后面的休息室里徘徊了几圈。

秘书张冠华过来提醒："温总，记者已经到得差不多了。"

"时瑾呢？他来了没有？"

张冠华摇头。

人不来，也没有一句招呼，他不在意她将视频公开？温诗好觉得不可思议："让记者再等十五分钟。"

她等了二十分钟左右，时瑾还是没有来，倒是秦明立来了，还带了个女伴，来瞧热闹。他看了看时间，倚在休息室的门口，冷嘲热讽道："已经到时间了，时瑾要来早来了。怎么，你要临阵脱逃吗？"

他很明显在用激将法。

秦明立司马昭之心，就是想让她和时瑾拼个鱼死网破，他好坐收渔翁之利。

温诗好的态度与语气都极其恶劣："你算什么东西？我的事用得着你管？"她看见秦明立就觉得恶心，一想到那夜的耻辱，她就恨不得撕了他。

秦明立不屑置辩，倒是身边的女伴气急败坏："说话把嘴巴放干净一点儿。"

这女伴正是小乔——陈易桥。

她被姜九笙解雇后，就当了秦明立的助理，时常陪着他出入各种酒会应酬。秦明立对她到底有几分喜欢，她是他交往最久的一个情人。

温诗好嗤之以鼻："这种男人也就你这种货色会稀罕。"说完，她推开陈易桥直接走出了休息室。

陈易桥被推得趔趄了一下，也沉了脸色："二哥，你哪里得罪她了？"

她还是豪门贵女呢，急了就是个疯子。

秦明立揽住她的腰："不用管她，那个女人现在就是一条到处咬人的疯狗。"

陈易桥一知半解地问道："她开记者招待会就是要咬时瑾？"

秦明立兴致勃勃地搂着她往招待会的现场走去："去看看就知道了。"

酒店十八层，时瑾的办公室。

他正低着头处理文件，门突然被敲响。

时瑾道："进。"

穿着侍应生衣服的男人走进来："时总。"

时瑾合上手里的文件，将钢笔放下，抬起头来。

"已经搞定了。"男人回禀，"不过视频的原始文件不在电脑里。"

时瑾颔首："辛苦了。"

男人便出去了。

手机响起，时瑾接起电话，将手机放在耳边。

电话那头传来温诗好气急败坏的声音："再过五分钟，如果你不出现，我立马把视频公开。"

时瑾嗓音淡淡地说："请自便。"

"你——"

不等她说完，时瑾已经把电话挂断了。

温诗好顿时火冒三丈，将桌上的茶杯砸了出去。

"这是你逼我的。"

她根本冷静不下来，时瑾彻底击碎了她的耐心，她甚至连后果都顾不上了，只想把自己受过的屈辱一一还回去。

她起身，不再犹豫，直接进了招待会现场。

一时间所有镜头都对准了她，已等候多时的媒体皆满腹疑问，不知是谁先开了头，记者的问题一个接一个，一发不可收拾。

“温小姐，请问你今天要公布什么事情？”

“是温氏银行有什么最新重大决策吗？”

“今天除了温小姐，还有谁会到场？”

温氏银行的最高管理者召开记者招待会，又搞得这么声势浩大，无非两件事，银行的管理动向或者私事。

温诗好将麦克风移近了一点儿，现场的记者安静下来。

“各位下午好。”她的表情有些沉重，“很感谢各位记者朋友能在百忙之中抽出时间过来，我知道你们现在一定很好奇我召开这次招待会的目的是什么。”

她抬眸看向正前方，掷地有声地说：“我有一件事想当众揭露。”

立马便有记者追问：“什么事？是您的私事吗？”

温诗好摇头：“是我亲眼目睹的一桩案件。”

她说完，全场哗然。

“我请各位来也是希望各位能还原真相，给受害者一个公道。”

有记者问道：“请问是什么案件？”

“是民事案件还是刑事案件？”

温诗好没有立刻回答，而是将大家的视线带向了身后的投影幕布：“大家看一下视频就知道了。”

她说完，点开了笔记本电脑里的视频文档，幕布上顿时出现了影像。

下一秒，有人惊呼出声。

温诗好看向众人，语气凝重地开始介绍：“视频里的男女是我的继父和——”

她一句话还未说完，秘书张冠华喊住了她：“温总！”

温诗好微恼，正要继续说，张冠华直接大喊：“视频！”

她愣了愣，这才回头看去。视频清晰度很高，根本不是温家花房命案的视频，巨大的投影幕布上，一男一女一丝不挂地抱在一起，在酒店的房间里……

温诗好目瞪口呆。

视频里的女人正到激情时，仰头浪荡地叫出声来，在场的记者这才看清楚女人的脸。

女人正是温诗好。

视频里暧昧的欢爱声清晰可闻，随后记者的惊呼声与提问声直接盖过了视频的声音。

“温小姐，视频里的女人是你吗？”

“这位男士是谁？”

“您能告知他的身份吗？”

这时，视频里的男人抱着女人的腰换了个姿势，脸露了出来。

所有人都惊呆了，包括在门口看好戏的秦明立。

不知是谁喊了一声：“是秦家二少！”

“请问视频里的人是不是您和秦家二少爷？”

“你们是什么关系？”

“您开场时说是揭露案件，温小姐您想借着这段视频表达什么？”

问题源源不断，现场越来越混乱，若不是有保镖拦着，记者们恐怕早就扑上去了。

这突然的变故让温诗好方寸大乱，她脸色煞白地愣了许久才如梦初醒，手忙脚乱地去关电脑。她手指发抖，点了很多下却发现怎么都关不掉视频。

她看着视频里纠缠的男女，急得眼睛都红了，整个人惊慌失措地站着，脑袋里一片空白。

秘书张冠华见状，立马跑过去扯住电线用力拽下，幕布这才黑了。

可现场并没有安静下来，记者们一个个激动得双眼发亮，争先恐后地向温诗好提问。

“您公开这个视频的目的是什么？”

“您和秦二少正在交往吗？”

“您当众曝光视频是想借此公开恋情吗？”

没完没了的问题向她涌过来，记者提问的声音几乎要将她的耳膜震破，她一时丧失理智，言辞激烈地道：“不是这样的，这个视频是假的，是假的！

“里面的人不是我。

“是有人害我。

“视频是假的！”

她来来回回就是那几句辩解，语言苍白无力。这一切都太猝不及防，温诗好太慌、太急，已经开始口不择言了：“不是我，是姜九笙，她才是凶手，跟我没关系，不是我！”

可记者根本不给她解释和喘息的机会，一个个架着摄像机朝她扑过去。众人推推搡搡，保镖已经快要挡不住了，记者的话筒几乎要凑到她的嘴边。

“您不肯承认，是因为和秦二少的感情出现问题了吗？”

“所以您想借此视频和秦二少重修旧好吗？”

“秦二少知情吗？您公开视频的真正目的是什么？”

一张张血盆大口朝温诗好逼近，记者们像要把她生吞活剥了。她双腿发软，跌坐在椅子上，无力地辩解道：“不是这样的，不是这样的，视频是假的，跟我没有关系，不是我，不是。”

第十九章
锦禹做证，凶手伏法

这时有人突然大喊了一声：“秦二少在那里！”

门口的秦明立几乎转身就走，身边的陈易桥已经傻了，愣在原地。记者一窝蜂地拥过去，堵住了整个走廊，秦明立还没走到电梯口，就被围堵住了。

“秦二少，您和温小姐是什么关系？”

“温小姐今天召开记者招待会和您身边的女士有关吗？”

“温小姐要在今天公开视频，您之前知不知情？”

秦明立愣在当场，哑口无言，被杀了个措手不及。

直到保安过来把记者都“请”出去，温诗好才彻底回过神来。她出了一身冷汗，扶着桌子，浑身瘫软地坐在椅子里，低头就看见了电脑上的U盘。

难怪视频关不掉，原来她的电脑早就被远程控制了。

是那个侍应！

温诗好蓦地站起来，刚转身，陈易桥扬手就狠狠地给了她一巴掌。

温诗好被打蒙了。

陈易桥指着她破口大骂：“抢别人的男朋友，你能不能要点儿脸！”

温诗好被打得脸上火辣辣地疼，她动作迟缓地摸了摸自己的脸，瞳孔渐渐放大，瞪向陈易桥：“你竟敢打我！”

陈易桥也不是软弱的人：“打你怎么了？我打的就是你这个狐狸精！”

温诗好气得浑身发抖，抬手就要打回去。

陈易桥却一把拽住她，反手又打了一巴掌。她不是什么娇小姐，在姜九笙面前的胆小怯懦自然也是装的。她出身农村，干过重活，这两巴掌直接把温诗好打得晕头转向。

陈易桥犹自不解气，拽着她的手用力推了一把："温诗好，我真没想到原来你这么厚脸皮，平时还装成一副大家闺秀的样子，背地里却和别人的男人颠鸾倒凤，还当着这么多记者的面放视频，你到底要不要脸？"

她给秦明立当了那么久的情人，就这么被截了和，怎能甘心？她自然把账记在温诗好头上了。

温诗好被推得往后趔趄，她本就挨了两巴掌，疼得眼冒金星，现在登时怒火中烧，指着陈易桥的鼻子毫无形象地扬声恶骂："你算什么东西？一个被包养的下贱东西，还敢在我面前叫嚣。"

"那也比你这个荡妇好！"

这种混乱的时候，不可能讲理，温诗好也顾不上形象了，扑上去一把拽住了陈易桥的头发。

就在这时候，记者再一次闻风而来。

不到一天，温诗好的"视频门"事件就霸占了微博实时热搜榜的榜首，连带温氏银行也跟着上了新闻，不过不是财经新闻，而是娱乐头条！

温诗好那段不足五分钟的酒店视频在网上疯传，这种事情，吃亏更多的总归是女方。对于秦明立，大家顶多说他风流浪荡，不比温诗好，彻底坏了名声。

当然，温诗好发了声明，声称视频是合成的，可网友根本不在乎视频是不是合成的，悠悠众口根本堵不住。酒店开房视频曝光没多久，温诗好与秦明立的另一个情人扯头发打架的视频跟着被曝了出来。温诗好还说视频是合成的？谁信！这分明是原配和"小三"的戏码。总之，这一出戏跌宕起伏的程度堪比狗血剧。

连着几天，网上都是温诗好与秦明立的新闻，温家和秦家压都压不下去，那段视频更是删都删不尽。温诗好的微博完全被攻陷，评论里没有一句好话。

她百口莫辩，视频并非合成，她也拿不出证据，这口玻璃碴子只能硬吞下去。事到如今，她已经走投无路，哪还沉得住气，根本顾不上从长计议，鱼死网破也要出这口恶气。

她手里最重的筹码就是姜九笙那段"弑父"的视频。

秘书张冠华急匆匆地回了办公室："温总。"

"怎么样了？"

张冠华表情为难地道："不管是娱乐新闻社还是网上的微博'大V'，一听说是秦六少和姜九笙的新闻，都不敢发稿，好像是因为秦六少那边特别打过招呼。”

一群胆小怕事的家伙！

若不是她想以最快的速度把时瑾只手遮住的“天”捅破，怎么会用得到这群鼠辈？

温诗好反复思量后，还是咽不下这口气，打开电脑，正要把温家花房命案的视频发出去，屏幕上强制弹出一封邮件，还不等她手动点开，邮件里的视频就自动播放了。

这段视频的内容还是她与秦明立在酒店欢爱的过程，却与在记者招待会上曝光的不同，这才是最不堪入目的部分……

他居然还留了一手！

温诗好握着鼠标的手上青筋凸起。

这时电话响了，温诗好接起来，那边的男人开门见山地亮明了身份：“我是秦中。”

姓秦的，他是时瑾的人。

温诗好怒火攻心：“时瑾呢？让时瑾来跟我谈。”

“我们六少很忙，这件事由我负责。”秦中懒得废话，直接挑明了目的，“我奉劝温小姐一句，别再动歪脑筋了，你手里有视频，我手里也有，你不一定发得出去，但我一定能。而且就算你发了，我们也能想办法删了，或者用别的办法证明视频是‘假的’；可我们要是发了你的不雅视频，你能不能撤掉就难说了，要试试我们秦氏的黑客技术和人脉网吗？”

温诗好咬牙切齿地说：“大不了鱼死网破。”

秦中似乎料准了她会这样，不急不躁地说：“温小姐，只有两方势均力敌的时候才叫鱼死网破，不然只能叫以卵击石。我劝你好好想想，不要来试我们秦家的水有多深。”

然后，电话就被挂断了。

温诗好死死地咬住唇，把嘴角都咬破了，满嘴血腥味。

忍。

她要忍，再气再急也要暂时咽下。时瑾背后是秦家，他只手遮天，自己和他硬碰硬毫无胜算，秦氏周年庆和记者招待会就是前车之鉴，她不能跟那个男人强硬地拼手段。

不能再冒险，她只剩一个筹码了，决不能得不偿失。她决不容许姜九笙一身干净自己却惹上一身腥。

紧攥的手松开，她退出花房命案的视频，深吸了一口气，拿起手机拨了秦明立的电话。

“我们谈谈。”

秦明立有几分兴趣：“谈什么？”

温诗好将心头的厌恶与不甘压下，说道：“合作。”

十多分钟后，秦明立挂了电话，身边的女人正红着眼眶看着他：“二哥，你真的要娶温诗好？”

方才的电话里，温诗好说联姻，秦明立同意了，陈易桥只觉得心头一凉。

“不是她也会是别人。”他语气轻柔，眼里却没有怜惜之意，“小乔，不要贪心，你可以做我的女人，但做不了我的妻子。”

她不是豪门贵女，两人一开始也是因为有着时瑾这个共同的敌人才走到一起的，这些她都明白，可到底心有不甘，生了不该有的念头。

“二哥，”她眼眶通红地道，“你真的喜欢我吗？”

秦明立摸着她的脸：“当然喜欢你，不然为什么留你在身边这么久？”

陈易桥想，他多少有几分喜欢自己吧，在她已经没有用处之后，还留她在身边，就算不爱，也是有几分怜惜的吧。

够了，她不能再贪心了。

陈易桥依偎进秦明立怀里：“就算你是骗我的也没有关系，只要你还愿意骗我。”

次日，一则消息震惊了整个财经圈，秦、温两家宣布联姻，温氏银行最高董事温诗好联姻秦家二少秦明立，婚期定在一周后的良辰吉日。温诗好声明自己和秦明立早已是恋爱关系，不存在“第三者”之说。

中南秦家。

因为秦明立的不雅视频，秦行发了很大的火，现在事情平息下来，秦行依旧对这个儿子没有一点儿好脸色。

秦家的名声不可败，闹出那样的丑闻，秦明立不想娶温诗好也得娶，联姻也是被迫无奈。

章氏生怕火上浇油，小心地说道：“婚礼的事已经在准备了。”

秦明立站在一旁，一声不吭。

秦行指着他疾言厉色地骂道：“成事不足败事有余的东西。”

老二以前还算有能耐，可自打时瑾掌舵后，老二就越发沉不住气。就老二这点儿胆识和魄力，根本不适合掌管整个秦家的产业，偏偏他还狼子野心。

章氏也知道这件事秦明立办得不妥，说好话为他开脱：“秦爷，您就别骂明立了，温家也不是一般的世家，与我们联姻算是强强联合。”

联合？

秦家从来不联合，只吞并。

秦行冷哼了一声：“那个温家的女人不简单，你既然把她娶进了秦家的门，就给我盯紧了。”

秦明立低头应道：“知道了，父亲。”

管家秦海敲了敲门，进了书房，走到秦行跟前：“秦爷，六少带姜小姐回来了。”

秦行坐在木椅上，对章氏母子没有好脸色：“你们两个出去。”他又转头吩咐秦管家，“让老六进来一下。”

章氏与秦明立默不作声地走出书房，在门口遇见了时瑾。

“六弟，”秦明立笑着，神色阴沉，“你真是好手段啊。”

时瑾置若罔闻，只道了一声：“预祝你新婚快乐。”

新婚快乐？这都是拜谁所赐？

秦明立差点儿把牙咬碎。

时瑾进了书房后，一言不发地站着。

他从来不叫秦行“父亲”。

秦行直接问话：“你打算怎么处理温家？”

时瑾暗中购入温氏银行股份之事，秦行自然知晓，不过这正合他意。温家这块肉，他本来就想咬上两口。

时瑾言简意赅地道：“温家风光不了几天。”

秦家占地很大，东、西、中三座主宅之外，还有好几栋小楼，修建得很有古韵，有种旧时深宅大院的感觉。

时瑾早年住的小楼是一旁的独栋。

姜九笙在小楼里等时瑾，小楼里面大概长期有人打扫，很干净。屋里摆设有些陈旧，也很简单，只有几张木桌、几把木椅，还有一把老式的摇椅，没有一点儿暖色，显得很冷清。

上次来时，她心里藏了结并没有上去，两层的小楼上就是阁楼，阁楼里摆了一张木床，除此之外什么都没有。阁楼向阳，打开窗正对的便是一地秋海棠。秋海棠的花期长，这时节花开得正好，黄红相间，颜色艳丽，风携着花香吹来，门口的木风铃发出不太清脆的声响。

阁楼的窗很小，八年前时瑾封了除了这扇小窗之外的所有的窗户，因为她喜欢屋外的花。

姜九笙站在阁楼的窗前，看着门上随风摇曳的风铃，脑海里，青葱岁月的回忆铺天盖地地卷来。

年少的她和时瑾的相处中，有笑，也有泪。

她和他一起趴在阁楼的窗口上看楼下的花，那时已过了十月，秋海棠要谢了。

不过她还是很喜欢那些花。

她靠着窗看窗外的花，时瑾靠着窗看她。

“笙笙。”

她转过头：“嗯？”

“你喜不喜欢我？”他说完，耳垂微红。

小姑娘害羞，转开了头：“我说过了。”

时瑾少年老成，总是不苟言笑，这时却笑了，语气带着讨好哄着她说：“再说一遍，我还想听。”

她不说，脸有点儿红。

时瑾便缠着她，也就只有这个时候，他才像个少年，不像对着秦家人时那般沉稳冷漠。

“笙笙，喜不喜欢？嗯？你喜不喜欢我？”

昨天白天她刚对他表白了。

昨天晚上，他求着她又说了一遍。

她不再说了。

时瑾见她不回答，也不恼，牵着她的两只手，有些犹豫与迟疑，还是将她的手放在了自己的腰上。他还是单薄的少年郎，看着眼前的姑娘，眼里有笑，脸颊微红。

“笙笙，那你喜欢狗吗？”他问。

她点头道：“喜欢。”

他突然叫了一声：“汪！”

她愣了一下，然后笑了。

时瑾上前，很轻地抱住她，满足地说：“我家笙笙终于笑了。”

她已经很久没笑过了，那个时候她的抑郁症很严重，她不喜欢说话，也不喜欢笑，他怎么逗都没用。

回忆微甜，也涩涩的。

姜九笙走下阁楼，二楼最靠近楼梯的房间是时瑾的住处。因为阁楼很小，只能放一张床，她睡在阁楼里，时瑾便睡在二楼的房间。

有一段时间，她晚上失眠很厉害，也会去他的房间里睡。当时她还小，没什么男女有别的意识，做了梦后会害怕，闭上眼便会看见血，看见温家的花房，便抱着枕头去敲时瑾的门。

“怎么了？”时瑾穿着睡衣，刚睡醒，声音软软的，“做梦了？”

姜九笙点头：“我可不可以跟你睡？”

时瑾微微愣了一下，耳根子有点儿红，看了看她身上的睡裙，挪开眼道：“笙笙，我成年了，不能跟女孩子一起睡。”

那时他还年少，除了她，没有别的认识的女孩子，感情来得太猝不及防，他还没学会怎么处理，有点儿莽莽撞撞的。

她很失落：“我知道了。”

然后她低着头，要往回走，刚转身，时瑾就拉住了她的手。少年的眼眸像墨一样黑，映出来的影子也浓浓的：“一起睡了以后就要结婚。”他弯下腰去，看着她的眼睛，“笙笙，要睡吗？”

她想了一下道：“要。”

那时候她坚定地相信，如果她还有以后的话，一定会跟时瑾结婚的。

时瑾牵着她进了房间，还不忘叮嘱她：“不可以忘了，等你长大了，要跟我结婚。”

如果她还活着的话：“嗯。”

后来她病得越来越重了，总是看着窗外，像一缕要随风飘去的云。

一次时瑾带着伤回了小楼。

她鼻子灵，一下就能嗅到血腥味，拉着他坐在她的木床上，卷起他的袖子，只见他的胳膊不知道是被什么东西伤的，没有流太多血，可是破了皮。

“你最近总是受伤。”

“训练的时候弄的，不要紧。”

她起身去拿了药。

因为他总是受伤，小楼里备着消炎止血的药。

她蹲在他跟前，用棉签蘸了药膏，笨拙地给他擦药：“我想当医生，不过我现在生病辍学了，考不上大学。”

她学习不是很出色，严重偏科，尤其是数学，她母亲还在世时时瑾也在她家，教她数学，可她不愿意学，他怎么教她都不会。

她现在倒突然想念家里书桌上的那本书了，上面密密麻麻地记着时瑾给她写好的笔记，字迹工整又漂亮。第一页上除了她的名字，她也写了时瑾的名字。

时瑾问她：“那我当医生好不好？”

她想了想，摇头："我希望你能做自己喜欢的事。"

她希望她喜欢的这个少年能在青葱年少的时光里肆意轻狂，不要信马由缰，飘零半生；望有人与他鲜衣怒马，有人陪他看烈焰繁花，希望他百岁无忧。

时瑾牵起她的手，把她拉到身边："笙笙。"

"我没有喜欢的事，只有喜欢的人，"他看着她时，眼睛里有星辰与大海，"就你一个。"

如果她没了，他怎么办呢？他还能喜欢什么呢？

那一刻，她很想他也能喜欢一些别的东西，譬如天上的星星、地上的秋海棠，哪怕是门口挂着的那盏风铃也好。

她怕，怕他一边倒，十里塌方。

她拉着他走到窗前，阁楼下的秋海棠已经全部凋谢了，只剩光秃秃的枝丫："快到冬天了。"

初冬的风萧瑟又刺骨，肆意地卷着地上枯黄的叶子。

"冷吗？"

"嗯。"

他就抱着她，把瘦瘦小小的她藏进怀里。

她仰着头，眼睛里凉凉的，眼神很空："我死了以后，你把我埋在这片秋海棠下面好不好？"

那样，她就能继续陪着他了。这个世上，除了那一片秋海棠花，她只舍不得他。

时瑾突然松开手，不抱她了。

"不好。"

他第一次对她冷脸，眼神凶狠。

"你要是死了，我就把你放在我的棺材里。"他像赌气一样说道，"然后把我们一起埋了。"

她知道，时瑾从来不撒谎，他说要一起埋，就一定会一起埋的。

"我不喜欢你说这种话。"她很严肃地道。

"我也不喜欢你说这种话。"

他们吵架了，时瑾一天没跟她说话。后来她吃了整整一瓶抗抑郁的药，去了半条命，那时她的心理医生被秦明立收买，已经将她治得没有半点儿求生欲了，时瑾跪在她床前哭了。

"笙笙，是我不好，我以后都不生你的气了。"

他只是不生她的气了，却没有收回他说过的话。

前不久，姜九笙才从养母姜女士口中知道，时瑾让人打了一具棺材，比一般的棺材大一点点，足够装下两个人。

不是在说赌气的话，十八岁的时瑾，做了和她一起去死的准备。

窗外已经快天黑，阁楼里的灯突然亮起。她回头看见时瑾朝她走来，他的脸与记忆里少年的容颜重叠。

"你在这里做什么？怎么不开灯？"

她张开手，抱住了他。

时瑾摸了摸她的脸："怎么了？"

"我在想以前的事。"

她庆幸那具棺材没有用到。

她踮起脚，把脸靠在时瑾的肩上，轻声对他絮絮叨叨："你不在的这八年，我遇到过形形色色的人，也见识了繁华与热闹，却总觉得索然无味。活着只是活着，因为没有死，所以才活着，我当时不明白，现在才懂。"

"什么？"

"我在十六岁那年遇见了你，有了那么难忘的经历之后，再经历什么都不觉得精彩了。因为你不在，所以活着就那样，寡淡又无味。"

莫冰以前总说她与世无争、无欲无求，对什么都看得很淡，离空门也就一束长发的距离。现在姜九笙才恍然大悟，原来她所有的感情，在十六岁的时候就全给时瑾了。

"如果八年后你没出现……"她想，"我这辈子大概就这么枯燥无味了。"

若他不出现，她将走出半生，与烟酒为伴，对一切看得云淡风轻，余生皆如此。

"怎么会不出现呢？"时瑾亲了亲她的脸，"我谋划了八年，想了无数个把你困在我身边的方法。"

姜九笙笑着问："都有什么方法？"

他故作认真地思考着道："能色诱最好，若不行，能骗则骗，不能骗……"他在她脸上轻轻地咬了一口，"巧取豪夺。"

姜九笙忍俊不禁："我比较喜欢色诱。"

时瑾低低地笑了一声："嗯，我现在再试试。"

然后他开始解衬衫的扣子。

她也不躲，大大方方地看着他。

食色，当真性也。

事后已经过了晚饭时间，她有点儿累，不想动，时瑾让她眯一会儿，自己起了身。

她半梦半醒间，也不知道过了多久，时瑾来叫她："起来吃饭？"

"嗯。"

她揉了揉眼睛，伸出一只手去拿扔在床边椅子上的衣服。

"我做了海鲜意面，要端进来吃吗？"

姜九笙摇头，下了床："为什么是你做？"

"不放心你吃秦家的东西。"

她没有再问了，安静地吃东西。

手机铃声响起，时瑾让她先吃饭，他去一旁接电话，只讲了几分钟便回来了。

"是有事吗？"

"先吃饭。"他把她面前的杯子拿走，"吃饭的时候不要喝太多水。"

她越来越觉得，时瑾不只是她的男朋友，还是她的家长。

等她吃完，时瑾把盘子收了扔在水池里，让用人洗，他则牵着她走出了小楼，在秋海棠花丛旁的石椅上小坐。

时瑾告诉她刚才那通电话的内容："笙笙，我要去一趟T国。"

姜九笙立马猜到了："是不是锦禹的事情？"

"嗯，找到他确切的位置了。"

"我能跟你一起去吗？"

"锦禹所在的位置邻近金三角，那一带很乱，带你去我不放心，会分心。"

姜九笙想了想："那我在家等你。"

"嗯。"时瑾说，"我明天先送你回江北，秦家与温家这几天在筹备婚礼，你不用理会。温诗好那里我让人盯着了，你有什么事打我的电话，或者找肖坤生。我应该要去一周左右，不过我会尽快赶回来。"

他还没走，她就开始担心了，嘱咐他："晚一点儿回来也没有关系，但一定要小心，不要受伤。"

"好。"

时瑾是第二天晚上的飞机，他把姜九笙送回御景银湾后，直接从江北转机了。

时瑾坐上飞机不到一天，秦明立就收到消息了。

秘书杨辉晚上十一点打来电话："二少。"

秦明立刚从浴室出来，只裹了条浴巾："什么事？"

“刚刚得到消息，六少秘密出国了。”

秦明立坐在沙发上，摸到烟盒：“他一个人？”

杨辉说不是：“除了秦中，还带了一队私人保镖。”

这架势，很不寻常。

“他们去哪儿了？”

“T国。”

秦明立手指夹着烟，断了的尾指光秃秃的：“具体位置有没有确认？”

“邻近金三角的一座小镇。”

那可是毒窟啊，难怪时瑾带了一队人。这个时候他去那里做什么？又打的什么算盘？

秦明立眯着眼思忖了片刻，眼神越发耐人寻味，他抽了口烟：“把这个消息放出去。”

他不管时瑾打着什么算盘，他只要时瑾有去无回。

整整一周，时瑾音信全无，姜九笙整日惶惶不安。

八月十四日，宜嫁娶，秦明立与温诗好大婚。

十三日的晚上，婚纱与敬酒服便送来了酒店。因为婚期紧，婚纱并非专门定制，而是直接在国外订购的，裙摆很长，嵌了细钻，华美至极。

温诗好手里拿了两件红色的敬酒服站在镜前：“哪一件？”

秦明立坐在沙发上，手里夹着烟，抬头看了一眼，指了左边那件。

温诗好拿着右边那件去了试衣间。

不一会儿，她从试衣间出来，身上穿着红色的旗袍，旗袍长及脚踝，开衩很高，她一双修长的腿若隐若现。

她侧身站在全身镜前，将领口的盘扣扣好：“时瑾还没有回国？”

秦明立嘴角噙笑，眼神却是冰冷的：“怎么，你还惦记他？”

温诗好将披散的头发拨到肩后：“我会嫁给你，可都是拜他所赐，这笔账我得记一辈子。”

也就只有时瑾能让她这样又爱又恨，留而不得，杀之不舍。她想，既然她得不到，那便毁了，谁也别妄想将他占为己有。

秦明立将烟头掐灭：“记着吧，如果他还有命回来的话。”

“如果他还有命回来，没命的就是你了。”

秦明立起身站到她身后，手扶住她的腰，看着镜中女人的眉目，低头咬了一下她的耳朵：“放心，我不会让你守寡。”

温诗好对这话嗤之以鼻。

秦明立捏着她的下巴，把她的脸转过来："温诗好，你已经是我的女人了，不管你有多不甘心，都得给我受着。"

受着？

他们温家人生来就不会忍气吞声。

她推开秦明立的手："明天的婚礼，记得多请一些媒体过来。"

"你又要做什么？"

"时瑾不在，机会难得，我当然要请大家看一出好戏。"

她敌不过秦家，媒体也惹不起秦家，那就只能让制得住的人来管。时瑾不是只手遮天吗？她倒要看看，他的手还能伸多远。

鱼死网破又怎么样？只要能拉姜九笙下水，她也不怕湿鞋。

秦明立兴致勃勃地道："果然是最毒妇人心啊。"

因为婚礼地点选在了江北的一座观光岛上，除了秦行，秦家的几位夫人、少爷都先到了这边，下榻在秦家的酒店里。

云氏用完饭，让人煮了一壶茶，心情颇好："时瑾这次恐怕是凶多吉少了。"

秦萧轶坐在沙发上看剧本，随口回了一句："六哥可不是什么任人拿捏的软柿子。"

云氏不以为然："你父亲以前在金三角得罪的仇家可不止一个两个，那里不比国内，当地政府都管不住，杀人越货的亡命之徒多得很，好不容易等到时瑾送上门去，还不得赶着去宰上两刀？"

秦萧轶刚要论一论时瑾的能耐，身旁的某人摔了杯子，脾气暴躁得不行："一天天的，能不能别老是说这些打打杀杀的烂事，我都听烦了。"

他还好意思烦，她都是为谁谋划的？

云氏气不打一处来："那说什么？说你的风流韵事？"

秦霄周懒得再说，起身走人。

云氏喊住他："你又死去哪里？"

秦霄周双手插着兜，一副浪荡样："我去打牌。"

天天不是打牌就是跟一堆女人搞在一起，云氏恨铁不成钢地道："我怎么就生了你这么个小畜生。"

秦霄周扭头，一副破罐子破摔的表情："那你就得去问问老畜生了。"

云氏捶胸顿足，造孽啊！

次日，江北警局。

赵腾飞从外头办案回来："队长，你的快递。"

霍一宁接过瞧了瞧，快递上居然没有寄件人，于是问赵腾飞："谁送来的？"

"是一个骑摩托车的人，脸包得跟蜘蛛侠一样，穿着运动服，却搭了一双皮鞋。那人把东西扔下就跑了。"赵腾飞说，"队长，你小心点儿拆，搞得跟地下接头似的，别是什么炸弹之类的东西。"

霍一宁拆了快递，里面只有一个U盘。他将U盘插在电脑上，里面只有一份文档，打开来，是一段不到十分钟的视频。

看完视频后，赵腾飞愣住了："这是……温家花房的命案？"他暂停了视频，用手指点了点屏幕，"这个捅人的小姑娘怎么这么面熟？这个男孩子也很面熟。"

霍一宁悠悠地说了一句："那是八年前的姜九笙和时瑾。"

赵腾飞惊呆了。

"那现在怎么办？"按理说这是铁证，他们理应去拿人。

还没等霍一宁下指令，座机突然响了。

霍一宁接了电话，听完对方的话拧起了眉："已经收到了。

"这个案子我们刑侦队在跟。"

霍一宁挂了电话，赵腾飞立马问："队长，是检察院？"

"嗯。"霍一宁思索了一会儿，说道，"看来对方是怕我们刑侦队徇私，做了两手准备。"

现在检察院都插手了，这个案子的关注度就不会低，就算他想和时瑾暗中调查也不行了，如今太多双眼睛盯着这个案子。

"那我们怎么办？"

霍一宁想了想道："你先把视频送去鉴定科查一下真伪。"

"OK。"

"蒋凯，你去查一下姜九笙现在在哪儿。"

"不用查了，姜九笙是时瑾的女朋友，秦家大喜的日子，她肯定在婚礼现场。"

温诗好与秦明立的婚礼在江北的一座观光岛上举行，秦爷与秦家当家的六少都没有出席，由此可见秦家对和温家这门亲事并不是很满意，秦家的两位夫人倒是都到了。

温诗好已经化好了妆，吉时未到，她在休息室里等。室内摆放了很多香槟玫瑰，她穿着婚纱坐在床上，裙摆的白纱铺了一地，手捧花和发上戴的皇冠奢华又漂亮。

唯独新娘脸上没有笑。

“东西送去了吗？”温诗好问。

秘书张冠华站在门口：“半个小时前就送到了，警局一份，检察院一份。”

温诗好迫不及待地问：“有没有动静？”

“在那边盯着的人发来消息说警察已经出动了，四十分钟后能到婚礼现场。”

温诗好满意地扬了扬眉，时瑾不在，她倒要看看姜九笙还怎么逃出生天。

门被推开，温书华走了进来。

张冠华对温书华点点头，先出去了。

温书华坐到温诗好身边，有些语重心长地说道：“你嫁到了秦家，就和明立好好过，别再和时瑾作对了。”

一提到时瑾，温诗好就变了脸色：“妈，是时瑾把我害成这个样子的，你让我怎么忍？我不喜欢秦明立，我和他只是合作关系，这仅仅是缓兵之计。让我和他好好过？你在开玩笑吗？”

温书华见她态度强硬，神色越发复杂：“总之你别再执迷不悟，到时候后悔都来不及。”

温诗好一句话都听不进去：“我都落到现在这个地步了，还有什么好怕的？”

就算把她和秦明立的视频曝光又如何，他们已经是合法夫妻，只要能把姜九笙送进监狱，那也值了。

温书华见她执迷不悟，完全没有收手的意思，也急了：“花房那件案子呢？你真的以为没有人知道隐情吗？”

“隐情？”温诗好愣了愣，问道，“妈，你这话是什么意思？还能有什么隐情？”

温书华沉默了，再三思量后，压低了声音说：“你继父的致死原因根本不是腹部中刀。”

温诗好呆住了，半天才结结巴巴地问：“那、那是什么？”

温书华迟疑了片刻，才说：“是颅内出血。”

颅内出血……

温诗好几乎立刻就否认道：“什么颅内出血，明明就是姜九笙杀的。”死因怎么会是颅内出血，怎么可能？她就推了他一下而已，不是这样的，凶手是姜九笙!

她根本不肯相信这样的事实。

可接下来温书华的话彻底击碎了她还抱着的一丝侥幸："真正的死因就是颅内出血，是我帮你在尸检报告上做了手脚，我没告诉你，是想让你忘掉那件事。"

温诗好怔了一下，眼里出现一瞬的惶恐之后更加愤慨："忘掉？怎么可能忘掉！妈，你还不知道吧，我的亲生父亲，你的前夫不是病死的，而是被姜民昌害死的，杀父之仇你让我怎么忘？"

温书华瞠目结舌。

"姜民昌是死有余辜。"更何况谁会知道是她推的？温诗好将心头的不安压下，"这件事情你不要管，姜九笙的账我一定得算。"

"我怎么能不管？你赶紧停手，姜民昌的尸骨被盗，最后由警方送回来了，你以为真是巧合？"

"那又怎么样？警方有证据吗？"只要她有视频为证，姜九笙就别想洗脱嫌疑。

温书华一时心急，话脱口而出："你弟弟——"

话还没说完，伴娘推开门进来了。伴娘是四个年轻的姑娘，都是和温家的人交好的世家千金，她们问候了长辈，便坐到温诗好身边一起拍照。

一旁的温书华心事重重，眼皮一直在跳。她走出休息室去打了个电话："找到锦禹了没有？"

三天前，姜锦禹藏在运送物资的船里逃出了小岛。

电话那边的人回："还没有。"

温书华怒不可遏地骂道："废物！一个孩子都看不住，我雇你们有什么用！"

姜民昌的尸首无故失踪了那么久，现在姜锦禹也失踪了，她有很不好的预感，总觉得要出事。可偏偏就是这个时候，诗好受了辱，急得自乱阵脚，一心只想着报复，完全不顾后果，实在是意气用事。

电话里的男人底气不足地说道："抱歉，夫人，我们会尽快找到小少爷。"

温书华直接挂了电话，不指望那群废物了，她又拨了一个电话："乔医生，是我。"

"夫人。"

温书华往后面暂时堆积婚礼杂物的房间走去，压低声音问："我想知道锦禹现在的状态到底算不算精神缺陷？如果他出庭做证，证词会不会被法庭采纳？"

就算警方查出了姜民昌的死因是颅内出血，别人也只会以为是姜九笙捅刀后摔倒所致，只要没有目击证人，诗好就不会有嫌疑，这个案子的关键还是锦禹。

“这个……”乔医生也犹豫了，“我也不能确定。”

“什么意思？”

“从行为和语言上看，小少爷已经没有很大异常了。不过我在岛上给他做心理引导的时候，从他的配合程度以及测试结果来看，还存在严重的自闭倾向和社交恐惧心理。”

“那他是怎么逃出来的？”

乔医生支支吾吾地道：“我、我怀疑小少爷在岛上是、是装自闭的。”不然姜锦禹不可能自己走出那个房间。

温书华十分不满地质问道：“我分明说过，不能让他精神正常地离开那座岛，你是怎么办事的？”

“抱歉夫人，我尽力了。”除此之外，乔医生无话可说了，那个孩子已经不是七八岁的他了，他长大了，心智强大了，要左右他哪有那么容易？这个母亲两次把自己的孩子引导成自闭症患者……

人心啊。

温书华挂断电话，刚要回休息室，杂物间里传来奇怪的声音，她拧了拧门把手，打不开，门被反锁了。

这时里面的声响越来越大，温书华靠近些一听，脸色骤变。

“二哥。”女人娇俏的声音带着喘息声。

“乖，宝贝，先给我。”

“二哥，你以后有了妻子，我——”

“她就是摆设，供着就行，你不同，你得爱着。”男人的喘气声加重，“这样爱你够不够，嗯？”

“讨厌，轻点儿。”

“口是心非的小东西。”

“……”

欢爱的声音越来越急，温书华死死地攥着手，手心全是汗。

这个禽兽！

婚礼礼堂在大厅，香槟玫瑰随处可见，屋顶坠了琉璃吊饰，红毯旁的罗马柱上是二十四盏淡紫色的水晶灯，气派十足。

整座观光岛都被温家包下来了，除了上流权贵与商贾名人之外，温、秦两家还请了许多媒体，整个大堂座无虚席。

最前面坐的是秦、温两家的家属，秦行没有来，秦家章夫人与温书华坐上座。

莫冰和姜九笙坐在中间不起眼的席位，莫冰百无聊赖，和姜九笙闲聊：“温诗好丧心病狂。”

厉冉冉坐在后面，也附和说丧心病狂。

靳方林把人拎过去，问她喜欢什么样的婚礼。

这二人的婚期也将近了。

姜九笙看向莫冰：“怎么说？”

“大家估计都看过那段火爆视频，又不是不知道她和秦明立是怎么搞到一起去的。她居然还敢大张旗鼓地请来半个娱乐圈和整个媒体圈的人，我看温诗好不是抽了就是疯了。”

搞得跟唱戏似的，她要演哪一出啊？

莫冰思量着道：“照理说，她的名声已经臭到不能再臭了，在公众淡忘这件事之前，夹着尾巴做人才是正道，可她居然还搞得这么声势浩大，生怕大家不知道她是怎么嫁进秦家的？”

这的确古怪，尤其她还请了媒体。

姜九笙起身：“我去打个电话。”

她从大厅出来，拨了霍一宁的电话。

“霍队，你可是收到了温诗好的视频？”

“什么都瞒不过你。”时瑾家这位也是聪明人，一点儿风吹草动就能猜到事情不一般。

思索片刻后，姜九笙说了对策：“时瑾离开之前同我说过，如果这件事被捅破，我可以配合调查，甚至被拘留，不过要秘而不宣。如果警局有人对你施压，直接联系检察院的张局长。”

温诗好手里有视频，这不得不防。

时瑾在离开之前，设想过所有视频曝光后可能发生的情况，也做了防范以解后顾之忧。

“用不着了，你家时瑾刚刚跟我说，你想看戏就留下来看戏吧。”

姜九笙愣了一下，问道：“他回来了？”

“马上到婚礼现场。”

那她不能走了，她要见他。

挂断电话，姜九笙回了座位。

宇文冲锋姗姗来迟，刚坐下，看上去没什么精神。他靠着椅子，用手挡着眼闭目养神。

莫冰回头问了一句："老板，没睡好？"

他嗯了一声。

"笙笙，"因倦意甚浓，他喊她时声音有点儿发软，"把耳机给我。"

因为是歌手，姜九笙有随身带耳机的习惯。

她把耳机线捋顺，给了他。

他将耳机塞进耳朵，放了一首轻摇滚乐，继续闭目养神。

下午三点，吉时已到，礼堂外先是响了九声烟花，随后礼堂里奏起了交响乐。温家大手笔，请来了国外的交响乐团，现场演奏《婚礼进行曲》。

乐声悠扬，新娘从红毯上走来，手捧鲜花，头戴白纱，裙摆铺在红毯上，后面两个可爱的花童笑着撒了满地的玫瑰花瓣。红毯尽头，秦明立穿着一身白色西装，单手负在背后，目光温柔地看着他的新娘。

莫冰就事论事："其实秦家的男人颜值还都不错。"

姜九笙心不在焉地道："随母。"

"就是太渣了。"厉冉冉接了一句，"这点随父。"

姜九笙抬头。

厉冉冉立马改口："以上讨论的秦家人，都不包括队长家的时瑾医生。"

姜九笙这才笑了。

台前，神父正在高声宣读："新郎秦明立先生，你是否愿意娶温诗好女士作为你的妻子？无论是顺境或逆境、富裕或贫穷、健康或疾病、快乐或忧愁，都将毫无保留地爱她，对她忠诚，直到永远？"

秦明立深深地看了温诗好一眼："我愿意。"

神父又看向温诗好："新娘温诗好女士，你是否愿意与你面前这位男士结为合法夫妻，无论是年轻漂亮，还是容颜老去，始终与他相亲相爱，不离不弃？"

温诗好笑着，眼里的光出奇亮："我愿意。"

快了，好戏就要开场了。

神父真挚地说："请双方交换戒指。"

这时，轻柔的音乐缓缓流淌，新郎、新娘互换戒指。台上鲜花环绕，淡紫色的琉璃灯光打在新娘洁白的婚纱上，斑驳的灯光在新娘六瓣霜花状的钻石戒指上跳跃，受邀到场的记者们纷纷抬起手里的摄影设备，记录这一幕唯美画面。

一切都美得十分梦幻。

神父说："新郎，你可以亲吻你的新娘了。"

秦明立掀开温诗好的头纱，便是这时，门口忽然传来骚动声，婚礼流程在这一刻中止，宾客们纷纷回头。

莫冰诧异地问道："警察来干吗？"

宇文冲锋漫不经心地道："不是来参加婚礼的。"他的目光瞥向了姜九笙。

她神色自若，无喜无悲。

门口，以霍一宁为首的警察鱼贯而入，径直往姜九笙坐的那一排宾客席走去。婚礼台上的温诗好不禁高高扬起嘴角，眼里有迫不及待的光芒。

霍一宁却只在姜九笙面前停留了片刻，然后继续往前，走过红毯，停在婚礼台前。

温诗好脸上的笑容僵住了。

为什么警察不抓姜九笙……

秦家的章夫人站了起来："你们是什么人？"

霍一宁简明扼要地道："警察。"

章氏瞬间愣住了。

秦明立从婚礼台上走下来，神色还算镇定："警察同志，请问有什么事？"

霍一宁直接越过秦明立，走到温诗好面前。

"温诗好小姐，"霍一宁摸了摸口袋，把警察证亮出来，嗓音不大，说话却字正腔圆，气场十足，"我是江北警局刑侦一队霍一宁，现在怀疑你与八年前的一宗入室盗窃杀人案有关，请随我回警局协助调查。不是一定要你说，但你所说的每一句话都将成为呈堂证供。"

顿时全场哗然。

最后排的记者高举摄像机，开始疯狂地抓拍。

温诗好脚踩十厘米的高跟鞋，身体一晃，趔趄了一下，难以置信地盯着霍一宁："为什么是我？"

为什么他们抓的不是姜九笙?

霍一宁不欲多谈："我们警方当然是有证据的。"他在口袋里摸了摸，拿出一张纸，摊开在温诗好眼前，"这是紧急逮捕令，请你跟我们走一趟。"

温诗好仅存的理智在看到逮捕令的那一刻彻底消失："是姜九笙！视频里明明白白地拍到了，是姜九笙杀了人！"

"案子我们警方会查清楚，请你配合调查。"霍一宁懒得多说，回头给了赵腾飞一个眼神，"带走。"

赵腾飞直接掏出手铐，上前拿人。

温诗好看见手铐，踉踉跄跄地往后挪着，扔出手里的捧花，一边后退一边把台上装饰的香槟玫瑰砸出去。

“不是我！你们不要抓我，不是我杀的！”

赵腾飞充耳不闻，直接一把拽住温诗好的手，咔嗒一声给她铐上了手铐。

她彻底崩溃了，疯了似的大喊大叫起来。

温书华跑上前用力推搡赵腾飞：“不要抓我女儿，跟她没有关系，你们不要抓她。”

霍一宁没了耐心：“立刻带走。”

赵腾飞直接把人拖出去，温诗好发了狠地挣扎起来，高跟鞋掉了，头发也乱了，皇冠砸在红毯上。她化着精致的妆，却像个疯子一样张嘴大喊。

“你们放手！

“放开我！

“不是我，是姜九笙！

“姜九笙杀了人，她才是杀人犯！”

温书华六神无主，红着眼直喊：“诗好、诗好！”

温诗好被架着往外拖，露肩的婚纱歪了，戴着手铐的手胡乱挥舞，妆发凌乱，歇斯底里地喊着。

“妈，救我。

“我不要坐牢！

“妈，妈！

“快让他们放开我！

“我不坐牢，我不坐牢……”

温诗好被带走了，记者一窝蜂地跟了上去，生怕漏拍什么，一个个紧追不舍。

警局的蒋凯走到姜九笙面前，故意把声音放小了一点儿说道：“姜小姐，这个案子需要你协助调查，也请你跟我们走一趟。”

厉冉冉要上前维护，被靳方林拉住了。

宇文冲锋起身挡在姜九笙面前，让靳方林带厉冉冉先离开，才对蒋凯道：“她十五分钟后自己开车过去。”

外面蹲守的媒体那么多，姜九笙若是跟着警察出去，记者会怎么写？

蒋凯想了一下，行了方便：“那你快点儿过来。”

姜九笙点头，道了谢。

蒋凯就先出去了。

警察一走，宇文冲锋就拉长了俊脸说道：“你怎么总摊上麻烦事？”他捏了捏眉心，训她，“能不能让我省心点儿？”

数落完，他还是拿出手机，一边拨电话，一边嘱咐她：“我马上给你找律师，你去警局不要乱说话。”

骂归骂，宇文冲锋还是很护着她的。

她认真听训，认真道谢：“谢谢老板。”

宇文冲锋的语气很不客气：“那你多写几首歌，赚钱回报我。”

姜九笙笑着点头。

这时礼堂内的宾客都在议论，秦家两位夫人脸上的表情都很不好看，新郎秦明立更不用说，全程黑着一张脸。

大喜之日，新娘入狱，这件事估计也是前无古人后无来者了，真是好一出跌宕起伏的戏码，宾客们都看得目瞪口呆。

过了会儿众人回过神来，也都不急着离场了，三人一堆五人一伙地议论开来，还在场的秦家夫人与温家的夫人听得脸上一阵青一阵白，脸色好不精彩。

章氏忍无可忍，对温书华发作道：“婚礼闹成这样，我秦家的脸都被丢光了。”

温书华咬了咬牙，赔罪道：“抱歉，亲家母，这里面肯定有什么误会。诗好什么都没做过，也绝对不会有事。”

“最好是这样，要不然……”章氏哼了一声，语气轻蔑地道，“我秦家可娶不起一个杀人犯。”

“杀人犯”三个字彻底惹恼了温书华：“亲家母，还请你说话注意分寸。”

“我说错什么了？你女儿可是在众目睽睽之下被警察抓走的，她要是没犯事儿警察能抓她？杀人罪可不是儿戏！”

“诗好就算有万般不是，也已经和明立领了结婚证，算是半个秦家人，你不袒护她不要紧，但也请别诬蔑她。”温书华越说越气，也没什么好脸色了，“反倒是你自个儿的儿子，结婚当天还和不三不四的女人搞在一起，教养都学到狗肚子里去了。”

章氏被数落得恼羞成怒：“你少信口雌黄。”

“是不是信口雌黄，你问问你的好儿子就知道了。”

温书华撂下话就走人，与章氏闹得不欢而散。

在一旁看好戏的夫人云氏心情就很畅快了，拂了拂身上的旗袍，姿态优雅地站起来道：“这婚结得真是精彩。”

章氏找了个好儿媳啊。

礼堂外停了四五辆警车，温诗好就被押在第一辆车上。温书华刚想过去打点一下，就看见了警车旁站立的少年。

她难以置信地道："锦禹，你——"

姜锦禹抬起头，朝温书华走过去，眼里没有一点儿动容之色："我回来了。"

温书华直直地盯着他，眼眶倏地红了："是你指证了你姐姐？"

姜锦禹面无表情地回道："是我。"

温书华抬手就是一巴掌，狠狠地打在他的脸上："你还是不是人？她是你亲姐姐！"

被打的右边脸颊迅速地红了，上面还有指甲划破的血痕，姜锦禹把头抬起来，抹掉了嘴角的血。

"我也是你的亲生儿子，可你又是怎么对我的……"

温书华正在气头上，抬起手就要再打，手却被截住了。她回过头去，撞见了一双潋滟的桃花眼。

眼睛的主人正是姜九笙。

她甩开温书华的手道："你再打他一下试试。"

温书华没站稳，趔趄了两步。

"你姐姐说得对，你就是个白眼狼，我怎么就生出了你这种没有良心的小畜生。"

姜锦禹垂下眼，放在身后的手握紧，指甲将掌心掐破。他张了张嘴，想说什么，眼前突然被挡住。姜九笙站在他身前，把他护在了后面。

"温女士，你若是不会说话，可以闭嘴。可你要是再骂我弟弟一句，我都会记在你女儿头上，然后全部还回去，让她把牢底坐穿。"

温书华怒目圆睁："你——"

"你不信可以试试。"

温书华恨得咬牙切齿，可到底不敢再惹恼姜九笙，愤愤地转身。

姜九笙回头，看了看姜锦禹的脸："疼不疼？"

姜锦禹摇头。

时瑾同他说了，她不是姜民昌的女儿，因此她和他不是亲生姐弟，可这有什么关系呢？打他的是温家人，而将他护在身后的人是她，问他疼不疼的人也是她。

他站到她面前："姐，我回来了，我不会再让温家人欺负你了。"

是他不好，不知道她恢复了记忆，也不知道温家人贼喊抓贼；也是他不好，这么久才病愈，这么晚才回来。

姜九笙的眼眶有点儿红："我也不会再让他们欺负你了。"

时瑾站在车旁看着姐弟俩，嗯，他去欺负温家人就好了。

姜九笙这才看见后面的他，走过去仔仔细细地打量着他："有没有受伤？"

时瑾不太高兴："终于想起我了。"

姜九笙笑了笑，张开手去抱他。

时瑾闷哼了一声。

她立马僵住了："怎么了？"

时瑾说没什么，姜锦禹接了话："姐夫受了枪伤。"

姜九笙顿时变了脸色，手顿住，不敢动了。

时瑾抓过她的手环在了自己的腰上："没有大碍。"

她才不信他哄人的话："给我看看。"

时瑾压低了声音道："笙笙，有人。"他靠近她耳边说，"去车里看。"

"……"

时瑾的腰部右侧受了枪伤，好在只是擦伤，并不严重。他先送姜九笙去警局，在路上，姜锦禹说，时瑾是为了救他才受伤的。

时瑾说，别自作多情，他是有把握活命才没有躲开。

天还没黑，温诗好在婚礼上被警方带走的消息就传开了。关于姜九笙那部分消息，宇文冲锋动用了一点儿人脉，暂时遮掩住了。

温诗好被刑事拘留，温氏银行的股价半天之内暴跌，银行紧急召开记者招待会，任命第二董事温书华暂代董事长之职，以稳住温氏银行的情况。

江北警局。

审讯室里，刑侦一队副队长亲自给温诗好做笔录，嫌疑人情绪激动，很不配合，拒不认罪。

"我没有杀人！"

这一句她说了无数遍，说得理直气壮："不是我！"

"死不承认是吧。"

赵腾飞把面前的文件翻开推过去："这是姜民昌的尸检报告。"他往后再翻了一页，"这是你母亲当年买通法医的汇款明细。"

温诗好目瞪口呆。

"怎么不据理力争了？"赵腾飞继续翻文件："还有这一份，是证人的证词，人证物证俱在，还容得你狡辩？"

她木然愣怔了很久，难以置信地睁大了眼：“什么证人？哪有什么证人？”

“你的亲弟弟姜锦禹当年目睹了你推倒姜民昌的整个过程，所有证据都指向你，你还敢不认罪！”

“他撒谎！”温诗好完全接受不了这个事实，情绪失控地试图站起来，“他和姜九笙是一伙的，他们合起来陷害我，姜九笙才是凶手！”

赵腾飞什么样的犯人没见过？他面无表情地用手敲了敲桌面：“坐下。”他也不再逼问，气定神闲地说，“谁是凶手，法官自有判断。你可以不认罪，我们警方会如实向法官反映你的态度。”

温诗好坐下，咬着牙沉默了很久，突然冷笑了一声：“姜锦禹是个自闭症患者，就算到了法庭上，他也做不了证。”

她的梦还没醒呢。

赵腾飞懒得叫醒她，有话法庭说。

因为同时出现了姜锦禹这个证人和命案现场的那段视频，温诗好成了第一嫌疑人，姜九笙则是第二嫌疑人。

温诗好被拘留了。

姜九笙有严重的抑郁症病史，时瑾为她申请了保释。

办完手续已经八点多了，时瑾与姜九笙前脚走出警局，霍一宁后脚就跟了过去。

“有几句话在警局里面不好说。”霍一宁看向姜九笙，长话短说，“你到时候会和温诗好一起上庭，都是被告方，也就是说，只要判了温诗好杀人罪，你这边就没问题了。”

姜九笙颔首。

霍一宁又道：“当年进行尸检的法医已经去世，但有温家的汇款明细作为证据，那位法医的家人也会过来做证，尸检报告上的致死原因也不会有问题。”他重点强调道，“这个案子的关键是姜锦禹。”

姜锦禹的证词是温诗好是否会被定罪的最关键的证据，不管是尸检报告还是汇款明细，都属于间接证据，没有一个直接证据指向温诗好。姜锦禹是唯一的直接目击者，可以说，温诗好能不能被判刑就看姜锦禹的证词如何。

霍一宁总结道：“一旦他的证词被法庭采纳，温诗好被判故意杀人罪或者过失杀人罪的可能性就非常高。同样，证词若不被法庭采纳，或者姜锦禹没有出庭做证，光凭收买法医与尸检报告作假很难给温诗好定罪，毕竟这些证据都没有直接和她挂钩。”他看向时瑾，“我的意思你们懂吧？注意一下，温家肯定会从姜锦禹那里下手。”

时瑾点头，道了谢：“谢谢提醒。”

霍一宁说完就走了，剩下的就看时瑾的了。

回去的路上，姜九笙一直心绪不宁，看着窗外若有所思。时瑾没有立刻把车开进御景银湾的车库，而是停在了路边。

“在想什么？”

她转过头来说道：“温诗好毕竟是锦禹的亲姐姐，如果他不愿意出庭做证，我也完全能理解他。”

温书华对姜锦禹有生养之恩，毕竟是至亲，他会于心不忍也情有可原。

“他要不要出庭做证让他自己拿主意。”时瑾把她盘着的头发放下来，“温诗好会不会被定罪，姜锦禹可以说了算，不过你这边我已经让律师做好准备了，我要万无一失，不会通过去给温诗好定罪来洗脱你的嫌疑。我们主张你那一刀不致死就行了，而且温诗好的那个视频也可以当作证据。当时你目睹了姜民昌杀害你母亲，且姜民昌对你是有伤害意图的，所以我们可以主张你是正当防卫，而正当防卫造成轻伤是不用负刑事责任的。”

他不能让她冒险。

他要万无一失，不可能把所有出路都赌在温诗好被定罪上，自然做了几手准备。

姜九笙明白他的意思：“我那一刀是不致死，但不能排除姜民昌致死的伤害跟我有关系。”

温诗好的视频刚好结束在时瑾要带她离开那里，如果没有证据能证明除了她和时瑾还有第三个人到过现场，她依旧有最大嫌疑。

“能证明。”时瑾说，“陈杰就是证人，他亲眼看见我们离开了温家。”

对了，当时花房外面还有个陈杰。

显然，陈杰没有看到最后，证明不了温诗好出现过，却可以证明姜九笙没有对姜民昌造成二次伤害。

当时的情况是温诗好一直躲在玻璃花房后拍摄，姜民昌杀害宋培之后，姜九笙进来，刺伤了姜民昌，之后时瑾拿过了她的刀，陈杰便是这时候经过花房的。他看见时瑾擦掉了刀上的指纹，并带姜九笙离开了。陈杰惊慌离去后温诗好才走进花房，姜锦禹才是看到温诗好推人致死的唯一目击证人。

到头来，陈杰这个替罪羔羊才是姜九笙的证人。

她对陈杰为她做证并不抱希望：“我害他坐了八年牢。”

时瑾纠正道：“不是你，害他坐牢的人是我，是我收买他的父母让他们放弃了上诉，而且我去见过陈杰了，他会出庭做证。”

陈杰受了八年的冤狱之灾，怎么可能毫无芥蒂？

“你怎么说服他的？”姜九笙能肯定，陈杰一定向时瑾提了要求。

“陈杰不傻，他给你做证，很大程度上也能自证。只要温诗好被判了杀人罪，他就能无罪释放。”时瑾声音轻柔地说。

说完案子，还有一件重要的事，姜九笙伸手摸到时瑾腰间。他身上还绑着绷带，她轻轻地摸了摸：“你的伤，是秦明立弄的？”

“嗯，他把我的消息放出去，给我招来了一堆仇家。”

秦明立真是太欠打了。

姜九笙问：“那我能揍他一顿吗？”

“能。”揍几顿都可以。

姜九笙提出合理建议：“揍狠一点儿。”

“好。”

当天晚上，秦明立夜行回家，被人蒙头揍了一顿。他鼻青脸肿，一只手骨折了，被连夜送去医院，路上又出了车祸，引起了肺出血。

之后秦明立就一直住在医院，而温诗好住在牢里，这对夫妻也算是共患难了。

温诗好在江北被刑事拘留，温书华没有回云城，暂时留在江北的住所，为其周旋打点。当天晚上，律师见过温诗好之后，便去面见了温书华。

“能不能让我见诗好一面？”

温书华请的律师是大名鼎鼎的“大状”孔曹华，除了鼎拓律师事务所，业内以孔曹华最为名气大，他在刑事案件方面很有能力。

孔曹华摇头：“在判决下来之前，家属不可以会见嫌疑人。”

温书华立马问：“一点办法都没有？”

孔曹华还是摇头：“别人还好说，可负责这个案子的刑警是刑侦一队的霍队长，那个人是出了名的油盐不进，不缺钱，而且家里背景很硬，走不了捷径。”

律师圈的人没有不知道霍一宁的大名的，律师怕他，罪犯更怕他，被他咬住的罪犯基本不太可能脱身，他让许多只认钱不认罪犯的律师很头疼。偏偏那个家伙家里背景不得了，谁都动不了他。

所以孔曹华也没办法，都得按霍一宁的规矩来办。

“不是有取保候审的程序吗？”温书华神色迫切，一心想着把温诗好保出来。

孔曹华继续否决："杀人案件是不可以办理取保候审的。"

温书华急了："这也不行那也不行，那我女儿怎么办？"

孔曹华没有继续这个没有可谈性的话题，而是正色道："温夫人，目前最重要的是尽快确定这个案子的主张方向。我已经见过温小姐了，她态度很坚决，要主张无罪。减刑有减刑的打法，无罪有无罪的打法，你们必须尽快确定方向。"

温书华皱着眉头想了很久："如果主张无罪，胜诉率高不高？"

孔曹华摇头："说实话，很低。公诉方手里有尸检报告，还有当年负责尸检的法医受贿的证据，再加上那段视频里两位死者争吵时透露了温小姐生父被害一事，也就是说杀人动机也成立了，另外还有证人的证词，温小姐被判处故意杀人罪的可能性很大。"

温书华越听脸色越难看："如果不能主张无罪，还有没有办法减轻刑罚？"

孔曹华回答道："可以主张过失杀人。"他把资料都翻开摆到温书华面前，"当时温小姐在目睹凶案现场后惊慌失措，推倒了受害人，并非蓄意谋杀。主张过失杀人的胜诉率很高，如果温小姐有悔过表现，法官也许会酌情量刑。"

若是主张无罪，败诉了的话，刑罚肯定不轻。主张过失杀人虽然保守，可是要完全放弃当庭释放的希望，依照温诗好的性子，她不可能同意。

温书华拿不定主意："让我再想想。"

第二天，孔曹华去看守所见了温诗好，她只让他带了一句话给温书华。

"不管用什么方法，不要让姜锦禹出庭做证。"

温诗好在婚礼上被警察当众带走，网络上铺天盖地都是她被拘留的消息。因为是公众人物卷入刑事案件，引起了很大的轰动，警察局外天天有记者蹲守，可案件保密，警方对此一律保持缄默。

姜九笙倒并没有被媒体挖出来，或者被挖出来后消息又被截下来了，总之，姜九笙过得还算太平。

她暂停了所有通告，暂时在家等案件开庭审理。

早饭后，姜九笙留下姜锦禹喝茶，她有话讲："锦禹，那个案子……"

姜锦禹回答得很快："我会出庭做证。"

这个案子的关键在哪儿，他一清二楚。

姜九笙没有相劝，只是告诉他："我的官司有胜诉的把握，你不用考虑我。"她只强调一点，"做你想做的事就行，任性一点儿也没有关系。"

她知道，姜锦禹会去做证，很大一部分原因是她。

姜锦禹点了点头，若有所思。

这时候，温书华的电话打了过来，她一开口就带了哭腔："锦禹，和妈妈谈谈。"

姜锦禹知道她要说什么："我们没有什么好谈的。"

温书华在电话里哭。

"锦禹，妈妈求你了，我们见一面好不好？"

他沉默着，眉头越拧越紧。

温书华哽咽着问他："你真的连妈妈也不要了吗？"

她到底生养过他，也待他好过。

沉默了很久，姜锦禹开口了："在哪儿？"

他一个人出门了，没有让姜九笙陪他。姜锦禹走了没多久，姜九笙越想越担心："时瑾，我不放心。"

温书华定的地方是一家甜品店，因为姜锦禹嗜甜。他二十分钟后到了店里，温书华已经点好东西，见他来了，眉间的阴郁才散了。

大概是因为天天为温诗好奔走，她好像突然老了很多。

姜锦禹坐到了温书华的对面，她把没有动过的甜品推到他面前："我点了你爱吃的甜点，你先尝尝。"

他患自闭症的那几年，温书华也待他很好，因为他爱吃甜的东西，她甚至在云城盘下了两家甜品店。

他拿起勺子，却没有动面前的甜品："你要说什么？"

温书华的眼睛一直是红肿的，她显然刚哭过："你可不可以不要指证你姐姐？就当妈妈求你了。"

姜锦禹没看她的眼睛："她犯了法。"

"可她是你的亲姐姐，你真的忍心让她去坐牢？"温书华小心翼翼地去拉他的手，眼泪落了下来，"姜九笙和你没有血缘关系，锦禹，这世上你只有妈妈和姐姐两个至亲的人。"

姜锦禹看着那只覆在他手背上的手，不知道什么时候，她的手上多了这么多皱纹。他把手抽出来，抽了一半，还是停下了，抬头看着泪流满面的温书华，过了很久才说："你不忍心让温诗好去坐牢，就忍心让我病了八年？"

那时候，他才多大啊。

温书华捂着嘴，忍不住哭出了声："是妈妈对不起你，都是妈妈不好。锦禹，你怪我、怨我都可以，可你姐姐是无辜的，她也是受害者，看在妈妈疼爱了你那么多年的分上——"

他打断了她的话："那不是疼爱，是弥补。"

如果她真的疼爱他，就不会舍得让他患自闭症八年。

对此，温书华给不了一句解释，只是哭着央求："锦禹，妈妈求你了，就这一次，放过你姐姐。"

他把被她握着的手抽了回去："八年前我才八岁，你怎么不放过我一次？"他总是空洞又平静的眸子还是红了，"我痊愈了，你有没有一点点高兴？你忙着把我送到孤岛上的时候，你忙着让心理医生第二次引导我自闭的时候，有没有过一点儿犹豫？"

温书华泪眼婆娑，怔怔地看着对面的少年。

八年了，这是她第一次看见他那双沧桑的眼里有了的情绪。

姜锦禹眼眶通红，却没有流一滴眼泪，他倔强又不甘地看着他的母亲："你舍不得温诗好，因为她是你的骨肉，我就不是吗？我就可以被随便对待吗？我自闭一辈子都没有关系吗？我也是你的孩子，你忘了吗？"

温书华哑口无言，一句都辩解不了，抽噎着一直道歉："对不起，对不起……"

他不想看她哭。

他起身道："案子判决之前，我不会再出来见你了。"

那份甜品，他一口都没吃。

他转身时，温书华抓住了他的手，哭着喊道："锦禹，锦禹。"

低着头的少年还是转过身去喊了一声："妈妈。"

她听完，哭得更厉害了。

她的儿子都已经长这么高了，她居然不知道……

他低着头，看见温书华的白头发，又喊了一声："妈妈，"停顿了很久，他问，"你真的是我妈妈吗？"

然后他抽回手，转身走了。

温书华站起来，追着他喊："锦禹，锦禹！"

她还是没有追出去。

姜锦禹在甜品店门口站了很久，太阳很大，阳光刺得他睁不开眼。他回头看了看，然后走到路边，还是拿出手机拨了姜九笙的电话。

"姐。"

姜九笙着急地问他："锦禹，她有没有为难你？"

"没有。"

毕竟他身上还流着温家人的血，而温书华是他的亲生母亲，是生他养他的人。红灯亮起，他在路边蹲下，眼睛有点儿红：“姐，我不去做证真的可以吗？”

他犹豫了，看见温书华哭的时候，他就犹豫了。可能因为八年来他一直病着，好多事记不太清楚了，可温书华待他好的地方他都记得。

她总给他买甜点，因为他要吃很多很苦的药，所以爱吃甜的东西。

他每年生日的时候，她都会送给他一台电脑，因为他喜欢。

温诗好骂他的时候，她会帮他骂回去，还会打温诗好。

她不论去哪儿都会拉着他，因为他是病人，会走丢。

或许因为亏欠，所以尽力弥补，可她到底是疼过他的。

姜九笙说：“当然可以。锦禹，她们是你的至亲之人。”

是啊，他们是至亲。

第二十章
爱她所爱，不药而愈

他蹲在路边，回过头看着不远处，甜品店的玻璃窗前，他的母亲失魂落魄地坐在那里。

温书华坐了很久，手机响了。

“夫人。”男人的声音传来，“人已经过来了。”

温书华几乎立刻抬头望向玻璃窗外，少年正站在红绿灯路口，高高瘦瘦的，背脊挺直，低着头，因为没有安全感，总是把手放在前面本能地护着自己。

男人问：“要动手吗？”

温书华大喊：“等等！”

然后她等了很久。

玻璃窗外，路口的绿灯亮了，少年迈出脚，走在空无一人的人行横道上。

温书华哽咽着说：“不要伤他，不要伤我的孩子，”她咬着唇，泪流不止，“只要……只要让他不能、不能出庭做证就行。”

“知道了。”

电话被挂断，温书华看向窗外，捂着嘴，浑身发抖。

马路上，疾驰的汽车朝少年开去。

温书华蓦地站起来，哭着喊出了声：“锦禹！”

姜锦禹抬头，看见飞快地撞过来的汽车，当场愣住。

时瑾猛地扑过去，两个人一同摔倒，汽车几乎擦着他们脚边驶过，姜锦禹手里的手机被车轮碾得四分五裂。

他愣怔了许久，扭头朝甜品店的玻璃窗看去，看到他的母亲正站在那里，看着他潸然泪下。

她腿一软，坐在了地上。

她到底做了什么……

“锦禹、锦禹。”

时瑾喊了他两声，姜锦禹才愣愣地回头。

时瑾问他：“你有没有事？”

姜锦禹低头，看着那部被碾得粉碎的手机，有些魂不守舍。

时瑾走到他面前：“站不站得起来？”

姜锦禹回过神，踉踉跄跄地站起来，回头看了一眼玻璃窗后的人，然后蹲下去，捂住脸哭了。

他从患自闭症之后，就再也没哭过了。

时瑾蹲在姜锦禹面前，说：“别哭，她怎么对你，你就怎么讨回来。”说完他起身朝甜品店走去，整个人杀气腾腾的。

姜锦禹突然站起来拉住了他：“不要去。”

他咬着牙，脸上全是眼泪：“这是最后一次，就当我把命还给她了。”他回头，看着玻璃窗里的妇人坐在地上痛哭流涕，他转过头，不再看那边的人一眼，“以后，我没有母亲了。”

说完他毫不犹豫地转身，一低头眼泪就往下砸，怎么忍都忍不住。

“锦禹，锦禹……”

温书华坐在地上，看着越走越远的少年放声大哭：“对不起，妈妈对不起你。”

之前的男人打电话过来说：“夫人，任务失败了。”

温书华扔了手机，从地上爬起来，边走边哭，只喃喃着两个字：“幸好……”

临近中午，时瑾才回到公寓。

姜九笙抱着狗等在门口，没见姜锦禹，愁眉不展地问时瑾：“锦禹呢？”具体的情况，时瑾在电话里跟她讲了。

时瑾进屋道：“他没事，在隔壁公寓。”见姜九笙要过去，他拉住了她，“让他一个人待一会儿。”

她这才看见他的衬衫上有血，神色立刻紧张了：“你流血了。”她转身去拿车钥匙，“我们去医院。”

时瑾一只手揽住了她的腰：“不用，只是原先的伤口裂开了一点儿。”

“不行，去医院。”

他抱着她不放：“笙笙，我就是医生。”他用下巴蹭了蹭她的脸，“乖，去拿医药箱过来。”

她犹豫了许久，还是听他的话去拿了医药箱。

时瑾把衬衫撩起来，腰侧的纱布已经被渗出来的血染红了。姜九笙蹲在他面前，动作笨拙地给他处理伤口。

“我想不明白。”她低头拆他腰上的纱布。

“想不明白什么？”

“温诗好和锦禹都是她的孩子，为什么她偏袒得那样厉害？”姜九笙想到锦禹，心情低落，意难平地道，“这对锦禹很不公平。”

就算温书华做不到一视同仁，但怎么能为了一个而伤害另一个？

“如果只能保全一个的话，两害相较取其轻。”时瑾把消炎药递给她，“而温诗好身上多出一个筹码。”

她用棉球蘸了药轻轻地给他擦伤口：“温氏银行？”

时瑾点头：“温书华也不是不爱自己的孩子，只是最爱的还是自己。在没有利益冲突的时候，她可以当一个慈母，可若有冲突了，就要另当别论了。”

他安抚地揉了揉姜九笙皱着的眉：“锦禹不算不幸，他遇到了你。”

那个少年是不幸的，也是幸运的。

次日，孔曹华受温书华所托，去了看守所见温诗好。几天没见，温诗好憔悴了很多。

“温夫人让我带句话给温小姐。”孔曹华转述了温书华的话，“夫人让你认罪。”

温诗好几乎不假思索地道：“不行！必须主张无罪，我不能坐牢，我不坐牢！”

孔曹华料到了她的反应，就事论事道：“如果主张无罪，一旦败诉了，你会被判七年以上有期徒刑；若是你认罪，主张过失杀人，判刑不会超过五年。”

温诗好立马问：“姜锦禹呢？”

“他会出庭做证。”温诗好的杀人罪基本是逃不掉了，是故意杀人还是过失杀人，就要看官司怎么打，看法院怎么判了。

温诗好闻言冷笑道：“我就知道，这头白眼狼早晚要来反咬我们温家一口。”她眼里全是红血丝，语气又气又恨，“如果我被定罪，那姜九笙呢？她会被判多少年？”

温书华也问了他这个问题，不知道这对母女是怎么想的，管好自己的案子就行了，非要看到别人也不好才甘心。

孔曹华实话实说：“法医的尸检报告可以证明，那一刀并不致死，杀人罪不成立，姜九笙那边应该会主张正当防卫。如果胜诉的话，她会被当庭释放，就算是败诉，顶多被判拘役。”

时瑾把整个鼎拓律师事务所的人都请来了，宋大状亲自上阵，败诉这种情况基本没可能。

温诗好听完就不服了：“我去坐牢，她却被无罪释放，凭什么？要不是她先刺那一刀，我怎么会推姜民昌？她才应该负主要责任。”

还能这样推卸责任？

孔曹华提醒她：“死者的致死原因是——”

“够了！我花重金请你来是想让你帮我脱罪，而不是来提醒我杀了人。”

她还没清醒呢。

多说无益，孔曹华秉承着职业素养最后一次提醒她：“如果温小姐决意主张无罪，请你做好最坏的打算。”

温诗好气得拍桌站起来，起得太猛，胃里顿时翻江倒海，脸色煞白，蹲在地上开始干呕。

孔曹华想到了什么，不太确定地看向温诗好：“温小姐你这是？”

她擦了擦嘴，眼睛突然发亮。

当天，温书华就飞去了中南，下飞机时已经晚上八点多了，她直接去了秦家。

秦家，用人来报：“夫人，温家夫人来了。”

章氏眼里闪过一丝不悦之色，将手里的茶喝完了才道：“请进来吧。”

温书华行色匆匆地进了二楼客厅。

章氏没有起身，坐在沙发上：“温夫人，坐。”她又吩咐下人，“给温夫人上茶。”

章氏一口一个“温夫人”，态度摆得明明白白——秦家根本不承认温家这个儿媳。

温书华坐在对面，神色从容地道：“我们两家已经结亲了，亲家母也太客气了。”

“结亲是结亲了，结婚证也领了，”章氏话锋一转，“可我一杯媳妇茶都没喝。”

她翻脸不认人了是吧？

老刁婆！

温书华把肚子里的怒火压下去，说道：“等诗好出来了，敬多少杯媳妇茶都没有问题。”

章氏笑了：“出来？几年后？”

温书华品了一口茶，竟心平气和地道：“那就要看亲家母怎么帮忙了。”

章氏笑着打太极：“温夫人也太看得起我了，秦家就算再家大业大，法庭的事我们也插不上手。而且你也知道，明立出了点儿事，现在还在医院躺着，我哪有精力去管别的事？”

温书华直接翻了茶盖，扣在桌子上：“那你们要眼睁睁地看着你们秦家的骨肉在牢里出生吗？”

章氏的脸色变了。

温家花房的案子已经立案提交法院，开庭的日子定在了下个月中旬。

九月一号，试课结束，姜锦禹正式入职西交大计算机系。

九月七号，《三号计划》剧组杀青，导演在秦氏酒店办了杀青宴。

九月十八号，温家花房命案一审开庭，两位被告皆申请了不公开审理，法院批准，不公开审理。

法官高坐台上，旁边是陪审团成员。

公诉方的检察官向法官申请证人上庭做证，法官允许，书记员传：“传证人姜锦禹。”

少年坐到证人席上，他的左边是一号嫌疑人温诗好，右边是姜九笙。他看了姜九笙一眼，收回目光，端端正正地坐着。

公诉方检察官是检察院的首席林检察官，五十多岁，一身正气。

林检察官起身，走到姜锦禹面前，提问：“证人，请问你和被告温诗好是什么关系？”

姜锦禹看了被告席上的温诗好一眼，她还穿着囚服，神色憔悴，一改往日的强势与张扬。

姜锦禹转过头，神色冷静地回答：“姐弟。”

林检察官语气温和：“能说一下当年你在温家花房外看到了什么吗？”

姜锦禹回头。

坐在后面的温书华看着他，眼里有泪光。

他转过头去，说："我到那里的时候，宋培已经不动了，被告温诗好拿着相机在拍视频。花房里的男人突然醒过来，抓住她的腿，让她打120，被告说……"姜锦禹顿了一下，毫不迟疑地开口，"你这种杀人犯，还不如死了。"

林检察官追问道："然后呢？"

"被告用力推开了死者，他的后脑撞到了花架上的瓦盆。"

"我问完了。"林检察官面向法官，开始总结陈词，"法官大人、各位陪审团成员，根据证人姜锦禹的证词，死者姜民昌当时意识完全清醒，并向被告温诗好求救。从现场的照片也可以判断，当时死者的出血量并不致死，尸检报告也证实死者姜民昌的真正死因是颅骨凹陷性骨折导致的颅内出血，这一点可以证明证人的证词完全属实。"

林检察官发言完毕，法官与陪审团成员点了点头。

法官问："被告律师，还有没有问题要问？"

"有。"坐在温诗好旁边的孔曹华站起来，走到姜锦禹面前，"证人姜锦禹，请问你和被告温诗好的关系怎么样？"

姜锦禹沉默了。

孔曹华立马说："请你如实回答。"

姜锦禹答道："不好。"

孔曹华又问："证人，请问你当年多大？"

姜锦禹平铺直叙地回："八岁。"

孔曹华不急不躁地问："还有最后一个问题，证人过去八年是不是患有自闭症？"

被告律师是要推翻姜锦禹的证词，从年纪、与被告的关系，还有精神病史入手。

姜锦禹迟疑了一下，如实回答："是。"

孔曹华问完了，转身面向法官，掷地有声地道："法官大人、各位陪审团成员，证人在命案发生的时候不过是个八岁的孩子，不管是判断力还是记忆力都不成熟。另外，证人和我的当事人关系十分不好，他的证词是否完全不带有私人感情，也无法考究。最重要的一点，证人在这八九年间一直患有严重的自闭症，而有精神缺陷的病人作为证人，证词是可以视作无效的，还请法官大人和陪审团考虑一下证人的精神缺陷以及证词的可靠性。"

法官与陪审团成员神色微变。

公诉方林检察官立马站起来，再次走到姜锦禹面前："证人，当年花房的情景你还记得吗？”

“记得。”

“能描述一下那个花房吗？”

姜锦禹不假思索地开口，音量不大，却说得清清楚楚：“花房的玻璃上攀着绿萝，门口是兰花，两边摆了两排月季。月季后面有两棵小柏树，正对门口处放了一个四层的花架，最上面是红色的三角梅以及紫罗兰，第二层是四季海棠，花架上面三层的盆栽都栽在瓷盆里，只有最底下一层盆栽是瓦盆，里面栽培的花是小木槿。”

林检察官问：“你都认识？”

姜锦禹停顿了一下才道：“我母亲喜欢花，我认得很多花。”

后面的温书华不停地掉眼泪，咬着牙才没有发出声音。

林检察官提问完毕，面向法官：“法官大人，可以播放一下二号证物吗？”

二号证物是温诗好寄给警方的视频。

视频播放了十几秒钟，林检察官便按了暂停键，用手里的激光笔指着视频上定格的画面：“从视频里可以清楚地看到温家花房里面的摆设与花卉，而这个视频，我的证人并没有看过。由此可以证明，证人当年虽然只有八岁，但不管记忆力还是判断力，都没有任何问题。另外……”林检察官又看向姜锦禹，“证人，请问这八年里你在做心理治疗吗？目前的精神状态如何？”

姜锦禹沉着冷静地回答道：“有，目前已经痊愈了。”

林检察官问完，将材料呈上：“法官大人，这一份是心理医生对证人的精神评估，已经可以确定证人的自闭症基本痊愈，证人没有任何精神缺陷。”

法官看了一下材料，又将其传递给了陪审团成员。

林检察官等了片刻，开口道：“一号证人已经问完了，请法官大人允许传召我方的二号证人薛荣信。”

法官应允。

书记员高声道：“传薛荣信。”

姜锦禹起身走到后面，坐在时瑾旁边，时瑾伸手拍了拍他的肩，什么都没说。

随后，一个三十多岁的女人坐上了证人席。

林检察官开始发问：“证人你好，请问你和当年负责温家花房案的法医薛平华是什么关系？”

薛荣信回答：“薛平华是我的母亲。”

“当年你母亲辞去法医的工作，举家搬到了国外，你知道是什么原因吗？”

薛荣信摇头：“不清楚。”

林检察官又问：“以你父母当年的收入情况，足够支付移民所需费用吗？”

“不够。”

“那么你们全家移民的费用从何而来？”

“不知道。”薛荣信思考了一下，回答，“我只知道我母亲突然多了一笔钱，而且辞掉了工作。因为这事，我父亲和母亲还大吵了几次。”

“好的，我问完了。”林检察官转身，将一份资料递给了书记员，并且陈词，“法官大人、各位陪审团成员，这是银行的一笔汇款记录，汇款时间刚好是八年前温家命案发生后的一周，汇款方是被告温诗好的母亲温书华，收款方是证人的母亲，也就是当年负责温家命案的法医薛平华。另外，这是八年前薛平华出具的法医报告，上面写的是死者腹部中刀导致失血过多身亡。”

等法官过目完资料，林检察官又递出一份新的证据：“这份尸检报告是最近法医对死者姜民昌的骸骨再一次做了周密检查后出具的报告，这份报告里的致死原因却是颅骨凹陷性骨折导致颅内出血，且腹部中刀的出血量并不致死。”

法官与陪审团成员一一翻看两份尸检报告。

林检察官总结陈词：“由此我们可以推断，当年薛平华所提交的尸检报告是有问题的。当时的薛平华在法医界很有声望，是绝不可能出现这种错判的低级错误的，也就是说，这份尸检报告被薛平华法医做了手脚，而指使她的人就是被告温诗好的母亲温书华。”林检察官转身，看着后排座位上的温书华，声音铿锵地道，“温书华为了保全女儿，所以用钱买通了法医薛平华，薛正华用这笔钱办理移民了。”

温书华攥着手，头上冒出薄汗。

林检察官转身，继续陈述：“为了替女儿脱罪，温书华甚至不惜让心理医生对自己的亲生儿子，也就是证人姜锦禹做了精神诱导。心理医生的报告表明，证人姜锦禹的自闭症是外因诱导而成，并非自然形成，也就是说，被告温诗好的母亲温书华在八年前为了掩盖命案的真相，不仅收买了当时的法医薛平华，甚至连目睹了女儿作案过程的亲生儿子也没有放过。”

话音落地，现场一片哗然。

温书华泪眼婆娑，转头看向离得远远的少年。姜锦禹笔直地坐着，看着前方，神色没有一点儿变化，仿若这一切与他无关。温书华的眼泪掉得更厉害了。

法官这时问：“一号被告律师，你有什么问题要提吗？”

孔曹华站起来道：“没有。”

坐在他身旁的温诗好一直低着头，眼里噙泪，一副楚楚可怜的样子。

一号嫌疑人律师的陈述告一段落，然后是二号嫌疑人姜九笙的律师上前陈述。她的律师是鼎拓律师事务所的宋律师。

姜九笙淡定自若，没有什么情绪起伏，宋律师亦如此，他不急不缓地起身：“刚才大家也看过林检察官放的那段视频了，视频里死者姜民昌在遇害前与前妻宋培发生过激烈争吵，并且死者亲口提出，我的当事人并非他的亲生女儿。死者与前妻宋培争论无果后，杀害宋培，也就是我的当事人的母亲。当时死者正处于狂躁情绪中，当我的当事人目睹了案发现场后，死者姜民昌手里的刀是指向我的当事人的，而且他说了这样两句话。”

宋律师模仿当时姜民昌的神色与口吻，狠厉又杀气腾腾地说道：“是我杀了她。现在怎么办呢？被你看到了。”

宋律师话锋一转：“然后，死者姜民昌向我的当事人逼近，一不做二不休，试图杀人灭口！”

确实，视频里的死者姜民昌有明显的灭口意图。

宋律师继续说道：“就是在这种情况下，我的当事人推了死者姜民昌一把，并捡起了地上的刀，刺入了死者的腹部。”他高声总结，“这属于正当防卫，若是我的当事人不保护自己，那么当时死的就有可能是我的当事人。”

法官与陪审团成员点头，神色赞同。

宋律师继续说：“根据证人姜锦禹的证词可以推断，当时死者姜民昌并没有失去意识，地上的出血量也不多，而且法医的尸检报告显示，死者姜民昌的致命伤是颅骨凹陷性骨折，并非我的当事人正当防卫的这一刀。”

法官点头，问：“公诉方检察官，你有没有异议？”

林检察官摇头，不反对二号被告姜九笙的律师陈词。

宋律师继续说道：“法官大人，请传召我方证人陈杰。”

书记员传了陈杰上庭，陈杰坐在证人席上，穿着一身囚服，理了平头，看上去很精神。

宋律师问：“陈杰，请问你和这个案子有什么关系？”

陈杰回答：“我是这个案子八年前一审时的嫌疑犯，已服刑八年，也是这个案子的目击证人。”

“能具体说一下当年你所看到的情形吗？”

陈杰看着法官说：“我当时在温家进行盗窃，事后准备从后花园离开，听到花房里有人在哭，就走过去看。我看见一个女孩蹲在地上哭，男孩拿着刀，擦干净血迹和指纹后带着女孩离开。”

宋律师待他说完，又问：“证人，请问你还认得那个女孩吗？她在不在庭上？”

陈杰环顾了一圈，指向姜九笙道：“就是被告姜九笙。”

“确定吗？”

“确定。”陈杰补充道，“因为当时印象深刻，所以我记得很清楚。”

宋律师接着问：“再请问证人，当时我的当事人和她的同伴在花房里待了多久？你亲眼看到他们离开了吗？”

陈杰语气肯定地说：“我站在外面看了不到三分钟，亲眼看到他们离开花房后，我才走了。”

“好的，谢谢证人的证词。”宋律师问完，面向法官，“法官大人、各位陪审团成员，根据证人陈杰的证词，当时我的当事人在正当防卫之后，她的同伴就找过来了。当年的两个孩子都年幼，心智并不足够成熟与理智，尤其是我的当事人，在失去母亲，父亲竟还想杀人灭口的情况下，不得已正当防卫刺伤了自己的养父，也就是死者姜民昌，可想而知我的当事人当时有多惊慌。所以他们才会选择逃避，擦去了刀上的指纹，并且立刻离开现场。”

宋律师拿了一份材料给书记员呈堂，并递给法官。

“另外，这是一份我的当事人八年来的心理治疗记录。”宋律师语气一转，痛心又悲切地道，“我的当事人当年目睹母亲被人杀害，又刺伤了自己的养父，精神一度崩溃，患了严重的抑郁症，并且有厌世情绪，她就是在这样的情况下接受了催眠治疗。”他提高了声音，强调道，“也就是这个原因，我的当事人八年来没有站出来澄清，因为她在接受催眠治疗之后，根本不记得当年的命案了。”

说到这里，宋律师道：“我的陈词结束了。”

法官问公诉方检察官：“公诉方还有什么问题吗？”

林检察官摇头：“没有问题。”

法官又问：“一号被告律师呢？”

孔曹华站起来，做结案陈词：“我的当事人温诗好承认过失杀害继父姜民昌。”

结案陈词一出来，法庭上便静了下来。

姜九笙抬头，看着坐在对面的温诗好。她垂着眸在拭泪。

难怪这么老实配合，原来她最终主张的是过失杀人，所以才要装可怜、博同情。就是不知道她打的是什么主意，居然愿意承认杀人罪，过失杀人罪再怎么轻判，也是要坐牢的。

孔曹华站在庭前，语气越来越悲痛："我的当事人温诗好出生在一个幸福的三口之家，父母恩爱，生活美满，然而平静的生活从死者姜民昌出现之后开始改变。视频里两位死者争吵时，清楚地说出死者姜民昌曾亲手杀害我的当事人温诗好的生父，从而取而代之，入赘温家。"

孔曹华回头看了垂泪的当事人一眼，神色悲悯地继续说道："当年我的当事人年纪尚小，在听到这样的真相时，对死者姜民昌产生恨意也无可厚非，所以才会一时气急，说出证人姜锦禹证词中的那句话。"他换了一种口气，一副气愤的神色，"你这种杀人犯，还不如死了。"

话锋一转，孔曹华说："可我的当事人并不是真的想要继父死。试想一下，才十几岁的女孩子，目睹了凶杀现场后，该是多么惊恐万分，而就是这个时候，死者姜民昌抓住了我的当事人，满手是血地向我的当事人求救。人在害怕时的第一反应都是惊慌、逃避，所以我的当事人才失手推开了死者姜民昌，从而导致死者颅骨凹陷骨折。"

被告席上的温诗好已经哭得不能自已。

最后，孔曹华同情地看了看自己的当事人，恳切地看向法官："这八年来，我的当事人因为当年的事备受煎熬，从未忘记自己当年的过失。因此我的当事人把偶然拍下的这份视频交给了警方，希望这个案子有一天能真相大白，从此不再受良心的谴责。"

孔曹华语气诚恳地说："法官大人、各位陪审团成员，还请你们酌情考虑我方当事人的悔过认错态度。"

温诗好终于忍不住低声抽噎起来。

法官与陪审团成员脸上都出现了动容之色。

最后，孔曹华递上了一份资料："另外，这一份是我的当事人温诗好的孕检报告，上面清楚地写明，我的当事人已经怀有六周的身孕，还请法官大人与陪审团成员在最终判决时考虑一下我方当事人目前的身体状况。以上就是我方的结案陈词。"

她居然怀孕了。

难怪她的策略改了。

陈词结束之后是二十分钟的合议时间，法官宣判结果如下：

被告温诗好过失杀人罪成立，被告据实承认，被判处三年有期徒刑。据《刑法》第二十七条规定，怀孕的妇女被判处拘役、三年以下有期徒刑，且犯罪情节较轻，有悔罪表现，没有再犯罪的危险，可判处缓刑。

最终判决，被告温诗好以过失杀人罪被判处三年有期徒刑，缓刑五年。

被告姜九笙属正当防卫，无罪释放。

一审被告陈杰杀人罪不成立，入室盗窃罪成立，但已服刑八年，当庭释放。

另外，被告温诗好的母亲温书华伪造证据，妨碍刑事案件的调查，被判处一个月拘役，并处以罚款。

十一点，庭审结束。

因为案件是不公开审理的，记者都守在法院外面。法庭外的走廊上并没有什么人，温诗好的手铐已经被拿掉了，一获自由，她就冲了上来。

“姜锦禹！”

她走近，扬起手就要打人。

姜九笙一把拽住她的手，把姜锦禹挡在后面：“当着我的面打我弟弟，”她重重地甩开温诗好的手，“你当我死了吗？”

“你弟弟？”温诗好的目光像淬了毒，她盯着姜九笙身后的姜锦禹，“也对，我温家可生不出这样的小白眼狼。”

姜九笙忍无可忍，想打人，可他们还在法院里面，不能打。

时瑾拍了拍她的背，给她顺气，往前一步，冷着脸看向温诗好：“你可以试试再骂一句，现在要把你送进去吃牢饭太简单了，故意伤害罪也好，诽谤罪也好，随便哪个罪名都行，你要不要试试？”

温诗好到嘴边的狠话顿时全部咽了回去。

她刚被判了缓刑，缓刑的五年间只要有违法乱纪的行为，她就会被重判，还是两罪并判。

她忍了忍，收敛了脾气：“姜锦禹你给我听好了，从今天开始，你和我们温家的人一点儿关系都没有，也休想再得到我们温家一分一毫的财产。”

姜锦禹语气不冷不热地道：“都是黑钱，我不稀罕。”

温诗好对他怒目而视：“你最好——”

“够了！”

温书华打断了她的话，走上前，红肿的眼睛一直看着姜锦禹，欲言又止。

温诗好冷冷地瞥了姜锦禹一眼，甩手离开。

姜九笙也牵着姜锦禹离开。

“锦禹！”

温书华喊住他，他微微僵了一下，姜九笙便也停下了脚。

“锦禹，”温书华语带哀求，“我们谈谈好不好？”

姜锦禹冷漠地说：“我和温女士没什么好谈的。”

温女士……

温书华的眼睛一下子就热了，眼里全是痛心与悔恨，她一张嘴就哽咽了：“对不起锦禹，都是妈妈不好，是妈妈——”

姜锦禹打断了她的话：“你不是我妈妈。”

温书华的眼泪滚了下来：“锦禹……”

姜锦禹走上前，在她面前弯腰，然后缓缓跪下。

姜九笙立马伸手去拉他，时瑾却对她摇了摇头。

少年笔直地跪着，目光凉薄，一字一顿地说：“您十七年的生养之恩，我还了三次，做了八年的傀儡，吃了数不尽的药，健康给您了，股份给您了，命也给了。从今天起，我不再是您的儿子，与你们温家的人也再没有一点儿关系。”他抬头看着温书华，“您就当那天的汽车把我撞死了。”

说完他弯下腰，磕了一个头，然后起身离开。

从今往后，温家再也没有姜锦禹，姜锦禹也再没有血缘至亲了。

“锦禹、锦禹！”温书华追着他哭喊着。

少年毅然前行，始终没回头。

温书华身体一晃，坐在了地上，痛哭流涕。

“姐。”姜锦禹突然喊了一声。

姜九笙看向他：“嗯？”

姜锦禹的瞳孔很亮：“以后你就是我的至亲。”

姜九笙点头，并且补充：“还有你姐夫。”

姐夫时瑾勉为其难地嗯了一声。

少年笑了笑，眼睛微红，有泪，却没有掉下来。

时瑾直接带姜九笙和姜锦禹走法院的特殊通道，避开了记者。

此时，法院外面有很多记者，温诗好一出去便被围住了。秦家雇了保镖过来，护着她上了车，她的律师孔曹华却被围堵住了。因为还要去警局办缓刑的手续，温诗好便在车里等着。

陈易桥站在温诗好的车前。车里的温诗好凉凉地瞥了她一眼，目光不屑。

她还是这副高高在上的模样呢！

陈易桥直接从包里拿出一个瓶子，拧开瓶盖，把里面的液体整瓶泼了下去，车窗瞬间红了，腥臭味散开。

瓶子里是狗血！

温诗好猝不及防，被一窗血红吓得花容失色："你干什么？！"

陈易桥把空瓶子扔到车顶上，理直气壮地说："去去晦气。"

狗血挡住了视线，温诗好把车窗摇下来，新仇旧恨加在一起，她死死地瞪着车窗外的人："你最好给我适可而止，把我逼急了我什么都做得出来！"

陈易桥皮笑肉不笑地道："别一副高高在上的样子，你就是个杀人犯！要不是你，我哥也不用坐八年的牢！就你这种货色，能怀什么好种？二哥真是倒霉，娶了你这个扫把星。"

温诗好气急败坏地道："陈易桥！"

陈易桥扯了扯嘴角，得逞地笑了笑，然后迅速从包里又拿出一瓶狗血，拧开盖子，一气呵成地浇在了温诗好的头上。

"啊！！！"

被当头泼了狗血的温诗好坐在车里歇斯底里地尖叫起来。

莫冰掏了掏耳朵："不公平啊。"

姜九笙看着她。

莫冰指了指还在大喊大叫的温诗好："那种人，法律居然不能制裁她。"她叹了一声，"笙笙，你相信报应吗？"

姜九笙说："不信。"

莫冰却说："我信。"

傍晚突然电闪雷鸣，天毫无预兆地下起了雨。

温书华刚从法院回到酒店，秘书就来敲门。

"夫人。"门被砸得咣咣响。

温书华皱眉："什么事？"

"温总她……温总她出事了。"

温书华闻言从床上下来，腿软了，踉踉跄跄地跑去开了门："你说什么？诗好怎么了？"

"温总在被押送去警局的路上出了车祸，一、一……一尸两命。"

温书华身子一晃，朝后倒去。

"夫人！"

轰隆！外头大雨倾盆，雨势又凶又猛。

姜九笙晚上才听莫冰说起这件事。

莫冰在电话里感慨："笙笙，世上果然有报应啊。"

姜九笙说是啊。

恶人自有天收。

温诗好死后，温书华就精神失常，不认得人了，整日里反反复复念着锦禹，念着诗好，念着念着就哭了，说她做错了，说她不对……

姜锦禹继承了温氏银行的股份，他尚未成年，时瑾便替他请了职业经理人。

姜锦禹把温书华送去了疗养院，雇了最专业的人照看，只是他一次也没有去探望过她。伤疤还在，只能交给时间去治愈。

十一月，小雨连绵下了许久，姜九笙凭借饰演《三号计划》中常春一角拿下了最佳女配角奖。

十二月《帝后》开拍，姜九笙首次担任电影女主角，相关话题热度一时居高不下。

次年二月，厉冉冉与靳方林在季江岛上举办了婚礼，婚后两个月，厉冉冉怀孕，暂停了乐队活动。

次年四月，金三角大毒枭褚南天入境。

五月，缉毒科于沧江码头一举抓获包括褚南天、秦明立在内的多名地下交易头目。秦明立入狱次日，秦家所有产业链全部被封，除毒品交易之外，秦家还涉及多个走私项目。

七月，缉私局与缉毒科联手，将盘踞中南三省多年的秦家地下交易网摧毁，包括秦行在内，秦家多名相关人员被判处死刑。

秦明立行刑之前，章氏已经精神失常了，只有陈易桥作为家属去牢里看过他。

她只说了一句话："孩子我会留下来，你不用担心，你给我的钱足够我养大他。"

隔着一层隔音玻璃，秦明立在接见室里痛哭流涕。

秦行是死在医院里的。

他去世的前一晚，时瑾去看过他。

"是不是你？"

时瑾颔首，语气淡淡地说："嗯，是我，所有的事都是我一手安排的。"

这么大一盘棋，葬送了秦家多年的基业，也就时瑾有这样的能耐。

秦行摘了氧气面罩："咳咳咳，为、为什……"

为什么他要将这唾手可得的王国毁掉？整个秦家的产业将来都是他的，

他将拥有无限的荣光和财富以及翻手为云覆手为雨的权力、地位，他为什么不要？

秦行打了几十年的“地下江山”，拱手给了时瑾，时瑾却将它毁了。

时瑾坐在床头：“若不是你，我怎么会和她分开八年？”灯光昏暗，他眼底毫无温度，“我回秦家，就是要讨那八年的账。”

当年是秦行推波助澜，让秦明立对那个女孩下的手。

究根结底，时瑾竟为了一个人毁了整个秦家。

秦行悬空抓取的手剧烈颤抖起来：“你、你——”

手落下，他两眼一翻，昏死过去。

时瑾起身，将现场留给警方善后。

当天凌晨四点，秦行去世，他自己拔了呼吸机。

时瑾到的时候，秦家的人已经都赶到了，一屋子人噤若寒蝉。

秦行会拔掉呼吸机，也不是那么让人意外。要风得风半辈子，比起躺在医院里等法院判死刑，他宁愿自我了断，至少死得有尊严。

人已经死了一个多小时，尸体被白布盖着，满屋子的人却没有为他哭泣的，一个都没有。

时瑾开了口，语气冷静自持：“秦氏这几天会整顿。”

在阴冷静谧的病房里，他掷地有声地道：“不愿意留下的人，找公司律师团，赔偿会按流程来，不走也行，以前的事我不追究，以后秦氏不容许有任何一笔不正当交易。”

秦家这是要彻底退了。

“还有不明白的吗？”

时瑾问完，病房里鸦雀无声。

时瑾走后，云氏压低声音开口：“萧轶——”

秦萧轶打断了她的话：“以后老老实实地过日子。”

她虽然不甘心，但也庆幸，庆幸他们二房没有碰不该碰的生意。

云氏心里有底了，转头就训斥她那个只会吃喝玩乐的儿子：“听见没有！”

秦霄周不耐烦地道：“知道了。”

时瑾回御景银湾的时候，天光破晓，已经黎明了。

他动作很轻地掀了被子躺下。

姜九笙翻了个身，钻进他怀里：“回来了。”

“怎么不睡？”

“你不在我睡不着啊。”

他把她抱进怀里，轻声哄道：“时间还早，你再睡会儿。”

这会儿他回来了，她也安下了心，困意涌上，眼皮开始打架。

“时瑾。”

“嗯。”

她将睡未睡，迷迷糊糊地咕哝道：“莫冰说我入围最佳女主角奖了，下周电影节你陪我去？”

她有话要在那日对他说。

“好。”

窗外，一轮橙红的太阳一点一点地钻出地平线。

到了电影节那日，时瑾却缺席了，入场之前，他给姜九笙打了一通电话。

“笙笙，我去不了了。”

“怎么了？出什么事了吗？”

这时手机里传来急促慌张的女声：“医生！医生！”

声音很远，那人喊得很急。

姜九笙甚至还能听到手机那头传来的嘈杂声音，有人声、车声，还有叫声与哭声，十分混乱。

时瑾留了一句话：“有紧急病人，别等我。”

然后电话就被挂断了。

有紧急病人，可时瑾并不在医院，那便只能是路上发生了突发状况。

“怎么了？”莫冰问道。

姜九笙摇了摇头，静坐片刻后说：“我去一趟洗手间。”

这会儿一个女演员正在台上倾情演唱，镁光灯都聚在舞台中央，台下偶有人离场去洗手间抑或做别的事。

嘉宾席后面留了几排位子，坐的都是记者与摄影师。

最靠近出口处的女人低头在讲电话，挂断电话后，她对身边的同伴说：“你多拍点儿照片，我要先走了。”

同伴很惊讶：“颁奖还没结束呢，你走了通稿怎么办？”

“社里的记者都被派出去采访了，江南路发生重大交通事故，我要马上去一趟现场。”

刚推门进来的姜九笙顿住脚步，目光追着那匆忙离开的女记者看了几眼，才回到座位上，低着头若有所思。

台上，最佳编剧奖的获得者正在发表获奖感言，莫冰转头往后看，伸手在姜九笙眼前晃了两下："别魂不守舍了，下一个就是最佳女主角奖，十有八九是你拿奖。"她问姜九笙，"获奖感言准备好了吗？"

"没准备。"

好吧，姜九笙的获奖感言一向是临场发挥，而且总是言简意赅，她一句都懒得多说。

这时开奖嘉宾已经上台了，她是上一届的最佳女主角奖获得者，拿着开奖信封说了一番官方又不失逗趣的话，屏幕上滚动着几位入围者的照片。

"最佳女主角奖的获得者是——"开奖嘉宾停顿了五秒钟，将声调提高道，"姜九笙。"

掌声响起，灯光打向了后排的姜九笙。

主持人笑道："恭喜姜九笙，请上台领奖。"

镜头全部转向她，她缓缓起身，不疾不徐地走向舞台。

她似乎不是很惊喜，表情淡淡的，气质高冷，妆很淡，精致漂亮却不张扬。

她接过奖杯，欠身鞠躬并道谢，礼仪与气度都极好。她拿着奖杯走到麦克风前。

"大家好，我是姜九笙。"

她站在领奖台上，穿着一件深青色的旗袍，长发绾着，随意垂下两绺。灯光下的她唇红齿白，笑时明眸善睐，旗袍的肩头绣了竹，她站在那里，就像是一卷水墨画。

她的声音不大，吐字却很清晰："感谢主办方，感谢剧组，感谢评委和粉丝，长篇大论的获奖感言我可能不太擅长。"

她停顿了一下，看了一眼手里的奖杯，浅笑着继续："要说的话都在我以后的作品里，不需要过多赘述，我会用我的电影让大家认识我，认识演员姜九笙。"

场下，掌声热烈。

她站在明亮璀璨的舞台灯光下，语速缓慢，语气淡然。

"不过我有一句话要对一个人说，"她看着镜头，浅笑嫣然，"时医生，要跟我结婚吗？"

全场观众哗然，镜头拉近，画面全是舞台中央的姜九笙的特写。

台上的姜九笙对着台下深深鞠了一躬："抱歉。"

然后她转身，提着裙摆，将高跟鞋脱下拿在手里，跑出了晚会现场。

江南路的高架转盘上发生了连环追尾事故，离心率的缘故，十几辆车撞成一团，现场混乱至极，伤亡人数还未统计。高架道路两边都是车祸的受害者，足足几十人，离江南路最近的江大附属医院的救护车赶了过来，但患者实在太多，还有不少不宜挪动的重伤者需要先在现场做急救，医护人员忙得不可开交。交通局、警局以及消防局也在第一时间赶过来，拉了隔离带，迅速处理现场。这几天持续高温，就怕被撞的车辆着火和爆炸。

伤员太多，一时救援不过来，不少伤员家属在哭天抢地地求救。

其中一位女士抱着六七岁的女儿一直在哭喊着求救："医生，医生！"

因为女士和她的孩子并不见外伤，医护人员便没有管她，先行处理其他紧急伤员，女士急得直掉眼泪，抱着女儿像无头苍蝇一般四处求救。

"我的孩子一直喊疼，先给她看看，医生。

"医生，帮我女儿看看！

"医生！医生！"

离江南路较近的医院只有江大附属医院，便是急诊室的人全部过来，一时也顾不过来，并没有人理会那位女士。她抱着女儿坐在地上，靠着被撞得凹陷的汽车急得直哭。

怀里的女孩脸色苍白。

"妈妈。"小孩子气若游丝地喊，"疼。"

女士不敢动，轻轻地碰了碰女儿的肚子："这里吗？是这里吗？"

女孩抱着腹部，嘴唇发白："依依肚子疼。"

她的声音越来越弱。

"好疼，妈妈……"

女士近乎崩溃，声嘶力竭地喊着："医生！医生！救救我的孩子，救救她！"

可道路两侧高声哭号的伤员和家属不计其数，来来往往的医护人员的注意力都优先放在那些失血严重的伤员身上，没有人回应那位求救的女士。

天已经完全黑了下去，霓虹璀璨，有个人从灯下走来，身穿白衣黑裤，气质温柔又干净。他蹲下问道："哪里受伤了？"

他抬起头，一双眼像藏了仲夏夜的漫天星辰，熠熠生辉。

他说："我是医生。"

女士愣了一下，看见一双修长漂亮的手，如梦初醒："医生，看看我女儿，她说她肚子疼，都疼了十几分钟了。"

时瑾看着女孩的眼睛："告诉叔叔，哪里疼？"

女孩有气无力，挪着小手到了腹腔左上方："这里，叔叔，这里疼。"

时瑾将女孩的衣服掀起来一些，轻轻按压着，发现女孩腹腔上方有轻微的肿胀现象。

他起身从最近的医用推车上拿了手电筒与听诊器，开始查看女孩的瞳孔。

这时，一个江大附属医院的护士大喊了一声："喂，你是谁？怎么能随随便便动伤员？"

她并没有得到回应。

那人蹲在女孩面前正在听她的心率，拿着听诊器的手十分好看。

护士走过去问："你是谁？怎么随随便便——"

她的话被打断了，时瑾回头，言简意赅地道："准备穿刺。"

好精致的一张脸，护士愣了半天才反应过来："你是医生？哪家医院的？"如果对方是江大附属医院的医生，她一定认识。

时瑾简明扼要地道："天北第一医院，时瑾。"

时瑾……学医的人大部分听过这个名字，这位护士也不例外。她刚好是心外科的护士，听得最多的就是科室主任天天念叨的医学奇才时瑾的故事。

她难以置信地问："是心、心外科那个时瑾？"

时瑾没有耐心了，重复道："准备腹腔穿刺。"

护士迟疑了一下才道："好。"

然后她非常自然地遵从命令，去医用推车上拿了穿刺包，再跑回来辅助穿刺。

时瑾戴上无菌手套与口罩，快速将穿刺包打开，先取碘伏给女孩做了腹部消毒。

因为是小儿患者，他的动作很轻，速度却很快，做了局部麻醉后，他直接取了带有乳胶管的腹腔穿刺针，右手持针经麻醉处迅速垂直刺入腹壁。

不一会儿，有血从乳胶管里流出。

护士大惊。

时瑾转过头道："腹内有凝血，脾脏破裂，要立刻做手术。"

"是。"护士丝毫不敢耽搁，对着对讲机求援道，"主任，有紧急患者，要优先做手术。"

不一会儿，医护人员就抬了担架过来，将女孩抱上去，只等救护车过来。女孩的母亲红着眼一直对时瑾道谢。

"叔叔。"

时瑾低头，躺在担架上的小女孩抓住了他的袖子："依依喜欢你，依依长大了要嫁给你。"

这时，微微沙哑的声音接了话："叔叔不能娶你了。"

时瑾蓦地回头，看见姜九笙穿着一身旗袍站在灯下，淡妆得宜，明眸善睐。

她走近，轻声告诉担架上的小女孩："叔叔已经答应了要娶我，不能再娶别人了。"

女孩懵懂地眨了眨眼："你是叔叔的女朋友吗？"

姜九笙落落大方地浅笑道："是啊。"

七八岁的小孩子容易哄，乖巧又天真，声音无力地说："姐姐你好漂亮，依依不跟你抢叔叔了。"

姜九笙摸了摸小女孩的头："谢谢。"

这时，救护车已经开过来了。

时瑾微微弯腰说道："不用怕，做了手术就不疼了。"

女孩咧嘴，虚弱地笑了笑，随后被抬上了救护车。

时瑾转过身："笙笙。"

不待姜九笙开口，方才那个护士急匆匆地跑了过来："时医生，有个伤员被货车上的钢筋刺穿了胸腔，心脏破裂，移动不了，要立马动手术。"

时瑾没有迟疑："隔离现场，准备手术。"

护士试探地询问了一声："您主刀吗？"户外手术的难度太大，而且又在车祸车辆旁进行，危险系数极高。

时瑾点了点头："嗯，我主刀。"

"我这就去准备。"护士边跑边呼叫麻醉医生。

"时医生。"姜九笙喊了他一声。

这个时候，他不只是她的"时美人"了，还是很多人的时医生。

时瑾凝视着她，戴了口罩，一双眼里似融了星光，明亮又深邃："地上都是汽油，笙笙，你站远点儿，不要靠近。"

连环车祸的现场满地汽油，一旦遇到明火就会发生大面积爆炸。他知道这里很危险，叫她不要靠近，自己却不走出来。

姜九笙想叫他不要去，想拉着他躲到安全的地方，只是看到他手上的无菌手套，看到他脖子上的听诊器，看到橙色衣服的消防员，看到奔赴在最前面的警察和医护人员，看到血泊里的病人与哭得撕心裂肺的家属，她开不了口。

她浅浅地笑道："你去吧，我会在这里等你。"

时瑾上前抱了抱她："等我。"

然后他松开手，转身走进了隔离区域。有人递给他一件蓝色的无菌手术衣，他穿上后，拿起了手术刀。

远处的姜九笙在人群里找到时瑾的身影，他正跪在地上给那个心脏破裂的病人做手术，这一跪就是整整三个小时。

这三个小时里，有记者和路人过来与她说话或者索要签名，她都一一拒绝了，只说在等人。

不知是谁欣喜若狂地喊了一句："救回来了！"

救回来了，人被救回来了呢。

姜九笙笑了，眼睛眯成弯弯的月牙。她的时美人是个盖世英雄，和那些警察一样，和那些消防员一样，和天底下那些平凡却又伟大的人一样。

夜深了，天很黑，月亮很圆，路灯很亮。

时瑾走回了姜九笙身边。

她还穿着华丽的裙子，头发被风吹得微乱，站在最不起眼的路边。脚下的高跟鞋磨得脚后跟有点儿痛，她却没什么感觉，满心满眼都是眼前的人："好了吗？"

时瑾还戴着口罩："嗯，都结束了。"

他的声音很轻，头上还有汗。

姜九笙走到他跟前："那个人被救活了？"

"活了。"

她打量着他，他衣领上有血迹，满身疲惫，脸色白得过分："你自己有没有受伤？"

时瑾摇头："没有，都是别人的血。"

她穿了很高的高跟鞋，稍稍仰头就能对上时瑾的眼睛："累不累？要不要抱一下？"

"要。"他张开手抱住了她，"笙笙，你抱紧我，我站不稳，跪太久，腿麻了。"

姜九笙说好，用力环住了他的腰。

时瑾把下巴搁在她的肩上："拿奖了吗？"

"拿了。"

他自责，摘掉口罩在她的脖子上蹭了蹭："抱歉，放了你鸽子。"

姜九笙摇头，声音带着惬意与轻松："没关系。"放她鸽子算什么？她家时医生救死扶伤，那么伟大，她怎么会有一点儿委屈？她满心都是骄傲。

他在她耳边轻声许诺："下次再陪你。"

"好。"她贴近时瑾的脖颈用力嗅了嗅，"有血腥味，还有药味。"

他刚做完手术，衬衫衣领上还沾着血，浑身都是血与碘伏的味道。他想松开她又舍不得，继续紧紧地抱着她道："不要嫌弃我，忍一忍，我想抱抱你。"

姜九笙说："不嫌弃。"

她抬头，捧住时瑾的脸，吻了吻他的唇，笑着夸他："时医生，你真的特别棒，是个特别特别好的人。"

她三生有幸，遇见了她的时美人，她的时医生。

时瑾笑了，眼角弯弯的："我哪是什么好人？只是你这么好，我也不能成为太坏的人。"

她笑着反驳了他的话："我不管，你就是最好的。"

徐青舶说，时瑾的病可以不治了，也许他这辈子都不会痊愈，可这有什么关系呢？她会一直守着他。

晚上九点，姜九笙封后与求婚的消息占据了热搜头条，九点一刻，微博服务器崩溃。

时瑾还是从徐青舶那里听到的消息。

"笙笙。"

姜九笙把博美的狗饼干放下："嗯？"

时瑾从后面贴过来，将下巴搁在她的肩上，轻轻地蹭着："我看到新闻了。"

"本来我是要当着你的面说的，可惜你没在。"她转过身去，两只手挂在他的脖子上，"要不要我再说一遍？"

时瑾摇头，眉眼里都是欢愉的神色："笙笙，我们明天就去民政局好不好？"

"好。"

晚上十点，姜九笙发了一条微博。

姜九笙："我家时医生没有七彩祥云，可他是个英雄。"

他们的婚礼定在四月举行。

婚礼是姜九笙喜欢的中式风格，很考究。她不喜欢繁杂事务也不喜欢热闹，所以不请媒体，形式从简，风格复古。婚礼在秦氏大酒店举行，当日秦氏旗下所有酒店、会所一律免单。

她穿戴着凤冠霞帔，从姜女士家出嫁，由兄长程会送出阁。

时瑾穿一身大红色的喜服，跟着花轿花车前来迎亲。

六点零八分是吉时，新娘入场。

会场地上铺了百米红毯，上空坠了九十九对红烛，红漆刷的柱子雕上了龙凤呈祥的图案，摆放着夜明珠。姜九笙穿着红绣鞋跨过火盆，一步一步走到时瑾面前，身后是一地玫瑰花瓣还有长长的裙摆，裙摆上绣的凤凰栩栩如生。

姜九笙摇曳生姿，环佩叮当，美得不可方物。

六点二十八分，新人拜堂。

没有高堂，两人一拜天地，二拜亲友，夫妻对拜。

“礼成，送入洞房。”

一段红绸，两人一人牵着一头，时瑾在前，把姜九笙带进了仿古的新房里。房间里没有一点儿现代科技的痕迹，有拔步床、小榻，沉香木的圆桌上摆放着桂圆、莲子、花生、核桃还有酒盏与铜樽。

喜娘已经在房间里等着了，扶着姜九笙坐在铺满八宝的鸳鸯被上，把新人的衣袖打上了同心结，才说：“可以掀盖头了。”

时瑾嗯了一声，手上动作有点儿急，喜娘瞧着不对，还没来得及阻止，他就徒手把姜九笙的盖头给掀了。

“您怎么用手了？要用秤杆啊。”

时瑾一下子蒙了。

姜九笙笑了，替他解释：“他有点儿紧张，忘记了，没关系的。”

她刚说完，时瑾立马问：“会不吉利吗？”他难得神情慌张无措，“再来一次可以吗？”

“……”喜娘也没遇到过这种状况，有点儿犹豫，“可以……吧。”

时瑾就又把红盖头盖回去，用秤杆再掀了一次。这次动作就很慢了，他小心翼翼的，生怕再出错。

盖头下的姜九笙化了很淡的新娘妆，额前的流苏吊坠是明丽的金黄色，发髻两侧的金步摇随着她抬头的动作微微晃动。

时瑾从未见过这个样子的姜九笙，目不转睛地看着，眼里映出她的眼。她那一双漂亮的桃花眼的眼尾描了一朵花钿。

“然后呢？”

喜娘笑嘻嘻地说：“喝合卺酒。”

时瑾用酒盏盛了两杯清酒，在姜九笙身边坐下，把酒杯递给她。

姜九笙摇了摇头，没有接酒杯：“今天不喝酒。”

他问为何。

姜九笙钩住他的脖子，拉他靠近，笑着凑在他耳边说：“因为有宝宝了。”

时瑾手里那杯合卺酒全部洒在了鸳鸯被上。

过了很久，他眼眸里的惊涛骇浪才渐渐平静，放下酒杯，说的第一句话却是：“以后有了孩子，你也要最爱我。”

这个孩子对他来说惊大于喜，他对血脉延续并不怎么在意，反而独占欲作祟，让他有不确定的恐惧。

姜九笙笑道："好。"

宝宝的预产期在冬月。

养胎期间，时瑾很紧张，暂停了所有工作，寸步不离地守着姜九笙。

冬月的第十四天，姜九笙诞下一子，时瑾给孩子起名为天北。

年底，宇文冲锋的母亲唐女士再一次想不开，这一次人没被抢救过来。葬礼过后，他决定去国外。姜九笙去送他，问他打算去哪儿。

宇文冲锋摇头。

姜九笙问他何时回来。

宇文冲锋说："等我想念你调的酒了就回来。"

他走后，三年未归，徐蓁蓁已经嫁作他人妇，谢荡和秦萧轶还在吵吵闹闹，厉冉冉家添了二宝，天北已经会奶声奶气地念《三字经》了，故事都在继续。